全新譯校 經典新版世界名著 21

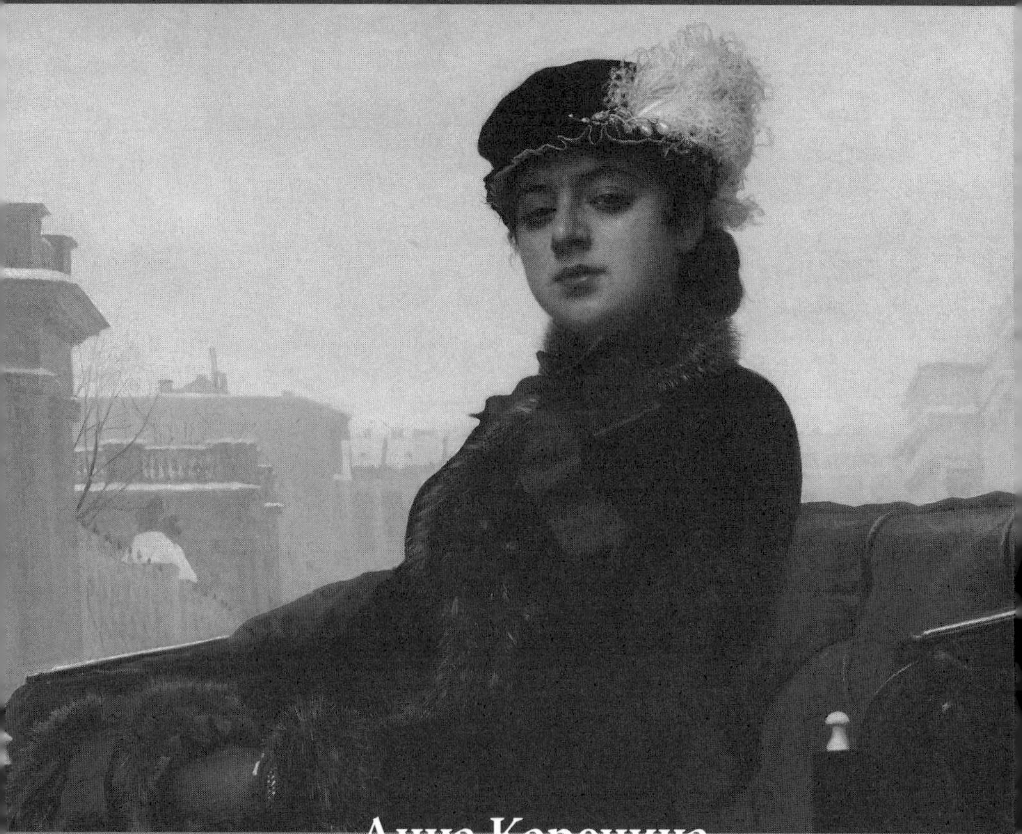

Анна Каренина

# 安娜·卡列尼娜

〈下〉

〔俄〕L·托爾斯泰 著

邢琳琳 譯

# 經典新版　世界名著

閱讀經典名著確實是不一樣的宴饗。人們對於經典名著，不會只說「我讀過」，而是說「我又讀了」。事實上，我每次去讀它，都會讀出新的東西，新的精神。

——當代義大利名作家、後設小說大師卡爾維諾（Italo Calvino）

真正的光明，絕不是永遠沒有黑暗的時候，只是永不被黑暗掩沒罷了。真正的英雄，絕不是永遠沒有卑下的情欲，只是永不被卑下的情欲所征服罷了。閱讀經典名著，永遠可以使人自我昇華，不陷於猥瑣。

——法國名作家、諾貝爾文學獎得主羅曼羅蘭（Romain Rolland）

閱讀文學經典、世界名著，能夠滋潤現代人的心靈，使人對世事、愛情與人性重新有一番體悟。

——美國現代名作家、諾貝爾文學獎得主海明威（Ernest Hemingway）

台灣曾出版的世界名著與文學經典可謂汗牛充棟，然而，細察譯文品質與內容，大多是三十至五十年代大陸譯者的手筆，其行文用語的方式與風格，早已與當代讀者的閱讀習慣、閱讀趣味脫節，以致不再能喚起讀者的關注。這一套「經典新版　世界名著」是全新譯本，行文清晰、流暢、優雅，用語力求充分符合當代人的品味。故而，是「後真相時代」中尋求心靈滋養者最適切的選擇。

# 目錄
Contents

chapter 第六部

# 目錄
Contents

# 目錄
Contents

# 下卷

# 第五部

chapter 1

# 懺悔證書

謝爾巴茨基公爵夫人認為，在大齋期之前不可能舉行婚禮，因為到大齋期只剩下五個星期了，要在這期間置辦嫁妝，連一半也來不及，但她又不能不同意列文的意見，也就是說，推延到齋戒節以後恐怕太遲了，因為謝爾巴茨基公爵一位年老的親伯母病危，說不準哪會兒就要死了，那樣的話居喪就會把婚事拖延得更久。所以，她決定把嫁妝分成大小兩部分，公爵夫人答應在齋戒節之前舉行婚禮。她打算先把小的一部分嫁妝預備齊全，大的一部分等以後再送來。

列文一直沒有正式答覆是否同意這樣做，這使公爵夫人大為生氣。這對年輕人只等婚禮完畢馬上就要到鄉下去，等到了鄉下，大的一部分嫁妝就不需要了，這樣的話，這個辦法就更方便了。

列文依舊處於神魂顛倒中。他覺得他和她的幸福就是全部生活的主要目的，也可以說是唯一目的。他現在不用思考任何事，也不必操心，一切都有人替他料理。他連將來的生活計畫和目的都沒有，他任憑別人去安排，相信一切都會圓滿的。他哥哥謝爾蓋、奧布隆斯基和公爵夫人指點他去做他該做的事。他所做的僅僅是完全同意他們向他建議的一切。他哥哥替他籌錢，公爵夫人勸他結婚後就離開莫斯科，奧布隆斯基勸他到國外去。他全都同意了。

「只要你們高興，要怎麼辦就怎麼辦好了。我很幸福，不管你們怎麼辦，我的幸福都不會受影響。」他心想。

當他把奧布隆斯基勸他們到國外去的話轉告基蒂時，她不同意，而且對於他們未來的生活她有自己的打算，這讓他大吃一驚。

她明白列文在鄉下有他愛好的工作。他看得出來，她不但不理解這種工作，並且也不想去理解。然而，這並不說明她認為這工作不重要。她知道他們的家將安在鄉下，並且不想到他們不打算長期生活的國外去，而要到他們安家的地方去。她這種明確表示的意向使列文感到驚奇。可對他來說都一樣，因此他馬上要求奧布隆斯基到鄉下去，彷彿這是他的義務，請他憑著他那高超的鑒賞力把那裡的一切佈置好。

「可是，你聽我說，」奧布隆斯基已經在鄉下為新婚夫婦的到來佈置好了一切，回來以後有一天這樣問他，「你領到做過懺悔的證書了嗎？」

「沒領到。那又怎樣？」

「沒有這東西就不能結婚。」

「哎呀！」列文大叫起來，「我都已經有九年沒有齋戒了。我連想也沒想到。」

「你真行啊！」奧布隆斯基微笑著說，「你還說我是虛無主義者呢！這樣不行。你得去領聖餐。」

「怎麼辦呢？只有四天的時間了。」

奧布隆斯基把這件事情也給他辦妥了。列文開始領聖餐。像列文這種不信教的人，雖然尊重別人的信仰，但參加各種宗教儀式是很痛苦的事。現在，特別是在列文對什麼都很敏感、心境非常平和的時候，這種必須裝模作樣的行為對他而言不僅痛苦，甚至是不堪設想的。現在，正處在最光彩和最快活的狀態中的他，卻不得不說謊作假或者褻瀆神明，他覺得這兩件事情他都不能做。然而，雖然他幾次三番地問奧布隆斯基，不受聖禮是否能領到證明，奧布隆斯基仍然一口咬定，這是絕不可能的。

「對你來說，就這麼兩天又算得上什麼呢？何況司祭是一位非常好的聰明的老人。他會在你一點兒也沒感覺到的時候拔掉你的那顆病牙。」

站著參加第一次祈禱的時候，列文竭力想恢復他十六七歲少年時代那種強烈的宗教感情。但他立刻相信，這是完全不可能的。他試圖把這一切看成是毫無意義的風俗習慣，像禮節性訪問一樣，但覺得這也絕對辦不到。就對待宗教的態度而言，列文也像大部分同時代的人一樣，處於一種左右搖擺的狀態中。他不信仰宗教，卻也不能堅信這些宗教儀式全是毫無道理的。他既不能確信自己所做的事的意義，又不能把它看作無關緊要的形式來淡然處之，因此，齋戒期間他一直覺得既不自在又慚愧，因為他在做自己根本不瞭解的事，而他內心卻又告訴他，這是一件虛假的、錯誤的事情。

做禮拜時，他一會兒聆聽祈禱詞，竭力給它們增添一些不與他的見解相違背的意義，一會兒又覺得自己無法理解祈禱詞，並應加以譴責，就竭力不去聽它，而沉湎於自己的思索、觀察和回憶之中。就在他無所事事地站在教堂裡的時候，樁樁往事栩栩如生地浮現在腦海中。他做過了日祈禱、徹夜祈禱和晚課。第二天起身比平常更早，連茶也沒有喝，就在早晨八點到教堂去聽晨課和懺悔了。

除了一個乞討的士兵、兩個老太婆和神職人員，教堂裡沒有其他的人了。年輕的助祭出來迎接他——他的肩胛骨在長內衣下面清楚地顯露出來——然後走到靠牆的小桌旁，開始念祈禱文。當助祭念祈禱文的時候，特別是迅速重複著「上帝憐憫」——聽上去好像在說「饒恕，饒恕」——的時候，列文感到他的思想封鎖起來了，現在不能碰它、不能動它，否則就會亂成一團。因此，雖然他站在助祭後面，卻不去聽，也不去理會他念誦些什麼話，而是依舊想著他的心事。

「她手上表現出多麼豐富的感情。」他心裡說，又想起他倆昨天坐在角落的那張桌子旁邊的情形。當時，他們和往常一樣，沒有什麼話好談，她把一隻手放到桌上，一會兒張開一會兒又合攏，看著手的動作，她自己也笑了。他記得那時他吻了那隻手，接著仔細地觀看那玫瑰色手心裡縱橫交錯的脈紋。

「還保佑呢，」列文一邊看著正在行禮的助祭的脊背的柔韌動作，畫著十字行禮，一邊在心裡說，「之後她抓著我的一隻手，認真地觀看手上的脈絡，還說：『你的手太美了。』」想到這兒，他看了看自己的手，又看看助祭短小的手。「是的，這會兒快完了。」他想。「不，看來又要從頭念起了，」他聽著祈禱文想，「不不，正在收場。瞧，他已一躬到地了。收場的時候往往是這樣。」

助祭用那隻在波里斯絨翻袖口中的手悄悄地接著一張面值三盧布的紙幣，他說他會登記上列文的名字，接著很迅速地邁開穿著新靴子的腿，踏著空蕩蕩的教堂的石板，走上祭壇。過了一會兒他從那裡張望，招手叫列文過去。到這時為止一直被壓抑著的思想又在列文的腦袋裡活動起來，但他連忙把它驅散了。「事情總會完結的。」他在心裡想，並向佈道台走去。他走上台階，向右一轉身，就看見了司祭。司祭是一個小老頭，留著一把稀疏的花白鬍鬚，長了一雙無精打采卻又和善的眼睛，正站在誦經台旁邊，翻看著聖禮書。他輕輕地向列文鞠了個躬，接著就開始用他慣有的腔調念祈禱詞。念完祈禱詞之後，他行了一個彎腰禮，把頭轉過來對著列文。

「不顯形的基督站在這裡聽取您的懺悔，」他用手指著有耶穌受難像的十字架說，「您相信聖徒教會的所有教義嗎？」司祭繼續說，把眼睛從列文的臉上移開，雙手在聖帶下合攏起來。

「我懷疑過一切，現在仍然懷疑一切。」列文用一種自己也不喜歡的語調說，然後就不作聲了。

等了一會兒，司祭看他還有沒有其他要說的話，然後就閉上眼睛，用很重的弗拉基米爾口音，麻利地說道：「懷疑是人類天生的弱點，但我們應當祈求仁慈的上帝增強我們的信心。您有什麼特殊的罪過？」他又繼續說，沒有歇氣，彷彿不想浪費時間。

「我最大的罪過就是懷疑。我懷疑一切，大部分時間都處在懷疑中。」

「懷疑本是人類天生的弱點，」司祭又重複了一遍剛說的話，「您主要懷疑些什麼？」

「我對什麼都懷疑。有時我甚至懷疑上帝的存在。」列文情不自禁地說，並對自己竟然說出這麼不成體統的話感到驚恐。可是，這話好像對司祭沒什麼影響。

「對上帝是否存在有什麼好懷疑的呢？」他連忙問道，臉上掛著一絲微微的笑意。

列文默不作聲。

「您明明看見大地上創造出來的萬物，怎麼還能懷疑造物主的存在呢？」司祭用慣常的、迅速的腔調說，「是誰用星球裝飾天空？是誰把大地裝扮得如此美麗？怎麼會沒有造物主呢？」他帶著詢問的表情看了列文一眼。

列文覺得和司祭談論哲學問題是不適宜的事情，因此只就他的問話做了回答。

「不知道。」他說。

「不知道？那您為何懷疑上帝創造了萬物呢？」司祭愉快而又疑惑地說。

「我一點也不明白。」列文漲紅了臉說，他覺得他的話很愚蠢，在這種場合下自己不可能不顯得愚蠢。

「祈求上帝，並懇求他吧。就是神父也會有所懷疑，也懇求上帝增強他們的信心呢。魔鬼力量很大，可我們得抵禦魔鬼。向上帝祈求吧，懇求他吧。向上帝祈禱吧。」司祭趕忙重複了一遍。他停頓了一會兒，好像在沉思。「我聽說，您打算和我的教民與懺悔者謝爾巴茨基公爵的女兒結婚？」他微笑著加了一句，「一個很好的少女啊！」

「是的。」列文答道，羞紅了臉，他是在替司祭感到害羞。「他怎麼在懺悔的時候問起這種事呢？」他心想。

接著，司祭彷彿是回答他心中的疑惑，對他說：「您準備結婚，上帝也許將賜給你子孫後代，是不是？啊，魔鬼誘使您不信神，要是您不能戰勝心中魔鬼的誘惑，那您能給您的孩子們什麼教育呢？」他很親切地責問道：「要是您愛您的孩子，那麼作為一個慈善的父親，您不僅希望自己的孩子享受榮華富貴，還會希望他的靈魂獲得拯救，希望用真理之光照亮他的心靈。不是嗎？要是天真無邪的孩子問您：『爸爸！土地、江河、太陽、花草，世界上這一切使我喜愛的東西是誰創造的？』難道您回答說：『我不知道』嗎？您不能不知道，因為上帝慈悲地向您顯示了這一切。也許您的孩子會這樣問您：『死後等待我的將是什麼呢？』如果您一點都不知道，您如何對他說呢？任由他去接受世間和魔鬼的引誘嗎？這樣做是不對的！」他停住了，歪著頭，用親切慈善的眼光看著列文。

列文現在一句話也沒有回答，不是因為他不想和司祭爭論，而是因為至今還沒有人向他提出過這樣的問題。到將來孩子們提出這些問題的時候，他還有充足的時間思考應當如何回答。

「您正處於人生的關鍵時刻，」司祭繼續說下去，「您應該選擇自己的人生道路，並順著這條路走下去。向上帝祈求吧，求他大發慈悲來幫助您，保佑您。」在結束的時候他說：「主啊，上帝啊，我們的耶穌基督啊，請用您廣大無邊的慈悲寬恕這個孩子……」念完赦罪祈禱詞以後，司祭又為他祝福，然後就讓他走了。

那天回家後，列文感到非常高興，因為結束了那種尷尬局面，而且不用撒一句謊。另外，他還模模糊糊地記得，那個和藹可親的小老頭所說的那些話根本不像他先前想像的那樣愚蠢，有些東西確實是應當弄明白的。

「當然，不是現在，」列文想，「而是以後的任何時候。」列文現在比以前任何時候都更深切地覺得，他的心中有一種不清楚或不乾淨的東西，就對宗教的態度而言，他現在的狀況就是他經常在人家身上一眼就能看出來的那種狀況，他討厭這種狀況，還為此責怪過自己的朋友斯維亞日斯基。

列文和他的未婚妻一塊兒在多莉家度過了那個晚上，他感覺快活到了極點。他向奧布隆斯基說起自己那種興奮的心情，他說他快活得像一頭受過訓練的狗，終於能領會人家要牠做的事，尖聲叫著，搖著尾巴，興高采烈地直往桌子和窗台上蹦跳。

# chapter 2 告別單身

按照風俗（公爵夫人和達里婭堅持要嚴格遵守一切習俗），舉行婚禮那天列文沒去見他的未婚妻，而是在自己居住的旅館中和三個碰巧到他這兒的單身漢一起吃飯。他們是謝爾蓋、卡塔瓦索夫——列文的大學同學，現在是自然科學教授，列文在大街上遇到他，就把他叫了來，還有奇里科夫，他是男儐相，莫斯科的治安法官，列文的獵熊夥伴。午餐進行得相當愉快。謝爾蓋很開心，總是拿卡塔瓦索夫別出心裁的想法開玩笑。卡塔瓦索夫感覺自己的想法得到重視和理解，便更盡情地加以發揮。奇里科夫高興友善地支持大家各種各樣的談話。

「看吧，」卡塔瓦索夫用自己在講台上養成的習慣，拖長聲調說，「我們的朋友康斯坦丁．德米特里奇曾經是個多麼有才華的人物呀。我是在說曾經，因為這個朋友以前的影子已經徹底不見了。大學畢業的時候，他愛好科學，為人通情達理。現在呢，他的一半才華用來欺騙自己，另一半則用來為這種欺騙辯解。」

「我可從沒見過，比您更堅定的不贊成結婚的人。」謝爾蓋說。

「不，我根本不反對結婚。我對分工是贊成的。什麼事都不會做的人，應該去生兒育女，而其餘的人則該為他們獲得教育和幸福盡力。這就是我的看法。把這兩種行當混為一談的大有人在，可我不在其內。」

「要是我聽說您戀愛了，我會多麼開心呀！」列文說，「到時候一定要請我去喝喜酒啊。」

「我已經戀愛了。」

「是啊，愛上了烏賊魚。你要知道，」列文轉身，對他哥哥說，「米哈依爾・謝苗內奇正在撰寫一本專著，關於營養和……」

「啊，別亂扯了！寫什麼都沒關係。重點在於我就是喜歡烏賊魚。」

「可那根本不影響您去愛您的妻子啊。」

「它倒是不影響，可是妻子要妨礙我呀。」

「為什麼呀？」

「到時候您就知道了。您喜歡經營農業和打獵，那您就等著瞧吧！」

「阿爾希普今天來了，還說普魯德內有許多駝鹿和兩隻大熊。」奇里科夫說。

「哦，沒有我，您也能把牠們打來。」

「這倒是真話，」謝爾蓋說，「你以後就和獵熊事業無緣了，妻子是決不允許你去的！」

列文微微一笑。想到妻子不讓他去打獵，他覺得挺好玩的，因此他願意一輩子放棄獵熊的快樂。

「要是您不去多可惜。您還記得上次在哈比洛夫的事嗎？那次打獵多有趣呀！」奇里科夫說。

列文不願打破他的幻想，實際上即使不打獵，在其他地方、其他事情上還是有很多快活的事，不過他什麼也沒說。

「難怪有這種向單身告別的風俗，」謝爾蓋說，「不管你多麼高興，還是會惋惜失去的自由。」

「說吧，您是不是像果戈理筆下的新郎那樣[1]，有一種企圖從窗口跳出去的衝動？」

「肯定有，不過他絕對不會承認！」卡塔瓦索夫說，放聲大笑起來。

「好呀，窗子開著呢……我們現在就到特維爾去吧！有一隻母熊在，可以直搗牠的巢穴。真的，坐五點的班車去！這兒的事情就讓他們去辦吧。」奇里科夫笑著說。

「說實在的，」列文微笑著說，「我心裡一點也沒有那種因為失去自由而感到惋惜的感覺！」

「您現在是神魂顛倒，什麼也感覺不到，」卡塔瓦索夫說，「等等吧，等到稍微清醒一點兒的時候，您會感覺到的！」

「不，我還是有點覺得，雖然自己有了感情（他不便在他們面前說愛情這個詞）……和幸福，喪失自由畢竟是可惜的，我多少總應該有點感覺呀……可是正好相反，我還因為失去自由而高興呢！」

「真可憐！確實是一個無可救藥的人！」卡塔瓦索夫說，「哦，讓我們為他的健康乾杯吧，願他的夢想能夠實現，雖然只有百分之一的希望。那也算是人間難得的幸福！」

吃過飯，客人們都走了，他們急著去換衣服參加婚禮。

列文獨自留下來，回想著與這些單身漢的談話，再一次問自己：他心裡是不是像他們所說的因為喪失自由而感到惋惜？想到這個問題，他微微一笑。「自由？為什麼要自由？愛和希望就是幸福，以她的心願為心願，用她的思想去思考，就算沒有一點兒自由，那也是幸福！」

「但是，我理解她的所想、她的所願、她的心情嗎？」好像有人突然悄悄地問了他一句。他臉上

1. 指果戈理劇本《結婚》中的主人公，七等文官波德‧科列辛，他通過媒婆和朋友的撮合，答應同商人的女兒結婚，但患得患失，內心充滿恐懼，在舉行婚禮前一刻跳窗潛逃。

的笑容消失了，顯出一副若有所思的樣子。突然他有一種奇怪的感覺，覺得恐懼和懷疑，什麼事情都懷疑。

「如果她根本不愛我怎麼辦？如果她只是為了結婚才嫁給我怎麼辦？如果她都不明白自己在做些什麼呢？」他問自己，「她也許會清醒過來，直到結婚才明白她並不愛我，也不可能愛我。」於是他心裡對她產生一種古怪的、不好的想法。他又像一年前那樣，嫉妒她對沃倫斯基的感情，彷彿看到她和沃倫斯基在一塊兒的那天晚上就在昨晚一樣。他懷疑她根本沒有把一切真相都告訴他。

他忽然跳起來。「不，這樣下去可不行！」他絕望地自言自語，「我要到她那兒去，問問她，最後一次對她說：我們兩人都是自由的，我們的關係是否到此為止？總比永久的不幸、羞辱、不貞好！」他心中懷著絕望，懷著對每個人、對自己還有對她的憤恨心情，離開旅館，坐車到她家找她。

他在後面的屋裡找到了她。她坐在一只箱子上，一面命令侍女，一面挑揀椅背與地板上的一大堆各種顏色的衣服。

「啊！」她一看見他，就叫了起來，高興得容光煥發，「你怎麼，您怎麼（最近這幾天她跟他說話時忽而稱『你』忽而稱『您』）來了！真沒料到啊！我正在挑選我以前穿的衣服，看看哪件要送給什麼人才合適……」

「啊！這好極了！」他神色憂鬱地看著侍女說。

「你先去吧，杜尼亞莎，有事我會叫你，」基蒂說，「你怎麼了？」

等侍女一出去，她便毅然以「你」相稱。她覺察出他臉上的神色很奇怪，顯得既興奮又憂鬱，不禁讓她感到恐懼。

「基蒂！我感到很痛苦。我一個人無法承受這樣的痛苦。」他帶著絕望的語氣說，站在她面前，用懇求的眼神望著她的眼睛。他從她那含情脈脈的、誠懇的臉上看出，不會有什麼不好的結果，不過他還是需要她親口來消除他的疑慮。「我是來告訴你，時間還來得及。這一切還能廢除和改變。」

「這是什麼意思？我根本不懂。你是怎麼了？」

「我說過一千遍，我不能不想的是……我配不上你。你不可能答應同我結婚。你再考慮考慮吧。你錯了。你好好考慮考慮吧。你是不會愛我的……要是……你還是說出來的好，」他說，眼睛卻沒看她，「我也許會很難過。讓大家喜歡怎麼說就怎麼說好啦，不管怎樣都比痛苦要好些……最好是現在，趁現在還來得及……」

「我真不懂，」她恐慌地回答，「你要反悔……要說不願意結婚嗎？」

「是的，要是你不愛我的話。」

「你瘋了！」她氣得滿臉通紅，叫起來。可他臉上的表情看上去是如此悲淒，她不禁抑制住自己的惱怒，把衣服扔在扶手椅上，坐在他旁邊。

「你到底在想些什麼呢？全告訴我吧。」

「我想，你是不可能愛我的。你怎麼會愛我呢？」

「我的天哪！我該怎麼辦呢？」說到這裡她哭了出來。

「哎，我在幹什麼呀！」他叫道，在她面前跪下來，開始吻她的手。

五分鐘以後，公爵夫人走進房裡來，他們早就和解了。基蒂不僅使他相信她愛他，甚至解答了他的問題：她為什麼愛他。她告訴他，她愛他是因為她完全瞭解他，因為她知道他喜愛什麼，因為他所喜愛的一切都是好的。這在他來看已經徹底明白了。

公爵夫人進來時，他們正並肩坐在箱子上挑選衣服，還在爭辯著。基蒂想把列文向她求婚的時候她穿的那件褐色連衣裙送給杜尼亞莎，列文卻堅決認為這件連衣裙不能送給任何人，可以把那件淡藍色的連衣裙送給杜尼亞莎。

「你怎麼不明白呢？她是個黑頭髮女子，穿藍色衣服不合適……我什麼都考慮過了。」

公爵夫人知道他來訪的原因後，就半真半假地生氣了，還叫他趕緊回去換衣服，不要妨礙基蒂梳妝，因為夏爾很快就會來了。「本來她這幾天就沒怎麼吃東西，人都憔悴了，你還來說些傻話煩擾她，」她對他說道，「快走吧，趕緊走吧，親愛的。」

列文感到慚愧，可是他徹底放心地回到了旅館。他的哥哥、達里婭和奧布隆斯基都已經穿上盛裝，在那裡等著他，為的是用聖像給他祝福。再不能耽擱了。多莉還得回家去接她那個卷過頭髮、搽過髮油的兒子，他將拿著聖像伴送新娘一起走。還得打發一輛馬車去接男儐相，再打發一輛馬車把謝爾蓋送走，送去後再轉回來……

總之，需要考慮和料理的事情十分複雜，並且還不少。現在唯一確定的就是，不能再這樣磨蹭了，已經六點半了。

聖像祝福的儀式沒什麼特別的效果。奧布隆斯基擺出一副像煞有其事的可笑姿勢。他拿著聖像，叫列文一躬到地，帶著友善的、嘲弄的微笑吻了他三次。達里婭也那樣做了一遍，就匆忙走開了，可是在調遣馬車接送路線上又陷入了困境。

「哦，那就這樣吧：你坐我們家裡的馬車去接他，要是謝爾蓋願意繞道，那麼到那兒之後就打

chapter 3

# 可怕的尷尬境地

一大群人，多數是婦女，聚集在即將舉行婚禮的燈火輝煌的教堂周圍。那些沒法擠進人群中間的人就蜂擁在窗子周圍，擁擠著，爭吵著，從窗框裡探望。

二十多輛馬車已在員警指揮之下沿街排列起來。一個警官穿著嶄新的制服，不顧嚴寒站在門口。馬車一個接一個地駛來，一會兒是頭上戴著花、兩手提著裙子的婦人們，一會兒是脫下軍帽或是黑帽的男人們，他們走進教堂。在教堂裡面，那對枝形吊燈架和聖像前的所有蠟燭都點燃了。聖像壁紅底上的鍍金、聖像的金色浮雕、枝形大吊燈和燭台上的銀飾、地上的石板、墊毯、唱詩班台上的神幡、讀經台的台階、陳舊發黑的經書、神父和助祭的法衣，一切都沐浴在燈光裡。

在熱鬧的教堂右邊，在燕尾服和白領帶，制服和錦緞，天鵝絨和絲綢，頭髮，花，裸露的肩膀和胳膊，以及戴長手套的人群裡面，正進行著壓著嗓門而又熱烈的談話，談話聲在高高的圓屋頂裡不斷地迴響著。一聽到開門聲，人群裡的談話聲就馬上沉寂下來，大家都四下張望，期望看到新娘新郎進來。門開了差不多有十次以上，每次不是走到右邊來賓席的遲到的客人，就是欺騙或者說服警官混到左邊人群裡的觀眾。不論是親友或是旁觀者都已經等得不耐煩了。

剛開始，他們以為新郎新娘馬上就要到了，沒有去想他們為什麼會遲到。接著大家越來越頻繁地朝門口張望，談論著會不會出什麼事。再接著，這種拖延簡直叫人不舒服了，親戚和賓客們盡力裝出不去想新郎新娘而是一心一意談話的模樣。

總執事好像是要讓人們覺得他的時間有多寶貴似的，不耐煩地咳嗽著，使得窗子的玻璃也顫動起來。唱詩台上的唱詩班等待得有點心煩，發出練嗓子和擤鼻涕的聲音。神父一會兒派執事，一會兒差助祭去看新郎來了沒有。他穿著紫色長袍，繫著繡花腰帶，也一次又一次地去小門那裡等候新郎。後來有一個婦人看了看錶說：「可真奇怪呢！」終於所有的賓客都不安起來，開始大聲地表示出他們的驚詫和不滿。一個伴郎去打聽究竟了。基蒂正和女主婚人、她的姐姐利沃夫夫人一起站在謝爾巴茨基家的客廳裡，她早已準備妥當，穿上潔白的衣裳，披上長紗，戴著香橙花的花冠，望著窗外，等男儐相來通知新郎去教堂的資訊，已經白白等了半個多小時。

列文已經穿好了褲子，但還沒穿燕尾服和背心。他正在旅館的房間裡踱來踱去，不時地把頭伸到門外，向走廊望著。可沒看見他所等候的人的蹤影，他失望地轉回來，甩著兩手，向正在悠然抽著煙的奧布隆斯基說話了。「可曾有人處在如此可怕的尷尬境地嗎？」他問。

「是啊，確實有點尷尬，」奧布隆斯基帶著慰藉的微笑同意說，「可是別著急，馬上就會拿來的。」

「不，怎麼搞的！」列文克制著怒火說。「還有這種該死的敞胸背心！不行啊！」他說，看了看他的揉皺了的襯衣前襟。「要是行李都送到火車站了，那可怎麼辦呢！」他絕望地叫著。

「那你就只好穿我的了。」

「我早就該這樣辦的。」

「看上去好笑可不好……等等！事情——總——會——好——起——來——的。」

事情是這樣的，當列文要換禮服的時候，他的老僕庫茲馬就把上衣、背心和所有必要的東西都拿來了。

「襯衫呢！」列文大叫道。

「你身上不是穿著襯衫嘛。」庫茲馬帶著平靜的微笑回答。

庫茲馬沒想到要留下一件乾淨襯衫，當他接到把一切東西都捆起來送到謝爾巴茨基家去——新夫婦今晚就從謝爾巴茨基家動身到鄉下去——的吩咐的時候，他照辦了，除了一套禮服以外，他把其餘所有的東西都捆起來了。列文的襯衫從早晨穿起，已經皺了，跟時髦的敞胸背心不相配。派人到謝爾巴茨基家去取吧，路又太遠。他就差人到店裡去買一件。僕人回來說到處都關了門——今天是星期日。他們就派人到奧布隆斯基家去拿了一件襯衫來——又肥又短，根本不能穿。最後還是派人到謝爾巴茨基家去解開行李。大家都在教堂裡等新郎，而新郎卻像關在籠中的野獸，在屋裡踱來踱去，不斷地向走廊裡張望，又恐懼而絕望地回想著他對基蒂說過的話，以及她現在會怎樣想。

終於，負罪的庫茲馬氣喘吁吁地拿著襯衫跑進房間裡。

「正好趕上，行李已經搬到運貨馬車上了。」庫茲馬說。

三分鐘後，為了避免觸痛傷痕，列文顧不上看錶便在走廊裡飛奔起來。

「不用這麼急，」奧布隆斯基從容地跟在他身後笑著說，「會解決的，會解決的……我對你說。」

# chapter 4 愛情同盟

「他來了！」「就是他呀！」「哪個呀？」「是那個比較年輕的嗎？」「啊，看看她，可憐的，愁得不死不活的！」當列文在門口迎接新娘，同她一起走進教堂時，人群裡議論紛紛。

奧布隆斯基把遲到的原因告訴了他妻子，賓客們笑著竊竊私語。列文什麼人什麼東西都沒有看見，他目不轉睛地凝視著他的新娘。

大家都說這幾天她的容顏消損了，戴著花冠遠沒有平時好看，但列文沒有這樣的感覺。他望著她那披著白色長紗、戴著潔白鮮花的梳得高高的頭髮，看著那以少女特有的方式把她的長頸兩邊掩住，只露出前面來的、高聳的、扇形的領子，還有她纖細得驚人的腰身。在他看來她比以前任何時候都漂亮——並不是因為這些花，也不是因為這衣服——專門從巴黎買來的衣裳給她增添了無限風采；而是因為她那可愛的臉蛋、她的眼神和嘴唇的表情始終顯得純潔無邪、誠摯動人而與眾不同，遠遠勝過了華麗的服飾。

「我還以為你要逃呢。」她說著，對他微微一笑。

「我碰到的事真尷尬，我都不好意思說出來呢！」他紅著臉說，不得不扭過臉去對著正走到他面前來的謝爾蓋。

「這件襯衫的故事真是佳話啊！」謝爾蓋搖了搖頭，帶著微笑說。

「是的，是的。」列文答道，其實根本沒聽清楚他們在對他說些什麼。

「哦，科斯佳，」奧布隆斯基故意裝出慌張的樣子說，「有個重大問題。這個問題的重要性，你只有到現在才能理解。大家問我：是點燃已經點過的蠟燭呢，還是沒有點過的？價錢相差十個盧布，」他抿著嘴笑了笑，又補充了一句，「我已經做出了決定，但又怕你不贊成。」

列文知道這是在開玩笑，可他卻沒有笑。

「到底怎麼辦呢？是要沒有點過的呢，還是點過的呢？這就是問題。」

「好的，好的！要沒有點過的。」

「哦，我很高興。問題得到了解決！」奧布隆斯基笑了笑說，「可是，人們處於這種境地有多傻呀，」當列文手足無措地對他瞧了瞧，向新娘走去時，他對奇里科夫說。

「注意，基蒂，你一定第一個踏上地毯。」諾德斯頓伯爵夫人走上前來說。「您很好！」她對列文說。

「怎麼，害怕嗎？」老奶媽瑪麗亞・亞歷山德洛夫娜問。

「你不冷吧？你的臉色這樣白。等下，把頭低下來！」基蒂的姐姐利沃夫夫人說，接著把自己豐滿漂亮的手臂抬起來，笑著理了理她頭上的鮮花。

多莉走上前來，要說句什麼，可沒說出來卻哭了，緊接著又勉強地笑了。

基蒂也和列文一樣，不論別人對她說什麼，她總是只能報以幸福的微笑。這種微笑現在對她來說是很自然的。

這時神職人員都已經穿上法衣，司祭和助祭也已經走到設在教堂入口處的那張誦經台前面。司祭轉身對著列文說了句什麼話，列文卻沒聽清楚司祭說的是什麼。

「請挽著新娘的手，帶著她走吧。」男儐相對列文說。列文好長時間沒弄懂人家要他做什麼。他們好一陣糾正他，幾乎想撒手不管了，因為他不是伸錯了自己的手，就是拉錯了基蒂的手。現在他知道了，應該在不變換位置的情況下，用右手去挽住她的右手。他終於按照規矩挽著新娘的手，司祭在他們前邊走了幾步，隨後在誦經台旁邊站住。一群親友跟在他們後面向前移動，嗡嗡地輕聲談論著，長裙發出沙沙聲。有人彎下腰去，拽了拽新娘的拖地長裙。教堂裡馬上寂靜下來，甚至能聽到蠟燭油落下去的聲響。

一位老司祭頭戴著法冠，銀光閃閃的鬈髮在耳後分成兩股，背上繫著金十字架。他從笨重的銀色法衣下伸出乾瘡的小手，在誦經台旁邊翻著什麼東西。

奧布隆斯基輕輕地走近司祭，小聲說了幾句什麼，接著朝列文使了個眼色，又退到後面。

司祭點燃了兩支鏤花蠟燭，用左手斜拿著讓蠟燭油慢慢地往下滴落，接著他轉過臉來對著新婚夫婦。這就是聽列文懺悔的那個神父。他用疲勞而憂鬱的目光望了望新郎新娘，歎了一口氣，從法衣裡伸出右手，給新郎祝福，接著他小心溫柔地將交叉的手指放到基蒂垂著的頭上，給她祝福。然後他把蠟燭交給他們兩個，自己則拿著長鏈手提香爐，慢慢地從他們身旁離開。

「難道這是真事？」列文心想，回頭看了看新娘。他眼睛稍稍向下，瞥見了她的側身，從她嘴唇與睫毛那幾乎無法覺察的微微顫動，他知道她覺察到了他的目光。她沒有回頭去望，但那打褶的高領子碰到了粉紅色的小耳朵，微微動了動。他能夠看出，她的胸膛中有一口氣，那隻戴了長筒手套、拿著蠟燭的小手在顫抖。

由於襯衫而姍姍來遲引發的手忙腳亂、親友們的議論、他們的抱怨情緒、他可笑的處境——這些頓時都不見了，他覺得既歡喜又害怕。

身材魁梧、相貌堂堂的大輔祭穿著銀色法衣，鬈髮向兩邊分開，雄赳赳地走上前來，熟練地用兩隻手把披肩稍稍向上提了一點，站到司祭對面。

「主——啊，賜——福——吧！」傳來了緩慢而莊嚴的聲音，空氣也跟著震動起來。

「我主福祉無邊。」老司祭用謙卑而又動聽的聲調說著，仍然翻著誦經台上的什麼東西。接著傳來了一個看不到的教堂唱詩班洪亮和諧的聲音，聲音從窗子傳到穹頂，響徹了整座教堂，過了一會兒，這種聲音就漸漸地消逝了。

大家照例為神賜的和平和拯救，為正教最高會議，為皇帝祈禱；也為今天締結良緣的、上帝的僕人康斯坦丁和卡捷琳娜做了祈禱。

「我們祈求主賜他們完美的愛、平安和幫助。」大輔祭的聲音迴盪在整座教堂。

列文聽著他的祈禱，感到驚奇。「他怎麼猜到我需要的正是幫助呢？」他在心裡暗自說，又想起最近所想到的一切恐懼和疑慮。「要是沒有幫助，我懂得什麼？」他想，「遇到這種可怕的境況，我該怎麼辦？我現在需要的就是幫助。」

助祭剛念完祈禱詞，司祭便捧起一本《聖經》對著新婚夫婦念起來，「永恆的上帝，你將分離的兩個人合為一體，」他用親切動聽的聲調念著，「讓他們永結同心；你曾賜福以撒和利百加，並照聖約賜福他們的後裔，你就親自祝福你的僕人康斯坦丁和卡捷琳娜吧，你要引導他們去行善。上帝，因為你慈悲、仁愛，因此我們要頌揚你，榮耀歸於聖父、聖子和聖靈，永遠永遠如此。」

「阿門！」看不到的合唱聲又一次在空中迴盪起來。

「『將分離的兩個人合為一體，給他們結成愛情同盟』，這句話含義多麼深刻啊，和我現在的心情多麼協調啊！」列文心想，「她的心情是否和我一樣？」

他轉過頭望著她，正好遇到了她的目光。從她的神情他明白，她理解了他所體會的那層意思。但事實並非如此。她一點也不懂祈禱文中的字句，甚至連聽都沒聽。她無法聽，也無法理解，因為她心中充滿了一種感情，而且越來越強烈。

這種感情是因為大事終於實現而產生的歡喜，這件事在六星期前就在她心中發生了，這一個半月以來，她一直覺得既歡喜又苦惱。那天當她身穿咖啡色的連衣裙，在阿爾巴特街的那所房子裡默不作聲地來到他跟前，並許婚於他時，她就覺得自己已經和以前的生活告別了，另一種全新的、不可思議的生活開始了，實際上她仍過著和以前一樣的生活。

這一個半月是她一生中最幸福的，也是最苦惱的時期。她的全部生活、全部欲望和指望都集中在她仍然沒有理解的這個人身上，把她和這個人結合在一起的是一種比人本身更難以理解的、讓人時而覺得親近、時而覺得疏遠的感情。現在，她還是生活在過去的生活條件下。

在過著原來的生活時，她對自己、對自己極度冷漠地對待過去一切的態度感到吃驚。她對一切事物、各種習俗，對曾經愛她、現在還是愛她的人們，對由於她的冷淡而傷心的母親，對以前覺得世界上最可愛的和藹的父親，都變得無法克服的冷淡。

她有時為自己的這種冷淡態度感到恐懼，有時又為導致這一冷淡態度的原因感到欣喜。除了和這個人相處以外，她再沒有其他的想法和其他的願望了；可是新的生活還沒開始，她甚至都還不能明確地想像。現在能做的就只有一點，那就是期待，既害怕又高興地期待未知的新生活。

而現在，這種期待、這種猶豫、這種因告別原來的生活而產生的惆悵心情——這些馬上就會終結，新的一切將要開始了。由於自己毫無經驗，這種新生活又是可怕的；不管它是否真的可怕，在她心中，早在一個半月前就已形成了；現在只不過是讓她心中早已形成的事實獲得最終的認可罷了。

司祭再次轉身朝著誦經台好不容易拿起基蒂小小的戒指，要列文伸出手來，把戒指套在他手指的第一個關節上。

「上帝的僕人康斯坦丁和上帝的僕人卡捷琳娜喜結良緣了。」接著，司祭又將一枚很大的戒指戴到基蒂那隻細小得可憐的粉紅色的指頭上，說了一遍相同的話。

新郎和新娘好幾次努力要猜到他們該做些什麼，可是每次都弄錯了，神父就小聲糾正他們。後來，他終於完成了所有該做的儀式，用他們的戒指畫了十字。然後列文又將大戒指還給了基蒂，基蒂將小戒指還給了列文，他們又困惑了，這麼傳來傳去地顛倒了兩次，還是不合乎要求。

多莉、奇里科夫和奧布隆斯基走過來糾正他們的動作。引發了一陣慌亂的低語和笑聲，可新郎新娘臉上感動的莊嚴神情並沒變；相反，他們的手雖弄錯了，他們的神情更加莊重嚴肅。這讓奧布隆斯基在小聲提醒他們戴上戒指時所露出的笑容也不禁消失。他覺得，此刻無論什麼樣的微笑都會讓他們的感情受到傷害。

「是你開天闢地創造男女，」司祭在交換戒指的儀式完成以後緊接著誦讀道，「你使他們結合成夫妻，生兒育女。啊，我們的上帝，你把天上的福祉賞給所選擇的奴僕，世世代代，未曾中斷，請您照管您的僕人康斯坦丁和卡捷琳娜，用信念、同心同德、真理、愛情讓他們的婚姻堅如磐石……」

列文越來越覺得自己對結婚的一切想法、對如何安排生活的一切夢想全都很幼稚，雖然他正在親身經歷這件事，這些都是他至今不理解的，而現在更加不理解了。抑制不住的淚水湧上了他的眼。

chapter 5

# 看熱鬧的女人

所有莫斯科的親戚和朋友，幾乎全都聚集到了教堂。在舉行婚禮期間，在燈火輝煌的教堂裡，服飾華麗的婦人和少女，繫白領帶、穿燕尾服和穿制服的男人，在彬彬有禮地低聲交談。談話多半由男人開頭，女人則聚精會神地觀察著十分吸引她們的宗教儀式的細節。

在離新娘最近的小圈子裡，是她的兩個姐姐，多莉和從國外回來的二姐嫻靜的美人利沃夫夫人。

「瑪麗怎麼穿紫色衣裳？那就像在婚禮席上穿黑色一樣，不合適！」柯爾森斯基夫人說。

「對她那種臉色，這是唯一的補救辦法……」德魯別茨基夫人回答，「我不懂他們怎麼在傍晚舉行婚禮，就像商人一樣。」

「這樣很好哩。我也是在傍晚舉行的婚禮。」柯爾森斯基夫人回答道。她歎了口氣，想起了那一天她有多麼的美麗，丈夫又是如何可笑地愛著她，而現在全都變了。

「據說誰要是當過十次以上的儐相，自己就不想結婚了，我真想做第十次儐相，為給自己保上險，可這位置已經有人佔據了。」西尼亞溫伯爵向對他有意的漂亮的恰爾斯基公爵小姐說。

恰爾斯基公爵小姐只能報以微笑。她正看著基蒂，心想什麼時候她能和西尼亞溫伯爵站在基蒂現在的位置上，那時候她將怎樣讓他回憶起他今天的戲言。

謝爾巴茨基對老女官尼古拉耶夫夫人說，他想要把花冠戴在基蒂的髮髻上以讓她幸福[2]。

「不該戴假髮的，」尼古拉耶夫夫人答道，她早就打定主意，要是她所追求的那個老鰥夫同她結婚，他們的婚禮將極其簡單，「我不喜歡這樣鋪張。」

謝爾蓋正和達里婭談著話，幽默地對她說婚後旅行的風俗之所以流行是由於新婚夫婦感到害羞的緣故。

「您弟弟可以炫耀了。她真是可愛極了哩。我想您有點羨慕吧。」

「啊，對我來說，這樣的時代已過去了，達里婭。」他答道，臉上露出一種陰鬱嚴肅的表情。

奧布隆斯基正和他姨妹談論著他想起的一句有關離婚的俏皮話。

「花冠得整理一下。」她沒有聽他的話，回答說。

「真可惜，她變得那麼憔悴，」諾得斯頓伯爵夫人對利沃夫夫人說，「可他還是配不上她的一根小指頭，不是嗎？」

「那可不是，我倒感覺很喜歡他——並不是因為他是我未來的妹夫。」利沃夫夫人回答說，「他的舉止那麼大方！在這種場合，既要舉止大方，又不讓人見笑，可不容易。他一點也沒有讓人笑話的地方，也不緊張，但心情一定很激動。」

「我想您希望這樣吧？」

「可以這麼說。她一直是很愛他的。」

2. 俄俗，舉行結婚儀式時，伴郎把沉重的金屬花冠捧在新郎新娘的頭上，照迷信的說法，把花冠真的戴上去，會使他們幸福。

「哦，我們看看他們哪一個先踏上氈子。我給基蒂出了主意呢。」

「這不重要，」利沃夫夫人說，「我們都是順從的妻子，這是我們的本性。」

「啊，我故意搶在瓦西里前頭踏上氈子。你呢，多莉？」

多莉站在她們身旁，聽著她們談話，沒有回答。她十分感動。她的眼裡飽含著淚水，不哭就什麼話也說不出來。她一邊回憶著自己結婚那天，一邊瞥了一眼容光煥發的奧布隆斯基，她忘記了現在的一切，回想起自己那純潔無瑕的初戀。她不僅想起她自己，還回想起了她所有的女友和知交；她想起她們一生中也曾有過這種最嚴肅的一天，她們也曾像基蒂那樣戴著花冠站立著，心裡懷著恐懼、愛情和希望，拋棄過去，踏入神秘的未來。

在這些新娘中，她也想到了她親愛的安娜。

關於安娜將離婚的消息，她也聽說了。她也曾是這樣純潔，也曾戴著香橙花冠，披著白紗，這樣站立著。可現在呢？「這真是奇怪啊。」她自言自語道。

來觀看婚禮儀式的不光是新郎新娘的姐妹、女友和親戚。單純來看熱鬧的女人也都呼吸急促、情緒激動地注視著，唯恐錯過了新娘新郎的每一個舉動、一絲表情。而不聽或不回答那些冷淡的男子的嘮叨，感覺他們淨在說些戲謔的或是不相干的話。

「她怎麼滿面淚痕？她是迫不得已才出嫁的嗎？」

「嫁給這麼好的男子還有什麼迫不得已的？是一位公爵吧，不是嗎？」

「那個穿白緞子衣服的是她姐姐嗎？你聽那執事在嘰哩呱啦地說什麼『妻子應畏懼丈夫』哩。」

「是丘多夫斯基寺院的合唱隊嗎？」

「不，是西諾達爾內的。[3]」

「我問過聽差的。他說他馬上就要帶她到鄉下去。據說很有錢啊。因此才嫁給他了。」

「不，他們這對很般配啊。」

「哦，瑪麗亞．弗拉西耶夫娜，您還說她們穿裙子不用裙箍呢。你看那個穿紫褐色衣服的，據說是公使夫人，她的裙子穿得多麼緊……褶子這邊一道那邊一道的！」

「這新娘真是可愛啊——好像一隻打扮得漂漂亮亮的小綿羊！不管怎樣說，我們女人家還是同情我們的姐妹的。」

這就是擠進了教堂門的一群看熱鬧的女人說的話。

---

3. 西諾達爾內合唱隊是俄國最古老的職業合唱隊之一。

# chapter 6 幸福的光輝

結婚儀式第一部分結束時，教堂人員把一塊粉紅色氈子鋪在教堂中央的讀經台前，唱詩班唱起動聽的幾部合唱的讚美詩來，男低音和男高音相互應和；神父回過頭來，示意新郎新娘踏上那塊淡紅色氈子。

雖然他們兩人聽說過誰先踏上氈子誰就會成為一家之主諸如此類的話，可他們，列文也好，基蒂也好，當他們向前跨上兩三步的時候，根本就想不到這些。有些人說是新郎先踏上去的，有些人說是兩人同時踏上去的。對於這些大聲的議論和爭吵，他們倆也沒有聽見。

問過他們是否願意成婚，是否和別人訂有婚約那套例行問話，又等他們做了自己也感覺奇怪的回答之後，第二部分儀式開始了。

基蒂聽著祈禱文，想聽懂它的意思，可是聽不懂。洋溢在她心頭的誇耀和高興的心情隨著儀式的進行越來越強烈了，讓她失去了注意力。

他們祈禱：「賜予彼等的節操與多子，使彼等兒女滿膝。」還談到上帝用亞當的肋骨創造了他的妻子，「因此男人得離開父母和妻子結合，二人成為一體」，並說「這是一大神秘」；祈求上帝像對待以撒和利百加、摩西和西坡拉那樣，賜予他們幸福，並讓他們看到自己的子孫。「這些都非常美好，」基蒂邊聽邊想，「一切都理應如此」。於是她臉上煥發幸福的微笑，感染了所有望著她的人。

「好好戴上去吧！」當司祭為他們戴上花冠，謝爾巴茨基老公爵也顫抖著他那只戴有三顆鈕釦長筒手套的手，又把花冠高高舉在她頭上時，有人這樣勸告說。

「戴上去吧！」她笑著小聲說。

列文轉過頭來望了望她，被她臉上煥發的快樂光輝感動了。這種快樂的心情不禁也感染了列文。他心情變得既愉快又興奮了。

他們興奮地聽大家朗誦《使徒行傳》。那群局外人卻很不耐煩地等待著大輔祭高聲誦讀最後一節詩。他們從淺杯裡喝著摻水的溫葡萄酒，覺得更快活了。

當神父一下子脫掉法衣，拉住他們的手，在男低音激動的「榮耀歸主」聲中，領著他們繞過讀經台時，他們覺得更加興高采烈。扶著花冠的小謝爾巴茨基和奇里科夫不時地被新娘的拖地長裙絆住；他們也帶著微笑，覺得快活。

每次司祭停下腳步，他們不是落在後邊，就是撞到新郎新娘的身上。

基蒂心裡歡喜的火花彷彿感染了教堂裡的每個人。列文覺得，幾乎連司祭和助祭也都和他一樣，禁不住想笑。

司祭從他們的頭上摘下花冠，誦讀了最後一篇祈禱文，接著向新郎新娘祝賀。列文端詳著基蒂，他從來沒有看到過她現在這個樣子。她的臉上洋溢著新的幸福光輝，顯得十分嫵媚動人。

列文很想對她說點什麼，可他又不知道儀式是否已經結束。司祭把他從困境中解救出來。他微微一笑，仁慈地輕聲說：「吻您的妻子吧，您也吻您的丈夫吧。」接著就把他們手中的蠟燭拿過去。

列文輕輕地吻了她那笑盈盈的嘴唇，把一隻胳膊伸給她，心中充滿了全新的、新奇的親近感。他不相信，也不能相信這是真的。直到他們驚奇而羞怯的目光相遇時，他才相信這是真的，因為他感覺到他們已融為一體了。

當天晚上，新郎新娘吃完晚餐就坐車到鄉下去了。

# chapter 7 歐洲旅行

沃倫斯基和安娜已經在歐洲旅行三個月了。他們遊覽了威尼斯、羅馬和那不勒斯，現在剛剛到達義大利的一個小市鎮，他們打算在此停留一段時間。

一個帥氣的侍者領班，一頭濃密的搽過油的頭髮，從頸根分開，穿著燕尾服，胸口露出一大塊白麻紗襯衫，圓鼓鼓的大肚子上掛著一串吊滿飾物的鏈條，雙手插在口袋裡，蔑視地瞇縫著眼睛，正在用嚴厲的腔調回答那個攔住他的紳士的問題。聽到門口那邊上樓的腳步聲，領班回過頭來，一看見住在旅館上等房間的俄國伯爵，他就畢恭畢敬地把手從口袋裡抽出來，鞠了個躬，告訴他有一個信差來過，說租借「帕拉佐」[4]的事已經辦妥了，管理人準備簽訂合同了。

「噢！那太好了，」沃倫斯基說，「太太在家嗎？」

「她出去散過步，現在已回來了。」僕人答道。

沃倫斯基把頭上的寬簷軟帽摘下來，用手帕擦擦汗津津的前額和頭髮。他的頭髮長得遮住了半個耳朵，往後梳，掩蓋著他的禿頂。然後，他心不在焉地向那位仍站在那裡端詳著自己的先生瞟了一眼，就要走開。

4. 義大利語：宮殿式住宅。

「這位俄國先生是來拜訪您的。」領班說。

沃倫斯基為無論走到哪裡都能碰到熟人而感到既懊惱又期待，他煩惱的是無論走到哪裡都逃避不了熟人，期待的是找點什麼娛樂活動來調劑一下單調的生活。幾乎在同一時刻，二人的眼睛閃爍出了光芒。

「戈列尼謝夫！」

「沃倫斯基！」

是的，這就是沃倫斯基在貴族軍官學校時的同學戈列尼謝夫。戈列尼謝夫在學校裡是個自由派，以文官資格畢業，但沒在任何地方供過職。一離開學校兩人就各奔東西了，後來只碰過一次面。

那次見面的時候，沃倫斯基瞭解到，戈列尼謝夫選了一種自命不凡的自由主義工作，所以他蔑視沃倫斯基的職業與地位。因此，一看到戈列尼謝夫，沃倫斯基就對他採取了一貫擅長的冷漠而又高傲的態度，意思是：「您喜不喜歡我的生活方式，我都無所謂。您想瞭解我，就得尊敬我。」戈列尼謝夫還是抱著那種看不起的冷淡態度，不理會沃倫斯基的舉止。那次見面好像加深了他們之間的隔閡。而此時此刻，他們一認出對方就都高興地大笑大叫起來。沃倫斯基根本沒想到，自己見了戈列尼謝夫還會這樣快樂，可見自己如今是多麼的無聊啊。他忘記了上次見面時留下的不愉快印象，喜笑顏開，向老同學伸出手去。戈列尼謝夫臉上不安的神色也被同樣喜悅的神色所代替。

「見到你，我太高興了！」沃倫斯基露出一排雪白整齊的牙齒，熱情地笑著說。

「我呢，聽說來了一位沃倫斯基，卻不知道究竟是哪個沃倫斯基。真高興呀！」

「我們進去吧。哦，你最近在做什麼呀？」

「我住在這裡已經有兩年了。在工作。」

「噢！」沃倫斯基感興趣地說，「我們進去。」接著，他按照俄國人的習慣，凡是不願讓僕人聽懂的話不說俄語，而說法語。

「你認識卡列寧夫人嗎？我們一塊兒旅行。我現在是去看她。」他用法語說，一邊仔細打量著戈列尼謝夫的面部表情。

「噢！不認識（其實他是認識的）。」戈列尼謝夫若無其事地答道。「你早就來這裡了？」他又加一句。

「我？今天是第四天。」沃倫斯基回答，又一次留神地打量老同學的神色。

「是的，他是一個正直的人，應該能對事情做出公正合理的評價，」沃倫斯基在心裡想，他明白戈列尼謝夫的面部神情和轉變話題的意思，「可以介紹他和安娜認識，他會做出公正合理的評價。」

沃倫斯基在國外和安娜度過的這三個月中，每逢會見什麼人，他總是暗暗自問，這個人將怎樣看待他同安娜的關係。他發現男人們看待這事大多數都是通情達理的。然而，要是有人問他，或者問那些做出「公正合理的」理解的人，這種理解的具體內容到底是怎樣的，那他和他們都不知該如何作答。

其實，那些沃倫斯基覺得已經做出「公正合理的」解釋的人根本也不瞭解這事，只是從很有禮貌地應付來說，像個有教養的人，面對人生各個方面的錯綜複雜而又難以解釋的問題，避免做任何暗示和提出不愉快的問題罷了。他們裝出完全理解這種局面的神氣，承認它，甚至贊成它，卻又覺得，把這些明示出來是不適當且沒有意義的。

沃倫斯基馬上推測出戈列尼謝夫就是這類人，所以看到他十分高興。實際上，戈列尼謝夫被帶到安娜面前的時候，表現得正如沃倫斯基所期望的那樣。很明顯，他輕而易舉地就避開了一切令人尷尬的話題。

在此之前他不認識安娜，這會兒一見，對她的美貌，特別是對她那處變不驚、落落大方的態度深為震驚。沃倫斯基帶著戈列尼謝夫進來時，她的臉紅了，他特別喜歡她那開朗而又美麗的臉上浮現的孩子氣的紅暈。並且，讓他感到十分高興的是，她好像故意不讓別人誤會似的，立刻熱情地用「阿列克謝」來稱呼沃倫斯基，還說他們馬上要搬進一座被這裡的人稱為官邸的、剛剛租下的房子中去住。戈列尼謝夫特別喜歡她這種對自己所處的環境直率和坦誠的態度。由於他不但認識卡列寧，也認識沃倫斯基，因此瞧著安娜這種誠懇快樂、生氣勃勃的模樣，覺得十分瞭解她。他覺得他理解這件她自己怎麼也不理解的事情：給丈夫帶來的不幸，拋棄丈夫和兒子，破壞了自己的好名聲以後，她怎麼還會感到自己精神飽滿、快樂又幸福呢？

「旅行指南裡有它的記載，」戈列尼謝夫說的是沃倫斯基租下的那座官邸，「那裡有傑出的丁托列托[5]的作品，他的晚期作品。」

「您知道嗎？天氣很好，我們去那裡看一看吧。」沃倫斯基對安娜說。

「好啊，我去戴帽子，馬上就來。您說今天熱嗎？」她在門口站住，帶著詢問的眼神看著沃倫斯基說，紅暈再次浮現在她的臉上。

沃倫斯基從她的眼神裡看出，她不明白要和戈列尼謝夫保持什麼樣的關係，不知道她的舉止是

5.丁托列托（一五一八至一五九四年），文藝復興時期義大利著名畫家。

否和他所期望的相符。

他用柔和的目光凝視了她一會兒說：「不，不是很熱。」她立馬覺得自己完全明白了，主要是明白他對她的舉止很滿意。於是她朝他嫣然一笑，麻利地走出房門。

兩位朋友看了看彼此，兩人臉上都露出了遲疑的神色，看來戈列尼謝夫顯然很欣賞她，想說幾句關於她的話，可是想不出來；而沃倫斯基既盼望又擔心他那麼做。

「這麼說，」沃倫斯基想談點什麼，就開口道，「你就住在這兒了？你還在做那種工作？」他又繼續說，他記得別人告訴過他，戈列尼謝夫正在寫一本什麼書。

「是啊，我在寫《兩個原理》的第二部，」戈列尼謝夫聽到這話，高興得漲紅了臉說，「說得確切一些，我還沒寫，還在做準備，收集材料。第二部的內容將要廣泛得多，幾乎涉及所有問題。在俄國，人們都不肯承認我們是拜占庭帝國的後代。」他開始長篇大論、慷慨激昂地陳述自己的觀點。

沃倫斯基剛開始感到很被動，因為他根本不知道《兩個原理》第一部的內容，而它的作者卻像在談論某部名著似的和他談論這部作品。可後來，當戈列尼謝夫開始說自己的見解，而沃倫斯基也能聽懂他的意思時，雖然不知道《兩個原理》是怎麼回事，沃倫斯基還是頗感興趣地聽著戈列尼謝夫說，他說得很生動。但是，戈列尼謝夫在談到自己特別感興趣的題目時所流露出的那種極度興奮的樣子卻讓沃倫斯基覺得驚駭、不快。戈列尼謝夫越說眼睛越亮，越急於反駁他的假想敵手，臉上的神色也變得越發激動和憤慨。沃倫斯基根本不理解導致這種憤慨的原因，也不贊同這種憤慨，回想當時戈列尼謝夫是一個瘦小活潑的、性情善良的、品質高尚的男孩，在學校裡經常名列前茅。更令他最不悅的是，戈列尼謝夫是一個上流社會的人，竟然和那些讓他憤慨的拙劣作家一般見識。這值得嗎？這讓沃倫斯基很不高興。他的不幸簡直像是精神錯亂，這可以從他激動的、十分漂亮的臉上看出來，因為連安娜進來他也沒有發覺，仍舊情緒激動地、急急忙忙地談他的那些想法。

安娜戴著帽子、披著斗篷走進來，用一隻纖細的手敏捷地擺弄著太陽傘，在沃倫斯基身旁站下來時，沃倫斯基這才鬆了口氣，擺脫了戈列尼謝夫緊緊盯住他的貪婪的眼睛，帶著新的愛意瞧了一眼他那迷人的朝氣蓬勃的快樂女伴。戈列尼謝夫好不容易才鎮靜下來，開頭有點沮喪和憂鬱，不過對每個人都有好感的安娜，馬上用她那純真和愉快的態度讓他打起精神來。她嘗試著談了幾個話題後，就把話題轉移到他談得繪聲繪色的繪畫上，並認真聆聽著。他們走到了已經租下來的那所房子，還進去仔細地察看了一遍。

「有一點我很高興，」在回來的路上安娜對戈列尼謝夫說，「阿列克謝要有一間漂亮的畫室了。你必須把這個房間利用起來。」她用俄語對沃倫斯基說，並用「你」來稱呼他，因為她已看出來，戈列尼謝夫在他們的隱居生活中會成為他們的密友，當著他的面不用顧忌。

「難道你果真會畫畫？」戈列尼謝夫連忙轉身問沃倫斯基。

「是啊，我早先學過，現在又開始畫了。」沃倫斯基漲紅了臉說。

「他在這方面有很高的才能，」安娜快活地笑著說，「當然，我不是鑒賞家！但一些有眼力的鑒賞家都這麼說。」

# chapter 8
# 苦悶心情的滋長

在獲得自由和迅速恢復健康的初期，安娜覺得自己無比幸福，充滿了生的喜悅。回憶丈夫雖然痛苦，但並沒有損害她的幸福。一方面，這種回憶太可怕，她不願去想；另一方面，她丈夫的痛苦又使她感到幸福，她一點也不後悔。有關她病後發生的一切事情的回憶：和丈夫的和解、決裂、沃倫斯基受傷的消息、他的再次出現、離婚的準備、離開丈夫的家、和兒子離別——對她來說，這一切彷彿是場夢，她和沃倫斯基一起來到國外之後，彷彿才從夢中醒來。想到她讓丈夫遭遇的不幸，她心裡就產生一種近似厭惡的心情，彷彿一個要淹死的人甩開了另一個抓住他的人的那種感覺。另外那個人就淹死了。這樣做當然是卑鄙的，卻是她唯一獲救的辦法。這些可怕的細節，最好還是不要去想。

在她和丈夫決裂初期，對於自己的行為她心裡有一種聊以自慰的想法，現在當她回想過去的一切的時候，她又想起了那種想法。「我使這個人痛苦是無可奈何的，」她想，「但我並不想利用他的痛苦。我現在很痛苦，今後也會痛苦的。我失去了最寶貴的東西——我的名譽和兒子。我做了錯事，也並不企求幸福，也不想離婚，我會因為恥辱和離開自己的兒子而受苦。」可是不管安娜多麼真誠地打算受苦，她卻沒受一丁點兒苦，連恥辱也沒有。憑他們兩人擁有的機智，再加上在國外躲避著俄國婦人，因此他們從未把自己置於遭受道德譴責的境地，他們在各地遇見的人，總是裝作很瞭解他們的關係，瞭解得甚至比他們自己更清楚。離開心愛的兒子，最初她也不覺得痛苦。小女孩——他的孩子——是那麼可愛，並且因為這是留給她的唯一的孩子，因此安娜十分疼愛她，以至於很少想到自己的兒子。

因為健康恢復而逐漸增加的生的欲望是如此強烈，特別是她的生活環境又如此新鮮和愉快，安娜覺得非常幸福。她越瞭解沃倫斯基，就越愛他。她愛他是為了他，也為了他對她的愛情。能夠完全佔有他，這使她一直感到快樂。同他親近，她總覺得很開心。她對他的性格特點越來越瞭解，覺得這些特點無比親切可愛。

他那因為換上便服而改變的外貌，在她看來是如此富有魅力，她就像是一個初戀的少女。在他說的、想的、做的每件事情上，她都能覺察出不同的、高貴優雅的地方。她對他的崇拜著實讓她自己也吃驚了，無論如何她也找不出他有什麼不優雅的地方。她不敢把自己的自卑感在他面前表露出來。她感覺，要是他知道了，也許很快就會不愛她了，而這正是她現在最害怕的，雖然她沒有理由害怕。然而，她不能不感謝他對她的態度，也不能不表示她對此的珍視。他，在她看來，在政治活動方面是具有顯著的才能的，在政治方面應該能扮演一個重要角色——而他卻為了她拋棄了功名心，並且從未流露出一絲懊悔。他對她越來越寵愛，時刻留意不使她感到自己的處境不光彩。像他這樣一個男子漢大丈夫，不僅從來不敢違抗她的心願，而且簡直毫無自己的意志，總是一味遷就她。她不能不珍惜這份情誼，然而，他對她這樣用心周到、關懷備至的氣氛，有時反而讓她很痛苦。

儘管沃倫斯基渴望了那麼久的事情終於如願以償了，卻並不十分幸福。他很快就覺得他願望的實現所給予他的，只不過是他所期待的幸福之山上的一顆小沙礫罷了。他看到滿足於這種欲望，就是犯了人們常犯的那種無法挽回的錯誤，人們往往把欲望的滿足看成幸福。在他們結合在一起，換上便服的初期，他體驗了以前從未體驗過的自由滋味，還有戀愛自由的滋味——他很滿足，但這並不長久。他不久就覺察出有一種追求願望的願望，一種苦悶的心情正在心底滋長。

不由自主地，他開始抓住每個轉瞬即逝的幻想，把它誤認為願望和目的。每天都得設法消磨十六小時，因為在國外他們過的是無拘無束的生活，遠離了彼得堡那種耗費時光的社交生活。至於以前遊覽外國時曾享受過的獨身生活的樂趣，沃倫斯基現在是連想都不能想了，因為僅僅一次那樣的嘗試就曾在安娜心裡引起了意料不到的憂鬱，而那也只是因為同幾個獨身朋友一起聚餐回來晚了。同當地人士和俄國僑民交際，又因對他們的情況不明而無法進行。遊覽名勝吧，且不說所有名勝都已遊覽遍了，對沃倫斯基這樣聰明的俄國人來說，也沒有像英國人所認為的那種不可言喻的意義。

就像餓慌了的動物遇到什麼就抓什麼，希望從中找到食物一樣，不由自主地時而研究政治，時而閱讀新書，時而從事繪畫。

他從小就有繪畫的才能，現在又不知道該往哪裡花錢，於是便開始收集版畫，自己也畫起畫來，把需要滿足的過剩的願望通通集中在這上面。

他賦有鑒賞藝術品的才能，並且能十分逼真地、獨具風格地臨摹藝術品，他自認為具備做一個藝術家的條件，但在選擇哪一類繪畫上費了一番躊躇：畫宗教畫，歷史畫，風俗畫，寫實畫呢，還是風俗畫？猶豫了一些時日後，他就開始畫起來。他懂得各個不同的種類，並且能從任何一類裡獲得靈感，可他沒想到，這也可能是對於繪畫的種類一無所知，而是直接從自己的內心獲得的靈感，而不管畫出來的東西屬於哪一流派。因為他不懂這個，因為他不是直接從生活本身，而是間接地從體現在藝術品中的生活裡得到靈感，所以他的靈感來得同樣快，也特別容易，他畫出來的東西也特別快，同樣容易地達到了和他所要臨摹的流派極其相似的境地。

在所有流派中，他最喜歡優美動人的法國畫。他就模仿這種繪畫，給穿著義大利服裝的安娜畫肖像。對於這幅肖像，他和所有看到它的人都覺得十分成功。

# chapter 9 肖像畫家

這是一座古老荒蕪的官邸，裡邊有高高的塑造裝飾的天花板和一幅幅水彩壁畫，地上鋪著鑲花地板，大窗戶上掛著厚厚的黃花緞窗簾，柱形花架和壁爐上放著一個個花瓶，每道房門都是雕花的，陰暗的客廳裡掛著一幅幅圖畫。他們搬進去以後，這座別墅的外貌使沃倫斯基有一種愉快的錯覺，彷彿他並不是一個俄國地主，一個退職的軍官，而是一個開明的藝術愛好者和保護人，並且是一個為了心愛的女人而遠離塵世、拋棄親戚、放棄功名的謙卑的藝術家。

一搬進這座官邸，沃倫斯基想像的所扮演的角色就成功了。通過戈列尼謝夫的介紹認識了一些有意思的人物之後，頭一個時期，他還是很平靜。他在一位義大利美術教授的指導下練習寫生，並研究義大利中世紀生活。當時沃倫斯基特別迷戀中世紀的義大利生活，他甚至開始按照中世紀的樣子戴起帽子，把方格粗呢披巾斜掛在一隻肩膀上，這麼打扮對他來說十分相稱。

「我們在這裡住，卻什麼都不知道。」有一天沃倫斯基對著大清早就來拜訪他的戈列尼謝夫說。

「你看過米哈伊洛夫的畫嗎？」說著他遞給戈列尼謝夫一張早上剛剛收到的俄國報紙，指著上面那篇與一個俄國畫家有關的文章讓他看。那位畫家就和他們住在同一座城市，他剛剛完成一幅被人交口稱讚的且已被人事先訂購了的畫。文章抨擊了政府和美術研究院，因為一位如此卓越的畫家竟被丟在那裡而不予以任何獎勵與支持。

「看過，」戈列尼謝夫答道，「當然，不能說他沒有才氣，可走的方向卻不對頭。仍舊是伊萬諾夫、斯特勞斯、芮農[6]對基督和宗教畫的那種態度。」

「那幅畫的主題是什麼？」安娜問。

「站在彼拉多[7]面前的基督。基督成了新派現實主義筆下一個徹頭徹尾的猶太人。」

談到畫的主題，就轉到了戈列尼謝夫感興趣的論題上，他開始滔滔不絕地議論起來：「我根本不明白他們怎麼會犯如此無知的錯誤。在藝術大師的作品裡，基督的形象已經定型了。因此，如果他們不畫上帝，而要畫革命家或者聖賢人物，他們盡可以挑選歷史人物，那他們大可以從歷史中選取蘇格拉底、佛蘭克林、夏洛特・郭爾黛[8]，而不該選基督。他們選的就是不能用來作為藝術題材的那個人，何況……」

「哦，這位米哈伊洛夫真的這麼窮困嗎？」沃倫斯基問。他自以為是個庇護文藝的俄國財主，因此不管他畫得怎樣都應該幫助他。

「我看也未必。他是位優秀的肖像畫家。你見過他畫的瓦西里奇科娃的肖像嗎？不過，好像不再想畫肖像了，因此生活很拮据。我是說……」

6. 斯特勞斯（一八〇八至一八七四年），德國神學家，唯心主義的哲學家，德國資產階級急進主義的思想家，著有《耶穌傳》。一八七二年拋棄了基督教的信仰。芮農（一八二三至一八九二年），法國宗教史家，著有《基督教起源史》。戈列尼謝夫把俄國著名畫家阿・伊萬諾夫（一八〇六至一八五八年）也列入這一流派。
7. 彼拉多，《聖經・新約全書》中審判耶穌的羅馬總督。
8. 夏洛特・郭爾黛（一七六八至一七九三年），暗殺法國資產階級革命的著名活動家馬拉的法國女子。

「我們能請他為安娜畫一幅肖像嗎？」沃倫斯基問。

「為什麼畫我的肖像？」安娜問。「有了你畫的那幅肖像以後，我再也不要其他人畫的肖像了。給安妮（她這樣叫她的小女兒）畫幅吧。看，她就在那裡。」她補充了一句，從窗戶中看到了那個抱著孩子走進花園來的、標緻的義大利奶媽，並且馬上偷偷地回頭望了望沃倫斯基。沃倫斯基在自己的一幅畫中畫過這個標緻的奶媽的頭部。她成了安娜生活中唯一的隱憂。沃倫斯基在畫她時特別歎賞她那美麗的、古典式的風姿。安娜自己也不敢承認，她唯恐吃這個奶媽的醋，因此特別寵愛她和她的小兒子。沃倫斯基也看了看窗外，轉過頭來又看了看安娜的眼睛，然後立馬回過頭去問戈列尼謝夫：「你認識這個米哈伊洛夫嗎？」

「我見過他幾次。不過，他是個怪人，並且沒有一點兒教養。說實在的，他是眼下常見的那種野蠻的新派人，就是在沒有信仰、否定一切和唯物主義的思想直接影響下培養出來的自由思想家。以前，」戈列尼謝夫沒有注意到，也許是不願注意到，安娜和沃倫斯基都有話要說，所以就繼續說下去，「以前，自由主義者總是用宗教、法律、道德觀念培育人，並且是經過親自奮鬥與探索而達到自由思想領域；現在出現的卻是一種新型的天生的自由主義者，他們甚至還沒聽說過世上存在著什麼道德法規、宗教法規和權威，他們是在徹底否定一切的觀念中成長的，也就是說他們像野蠻人一樣。他就是這種人。他大概是莫斯科宮廷總管的兒子，沒有受過任何教育。後來進了美術學院，有了名氣，他也不是傻子，就想再受點兒教育。他開始閱讀自認為是知識源泉的雜誌。你知道，自古以來，一個人要接受教育，比如說法國人吧，就必須著手閱讀所有的經典作品——神學家、悲劇作家、歷史學家和哲學家的作品，還有他能見到的一切智慧的成果。然而，現在在我們這裡，他會直接鑽進否定一切的書籍中，並且不久就精通了這門學問的實質，這樣就算行了。不僅如此，二十年前，他能在這類書籍中找出與權威、與幾個世紀以來的觀念搏鬥的痕跡，並從這種搏鬥中推斷出世上還存在著其他的什麼東西。在這類書籍裡，人們覺得不值得與舊觀念討論，只是乾脆爽快地說：沒有其他的東西，只有進化、淘汰、生存競爭，只有這些而已。我在自己的論文中……」

「聽我說——」安娜說，她早就在偷偷地和沃倫斯基交換眼神，知道沃倫斯基對這位畫家的學識沒有絲毫興趣，而不過是想要幫助他，請他畫幅肖像罷了。「依我說，」她毅然打斷談得津津有味的戈列尼謝夫，「我們上他那兒去一下吧！」

戈列尼謝夫馬上醒悟過來，並欣然同意。因為這位畫家住在很遠的一條街上，所以他們想雇一輛四輪馬車。

安娜和戈列尼謝夫並肩坐在馬車中，沃倫斯基坐在他們前面。一小時後，他們到了很遠的一條街上的一座雅致的新房屋門前。看門人的妻子走出來迎接他們。從她那裡獲知，米哈伊洛夫允許別人到他的畫室去參觀。但此刻他在幾步外的寓所裡。他們就請她把名片遞給他，要求讓他們看看他的畫作。

# chapter 10 畫家米哈伊洛夫

當遞上沃倫斯基伯爵和戈列尼謝夫的名片的時候，畫家米哈伊洛夫正在工作。早晨，他在畫室裡畫一幅巨幅油畫。回到家裡，他對妻子大發脾氣，因為她沒設法把來討賬的房東太太對付過去。

「我對你說了多少次，叫你不要和人家多囉唆。你本來就笨，再用義大利話囉唆，就顯得更笨了！」爭論了一大場之後他說。

「那你不該拖得這麼久，這不能怪我。要是我有錢……」

「看在上帝面上，讓我安靜點吧！」米哈伊洛夫尖叫著，眼裡含著眼淚，接著他捂住耳朵，走到隔壁的工作室裡，隨手把門鎖上了。「蠢女人！」他自言自語道，然後在桌旁坐下，打開畫板，馬上充滿熱情地畫起他已經動筆的這幅畫。

他平時工作，從來沒有像在生活困難時，尤其是在跟妻子吵嘴時那樣賣力，那樣順利。「唉！是要逃到什麼地方去才好呢！」他一面工作，一面尋思。他正在畫一個盛怒的人的面容。以前畫過一幅，可他不是很滿意。「不，那幅還好些……放到哪兒去了呢？」他回到妻子那屋去，緊皺眉頭，也不看她，卻問他的大女兒，他給她們的那張紙放到哪裡去了。這張被丟掉的畫稿找到了，但弄得很髒，沾滿了蠟燭油。他還是抓起這張畫稿，回到畫室，放到桌上，接著他退後兩三步，瞇著眼睛打量著它。忽然他微笑了，高興地揮了揮胳臂。

「對啦！對啦！」他說，馬上拿起鉛筆，麻利地描繪起來。

油脂的污點賦予畫中人新的風姿。

他繪出了這種新的風姿，忽然想起那個雪茄商人的面容和他突出的下巴。他就照這張臉和這個下巴畫下去。他興奮得笑起來。這畫像就從沒有生氣的、虛構的形象變得生氣勃勃，這樣就無法再改動了。那人像有了生命，輪廓分明，很明顯已經定型了。那畫像可以按照需要略加修改，兩腿可以而且必須叉開一些，左臂的位置也得改變一下；頭髮不妨也掠到後面去。不過做的這些修改並沒有改變整個姿勢，而只是去除了遮掩住它性格的東西。他彷彿剝去了不能讓它清晰地顯現出來的罩布。每增添一筆就越發顯得整個人更矯健有力，正如油脂的污點忽然向他顯示出來的那樣。當名片遞上來的時候他正在仔細地繪完那幅畫。

「就來！就來！」他走到他妻子那裡。

「啊，薩莎，別生氣了吧！」他羞怯而溫柔地笑著對她說，「你錯了，我也錯了。一切我都會安排好的。」他同妻子言歸於好，穿上天鵝絨領子的橄欖色大衣，戴上帽子，到畫室去。他現在已經忘記了那幅成功的畫像，正為這些高貴的俄國人坐著馬車來訪而感到歡喜和興奮。

對於那幅正放在畫架上的畫，他只想到這樣的畫還從來沒有人畫過。他並不認為他的畫比拉斐爾的畫還好，但他知道，他在那幅畫裡所表現的內容至今還沒有人表現過。這點，他十分確信，並且很早以前，從他開始畫的時候就知道；可是，別人的批評，不管是什麼樣的批評，在他眼裡都有著重大的意義，讓他從心底激動。任何評語，就算是最微不足道的，哪怕是那些批評家只看到了他在這幅畫中所表現的一小部分也好，都讓他深深感動。他總把比自己更高深的理解力歸功於他的批評家，並且總期望著可以從他們口裡聽到一些他自己還沒有在畫中看出的東西，並且時常想像在他們的批評中真的發現這些了。

他快速地朝畫室的門口走去，不管他如何興奮，可是站在門裡陰影處的安娜的嫵媚形象仍使他大吃一驚。安娜正在聽戈列尼謝夫滔滔不絕地講著什麼，顯然她很想看看這位走近的畫家。就連他自己也沒有意識到，當他朝他們走過來時，就像捕捉並吞咽下賣雪茄的商人的下巴那樣，他捕捉並吞咽下了這個形象，然後把它收藏在某個地方，只要用得著時就把它拿出來。

戈列尼謝夫前面描述的關於這位畫家的事情本來就使參觀者感到失望，到此刻真正看到他的長相，他們就越發感到失望了。畫家米哈伊洛夫中等身材，有著壯實的體格，走起路來搖搖晃晃，他戴著一頂褐色禮帽，身穿一件橄欖色大衣和一條窄小的褲子，然而在這個時候早就流行穿寬大的褲子了；尤其是他那張普通甚至平庸的大臉盤，還有那種既覺得畏怯又想保持尊嚴的神氣，這些都給他們留下了一種很不舒服的印象。

「請進。」

他竭力裝作若無其事的樣子說，接著走進門廊，然後從衣兜裡掏出鑰匙，打開了房門。

chapter 11

# 基督的神情

走進畫室後，米哈伊洛夫重新打量了客人們一眼，他腦海裡記下了沃倫斯基的面部表情，特別是他的顴骨。儘管他的藝術家感覺在不停地活動，為自己收集素材，儘管因為即將聽到別人評論他的作品而越來越激動，但他還是很快速、很機敏地憑著不易覺察的標誌構成了他對這三個人的印象。

那一個（戈列尼謝夫）是一個居住在這裡的俄國人。米哈伊洛夫並沒有記住他的姓名，而且也不記得是在什麼地方看見過他，以及和他談過什麼話。他只是記住了他的面孔，就如同他記得住所有他見過的面孔一樣。但是他依然記得那在他的記憶裡是應該存放在妄自尊大而且表情貧乏的那一類面孔裡的。他濃密的頭髮以及開闊的前額都給了這副面孔一種彷彿很神氣的模樣，但那面孔卻只有一種表情，集中在窄窄的鼻樑上的、像小孩般的、並不安靜的表情。

而沃倫斯基和安娜，按照米哈伊洛夫的想法，一定是屬於高貴富有的俄國人，並且就像所有富有的俄國人一樣，對於藝術是完全不懂，但還是要裝出一副藝術愛好者和鑒賞家的樣子。「也許他們已經看過了所有的古物，如今又要來看看新人、德國的江湖客，英國拉斐爾[9]前派的傻瓜們的畫室了，他們來到我這裡只不過是為了看個齊全罷了。」他想著，他非常瞭解藝術涉獵者們（他們往往是

9. 拉斐爾（一四八三至一五二〇年），文藝復興時期偉大的義大利畫家。

越聰明越壞）的習氣，他們來參觀現代美術家的畫室，無非就是為了以後有資格說現在的美術已經衰落了，並且肯定會說越看新人的作品，就越覺得古代巨匠的作品依舊是多麼的無與倫比。

他好像在期待著這一切，這一點，他從他們的臉上看得出來，從他們相互交談，觀看人體模型和半身像，無拘無束地走來走去，等待揭去畫上遮布那種滿不在乎的神氣上也看得出來。可是雖然如此，在他一幅幅地打開他的習作，掀開窗帷，取下罩布之後，他還是感覺到非常興奮，雖然他非常確定那些高貴有錢的俄國人大半都是畜生和傻子，但他卻很喜歡沃倫斯基和安娜，尤其是安娜。

「瞧，這個好不好？」他邁著迅速的步子閃到旁邊，指著他的一幅繪畫說。「這是彼拉多在訓誡。《馬太福音》第二十七章。」他說，自己感到激動得嘴唇也哆嗦起來。他往後退了幾步，站在他們後面。

在訪問者一言不發地凝視畫的那幾秒內，米哈伊洛夫也在凝視這幅畫，一副漠不關心的旁觀者的眼神。在這幾秒裡，他相信，剛才還被他蔑視的這幾位來訪者，將做出最高明、最公正的評判。他忘記了他在作這幅畫的三年裡對它的想法，也忘記了這幅畫的——對他而言原本是如此確信不疑的——各種價值。他以他們那漠不關心的旁觀者的眼光盯著畫，不管怎樣都看不出它有哪點兒好。他看到，在畫面的前景裡是彼拉多憤怒的臉和基督平靜的面容，在畫面後景裡的則是彼拉多的僕從們的身影和正在認真察看動靜的約翰的那張臉。每一副面孔都是他經過多次探求、失敗、修改而完成的，各有自己獨特的性格，每一副面孔都曾帶給他那麼多的煩惱與快樂。為了全域協調，他不知這些面孔變動了多少回，他花了大量心血所琢磨的色彩和色調的每一個細微差別——這些，此時此刻用他們的眼光去看的時候，他突然感覺彷彿全都是粗俗不堪的、重複了千萬遍的東西。

對他來說，基督的面孔是他最珍視的一副面孔，是整幅畫的中心，當時畫好時，他是那樣的高興，此時此刻當他用他們的眼光去看的時候，他就知道是什麼意思了。他看出自己的畫只不過是無數基督畫像中一幅繪製得較好的臨摹而已（甚至連好都談不上——他明顯地看出了一大堆缺點）；提香、拉斐爾、魯本斯都畫過無數基督像、士兵像和彼拉多。這一切都很庸俗、貧乏、陳舊，色彩太雜，筆力軟弱，簡直糟得很。客人們當著畫家的面說些虛偽的恭維話，而背後卻憐憫他，嘲笑他，那也是有道理的。

這種沉默（雖然不到一分鐘）對他來說太難堪了。為了打破這種沉默，表示自己一點都不激動，他竭力克制著自己，開始和戈列尼謝夫說話。「我好像有幸見到過您。」他一面說，一面不安地望望安娜，一會兒又望望沃倫斯基，生怕錯過他們的一絲表情。

「當然了！我們在羅西家裡見過，還記得嗎，就是在一位義大利小姐——一個新的拉歇爾朗誦表演的那天晚上。」戈列尼謝夫毫不留戀地把視線從畫上移開，轉身面對著畫家，流利地說起話來。

不過，一察覺到米哈伊洛夫在等著他對這幅畫做出評論，他就說：「與上次見您的這幅畫相比，它又有了不小的進步。像上次一樣，我現在還是最佩服彼拉多的形象。你太瞭解這個人物了，他是個善良可愛的傢伙，但又是個徹頭徹尾的官僚，他不知道自己在幹些什麼。不過我覺得……」

米哈伊洛夫那張富態的臉馬上開朗了，眼睛放著光彩。他想說些什麼，可是激動得說不出話來，就假裝咳嗽。儘管他多麼輕視戈列尼謝夫的藝術鑒賞力，儘管戈列尼謝夫對彼拉多這個官僚面部表情的正確評語無足輕重，儘管他的評語令人生氣的沒有觸及要害，儘管這種還未說出要點卻先說出這種無關輕重的評語的做法讓他感到很不痛快，米哈伊洛夫還是很喜歡這條評語。他自己對彼拉多這個人物的看法和戈列尼謝夫所講的完全相同。米哈伊洛夫清楚，正確意見有很多，這個意見不過是其中之一罷了，可他並不因此貶低戈列尼謝夫那條評語的意義。他因這條評語而開始喜歡戈列尼謝夫，心情也立馬由陰鬱變為狂喜。他的整個一幅畫當時在他面前變得維妙維肖了，而且像所有有生命的東西那樣複雜得難以形容。米哈伊洛夫也想說他就是這麼看待彼拉多的，但他的嘴唇卻情不自禁地顫抖著，所以他還是沒說出來。沃倫斯基與安娜也在小聲談話，他們故意壓低聲音，一方面是怕傷了畫家的感情，另一方面是為避免大聲說出蠢話來。這種蠢話，人們在美術展覽會上談論藝術時，是很容易說出來的，米哈伊洛夫知道自己的畫也給了他們很深的印象，便走到他們面前。

「基督的神情真讓人驚歎啊！」安娜說。整個一幅畫中她最喜歡這種神情，並且感覺這是畫的中心，因此，讚賞這種神情一定會讓畫家快樂。「看來他十分同情彼拉多。」

這也是可以在他的畫與基督的畫像裡看出的眾多正確見解之一。她說的是基督很同情彼拉多。他說基督憐憫彼拉多。在基督的表情中應該有憐憫，因為在他身上有愛，有天國的寧靜，有從容就義和不尚空談的表情。

確實，彼拉多身上有一種官吏神氣，基督身上有憐憫的神情，因為他們一個是肉體生活的化身，另外一個則是精神生活的化身。這些還有其他的一些念頭都在米哈伊洛夫的腦子裡閃過。他的臉上又一次高興地放起光來。

「不錯，這個人物畫得很出色，空間感那麼強。可以繞著走過去了。」戈列尼謝夫說，很顯然是要用這句評語表明自己根本不贊成這個人物像的內涵和寓意。

「是啊，手筆十分驚人！」沃倫斯基說，「後景中這些人物那麼突出！這才是真正的技巧。」他回過頭去對戈列尼謝夫說，來暗暗繼續他們之前的一次談話，那時沃倫斯基沒希望能得到這種技巧。

「是啊，是啊，確實驚人！」戈列尼謝夫與安娜隨聲附和道。

雖然米哈伊洛夫很激動，但談到技巧的話卻讓他感覺很痛苦，所以他憤怒地看了沃倫斯基一眼，接著就緊鎖眉頭。他總是聽見「技巧」這個詞，卻完全不懂別人說這個詞指的是什麼。他知道這個名詞一般是指同內容無關的繪畫技巧。他發覺人們往往把技巧同內在價值對立起來，就像現在這種稱讚，彷彿有了技巧就可以把壞的內容畫好。他明白，只有仔細地除去表層，並且不損傷作品本身，這樣才能夠除去所有的表像；繪畫是一種本領，並不存在什麼技巧。假設小孩或是廚娘也能看見他所看見的那種東西，那麼他們也會將其看見的一切表層的東西剝去。而就算是一個最富有經驗的、最熟練的畫師，要是不先弄清楚主題的輪廓，光靠機械的繪畫技巧也是畫不出什麼東西來的。

此外，他覺得，即使談到技巧，他也沒有資格受到讚揚。在他完成和沒有完成的作品裡，他看到了刺眼的毛病，這些毛病就是由於他在去掉表面東西時不慎重而造成的，現在再修改一定會損害整部作品。他覺得，幾乎所有的身體和臉上都還留著損壞作品的表面的，還沒完全剝離表像的痕跡。

「不過我有一點要說，要是您允許我直說的話……」戈列尼謝夫說。

「哎呀，我很想領教，請說吧。」米哈伊洛夫勉強微笑著說。

「他在您作品裡是一個畫成神的人，而並非畫成人的神。雖然我知道您想要的就是這種效果。」

「我不可能畫出我心中所不存在的那個基督。」米哈伊洛夫沉著臉說。

「是的，既然如此，您要是讓我直說……您的畫是那麼好，我的意見是不可能損害它的。況且這也只不過是我個人的意見，我知道您有不同的意見，出發點就不同。但是，就拿伊萬諾夫來說吧，我認為，要是基督被降低到一個歷史人物的地位，那麼伊萬諾夫[10]不如另外選擇一個沒有人畫過的、新穎的歷史題材。」

「可是，如果這是藝術面臨的一個最偉大的題材呢？」

「如果存心去找，還是找得到其他題材的。問題在於藝術不能容忍爭吵和議論。不論是教徒，還是非教徒，看見伊萬諾夫的畫都會產生這種疑問：這是上帝嗎？那就會破壞印象的統一。」

「怎麼會那樣？我覺得對有教養的人們來說，」米哈伊洛夫說，「根本不可能存在這樣的問題。」

戈列尼謝夫不同意這一點，並且始終固執己見，覺得印象的統一在藝術上是必要的，以此來駁倒米哈伊洛夫。

米哈伊洛夫大為激動，可他說不出一句話來為自己的思想辯護。

10. 指伊萬諾夫的畫《基督顯容》。

chapter 12

# 美好的舊習作

安娜和沃倫斯基早就交換著眼色，對這位朋友的能言善辯感到厭煩。接著沃倫斯基沒有等待主人，就徑直向另一幅小畫走去。

「啊，多美妙啊！多美妙啊！簡直就是奇蹟！多麼美妙呀！」他們異口同聲叫起來。

「什麼東西讓他們那麼中意呢？」米哈伊洛夫想。他已經完全忘記了他三年前繪的那幅畫。他忘記了幾個月來一直日日夜夜集中精力在這幅畫上時，自己為之所經受的所有苦悶和歡喜。他忘記它，就像他一貫把畫好的畫忘記那樣。他甚至連看都不想再看它一眼，只不過是因為在等一個想買它的英國人，這才把它擺到外面來。

「啊，那不過是一幅舊的習作罷了。」他說。

「多麼美好啊！」戈列尼謝夫說，顯然他從心底裡被那幅畫的魅力迷住了。

兩個男孩子在柳樹蔭下釣魚。大的那個剛拋下釣鉤，正在灌木叢後聚精會神地收回浮子；小的那個正支著臂肘躺在草地上，用手托著那長滿亂蓬蓬金髮的頭，沉思的碧藍眼睛凝視著水面。他在想什麼呢？

對這幅畫的讚賞喚起了米哈伊洛夫心中的興奮，然而他害怕而且討厭對過去事物懷著沒有意義的留戀，因此，他聽了這種讚賞雖然很高興，但還是想讓來訪者看看第三幅畫。

然而沃倫斯基卻問這幅畫是否出賣。此時米哈伊洛夫已經被訪問者們搞得很興奮，談到金錢他感覺極不愉快。

「它是擺出來賣的。」他回答，陰鬱地皺著眉。

訪問者們走後，米哈伊洛夫坐在彼拉多和基督的畫像前，在心裡回想著訪問者們說過的話以及他們雖然沒明說卻暗示出來的意思。說也奇怪，當他們在這裡的時候，當他按照他們的觀點看待問題的時候，有些意見他認為十分重要，此刻卻變得毫無意義了。他開始從純粹的藝術家角度來看他的畫，立馬產生了這樣一種心情，他堅信自己的畫很完美，所以也具有重大意義；要集中精力，排除一切雜念，堅信自己；只有這樣，他才能夠工作。

基督的一隻腳，照透視學的觀點看是畫得不正確的。他拿起調色板開始工作。他一面修改那隻腳，一面不斷注意著後景中約翰的像。訪問者們甚至都沒注意到那個形象，可他確信它已達到完美的境界。修改完了基督的腳，他打算把那形象也稍加潤色，可是他覺得太興奮了。在他太冷靜和太興奮的時候，把什麼都看得太清楚的時候，他一樣不能工作。在這個過渡階段，他才能作畫。可是今天他太興奮了。他剛想把畫遮起來，卻又站住了，手裡拿著罩布，揚揚得意地微笑著，對約翰的形象看了好一陣。臉上掛著幸福的微笑。最後，帶著依依難捨的神情，他蓋上了罩布，疲倦但很愉快地走回寓所。

在回家的路上，沃倫斯基、安娜和戈列尼謝夫也顯得格外興奮、愉快。他們談論著米哈伊洛夫和他的畫。他們的談話中頻頻出現「才能」這個詞，用它指那種與生俱來的、脫離智慧和心靈而獨立存在的、近乎於生理的能力，用它來表示畫家的所思所想，在他們的談話裡，這個詞用得特別多，因為他們一竅不通而偏偏要談論的東西，就非用它來說明不可。他們說他的才氣無可否認，但他的才氣因為缺乏教養——俄國畫家的通病——而不能發揮。可畫著兩個男孩的那幅畫卻已經深深地印在他們的腦子裡，因此，他們時不時地談論一番這幅畫。

「太美了！畫得真好，真自然！他自己都不知道它有多麼好。是啊，不能錯過機會，一定得把它買下來。」沃倫斯基說。

# chapter 13 安娜的肖像

米哈伊洛夫把那幅畫賣給了沃倫斯基，並答應為安娜畫肖像。在約定的那天，他來了，動手畫起了肖像。

畫到第五次的時候，肖像就開始讓所有的人驚訝了，特別是沃倫斯基，因為不僅畫得逼真，還畫出了一種特有的美。真奇怪，米哈伊洛夫怎麼會看出了她身上那種奇特的美？「要像我這樣瞭解她，愛她，才能抓住她那最可愛的靈魂的表現。」沃倫斯基心想，儘管他也是看過這幅肖像後才察覺她這最迷人的坦誠表情的。然而，這種表情真切得讓他和別人都覺得他們好像早就熟悉了。

「我花了那麼多的時間，都沒有起色，」沃倫斯基說到他自己替她畫的那幅肖像，「而他只看了看，就畫出來了。這就叫技巧。」

「你不用著急。」戈列尼謝夫勸慰他說，因為在他看來，沃倫斯基既有才能，又有教養，特別是又有極高的藝術素養。戈列尼謝夫相信沃倫斯基的才能還有一個原因，那就是他需要沃倫斯基對他的言論和想法表示認同和支持，他覺得認同和支持應該是相互的。

米哈伊洛夫在別人家裡，特別是在沃倫斯基的官邸裡，和在自己的畫室中完全不同。他的態度恭敬得讓人覺得很不友善，就像害怕靠近他並不尊敬的那些人一樣。他稱沃倫斯基為「大人」，雖然安娜和沃倫斯基再三懇請他，他卻從沒留下來吃過飯，除了來畫像的時候，他從沒多來過一次。安娜因為米哈伊洛夫給她畫像而非常感激他，待他比別人更為親切。沃倫斯基對他也格外殷勤，顯然很想聽聽畫家對他那幅畫是如何評論的。戈列尼謝夫從不放過傳授米哈伊洛夫高尚的藝術見解的機會。然而，米哈伊洛夫對所有人的態度還是那麼冷淡。

安娜從他的眼神中知道，他喜歡看她，可他竭力避免和她說話。沃倫斯基和他談起他畫的肖像，他固執地保持沉默；他們把沃倫斯基畫的肖像拿給他看，他也同樣固執地保持沉默。顯然，他討厭戈列尼謝夫的談話，但也不去反駁他。

然而等對米哈伊洛夫有了更深層次的瞭解之後，他們對他那種拘謹而不友善，幾乎近於敵意的態度都很反感。等到繪畫完畢，他們拿到一幅優美的肖像，而他再也不來的時候，他們也感覺很快樂。戈列尼謝夫第一個說出了大家心中共同的想法，那就是米哈伊洛夫只不過是嫉妒沃倫斯基而已。

「就算他因為自己有才能並不嫉妒，但是一個宮廷官員，一個富家子弟，並且還是位伯爵（你知道他們大家對於爵位是深惡痛絕的），沒費太大的力氣就能幹他為之付出整個生命的那件事情，即使幹得沒他好，也足以讓他惱怒了。特別是因為他缺乏那種教養。」

沃倫斯基想替米哈伊洛夫辯解，但內心深處也相信戈列尼謝夫的話，因為照他看來，一個下層社會的人是不可能不嫉妒的。

沃倫斯基和米哈伊洛夫同樣是照著安娜畫的肖像，卻有很大的差別，這本來應該讓沃倫斯基看到他和米哈伊洛夫之間的差別，然而他根本沒看出這種差別。只是在米哈伊洛夫畫完以後他才決定停筆不再替安娜畫像了，認為沒有必要再畫下去。至於那幅表現中世紀生活的畫，他卻繼續畫下去。他自己也好，戈列尼謝夫也好，特別是安娜，都認為畫得很好，因為它特別像那些名畫，比米哈伊洛夫畫得還像。

儘管畫安娜的肖像時，米哈伊洛夫非常入迷，他雖然熱衷於替安娜畫像，但若寫生完畢，就可以不再聽戈列尼謝夫有關藝術問題的謬論，也可以忘記沃倫斯基的那幅繪畫。他明白，不可能禁止沃倫斯基通過繪畫解悶；他也明白，沃倫斯基與所有一知半解的人有充分的權利畫他們喜歡的每一樣東西，可他就是感到不高興。

不能禁止一個人拿蠟去為自己做一個大型的玩偶，也不能禁止他去吻它。但要是這個人帶了玩偶走來，坐在一個正在談戀愛的人面前，並且動手去撫愛這個玩偶，就像談戀愛的人撫愛他的情人那樣，那就會使談戀愛的人覺得噁心了。看見沃倫斯基的繪畫，米哈伊洛夫就會產生這樣不高興的心情，他感覺好笑而又好氣，可惜而又委屈。

沃倫斯基對繪畫和中世紀生活的興趣並未持續多久。由於他對繪畫有高超的鑒賞力，甚至都無法畫完自己的畫。他隱隱約約地感覺到，它的缺陷開始還不明顯，但是如果繼續畫下去，就會叫人受不了。他和戈列尼謝夫都有同樣的感覺。

戈列尼謝夫覺得他無話可說，還總是自欺欺人，說什麼思想還沒成熟，正在重新醞釀，正在收集素材。其實這麼做戈列尼謝夫自己也很憤怒、懊惱。然而沃倫斯基卻不去欺騙自己，也不折磨自己，更不能懊惱。憑著自己果敢的性格，他既不做什麼說明，也不為自己辯解，索性擱筆不再畫了。

不過，擱筆不畫了，他又感到失望，讓安娜看了也覺得奇怪，他們倆對義大利城市的生活失去了興趣，宮殿式別墅突然顯得那麼破舊骯髒，窗簾上的污點、地板的裂縫和簷板上剝落的灰泥又都那麼刺眼，戈列尼謝夫、義大利教授和德國旅行家，又那麼叫人討厭，因此非改變一下生活不可。
他們計畫回俄國，到鄉下去。在彼得堡，沃倫斯基想和哥哥分家產，安娜則打算去看望兒子。夏季他們打算在沃倫斯基家世襲的大莊園中度過。

# chapter 14 婚後生活

列文結婚已有兩個多月了。他很幸福，但完全不像預期的那樣。他隨時隨地都感到從前的夢想破滅了，同時卻遇到新的意料不到的樂趣。他是幸福的，可開始家庭生活以後，他常常發現這和他所想像的完全不同。他處處都可以感受到這樣一種心情，就像一個人欣賞湖上一葉小舟平靜而幸福地漂浮，但是等到自己坐上小舟的時候心情就變得不同了。他發現，泛舟並非只是平平穩穩地坐著，沒有搖晃，而是需要思考，片刻都不能忘記航行的方向，不能忘記腳下是水，而且他那並不習慣划槳的手還會感到疼痛；人只是看著別人做容易，可一旦自己做起來的時候，雖說確實感到非常愉快，可也真是不容易啊。

獨自一人的時候，他也會關注別人的婚後生活，當看到他們因為那些瑣屑的事情而憂愁、爭論、嫉妒的時候，他常常只是在心裡輕蔑地嘲笑著。照他看來，他未來的夫妻生活不僅不會產生這種情況，而且整個家庭生活方式也將與眾不同。沒想到他同妻子的生活不僅沒有什麼與眾不同，而且也充滿瑣碎的家務。而現在，他雖然感覺那些小事完全違反他的意願，但也認識到它們具有異乎尋常的、無可辯駁的重要性。

列文看到，要把一切的瑣事處理好，一點都不像他之前想像的那般容易。即便列文相信自己對於家庭生活抱有最正確的認識，可他也是與其他所有男子一樣，在不知不覺中，已經把家庭生活想像成是愛情的享受，既不會有什麼東西來阻礙它，也不會有什麼瑣碎的憂慮來分心。他認為他應該專心幹他的工作，工作之餘則在愛情的幸福中獲得休息。她應該被寵愛，但僅此而已。他也同一切男人一樣，忘記了她也需要工作。所以他感到詫異：他那具有詩意的、漂亮的基蒂，為什麼會在婚後生活的開始幾個星期裡，甚至在頭幾天，都可以想起這件事、那件事，在為桌布、各種傢俱、來訪客人用的臥具、餐具、廚師以及餐飲之類的事情忙活個不停。還是在他們訂婚的時候，她就堅持拒絕到國外去，而是決心來到鄉下，彷彿她已經知道什麼是必要的事，並且她除了戀愛外還可以考慮到別的事情，她的這種堅決的態度，就已經讓他感到驚奇了。

其實這事在當時還讓他覺得很不快，而目前她的各種瑣碎的操心和憂慮就更使得他份外感到不痛快了，但是他也體會到這些事在於她是完全必要的。因為他愛著她，不能不欣賞她的這些活動。他嘲笑她怎樣擺設從莫斯科運來的傢俱，怎樣重新佈置她自己的房間和他的房間，怎樣掛窗簾，怎樣為來客分配客房，怎樣給她的新侍女安排房間，怎樣囑咐老廚師做飯，怎樣與阿加菲婭爭論，怎樣把儲藏室從她手裡接管過來。

他看到老廚師是怎麼欣賞地微笑著，聽著她下達那些沒有經驗的沒法實施的命令。而阿加菲婭看到這位年輕的主婦為怎樣去做新佈置在沉思而慈祥地搖著頭。他也看到，當基蒂一邊哭一邊笑地跑過來向他訴說，她的侍女瑪莎還是把她當作未出嫁的小姐看待，因此認為誰也不會聽從她的命令的時候，他覺得她格外可愛。他覺得這很有趣，也很新奇。但他想，要是沒有這些事，那就更好了。

他並不清楚她在婚後心情上所起的變化。當她還在娘家時，她有時想著要吃什麼好菜呀或者是什麼糖果了，但是又不能如願，現在她可以隨意吩咐，要買多少糖果就買多少糖果，要花多少錢就花多少錢，要定制什麼點心就定制什麼點心。

她現在正快樂地期待著多莉帶著小孩們過來，尤其是因為她想著要給孩子們定做他們各人愛吃的點心，而多莉肯定會誇讚她的這一切新措施。就連她自己也不知道是為了什麼緣故，她自己也弄不明白是什麼道理，但家務對她確實有一種不可抗拒的吸引力。而她也知道肯定會有陰天下雨的日子，所以她應當盡力築巢，她需要一面忙著築巢，一面學習築法。

基蒂這種對於一切家務瑣事的操心，與列文原先崇高的幸福觀格格不入。這也是他失望的一個原因。不過他儘管不理解她這種操心的意義，卻覺得她很可愛，卻也不能不喜歡她，這反而又成為她的新魅力之一。

另一種失望和魅力是從他們的口角中產生的。列文絕對沒有想到在他和他的妻子之間，除了溫柔、尊重和愛的關係以外還會有什麼關係，婚後沒有幾天，他們竟然吵嘴了。她說他並不愛她，只愛他自己，說著就哭起來，擺動雙手。

那一次口角是由於列文騎了馬到新的農莊去，就是想抄近路回家而已，結果迷了路，以至於遲到了半個鐘頭。他在騎馬回家時，一路上只顧想著她，只顧想著她的愛，想著他自己的幸福，他離家越近，對她的愛情也就越強烈。他此刻懷有的熱情如同他到謝爾巴茨基家去求婚時那樣，甚至比那時更強烈，他跑進房裡來。沒想到遇到的竟是他在她臉上從沒有見過的一種憂鬱的表情。他想吻她，卻被她一把推開了。

「怎麼了？」

「你倒是很快活哩⋯⋯」她開口說，努力顯得鎮靜但是掩蓋不了刻薄。她剛一開口，責備、莫名其妙的醋意、剛才一動不動地坐在窗前半小時所經受的折磨都一股腦兒發洩出來。直到現在，他才首次清楚地認識到他在舉辦婚禮後帶著她走出教堂時所沒有認識到的事情。他認識到她不但和他非常親近，並且他現在簡直不知道她在什麼地方結束，而他在什麼地方開始。他現在根據他在那一瞬間所體會到的那種分裂的痛苦感覺認識到了這一點。他一下子變得很生氣，但是同樣就在那一瞬間，他覺醒到他不可以生她的氣，因為她和他是一體的。他最初一瞬間的感覺就像一個人的背後突然受到一記沉重的打擊，但等到他怒氣沖沖地回過身去，想找仇人報復，卻發現是他自己無意中打了自己一下，他不好對誰生氣，只好忍受著，並盡力減輕痛苦。

以後他就再也沒有這麼強烈地感受到這種心情了，但是在這第一次，他卻很久未能恢復平靜。他自身的自然而然的感情是想要他為自己辯解的，要向她證明事情原本是她錯了；但是只要是證明她錯其實就等於更加激怒了她，並且使裂痕更加擴大，而那裂痕就是他的一切痛苦的源泉，照習慣他想把過錯加到她身上；但另一種更加強烈的情緒卻要他儘快消除裂痕，不讓它擴大。這種莫須有的責難確實使他很難過，但進行辯解，使她痛苦，那就更糟。就像一個在半睡半醒中感到一陣痛楚的人想把那痛處從身體裡挖出，扔掉，但是一醒來就明白了其實那痛處就是他本身。他除了忍受痛苦之外，就再也沒有別的辦法了，於是他就盡力這樣做。

他們和好了。她知道自己錯了，但嘴上沒有承認，只是對他更加溫柔。於是他們在愛情中體驗到一種全新的加倍的幸福。

其實在之後的日子，這種口角卻因為最意想不到的細小的理由而發生，而且十分頻繁地發生。

而且這些口角常常是因為兩人都不清楚對於對方來說什麼是重要的，以至於在結婚初期兩人都經常心情不佳。當一個心情好，而另一個心情不好的時候，兩人間和睦的感情還不致破裂；但當兩人情緒都不好時，就會因一些雞毛蒜皮的小事發生衝突，事後甚至記不起來，他們究竟為什麼吵嘴。不錯，當他們兩人都心情很好的時候，他們生活上的樂趣就成倍增加了，但是即使這樣，在他們婚後生活的初期，對於他們來說還是一段非常難過的日子。

在最初的時間裡，他們時常感到非常緊張，就像把他們捆在一起的那條鏈子在從兩端不斷拉緊。總之，他們的蜜月，也就是婚後的第一個月，列文對它懷著滿腔希望，結果不但並不甜蜜，而且是他們一生中最屈辱痛苦的日子。在之後的生活中他們兩人都竭力要把這段不完美時期的一切醜陋可恥的事情從他們的記憶中抹掉。兩人在那段時期裡都很少能有正常的心情，兩人都控制不好自己。

一直到他們結婚後的第三個月，當他們在莫斯科住了一個月回到家之後，他們兩人的生活才開始慢慢進入比較順利的階段。

chapter 15

# 未來的巢

他們一從莫斯科回到家，就感到很愉快，因為又可以清靜了。他坐在書房裡的寫字台旁邊寫東西。她今天穿著婚後頭幾天穿過的、對他來說特別值得紀念、珍惜的那件深紫色的連衫裙，坐在那張一直擺在列文的祖父與父親的書房中的老式皮沙發上繡英國刺繡。

他邊想邊寫，一直高興地意識到她就坐在身旁。他沒有放棄他的農事，也沒有停止寫他那本要闡明他的新農業體制基本觀點的著作。過去，他覺得這些活動和思想同籠罩著他生活的陰影比較起來都是微不足道的；現在它們與浸浴在光輝燦爛的幸福中的未來生活比較，同樣也是微不足道的。他繼續從事他的工作，但是現在他覺得：他注意的重心轉移到另外的東西上，因而他就用完全不同且更加明確的眼光來看待他的工作。

以前，這工作對他來說是一種逃避生活的手段。以前，他認為要是沒有這種工作，生活就太無聊了。而現在，這些事業對他來說還是必要的，這卻是為了讓生活不至於明朗得太單調了。拿起原稿，又讀了一遍自己寫過的東西，他愉快地認為這個工作是值得去做的。這個工作是新穎而有意義的。他以前的許多想法，現在他看來那些都是多餘的而且是過於偏激的，但當他再次回想這個事情的時候，許多的疏忽在他看來都變得特別明顯了。他眼下正在寫新的一章，論述俄國農業不振的原因。他論證俄國貧窮的原因不僅在於土地所有制分配的不合理和方針的錯誤，還由於俄國近來不合理地引進外來文明，特別是交通事業、鐵路，促使城市人口集中，奢侈成風，工業、信貸和隨之產生的交易所投機事業惡性發展，因而損害了農業。

在他看來，當國家財富發展得很正常的時候，上面的這些現象只有在足夠多的勞動力已經投入農業上面，並且農業已經處在正常的，至少是穩定的狀態時，才會發生。而且按照他的觀點，一個國家的財富需要按照一定的比例增長，特別是應當注意不要使農業之外的富源超過農業；他認為，交通工具應當和農業的發展狀況相適應，在俄國土地使用不當的情況下，鐵路的修築不是出於經濟上的需要，而是出於政治上的原因，因此為時過早，它不僅不能像預期那樣促進農業發展，反而阻礙了農業，引起工業和信貸發展。因此，就像動物身體內一個器官過度地早熟會阻礙動物的全面發育，從俄國財富的整體發展來看，信貸、交通設施、工業活動——這些在時機成熟的歐洲無疑是必需的——而在俄國卻只會造成危害，因為它們把當前最重要的農業整頓問題擱置一旁。

在他寫著作的時候，她卻回想起他們離開莫斯科的前夜：她丈夫那麼不自然地盯著那位很笨拙地向她獻殷勤的年輕公爵恰爾斯基。「他吃醋了。」她想，「我的天哪！他這人又可愛，又傻。他在為我吃醋！他不知道這些人在我心目中就像廚子彼得一樣，」她一面想，一面懷著連自己也覺得奇怪的佔有欲望著他的後腦勺和紅脖子，「儘管妨礙他工作是不好的（不過他時間還多著呢），我也要看一眼他的臉；他感覺到我在看他嗎？我真希望他回過頭來……我真希望他這樣！」於是她瞪大眼睛，彷彿要用這種辦法來吸引他以達到目的。

「是的，他們吸去全部精華，造成一種虛假的繁榮。」他喃喃自語，寫到這裡停下筆來，因為他感覺到她在看著他，於是面帶笑容地回過頭來。

「親愛的，有什麼事嗎？」他微笑著站起身來問。

「他現在轉過身來了。」她心裡面想著。

「我沒有什麼事，只是希望你轉過身來。」她說，眼睛盯著他，想看出他有沒有因為她打擾他而不高興。

「哦，我們兩個人現在在一起是多麼快樂呀！我覺得就是這樣。」他邊說著邊滿帶著幸福的微笑走到她的面前。

「我也同樣感覺到快樂！我現在什麼地方都不想去，尤其是莫斯科。」

「那你剛才在想些什麼呢？」

「我？我是在想……不，你還是去接著寫吧，不要分神，」她蹶著嘴唇說道，「我現在要開始挖這些小洞了，你看到了嗎？」

於是，她拿起剪刀，開始挖了。

「不，請你告訴我吧，到底有什麼事？」他說著，然後在她身邊坐了下來，注視著她拿小剪刀挖小洞的重複動作。

「哎呀，我在想什麼嗎？我在想莫斯科，想著你的後腦勺而已。」

「是什麼原因使得這樣的幸福正好降臨到我身上？真是太奇怪了，真是太美滿啦。」他一邊說一邊親吻著她的手。

「恰恰相反，我反而以為越美滿才越不奇怪。」

「這兒有一綹頭髮。」他說，並且輕輕地把她的頭轉了過來。

「一綹頭髮。你看，就在這裡。不，我們還是開始工作吧。」事情顯然已經進行不下去了，當庫茲馬走進來通報說，茶已經擺好了時，他們才尷尬地慌忙分開了。

「今天有人從城裡回來嗎？」列文問庫茲馬。

「是的，剛剛回來，正在解開東西。」

「你快來，」她一面走出書房，一面對他說，「要不我不等你來就要讀信了。過會兒我們來一個兩人合奏吧。」

就剩他自己的時候，他把一摞摞原稿都收進他新買來的那個檔夾裡面，然後去安裝著隨她一塊兒出現的精緻裝飾的新洗臉盆架。列文嘲笑自己的一些想法，不以為然地搖搖頭。一種近乎懺悔的心情使他苦惱。他現在的生活中有一種可恥的、懶散的、貪圖享受的習氣。

「這麼生活下去可是不大妙，」他心想，「都將近三個月了，可是我幾乎什麼事都沒有做。今天差不多是第一次用心地工作，可是結果怎樣？只不過剛剛開了個頭，就又拋下了。就連平常做的那些事情也差不多都被我拋開了。到現在為止農場那裡我差不多是一次都沒有去查看過。有時是我捨不得從她身邊走開，有時也是擔心她一個人感覺太煩悶。我原本想，結婚以前的那些生活都是隨隨便便的、沒多大意思的，根本無法稱作生活。我以為結婚以後就會開始真正像樣子的生活了。但是到現在差不多三個月了，我還從來都沒有像現在這樣，這麼懶散地虛度光陰。不行，這樣下去肯定是不可以的，一定要開始做點兒事。當然，她沒有過錯，不能怪她。我應當振作起來，保持男子漢的獨立性。要不我會一蹶不振，把她也帶壞……當然，她沒有錯。」他自言自語。

可是，要想讓一個不滿意的人不把他所不滿意的事歸咎到別人身上，尤其是最親近的人，那是很難做到的。列文隱隱約約地感覺到，這並不能責怪她（什麼事都不能怪她），只能怪她所接受的教育。那種教育簡直是太淺薄，太不頂用了（就拿對待恰爾斯基這個笨蛋來說，我知道她想制止他，可是又束手無策）。

「是的，如果除掉對家務事有興趣，除掉化妝打扮，再除去英國刺繡，那麼她就再也沒有什麼真正的興趣了。對我的事業也好，對農莊也好，對農民也好，對她擅長的音樂也好，對讀書也好，她什麼都不感興趣。雖然她一點兒事也不去做，倒是覺得心滿意足。」

列文在心裡面這樣責備這一點，其實他還不瞭解，她正在著手為快要到來的那個活動時期做準備，等到那個時候她不僅要身兼兩職，即丈夫的妻子和一家的主婦，而且還要帶著孩子，撫養教育孩子。他根本沒有想到，她憑本能知道今後會有怎樣的生活，正在積極迎接這種繁重的勞動，並不因現在享受著無憂無慮的歲月和愛情的幸福而感到負疚，同時正滿心歡喜地築著她未來的巢。

# chapter 16 不滿的情緒

基蒂給老阿加菲婭倒了滿滿一杯茶，讓她端著茶坐到一張小桌旁邊，而她自己則坐在那個放在嶄新的茶具後邊的、嶄新的銀質茶炊旁邊。列文上樓來的時候，他妻子正在看多莉的來信。她們之間經常有書信來往。

「看，您的太太真好，她讓我坐在這兒，和她坐在一起。」阿加菲婭親熱地朝基蒂微笑著說。

從阿加菲婭的話裡，列文聽出她最近同基蒂發生的糾紛結束了。他看到新主婦儘管奪了阿加菲婭的權力而使她傷心，但還是征服了她，並且愛上了她。

「瞧，我也看了給你的信。」基蒂說著，交給他一封語句不通的信。「這大概是你哥哥的那個女人寫來的……」她說，「我並沒有讀完。這些是我家裡和多莉寄來的，你看看吧！多莉帶著格里沙和塔尼婭到薩爾馬茨基家參加了一場兒童舞會，塔尼婭扮演了一次侯爵小姐。」

不過列文根本沒聽她說話，他紅著臉拿過哥哥尼古拉以前的情人瑪麗亞·尼古拉耶夫娜寄來的信，讀了起來。這是她第二次來信。在第一封信裡她說，她哥哥無緣無故地把她趕了出來，還用純情感人的口吻補充道，雖然她現在十分窮困，但沒什麼要求，只是一想到尼古拉身體這麼糟糕，而她又不在他身邊照顧，他可能會死掉，就感覺十分難過，希望他這個做弟弟的照顧哥哥。這次是她寫的第二封信。她在信裡寫道，她在莫斯科找到尼古拉了，在莫斯科又和他同居，然後又一起遷到省城。他在那裡謀得了一個職位。但他在那邊又同上司鬧翻了，回到莫斯科，可是在路上病得很厲害，可能會一病不起。「他一直在惦記您，再說，也沒錢了。」

「你看看這封信，多莉提到你了，」基蒂微笑著說，察覺到丈夫臉色大變，她立馬問道，「怎麼了？發生什麼事了？」

「她來信說，哥哥尼古拉快死了。我必須去看看他。」

基蒂的臉色立馬變了。什麼侯爵小姐塔尼婭的事、什麼多莉的事，一下子都不見了。

「你什麼時候走？」她問。

「明天。」

「我和你一起去，好嗎？」她又問。

「基蒂！你這是什麼意思？」他用責備的口吻說。

「那你又是什麼意思？」基蒂問。他似乎很不情願聽到她的話，甚至還有點兒憤怒。這讓她感覺很生氣：「我為什麼就不能去？我又不會妨礙你的事。我……」

「我去，是因為我哥哥快要死了，」列文說，「但是你怎麼要……」

「為什麼？因為和你同樣的原因。」

「在這種緊急時刻，她只想到她一個人在家太寂寞。」列文想。在他看來，她的這種理由在這種關鍵時刻只不過是藉口，這讓他十分生氣。

「不行。」他用十分嚴厲的口吻說。

阿加菲婭知道他們兩個之間馬上就要發生一場爭吵，悄悄把茶杯放下走出去了。基蒂甚至沒有注意到她。丈夫最後那句話的口氣傷了她的心，很明顯，他根本不相信她的話。

「但是，我告訴你，只要你去，我就和你一起去，並且是一定要去，」她急促、憤怒地說道，「怎麼會不行？你為什麼要說不行？」

「因為誰知道要去怎樣的地方，走的是什麼道路，住的又是什麼樣的客店。你會妨礙我的。」列文說，竭力讓自己鎮靜下來。

「肯定不會。我什麼都不需要。你能去哪兒，我也能去……」

「哦，單說那個女人，你就難以接近，不好相處。」

「我什麼都不知道，也不想知道那裡有誰、有什麼東西。我只知道我丈夫的哥哥快要死了，丈夫得去看他，所以我也要和丈夫一起去。」

「基蒂！別生氣。你倒是想想，情況這麼嚴重，你還要任性，不願意一個人留在家裡，我想想也難受。哦，你自己一個人是會覺得悶的，嗯，那你就去莫斯科吧。」

「瞧瞧，你就會把那些卑鄙齷齪的想法強加在我身上，」她含著委屈和受侮辱的淚水說道，「我一點也不軟弱，一點也不……我只是覺得，丈夫遇到苦難時，我應該和他在一起，可你卻偏偏故意刺激我，故意不理解……」

「不，這太可怕。簡直像做奴隸！」列文站起來，再也控制不住他的惱怒，大聲嚷道。然而，就在那一剎那，他彷彿感覺在自己打自己。

「那你為什麼要結婚呢？不然你可以很自由的。既然你後悔了，當初又為什麼結婚呢？」她說著跳了起來，跑進客廳裡去了。

列文追過來時，她正抽抽噎噎地哭著。

他開始說，竭力找些話，目的不是要說服她，而是要安慰她。但她不聽他的，說什麼也不肯甘休。他彎下腰去，拉著她那隻努力想掙脫的手，吻了一下，又吻了吻她的頭髮，接著又吻了手，她還是一直沒說話。不過，當他兩手捧住她的臉，輕輕滿含深情地叫了聲「基蒂」時，她馬上恢復了鎮靜，又哭了一會兒，就與他和解了。

最後，他們決定明天兩人一起去。列文對妻子說，他相信她要去是為了幫他的忙，並且同意妻子的意見，他同意瑪麗亞待在哥哥身旁不會有什麼不便；然而在路上，他在內心深處對她和自己都感覺很不滿意。他對她不滿，是因為她不能夠在他需要一個人出門時讓他去，他對自己不滿意，卻是因為自己沒能堅持下去。他心裡特別不滿的是，她並不把哥哥身邊那個女人放在眼裡。他提心吊膽，唯恐她們兩人發生衝突。一想到他的妻子，他的基蒂，要和一個娼妓待在一間屋裡，那種嫌惡和恐怖就會令他不由自主地直打哆嗦。

# chapter 17 死屍般的軀體

尼古拉・列文住在省城的一家旅館中，這家旅館是按照改良過的新式樣建造的。雖然它刻意講究乾淨、舒服甚至是精緻，可還是因為住客太多，沒多長時間就變成了髒兮兮的小酒店，並因為具有現代化改良門面而變得比髒兮兮的老式旅館更糟。

這家旅館已變成了這種樣子：一個制服骯髒的士兵在門口抽著煙捲，充當看門人；一座穿了孔的鐵梯子，陰森難看；一個身穿骯髒燕尾服的茶房，無精打采，一間污濁、凌亂、佈滿灰塵的公共客廳，客廳桌上擺著一束佈滿塵土的蠟製假花，還有那種由於鐵路所帶來的現代喧囂的忙亂，所有這一切都讓年輕的列文夫婦感覺很不舒服，更令他們不舒服的是，這個旅館給人造成的那種徒有其表的浮華印象與他們所體驗到的情形極不協調。

旅館裡照例問他們要住什麼價錢的房間，實際上上等房間已全部客滿：一間住著鐵路巡視員，另一間住著莫斯科來的律師，還有一間住著從鄉下來的公爵夫人阿斯塔菲耶娃。現在只剩下一個髒兮兮的房間，不過，他們說傍晚之前再把它隔壁的那個房間騰出來給他們。

列文早就預料到的事情發生了，在到達目的地後，列文生妻子的氣，因為不出他所料，他一到就急於想去看望哥哥，好知道他的情況，卻不能立刻就去，而是要把她領進給他們開的那個房間。

「去吧，你去忙吧！」她用慚愧的、不好意思的眼光看著他說。

他一言不發地離開房間，馬上就遇到了知道他已到達卻又不敢進他房間的瑪麗亞・尼古拉耶夫娜。她知道他來了，卻不敢走進去看他。她同他在莫斯科看見時一模一樣，還是穿那件毛料連衣裙，光著雙臂和脖子，還是那張稍微有些發胖的、表情呆板而又善良的麻臉。

「哦，怎麼樣了？他怎麼樣了？怎麼樣了？」

「病得很嚴重，起不了床。他一直盼望著您來。他……您……和您的夫人。」

開始，列文不明白她為什麼發窘，不過她馬上就對他說明了。

「我得走了，我得去廚房一下，」她說出了自己的想法，「他會很高興的。他能聽到她的聲音，他認識她，還記得在國外時見過她一次。」

列文知道她說的是他妻子，卻不知道該如何回答。

「去吧，我們去吧！」他說。

然而，他剛抬腳，他房間的門就打開了，列文臉紅了，既是由於害臊，又是由於對妻子不滿，因為妻子使得自己和他都很尷尬。不過瑪麗亞的臉紅得更厲害。她縮成一團，臉紅得像要哭出來，兩手抓著頭巾的兩角兒，用漲紅的手指搓著，不知該說什麼、做什麼。

最初一剎那，列文發覺基蒂望著這個她覺得不可理解的、可怕的女人的目光中有一種非常好奇的神情，不過，這種神情只持續了很短的一段時間。

「怎樣了？他怎樣了？」她問丈夫，然後又問瑪麗亞。

「怎麼樣也不能站在走廊裡說啊！」列文一邊說，一邊憤怒地轉頭看了看那位搖搖擺擺好像有事而在此時從走廊裡經過的紳士。

「那就請進來吧。」基蒂對已恢復常態的瑪麗亞說。但她一發現丈夫臉上驚惶的神色，就說：「你們去吧，回頭來叫我。」她說著便回到房間裡去了。

列文就去看他哥哥。他怎麼也沒想到會在哥哥的房間裡看到、感覺到這種情形。他以為哥哥還是同秋天來看他時那樣，處於自我欺騙的狀態，當時使他十分吃驚。他聽說肺癆病人往往都是這樣。他原以為會看見一些更加明顯的、接近死亡的肉體上的特徵：更加瘦弱、更加憔悴的身軀，然而實際上和以前大致一樣。他原以為自己會像以前一樣因為要失去親愛的哥哥而悲痛，面臨死亡而覺得懼怕，實際上程度比這更厲害。他已經對所有一切做好了準備，然而他看到的卻完全不是那種情景。

一個髒兮兮的小房間中，描花的牆壁嵌板滿是唾沫痕跡，透過薄薄的隔板能夠聽見隔壁的談話聲，在令人窒息的氣味難聞的空氣裡，在一張沒有挨牆的床上，躺著一個蓋被子的人。他一隻手放在被窩外面，那隻像耙子一樣的大手不可思議地連在了那條上下一樣粗細的、長長的胳膊上，頭側放在枕頭上。列文看到了他兩鬢上汗淋淋的稀疏的頭髮和那皮包骨頭的、透明似的額頭。

「這個可怕的人不會是尼古拉哥哥的。」列文心想。但是，當他走到跟前，看見那張臉以後，就沒法再繼續懷疑了。

儘管臉上有了可怕的變化，但列文只要瞧一瞧那雙抬起來望著走進房間的人的靈活眼睛，察覺到汗濕的小鬍子底下嘴巴的輕微抽動，就肯定了可怕的現實：這個像死屍般的軀體就是他那仍然活著的哥哥。

一雙閃光的眼睛，神情嚴峻而又略帶責備地向進來的弟弟看了一眼。這眼光立刻在兩個活人之間確立了活的關係。列文在向他射來的目光裡立刻察覺到責難的神色，並因自己的幸福而覺得悔恨。

列文拉著他的手，尼古拉微微笑了笑。笑容很輕，簡直看不出來，雖然他帶著微笑，可那嚴峻的目光並沒改變。

「你沒想到會看見我這個樣子吧。」他吃力地說出話來。

「是的……哦，不，」列文語無倫次了，「你怎麼不早點通知我，就是說，怎麼不在我結婚的時候就告訴我呢？我到處打聽你的消息。」

必須得說說話才能避免冷場，可是列文不知道說什麼好，而且哥哥什麼也不回答，只是目不轉睛地望著他，顯然在琢磨他每句話的意思。列文告訴哥哥，他的妻子跟他一起來了。尼古拉顯得特別高興，卻又說他害怕自己現在這個樣子會把她嚇著。接著是一陣沉默。列文從他的面部表情上看出來他想說些什麼十分重要的話，不過尼古拉卻說起了他的健康狀況。他責怪醫生，抱怨本地沒有莫斯科的名醫。列文明白他還抱著希望。

列文希望脫離難受的感覺，哪怕只擺脫短短的一會兒也好，因此，他抓住最初沉默的那一剎那，站起身來說去把妻子帶來。

「哦，太好了，我立刻就讓人把這裡收拾得乾淨一些。我覺得，這裡又骯髒，氣味又難聞。瑪莎！把這裡收拾一下，」病人吃力地說，「收拾好，你就走開。」他又補充了一句，並帶著詢問的眼神看著弟弟。

列文什麼也沒有回答。他走到走廊裡，站住了。他說要去領妻子來，但現在他對自己的心情有了清晰的認識，所以，恰恰相反，他打算努力說服妻子不要去病人那裡。「她何苦要像我這樣去受這種罪呢？」他心想。

「哦，怎樣了？情況怎樣了？」基蒂帶著緊張的神情問。

「哎呀，太可怕了，可怕極了！你為什麼要來呢？」列文說。

基蒂沉默了一會兒，懼怕而又憐憫地看著丈夫；然後走過來，兩手抓著他的一隻胳膊肘。「科斯佳！帶我去看看他吧，咱倆一起去要好受些。你只要把我帶去，然後你走開好了，」她說。「你要知道，我現在看見了你，卻沒有看見他，我就更加難受。可能我在那裡對你和他都有好處。請帶上我去吧！」她懇求丈夫，彷彿她終身的幸福就維繫在這件事上一樣。

列文只好答應了，又恢復了鎮靜，全然忘記了瑪麗亞。

他帶著基蒂又回到哥哥的房間裡去了。

基蒂邁著輕盈的步子，不斷望著丈夫，向他露出勇敢和同情的臉色，走進病人的房間，然後不慌不忙地轉過身來，輕輕地關上門。邁著悄無聲息的步子，她麻利地走到病人床邊，還繞了過去以免他還得回過頭來。她馬上把他那粗大的、瘦骨嶙峋的手握在自己那嬌嫩稚弱的手裡，緊緊地握著它，開始用女人所特有的、富於同情而又不會讓人不快的那種溫柔的熱情說話：「我們在蘇登見過，不過那時候我們不認識。您沒有想到，我會做您的弟媳婦吧。」

「您恐怕不認識我了吧？」他說，一見她到來，臉上就露出了微笑。

「不，我認得。讓我們知道了您的消息，多好啊！科斯佳每天都想著您，掛念著您呢。」

可是病人的興致並沒持續多久。她還沒說完，他的臉上就又呈現出瀕死的人對於活人所懷有的那種嫉妒的、嚴峻的、責難的神情。

「您住在這裡不太舒服吧。」她說，避開他那盯著的目光，打量著這房間。「我們得向老闆再要一個房間，」她對她丈夫說，「讓我們可以挨得更近一點。」

# chapter 18 幫助病人的願望

列文無法鎮靜地看著哥哥——他在他面前無法顯得自在、鎮靜。他一走到哥哥跟前，他的眼睛和視線就不由自主地模糊了。他看不見，也分不清哥哥身體的每個部分。他聞到的是可怕的臭味，看到的是骯髒、凌亂和痛苦的景象，聽見的是呻吟，他感到束手無策。他絲毫沒想到要詢問病人詳細的病情，想像一下那身體在被子下面是如何躺著的，那消瘦的小腿、腰和背脊是如何縮成一團，能否可以稍微躺得舒服一點，能否讓他即使不能好一些，至少也別太難受了。他一想到這些細節，背上就掠過一陣寒氣。他覺得自己根本無法延長哥哥的生命，或是減輕他的痛苦。可是當病人覺察出他弟弟認為他根本無救了時，就很生氣。這就又讓列文更加痛苦了。坐在病人房裡他覺得痛苦，但離開病人卻更加難受。於是他不斷地找各種藉口離開病房又回到病房，因為他無法單獨待著。

然而，基蒂所想的、所感覺的和所做的就完全不同。她看見病人，很可憐他。不過憐憫在她女性的心靈裡喚起的絕不是恐怖和嫌惡的，像在她丈夫心靈裡所喚起的那樣，而是一種積極行動，要弄清病人的情況和幫助病人的願望。她毫不懷疑幫助他是她的職責，因此也就不懷疑這是可能的，於是她就馬上動手幹起來。正是那些一想到就令她丈夫恐懼的瑣事，立馬引起了她的注意。她派人去請醫生，派人到藥房去，讓她帶來的侍女和瑪麗亞去清掃、拂拭和擦洗；她還親手洗淨了一件什麼，又洗了一件別的什麼，把一件什麼東西鋪到了被褥下面。照她的吩咐，什麼東西被搬進了病人的房間，什麼東西又被搬了出去，絲毫沒注意她在走廊裡遇到的那些男人。

正在餐室裡照顧一群工程師開飯的侍者好幾次都滿面怒容地回應著她的呼喚，可又不能不執行她的命令，因為她是以如此溫和而執拗的態度發出的命令，讓他不能避不執行。列文不贊成這一切，他不相信這樣做對病人有好處。他尤其怕病人生氣。但病人對此似乎並不在意，沒有生氣，只是感到害臊。甚至更準確地說，對於她為他做的事，好像還很感興趣。

列文被基蒂派去請醫生，他從醫生那裡回來的時候，一開門就撞見他們正在替病人更換襯衣，這也是基蒂吩咐的。那又長又白的脊骨、高聳的巨大肩胛骨、突出的肋骨和椎骨裸露出來，瑪麗亞和侍者把襯衣袖子弄擰了，無論如何也不能讓那長長的柔弱手臂伸進衣袖。基蒂在列文進來以後趕緊把門關上，也沒有向那個方向看；可是病人呻吟起來，她連忙向他走去。

「快點兒。」她說。

「您別過來，」病人憤怒地說，「我自己……」

「您在說什麼呀？」瑪麗亞問。基蒂卻聽到了，知道他是因為當著她的面赤身裸體而覺得羞愧和不快。

「我不看，我不看！」基蒂把他的手臂穿進去說。「瑪麗亞，您從那邊繞過去，把手拉一拉。」她補充了一句。

「請你去一下，我的手提包裡有一個瓶子，」她對丈夫說，「噢，就在旁邊口袋裡，請你去把它拿來，你回來就全都收拾好了。」

列文拿著瓶子回來，看見病人已安頓好了，他周圍的一切全變了樣。難聞的氣味變成了醋和香水的氣味。基蒂正噘著嘴，鼓起緋紅的雙頰，用一根小管子噴著香水。到處也都不見灰塵的蹤影，床下鋪著一條地毯。桌子上整齊地擺放著一些小玻璃瓶和長頸玻璃瓶，還有一疊備用的內衣以及基蒂的刺繡架。病床旁的另一張桌子上擺著飲料、蠟燭和藥粉。洗得乾乾淨淨、頭髮梳好的病人躺在乾淨的床單上，枕著墊得很高的枕頭，穿著一件乾淨的襯衫，雪白的衣領包著他那瘦得驚人的脖子，他的臉上充滿了新希望的神情，緊緊地盯著基蒂。

列文在俱樂部中請來的這名醫生從沒給尼古拉治過病，也沒有讓他很不滿意。這位新醫生拿出聽診器，為病人聽診了一下，搖搖頭，開了藥方，詳細說明了藥的服用法，然後對飲食做了規定。他要求病人吃生雞蛋或煮得半熟的雞蛋，喝些摻了溫度適中的鮮牛奶的礦泉水。

醫生離開以後，病人對弟弟說了句什麼話，可列文只聽清楚最後幾個字：「你的卡佳[11]。」從病人看她的眼神中，列文看出他是在稱讚她。列文按照哥哥的叫法叫了一聲「卡佳」，把她叫到面前來。

「我覺得好多了，」他說，「嘿，我要是同你們在一起，早就好了。太好了！」他拉著她的一隻手，把它送到他的嘴唇邊，可是彷彿又害怕這麼做她不喜歡，就改變了主意，把她的手放下來，只撫摩了幾下。基蒂用雙手抓住病人的這隻手，緊握著。

「你們替我翻個身讓我朝左邊，然後就都去睡吧。」他說。

其他人都沒明白他說的是什麼，只有基蒂一人知道他的意思。她能明白是因為她時時處處留心觀察他需要什麼。

---

11. 卡佳是卡捷琳娜的小名。

「翻到另一邊，」她對丈夫說，「他總是朝那邊睡的。你幫他翻個身，叫傭人來太麻煩。我幹這個又不行。您行不行？」她問瑪麗亞。

「恐怕我也不行。」瑪麗亞回答道。

儘管列文覺得用手去抱那個可怕的身體、去觸摸被子下面那些他所不願觸摸的地方是何等恐怖，他還是聽從妻子的指使，臉上露出他妻子所熟悉的果敢神色，兩手伸進去抱住那身體。他的力氣雖然很大，但這虛弱的軀體重得出奇，使列文大為吃驚。在他幫病人翻身，感到脖子已經被一隻巨大枯瘦的手摟住時，基蒂也麻利地翻轉枕頭，拍鬆，讓病人的頭枕在枕頭上，整理了一下他那黏在鬢角上的稀疏頭髮。

病人握緊弟弟的一隻手。列文覺得他似乎要拉他的手做什麼，並用力朝什麼方向拉。列文一動也不動地任他擺弄。真的，他把手送到自己嘴邊，吻了一下。列文哽咽得全身哆嗦，什麼話也說不出來，就從房間裡走出去了。

# chapter 19 對死亡的恐懼

「汝隱瞞智者，卻向兒童及愚人顯示。」那晚列文和妻子談話時，就對她抱此感想。

列文想起了《福音書》上的這句話，並不是為了把自己看成智者。他沒把自己看作智者，但他知道他比他妻子和阿加菲婭要聰明些。他不能不清楚，當他思索死的問題時，他是集中了全部心力的。他也知道，過去許多有大智慧的人物（他曾在書本裡讀過他們關於死的思想）都思考過死的問題。然而，對於這個問題，他們所知道的卻不及他妻子和阿加菲婭所知道的百分之一。

儘管這兩個女人如此的不同，可阿加菲婭和卡佳（像他哥哥尼古拉稱呼她的，他現在也特別喜歡這樣叫她）她們在這點上卻十分相似。很顯然，她們都知道生是怎麼一回事，死是怎麼一回事，儘管她們不能回答，甚至不能理解列文心中的問題，可兩人都不懷疑這種現象的意義，並且對它的看法也一樣，不僅是她們兩人看法一樣，還和千百萬人的看法也一樣。她們知道應當毫不猶豫地去照顧臨死的人，對臨死的人不覺得害怕，這就足以說明，她們對什麼是死是非常理解的。

然而，列文和其他的人，儘管他們能發表很多關於死的議論，卻顯然是一無所知，因為他們懼怕死，遇到人快要死的時候，他們就不知所措了。如果現在列文一個人和他的尼古拉哥哥在一起的話，他一定會懷著恐懼望著他，而且懷著更大的恐懼等待著，除此之外就不知道該做些什麼了。

不僅如此，他還不知道該說些什麼，該怎樣看，該怎麼走才好。談些不相干的事吧，他覺得不得體，不行；談死，談憂鬱的事吧，也不行；沉默不語呢，也不行。「看著他吧，他會以為我在觀察他，我害怕；不看著他吧，他又以為我在想別的事情；踮著腳走路吧，他會感覺不高興；放開腳步走路呢，自己又感到慚愧。」

很明顯，基蒂沒想自己，也沒閒暇去想她自己；她只替他著想，她知道該做些什麼，因此一切都很順利。她把自己的一些事講給他聽，講到她的婚禮，她向他微笑，安慰他，同情他，還講述一些人病癒的事例。一切都很順利，她肯定心中有數。她和阿加菲婭的行為並不是本能的、動物的、不合理的，這從下面的一點就能看出來：除了照顧病人的肉體、努力減輕他的痛苦外，阿加菲婭和基蒂都要求再幫助臨死的人做些比照顧他身體更重要的事，這些事情與身體毫不相干。阿加菲婭談到一位死去的老人時說：「很好，謝天謝地，給他授聖餐，舉行了塗聖油的儀式，希望上帝讓所有的人都能這麼死去。」基蒂也一樣，除了操心病人的內衣、褥瘡、飲料以外，也說服病人，一定要舉行領聖餐和接受塗聖油儀式。

列文從病人那裡回到自己房裡，垂頭坐著，不知做什麼好。不要說吃晚飯，睡覺，考慮他們該怎麼辦，就是同妻子說話他都做不到，因為他感到愧疚。基蒂卻恰恰相反，比以往更勤快。她甚至比以往更有生氣。她吩咐開晚飯，自己收拾東西、幫著鋪床，甚至沒忘記在床上撒上滅臭蟲的藥粉。她如此機警，如此敏捷，這些表現是在男人廝殺和戰鬥之前，在人生危險的關鍵時刻才會有的，因為一個男人在那種緊要關頭才會完全體現自己的價值，體現出他以前的光陰並沒有虛度，而正是為迎接這場考驗做準備。

什麼事情到她手裡都得心應手。還不到十二點，一切事情都安排得整齊妥貼，有條不紊。旅館變得像她家裡一樣：床也鋪好了，刷子、梳子、鏡子也都擺出來了，小桌布也鋪上了。

列文感覺，現在連吃飯、睡覺、講話都是不能容許的行為，他覺得他的一舉一動都不得體。基蒂卻整理著刷子，而且這一切都做得一點也不使人討厭。

然而，他們什麼東西都吃不下，很久沒能入睡，甚至很久才躺下。

「能夠說服他明天接受塗聖油儀式，讓我覺得十分開心，」她身穿短衫坐在對折鏡前說，用精緻的梳子梳著柔順清香的頭髮，「我從來沒有見過這種情景，但我知道，媽媽告訴過我，有一種禱告是專門祈求恢復健康的。」

「難道你真的認為他能康復嗎？」列文說，看著她圓圓的腦袋後每當她把梳子往下梳的時候就隱沒了的細長髮卷。

「我問過醫生，醫生說他活不過三天了。難道醫生知道得那麼準確？我感到高興的是，好歹總算說服他行塗油禮。」她說著，從頭髮縫裡斜眼瞅著丈夫。「一切事情都很難說。」她補充了一句，臉上帶著那種異樣的、有點兒狡黠的神情，每當她談到宗教時，臉上都會有這種神情。

他們曾談到過宗教問題，那時他們還沒結婚，從那以後就再也沒談論過這個話題。不過她還是照舊履行到教堂去做禱告的儀式，她一直心安地認為這麼做是應該的。儘管他的信念與此完全不同，儘管他說著相反的話，她卻堅信他是一個比她更虔誠的基督教徒，他嘴上這樣說，完全是一種可笑的怪脾氣，就像他評價她的英國刺繡活時說的話：善良的人好像都是在補窟窿，而她卻好像故意挖窟窿，等等。

「是啊，瑪麗亞這個女人幾乎不會料理這些事，」列文說，「還有，應該承認，你這次來，我真高興，真高興。你是這樣純潔……」他拉住她的手，卻沒有吻它（在死亡臨近的時候去吻她的手是不相宜的），只是用帶著愧疚的眼神看著她那雙炯炯有神的眼睛，緊緊地握住這隻手。

「要是你一個人來，肯定會難受死的。」她說，然後高高地抬起兩條胳膊，遮住她那高興得漲紅了的臉頰，把頭髮綰在後腦勺上，用髮夾別住。「是啊，」她繼續說，「她是不知道……幸虧我在蘇登學會了不少事。」

「難道那裡也有這種病人？」

「情況比這更糟。」

「我特別難受的是，我不能不想到他年輕時的模樣……你真不會相信，他那時候是個多麼漂亮的青年，不過那時候我根本不瞭解他。」

「我絕對相信。我覺得我們本來應該同他相處得很好。」她說，說過之後，為自己說了這樣的話嚇了一跳。她轉身看了丈夫一眼，淚水就湧滿了眼睛。

「是啊，早就該這樣，」他傷悲地說，「他就是人們常說的那種不是這個世上的人。」

「不過，我們未來的日子還很長，該上床睡覺了。」基蒂看了看自己的小鐘錶說。

# chapter 20 塗聖油儀式

第二天，給病人授了聖餐，行了塗聖油儀式。在舉行儀式時，尼古拉一直很真誠地祈禱。他那雙大眼睛緊緊盯著擺在鋪花布桌上的聖像，流露出那麼熱烈的祈求和希望，使列文簡直不敢看他。他知道，這種熱烈的祈求和期望只會讓病人在即將離開自己如此熱愛的人生時感覺更難受。

列文理解哥哥，也明白他的想法。他明白，哥哥不信教並不是因為不信教他的日子會好過些，而是因為現代科學對世間現象所做的解釋正在一步步地取代這種宗教信仰。所以他知道，哥哥現在恢復信仰並不是遵循什麼規律，而只是一時的、別有用心的、帶著妄想希望自己好起來的這種很不理智的行為的表現。

列文也明白，基蒂說的那些她聽別人說的奇異的起死回生故事增強了他的這個期望，這些列文通通都知道。所以當看著這種滿懷希望的懇求的眼睛，看著這隻枯瘦的手吃力地抬起來，在已經不容許病人所祈求的生命的皮包骨頭的額頭、高聳的肩膀和呼哧呼哧喘著粗氣的胸膛上畫十字時，列文感覺特別難受，十分痛苦。在行聖禮的時候，列文也做著禱告，做了他這個不信教的人做過千百遍的事。他對上帝說：「要是你真的存在，那就讓這個人康復吧，這樣你就救了他，也救了我。」

塗過聖油以後，病人一下子變得好多了。他整整一小時沒有咳嗽，微笑著，吻著基蒂的手，含著眼淚向她道謝，還說他感覺很好，哪兒也不痛，胃口也開了，力氣也有了。等人家把湯端上來時，他還要自己坐起來吃肉丸子。儘管他的病已沒有救了，儘管一眼就能看出來他是不會痊癒的，列文和基蒂整整一個鐘頭都處於一種既感到十分愉快又害怕弄錯了的興奮狀態。

「好點兒了嗎？」

「是啊，好多了。」

「太奇怪了。」

「一點都不奇怪。」

「總算是好一點兒了。」他們相對一笑，輕聲耳語著。

這種迷人的好景沒持續多久。病人安安靜靜地睡著了，但過了半小時，他又咳醒了。令人難過的現實毫無顧忌地粉碎了列文、基蒂和病人所懷有的希望，幾乎連一點兒給人回想原來希望的餘地都沒有。

尼古拉幾乎不再提半個鐘頭以前還確信的事情，似乎想起來都感到慚愧，要求把那只蓋著鏤孔紙的碘酒瓶遞給他。列文把吸瓶遞給了他。然後他用行塗聖油儀式時所具有的那種熱烈期望的眼睛盯著弟弟，彷彿讓弟弟證明醫生說嗅聞碘酒能收到奇效的那些話是真的。

「怎麼了，難道卡佳不在這裡嗎？」等列文很不情願地證明了醫生的話後，他看了看周圍，聲音沙啞地說。「唉，可以這麼說……我是為了她才演這場喜劇的。她太可愛了，可咱們不能欺騙自己。這一點我是相信的。」他說，接著伸出那隻枯瘦如柴的手緊握著小玻璃瓶，對著瓶口吸起來。

晚上七點多，列文與妻子正在房間裡喝茶，瑪麗亞急匆匆地跑了進來。她臉色蒼白，嘴唇直打哆嗦。「他快要死啦！」她低聲說，「恐怕他馬上就要死了。」

列文夫婦倆一起跑到病人房裡。他用一隻臂肘撐著坐在床上，長長的脊背彎曲著。

「你覺得怎麼樣了？」列文沉默了片刻，小聲問道。

「我感覺我要去了，」尼古拉吃力地、很清晰地、慢慢地向外擠著話。他沒抬頭，只是抬眼向上望，卻沒有看弟弟的臉。「卡佳，你走開吧！」他又加了一句。

列文跳起來，小聲命令她走開。

「我馬上要去了。」他重複了一遍。

「你為什麼要這樣想呢？」列文只不過是為了找話說。

「就因為我快去了，」他又說了一遍，彷彿很喜歡這個說法，「完了。」

瑪麗亞來到他面前。「您還是躺下吧，躺下會舒服點。」她說。

「我馬上就要安靜地躺下了，」他說，「死了。」他又嘲弄又生氣地說：「好，既然你們要我躺下，那就扶我躺下吧。」

列文扶著哥哥躺下，坐在他旁邊，屏氣凝神地看著他的臉。垂死的人閉著眼睛躺著，只有前額上的肌肉偶爾還在抽動，彷彿他還在緊張地思索著。列文不由自主地和他一塊兒深思，現在他體內到底出現了什麼情況。可是，列文從這張平靜而嚴峻的臉上，從他那眉毛上面抽動的筋肉中發現，雖然他苦苦思索的事還是和以前一樣漆黑一團，但對這個奄奄一息的人來說卻是越來越分明了。

「是的，是的，是這樣的，」奄奄一息的人慢悠悠地說，「等一下，」他又沉默了。「就是這樣！」他忽然心平氣靜地拖長聲音說，彷彿一切事情在他都已了結。「主啊！」他說完重重地歎息了一聲。

瑪麗亞摸了摸他的雙腳。「開始變涼了。」她輕聲說道。

很久一段時間，列文覺得病人躺著一動也不動。但他還活著，偶爾歎著氣。他感覺，雖然他拚命地思考，但還是不能瞭解「就這樣吧」意味著什麼。他覺得自己的思想早就跟不上奄奄一息的病人了。他已無法再思考死亡這個問題，他不由自主地想到他此刻必須要立馬去做的事：為死者合上眼睛，穿好衣服，吩咐訂做棺材。說也奇怪，他覺得自己十分冷靜，沒有悲傷，沒有哀悼，對哥哥更沒有憐憫。如果說他有什麼感觸的話，那就是羨慕奄奄一息的人現在知道他所不能知道的那些事情。

他就這樣在哥哥的身旁坐了很長時間，等待著死亡的到來，但終結沒有來臨。門開了，基蒂出現了。列文站起身來想攔住她。但就在他站起來的時候，他聽見垂危的人輕輕動了一下。

「別走開。」尼古拉說著伸出了一隻手。列文把一隻手遞給他，另一隻手卻在憤怒地向妻子揮動，示意她離開。

他握住哥哥的手坐了半小時，一小時，又一小時。他現在已經再也不去想死亡這個問題了。他在想，基蒂在幹什麼，隔壁房間裡住著什麼人，醫生住的是不是他自己的房子。他要吃東西，要睡覺。他輕輕地抽出手來，摸了摸垂危之人的雙腳。腳是冰冷的，可病人仍然在喘氣。列文踮著腳尖剛打算走開，病人又輕輕地動了起來，並且說：「別走開。」

天亮了。病人的情況沒有變化。列文輕輕地抽出手，眼睛不看垂死的人，回到自己房間去睡覺，且立刻就睡著了。當他醒來時，聽見的並不是自己原先想像的哥哥死了的消息，而是病人已經恢復了以前的狀態。病人又坐了起來，咳嗽，吃東西，談話，不再提死亡，又露出了復原的希望，心情變得比以前更易怒、更憂鬱。不管是弟弟，還是基蒂，都不能夠勸慰他。他生每個人的氣，對每個人都說些不中聽的話，為他的痛苦而責備每個人，還要求到莫斯科給他請一位名醫。每當人家問他感覺怎樣的時候，他總會帶著惱怒和責備的神情重複地回答：「我十分痛苦，根本忍受不了！」

病人越來越痛苦，特別是褥瘡，根本無法醫治了。他對周圍的人的火氣也越來越大，動不動就責備他們，特別是因為沒有替他從莫斯科請醫生來。基蒂竭力去護理他，安慰他，但都是徒勞。列文知道她在身體和精神方面都已經十分疲勞，儘管她自己不承認。

那天晚上他把弟弟找來，打算告別生命，讓他們都領會到死亡的滋味，可現在這種感覺已經被破壞了。大家知道，他很快就要死了，已經死了一半。大家只有一個希望——但願他快點死，可是又都隱瞞著這個念頭，給他服藥，替他找醫生，欺騙他，也欺騙自己，並且互相欺騙。這些都是虛偽的行為，是厭惡的、可恨的、卑鄙的虛偽行為。由於自己的性格，又加之自己最喜歡這個垂危的人，因此列文十分痛苦地感覺到這種行為的虛偽。

列文早就有意促使兩個哥哥和好，即使是在臨死以前和好也行，所以他給哥哥謝爾蓋寄去了一封信。接到他的回信，列文把信的內容念給病人聽。謝爾蓋在信上說，他不能來，但懇切地請求弟弟原諒。

尼古拉什麼話都沒有說。

「我應該如何給他寫回信呢？」列文問，「我希望你沒生他的氣吧？」

「是的，一點也沒有！」尼古拉惱怒地回答，「寫信給他，讓他幫我請個醫生來。」

又熬過了痛苦的三天，病人的情況還是這樣。現在凡是看見他的人，旅館茶房也好，旅館老闆也好，旅客也好，醫生也好，瑪麗亞、列文和基蒂，彷彿全都覺得他早點死去的好。只有病人自己沒這麼想，正好相反，他還是因為人家沒給他把醫生請來而發怒，他還在吃藥，談著「生」的事情。只有在鴉片讓他暫且忘記難以忍受的痛苦的那些偶然的時刻，他才在迷糊狀態中吐露出自己心裡那種比任何人都強烈的真實想法：「哎呀，真想馬上就死去！」或者是：「這到什麼時候才能了結！」

痛苦越來越加劇，逼他走向死亡。沒有一種姿勢他不覺得痛苦，沒有一分鐘他能擺脫這種感覺，身上無處不痛，無處不在折磨他。現在幾乎連身體內部的回憶、感受和念頭，也像這身體一樣，引起他內心的厭惡。其他人的樣子、言語、自己回想的事——這些對他而言通通都是痛苦的。他身邊的人都感覺到了這點，都在儘量不讓自己在他面前自由活動、說話、表達自己的願望。他的整個生命逐漸只剩下一種感覺，那就是痛苦和擺脫痛苦的願望。

在他心中很明顯地起了這樣的變化，使他把死亡當作種種欲望的滿足，當作幸福。以前，由痛苦或者貧困而引起的各種欲望，例如饑餓、疲勞、口渴，總是由肉體機能上的滿足而得到快感；現在呢，貧困和痛苦並沒有獲得滿足，而試圖滿足反而引起新的痛苦。因此，各種欲望就淹沒在一種欲望裡——擺脫所有痛苦和痛苦的根源，也就是擺脫肉體。

可是他無法表達出這種希望擺脫的心情，因此他沒談這些，而是出於習慣要求滿足那些已經不能滿足的願望。「把我翻到那邊去。」他說，接著，他馬上又讓人家使自己保持原來那樣。「給我喝點肉湯……把肉湯拿走……給我講講什麼，你們怎麼不吭聲？」可是，別人一開口，他就閉上雙眼，顯出一副厭倦、冷淡和煩躁的表情。

到達這裡的第十天，基蒂生病了。她頭疼，噁心，整整一個早上起不了床。

醫生說她是因為疲憊、焦慮不安導致的，勸她要安下心來靜養。

然而，下午基蒂就起來了，照常帶著針線活到病人房裡去。她進去的時候，他嚴厲地對她瞧了瞧；她說她病了，他就輕蔑地、冷漠地笑了笑。這天，他不住地擦鼻涕，難受地呻吟著。

「您覺得怎樣啊？」她問他。

「比以前更糟糕了，」他吃力地說，「好疼啊！」

「哪裡痛？」

「全身都痛。」

「他今天就會死的，你們看著吧。」瑪麗亞輕聲說。儘管她把聲音壓得低低的，列文還是看出，聽覺敏銳的病人一定聽到了她的話。列文對她低聲噓了一下，又回頭望了望病人。尼古拉確實聽到了，不過這句話對他沒有任何影響。他的面部依舊帶著責怪和緊張的神氣。

「你為什麼這麼想？」列文等她跟著他來到走廊裡時問道。

「他開始抓自己的衣裳了。」瑪麗亞說。

「怎麼抓的？」

「就是這樣。」她一面說，一面撕著自己身上羊毛連衣裙的皺褶。確實，他注意到，病人整整一天都在自己身上抓來撕去，彷彿要撕扯掉什麼東西。

瑪麗亞的預言成真了。傍晚，病人已抬不動胳膊，只是直勾勾地看著前方，精力集中的眼神再也沒有改變。甚至連列文和基蒂為了讓他看到他們而向他彎下腰去的時候，他還是這麼直勾勾地看著前方。基蒂派人去請神父來為他做臨終祈禱。

在神父進行臨終祈禱時，垂死的人幾乎沒有一點兒活的跡象了，雙眼是閉著的。列文、基蒂和瑪麗亞站在床邊。神父還沒有做完禱告，垂死的人就伸了伸身子，歎了一口氣，睜開了眼睛。神父念完祈禱文，把十字架放在那冰涼的前額上，接著慢慢地將它裹在法衣前胸的聖帶裡，又靜靜地站了兩分鐘，摸了摸他那已經變得冰冷的、沒有血色的大手。

「死了。」神父說完剛想離開，可死者那好像黏在一塊兒的小鬍子忽然抖動了一下，寂靜中清楚地聽見了一種從胸膛深處傳出來的尖銳而清楚的聲音：「還沒有死透……快了。」

一分鐘後，他的臉舒展開來，小鬍子下露出一絲微笑，房間裡的女人們就忙活著給死人穿衣服。

哥哥的樣子和死亡的接近，在列文心中再次產生了那種對令人不可思議的、近在眼前的、無法逃脫的死亡的恐懼感，在哥哥去看他的那個秋季的晚上，這種心情比上次更強烈了；他覺得他比以前更不理解死的意義，而對死的無可避免的恐懼也更厲害了。幸好現在有妻子在，這種感覺才沒讓他陷於絕望，儘管面對著死的事實，他還是覺得自己要活著，要有愛心。他覺得，是愛情把他從絕望中拯救出來，這種愛在絕望的脅迫下變得更加強烈、更加純潔了。死亡的奧秘還沒有在他面前解開，仍舊是個不可思議的謎，而另外一個同樣不可思議的奧秘又出現了，促使人們去相親相愛、去生活。

醫生證實了自己對基蒂身體狀況的診斷。她身體不舒服是因為懷孕了。

chapter
# 21
# 隱藏傷痕

卡列寧從他同貝特西公爵夫人和奧布隆斯基的談話中，知道所期望於他的就是讓他的妻子安寧，不要去打擾她，而他妻子本人也希望這樣。從那時起，他就感到心煩意亂，自己幾乎沒有主意了，也不知道自己現在需要什麼，一切都聽從那些樂於過問他事情的人的主意，什麼樣的意見他都同意。直到安娜離開他的家，英國女教師差人來問他，她該同他一起吃飯，還是分開吃，直到這時候，他才第一次明確了自己的處境，他覺得十分恐懼。

這種處境最痛苦的地方就是他無論如何也不能把過去和現在聯繫、協調起來。擾亂他的心的，並不是他和他妻子一起度過的幸福歲月。從那個時候到發覺妻子變心，這種變化他已經痛苦的經歷過了。如果那時他妻子向他說明了不貞之後就離開他的話，他可能會感到悲傷和不幸，但也不至於陷入像他現在所處的這樣一種不可思議的絕境。他無論如何也不能把最近他對生病的妻子和另一個男人的孩子的饒恕、感情和愛同現在的處境協調起來；也就是說，他現在落得孤零零一人，受盡屈辱和嘲弄，誰也不需要他，人人都蔑視他。

他妻子走後的頭幾天，卡列寧照例接見請願人和他的秘書長，出席委員會的會議，去餐廳吃飯。他自己也不知道為什麼要這樣做，他這兩天竭力保持著鎮靜的，甚至是淡漠的態度。在回答如何處理安娜的東西和房間時，他極力裝出一副神氣，似乎對新近發生的事並不意外，也不是什麼異常的事。他的目的達到了：在他身上誰都覺察不出絕望的樣子。可是在她走後的第二天，當科爾涅伊交給他安娜忘記支付的一家時裝店的帳單，並通報說店員在外面等候時，卡列寧吩咐把那個店員叫進來。

「對不起，大人，恕我打擾了。如果您要我們直接去問夫人的話，能否把她的住址告訴我們？」

卡列寧在店員看來好像在沉思，他忽然轉過身去，在桌旁坐下。讓他的頭埋在兩手裡，他就這樣坐了很久，他好幾次想要說話，都馬上中止了。

科爾涅伊理解他主人的心情，讓那店員下次再來。他明白他再也不能充硬漢，故作鎮靜了。他吩咐卸下那輛等著他的馬車，關照不接見任何人，也不吃飯了。

他覺得無法忍受眾人的蔑視和殘酷的壓力，那種蔑視和殘酷，在那店員的臉上，在科爾涅伊的臉上，在這兩天他所遇到的所有人的臉上都毫無保留地清楚地看出來了。他覺得逃脫不掉人們對他的厭惡，因為那厭惡並不是因為他壞（要是那樣，他可以盡力變好一點），而是因為他的恥辱的、討厭的不幸引起的。他知道就是因為這一點，就是因為他心碎腸斷，人家才對他這樣冷酷無情。他覺得大家都在毀滅他，如同群狗咬死一隻受盡折磨、痛得汪汪直叫的狗。他明白，擺脫人們的唯一辦法就是把自己的傷痕隱藏起來，不讓他們看見，所以他無意識地在這兩天中盡力這樣做，可是現在，他覺得自己再也無法繼續進行這種寡不敵眾的鬥爭了。

因為察覺到自己在悲痛中完全是孤獨的，他的絕望更加強烈了。不僅在彼得堡，他找不出一個可以談心的人，也找不到一個人不把他看作達官貴人和社會名流，而只看作一個受苦受難的人那樣來同情他，事實上，他在哪兒也找不到這樣的人。

卡列寧從小就是孤兒。他們兩兄弟不記得他們的父親，卡列寧十歲的時候他們的母親也死去了。財產很少。他們的叔父是一員政府大官，曾經是先帝的寵臣，把他們撫養大了。

以優異成績在中學和大學畢業之後，卡列寧依靠叔父的提挈，馬上在官場中嶄露頭角，從那時起他就完全委身於政治野心中了。不論在中學、大學，還是在官場任職時，卡列寧都沒有交上一個知心朋友。哥哥算是他最知心的人，但他在外交部任職，經常住在國外，他在卡列寧結婚後不久就死在國外了。

在他做省長時，安娜的姑母，一個當地富裕的貴婦人，把她的侄女介紹給他——他人雖中年，可作為省長卻還年輕——並且使他處於這樣一種境地，要麼向她求婚，要麼離開這座城市。卡列寧猶豫了很久。當時肯定這一步和否定這一步的理由旗鼓相當，同時又缺乏充分理由使他改變遇到疑難問題要慎重處理的原則。可安娜的姑母通過一個熟人示意他，他已影響了那女子的名譽，他要是有名譽心就該向她求婚。他求了婚，把他的所有感情全部傾注在他當時的未婚妻和以後的妻子身上。

他對安娜的迷戀排除了他同別人親密交往的需要。現在，他在所有的熟人中間沒有一個知心朋友。他交遊很廣，卻沒有友誼關係。有許多人，卡列寧可以邀請來吃飯，請求他們參與他所關心的事務，聲援他所要幫助的人，他可以和他們坦率地討論別人的事情和國家大事；但他同這些人的關係只限於按照一般禮儀和習俗的範圍，從不越雷池一步。他有一個大學同學，畢業後彼此很親近，他本可以向他傾吐苦衷，但是這個朋友現在卻在遙遠地方的教育界當督學。在彼得堡的人們中，最親密最談得來的就是他的秘書長和醫生。

秘書長米哈依爾・瓦西里耶維奇・斯柳金是一個誠實、聰明、善良而又有道德的人，卡列寧感到他對自己很有好感；但五年來的同事關係在他們之間形成了一道鴻溝，妨礙他們推心置腹地交談。

在公文上簽字以後，卡列寧沉默了良久，看了看米哈依爾，幾次想要說話，卻又說不出來。他已準備了這樣一句話：「您聽到我的不幸了嗎？」但結果還是照例說了一句話：「那就請您替我辦一下吧。」就打發他走了。

另一個是醫生，也對卡列寧很有好感；不過他們之間很早就有一種默契，那就是兩人都忙得不可開交，沒有一點空閒。

至於他的女性朋友，其中首選是伊萬諾夫娜伯爵夫人，卡列寧根本就沒有想到。一切女人，單單是作為女人，對他來說都是可怕和討厭的。

chapter 22

# 精神上的支持

卡列寧忘記了伯爵夫人利季婭．伊萬諾夫娜，她卻沒有忘記他。在這孤獨絕望的痛苦時刻，她來看他，不經通報，就闖進他的書房。她看見他還是像原來那樣雙手抱頭坐著。

「我破壞了禁律。」她快步走入書房，因為激動和走得太快而沉重地喘息著說道。「我都聽說了！阿列克謝．亞歷山德羅維奇！我親愛的朋友！」她雙手緊緊握住他的手，她那雙美麗而若有所思的眼睛盯住他的眼睛，繼續說。

卡列寧緊皺眉頭站起身來，抽出自己的那隻手，把一把椅子推給她。

「坐下來吧，伯爵夫人。我不見客，是因為我身體不適。」他說著，嘴唇也哆嗦起來了。

「我親愛的朋友呀！」伯爵夫人眼睛一眨不眨地盯著他重複說道。接著，突然她雙眉倒豎，額上出現了一個三角形，她那黃臉因而變得更難看了，卡列寧覺得，她在為他傷心，她眼看就要哭出來了。他深深地被感動了，他握著她那胖嘟嘟的手，開始親吻它。

「我親愛的朋友呀！」她激動得斷斷續續地說，「您不應該一直悲傷。您的悲傷是巨大的，但您應該寬寬心。」

「我垮了，我被毀了，我不能做人了！」卡列寧放開了她的手，仍舊凝視著她那雙噙滿淚水的眼睛說，「我的狀況真是可怕，我在什麼地方都找不到支持點，在我自己身上也找不到。」

「您一定會找到支持的，可是，別在我身上找，儘管我希望您相信我的友情。」她歎息一聲說。「我們的支持就是愛，就是上帝賜給我們的愛。上帝要支持人是輕而易舉的，」她用卡列寧很熟悉的那種狂喜的眼神說，「上帝一定會幫助您，保佑您的。」

儘管在這些話裡流露出她對崇高感情的陶醉，儘管這番話中帶著在卡列寧看來是毫無必要的那種最近在彼得堡廣泛傳播的新的狂熱的神秘主義情緒，可現在聽見這番話，卡列寧還是感覺很高興。

「我失敗了。我給毀了。我原來怎麼也沒有料到，現在還是什麼都不清楚。」

「我親愛的朋友呀。」伊萬諾夫娜伯爵夫人又說道。

「不是惋惜現在已經失去的那些東西，不是的，」卡列寧繼續說下去，「我不為這個難過。但我現在這樣的處境，看到人不能不為之害臊。這很糟糕，我沒有辦法不這樣，我沒有辦法不這樣啊。」

「做出令我和大家都十分佩服的、高尚的寬恕行為的並不是您，而是活在您心裡的上帝，」伯爵夫人狂喜地抬起頭說，「所以您不必因為您的行為而覺得羞愧。」

卡列寧緊皺眉頭，接著彎起胳膊，開始劈啪作響地扳起手指頭。

「事無鉅細都得過問，」他尖聲說，「一個人的精力畢竟有限呀，伯爵夫人，我已達到了最大限度。今天，我一整天都在操心，處理各種家務事，這都是我孤獨的新境況導致的。僕人啦，家庭教師啦，帳目啦……種種瑣事弄得我焦頭爛額，我再也受不了啦。吃飯的時候……我昨天差一點沒吃完就走掉。我受不了兒子望著我的那種眼神。他沒問我這各種事的意義，可他內心是很想問的，我受不了那種眼神。他害怕看我，可又不止這樣……」卡列寧本想說一下別人拿到他這兒來的那張帳單，但他的聲音發抖了，便住了口。他一想到那張記著帽子和緞帶欠款的藍紙，就不由得憐憫自己。

「我知道，我親愛的朋友，」伯爵夫人說，「我全都瞭解。您在我的身上找不到幫助和安慰，但我來還是為了要幫助您，如果可能的話，希望我能夠為您卸下這一切瑣碎的、無聊的操勞……我知道，這兒需要女人來照管，需要女人來操持。您願意交給我嗎？」

卡列寧一言不發，感激地握緊了她的手。

「我們一起來照料謝廖沙吧。我不善於辦事，但我願意擔當起來，做您的管家。不要謝我，讓我這樣做的並不是我自己……」

「我不得不感謝您呀。」

「但是，我親愛的朋友，請別老是懷著您剛才說的那種感情，不要因為有過基督教徒的高尚行為而感覺可恥：心中謙遜的，必得尊榮。您別感謝我。只有在上帝身上我們才能找到平靜、安慰、拯救和愛。」她說著，抬起眼睛仰望蒼天，祈禱起來。

現在，卡列寧聽到她在祈禱。她那些說教，他以前即使不覺得討厭，也覺得是多餘的，如今聽起來卻覺得很自然，很使人寬慰。卡列寧一點也不喜歡這種新的熱忱。他是一名教徒，但僅僅關心政治意義上的宗教，從而對新的教義敢於大膽地做出各種新的解釋，正因為這樣，才會為辯論與分析打開了方便的門，所以從原則上來說，它是令他感到不快的。以前，他對各種新的教義持有冷漠，甚至是敵視的態度，可卻從來沒有和陶醉於新教義的伯爵夫人辯論過，只是竭力用沉默來對付她的挑戰。這會兒他是第一次高高興興地聽著她的話，內心也不反感。

「我非常感激您，感激您的行動，感激您的話語。」當她祈禱完以後，他說。

伊萬諾夫娜伯爵夫人再次緊緊地握住朋友的兩手。

「現在我應當開始工作了，」她沉默了片刻，拭去臉上的眼淚，笑著說，「我到謝廖沙那裡去。萬不得已我不來打擾您。」她說著站起身來，走了出去。

伊萬諾夫娜伯爵夫人走進謝廖沙住的房間，哭著對不知所措的小男孩說他的母親死了，他的父親是個聖人，眼淚打濕了小男孩的臉。

利季婭・伊萬諾夫娜伯爵夫人履行了她的承諾。她的確把卡列寧家裡的事情通通負責起來了。然而，她說自己不擅長做實際的事務，這並不是謙虛。她幾乎所有的吩咐都會變更，因為沒有一次行得通。變更吩咐的事情則交給了卡列寧的貼身侍僕科爾涅伊，他現在無形中掌管著卡列寧家裡的所有事務，在老爺換衣服時他鎮靜地而又小心翼翼地向老爺報告所有需要報告的事情。

她給了卡列寧精神上的支持，使他感受到她對他的一片敬愛之情，特別使她想起來都覺得快慰的是，她幾乎使他真正皈依了基督教，也就是說，把卡列寧這個冷淡懶散的信徒變成了一個近來在彼得堡流行的基督教新教義堅決熱情的擁護者。想到這點她就感覺十分欣慰。卡列寧十分容易地就相信了新教義。

卡列寧像伊萬諾夫娜和其他持同樣見解的人一樣，已經徹底失去了深刻的想像力，徹底失去了心靈上的想像力，而這種能力讓由想像所引起的各種想法逐漸變得如此真實，必然和另外一些想法、現實相符合。正因如此，他才認為，對於不信教的人而言，死亡確實存在，而對他則不然，同時因為他有著完整無缺的信仰，並且他自己又能夠斷定信仰的程度，所以他感到靈魂裡已沒有罪惡，他覺得自己在這兒，也就是在塵世上已經徹底得到了拯救。他並不認為這看法有什麼不合情理和不可想像的地方。

當然，卡列寧有時也模模糊糊地覺得，對於自己信仰的這種看法是淺薄、荒謬的，他也知道，如果他根本沒有想到他的饒恕是出於神的力量的驅使，而純粹是憑感情用事，那就會比他現在想到基督活在心中，他簽發文件是在執行神的旨意，更加幸福。他需要這麼想，處在屈辱當中的他尤其需要擁有一個高尚的、哪怕是假想的立足點，以使被別人鄙視的他也能夠鄙視其他人，因此，他像抓住救命稻草那樣抓著自己已經獲得解救的這種幻想。

chapter 23

# 忍受的力量

伊萬諾夫娜伯爵夫人還是一個多情年輕的少女時就和一個有錢有身分、十分和善、生活卻很放蕩的紈絝子弟結了婚。婚後不到兩個月，丈夫就把她拋棄了，對於她的熱烈的愛情，丈夫只用嘲笑甚至敵意來回應。所有知道伯爵善良而又看不見多情的利季婭任何缺點的人，無論如何也無法解釋那種敵意是如何產生的。從那個時候開始，雖然他們沒離婚，卻已經分開居住了，而且每當丈夫碰見妻子的時候，總會用不可思議的態度對她進行惡毒的嘲諷。

伊萬諾夫娜伯爵夫人早已不愛丈夫了，然而從那個時候開始，她從未間斷過愛上其他人。她甚至一下子愛上好幾個人，既有男的，也有女的。只要是在某個方面尤為突出的人她幾乎都愛。她愛過每一個和皇族聯姻的新的親王與王妃，愛過一位大僧王、一位主教和一位牧師。她還愛過一個記者，愛過三個斯拉夫人，愛過科米沙羅夫[12]，愛上了一位大臣、一位醫生、一位英國傳教士，又愛上了卡列寧。

這種朝三暮四、時濃時淡的愛情並不妨礙她同宮廷和社交界保持廣泛而錯綜的聯繫。然而，自從卡列寧遭遇不幸，她對他進行特別照顧，到卡列寧家裡服務，關心他的幸福，從那個時候起，她

12. 科米沙羅夫曾打落兇手手槍，救了沙皇亞歷山大二世性命。

就覺得其他那些愛情都並非真實的愛情，她現在真正愛的只有卡列寧一個人。

她覺得自己現在對他所懷有的感情要比以往對任何人的感情都強烈。她剖析了自己的這種感情，並把它與過去的感情相對比，清楚地覺得，要是科米沙羅夫沒救過沙皇的性命，她不會愛上他；要是沒有斯拉夫問題，她也不會愛上里斯季奇．庫吉茨基。可是，她愛卡列寧這個人，愛他那高深莫測的高尚的心靈，愛他那種在她聽上去如此可愛的尖細聲音和帶著拖腔的語調，愛他那充滿倦意的雙眼，愛他的性格以及那雙青筋隆起的柔軟白皙的手。她不僅高興看見他，而且總是從他臉上察看他對她的反應。她希望他不僅喜歡她說的話，而且喜歡她整個人。為了他，她比以前任何時候都注意修飾打扮。她總是不由自主地幻想，要是她沒有結過婚，而他也是一個自由的人，那情況會怎麼樣呢？他一進房間，她就會興奮得滿臉漲紅，要是他對她說什麼讓人高興的事情，她就掩飾不住快活的微笑。

這幾天，伊萬諾夫娜伯爵夫人的心情一直處在焦慮中。她聽說安娜和沃倫斯基就在彼得堡。一定要使卡列寧避免同她見面，甚至一定不能讓他知道這件痛苦的事：那個薄情寡義的女人和他住在同一座城市，他隨時都有可能碰到她。

伊萬諾夫娜經由自己熟悉的人去探聽這兩個可惡的人（她這樣稱呼安娜和沃倫斯基）想要做什麼，並且這幾天該想方設法限制朋友的各種行動，讓他免於碰見他們。有一個年輕的副官，他是沃倫斯基的朋友。伊萬諾夫娜伯爵夫人就是從他那兒獲得消息的，而他卻想通過伯爵夫人獲得一份租讓合同。他告訴她說，他們已經處理完了自己的事務，明天就走了。伊萬諾夫娜也放下心來，誰知第二天早晨有人給她拿來一封信，她驚恐地看出了那信上的筆跡——安娜．卡列尼娜的筆跡。信封是用樹皮一樣的厚紙做成的；長方形的黃紙上有一個大大的花體字簽名，信中散發著宜人的香氣。

「是什麼人送來的？」

「旅館的聽差。」

伊萬諾夫娜伯爵夫人久久都不能坐下閱讀那封信。她激動得氣喘病又發了。待她平靜下來後，她讀了這樣一封法文信：

伯爵夫人：您心中懷有的基督教情感讓我有了我覺得不可原諒的勇氣給您寫信。和兒子分離讓我非常痛苦，我懇求您允許我在走之前見他一面。請原諒我這種讓您想起我的荒唐舉動。我之所以給您寫信，而不是給阿列克謝・亞歷山德羅維奇寫信，只是因為我不願使這位寬宏大量的人因想到我而難過。我知道您對他的友誼，您一定會理解我的。您能不能把謝廖沙送到我這兒來，或者約個時間讓我回家看他，抑或是您告訴我在外面可以看到他的時間和地點？我不認為我的請求會遭到拒絕，因為我瞭解對這件事情有決定權的那個人的寬宏大度。您難以想像我要見他的願望是何等強烈，因此您也難以想像您的幫助將會令我對您產生的那份感激之情是何等強烈。

安娜這封信裡的所有內容都讓伊萬諾夫娜伯爵夫人覺得氣憤：且不說內容，也不說「寬宏大量」這個詞的含義，就僅僅是她察覺的那種隨便的語氣，就足以讓她覺得憤怒。

「告訴來人說沒有回信。」伊萬諾夫娜伯爵夫人說，接著立刻翻開信紙，寫信給卡列寧，說她希望中午在宮廷慶祝會上看見他。

「我有一件苦惱但又重大的事想和您談談，到那兒以後我們再確定在哪裡談。最好是在我家，我會讓下人準備好您喜歡的茶。務必要來。上帝給了人十字架，也給了人忍受的力量。」她又加了幾句話，讓他稍微有點兒準備。伊萬諾夫娜伯爵夫人一般每天都會給卡列寧寫兩三封信。她喜歡這種聯絡方式，既風雅又帶有神秘色彩，而這些正是她的私人交際活動中所欠缺的。

chapter 24

# 嘲諷

慶祝大會結束以後。那些將要坐車離開的人在見面時都在談著最近的新聞，談著誰又得到獎賞和重要官員的任免諸如此類的事情。

「最好是把陸軍部交給瑪麗亞・鮑里索夫娜伯爵夫人，而讓瓦特科夫斯卡婭公爵夫人當參謀長。」一個穿金邊制服、頭髮花白的小老頭，對一個向他徵求提升意見的高大的、漂亮的女官說。

「那就讓我去做副官吧。」宮廷女官笑瞇瞇地說。

「您已有任命了呀。您掌管教會部門的工作，讓卡列寧做您的助手。」

「您好，公爵！」老人握著一個走上前來的人的手說。

「你們在談卡列寧的什麼事？」公爵問。

「他和普佳托夫都得到了亞歷山大・涅夫斯基勳章。」

「我還以為他早就得到了呢。」

「沒有。您看看他吧。」小老頭用他的金邊帽子指指卡列寧。他身穿朝服，佩著嶄新的紅色緩帶，同一個有勢力的議員一起站在門口。

「得意得就像一枚銅幣。」他加了一句，然後和一位體格健壯的俊美宮廷高級侍從握了握手。

「不，他看上去老多了。」宮廷高級侍從說。

「是太辛苦了。他現在要親自起草所有計劃，在沒把所有事情都逐條說清楚以前，他是絕對不會放過這個可憐的傢伙的。」

「怎麼老了？他還在談戀愛呢。我想伊萬諾夫娜伯爵夫人現在正嫉妒他的妻子。」

「哎，說什麼呢！不要說伊萬諾夫娜伯爵夫人的壞話。」

「說她愛上了卡列寧，這算是壞話嗎？」

「卡列寧夫人真的在這兒嗎？」

「不是在這兒，不是在宮廷中，而是在彼得堡。我昨天看到她和沃倫斯基在莫爾斯基大街上手挽著手走呢。」

「這種人沒有……」宮廷高級侍從剛開口就停住了，為了給一位走過去的皇室人士讓路，還對他鞠了個躬。

他們就這樣不停地談論卡列寧，責難他，嘲諷他，他呢，正好攔住那個被他抓住的議員，一刻不停地向他逐條說明他的財政計畫草案，生怕他走掉。

幾乎就在妻子離開卡列寧的同時，他遇上了一件對一個有官職的人來說最為痛心的事情——升遷的希望落空。

這次落空已經成為事實，人們都看得很清楚，然而卡列寧自己卻沒有意識到他的前程已完結。是因為和斯特列莫夫的那次衝突，還是由於同妻子的悲劇，也不論是官位已達到命定的極限，今年大家都看得很清楚，卡列寧的官運已經完了。他還身居要職，是許多委員會的委員，但他這個人已經過時，誰也不對他抱什麼希望了。任憑他說什麼，也不管他提什麼建議，在別人聽來都覺得那不過是老生常談，沒有必要。

然而，卡列寧完全沒有意識到這一點，恰恰相反，由於再也不直接參與政府活動，所以他現在比以往任何時候都更清楚地看見他人所作所為的錯誤與不足，並且認為指出改正這些缺點與錯誤的方法是自己的職責。在同妻子分居後不久，他就動手寫各管理部門新的審判規章，這是他肯定要寫的、一切管理部門都用不著的、數不清的報告中的第一份。

卡列寧不僅沒意識到自己在官場的失勢，沒有為這種處境而發愁，恰恰相反，他對自己的活動比以往任何時候都更加滿意。

「沒有娶妻的，是為主的事掛慮，考慮如何讓主高興；娶了妻的，是為世上的事掛慮，想如何讓妻子喜悅。」使徒保羅如是說。卡列寧現在做什麼事都遵奉《聖經》，因此，他經常想到這段話。他覺得自從妻子離開他以後，他就以這些行動來更好地侍奉上帝。

那位議員想擺脫他，臉上露出明顯的不耐煩神色，卻沒有使他感到難堪，直到那位議員借著一個皇室人士從身邊經過的機會從他身旁溜走以後，他才停止。

就他一個人了，他垂下頭，定了定神，然後漫不經心地向後望了一眼，朝門口走去，希望能夠在那兒碰到伊萬諾夫娜伯爵夫人。

「他們個個強壯有力。」卡列寧望著那身材魁偉、留著散發香氣的絡腮鬍子的宮廷侍從和那個穿著軍裝的公爵的紅色脖子，這樣想。「說得沒錯，世間的一切都是邪惡的。」他心想，接著朝宮廷高級侍從的小腿肚上斜瞟了一眼。

卡列寧不緊不慢地走過去，照例帶著疲勞而又不失威嚴的神氣，向那些剛才還在議論他的先生鞠了個躬，接著就看著門口，眼睛搜索著伊萬諾夫娜伯爵夫人。

「哎呀！阿列克謝·亞歷山德羅維奇！」

那矮小的老人，在卡列寧走到和他並排並且帶著冷淡的態度向他點頭時，惡意地閃動眼睛說。「我還沒有向您道賀哩。」老人指著他新得的綬章說。

「多謝，」卡列寧回答說，「今天天氣真好。」他又加了一句，按照自己的習慣特別加重了「真好」這個字眼的語氣。

他們在嘲笑他，這一點他是知道的。不過除敵意以外，他並不指望從他們那兒得到什麼。對此他也已經習慣了。

伊萬諾夫娜伯爵夫人走了進來，卡列寧一看到她那從束身胸衣裡裸露的黃膚色肩膀和正在招引他的、妖媚而又沉思的眼睛，便露出一口潔白亮麗的牙齒，微微一笑，走到她面前去了。

伊萬諾夫娜今天的穿著就像她最近的每一次打扮一樣，費了不少心思。她現在打扮同三十年前打扮所追求的目的完全不同。當年她總是盡可能把自己打扮得漂亮些，越漂亮越好。而現在卻正好相反，現在她如果打扮得太花哨，就會與她的年齡和身段不相稱，所以，她所關心的是只要這種打扮和她自己相貌的反差別太強烈就行。

對卡列寧，她達到了這個目的，他覺得她是迷人的。對他而言，她是那片圍繞著他的、由敵意與嘲諷組成的漫無邊際的大海中的一個孤島，這個孤島不僅善意對待他，而且還愛他。

他走過一道道嘲諷的眼神，不自覺地被她那充滿愛意的眼光吸引過去，就像植物向著陽光生長。

「恭喜您。」她用目光盯著綬帶，對他說。

他忍住得意的微笑，閉上眼睛，聳聳肩膀，彷彿這並不使他高興。伊萬諾夫娜伯爵夫人十分明白，這是他人生中一件最大的樂事，雖然他不肯承認。

「我們的小天使如何啊？」伊萬諾夫娜伯爵夫人問，她說的小天使是指謝廖沙。

「我對他也算不上很滿意，」卡列寧挑著眉毛，睜開眼睛說，「西特尼科夫對他也覺得不是很滿意（西特尼科夫是請來擔任謝廖沙世俗教育的家庭教師）。我對您說過，他對那些會感動每一個大人、每一個孩子心靈的重大問題有點冷淡。」卡列寧開始闡述自己對公務之外唯一關心的問題——兒子的教育問題的想法。

卡列寧在伊萬諾夫娜的幫助下恢復了原來那種對生活和工作的信心後，他覺得必須操心留在他身邊的兒子的教育。卡列寧以前從來沒有研究過教育問題，現在就花一些時間來研究教育理論。他看了幾本人類學、教育學和教學法的書，擬訂了一個教育計畫，還將彼得堡的一位卓越教師請來指導，動手工作起來。這工作總是讓他很感興趣。

「對，可是他的那顆心呢？我知道他有一顆和父親一樣的心，一個有這種心的小孩絕不會是壞孩子。」伯爵夫人十分真誠地說。

「是的，也許是這樣……至於我，不過是盡我的責任罷了。我也只能做這些了。」

「您到我家來，」伊萬諾夫娜伯爵夫人沉默了片刻後說，「我要談一件使您傷心的事。我真願意犧牲一切也不讓您再想起那件不愉快的事，但是別人不這樣考慮。我接到她的一封信。她在這兒，在彼得堡。」

一聽她提起妻子，卡列寧渾身顫抖，他的臉上馬上顯出了呆板的表情，表明他在此事上根本束手無策。「我早料到這事了。」他說。

伊萬諾夫娜伯爵夫人滿懷愛戀地看了看他，她為他那崇高的靈魂而激動得熱淚盈眶。

## chapter 25

# 無法彌補的錯誤

卡列寧進入伊萬諾夫娜伯爵夫人那間到處擺滿了古老的瓷器、掛著畫像的溫馨小書房的時候，女主人自己還沒露面。

她在換衣服。

圓桌上鋪著桌布，上面擺著一套中國茶具和一把燒酒精的銀茶壺。卡列寧漫不經心地環顧了一下裝飾書房的無數畫像，在桌子旁邊坐下來，翻開那本擺在桌上的《福音書》。伯爵夫人綢緞衣服的沙沙聲吸引了他的注意力。

「好吧，現在讓我們鎮靜地坐下來，」伯爵夫人說，她臉上掛著激動的笑容，快步從桌子與沙發當中擠過來，「邊喝茶邊談吧。」

說過幾句開場白以後，伊萬諾夫娜伯爵夫人就滿臉通紅，呼吸急促，把收到的那封信放到卡列寧手中。

看完信，他默不作聲地坐了好久。「我覺得我沒有權利拒絕她。」他抬起眼，畏怯地說。

「我親愛的朋友呀！您在什麼人身上也看不見罪惡！」

「正好相反，我看什麼都是罪惡的。可是，這麼做公平嗎？」

他臉上露出了猶豫不決和希望得到別人幫助的神情，期望在這件他難以理解的事上得到別人的建議、支持和指點。

「不，」伊萬諾夫娜伯爵夫人接著說，「凡事都有個限度。我懂得什麼叫傷風敗俗，」她說話有些言不由衷，因為她絕對不懂得是什麼導致女人傷風敗俗的，「不過我不瞭解殘酷，何況這是對什麼人呢？是對您啊！怎麼能夠待在您所在的城市裡呢？不，活到老，學到老。我也必須學會理解您的偉大和她的卑鄙。」

「何苦落井下石呢？」卡列寧說，顯然對自己所扮演的角色很滿意，「我能寬恕的都已經寬恕了，因此，也無法拒絕她對愛的要求——對兒子的愛……」

「不過，我親愛的朋友，那是愛嗎？這是真心實意的愛嗎？即使您寬恕了她，即使您現在還在寬恕……但我們有權利擾亂這位小天使的心嗎？他認為她已經死去了。他在為她祈禱，請求上帝饒恕她的罪行……還是這樣的好。否則，他會怎麼想呢？」

「這點我確實沒想過。」卡列寧說，很顯然他心裡贊成她的意見。

伊萬諾夫娜伯爵夫人用兩手捂著臉，良久沒說話。她在祈禱。

「要是您徵求我的意見，」她祈禱後，放下手說，「那我勸您不要這樣做。難道我會不知道，這件事又一次撕裂了您的傷痕，讓您感覺多麼的疼痛嗎？是啊，您可以像往常一樣忘記自己。可是，這麼做又會帶來什麼後果呢？會為您帶來新的痛苦，給孩子帶來痛苦，不是嗎？只要她還有一點人性，就不該提出這樣的要求。不，我毫不動搖，我勸您不要答應。要是您允許，我就寫信給她。」

卡列寧答應了，伊萬諾夫娜伯爵夫人就寫了下面這封法語信：

如果讓您的兒子想到您，就會使他產生許多問題，而且回答這些問題，就不可能不在孩子的心靈裡灌輸一種情緒，讓他批判他原本認為是神聖的東西，因此，我懇請您以基督教的仁慈來體諒您丈夫的拒絕。我祈求無所不能的上帝對您仁慈。

伊萬諾夫娜伯爵夫人這封信達到了伯爵夫人自己也不願承認的隱藏在心中的陰險目的。它深深地刺傷了安娜的心。

卡列寧呢，他從伊萬諾夫娜伯爵夫人家中回來以後，整整一天都無法集中精力於自己的日常工作，也無法得到他以前所感覺到的那種教徒和獲救者的心靈寧靜。

伊萬諾夫娜伯爵夫人對他說得十分公平，妻子很對不起他，他這個聖人，按理說想到妻子是不至於心煩意亂的，可是他卻不能平靜。他看書看不進去，因為無法排除痛苦的回憶。他回憶起自己對待她的態度，他現在覺得他曾對她犯過錯誤。他回想起了從賽馬場回來的途中如何接受她對自己的不貞行為所做出的自白（特別是他只要求顧全體面，卻沒有要求決鬥），這個回憶就像無法彌補的憾事那樣，他感到十分痛苦。他想起他寫給她的信，也覺得很難過；特別是他那種誰也不需要的饒恕和他對別人孩子的關懷，燒灼著他的心。

現在，當他回憶起自己和她的一件件往事，回憶起自己經過長久的躊躇彷徨之後向她求婚時所說出的那些愚蠢的話，他心裡面就更有了這種既羞愧又悔恨的感覺。

「但是我究竟在什麼地方做錯了呢？」他自言自語著。這個問題在他心裡總是引起另一個問題：

要是換了別人，比如沃倫斯基、奧布隆斯基……還有胖腿肚的宮廷高級侍從，不都是這樣感覺，這樣去愛，這樣結婚的嗎？緊接著他腦子中就掠過了一系列時時處處難以抗拒地吸引他的好奇心的人，這幫人血氣方剛，身強體壯，十分自信。他在擺脫這些念頭，他努力讓自己相信，他並不是為了短暫的一生，而是為了永恆的生活而活著，他的心中充滿了寧靜與仁慈。

然而，就像他所感覺的那樣，他在這個舉足輕重的短短的一生中竟犯下一些無法彌補的錯誤，這使他痛苦，彷彿他所信仰的永恆的得救都不存在了。然而，這場擾亂持續的時間很短，不久，卡列寧的心中又恢復了平靜，他又達到了那種能夠讓他忘記不願意想起的往事的崇高的境界。

chapter 26

# 亞歷山大・涅夫斯基勳章

「卡皮托內奇，怎麼樣？」謝廖沙在生日前一天散步回來，臉色紅潤，快活異常，把有褶的外套交給看門人。「怎麼樣，那位紮繃帶的官員今天來過嗎？爸爸接待他了沒有？」

「接待過了。辦公室主任剛走，我就去通報了，」看門人快樂地眨眨眼說，「我來幫您脫吧。」

「謝廖沙！」那位來自斯拉夫的家庭教師站在通向裡面房間的門前說，「自己脫吧。」雖然謝廖沙聽到了家庭教師那有氣無力的話，但沒理睬。他一隻手抓住看門人的肩帶，望著他的臉。

「那爸爸給他辦了他請求辦的事了嗎？」

門房肯定地點了一下頭。那個紮繃帶的小官吏已經來過七次了，有什麼事求卡列寧，謝廖沙和門房都十分關心。謝廖沙曾在門廳中遇到過他，聽到他哀憐地請求門房為他通報，說他和孩子們都快餓死了。

以後，謝廖沙又在門廳中碰見過他一次，從那個時候他就開始關心起他來。

「那他十分開心吧？」他問道。

「哪兒能不開心呢？走的時候可以說是手舞足蹈。」

「有人送什麼東西來嗎？」謝廖沙停頓了片刻又問。

「哦，少爺，」門房點點頭小聲說，「有一件從伯爵夫人那裡送來的東西。」

謝廖沙立馬就明白了，門房所說的東西是伊萬諾夫娜伯爵夫人給他送來的生日禮物。

「真的嗎？在哪兒？」

「科爾涅伊送到您爸爸那裡去了。肯定是件很好的東西！」

「多大？有這麼大嗎？」謝廖沙比劃道。

「稍微小一點兒，東西卻不錯。」

「是一本小書嗎？」

「不，是一件東西。去吧，去吧，瓦西里·盧基奇在叫您。」看門人聽見家庭教師的腳步聲越來越近，就小心翼翼地把那隻抓住他肩帶、手套脫了一半的小手拉開，還不停地眨著眼睛，用手指了指盧基奇。

「瓦西里·盧基奇，我馬上就來！」謝廖沙帶著快活而親切的笑容回答，這樣的笑容經常能夠征服那個直率的瓦西里·盧基奇。

謝廖沙感覺很愉快，一切都太幸福了，因此，他不能不同他的朋友——老看門人分享家裡的另一件喜事。

這喜事是他在夏園散步時聽伯爵夫人的侄女說的。他覺得這喜事特別有意思，他認為這一喜訊十分重要，因為它和那個紮繃帶官員的喜事，還有有人給他送來玩具這件喜事是一起發生的。謝廖沙覺得，今天是所有的人都應該歡喜、愉快的一天。

「你知道嗎，爸爸獲得了亞歷山大·涅夫斯基勳章？」

「怎麼會不知道呢！已有人來道過喜了。」

「那麼，他高興嗎？」

「皇上的恩典哪能不高興呢！這就是說，他得到了應有的獎勵。」門房一本正經地說。

謝廖沙一副若有所思的樣子，注視著他仔細研究過的看門人的臉，特別是那夾在灰色絡腮鬍子中間的下巴。除了經常仰著臉看他的謝廖沙，別人都沒注意過這個下頷。

「哦，你的女兒早就來看過你了吧？」

門房的女兒是芭蕾舞演員。

「平時哪有時間來啊？他們也得學習。您也該去學習了，少爺，去吧。」

進入房間，謝廖沙並沒有坐下做功課，而是告訴教師自己的猜測——他認為送來的那樣東西肯定是一輛火車。「您是怎麼認為的？」他問。

然而，瓦西里・盧基奇想的只是應該上語法課了，語法教師兩點就要來上課了。

「不，您必須得告訴我，瓦西里・盧基奇，您只要告訴我，」他已經坐到了書桌旁，兩手拿起了書，突然問道，「什麼勳章比亞歷山大・涅夫斯基勳章更高級？您可知道，爸爸得了亞歷山大・涅夫斯基勳章？」

瓦西里・盧基奇回答，比亞歷山大・涅夫斯基勳章還要高級的有弗拉基米爾勳章。

「再往上高一級的呢？」

「再高一級的是安德列勳章。」

「比安德列勳章更高一級的呢？」

「我不知道了。」

「什麼，您都不知道了？」謝廖沙說完就把兩隻胳膊肘支到桌子上，托著頭，開始深思起來。

他的沉思極其複雜並且多種多樣。他想像，他父親一下子獲得了弗拉基米爾勳章與安德列勳章，因此，他今天上課就比平時和善許多；他還想像，當自己長大成人後，能得到所有的勳章，還有後人發明出來的比安德列勳章還要高級、還要了不起的勳章。人家一想出來，他就得到。人家還會想出更高的勳章來，他也會立刻獲得。

時間就在這樣的胡思亂想中過去了。當教師來上課時，關於時間、地點和行為方式的狀語他沒有預備好。教師不僅很不滿，簡直很傷心。教師的難過情緒觸動了謝廖沙。他覺得，沒讀熟功課，不是他的錯；無論他多麼用功，他還是讀不熟。教師給他講解的時候，他能記住，彷彿也能夠領會，可教師一走，他就完全記不起來，而且也無法理解，「忽然」這個簡單明瞭的單詞竟然是狀態副詞。可是，他還是為自己令教師難過而感到很懊悔，所以打算安慰一下教師。

他選擇了教師一言不發地看著書本的那個時間。

「米哈依爾．伊萬諾維奇，您的命名日是什麼時候？」他忽然問道。

「您最好還是多想想您的功課，至於命名日，對於一個明白事理的人來說是毫無意義的。它和平常的日子一樣，都得用功。」

謝廖沙全神貫注地看了看教師，望望他那稀疏的大鬍子，望望他那副滑到鼻樑下面的眼鏡，一心一意沉思起來，教師給他講的課一句也沒聽進去。他覺得，教師口上說的並不是心裡想的，他從教師講話的口氣中覺察到了這點。

「大家為什麼要用同樣的口氣來說這些沒有意思而又沒有用處的東西呢?他為什麼對我這麼冷淡,為什麼不喜歡我?」他很傷心地問自己,可又找不出答案。

# chapter 27 渴望母親的心

語文教師上課以後是父親的課。趁父親還沒有來，謝廖沙在桌子旁邊坐下來，玩弄著一把小刀，又開始沉思遐想。

謝廖沙最愛好的一件事就是在散步時找尋自己的母親。他並不相信死亡，尤其是不相信母親會死，儘管這是利季婭．伊萬諾夫娜伯爵夫人對他說的，並且父親也這樣說，因此，即使在他們告訴他母親已死的消息以後，他仍然在散步時尋覓她。凡是身體豐滿、風度優美的黑髮女人都是他的母親。他一看到這種女人，心裡就會湧起一種親熱的感覺，令他激動得快要窒息，眼睛裡也噙滿淚水。他滿心期望她走到自己眼前，掀起面紗。那時候，他就可以看見她的整個臉了，她會對他微笑，緊緊地摟住他，他會聞到她身上的芳香，感覺到她那柔軟的胳膊，並愉快地哭起來，就像那天晚上他躺在她的腳下，她撓他的癢，而他則咯咯地笑著，咬著她那只戴滿戒指的白皙的手。後來，他無意中從保姆那裡聽說他母親並沒死，而父親和伊萬諾夫娜伯爵夫人向他解釋說，她對他來說已經死了，因為她是一個壞女人（這話他簡直不能相信，因為他愛她），從此以後，他就還是繼續尋找她，等著她。

今天在夏園裡有一位戴紫色面紗的太太沿著小徑向他們走來，他屏息靜氣地注視著，滿心希望就是她。這位太太沒有走到他們面前，卻在哪裡消失了。謝廖沙感覺，今天心裡洋溢著的對母親的愛比以往什麼時候都更強烈，而且現在他已經想得陶醉了，等待父親時，他用小刀刻著桌子的邊緣，亮晶晶的眼睛直盯著前面，想念著母親。

「你爸爸過來了！」瓦西里・盧基奇驚醒了他。

謝廖沙立馬上跳起來，跑到父親面前，吻了吻他的手，仔細望望他的臉，努力想看到他得到亞歷山大・涅夫斯基勳章後的快活樣子。

「你玩得高興嗎？」卡列寧問道，接著坐到自己那把安樂椅上，把那本《舊約》拿到自己面前，並把它翻開。儘管卡列寧對謝廖沙多次說過，任何一個基督教教徒都應該熟記《創世記》，然而他自己在教《舊約》的時候卻經常翻書，這一點謝廖沙也發現了。

「呵，非常快活，爸爸。」謝廖沙說著，在椅子邊上坐下來，搖晃著。而這種動作原本是不准許的。「我看到了娜堅卡（娜堅卡是伊萬諾夫娜伯爵夫人的侄女，她是在她姑母家裡撫養的）。她告訴我，您獲得了一枚新的星形勳章。爸爸，您高興嗎？」

「首先，請不要搖晃椅子，」卡列寧說，「其次，可貴的不是獎賞，而是勞動。我希望你能明白這一點。你瞧，如果你勞動、學習只是為了獲獎，你會覺得勞動很辛苦；可如果你是因為熱愛工作而工作，」卡列寧說著，想起了今天早晨自己用責任感做支撐，沉悶地批閱了一百一十八份公文，「你必定會在工作中得到獎勵。」

在父親的目光下，謝廖沙那雙因充滿溫情和快樂而閃爍著光輝的眼睛立馬失去了光彩，垂了下來。父親對謝廖沙說話一向用這樣的口氣，他早就聽慣了，並且會模仿他。謝廖沙覺得，父親和他說話時，彷彿是在和自己想像中的、只有書裡存在的、完全不像他的一個孩子說話。謝廖沙和父親說話的時候也總是盡力裝得像書裡的那種孩子。

「我覺得，這個道理你是知道的吧？」父親說。

「是，爸爸。」謝廖沙盡力裝得像想像中的那個孩子回答說。

這一堂課的內容主要是背誦《福音書》裡的幾節詩，複習《舊約》的開端。《福音書》裡的幾節經文謝廖沙本來記得很熟，可是這時他在背誦時凝視著父親骨頭突出的前額，凝視得出了神，所以就背錯了，在同一個詞上把一行詩的結尾和另一行的開頭倒換了位置。卡列寧感覺，兒子並不明白所背的那些詩的含義，這令他覺得十分惱怒。

他皺著眉頭，開始講解那些內容，這些內容謝廖沙已聽過很多次，可無論如何也記不住，就像「突然」是行為方式狀語一樣。謝廖沙用恐懼的眼神望著父親，心裡只想著一件事：父親會不會叫他複述他說過的話？這種情況有時候是有的。一想到這個，謝廖沙嚇慌了，所以他幾乎什麼都不知道了。然而，父親並沒讓他重複，而是轉到《舊約》功課上去了。謝廖沙清清楚楚地陳述了一些大事件，可當要回答某些故事有什麼意義時，他竟什麼都不知道，雖然他曾因這門課受過罰。比如說，大洪水前那些族長的事，他就無言以對，只好侷促不安地坐著，用小刀劃著桌子，在椅子上搖晃著身子。這些始祖他一個也不知道，只記得那個活著就被上帝帶到天上去的以諾。以前他記得他們的名字，可是現在全忘了，特別是現在當他目不轉睛地凝視著父親的錶鏈和西裝背心上那顆只解開了一半的鈕釦時，他的腦子裡滿是以諾活著升天的故事情節。

謝廖沙絲毫不相信別人經常對他說的死。他不信他所愛的人會死去，更是不信他自己會死。

死對他是完全不可能的，也是無法理解的。但別人對他說，任何人都不免一死。他問過他所信賴的人，他們也都肯定這一點，就連他的奶媽也這樣說，可是，以諾並沒有死，可見並不是每個人都要死。「怎麼不是每個人都得到上帝的照顧並且活著升上天呢？」謝廖沙心裡想道。壞人，也就是謝廖沙不喜歡的那幫人是可以死的，可所有的好人都應當像以諾那樣活著升上天。

「哦，到底有哪些族長呢？」

「以諾，以諾。」

「這你已經說過了。這樣不好，謝廖沙，太不好了。如果你不努力記住一個基督徒最重要的事，」父親站起身來說，「那還有什麼其他的事能讓你關心呢？我對你很不滿意，彼得・伊格納季奇（這是家庭首席教師）對你也很不滿意……我必須懲罰你。」

父親和教師都對謝廖沙很不滿意，他的功課也的確學得很不好。不過，絕對不能說他是一個笨孩子。恰恰相反，他比教師列舉給他做榜樣的那些孩子要聰明得多。父親覺得，他是不想學習那些東西。他之所以不想學習，因為在他心裡存在著比父親和教師提出的更迫切的要求。這兩種要求是互相衝突的，所以他簡直是在和他的教師們對抗。他現在九歲，還是個孩子。但他知道自己的心靈，他鍾愛它，就像眼皮保護眼珠一樣，沒有愛的鑰匙，他就不讓任何人闖進他的心靈。他的教師們抱怨他不愛學習，其實他的心靈充滿了求知的欲望。於是，他向卡皮托內奇、奶媽、娜堅卡、瓦西里・盧基奇，那些不是他的教師學習。父親和教師所指望的能推動水車的那些水早已漏沒了，它正在其他的地方活動。

父親懲罰謝廖沙，不許他去看伊萬諾夫娜伯爵夫人的侄女娜堅卡；不過，這個處罰對謝廖沙來講倒不是件壞事。瓦西里·盧基奇的興致很高，教他如何做風車。整個晚上謝廖沙都在做玩具風車，同時夢想做一個人可以待在上面轉的大風車：或者雙手抓住風車的葉片，或者把自己縛在上面轉。一晚上，謝廖沙都沒有想到他的母親，可當他上床時，他忽然想起了她，就用自己的話語做了祈禱，懇求他的母親明天，也就是在他生日時，不再隱藏，能來這裡看看他。

「瓦西里·盧基奇，知道我今晚額外祈禱的是什麼嗎？」

「希望功課學得好一些？」

「不是。」

「想要玩具？」

「不是。您猜不到。一個很好的心願，但這也是一個秘密！等到它實現的時候，我再告訴您。沒猜到吧？」

「是的，我猜不出。您說出來吧。」瓦西里·盧基奇笑瞇瞇地說，他很少有這種笑容，「哦，睡吧，我要熄滅蠟燭了。」

「沒了蠟燭，我覺得我所祈禱的事顯得更清晰了。我差點講出秘密！」謝廖沙說，高興地笑了。

蠟燭被拿走了以後，謝廖沙感覺並聽到自己的母親已經來了。她俯身站在他旁邊，用慈愛的目光撫慰他。可是，隨即是風車、小刀，一切都混雜起來，接著他就這樣睡著了。

chapter 28

# 社交界的冷言冷語

到達彼得堡以後，沃倫斯基和安娜在一個上等的旅館裡住下來，他們租了一套有四個房間的大套間。沃倫斯基一人住在樓下，安娜帶著嬰兒、奶媽和侍女住在樓上有四間房的大套間裡。

剛到的那天，沃倫斯基就去看望哥哥，並在那兒看到了母親，她從莫斯科來這辦事。母親和嫂嫂照常迎接他。他們詢問他出國旅行的情況，談到他們共同的熟人，但是隻字不提他同安娜的關係。第二天清晨，哥哥來探望沃倫斯基，倒向他問起她的事來，沃倫斯基直率地對哥哥說，他把自己和卡列寧夫人的關係看成像結過婚一樣；他期望她能辦理離婚手續，接著他就可以和她結婚，而在那之前一直把她看成自己的合法妻子，就像所有人的結髮妻子一樣。他懇求哥哥如實轉達母親和嫂嫂。

「即使社會上不贊成這件事，我也無所謂，」沃倫斯基說，「可如果我的家人想要和我保持親屬的關係，那麼他們就得和我妻子保持一樣的關係。」

哥哥一直尊重弟弟的意見，然而在上流社會還沒有對此事做出解答以前，他不知道弟弟到底做得對不對；他自己一點也不反對這種事，所以就和阿列克謝一起去看望安娜。

儘管沃倫斯基富於上流社會的經驗，但由於他現在的特殊處境，頭腦變得十分糊塗了。照說他應該明白，社交界的門對他和安娜是關閉的，但是他頭腦裡出現一些昏昏然的想法，以為那是過去的事了，而現在一切都在飛快進步（他不知不覺地成了各種進步的擁護者），現在社交界的輿論改變了，當然，他們能否被上流社會容納還很難預料。「當然，」他心裡想道，「宮廷社會是不會再容納她了，可是親密的朋友們可以而且也應當理解她，能用正確的眼光來看待這件事。」

一個人可以用同一個姿勢盤腿坐上幾小時，如果他知道並沒有人強迫他這樣坐著；但一個人如果知道他非用這樣的姿勢盤腿坐上幾小時，他的腿就會麻木抽筋，盡力向他希望伸腿的那個地方伸去。關於上流社會，沃倫斯基現在就有這樣的體驗。雖然他心裡明白上流社會之門已經對他們關閉了，但他還是想測驗一下，看看現在的上流社會改變了沒有，能否容納他們。可是，他不久就發現，上流社會對他本人是開放的，卻把安娜拒之門外。就像玩貓捉老鼠的遊戲一樣，那兩隻為他而舉起的胳膊一遇到安娜馬上就會放下擋住她的路。

沃倫斯基最先遇到的彼得堡上流社會的一位女士，就是他的堂姐貝特西公爵夫人。

「到底回來了！」她高興地迎接他，「安娜呢？見到你我真高興啊！你們住在哪裡？我想，在你們做了一次快活的旅行以後，會覺得我們的彼得堡很令人厭惡；你們的蜜月肯定是在羅馬度過的。離婚的事情處理得怎樣啦？全辦妥了嗎？」

沃倫斯基察覺到，當貝特西公爵夫人聽說還沒離婚時，她的熱乎勁兒就冷下去了。

「我知道他們會說我的壞話，」她說，「不過我還是會來看望安娜的。是的，我一定會來的。你們不會在這兒久住吧？」

的確，她當天就來看望安娜，但她的語氣和以前截然不同。她顯然為自己的勇敢而揚揚得意，並且希望安娜珍視她的友誼。她只待了十幾分鐘，說的都是上流社會的一些新鮮事，分別的時候說：「你們還沒有告訴我什麼時候辦理離婚手續。就算我對人家的風言風語不加理睬，可是如果你們不結婚，那些正人君子也會對你們冷言冷語的。並且現在的情形確實就是這樣的，司空見慣了。這麼說，你們是在星期五走嗎？很抱歉，我們以後再也見不到了。」

從貝特西公爵夫人的語氣中，沃倫斯基本來就該聽出來，社交界將會怎樣對待他們，但在自己家裡，他又做了一番努力。他對母親不抱希望。他知道，母親最初見到安娜時，對她大加讚賞，可現在對她卻不會客氣了，因為是她毀了兒子的前途。可是，他對嫂嫂瓦里婭寄予了極大的期望。他一直覺得她是不會冷言冷語的，她會爽快地、毫不猶豫地去看安娜，並且會接待她。

第二天，沃倫斯基去探望她，正好發現她獨自一人在家裡，便直率地表明了自己的希望。

「你知道，阿列克謝，」她聽完他的話，說，「我是多麼喜歡你，多麼樂意為你盡力，不過我卻保持沉默，因為我知道我對你與安娜・阿爾卡季耶夫娜無能為力呀，」她說道，並且是十分用力地說出「安娜・阿爾卡季耶夫娜」這個名字，「請別以為我是在批評她。我肯定不會批評她；我要是她的話也許也會這麼做。具體情況我就不說了，也不能說，」她怯生生地察看著他那陰鬱的面孔，「但事實卻不能不正視。你希望我去看她，在家裡接待她，好在社交界恢復她的名譽；對不起，我可不能做這種事。我有兩個女兒，她們都快長大了，再說為了丈夫，我也必須在上流社會為他保留一個體面。好了，我會去看安娜・阿爾卡季耶夫娜的；她會瞭解，我無法邀請她來我這裡，就是邀請，也要使她避免見到有不同看法的人，要不然只會使她生氣。我不能提高她的……」

「我並不認為她比你們所容納的眾多女人更墮落！」沃倫斯基明白嫂嫂的主意不會改變，便臉色更陰鬱地打斷了她的話，默默地站起來。

「阿列克謝！別生我的氣。請你原諒，這不是我的錯呀。」瓦里婭臉上帶著膽怯的微笑看著他，說道。

「我不是生你的氣，」他還是繃著臉說，「可是我心裡加倍難過，我還難過的是，這會損害我們的情誼。即使不破裂，也會變得淡薄。你明白，這對我而言，也是無可奈何的。」他說完這話就離開了她。

沃倫斯基明白，再努力也是沒有意義了，這幾天待在彼得堡也得像待在陌生的城市一樣，和以前的上流社會斷絕一切關係，以免招來讓他難以忍受的不快和侮辱。他在彼得堡極不愉快的一件事，就是卡列寧和他的名字無處不在。不論談什麼事，都會談到卡列寧，要是想不遇到他，那就哪裡也別去。起碼沃倫斯基是這麼認為的，就像一個人手指頭疼，而不管做什麼都會故意碰著這根手指頭一樣。

還有件事讓沃倫斯基覺得待在彼得堡很難受，安娜心裡總是有一股他難以理解的古怪情緒。她時而彷彿很愛他，時而變得很冷淡，脾氣暴躁，深不可測。她為什麼事煩惱，她有什麼事瞞著他，她幾乎沒有看到那些傷害他生活的屈辱，她這個有著如此敏銳感覺的人，按理說一定會對這點感覺更痛苦。

chapter 29

# 同兒子見面的念頭

安娜回國的目的之一就是看望兒子。自從她離開義大利那天起，見兒子的念頭就一直使她激動。她距離彼得堡越近，就越覺得這次見面的快樂和意義之大。她連想都沒想如何才能和兒子見面的問題。在她眼裡，當她和兒子住在同一座城市裡時，看兒子是很自然又很簡單的事情；可是到了彼得堡，她突然看清楚了自己現在在社會上的地位，因此她知道，要見到兒子是不容易的。

她回到彼得堡已經兩天了。同兒子見面的念頭一分鐘也沒有離開過她，但她還沒有見到兒子。直接上家裡去，可能遇見卡列寧，她覺得她沒有權利這樣做，而且可能不讓她進去，可能會侮辱她。一想到寫信和丈夫聯繫的做法，她就會感到很難受；只有在不想到丈夫的時候，她心裡才能平靜下來。打探兒子什麼時候出來、去哪裡玩，然後趁他玩的機會看看他，那麼做她又感覺不滿足：她對這次見面期盼了很久，有好多話要對他說。她多麼渴望摟著他、抱抱他、親吻他。謝廖沙的老保姆一定會幫她，教她怎麼做。可是老保姆已經不在卡列寧家了。就這樣，一面猶豫不決，一面尋找老保姆，兩天過去了。

第三天，得知卡列寧和伊萬諾夫娜伯爵夫人之間的親密關係以後，安娜決定給她寫封信。這封信她花費了很大的力氣，在信中故意說允許不允許她看兒子全憑丈夫的寬宏大量。她知道，只要這封信給她丈夫看了，他會仍舊擺出寬大的丈夫氣度，決不會拒絕她的請求。

送信的人給她帶回了「沒有任何回答」這一最無情和最意想不到的回答。她把信差叫來，聽他詳細敘述他怎樣等了一陣，然後對他說：「沒有回信。」她聽了他的敘述，覺得自己受到空前未有的侮辱。安娜覺得自己是被侮辱和看低的人，可她明白，從伊萬諾夫娜伯爵夫人的角度來說，她做得沒錯。她的痛苦因為無法分擔而顯得更加嚴重。她不能也不想和沃倫斯基分擔這種痛苦。她知道，儘管他是造成她不幸的罪魁禍首，但她同兒子見面這件事在他看來卻是無足輕重的。她知道，他永遠也無法理解她的痛苦有多深；她知道，一提到這件事，她會因為他在提起此事時所用的那種冷漠語氣而生他氣。這正是她最害怕的，因此她把一切有關兒子的事都瞞著他。

她在家裡坐了一整天，考慮同兒子見面的辦法，終於決定寫信給丈夫。她已經把信寫好了，正在這時有人給她送來伊萬諾夫娜的信。伯爵夫人不回信，讓她感到受侮辱，她覺得也情有可原，然而這封信和她從這封信裡所讀到的一切，令她十分惱怒。她拿人家的惡毒用心同她熱愛兒子的正當感情一對照，就憤恨起別人來，不再責怪自己了。

「這種冷酷這種虛偽的感情！」她自言自語道，「他們就是要侮辱我，折磨孩子，我會屈從他們嗎？休想！她比我更壞。我至少不撒謊。」她馬上決定，明天，也就是在謝廖沙生日那天，她直接到丈夫家裡去，買通下人，或者是欺騙，不管怎麼說她也要見到兒子，要拆穿他們對不幸的孩子設下的可惡騙局。

她坐車到玩具店買了許多玩具，周密考慮好行動計畫。她將一大早去，八點走，那時想必卡列寧還沒有起床。她得帶著錢，好塞給門房和僕人，使他們允許她進去，她會戴著面紗說，她是代表謝廖沙的教父來給他道賀的，教父囑咐她要把玩具放到孩子的床頭上。她就是還沒準備好要對兒子說的話。無論思考多久，她還是想不出該說什麼話。

到了第二天早晨八點，安娜走下一輛出租馬車，在她從前那個家的門前按響門鈴。

「你去看看是什麼事。是一位太太，」卡皮托內奇說，他還沒穿上衣服，就披上大衣，趿著套鞋，從窗口看見門外站著一位戴面紗的太太。

門房的下手——一個陌生的年輕人，剛把門打開，她就走進來了，並從暖手筒裡拿出一張三盧布的鈔票，連忙放到他手中。

「謝廖沙……謝爾蓋・阿列克謝伊奇[13]。」她說了一句，就向前走去。門房的下手看了一下那張鈔票，在第二道玻璃門前面把她攔住。

「您找誰呀？」他問。

她沒聽到他的問話，什麼也沒回答。

卡皮托內奇覺得這位不認識的太太神情緊張，就親自向她走來，讓她進來，問她有什麼事兒。

「斯柯洛杜莫夫公爵派我來看看謝爾蓋・阿列克謝伊奇。」她說。

「他還沒起來。」門房仔細地端詳著來客說。

安娜怎麼也沒有想到，這座她住了九年的房子，門廳裡的陳設依然如故，竟會使她如此激動。既有快樂又有悲痛的往事一連串地在她心頭出現，一瞬間她竟然忘記她來這兒做什麼了。

「請等一會兒，行嗎？」卡皮托內奇說，幫她脫掉皮大衣。

13. 謝廖沙的本名和父名。

脫下大衣他又看了一下她的臉，認出她來，就一言不發地向她深深地鞠了一躬。

「請進吧，夫人。」他說。

她本想說點兒什麼，可喉嚨裡一點兒聲音也發不出來；她用愧疚而懇求的眼神看了老頭兒一眼，急步輕盈地走上樓去。卡皮托內奇彎著腰，套鞋在梯級上磕磕絆絆的，跟在她後邊跑，努力想追上她。

「教師說不定在那裡呢，還沒穿好衣服。我馬上去通報一聲。」

安娜繼續踏著熟悉的樓梯往前走，她不明白老頭兒說的是什麼話。

「您請這邊走，往左。對不起，沒有收拾乾淨。少爺現在住到原來的會客室去了，」門房喘著粗氣說，「夫人，請您稍等一下，我進去看看。」他說罷就追過她，稍微打開一道很高的房門，接著他的身影就消失在裡邊了。安娜站在那裡等著。「剛醒來呢。」門房從那道門裡走出來說。就在門房說這話時，安娜聽見打哈欠的聲音。光從這哈欠聲她就聽出是兒子，彷彿看到他正站在自己的眼前。

「叫我進去，叫我進去，你先走吧！」她說，接著走進那道高高的房門。門的右側擺著一張床，床上有一個男孩子。那孩子只穿一件敞開的襯衫，彎著小小的身子，伸著懶腰，還在打哈欠。他的嘴唇在將要合上時浮上了一種睡眼惺忪而又幸福的微笑，他就帶著這種微笑慢慢地、舒暢地向後倒下去。

「謝廖沙！」她輕輕地走到他身邊，輕聲地喚道。

在和他分別的期間，在最近她對他的母愛之情更加強烈沸騰的時刻，她總是把他想像成她最喜愛的四歲時的樣子。現在他跟她離開時不同了，和他四歲時的模樣更不一樣了，他長大了，也變瘦了。這是為什麼！他的臉那麼瘦，頭髮那麼短！胳膊那麼長！自從她離開他以後，他的樣子變化多大啊！可是，這還是他，他的頭的姿勢，他的嘴唇，他的那個軟嫩的小脖頸以及寬闊的肩膀。

「謝廖沙！」她在孩子耳邊又輕聲喚了一聲。

他又一次用一隻胳膊肘支撐起身子，轉動亂髮蓬鬆的腦袋，彷彿在尋找什麼，接著睜開眼睛。他默默地用困惑的眼光對木然不動地站在他面前的母親望了幾秒，隨即幸福地微微一笑，又合上睡意惺忪的雙眼，躺下來，可是這次不是向後倒，而是向她的身上，向她的懷抱裡倒。

「謝廖沙！我的好孩子！」她呼吸困難地說，雙臂摟住他那豐滿的身體。「媽媽！」他也叫了一聲，接著就在她的懷抱裡扭動著身子，想讓身體的各部分都接觸到她的胳膊。

他一直閉著眼睛，睡眼矇矓地微笑著，胖乎乎的小手從床邊舉起來，抓住她的肩膀，偎依著她，讓她感覺到了那只有兒童身上才散發出的那種可愛的睡意和溫暖的氣息。不一會兒他就用小臉去擦她的脖子和肩膀。

「我知道，」他睜開眼說，「今天是我的生日。我就知道你一定會來的。我馬上起來。」這樣說著，他又漸漸睡著了。

安娜如饑似渴地望著他；看到在她離家的這些日子裡，他長大了，模樣也變了。她像是認得又像不認得他那雙露在被子外面的如今長得更粗大的光腿，他那消瘦的面頰，認出了她從前經常親吻的後腦勺上面的那些剪得很短的鬈髮。她撫摸著這一切，一句話都說不出；眼淚堵塞了她的喉嚨。

「媽媽，你怎麼哭了呢？」他完全醒過來之後說。「媽媽，你為什麼哭呢？」他用含淚的聲音大聲問道。

「我嗎？我不哭了……我是高興得哭了。我那麼久沒有看見你了。我不哭了，不哭了。」她一邊說，一邊轉過臉去吞咽著淚水。「哦，你現在應該穿衣服起來了。」定了定神以後，她又沉默了一會兒，補充了一句，接著拉著他的小手，在床旁邊放著他衣服的椅子上坐下來。

「我不在的時候，你怎麼穿衣服的？怎麼……」她想簡單、快活地和他談話，可還是說不下去，就又把臉扭過去。

「我不用冷水洗澡了，爸爸不答應。你沒有看到瓦西里·盧基奇吧？他馬上就會過來的。你坐在我的衣服上了！」

謝廖沙哈哈大笑起來。她朝他看了看，也輕輕地笑了。

「媽媽，我的好媽媽，最親愛的媽媽！」他又撲在她的身上，緊緊地摟著她喊了起來。彷彿他現在看見她笑了，才徹底明白是怎麼回事。

「這個不要。」他一面說，一面取下她的帽子。他看見她不戴帽子，就又撲上去吻起她來。

「可你怎麼想我的呢？你不會認為我已經死了吧？」

「從來就沒那麼認為。」

「沒相信過嗎？我親愛的朋友。」

「我知道的，我知道的！」他反覆說著這句喜愛的話，同時抓住她那撫摸著他頭髮的手，把她的手心緊緊地貼到自己的嘴唇上，吻起來。

chapter 30

# 母子重逢

瓦西里・盧基奇開始並不知道這位太太是誰，後來聽了僕人們的議論才知道這就是那位拋棄了丈夫的妻子，他從未見過這位太太，因為他是在她走了以後才到這個家來的。他猶豫不決，不知道進去好還是不進去好，還是去報告卡列寧。最後，他考慮到他的職責就是叫謝廖沙在規定的時間起床，因此他用不著知道房裡坐的人是誰，到底是母親，還是其他的什麼人，他只做好自己的事就行了；於是他穿好衣服，走到門口，把門推開。

可是，母子擁抱的情形、他們的聲音和他們的談話，這一切都使他改變了主意。他搖搖頭，歎了一口氣，又把門關上。「再等十分鐘吧。」他自言自語道，邊清理喉嚨，邊拭去淚水。

這會兒，家裡的僕人們都騷動起來。大家都聽說太太回來了，是卡皮托內奇讓她進來的，她現在正在兒童室裡，而老爺照例在八點以後親自到兒童室裡去一次；大家都很清楚，一會兒夫妻會面是很尷尬的，所以必須防止他們見面。侍僕科爾涅伊走下樓進入門房，查問是誰讓她進來的，怎麼進來的，他知道是卡皮托內奇讓她進來，並把她帶上樓去，就訓斥老頭兒。看門人執拗得不吭聲，可當科爾涅伊說他因此而被革職時，老人一下子跳到科爾涅伊跟前，對著他的臉揮舞起胳膊，大聲說：「是的，假如是你就決不會放她進來了！我在這兒幹了十年，除去東家的仁慈，什麼都沒受到，但是如今你居然跑來對我說：你走吧！你很懂禮節！就這樣！你別忘了自己，別忘了你搜刮老爺，偷竊熊皮大衣！」

「你算什麼東西呀！」科爾涅伊鄙視地說，並向進來的保姆轉過身去，「瑪麗亞．葉菲莫夫娜，您來評一評理：放她進來了，卻又不和別人說一聲，」科爾涅伊對她說，「阿列克謝．亞歷山德羅維奇很快就要下來了，很快就要到兒童室裡去。」

「糟了，糟了！」保姆說，「科爾涅伊，您最好想方設法把他，把老爺攔住片刻，我這就上去，想法叫她走。糟了，糟了！」

保姆走進兒童室的時候，謝廖沙正在講給母親聽，他和娜堅卡一塊栽倒，從山上滑雪下來，一下子翻了三個跟斗。她聽著他說話的聲音，凝視著他的臉和臉上的表情，撫摸著他的手，卻沒聽懂他說的是什麼。得走了，必須得離開他了——她此刻所想到的和所覺察到的就只有這一點。她聽見了咳嗽幾聲來到門邊的瓦西里．盧基奇的走路聲，聽見走進來的保姆的腳步聲；然而，她卻像石頭人一樣坐著不動，沒有力氣說話，也沒有力氣站起來。

「太太，我的好太太！」保姆走到安娜面前，吻著她的手和肩膀，開始說起來，「瞧，上帝賜給咱們的少爺生日快樂。太太，您可一點也沒變樣啊！」

「噢，親愛的保姆，我不知道您還在這座房子裡。」安娜一下子醒過神來說。

「我沒住這兒，我住在我的女兒家裡，我是來祝賀生日的，安娜．阿爾卡季耶夫娜，我親愛的太太！」保姆突然流下了眼淚，又開始吻她的手。

謝廖沙兩眼發光，臉上露出笑意，一隻手拉住母親，一隻手拉住保姆，一雙光著的胖乎乎的小腳拚命跺著地毯。他所喜歡的保姆對他母親的親熱令他開心極了。

「媽媽！她經常來看望我，來的時候……」他剛要說下去，馬上又停住了，因為他發現保姆小聲地對母親講了什麼，母親臉上就現出恐懼和羞愧的神色。這種表情跟母親是多麼不相稱啊！她走到他的跟前。「我的好寶貝！」她說。

她難以再說出再見這兩個字，可她臉上的表情已表明了這句話，他也懂了。「親愛的，親愛的庫季克！」她叫著他小時候的名字，「你不會忘了我吧？你……」她再也講不下去了。

以後她會想出多少話來對他說呀！可是此刻她卻什麼話也想不出來，什麼話也說不出口。但謝廖沙懂得她想對他說的一切。他知道她十分不幸，但十分愛他。他甚至還知道保姆小聲說了什麼。他聽到保姆說「照例在八點以後」，他知道這是在說他的父親，母親和父親不能見面。這個他知道，可是他卻不理解：為什麼她臉上露出恐懼和羞愧的神色？……她沒有什麼過錯，可是她怕他，還為什麼事害羞。他真想問一問，消除心裡的疑問，可又沒有勇氣。他看得出她很傷心，他也很替她難過。他默不作聲地緊緊地依偎著她，小聲對她說：「先別走，他不會馬上就來。」

母親將他從身邊推開一點兒，想看看他說這話是不是思考過的。她在他驚惶的神色中看出，他不僅在說父親，而且彷彿還在詢問她，他應該對父親有什麼樣的態度。

「謝廖沙，我的孩子，」她說，「你愛他吧，他比我好，也比我仁慈，是我對不起他。等你長大以後，會明白的。」

「永遠沒有比你好的人了！……」他噙著淚水大聲地叫喊，他摟住她的肩膀，竭力用顫抖的胳膊把她使勁兒抱住。

「親愛的，我的好孩子！」安娜說著，孩子般地哭起來，哭聲也像他的哭聲一樣無可奈何。

正在這個時候，門開了，瓦西里·盧基奇走進來。

另一道門外也響起了腳步聲，保姆慌張地小聲說：「他來了。」她接著把帽子交給了安娜。

謝廖沙倒在床上，兩手捂著臉，大聲哭起來。安娜拉開他的手，再次吻了吻他那淚水斑斑的臉，快步走出門去。卡列寧正好迎面走過來。一看到她，他就停住了，並垂下了頭。

儘管她剛才還說，他比她要好，也比她仁慈，可當她匆匆地上下打量了他一遍後，她心中頓時充滿了對他的嫌惡、憎恨和因他獨佔兒子而產生的嫉妒情緒。她連忙放下面紗，加快腳步，幾乎是奔跑般地走出了房間。

她沒有來得及把前一天懷著滿腔慈愛和憂愁在店裡挑選來的玩具送出去，就這樣原封不動地帶回了家。

chapter 31

# 可怕的想法

儘管安娜一心想見到兒子，儘管她很早就在為此次見面準備了，可她怎麼也沒料到，這次見面竟會使她如此激動。她回到旅館的單人房間後，久久無法明白她怎麼會來到這裡。「是呀，所有的一切都已經完了，我又孤零零一個人了。」她自言自語道，連帽子也沒摘下來，就坐到壁爐旁的一把扶手椅上。她直直地盯著那只放在窗前桌子上的青銅座鐘，沉思起來。

從國外帶回來的那個法國女僕走進房來請她換衣服。她詫異地看了看女僕說：「等一下。」男僕來問她喝不喝咖啡。「等一下。」她說。

義大利奶媽把小女孩打扮得漂漂亮亮的，抱進來給安娜瞧。養得胖乎乎的小女孩，一看見母親，就伸出像一根根線紮著似的小手，手心向上，咧開沒有牙齒的小嘴微笑著，開始像小魚兒牽動浮子一樣擺動著兩隻小手，撲打得小繡花裙子僵硬的裙褶發出沙沙的聲音。要是安娜不向這嬰兒微笑，不去吻她，是根本不可能的，無法不朝她伸出一隻手指，讓她抓著它，歡叫著，全身蹦跳著；也無法不把嘴唇向她湊過去，讓她假裝接吻的模樣，把它吸進小嘴裡。這些安娜全都做了，還抱住她，逗她跳躍，吻了吻她那稚嫩的臉頰和光溜溜的小胳膊肘。但是看見這嬰兒，她卻更加清楚地覺得，她對她的感情如果同她對謝廖沙的感情相比，那簡直談不上是愛了。這個小女孩身上的一切都是可愛的，可不知為什麼這一切都吸引不住她的心。雖然第一個孩子是她和不愛的男人生的，可她把從未獲得滿足的所有的愛都投到了這個孩子身上；小女孩是在最艱苦的境況下出生的，所以為她花的心血還不及第一個孩子的百分之一。

況且，小女孩身上的一切還很難預料，而謝廖沙現在差不多已經是一個人了，而且是一個討人喜歡的人；他已經會思考、知道愛與恨了；回想起他說的話和他的眼神，她覺得，他瞭解她、愛她，可也在衡量她。她不僅在形體上，而且在精神上，永遠和他分開了，並且無法挽回了。

她把小女孩又交給了奶媽，吩咐她出去，接著打開圓形小金盒，金盒裡有謝廖沙的相片，他那時的年齡和這個小女孩差不多。她站起來，脫下帽子，從桌上拿起一本貼有謝廖沙不同年齡照片的相簿。她想拿這些照片進行比較，就把它們從相簿上抽下來。她把它們通通都抽出來。只有一張沒有拿，是前不久剛拍的，也是最好的一張。他身穿潔白的襯衫，騎在一把椅子上，緊皺眉頭，嘴上卻浮著微笑。這是他最有特點的、最好的表情。

她用她那雙小巧玲瓏的手，用她那又白又細，今天顯得特別緊張的手指，幾次剔這張照片的角，可是怎麼也剔不開來。桌上也沒有裁紙刀，於是她就抽出旁邊的那張相片，用它把兒子的相片推擠出來。「啊，就是他！」她看了沃倫斯基的相片一眼說，忽然想起了造成她現在不幸的人是誰。今天，整個早上她竟一次也沒想到他。可是現在，一看見這張玉樹臨風、儀表堂堂，如此熟悉、親切的模樣，她就立馬覺得心中湧起了一種對他的愛戀。

「他現在在哪裡？他怎麼能把這一個人丟在這裡受苦呢？」她忽然帶著責備的心情想，卻忘記了正是自己對他隱瞞了有關兒子的一切。她派人去請他馬上到她這裡來；她懷著異常激動的心情等著，想著用什麼樣的話語來向他證明這一切，以及他會用怎樣的深情話語來安慰她。派去的僕人回來以後說，他這會兒有一位客人，可他一會兒就來，還問她是否允許一同接待他和剛到彼得堡的亞什溫公爵。「他不是一個人來，而從昨天午飯以後他就沒有來看過我了，」她想，「他一個人來，我可以把一切都告訴他，可怎麼要和亞什溫一道來。」她突然產生了一個奇怪的念頭：要是他不再愛我了，那我該怎麼辦呢？

她漸漸回想起近幾天來所發生的一些事，覺得全都可以證實這個可怕的想法：他昨天沒有在家裡吃午飯，他堅持他們在彼得堡要分開住，甚至現在都不是單獨一人來她這兒，他彷彿是有意避免和她單獨相見。

「但他應該把這事告訴我。我需要知道真相。只要知道了真相，我就知道該怎麼辦了。」她自言自語道，她無法想像，一旦證實他對她已經沒有感情了，她將會陷入什麼樣的境地。她想到他已經不再愛她，覺得自己瀕於絕望了，因此十分激動。她按鈴叫來了女僕，接著走進盥洗室。當她穿衣服時，她比過去這些天更在意自己的裝飾了，彷彿只要她穿上一套更恰到好處的衣服，梳一個更恰到好處的髮式，原本不愛她的他就會再次愛上她。

她還沒梳妝完畢，就聽見了門鈴聲。她走進客廳時，用眼睛迎接她的不是他，卻是亞什溫。他正在看她忘在桌上的那些她兒子的相片，並且也沒有急著看她一眼。

「我們認識的，」她說著伸出纖手不好意思地握住亞什溫的大手，「去年在賽馬場上就認識了。給我。」她說著，動作敏捷地從沃倫斯基手裡搶回他正在看的她兒子的相片，與此同時用那兩隻亮晶晶的眼睛飽含深情地望著他。「今年賽馬的情況怎麼樣？我只在羅馬的科爾索看過賽馬。不過您是不喜歡國外生活的，」她笑瞇瞇地說，「我知道您和您的一切愛好，雖然我們很少見面。」

「我對此深感慚愧，因為我的趣味大多是庸俗的。」亞什溫咬著自己左側的那撮鬍鬚說道。又說了一會兒，亞什溫察覺到沃倫斯基在看手錶，便問她是否還要在彼得堡住些日子，然後伸直高大的身體，拿起帽子。

「恐怕不會太久。」她向沃倫斯基看了一眼後猶豫地說。

「那我們或許不能見面啦？」亞什溫站起身來，接著轉身對沃倫斯基說，「你在哪兒吃午飯？」

「您到我這兒來吃午飯吧，」安娜斷然地說，彷彿對自己的窘態感到生氣，照例因為在生人面前暴露自己的處境而漲紅了臉，「這裡的飯食並不怎麼好，不過您起碼可以和他見面了。在團裡的朋友中，阿列克謝最喜歡的就是您了。」

「我感到十分高興。」亞什溫帶著微笑說，從這個微笑中沃倫斯基看出來他很喜歡安娜。

亞什溫鞠了個躬，離開了，沃倫斯基跟在後邊。

「你也要走嗎？」她問他。

「我已經晚了，」他回答，「你快走吧！我很快就會趕上你的。」他大聲對亞什溫喊道。

她拉著他的一隻手，目不轉睛地望著他，竭力思索說些什麼才能把他留住。

「等等，我有句話要對你說，」她拉住他那隻粗短的手，把它緊緊地貼在自己的脖子上，「哦，我請他來吃午飯，這不合適嗎？」

「你做得太對了。」他露出一口整齊的牙齒，吻了吻她的手，臉上帶著鎮靜的微笑說道。

「阿列克謝，你還愛我嗎？」她用兩手緊握著他的一隻手說，「阿列克謝，我待在這兒難受極了。咱們什麼時候走呢？」

「快了，快了。你真不會相信，我們在這兒過的生活使我多麼痛苦！」他說道，並抽出自己的手。

「啊，你走吧，你走吧！」她用被激怒的語調說，急忙地從他身旁走開了。

# chapter 32 帕蒂的歌劇

沃倫斯基回來時，安娜還沒回來。人家告訴他，他走後不久來了一位太太，安娜就同她一起出去了。她出去沒有說明去處，至今未歸。她早晨還到什麼地方去過，這一切，再加上她今天早上那種異常興奮的神情，以及想起她在亞什溫面前簡直是從他手裡奪走相片的那種帶著敵意的神情，都讓他不得不進行一番深思。他打定了主意，一定得和她說明白。於是他就在她的客廳裡等她。

然而，安娜並不是單獨一人回來的，而是帶著她的姑媽——沒有出嫁的公爵小姐奧布隆斯卡婭。她就是早晨來找安娜的那位太太，安娜就是和她一起出去購物了。

安娜彷彿沒察覺沃倫斯基臉上那種憂鬱和驚詫的神情，快活地告訴他，今天早晨她買了些什麼。他看出她內心有一種特殊的變化：她那雙閃閃發亮的眼睛霎時間停留在他身上，顯得緊張不安；她的言語和動作帶有一種神經質的靈敏和嫵媚，這一切在他們接近的初期曾讓他如此著迷，可現在卻讓他覺得不安和驚恐。

已經擺好了四人的午飯。人已經聚齊，剛要走進小餐廳裡去時，圖什克維奇帶著貝特西公爵夫人給安娜的口信來了。貝特西公爵夫人請求安娜原諒她不能來送行，因為她身體不好，但請安娜在六點半到九點之間到她家去一次。聽到這種有所限制的時間，沃倫斯基瞟了安娜一眼，因為這分明表示她已經想方設法保證她不碰到任何人；可是安娜彷彿並沒有察覺這一點。

「對不起，我正好有事不能在六點半到九點之間去。」她微微笑著說。

「公爵夫人肯定會覺得很難過。」

「我也感到很難過。」

「您想必是要去聽帕蒂[14]的戲吧？」圖什克維奇問道。

「帕蒂？您給我出了一個很好的主意。如果我能訂到包廂，我肯定會去聽的。」

「我能訂到。」圖什克維奇自告奮勇地說。

「我真是太感謝您了，」安娜說，「您是否願意和我們一道用午餐？」

沃倫斯基輕輕地聳了聳肩。他根本不明白安娜是怎麼回事。她為什麼把這位老公爵小姐帶回家來，為什麼又讓圖什克維奇留下來吃飯，最讓人奇怪的是，為什麼要讓他去訂包廂。就她現在的處境，居然想到要去看帕蒂的歌劇，在那裡肯定會遇見社交界的所有熟人，這難道是可以想像的嗎？他用嚴肅的目光望望她，但她依舊用又像快樂又像絕望的、高深莫測的挑戰眼光來回答他。

用餐的時候，安娜快活得有點攻擊的意味：她彷彿是在和圖什克維奇與亞什溫賣弄風情。吃完飯，圖什克維奇去訂包廂票了，亞什溫就去吸煙，沃倫斯基和亞什溫一起下樓走到自己的房間裡。在那兒坐了一會兒，他又跑上樓來。安娜已穿上她在巴黎定做的那件鑲著天鵝絨的淡色低領口絲綢連衣裙，頭上紮著一條貴重的白色鏤花飾帶，飾帶圍住她的臉，份外襯托出她那令人目眩的美麗。

「您真去劇院嗎？」他說，盡力不看她。

14. 帕蒂（一八四〇至一八八九年），義大利歌星，於一八七二年至一八七五年在俄國演出。

「您到底為什麼這樣大驚小怪地問呀？」她發現他沒有望她，又覺得委屈，說，「我怎麼就不能去呢？」

她彷彿聽不懂他的話意。

「確實是沒有理由。」他皺著眉頭嘲諷說。

「這也就是我要說的。」她故意裝作不懂他語氣裡的譏諷意味，若無其事地捲起一隻香噴噴的長手套說。

「安娜，千萬別這樣！您怎麼了？」他彷彿提醒她一樣說道，語氣和她以前丈夫的語氣完全一樣。

「我不懂您問的是什麼。」

「您要知道，您不能去。」

「為什麼呢？我又不是獨自一人去。公爵小姐瓦爾瓦拉去換衣服了，她要跟我一塊兒去。」

他帶著疑惑和無可奈何的神情聳聳肩。

「難道您不知道嗎……」他剛開口說。

「我也不想知道！」她幾乎叫喊起來，「我不想。我對我所做的事後悔嗎？不，不，一點兒也不。假如一切從頭開始，情形還是這樣。對我們來說，也就是對我和您來說，只有一件事是最重要的：我們是不是還彼此相愛。沒有別的顧慮。為什麼我們在這裡要分開住，彼此不見面？為什麼我不能去？我愛你，別的我都無所謂，」她的眼睛中閃耀著一種他難以理解的異樣光輝，她向他看了一眼，接著用俄語說，「別的我都不管。你為什麼不看看我呢？」

他看了看她。他看見了她的容貌還有那身總是和她很般配的服裝的美。但是，現在讓他憤怒的正是她的美麗和優雅的風度。

「我的感情不可能變，這您知道的，但是我請您不要去，我求求您。」

他接著用法語說，聲音是溫柔的請求語調，然而眼睛裡卻帶著冷漠的神情。

她沒有聽清他所說的話，卻看出了他那冷漠的神情，於是惱怒地回答：「我倒想請教您我為什麼就不能去？」

「因為那會讓您遭受……」他猶豫著。

「我什麼也不明白。亞什溫又不會損害我什麼，瓦爾瓦拉公爵小姐也一點兒不比別人差。哦，她來了。」

# chapter 33 向整個社交界挑戰

安娜故意裝出不明白自己處境的樣子，因此沃倫斯基第一次感到對她很惱怒，甚至怨恨。這種心情又因為他不能向她講明惱怒的緣故而越來越強烈。如果能直率地把心中的想法告訴她，他一定會說：「你這樣打扮，再同這位人人都認識的公爵小姐一起去看戲，這樣就不僅承認自己是個墮落的女人，而且等於向整個社交界挑戰，也就是要和它永遠決裂。」

他不能對她這麼說。「可是她怎麼能不懂這個道理？她心裡有些什麼變化？」他在心底暗暗地想。他感覺，在他對她的敬慕越來越弱的同時，卻覺得她長得很漂亮的那種感覺愈加強烈了。

他緊皺眉頭回到自己的客房，看見亞什溫把兩條伸得筆直的長腿放在椅子上，正在喝摻了礦泉水的白蘭地，便在他身邊坐了下來，吩咐人給自己拿一份這種飲料。

「你剛才說的是蘭科夫斯基的『壯士』。那是一匹駿馬，我建議你買下牠，」亞什溫向朋友那張憂鬱的臉瞟了一眼後說道，「牠的臀部有點兒鬆弛，可是腿和腦袋好得不能再好。」

「我也想買下來。」沃倫斯基回答。

有關馬的話題讓他來了興致，可是他時時刻刻都在想著安娜，禁不住聆聽著走廊裡的腳步聲，還時不時地望望壁爐上的那只掛鐘。

「安娜・阿爾卡季耶夫娜讓我來通報一下，她去劇院了。」

亞什溫又把一杯白蘭地倒進起泡的礦泉水裡，喝完以後站起身來，開始扣上鈕釦。

「怎麼樣？我們去吧。」他說，小鬍子底下露出一絲笑意，表示他理解沃倫斯基心情憂鬱的原因，可他認為這沒什麼大不了的。

「我不去。」沃倫斯基陰鬱地回答。

「我可要去，我已答應了人家。那麼再見。要不然你就到正廳來，你可以坐克拉辛斯基的位子。」亞什溫走出門的時候說道。

「不，我還有事。」

「和妻子在一起麻煩，和不是自己妻子的女人在一起更麻煩。」亞什溫從旅館往外走的時候想。

房間裡只剩下了沃倫斯基一個人，他從椅子上站起身來，開始在房間裡踱來踱去。

「噢，今天演什麼？今天是第四場演出……葉戈爾夫婦一定在那裡，還有我母親。也就是說彼得堡的人幾乎都在那裡。現在她進劇院了，脫下了皮大衣，走到燈光下面。圖什克維奇、亞什溫、瓦爾瓦拉公爵小姐……」他假想著，「我這是怎麼了？是我怕了，還是把保護她的權利交給圖什克維奇了？不管從哪方面來看，都是很蠢的……她為什麼要把我置於這種處境呢？」他一隻手的動作碰到了放著礦泉水和白蘭地瓶的小桌上，差點兒把它碰翻。他剛想扶住小桌子，東西卻都掉在了地上。他憤怒地用腳踢了桌子一下，並按了按鈴。

「要是你願意在我這兒幹下去，」他對走進來的侍從說，「那就記住自己的本分。這可不行，你應該把東西收拾乾淨。」

侍僕覺得被冤枉了，想替自己辯解，可看了老爺一眼，從他的臉色上看出還是不吭聲為好，就連忙彎下身子，開始收拾那些完整的和已經破碎的酒杯與玻璃瓶。

「這並不是你的職務，去把聽差找來讓他收拾，你去把我的燕尾服拿來。」

八點三十分，沃倫斯基走進了劇院。戲正好演到最精彩的地方。一個管包廂的老人幫著沃倫斯基脫掉大衣，在認出他以後，喊了一聲「大人」，並告訴他不必領取號碼牌，只要喊一聲費奧多爾就可以了。

在燈火輝煌的走廊裡，除了這個包廂侍者和兩個手拿大衣在門口聽戲的僕人，一個人也沒有。從一扇關得不緊的門裡傳出樂隊小心翼翼的斷音伴奏和女人演唱樂句的聲音。門開了，負責包廂的老人悄悄地走了進去，沃倫斯基清晰地聽見了那個接近尾聲的樂句。可是，門馬上又關上了，沃倫斯基沒有聽見樂句和華彩樂段的尾聲，從門裡傳出雷鳴般的掌聲，表明樂曲已終了。當他走進蠟燭和煤氣燈照得光輝奪目的大廳時，喧鬧聲還沒有停止。舞台上女歌手的光肩膀和鑽石首飾閃閃發亮。女歌手彎著腰，微笑著，在拉著她一隻手的男高音歌手的幫助下，笑著拾起一束束亂紛紛地飛過欄杆扔上舞台的漂亮鮮花，接著向一位先生走過去，那位先生伸出很長的胳膊，跨過欄杆遞給了她一件東西，他那抹了油的頭髮從中間分著縫。此刻，池座裡的全體觀眾也和包廂裡的觀眾一樣喧鬧起來了，身體向前探著，高聲喝彩。站在高椅上的樂隊指揮一邊幫助觀眾傳送鮮花，一邊整理了自己的白領結。沃倫斯基走進池座中間，停住向周圍張望。今天晚上，他比平時更不注意熟悉的環境、舞台、喧嘩，以及把劇院擠得水泄不通的熟悉而乏味的五光十色的觀眾。

像往常一樣，包廂裡還是坐著一些女士，她們後面依舊是那些軍官；依舊是那些天知道是誰的、穿得五顏六色的女人，依舊是那些穿軍服和穿大禮服的男人；頂樓上照例是那些骯髒的觀眾；包廂和前排大約有四十個體面的男女。沃倫斯基馬上注意到這些不尋常的人，並立即和他們打起招呼。

他進去的時候，一幕戲剛完，因此他沒有到哥哥的包廂裡去，卻走到正廳第一排，和謝爾普霍夫斯科伊並排站在欄杆一邊。因為當時謝爾普霍夫斯科伊彎著一條腿，正用鞋跟輕輕地敲打著欄杆，遠遠地看見了他，對他笑了笑，就招呼他過來。

沃倫斯基還沒看見安娜，他故意不朝她那邊望。但他從人們的視線方向看出她在什麼地方。他若無其事地四周張望，但不尋找她；他設想著最糟糕的局面，用眼光尋找著卡列寧。算他走運，卡列寧今晚沒來看戲。

「哎，你身上剩下的軍人味道太少了！」謝爾普霍夫斯科伊對他說道，「倒像個外交官，或者演員，你現在就是這一類人。」

「是啊，我一回家就換上了燕尾服。」沃倫斯基悠然自得地拿出望遠鏡，笑著回答說。

「說實在的，我真羨慕你。我從國外回來穿上這衣服的時候，」他摸了摸自己的肩章說，「我就替自己可惜，失去了自由。」

謝爾普霍夫斯科伊早就對沃倫斯基的官場晉升不抱希望了，可還是喜歡他，對他也格外親切。

「你沒有趕上第一幕真可惜。」

沃倫斯基一邊心不在焉地用一隻耳朵聽著他講，把望遠鏡從樓下廂座移到二樓，望著一個個包廂，在一個纏頭的太太和一個怒氣沖沖轉動望遠鏡、眨著眼睛的禿頂老頭兒旁邊，沃倫斯基突然看見了安娜那顆在飾帶的襯托下顯得更加美貌驚人的、傲慢的、笑盈盈的頭。她在第五號廂座裡，離他只有二十步遠。她坐在前邊，稍稍轉過身在和亞什溫說著什麼話。她那適當的玉肩上的頭部動作，那雙美麗的眼睛和整個面孔竭力抑制的興奮光彩，讓他感覺她的美麗和他在莫斯科的舞會上所看到的一模一樣。然而，他現在對她這種美卻有截然不同的感受。現在他對她的感情中已沒有絲毫神秘成分，因此雖然她的美比以前更令他傾倒，卻使他感到氣惱。她沒有朝他這邊望，可是他感到她已看見他了。

當沃倫斯基再次把望遠鏡轉向那個方向時，他看見瓦爾瓦拉公爵小姐滿臉漲紅了，她不自然地笑著，並不時往隔壁包廂張望；安娜呢，她折攏扇子，拿它敲著包廂的紅絲絨欄杆，眼睛凝視著什麼地方，卻沒有看見，很顯然也不想去看旁邊包廂裡的情況。亞什溫的臉上則出現了他打牌輸錢時經常出現的那種表情。他緊皺著眉頭，把左邊那撮小鬍子拚命地塞進嘴裡，也在斜著眼睛瞅著旁邊那個包廂。

這間包廂裡的左側是卡爾塔索夫夫婦。沃倫斯基認識他們，並且知道安娜也認識他們。卡爾塔索娃是一個瘦小的女人，站在包廂裡，背對安娜，正在穿丈夫遞給她的披肩。她臉色蒼白，怒氣沖沖，情緒激動地說著什麼。卡爾塔索夫是一個禿頂的胖先生，他一邊不斷地轉過頭去看看安娜，一邊盡力勸慰妻子。妻子走出去的時候，丈夫還逗留在包廂內很長時間，竭力用眼睛搜尋著安娜的目光，顯然是想向她鞠躬致意。然而，安娜分明故意不予理睬，她扭過頭來，和頭髮剪短的、向她彎下腰的亞什溫說著什麼話。卡爾塔索夫沒有向安娜致意就走出去了，他們的那個包廂就沒有人了。

沃倫斯基不明白卡爾塔索夫夫婦和安娜之間到底發生了什麼事，但他看出，一定有什麼事使安娜感到屈辱。從他看見的情景上，尤其是從安娜的神色上，他都明白了這一點。因為他從安娜的臉色中看出，為了將自己所扮演的角色演好，她已經竭盡全力。這個保持外表鎮靜的角色她扮演得相當成功。只要是不認識她和她那個圈子裡的人，都會歎賞這個女人的嫻靜和貌美。他們不明白為什麼有些人會對她竟然還敢戴著鏤花飾帶、那麼明目張膽地在大庭廣眾之下招搖而發出的各種同情、憤慨和驚訝的議論，更沒想到她這時感覺自己像被釘在恥辱柱上示眾的人。

知道出事了，但到底是什麼事他不知道。他心裡十分焦急，希望打聽一下，便向哥哥的包廂走去。他故意走與安娜的包廂相對的那條池座通道，碰見了正在和兩個熟人談話的老團長。沃倫斯基聽到他們提到卡列寧夫婦的名字，而且發現團長飽含深意地看了兩個說話人一眼以後，才急忙大聲呼喊他。

「噢，沃倫斯基！什麼時候到團裡去呢？我們可不能不請你吃一頓飯就讓你走吧。你是我們的老朋友。」團長說。

「我沒有空，真抱歉，下次吧。」沃倫斯基說，接著就沿著樓梯向哥哥的包廂走去。

沃倫斯基的母親——鬈髮灰白的老伯爵夫人，坐在哥哥的包廂裡。瓦里婭和索羅金娜公爵小姐在二樓的走廊裡碰見了他。

把索羅金娜公爵小姐送到母親面前之後，瓦里婭伸出一隻手給小叔子，立刻同他談起他所關心的事來。她那激動的樣子是他少見的。

「我認為這是卑鄙可惡的行為，卡爾塔索娃完全不該這麼做。卡列寧夫人……」她開口說道。

「到底是怎麼回事呀？我一點也不知道。」

「什麼，你沒聽見嗎？」

「你要知道，這種事我總是最後一個才能聽到。」

「還有比這個叫卡爾塔索娃更惡毒的人嗎？」

「她到底做了什麼事？」

「丈夫告訴我說……她侮辱了卡列寧夫人。她丈夫隔著包廂同卡列寧夫人說話，卡爾塔索娃就和他大吵大鬧起來。聽說，她大聲地講了句什麼侮辱人的話，接著就離開了。」

「伯爵，你媽媽在叫您呢。」索羅金娜公爵小姐說道，從包廂門裡探出頭來。

「我可是一直在盼著你，」母親嘲諷道，「可始終沒見你。」

兒子看到她高興禁不住笑起來。「您好，媽媽。我來看望您了。」他回答道。

「你怎麼不去巴結卡列寧夫人呀？」當索羅金娜公爵小姐從身旁走開之後，她又接著說，「她引得全場都轟動了。為了她，大家把帕蒂都給忘了。」

「媽媽，我請求過您不要對我提這件事。」他皺緊眉頭回答說。

「我只不過是說人們都在說的事罷了。」

沃倫斯基什麼也沒回答，只是對索羅金娜公爵小姐說了一兩句話，接著就離開了包廂。他在門外碰見了哥哥。

「哦，阿列克謝！」哥哥說，「真可惡！真是混帳女人……我這就去看她。我們一起去吧。」

沃倫斯基沒聽他的話，他快步下樓去。他覺得他應該做些什麼，但不知道做什麼才好。他恨她把她自己和他弄得如此尷尬，同時又可憐她的痛苦遭遇。這兩種心情擾亂了他的心。他走到樓下的池座裡，徑直向安娜的包廂走過去。斯特列莫夫正站在包廂一邊，和她說閒話：「再好的男高音不會再有了。真是天下無雙！」

沃倫斯基朝她鞠了一躬，接著停下來與斯特列莫夫打招呼。

「您可能來晚了，沒有聽見最美的詠歎調。」安娜說，沃倫斯基覺得她的眼神是在嘲諷他。

「在音樂方面，我是個外行。」他板著臉盯著她說。

「就像亞什溫公爵一樣，」她微笑著說，「他認為帕蒂嗓門兒太大了。」

「多謝。」她說，用那隻戴著長手套的纖手接過沃倫斯基撿起來的節目單，突然就在這一瞬間，她那美麗的臉抽搐了一下。她站起來，走到包廂後面去了。

察覺到第二幕開始的時候她的包廂空了，沃倫斯基在獨唱正在進行時走出了劇場，引起了正在靜聽的觀眾一片噓聲，他坐車回家了。

安娜已經到了家。沃倫斯基走上樓去的時候，她仍然穿著看戲時穿的那身衣服，一個人待著。她坐在靠牆的一把安樂椅上，眼睛盯著前方。她看了他一眼，馬上又恢復了她原來的姿勢。

「安娜！」他說。

「你，你，全都怪你！」她含著絕望和怨恨的淚水叫著站起來。

「我請求過，懇求過你別去；我知道你去了肯定會不愉快的……」

「不愉快！」她叫道，「太可怕了！只要我活一天，我就一天也不會忘記這件事。她說坐在我旁邊是恥辱。」

「一個蠢女人的話罷了。」他說，「可是你為什麼要冒這個險，為什麼要去惹事呢？」

「我恨你的鎮定。你不該讓我落到這個地步。要是你愛我……」

「安娜！怎麼又扯到我的愛情問題上面去……」

「啊，要是你像我愛你這樣愛我，要是你像我一樣痛苦……」她說，帶著恐懼的表情看著他。

他為她難過，但還是生氣了。他向她保證永遠愛她，因為現在只有這一點才能安慰她。他口頭上沒再責備她什麼，可在心裡他卻責備了她。

在他看來是那麼庸俗，以至於他不好意思說出口的愛的保證，她聽了進去，漸漸安靜下來了。

第二天，完全和解了，他們就動身到鄉下去了。

# 第六部

chapter 1

# 避暑

達里婭帶著孩子們在波克羅夫斯克耶她妹妹基蒂家避暑。她自己莊園裡的全部房屋倒塌了，列文夫婦就勸她到他們這裡來度過夏天。奧布隆斯基十分贊成這種安排。他說可惜他因公務纏身，不能和他的家庭一起來鄉下避暑，要是能那樣，對他來說，那真是最大的快樂了；所以他留在莫斯科，只是偶爾到鄉下來一兩天。

除了奧布隆斯基一家（包括他們所有的小孩和家庭女教師）外，今年到列文家做客的還有：老公爵夫人，她認為來照顧處於這種狀態中的無經驗的女兒是自己的責任；還有基蒂在國外交的朋友瓦蓮卡，她兌現了在基蒂結婚之後來看她的諾言，也到她的朋友這裡來做客了。

所有這些人都是列文妻子的親戚朋友。儘管他很喜歡他們所有的人，可他自己的列文世界和秩序被他所謂的這種「謝爾巴茨基分子」的流入淹沒了，他總不免有些惋惜。他這方面的親戚今年夏天到他這兒來做客的只有一個他哥哥謝爾蓋，況且謝爾蓋不是列文那種氣質的人，他有他謝爾蓋式的氣質，如此一來，列文精神就完全被湮沒了。

列文家那所好久沒人住的房裡，幾乎所有房間都住了人。老公爵夫人每天吃飯總要點人數。如果是十三個人[15]，她就叫一個孫子或孫女單獨坐到小桌上去吃。基蒂熱心地照料家務，她認為，客人和孩子們在夏天正是胃口好的時候，她要弄到更多的母雞、火雞、鴨子就必須多費點心思。

一家人都在餐桌旁。多莉的孩子們、家庭女教師和瓦蓮卡打算到什麼地方去採蘑菇。所有的客人對謝爾蓋的聰明和博學有一種甚至可以說是崇拜的尊敬，他竟然也加入了這場以採蘑菇為話題的談論，這讓大夥兒都覺得十分驚訝。

「你們把我也一塊帶上吧。我很喜歡採蘑菇，」他說，看著瓦蓮卡，「我認為這是一件很有意思的事。」

「哦，我們很高興可以和您一起去。」瓦蓮卡微微漲紅了臉回答說。基蒂意味深長地同多莉交換了一個眼色。博學多才的謝爾蓋要同瓦蓮卡一起去採蘑菇，這就證實了基蒂最近在頭腦裡縈迴著的猜想。她趕忙和母親說了句話，以免別人注意到她的神色。吃完飯後，謝爾蓋拿著一杯咖啡，坐在客廳的窗前，繼續和弟弟進行那場已經談起來的話題，不斷地瞟著出發採蘑菇的孩子們必然要從裡邊出來的那扇門。列文坐在哥哥身邊的窗檻上。

基蒂站在丈夫身邊，很顯然是在等這場她毫不感興趣的交談結束，好對他說句什麼話。

「自從結婚後，你變了很多，並且是變得更好了，」謝爾蓋一邊對列文說著，同時朝基蒂笑笑，顯然，他對這場談話也不感興趣，「不過你好發表奇談怪論的脾氣卻沒有變。」

「卡佳，你站著不舒服。」丈夫給她搬過一把椅子，並且飽含深情地看著她說道。

「啊，是啊，可是，現在沒時間坐下了。」謝爾蓋看見孩子們跑了出來，接著又說道。

15. 西俗認為十三是不吉利的數字。

跑在最前面的是塔尼婭，她穿著一雙緊緊的長筒襪，手裡揮動著籃子和謝爾蓋的帽子，斜著身子，徑直向他快跑過來。

她快步跑到謝爾蓋面前，那雙酷似她父親的美麗眼睛閃閃發亮。她把帽子還給他，彷彿要替他戴上，露出羞怯而親切的微笑以此遮掩自己的大膽行為。

「瓦蓮卡在等您呢。」她說完，輕輕地給謝爾蓋戴上了帽子。她從他的微笑裡明白自己是能夠這麼做的。

瓦蓮卡身穿一件黃色印花布的衣服，頭上紮著潔白的頭巾，站在大門口。

「我來了，我來了，瓦爾瓦拉・安德列耶夫娜[16]。」科茲內舍夫說著喝完咖啡，把手帕和雪茄煙盒分放在兩個口袋裡。

「我的瓦蓮卡多漂亮啊！是不是？」謝爾蓋剛剛站起身來，基蒂就對丈夫說。她說的這句話正好能讓謝爾蓋聽到，她希望他聽到。「她多有韻味，真是既漂亮又高雅！瓦蓮卡！」基蒂高聲叫道，「你們是到磨坊邊的小林子裡去嗎？我們一會兒去找你們吧。」

「你又忘記自己的身子了，基蒂，」老公爵夫人急忙走到房門邊說道，「你可不能這樣喊叫啊。」

瓦蓮卡聽見基蒂的聲音和她母親的訓斥，步態輕盈而迅速地向基蒂走來。靈活的動作，興奮的臉上所瀰漫著的紅暈，這些都洩露出她心裡正想著一件不同尋常的事。基蒂明白那件不同尋常的事是什麼，而且一直在留心觀察著她。她現在叫喚瓦蓮卡，就因為她認為今天飯後在樹林裡將發生一件重大的事情，她在心裡為她祝福。

16. 瓦蓮卡的本名和父名。

「瓦蓮卡，如果有一件事要發生，那我肯定會感到很高興的。」她在吻她的時候小聲地說。

「您跟我們一起去嗎？」瓦蓮卡覺得很不好意思，因此假裝沒聽到基蒂的話，問列文。

「我會去的，不過就到打穀場，我要在那裡停下來。」

「你怎麼又到那裡去呢？」基蒂問。

「要去看看新買的運貨大車，算算帳，」列文說，「你到哪裡去？」

「涼台上。」

chapter 2

# 女人一生中最重要的問題

所有的女人都聚集在涼台上。飯後她們一般喜歡在那裡坐坐，不過今天她們還有別的事情。除了人人都在縫製兒童罩衫和編織襁褓帶之外，今天那裡還在用不加水的方法煮果醬。

這是基蒂從她娘家帶過來的新方法。這件事以前是委託給阿加菲婭做的，可她認為列文家所用的方法不會有錯，因此還是往草莓裡放水，還堅持說，一定要這麼做；她做的這件事被人發現了，所以現在就在大家面前煮果醬，就要證明給阿加菲婭看，不放水也能做得出好的果醬。

阿加菲婭既惱怒又傷心，頭髮披散著，兩條瘦弱的胳膊一直露到肘部，正在不斷地轉著火爐上的銅鍋，眼睛憂鬱地看著鍋裡的草莓，一心盼望著它凝固住，希望煮不成。公爵夫人察覺出阿加菲婭的惱怒是對她而發，因為她是做果醬的主要顧問，就竭力裝作在忙別的事，根本不注意果醬，一直談著別的事，但不時斜眼瞟一瞟炭爐。

「我總是親自給侍女們買些便宜的衣料，」公爵夫人繼續剛才的談話……「現在是不是該把泡沫撇掉，我的好保姆？」她對阿加菲婭說，「你根本用不著親自動手去做這件事，何況也太熱了。」她阻止住基蒂。

「我來吧，」多莉說著就站了起來拿起勺子小心翼翼地在起泡的果醬上面撇著，時而把勺子在一只盛著金黃色浮沫、底下積著一層血紅色果醬的盤子上敲敲，把黏在勺子上的浮沫敲下來。下面沉澱著血紅色糖漿。「他們喝茶水的時候舔著這些東西真是太好了！」多莉想著自己的孩子們，又回想起自己小時候見大人們不吃最好吃的果醬浮沫覺得很奇怪。

「斯季瓦說還是給錢比較好，」多莉一邊說一邊又接著進行有關如何更好地賞賜僕人的話題，「可是……」

「怎麼能給錢！」公爵夫人和基蒂異口同聲地說，「他們是很看重送禮的。」

「哦，比方說我吧，去年我就給我們家的瑪特列娜·謝苗諾夫娜買了一塊料子，不是波普林府綢，但很像。」公爵夫人說。

「我記得她在您的命名日那天還穿過它哩。」

「很好看的花樣，十分雅致大方。要是她沒有的話，我倒是真想給自己做一件。有點兒像瓦蓮卡身上的那件。那麼漂亮，又很便宜。」

「現在看來好了。」多莉一邊說，一邊讓糖漿從勺子裡往下滴。

「糖漿拉成絲以後就可以了。再煮煮吧，阿加菲婭。」

「這些蒼蠅啊！」阿加菲婭氣鼓鼓地說。「反正都是一樣……」她又加了一句。

「噢，牠真可愛呀，不要驚動牠！」基蒂突然說，她看見一隻落在欄杆上的小麻雀，牠把一根馬林果的莖翻轉了過來，開始啄了起來。

「是很可愛，可你還是離火爐遠一點兒為好。」她母親說道。

「趁這機會來談談瓦蓮卡吧，」基蒂用法語說道，他們平時不願意讓阿加菲婭聽懂她們所說的話時，就用法語，「您知道，媽媽，我不知怎的，真希望今天就能做出決定呢。您明白我說的是什麼。那該有多好啊！」

「她真是一個了不起的媒人！」多莉說，「她多麼費盡心機地把他們拉在一起！」

「不，告訴我吧，媽媽，您是怎麼想的？」

「能怎麼想呢？他（謝爾蓋）不論怎樣都能成為俄國女人的最佳對象，雖然他已經不年輕了，但我知道還是有許多女人願意嫁給他……她是個非常善良的女子，不過他也許會……」

「不可能的，媽媽，您知道，無論對他還是對她來說，都不會找到比這更合適的姻緣了。首先，她很迷人！」基蒂蹺起大拇指說。

「他很滿意她，那倒是肯定的。」多莉附和著說。

「其次，他有這樣的社會地位，根本就不需要妻子的財產和地位。他只需要有一個善良美麗的妻子，安靜的才讓人放心。」

「是的，和她在一起可以很安靜。」多莉附和著說。

「最後，那就是她一定會愛他。就是說一切都會稱心如意！……我盼著他們從林子裡回來，一切就能決定了。我一眼就能從他們的眼神裡看出來。我將會多麼開心呀！你怎麼認為的，多莉？」

「你別興奮。你千萬別興奮。」她母親說道。

「可是我並沒有興奮呀，媽媽。我覺得他今天就會求婚。」

「哎呀，一個男人求婚時的情景倒真是讓人不可思議……彷彿有那麼一個障礙，可是一下子就衝破了。」多莉帶著沉思的微笑說，回想起了自己和奧布隆斯基過去的事情。

「媽媽，爸爸當年是怎樣向您求婚的？」基蒂突然問。

「沒什麼不尋常的地方，很簡單。」公爵夫人回答，可她那張臉卻因為回想起往事而精神煥發。

「不，到底是如何求婚的？在他還沒有向您說出之前，您到底愛不愛他？」

基蒂覺得十分得意，她現在可以平等地同母親交談女人一生中最重要的問題。

「當然愛了；他經常到鄉下我們家裡來看我。」

「可到底是如何求婚的呢，媽媽？」

「你肯定以為你們發明了什麼新花招吧？其實還不都是一樣，眉來眼去，笑裡傳情……」

「媽媽，您這話說得真恰當！確實是用眼神和微笑求婚的。」多莉附和著說道。

「可他到底說了些什麼話呢？」

「科斯佳對你說了什麼話呢？」

「他是用粉筆寫下來的。這件事很奇特啊……我覺得這是好久前的事了！」她說。於是，二個女人默默地想起同一件事來。基蒂頭一個打破沉默。她想起了婚前那個冬天，回想起自己對沃倫斯基的迷戀。「有一件事，就是瓦蓮卡以前的對象，」基蒂自然而然地聯想到這件事，說，「我一直想告訴謝爾蓋，讓他心裡有個數。他們，所有的男人，」她補充了一句說，「對我們以前的事總是嫉妒得要死。」

「並不是每個男人都這樣，」多莉說，「你是根據你丈夫的情況來判斷的。他直到現在還是會因為想起沃倫斯基而覺得煩惱，是吧？是不是這樣？」

「是這樣的。」基蒂用眼睛微笑著，沉思著回答說。

「可我真不知道，你過去有什麼事會使他煩惱？」公爵夫人出於做母親的對女兒的關懷，「就因為沃倫斯基曾追求過你嗎？哪一個少女都有過這種事呀。」

「啊，不過我們別說這個了。」基蒂微微紅著臉說道。

「不，讓我說吧，」母親接著說下去，「那時是你自己不讓我去對沃倫斯基說的。你還記得嗎？」

「哎喲，媽媽！」基蒂表情痛苦地說。

「現在沒人管束你們了……你同他的關係也沒有什麼越軌的地方。我真想當面找他談一談。不過，我的小寶貝，你可激動不得。請記著這一點吧，請你鎮靜一點。」

「我是很鎮靜呀，媽媽。」

「幸虧當時安娜來了，這對基蒂來說倒是件幸運的事情，」多莉說，「而對安娜來說卻是多麼不幸啊。結果是適得其反，」她對自己的思想感到很震驚，因此又接著說，「當時安娜多麼幸福，可是基蒂還自以為倒楣呢。真是正好相反！我常常想到她。」

「這種人還值得去想！她是一個討厭的壞女人，沒有心腸。」母親說，因為她對基蒂沒有嫁給沃倫斯基，而嫁給了列文這事，始終難以忘記。

「談這件事有什麼意思呢！」基蒂惱火地說，「這事我不想，也不願意想……我也不願想。」她重複一遍，一邊聆聽著丈夫踏上涼台的那十分熟悉的腳步聲。

「是什麼事也不願想呢？」列文走到涼台上說道。

可誰也沒回答，他也就沒再問下去。

「真抱歉，我破壞了你們的婦女樂園。」列文不高興地朝每個人掃了一眼，察覺到她們談的是不想在他面前談的那種事，接著就說道。

他突然覺得自己也有阿加菲婭的那種心情，她對煮果醬不加水很不滿意，總之，對外來的謝爾巴茨基家的影響很反感。可是這種心情只停留了一會兒。他輕輕地笑了笑，走到基蒂面前。「嗯，你還好嗎？」他用大家現在對她講話時所帶的那種神情望著她問道。

「啊，挺好的，」基蒂笑微微地說，「你的事情辦得怎樣了？」

「那輛新車比舊車可以多裝兩倍東西呢。要不要去把孩子們接回來？我已經吩咐人去備車了。」

「什麼，你想讓基蒂去坐敞篷大車嗎？」母親帶著責備的語氣說。

「是一步步慢慢地走呀，公爵夫人。」

列文從未像一般做女婿的稱呼丈母娘「媽媽」，這使公爵夫人感到不快。列文雖然很敬愛公爵夫人，卻不肯叫她「媽媽」，要是這麼叫一定會有損他對自己已經死去的母親的感情。

「和我們一起去吧，媽媽。」基蒂說。

「我可不想看到這樣的輕舉妄動。」

「哦，那我就步行去吧。我身體好著哩。」基蒂站起來，走到丈夫跟前，挽住他的一隻胳膊。

「可能是有好處，可是什麼事都要有個節制。」公爵夫人說。

「噢，阿加菲婭，果醬做好了嗎？」列文微笑著對阿加菲婭說，想讓她高興起來，「用新辦法煮好嗎？」

「我想還是不錯的。照我們的辦法煮得太久了。」

「那更好了，阿加菲婭，那就不會發酸，現在我們這裡的冰已經化完了，又沒有地方儲藏。」

基蒂立刻明白丈夫說話的用意，就帶著同樣的心情對老太婆說。「可是您醃的鹹菜確實可口，幾乎連媽媽都說她從來沒吃過如此可口的鹹菜。」她笑著理一理三角頭巾，補充道。阿加菲婭氣呼呼地望了望基蒂。「您用不著安慰我，少奶奶。我只要對你們倆瞧瞧，就高興了。」她說。她沒用尊稱「您兩個」，而是用了「你們倆」，這不講究禮貌的話也感動了基蒂。

「跟我們一起去採蘑菇吧，您可以給我們帶路。」基蒂說。阿加菲婭笑了笑，搖搖頭，好像是在說：「我真想生您的氣，可就是沒辦法呀。」

「請照我說的話做吧，」老公爵夫人說，「拿一張紙蓋在果醬上邊，用甜酒把紙浸濕灑上一點兒朗姆酒。這樣一來，就算沒有冰也不會發酸。」

# chapter 3 夫妻獨處時光

基蒂十分高興有機會和丈夫單獨在一起，因為她發現，丈夫剛才走進涼台問她們在談些什麼，卻得不到回答時，他那善於流露感情的臉上掠過一片苦惱的神色。

當他們在別人面前步行出發，走到看不見房子，進入踏平了的、布滿塵土的、兩旁長滿黑麥穗和穀粒的大路時，她更緊緊地挽住他的胳膊，讓它緊貼著她的身體。他已經忘記了剛才片刻不愉快的印象，現在同她單獨在一起，一心想著她懷有身孕，體驗到一種同心愛的女人親近時超乎情欲的、純潔的快樂。可他渴望聽到她的聲音，自從她懷孕以來，她的聲音也和她的眼睛一樣變了。在她的聲音裡，就像在她的眼神裡一樣，有一種彷彿專心致力於某種心愛的事業的人所常有的那種溫柔而嚴肅的神情。

「你真的不累嗎？再靠近我一點吧。」他說。

「不累，我真高興同你單獨在一起。老實說，同他們在一起不管怎麼有趣，可我還是很懷念只有我們兩人在一起的去年冬天的晚上。」

「那樣好，這樣也很好。兩樣都好呢。」他說，緊緊握著她的手。

「你知道你進來的時候我們在談什麼嗎？」

「談論果醬吧？」

「是的，也談了果醬；可是後來，就談到男子如何求婚的事情上面來了。」

「噢！」列文說，他與其說是在聽她說話，不如說是在聽她的聲音，此刻他們正從林中穿過，他一直在留神路況，儘量避開她可能會摔跤的地方。

「而且談了謝爾蓋和瓦蓮卡。你沒有注意嗎？我真希望這事能成功。」基蒂繼續說，「你對這事怎麼看？」說著，她凝視著他的面孔。

「我不知道怎麼想好，」列文微笑著回答，「在這點上謝爾蓋在我看來是很奇怪的。要知道，我告訴過你……」

「是的，他和那個死了的女子戀愛過……」

「那時候我還是小孩；我後來聽別人講的。我記得他當時的模樣。他當時非常可愛。從那時候起，我就在觀察他對待女人的態度：他很親切，有的他也很喜歡，可是我覺得對他而言，她們只是人，並不是女人。」

「是的，可是現在和瓦蓮卡……我總覺得有點什麼……」

「也許有……但我們要知道他的為人……他是個與眾不同的怪人。他只過著精神生活，他為人太純潔太高尚了。」

「怎麼？這難道會貶低他嗎？」

「不，可是他過慣了精神生活，所以他是脫離實際的，而瓦蓮卡卻是實事求是的。」

現在列文已習慣於大膽說出自己的想法，不再字斟句酌了。他明白，在此刻這種情意纏綿的時候，只要一個暗示妻子就會理解他所要說的是什麼意思，她果然明白了他：「是的，不過她不像我一樣講求現實；我知道他是肯定不會喜歡上我的。她過的是純粹的超凡脫俗的生活。」

「不，他很喜歡你。使我一直很高興的是我家的人也很喜歡你……」

「是呀，他對我很親切，不過……」

「不過不像去世的尼古拉那樣……你們倒是很合得來。」列文替她把話說完。「你怎麼不說了？」他接下去說。「我有時責備我自己，到頭來把他給忘了。他是一個多麼糟糕而又多麼可愛的人呀……是的，我們剛才到底在談什麼事呢？」列文停了一會兒繼續說道。

「你認為他是不會愛上什麼人的了？」基蒂用自己的語言說出了他的話意。

「也不是說他不可能愛上什麼人，」列文微笑著說，「但他沒有那種……少不了的毛病……我總是很羡慕他，在我已經如此幸福的時刻，仍然在羡慕他。」

「是羡慕他不會愛上什麼人嗎？」

「我羡慕的是他比我強，」列文笑著說，「他活著不是為他自己。他的全部生活都是為了盡責任。因此他才能心安理得，才能滿足。」

「那你呢？」基蒂帶著嘲諷而又深情的微笑說。

不管怎麼樣，她也說不清讓她微笑的那些思想；可最後的結果是，她丈夫稱讚哥哥，把自己說得不如他，都是口是心非的。基蒂明白，他這樣做是因為熱愛哥哥，因為自己過分幸福而感到慚愧，特別是因為這種追求幸福的欲望沒有止境。她愛他身上的這一點，所以她才笑了。

「那你呢？你到底有什麼不滿的呢？」她還是帶著那樣的微笑說。

她不覺得他有什麼不滿的地方，這點本來就讓他覺得很開心。於是，他不由自主地引導她說出她不以為然的原因來。

「我非常幸福，可我對自己感到很不滿。」他說。

「既然你很幸福，那你怎麼會對自己感到不滿呢？」

「怎麼對你說好呢？……在我心裡，除了你不摔跤以外，沒有別的願望。啊，你可別這麼跳呀！」他停住原來的談話，責怪起她來，因為她跨過一根橫在小路上的樹枝的動作太快了，「但是，每當我自省，拿自己同別人相比，特別是同我哥哥相比，就覺得自己太糟了。」

「究竟哪一點太差呢？」基蒂依舊帶著那種微笑繼續追問，「難道你不是在為他人工作嗎？你的農莊，你的莊稼，還有你的著作都不算嗎？」

「不，我認為，特別是現在的感覺，」他緊緊地握著她的一隻手說，「因為這一切都不算什麼。那些事情我只是馬馬虎虎地做做罷了。要是我能像愛你一樣愛這些工作就行了……但事實上，我最近做那些活兒就好像應付差事一樣。」

「哦，對於我爸爸，你是怎麼認為的？」基蒂問，「他什麼公益事業也不做，是不是也很糟呢？」

「他？不。一個人應該像你父親那樣樸實、開朗、善良，可是這些我有嗎？我什麼事也不做，因此很痛苦。這一切都是你造成的。在還沒有你，沒有『這一個』時，」他向她的肚子瞟了一眼說，「我把自己的全副身心都用在工作上；可現在不行了，我感覺羞愧；我做事兒就像應付差事一樣，我裝作……」

「那麼，你現在願意和謝爾蓋調換嗎？」基蒂說，「你願意像他一樣只投身公益事業，熱愛這種指派到你頭上的差事嗎？」

「當然不願意，」列文說，「不過我太幸福了，簡直什麼也不明白了。那麼你想我哥哥今天會向她求婚嗎？」他靜了一會兒又說道。

「我既這樣想，又不這樣想。可我很希望能有這樣的結果，等等。」她彎下身子，在路旁採了一朵野菊花，「嗯，來數一數：他會求婚，他不會求婚。」基蒂說著把花遞給列文。

「會，不會。」列文一邊撕下窄窄的白色花瓣，一邊嘟囔著。

「不對，不對！」基蒂握著他的手，興奮地看著他的動作，讓他停下來，「你一次撕下了兩片花瓣。」

「那麼，這片小的花瓣不算數，」列文說著撕下一片還沒長好的小花瓣，「看，敞篷馬車趕上咱們了。」

「你不累嗎，基蒂？」公爵夫人大聲叫著。

「一點兒也不。」

「既然馬很聽話，走得很慢，你就坐上來吧。」

其實不用坐車了。他們馬上就要到了，於是大家一起步行。

chapter 4

# 採蘑菇

瓦蓮卡的黑髮上包著一條白色紗巾，她在一群孩子的簇擁下，和藹而愉快地同他們玩著，顯然因為有機會向她傾心的男人表白愛情而感到非常興奮，她的模樣也格外嫵媚迷人。謝爾蓋和她並肩走著，不停地欣賞她。看著她，他回想起他聽到的她說過的所有動人的話語，他所知道的她的所有優點，他越來越覺得，他對她所懷有的感情是一種很罕見的，這種感情他在好久好久以前，只在他的青年時代有過一次。靠近她所產生的愉快感不斷加強，以至於達到這種地步：當他把採到的一隻細莖的、菌邊往上翻的大樺樹菇放到她的提籃裡時，他對她的眼睛瞟了一下，看見她臉上泛起又驚又喜的紅暈，他自己也窘態畢露，默默地對她微微一笑。

「如果這樣，」他心中暗暗地說，「我就得好好想想，做個決定，不能像個男孩子似的，只是由於一時的衝動，就神魂顛倒了。」

「這會兒我要自己一個人去採蘑菇了，要不然我的成績太差了。」說著，他就獨自一人離開了樹林的邊緣——他們正在疏疏落落的老樺樹林中細軟如絲的小草上走著——走進樹林深處，那裡的白樺樹中間長著銀灰樹幹的白楊和暗色的榛叢。謝爾蓋走了約莫四十步的光景，走到長著淺紅和深紅的、像耳垂似的繁花的衛矛樹叢後面，他知道別人看不見他了，便站住了。四周十分寂靜。只有他頭上的樺樹梢邊有一群蒼蠅像蜜蜂一樣嗡嗡地鬧個不停，偶爾傳來孩子們的聲音。忽然間，在距離樹林邊緣不遠的地方發出瓦蓮卡呼喚格里沙的女低音，他高興得笑顏逐開。謝爾蓋察覺到這微笑，搖了搖頭，彷彿對自己這種情況很不以為然，他取出一支雪茄，打算點燃它。他在樺樹幹上擦了很久，可就是擦不著一根火柴。柔潤的白樹皮黏住了黃磷，火就熄滅了。終於有一根火柴點燃了，雪茄那飄著芬芳的煙霧像一條整齊的、寬寬的飄蕩的布一樣，飄向前，蕩上去，散開去，縈繞在樺樹垂枝下的灌木叢上方。謝爾蓋慢慢地走著，一邊凝視著這片煙霧，一邊思考著自己的處境。

「為什麼不行呢？」他想，「這會不會只是一時的感情衝動，會不會只是一種迷戀，一種彼此的相互吸引（我可以說是相互的）？可是我又覺得這是違反我平素的習性的，如果我屈服於這種吸引之下，我是否就背叛了我的事業和義務呢……可是事情並非如此。我確定的唯一的反對理由，就是當我失去瑪麗的時候，我對自己說過，我要對她永不變心。這是我講得通的唯一反對自己感情的理由……這是很重要的，」謝爾蓋自言自語道，可又覺得這種顧慮對他個人來說是無足輕重的，只不過在別人眼裡會損壞了他所扮演的富有詩意和夢幻色彩的角色罷了，「除此以外，不論我怎樣尋找，也找不出一條違反自己感情的理由。要是單憑理智選擇的話，我可再也找不出比她更好的對象了。」

不管他如何回憶他所認識的婦人和女子們，卻怎麼也想不起有哪個女子具備如此多的美德，那是他經過冷靜思考之後所希望自己的妻子全部具有的。她像一個成熟的女人那樣，自覺地愛他，此其一。第二，她不但一點也不俗氣，而且顯然很厭惡上流社會，但又懂得人情世故，還具備一個有教養的婦女應有的風度，一個終身伴侶不具備這些對謝爾蓋說來是難以想像的。第三，她是虔誠的，卻又不像小孩一樣，比如像基蒂那樣，無意識的虔誠和善良；她的生活是建立在宗教信仰上的。

就連最細微的地方，謝爾蓋都發現她身上具備了他渴望自己的妻子應該具備的一切：她出身貧苦、孤單，因此不會把自己的一群親戚和他們的影響帶到丈夫家庭裡，就像他現在所看見的基蒂的情形那樣。她一切都要仰賴她丈夫，他向來就希望自己未來的家庭生活會是這樣的。而這位身上具備著所有這些美德的女子，愛上了他。他是一個謙卑的人，可也不至於看不出這一點。並且他也愛她。還有一個顧慮──就是他的年紀。不過他家族的人都是長壽的，他的頭上沒有一絲白髮，誰也不會認為他是四十歲的人，並且他記得瓦蓮卡曾說過，只有俄國人才一到五十歲就自命老了，在法國，五十歲的人還覺得自己正年富力強，而四十歲的人還是年輕人呢。當他覺得自己的心像二十年前那樣年輕，年齡大小又算得了什麼呢？

他又走到樹林邊，在夕陽的照耀下，欣賞著瓦蓮卡那雍容高雅的風姿，她穿著一件淡黃色連衣裙，手裡挽著一隻籃子，步態輕盈地走過一棵老樺樹。當瓦蓮卡的模樣同他歎賞不止的夕陽下黃澄澄的麥田、田野後面逐漸沒入茫茫天際的遠方金黃色老樹林的美景融成一片時，他不是感覺年輕了嗎？他的心快活地跳動著。一股柔情環繞著他。他覺得自己已經打定主意了。剛彎下腰去摘一隻蘑菇的瓦蓮卡，靈活地站起身來，回頭一望，謝爾蓋扔掉雪茄，邁著堅定的步伐向她走去。

# chapter 5 錯過

「瓦爾瓦拉．安德列耶夫娜，我年輕的時候就想像著我會愛上什麼樣的女人，並且樂於把她稱為我的妻子。我度過了漫長的歲月，現在才初次在您的身上發現我所尋找的理想。我愛您，請允許我現在向您求婚。」

距離瓦蓮卡只有十步遠時，謝爾蓋自言自語著。她跪在那裡，一邊用胳膊護著蘑菇不讓格里沙搶走，一邊呼喚小瑪莎。

「來這兒呀，來這兒呀！孩子們！這兒的蘑菇很多！」她用圓潤好聽的嗓音說道。

看見謝爾蓋過來，瓦蓮卡沒有站起身，也沒有改變姿勢；但種種跡象都告訴他，她已經感覺到他走過來了，並能感覺到她因為看到他而很開心。

「怎麼樣，您找到什麼啦？」瓦蓮卡問，轉過白頭巾下面那張美麗而帶著微笑的臉。

「一個也沒採到，」謝爾蓋說，「您怎麼樣？」

她正忙著照顧那些團團圍住她的孩子，也就沒有回答他。「那兒有一個，就在樹枝旁邊。」她指給孩子們看一個小小的紅蘑菇。這蘑菇富有彈性的粉紅色小帽子上壓著一根乾草，它正從草底下生長出來。當瑪莎撿起柄呈雪白色的兩部分的紅蘑菇以後，她才站起身來。「這讓我回憶起了我的兒童時代。」當她和謝爾蓋肩並肩從孩子們身旁走開時，她說道。

他們默默地向前走了幾步。瓦蓮卡看出他想說話，她猜到他想說什麼，興奮和恐懼得心都收緊了。他們走得離孩子們很遠了，誰也聽不見他們說話，可是他還沒有開口。瓦蓮卡認為，最好還是保持沉默。沉默一會兒以後再談他們想說的心裡話，要比談過採蘑菇之後立刻就說要容易得多；可是瓦蓮卡偏偏違反心願，不由自主脫口而出：「那麼您真的什麼也沒找到嗎？其實在樹林中間，蘑菇總要少些。」

謝爾蓋歎了一口氣，什麼也沒回答。他惱火的是她竟談起蘑菇來。他想讓她回頭再談談她剛才談到的她童年的事；然而像是違反自己的心願一樣，沉默一會兒以後，他回答了她的最後一句話：「我好像聽說，白蘑菇大多數是生長在樹林邊上，儘管我分辨不出白蘑菇。」

又過了一會兒，他們走得離孩子們更遠了，那裡只剩下他們兩個人了。瓦蓮卡心跳得更厲害了，甚至連她自己都能聽得到，她覺得自己的臉紅一陣白一陣。

她在施塔爾夫人家度過那麼多年寄人籬下的生活之後，如果能做謝爾蓋這樣男人的妻子將是她莫大的幸福。再說，她幾乎相信自己已經愛上他了，而這事現在就該做出決定。她感到害怕——既害怕他說些什麼，又害怕他什麼也不說。

要麼趁這個機會表白，要麼就永遠也別表白，這點謝爾蓋也意識到了。瓦蓮卡的神情、她的紅暈和她低垂著的雙眼都表明，她正處於一種焦急的期盼中。謝爾蓋發現了這點，替她覺得難過。他甚至覺得，現在什麼話也不說就是侮辱她。他在心裡迅速重複著一切有利於做出決定的理由，同時重複著向她求婚的那些話，可是他還沒有說出口，卻不知為何忽然一時興起地問道：「白蘑菇和白樺樹蘑菇究竟有什麼不一樣？」

這句話一說完，他和她都明白，事情已經過去了，那些本該說出口的話再也不可能說了，他們在這之前已經達到頂點的熱乎勁兒已經開始漸漸冷下來了。

「白樺樹蘑菇——它的根很像黑髮男人兩天沒有刮臉的黑鬍子。」謝爾蓋用平靜的語氣說。

「是的，是這樣的。」瓦蓮卡笑著回答，他們不由得改變了散步的方向，向孩子們走去。瓦蓮卡覺得又痛苦又羞愧，但同時她又有一種輕鬆感。

謝爾蓋回到家裡後，逐一回憶了各種理由，結果發現自己的判斷不對。他不能有負於瑪麗。

「安靜點兒，孩子們，安靜點兒！」當孩子們興高采烈地叫著向他們衝過來時，為了護著妻子，列文站在妻子面前甚至生氣地對孩子們叫起來。

等孩子們過來以後，謝爾蓋和瓦蓮卡也一起從樹林裡走出來。基蒂根本用不著問瓦蓮卡了；從他們兩個平靜而又羞愧的神情上，她已經知道，她的計畫落空了。

「哎，怎麼樣？」回家途中丈夫問她。

「沒有上鉤。」基蒂說，她微笑和說話的樣子酷似她父親。列文常常滿意地注意到這一點。

「怎麼不上鉤？」

「就這樣，」她說著抓起丈夫的一隻手，把它舉到自己的嘴唇邊，用抿緊的嘴唇輕輕碰了一下，「就像人們吻主教的手一樣。」

「誰不上鉤呢？」他微笑著問道。

「兩方面。本來就該如此的……」

「農民們的車來了……」

「沒關係，他們看不到的。」

# chapter 6 反感

小孩子們去喝茶了，大人們都坐在涼台上聊天，並且聊得津津有趣，就好像什麼事都沒發生過一樣，儘管大家，特別是謝爾蓋和瓦蓮卡，心中都非常清楚，發生過一件不愉快卻又十分重要的事兒。他們兩人具有共同的感受，就像考試不及格而留級或者被永遠開除學籍的學生。在場的人個個都察覺到出了什麼事，但都興致勃勃地談論著毫不相干的話題。

那天晚上，列文和基蒂感覺自己份外幸福、十分相親相愛。他們因相親相愛而覺得十分幸福，這本身就代表著對那些渴求幸福而又難以得到這種幸福的人的一種不愉快的挑釁，因此他們感到更難為情。

「我敢擔保阿爾卡季奇不會再來了。」老公爵夫人說。

今晚，他們都在等著奧布隆斯基坐火車趕來，老公爵也寫信說他也許會來。

「並且我還知道他因為什麼不來，」公爵夫人接著說，「他肯定會說，開始一段時間應該讓新婚夫妻過清清靜靜的日子。」

「爸爸真的就這樣拋下我們了。我們好久沒看到他了，」基蒂說，「我們還是什麼新婚夫婦？我們已經是老夫老妻了。」

「他要是真的不來，那我就要和大家告別了，孩子們。」公爵夫人傷心地歎了一口氣說。

「噢，媽媽，您怎麼了？」兩個女兒齊聲問道。

「你們想想，他會是什麼滋味呢？要知道現在……」

老公爵夫人的聲音突然哆嗦起來。兩個女兒都不作聲，互相使了一個眼色好像在說：「媽媽總是自尋煩惱。」可她們並不知道，不管她感覺和女兒們住在一起有多麼快樂，不管她覺得自己多麼希望留在這兒，但自從心愛的小女兒出嫁，家裡變得空空蕩蕩、冷冷清清以來，她就一直為自己，也為丈夫感到傷心。

「您有什麼事，阿加菲婭？」基蒂突然向帶著神秘而鄭重其事的表情站在面前的阿加菲婭問道。

「晚飯的事。」

「那太好了，」多莉說，「你去安排一下吧，我要幫格里沙複習一下功課。否則，他今天一點兒功課也不做。」

「不，多莉，讓我去幫他溫習功課吧，這也算給我補課了！」列文猛地跳起來說。

已經讀中學的格里沙夏天必須溫習功課，多莉在莫斯科時就陪同兒子一起學習拉丁文，到了列文家以後，規定每天至少一次同兒子複習算術和拉丁文中最困難的部分。列文毛遂自薦地為她代勞；然而，這位當母親的聽說列文要上課，覺得他並不能像莫斯科的老師一樣輔導孩子，儘管很難為情，她卻堅定地表示，一定要像老師那樣按照課本上的內容進行，竭力做到不讓列文覺得不快。她還說，最好讓她自己來輔導。

列文責怪奧布隆斯基，因為他不親自教育兒子，對兒子的教育情況一點也不關心，把教育兒子的責任全部推給對此一點不懂的母親；列文對教師也很有意見，因為他們教孩子教得那麼糟糕，但他答應妻姐按她的意見上課。於是，他就不按自己的想法，而是按照書上的內容幫他溫習功課，所以教得很勉強，並且常常忘記去上課。今天的情形就是這樣的。

「不，我去吧，多莉，你坐著，」他說，「我們一切都會照規矩辦，按照課本複習的。不過，斯季瓦來時，我們就要去打獵，到那時候就要曠課了。」接著列文就去找格里沙了。

瓦蓮卡對基蒂也說了類似的話，就是在列文幸福的、設備完善的家裡，「我去準備晚餐，您坐著別動。」她說完就站起身朝阿加菲婭那兒走去。「好，好，小雞好像沒買到。那就把我們自己家裡的宰了吧。」基蒂回答說。

「我會和阿加菲婭商量著辦的。」瓦蓮卡和她一起走了。「多麼美麗的女子呀！」公爵夫人說。

「不僅是可愛，媽媽，簡直是個迷人的女子，這樣的女子哪兒也找不到。」

「你們今晚是在等待奧布隆斯基嗎？」謝爾蓋說，很顯然他不想再繼續談瓦蓮卡的事了。「再也找不出性格更不相像的兩位連襟了，」他調皮地微笑著說，「一個活躍好動，在交際場中如魚得水；另一個，我們的列文，人雖機敏靈活，可一到交際場上，不是傻呆呆的，就是急得團團亂轉，就像魚兒來到了陸地上。」

「是的，他很馬虎，」公爵夫人對謝爾蓋說，「我剛好想請您去和他談談，就說她（指基蒂）不能待在這兒，一定得到莫斯科去。他曾說過，要去請個醫生來……」

「媽媽，他什麼都會辦到，什麼都會答應的。」基蒂說，她對母親竟然讓謝爾蓋介入此事覺得懊惱。

他們的話剛說了一半，就聽到林蔭道上響起了馬兒的噴鼻聲和車輪在石子路上的轆轆聲。多莉還沒來得及站起來迎接丈夫，列文就從格里沙上課房間的窗口跳了出去，並且把格里沙也抱了出去。

「斯季瓦來了！」列文在涼台下邊高聲喊道。「我們的課已經上完了，多莉，放心吧！」他補充了一句，接著就像小男孩一樣朝輕便馬車跑過去。

「他，她，它；他的，她的，它的。」格里沙邊大聲念著，邊在林蔭道上蹦跳跑去。

「還有個什麼人。對啦，是爸爸！」列文在林蔭道入口處站住，叫道，「基蒂，別走陡台階，轉點路過來吧。」

列文以為車上坐的是老公爵，可是他弄錯了。他走近馬車才看到，坐在奧布隆斯基旁邊的不是公爵，而是一個戴著後邊有長飄帶的、橢圓形蘇格蘭小帽的、英俊健壯的青年。

這是謝爾巴茨基的表兄弟維斯洛夫斯基，是彼得堡和莫斯科赫赫有名的、很出風頭的年輕人，正如奧布隆斯基介紹時所說的，是「一個很了不起的傢伙和一個嗜好打獵的好手」。

維斯洛夫斯基取代老公爵到來，讓大家有點兒失望，他自己卻絲毫不因此覺得不安，興致勃勃地同列文寒暄，說他們以前見過面，接著又抱起格里沙，越過奧布隆斯基帶來的獵狗把格里沙搶進馬車裡去。

列文沒有上馬車，卻跟在後面走。他心裡有點不高興，因為他那越是瞭解越是喜愛的老公爵沒有來，卻來了這個維斯洛夫斯基——一個毫不相干的、沒用的人。

列文來到門口，一大堆快樂的成年人和孩子正站在這裡。當他看見瓦先卡・維斯洛夫斯基份外親熱、殷勤地吻著基蒂的手時，列文就越發覺得他不相干和沒用了。

「我和尊夫人是表兄妹，而且還是老朋友。」維斯洛夫斯基再次緊握住列文的手說。

「哦，怎樣，有野味嗎？」奧布隆斯基剛和每一個人打完招呼，立馬就問列文，「我們兩人野心可大啦。哦，媽媽，他們結婚後還沒有到莫斯科去過呢。噢，塔尼婭，這是送給你的！到馬車後邊去取吧。」他周到地招呼著。「你的樣子真好看，多琳卡。」他對妻子說，用手拉住她的一隻手吻了吻，然後用另外一隻手在上面輕輕地撫摸著。

列文剛剛還興高采烈，這會兒卻非常陰鬱地看著大家，覺得一切都不順眼。「昨天他這張嘴吻過誰呀？」他看著奧布隆斯基和妻子纏纏綿綿的神情，暗自思忖。他望望多莉，對她也沒有好感。「她根本不相信他會真心愛她。可她為什麼那麼開心呢？真可惡！」列文暗自想。

他望望公爵夫人，一分鐘以前他還覺得她很可愛，此刻卻也不喜歡她像在自己家裡一樣迎接這位戴著帽帶，氣派十足的維斯洛夫斯基了。

謝爾蓋也站在台階上，甚至連他也使列文覺得不高興，因為他刻意裝出一副親熱的樣子來迎接奧布隆斯基，可列文知道哥哥既不喜歡也不尊敬奧布隆斯基。

瓦蓮卡也讓他覺得反感，因為她有意裝出一副友好的樣子接見這位先生，而她剛才還在一心想著如何出嫁。

但最使人反感的是基蒂，她竟然同這個自以為下鄉旅行對人對己都是一大樂事的先生談笑風生，尤其使他反感的是，她對他的笑容報以特別的微笑。

大家亂哄哄地談笑著朝房裡走去，大夥兒剛剛坐下來，列文就立馬轉身出去了。

基蒂覺得丈夫不對勁。她想找個機會同他單獨談談，可是他說有事要到帳房去，就匆匆走開了。他好久沒有像今天這樣關心農莊的事了。

「他們在那兒每天都過得逍遙快活，就像良辰佳節似的，」他暗自說道，「這兒的活兒可不像良辰佳節那樣輕鬆快樂，有些事情不能拖延，不工作就無法活下去。」

# chapter 7 嫉妒之火

直到家裡差人來請他回去吃晚飯時，列文才回到家裡。基蒂和阿加菲婭站在樓梯口商量開飯的時候喝些什麼酒。

「你們何必這麼忙呢？就喝平常喝的那種酒吧。」

「不，斯季瓦不喝……科斯佳，等等，你怎麼了？」基蒂說，一面連忙跟在他後面，可是他並不等她，冷冰冰地大步向餐室走去，並且馬上就加入維斯洛夫斯基和奧布隆斯基他們的熱烈談話中。

「嘿，我們明天就去狩獵，怎麼樣？」奧布隆斯基問道。

「好啊，明天我們去。」維斯洛夫斯基說，同時側著身子坐到另外一把椅子上，把一條胖墩墩的腿架在另一條上。

「我非常開心，我們明天就去吧。您今年打過獵嗎？」列文對維斯洛夫斯基說，注視著他的腿，但裝出高興的樣子。基蒂心裡很明白，這種高興是假裝的，而且同他的為人極不相稱。「我不知道我們能否找到獵物，不過田鷸多得是。只是，一定要早些動身。您是否會覺得疲倦呢？你不疲倦吧，斯季瓦？」

「我會疲倦嗎？我還從沒感覺疲倦呢。我們晚上也別睡覺啦！我們去玩玩兒。」

「當真不睡覺了？太有意思了！」維斯洛夫斯基表示贊同地說。

「啊，你自己可以不睡，也不讓別人睡，這一點我們倒是相信的，」多莉對丈夫說，口氣裡的嘲諷意味若隱若現，現在她說話幾乎都是用這樣的口氣，「我覺得，現在就到時候了……我要睡了，晚飯我不吃了。」

「不，你再待一會兒，多琳卡，」奧布隆斯基說，一面轉到他們正在吃飯的大飯桌後面多莉身邊，「我還有很多話要對你說呀！」

「估計你也沒有什麼好說的。」

「你知道嗎，維斯洛夫斯基去過安娜那裡。他還要到他們那裡去。要知道，他們離這裡只有七十里路。我也要去一次。維斯洛夫斯基，到這裡來吧！」

維斯洛夫斯基挪到女士們坐的那邊，在基蒂身邊坐下來。

「啊，您去過她那兒嗎？請您說說，她現在怎樣了？」達里婭問。

列文留在桌子的另一端，不停地同公爵夫人和瓦蓮卡談話，他看到奧布隆斯基、多莉、基蒂和維斯洛夫斯基正起勁兒、神秘地談著話。不僅如此，他還看到，妻子正凝視著正在快活地說得起勁的維斯洛夫斯基那張俊秀的面孔，她的臉上帶著專注的神情。

「他們那裡挺好，」維斯洛夫斯基在談沃倫斯基和安娜的事，「我當然不敢妄加評判，但在他們那裡就像在自己家裡一樣舒服。」

「他們打算幹些什麼？」

「好像要到莫斯科去過冬。」

「咱們一起到他們那裡去該多好啊！你什麼時候去？」奧布隆斯基問維斯洛夫斯基。

「我要去他們那兒過七月。」

「你去不去？」奧布隆斯基問妻子。

「我早就想去，必須去，」多莉說，「我同情她，也很瞭解她。她是個了不起的女人。等你走了以後，我獨自一人去，以免給人家添麻煩。所以你不去反而會更好些。」

「太好了，」奧布隆斯基說，「那你呢，基蒂？」

「我？我去幹什麼呢？」基蒂滿臉通紅地說。她回頭看了丈夫一眼。

「您也認識安娜．阿爾卡季耶夫娜嗎？」維斯洛夫斯基問她，「她是個很討人喜歡的女人。」

「是的。」她說，臉更紅了，她站起身來，走到丈夫身邊。

「這麼說，明天你就要去打獵嗎？」她問。

在這短短的時間內，尤其是在她和維斯洛夫斯基談話的時候面頰上泛出了一抹紅暈，讓他的嫉妒之火燃燒起來。這會兒，他聽到基蒂這句話，又照自己的意思來理解。儘管後來想起這事感到很荒唐，但現在他滿心以為，她問他去不去打獵，可也只不過是她很想知道，他能否給瓦先卡．維斯洛夫斯基提供高興的機會，他覺得，她幾乎已經愛上瓦先卡．維斯洛夫斯基了。

「是的，我會去的，」他用自己聽起來都覺得厭惡的不自然的口氣說。

「不，你們最好明天再待一天，後天再去吧，否則多莉根本就沒機會見到丈夫。」基蒂說。

基蒂這話的含義現在在列文看來意思是：「別把我和他分開。你去吧，我無所謂，但你得讓我享受和這位俊秀的青年交往的樂趣。」

「好，要是你希望如此，那我們明天就待在家裡。」列文口氣格外和氣地回答說。

維斯洛夫斯基萬萬沒想到他的到來會給別人帶來煩惱，他從桌邊站了起來，用笑瞇瞇的、滿含柔情的眼神凝視著她，並跟隨著她走了。

列文感覺到了這種眼光。他臉色發白，頓時喘不過氣來。「他怎能這樣盯住我妻子瞧！」他氣沖沖地在心裡說。

「明天不去嗎？讓我們一起去吧。」維斯洛夫斯基說著在椅子上坐下，像素常那樣架起一條腿。

列文的妒忌之火更旺了。他把自己看成個受騙的丈夫，妻子和情夫正利用他給他們提供的舒服的生活享樂……雖然如此，他還是周到熱情地問維斯洛夫斯基的獵具、獵槍和皮靴等的準備事情，並答應明天就去狩獵。

多虧老公爵夫人站起來，勸基蒂去睡覺，才使列文不再難受。然而，列文還是免不了有一種新的苦惱。和女主人道晚安時，維斯洛夫斯基又想吻她的手，基蒂紅著臉收回自己的手，並用率直的後來被母親責備的口氣說：「我們這兒不興這一套。」

列文覺得，她縱容這種態度，已經是錯了，她又這樣拙劣地表示不喜歡這一套，更是錯上加錯。

「這麼急著去睡覺呀！」奧布隆斯基說。他晚飯時喝了幾大杯葡萄酒，情緒特別好，心裡充滿了詩意。「基蒂，你瞧，」他指指菩提樹後升起的一輪明月說，「多麼迷人的景色啊！維斯洛夫斯基，現在剛好是唱小夜曲的時間。你知道嗎，他有一副很動聽的嗓子，來你們家時我們一路上都在唱，我和他一起唱得興高采烈。他帶來了優美動聽的抒情歌譜，是兩首新出的情歌。最好是和瓦爾瓦拉・安德列耶夫娜合唱一曲。」

等所有的人都走了，奧布隆斯基和維斯洛夫斯基一起在林蔭路上蹓躂了好久，能聽到他們在合唱一支新的情歌。

列文聽見他們唱歌，皺著眉頭坐在妻子臥室的安樂椅上。基蒂問他怎麼啦，他卻不作聲。最後她怯生生地主動笑著問他：「難道維斯洛夫斯基有什麼地方讓你不開心了？」突然，他的感情一下子發洩出來了，把一切和盤托出；他說出的那些話讓他覺得受了侮辱，因此他越發生氣了。

他站在她面前，皺得緊緊的眉頭，底下那雙眼睛閃著可怕的光芒，一雙強壯有力的手抱住胸膛，彷彿在竭力克制自己的感情。要不是他的臉上同時顯現出的令她憐憫的痛苦表情，他臉上的表情一定會是嚴峻的，甚至可以說是殘酷的。他的下巴在顫抖，說話的嗓音也直打戰。

「你知道，我並不是在嫉妒，吃醋是個卑劣的字眼。我不會吃醋，也不相信……我說不出我的感受，但這是可怕的……我不吃醋，不過我覺得羞愧和侮辱，居然有人敢對你癡心妄想，竟敢用那種眼神看著你。」

「到底是怎麼樣的眼神呢？」基蒂一邊說，一邊竭力回想今晚的一言一行，並剖析著它們的全部意義。在維斯洛夫斯基跟隨著她走到餐桌另一邊時，她在內心深處是有點什麼感覺的，但這一點連她自己都不敢承認，更不敢對他說，恐怕加重他的痛苦。「像我這樣子還有什麼迷人的地方呢？」

「唉！」他抱住頭喊了一聲，「你還是別說了！……也就是說，要是你迷人，那就……」

「不是的，科斯佳，別急，聽我說呀！」她帶著傷痛而又憐憫的眼神看著他說，「喏，你還能有什麼想法呢？對我來說，除了你再沒有別的人，沒有！……你是不是想讓我誰也不見呀？」

開始，她覺得他的嫉妒是一種傷害；她覺得懊惱，覺得連最後一點最純正的娛樂也不可能了；

但現在，為了讓他心平氣和，為了讓他不再痛苦，她不僅寧願犧牲這種無足輕重的樂趣，甚至願意犧牲一切。

「你要理解，我的境況既可怕又好笑，」他繼續用無可奈何的語氣輕聲說，「他是在我的家裡，除了瀟灑放蕩的態度和盤腿的姿勢外，確實沒有表現出什麼不成體統的樣子。他把這看作他的翩翩風度呢，因此只好對他以禮相待。」

「可是，科斯佳，你也太過分了。」基蒂說，內心裡卻為他因強烈的嫉妒而表現出的愛覺得不勝歡喜。

「最糟糕的就是，你一直是，現在仍是我心中聖潔的寶貝，我們是那麼幸福，異常幸福，可是忽然來了這樣一個壞蛋……不，不是壞蛋，我幹嗎罵他呢？我和他沒有任何關係。不過，把我們的幸福，我和你的幸福，當成什麼呢？」

「我明白這事兒怎麼會這樣。」基蒂說。

「為什麼？為什麼？」

「我察覺了我們在晚飯間聊天時，你是如何看著我們的。」

「就是，就是！」列文驚詫地說。

她向他講述了他們當時談的是什麼。她講的時候，激動得喘不過氣來。列文沒吭聲，接著偷偷看了看她那蒼白的、恐懼的臉色，突然用兩手抓住頭髮：「卡佳，我誤解了你！親愛的，原諒我吧！我真是瘋了！卡佳，都怪我。怎麼能為這種傻事而自尋苦惱呢？」

「不。我替你難過。」

「替我？替我難過？我算什麼？我是個瘋子！可我把你當成什麼了？隨便一個生人就能打擾我們的幸福，想到這點就覺得可怕。」

「這種事當然讓人覺得不快……」

「不，我一定要留他在我們家裡度夏，還要熱情地招待他，」列文吻著她的兩手說，「你就看著好了。明天……對，不錯，明天我就和他去打獵。」

# chapter 8 打獵

第二天，太太們還沒有起床，打獵用的輕便馬車，有四輪的，有雙輪的，已經停在大門口了。大清早就知道主人們要去打獵的拉斯卡興致勃勃地吠叫、蹦跳了好一陣子後正臥在敞篷馬車車夫的身旁，興奮地看著大門口，對獵人還沒從裡邊走出來感到不滿。

第一個出來的是維斯洛夫斯基，他腳穿一雙沒過粗壯的大腿肚子的高筒皮靴，身穿一件綠色的短上衣，繫著一條散發著皮革氣味的嶄新子彈帶，頭上還是戴著那頂綴著緞帶的蘇格蘭帽，手裡拿著一支沒有背帶的新式英國獵槍。拉斯卡跑到他身邊，蹦跳了一陣子，彷彿是在歡迎他，吠叫了幾聲，好像是用自己的方式在問他，那幾個人快要出來了嗎？但沒得到任何回答，因此，它又跑到自己原來的崗位上等候著，歪著頭，豎起耳朵聽著，一動不動地等待著。大門終於嘎吱一聲打開了，奧布隆斯基的淡黃色花斑獵狗克拉克衝了出來，在地上轉著圈兒、翻著筋斗，緊隨其後的是奧布隆斯基本人，他兩手拿著獵槍，嘴裡叼著雪茄。

「別動，別動，克拉克！」他親切地對那在他腹部和胸部亂抓亂撲、鉤住他獵帶的狗叫道。奧布隆斯基腳穿皮便鞋，打著綁腿，身穿破爛褲子和短上衣，頭戴破爛不堪的帽子，可那支新式獵槍卻十分精致，獵物袋和子彈袋儘管已經用得很舊了，可皮料質地還是很好的。

維斯洛夫斯基之前並不知道這才是一種真正的獵人派頭——衣服要穿得破舊，但獵具必須是最講究的。此刻，他看到奧布隆斯基穿著這套破爛兒，高雅、富態、快活的貴族風度更令他容光煥發，現在才明白了其中的奧秘，他決定下一次出獵一定要這樣打扮。

「喂，咱們的主人怎麼樣了？」他問。

「他有一個新婚的妻子嘛。」奧布隆斯基笑著回答說。

「是的，並且還那麼漂亮。」

「他早就打扮好了。估計又到她那裡去了。」

奧布隆斯基猜對了。列文又跑回妻子那裡，再次問她是不是原諒他昨天的愚蠢行為，還懇求她看在基督的份上格外保重。最重要的是要遠離小孩兒們，因為他們隨時可能碰到她。並且還要再一次聽她保證，她並不會因為他要離開兩天而對他不滿，還懇請她明天清晨一定要差人騎馬給他送一張字條，讓他知道她平安無事，哪怕只寫一兩個字也好。

像平時一樣，基蒂因為要和丈夫分開兩天照例是感到很難過，但看到他穿著獵靴和雪白的短衫，顯得格外魁梧，以及她所不理解的那種興致勃勃的打獵勁頭，她就因他的快樂而忘記了自己的難過，愉快地和他告別了。

「對不起，先生們！」列文走到台階上說，「早餐帶好了嗎？怎麼將那匹棗紅色的馬套在右邊？好了，倒也沒有關係。拉斯卡，安靜點兒，臥下！」

「放到牲口中去吧，」他轉身對站在門口向他請示處理閹割羊的飼養員說，「不好意思，又來了一個搗蛋鬼。」

列文從剛剛坐定的那輛敞篷馬車上跳下來，朝著手拿量尺向門口走來的包工木匠走過去：「前一天你不到帳房裡去，這會兒卻來給我搗亂。哦，有什麼事呢？」

「您就讓我再做一個拐角吧。一共才加三級梯級。這一次我們肯定會做得特別合適。這樣一定會穩得多。」

「要是你早聽我的話就行了，」列文惱火地回答，「我說過，先裝側板，再配上樓梯。現在可就無法補救了。你就照我的話去做吧，再做一副新的樓梯。」

原來是這樣的：包工木匠把新蓋的那座廂房裡的樓梯做錯了，他先一級級地做好了樓梯，卻沒有計算好高度，結果安上去的梯級全都歪了。這會兒包工木匠想修改一下那座舊樓梯，再添上三級梯級。

「那樣就好多了。」

「加上三級後，你那座樓梯會通往哪兒呢？」

「原諒我，」木匠不以為然地微笑著說，「不高不低，剛剛好。就是說，從下面走起，」他做著蠻有把握的手勢說，「一級一級向上裝，就直通到了那兒。」

「要明白增加三級以後，樓梯的高度也會增加。那到底會通到哪兒去呢？」

「我的意思是說，要是從底下向上裝，它就會到頂的。」木匠固執而有把握地說。

「它會通到天花板，穿過牆壁的。」

「請原諒。你看從下面開始，上去，再上去，就到地方了。」

列文拔出獵槍的通條，開始在地上畫樓梯的圖樣給他看：「喏，看見了嗎？」

「隨您的便吧。」木匠說。他的眼睛頓時閃閃發亮，顯然領會了他的意思：「看樣子必須重新做一座了。」

「好了，就照我的話去做吧！」列文坐到敞篷馬車裡，大聲說道，「走吧！牽著獵狗，菲力普！」

現在，列文拋開家務事和農事上的操心事，盡情地享受生命和期待的快樂，因此他連話也不想說了。此外，他還體驗到獵人在接近目的地時常有的聚精會神激動緊張的心情。要是說現在還有什麼讓他操心的話，那也肯定是這些問題：他們在格沃茲傑夫沼澤地能打到什麼獵物？

拉斯卡和克拉克，到底誰厲害？他本人今天如何才能取得好的打獵成績？並且他還考慮到另外兩個問題：他如何做才不會在新夥伴面前出醜？如何才能讓奧布隆斯基打到的獵物不超過他？

奧布隆斯基的想法也和他差不多，所以也默不作聲。只有維斯洛夫斯基一個人興致勃勃地說著話。列文現在聽著他說話，想到昨天對他的誤解，感到難為情。維斯洛夫斯基真是一個很好的人，純真，善良，並且整天笑呵呵的。要是列文在沒有結婚時遇到他，肯定會和他成為知心朋友。可列文不大喜歡他那遊戲人生的態度和放蕩不羈的作風。他留著長指甲，戴著蘇格蘭便帽，打扮得不倫不類，還自以為超群脫俗，高不可攀；但由於他心地善良，舉止文雅，這一切是可以諒解的。他之所以博得了列文的喜歡，是因為他有很高的教養，能說一口漂亮的法語和英語，並且他也是和自己相同階級出身的人。

維斯洛夫斯基非常喜歡套在左邊的那匹頓河草原馬。他對牠讚歎不絕。「騎著一匹草原馬在草原上奔騰該會多美呀。嗯？是不是？」他說。他居然把騎著草原馬描繪成夢幻而富有詩意的事情，然而事情並非如此；不過他那種天真無邪的神氣，再加上英俊的相貌，可愛的微笑和優雅的舉止，確實招人喜愛。不知是因為他的天性博得了列文的好感，還是由於列文竭力想發現他身上的所有優點來彌補昨天的過錯，總之列文和他在一起覺得很開心。

走出三俄里光景以後，維斯洛夫斯基突然發現雪茄和皮夾子沒有了，並且不知究竟是遺失了呢，還是忘在桌子上了。皮夾子裡裝有三百七十盧布，不能就此算了。

「你知道嗎，列文，我要騎這匹拉邊套的頓河馬跑回家一次。這是再好不過的辦法了。好嗎？」他說，已準備上馬了。

「不，沒必要吧？」列文說，他覺得維斯洛夫斯基的體重一定不少於六普特，「還是派車夫去吧。」

車夫騎上那匹拉邊套的馬跑了，列文親自駕馭剩下的兩匹馬。

# chapter 9 陷入泥淖

「喂，我們究竟走哪條路線？你好好講講吧。」奧布隆斯基說。

「計畫是這樣的：我們首先要到格沃茲傑夫去。格沃茲傑夫的這邊是山雞出沒的沼澤地，而格沃茲傑夫的另一邊有一大片好的松雞沼澤地，還有山鷸。這會兒天太熱了，不過我們會在黃昏到達（大約還有二十里），晚上就在那裡打獵，在那裡住一夜，明天再去大沼地。」

「難道路上就什麼獵物也沒有嗎？」

「有是有，可這樣會耽誤我們的行程，天這麼熱。有兩處小地方還不錯，可也不見得會有什麼獵物。」

列文也想拐到那兩個小地方去一下，可是那兩個地方離家近，隨時可以去，再說地方又小，三個人不能同時打。因此，他才故意說那兒不見得有什麼獵物。車到了一塊小沼澤地旁邊，列文打算趕著車從它一側過去，然而，奧布隆斯基那雙精明老練的獵人眼睛立馬看到了那塊小沼澤地。

「不到那裡去看看嗎？」他指著小沼澤地說。

「列文，去吧！多好的地方啊！」維斯洛夫斯基懇請道，列文只好同意了。

他們還沒有來得及把車停下，兩條獵狗就互相追逐著向沼澤地飛奔而去。

「克拉克！拉斯卡！」

這些獵狗又跑了回來。

「三個人一起去活動不開。」列文說，滿心以為除了那些被狗驚起、在沼澤地上空盤旋哀鳴的麥雞以外，什麼也不會有了。

「不行！一起來吧，列文，我們一塊兒去吧！」維斯洛夫斯基喊道。

「真的活動不開。拉斯卡，回來！拉斯卡！你們有一條就夠了吧？」

列文坐在敞篷馬車裡，滿懷嫉妒地等著那兩位打獵的人。獵人們找遍了整個沼澤地，可除了黑水雞和被維斯洛夫斯基打死的一隻鳳頭麥雞以外，沼澤地裡什麼獵物也沒有。

「現在知道了吧，並不是我想放棄這個沼澤地，」列文說，「還是白白浪費時間。」

「不，還是挺有意思的。您看到了嗎？」維斯洛夫斯基說，一隻手裡拿著獵槍，一隻手裡拿著鳳頭麥雞，笨拙地爬到敞篷馬車裡，「我這隻鳳頭麥雞打得多好呀！不是嗎？喂，我們是不是馬上就到達真正的好獵場了？」

馬兒突然猛地朝前一衝，列文的頭不知被誰的槍管碰了一下，槍響了一聲。其實槍聲是先響的，只不過列文覺得好像是他碰響的。事情是這樣的，維斯洛夫斯基在放槍時只扣了一個扳機，另一個扳機沒有扣好，這才走了火，幸好沒傷到誰。奧布隆斯基搖了搖頭，用責怪的眼神對維斯洛夫斯基笑了笑。但是列文無意責備他。第一，任何責備都是由於剛才經歷了那樣的危險和列文額上起了疙瘩所引起的；第二，維斯洛夫斯基剛開始很真誠地為此事悶悶不樂，可當看到他們全都一片驚慌後，隨即又友善地、極富感染力地笑起來，惹得列文也不由自主地笑了。

他們來到第二個沼澤地旁邊，列文讓他們不要下車，因為這個沼澤地面積很大，走一圈要花費很多時間。然而，維斯洛夫斯基又說服了他。因為沼澤地狹長，所以熱情好客的主人列文便留在馬車那裡。

一來到沼澤地，克拉克便向丘陵衝去。維斯洛夫斯基第一個跟著狗跑過去。奧布隆斯基還沒走過去，一隻山鷸就飛起來了。不過，維斯洛夫斯基沒打中牠，山鷸飛進一片沒有收割的草地裡。維斯洛夫斯基立刻前去尋找這隻山鷸。克拉克找到牠後停住腳步，維斯洛夫斯基就打死了牠回到馬車前。「現在您去打吧，我留下來看馬。」他說。獵人的嫉妒心開始折磨著列文。他把韁繩遞給維斯洛夫斯基，接著就朝沼澤地走去了。

拉斯卡早就在不滿地尖叫了，埋怨主人對牠不公平。現在牠徑直朝列文覺得可能有飛禽且又十分熟悉的、克拉克沒有到過的丘陵起伏的地帶跑去。

「你為何不攔住牠？」奧布隆斯基大聲喊。

「牠不會嚇跑鳥兒的。」列文回答，為自己的獵狗自豪，急匆匆地跟著牠跑去。

拉斯卡在搜尋獵物時，越靠近那片熟悉的草墩，就變得越鄭重其事。一隻沼澤地小鳥只是一剎那略微讓牠分散了注意力。牠在那些草墩前繞了一圈，剛打算繞第二圈的時候，突然渾身顫抖一下，接著站住不動了。

「快來吧，快來吧，斯季瓦！」列文喊道，他覺得心臟跳動得越來越厲害，覺得自己那很緊張的聽覺器官中好像有道障礙被揭開了，所有的聲音突然間不分距離遠近，雜亂而又清晰地灌進他的耳裡。他把奧布隆斯基的腳步聲當作遠方的馬蹄聲，他聽見腳下小草墩裂開的鬆脆聲音，卻錯把它當作山鷸在展翅飛翔。還聽見身後不遠的地方有拍水的聲音，卻不知道是什麼聲音。

他邊挑選落腳的地方，邊朝獵狗跟前移動。「快點兒抓住牠！」從獵狗跟前逃走的不是一隻松雞，而是一隻山鷸。列文舉起獵槍，但正當他瞄準的時候，剛才聽到的拍水聲越來越大、越來越近，其中還混雜著維斯洛夫斯基那響亮的怪異叫聲。列文明白自己的獵槍瞄到了山鷸的後面，可還是開了槍。

知道自己沒有射中，列文這才回過頭來看了看，他看到馬和車已經不在大路上，而是陷入沼澤地裡了。原來維斯洛夫斯基想看看打獵，把馬車趕進了沼澤地裡，兩匹馬都陷到了泥淖裡不能動彈。

「真見他的鬼！」列文一面暗自罵著，一面往陷住的馬車那邊走去。「您怎麼把車趕到這兒來了？」他淡淡地對維斯洛夫斯基說，接著喊來車夫，就想方設法動手卸馬。

列文很惱火，因為他們妨礙了他打獵，又使得他的馬陷進泥淖裡，尤其是因為要把馬拉起來，解下套子，奧布隆斯基和維斯洛夫斯基竟然都幫不了忙，因為他們倆一點兒都不懂該如何套馬。維斯洛夫斯基一再說，他以為這裡十分乾燥，列文卻根本不搭理他，只顧一言不發地和車夫一起拉馬。可到了後來，列文幹得更起勁了，看到維斯洛夫斯基正扳著擋泥板在費力、熱心地拉馬車，幾乎把擋泥板都扳斷了，這時他才為自己因為昨天心情的影響對維斯洛夫斯基採取過於冷淡的態度而責怪自己，因此他儘量變得格外殷勤，以彌補自己冷淡的過失。當一切都收拾妥當，馬車也又回到路上時，列文就吩咐僕人準備早飯。

「誰有好良心，誰就有好胃口！這隻小雞會全部化成我的血肉。」又笑顏逐開的維斯洛夫斯基說起法國諺語，馬上要把第二隻小雞吃完了，「啊，我們的災難現在結束，往後就會萬事如意了。但是由於我的過失，我應當來趕車。呃？不，不，我是一個奧托米頓[17]。看著吧，我會驅車把你們送到目的地的！」列文請他讓車夫去趕車，可他緊抓住韁繩不鬆手。「不，我要將功補過，坐在車夫的位子上我覺得舒服多了。」說完，他就開始趕車了。

列文有點擔心，怕他把馬累壞，特別是他不懂該怎樣駕馭左邊那匹棗紅馬；然而他不由自主地被維斯洛夫斯基的興高采烈所感染，聽他坐在車夫位子上唱了一路抒情歌，或者講故事，或者逼真地模仿英國人的方式去駕駛駟馬車，列文也不忍心拒絕了。早飯後，大家興致勃勃地到達了格沃茲傑夫沼澤地。

17. 奧托米頓是《伊里亞特》中的英雄阿基里斯的馭者。這個名字在口語中成為「御者」的謔稱。

# chapter 10 格沃茲傑夫沼澤地

維斯洛夫斯基把馬趕得非常快，因此他們提前到達了沼澤地，天氣還很炎熱。

他們到達真正的沼澤地——他們的目的地的時候，列文不禁盤算起如何甩掉瓦先卡，好逍遙自在地行動。奧布隆斯基顯然也有相同的打算，從他的面部表情上列文發現了每個真正的獵人在打獵前所具有的那種專心致志的神情，並且還有一絲他所特有的溫柔的狡猾神情。

「我們如何走？這沼澤地好得很，我看見還有鷂鷹呢。」奧布隆斯基指著兩隻在葦塘上空徘徊的大鸛鷹說。

「哪裡有鷂鷹，哪裡就一定有野味。」

「我說你們看見了嗎？先生們，」列文說，露出悶悶不樂的神色，拉了拉靴筒，看了看獵槍上的彈帽，「你們看到那片葦塘了嗎？」他指著伸展在河右岸的一大片割了一半的濕淋淋草地上的小片綠洲，「沼澤地從這裡開始，就在我們面前，你們看，就是那片比較綠的地方。沼澤地從那裡往右去，到那馬群走動的地方；那裡是草叢，有山鶴；沼澤地繞過那片葦塘經過赤楊樹林，一直到磨坊那裡。就在那裡，看到了嗎？在水灣那兒。那地方再好不過了。我有一次在那裡打死了十七隻松雞。我們要兵分兩路，帶著兩條狗分道揚鑣，然後在磨坊那裡會合。」

「好吧，可是誰向右，誰向左走呢？」奧布隆斯基問，「右邊地方寬敞些，你們兩個人去吧，我到左邊去。」他似乎隨口說著。

「太好了！我們打的獵物肯定比他多！好的，我們走吧，走！」維斯洛夫斯基表示贊同地說。

列文不能不答應，因此他們分開走了。

一走進沼澤，兩條狗就一起開始搜索，往褐色的泥塘衝去。列文明白拉斯卡搜索獵物的方法，它小心翼翼、不明情況地搜尋著；他也知道那個地方，並期望會有一群山鷸飛出來。

「維斯洛夫斯基和我並排走！」他輕聲地對在他身後蹚泥水的夥伴說，自從科爾濱沼澤地上那場獵槍走火事件後，列文一直很注意他槍口的方向。

「不，我不會打擾您的，您別為我操心了。」

列文不由自主地回想起基蒂在送他去打獵的時候所說的話：「留神呀，可別傷著人。」兩條狗離目的地越走越近，互相迴避著，各走各的路。列文渴望找到山鷸的那種迫切心情如此強烈，以至於他把自己鞋後跟從腐臭的泥水裡拔出時的吧嗒聲當成了山鷸的鳴叫聲，因此他抓緊槍托子。

「砰！砰！」他的耳邊響起了一陣槍聲。這是維斯洛夫斯基向一群野鴨開了槍，牠們盤旋在沼澤地上空，正遠遠地迎著獵人飛過來。列文還沒有來得及回頭望，撲通一聲飛起來一隻山鷸，接著第二隻、第三隻，總共有八隻都先後飛了起來。

奧布隆斯基就在牠們開始盤旋的時候打落了一隻山鷸，牠蜷縮成一團落到了泥地裡。他不慌不忙又瞄準向苔草叢低低飛來的另一隻，槍聲一響，這隻鳥應聲掉下；牠拍動著那下面是白色的、沒有受傷的翅膀，在割過的葦塘裡拚命掙扎著。

列文卻沒這麼幸運。他打第一隻山鷸時瞄得太近，沒有打中；當牠再次飛起來時，他又向牠瞄準，可是這時另一隻從他的腳旁飛起，所以他又沒有射中。

正在他給獵槍裝子彈的時候，又有一隻山鷸飛了起來，早已裝好槍彈的維斯洛夫斯基又瞄準水面放了兩槍。奧布隆斯基拾回自己打死的兩隻山鷸，用放著光彩的眼睛盯著列文。

「好，我們就分開走吧。」奧布隆斯基說，他微跛著左腿，拿好獵槍，向狗吹了幾聲口哨，往一邊走去。列文和維斯洛夫斯基向另一邊走去。

列文有個習慣，要是開頭幾槍打不中，他就發脾氣，鬧情緒，於是整天打不好獵。今天就是如此。山鷸倒是不少，不住地從獵狗的腳下、獵人們的面前飛起。列文本來是可以撈回來的，可是他射擊次數越多，他在維斯洛夫斯基面前丟的臉也就越大。而維斯洛夫斯基不管在射程之內還是射程之外，總是興致勃勃地瞎開一陣，結果一無所獲，但他若無其事，一點也不感到難為情。列文沉不住氣了，慌了神，變得越來越氣憤，只顧開槍，幾乎不再期望能打到什麼。拉斯卡彷彿也覺察到了這點。牠懶得去搜索獵物了，彷彿帶著疑惑不解甚至是責難的眼神不時地回頭打量著獵人們。槍聲不斷響起，煙霧在獵人周圍瀰漫，而寬大的獵物袋裡只有三隻輕巧的小山鷸。並且裡面還有一隻是維斯洛夫斯基打中的，還有一隻是兩人共有的。與此同時，沼澤地對面的奧布隆斯基的槍聲雖然並不密集，可正如列文感覺到的那樣，都是很有分量的，並且幾乎每一次槍響後都聽得見奧布隆斯基的叫聲：「克拉克，克拉克，快去把牠叼過來！」

這令列文更加著急了。山鷸不停地在葦塘地上空飛來飛去。從各個方向傳來山鶴從地上飛起來的撲哧聲和到空中後的嘎嘎聲；剛才飛起來在天空中盤旋著的山鷸紛紛在獵人們的面前掉下來。現在長鳴著在沼澤地空中盤旋的已經不止兩隻鷂鷹，而是幾十隻。

跋涉了一大半沼澤地之後，列文和維斯洛夫斯基來到農民們的草場上。這些草場一長條一長條地直通苔草叢生的地方，各戶草場的分界線，有些是踐踏過的草地，有些則是割過的草地。這些草場有一半已經割過了。

雖然在沒有割過的草地上要發現像割過的草地上那麼多的獵物的可能性不大，不過列文既然答應過奧布隆斯基，要和他集合，只好和自己的夥伴一起繼續踏著這一條條割過的和沒有割過的地段往前走。

「喂，獵人們！」坐在卸了馬的大車旁邊的那些農民中間的一個向他們喊道，「來和我們一起吃點東西吧！喝點兒酒吧！」

列文回過頭看了看。

「來吧，不要緊！」一個愉快的大鬍子農民，滿臉通紅，露出雪白的牙齒，手裡舉著在陽光下閃閃發光的淺綠色大酒瓶叫喊道。

「他們在說些什麼呀？」維斯洛夫斯基用法語問道。

「叫我們去喝伏特加。他們大概把草地分好了。我倒想去喝一杯。」列文心生一計說，他期望維斯洛夫斯基對白酒有癮，到他們那裡去。

「他們為何請我們喝酒呢？」

「沒什麼，他們無非是想快活快活罷了。真的，您就到他們那裡去吧。您會很感興趣的。」

「咱們去吧，這倒挺有意思。」

「您去吧，您去吧，您會找到去磨坊的路的！」列文高聲喊道，接著回過頭來一望，很高興地看見，維斯洛夫斯基正彎下身子，一隻胳膊背起獵槍，搖搖晃晃地拖著兩條疲倦的腿，從沼澤地向農民們走去。

「你也來吧！」一個農民向列文叫喊道，「別怕！來吃一點兒餡餅吧！」

列文十分想喝一點兒白酒，吃一小片麵包。他渾身無力，覺得好不容易把兩條搖搖晃晃的腿一步又一步從泥塘裡拔出來。他猶豫了一會兒。然而，獵狗站住了。所有的疲勞立馬不見了，他快步穿過爛泥朝獵狗走去。他的腳跟前飛起一隻山鷸，他放槍把牠打死了。狗還是站著沒動，「快叼過來！」狗的面前又飛出一隻山鷸。列文又射了一槍。可是今天真不走運，他又沒有打中。他再去找那隻被打死的鳥，也沒有找到。他找遍了整塊葦塘，可拉斯卡卻不相信他打中了什麼東西，所以當他打發牠去尋找時，牠就裝出搜尋的模樣，其實並沒去尋找。列文曾經因自己打獵不如意而責怪維斯洛夫斯基，可現在沒有維斯洛夫斯基，情形還是沒有好轉。這兒也有許多山鷸，列文卻一次次地沒打中。

夕陽的餘暉還很熱。列文的衣服被汗濕透，黏在身上；左靴子裡灌滿了水，走起路來很沉重，發出唧咕唧咕的聲音；大顆大顆的汗珠順著被火藥煙灰弄髒的臉往下滾；嘴裡發苦，鼻子裡都是一股火藥味和鏽氣味，耳朵裡則縈繞著山鷸不斷發出的噗啦聲；槍筒已經熱得燙手，連摸都不敢摸；心跳得又快又急；兩手激動得直哆嗦，疲憊的兩腿在草墩和泥塘上跌跌絆絆、勉勉強強地拖拉著；可他邊走邊射擊。當又一次糟糕地打了空槍以後，他就氣得把獵槍和帽子摔到了地上。

「不，一定要靜下心來！」他沉思著。他拾起獵槍和帽子，把拉斯卡喊到自己身邊，隨後走出沼澤地。來到乾地方，在草墩上坐下來，脫下靴子，把靴子裡的水倒掉，接著又走到水塘邊，喝了點帶鐵銹味兒的水，把發燙的槍筒浸在水裡，洗了臉和手。精力稍稍恢復之後，他又朝田鷸降落的地方走去，決定不再操之過急。

他想沉住氣，可結果還是跟以前一樣。他的手指老是在沒瞄準鳥的時候就扳動扳機了。事情簡直是越來越糟糕了。

當他走出沼澤地，來到他和奧布隆斯基約好會合的赤楊樹叢一邊的時候，他的獵物袋裡總共只有五隻鳥。

還沒有看到奧布隆斯基，他就先看到了他的獵狗。克拉克從赤楊樹露出來的樹根下跳出來，渾身上下黏滿了發臭的泥漿，黑乎乎的。牠擺出一副勝利者的姿態，同拉斯卡互嗅著。在克拉克出來後，奧布隆斯基那魁偉健壯的身姿也在楊樹叢的樹蔭下出現了。他正迎面走來，滿面紅光，滿頭大汗，敞著襯衫領子，走路時腿還是有點兒跛。

「哦，怎樣？你們打了很多呀！」他快活地笑著說。

「你呢？」列文問。不過根本用不著問，因為他已經看見那只獵物袋裝得鼓鼓囊囊的。

「還不錯。」獵物袋裡共有十四隻鳥兒。

「這沼澤地真是太好了！你肯定是受維斯洛夫斯基的妨礙了。兩個人用一條狗很麻煩。」奧布隆斯基說，他是想用這些話來淡化自己的勝利。

chapter 11

# 連襟之間

當列文和奧布隆斯基到達列文經常投宿的那家農民的木屋時，維斯洛夫斯基已經在裡面了。坐在木屋中間，兩手扶著一條長凳，有一位兵士——女主人的兄弟——在替他脫那滿是泥土的靴子，而他正發出他那極具感染力的笑聲。

「我也剛剛到哩。他們真有意思！您看，他們給我吃的，給我喝的。多麼美味的麵包，真妙！可口極了！還有伏特加……我從未喝過比這更可口的酒！他們無論如何也不肯收我的錢。並且還不停地說『請你多多包涵』，以及諸如此類的話。」

「怎麼會收錢呢？他們是樂意請您這位貴客的呀！難道他們是賣酒的嗎？」那個兵士說，他終於把濕淋淋的皮靴連同變得漆黑的襪子一起脫了下來。

儘管木屋裡被獵人們的皮靴弄得到處都是泥濘，而兩條骯髒的狗也正在舔自己身上的泥；屋子裡還充滿了沼澤和火藥的氣味，而且沒有刀叉，但獵人們卻津津有味地喝了茶，吃了晚飯。只有打獵的人才能感受到這種滋味。他們梳洗乾淨後就到為他們收拾好了的乾草棚去了，那裡馬車夫已經替老爺們鋪好了床。

儘管夜色已經降臨，可獵人們誰也不想睡。

你一言我一語地談論了一會兒打獵、獵狗和其他打獵團體的逸事之後，談話就落到三個人都感興趣的話題上。因為瓦先卡一再地讚賞這種很有趣的過夜方式，讚美那乾草香味，那輛破馬車（他覺得這輛車是破的，因為前輪拆掉了），還有那款待他喝伏特加酒的農民的好心腸，以及那兩條臥在各自主人腳下的獵狗，所以奧布隆斯基也就講起他去年夏天在瑪律圖斯的莊園裡狩獵的樂趣。瑪律圖斯是有名的鐵路大王。奧布隆斯基講起瑪律圖斯租了多麼好的沼地，且保護得多麼周到；獵人們坐的馬車和狗車多麼講究，搭在沼澤旁邊吃早飯用的帳篷又多麼氣派。

「我真不瞭解你，」列文在自己睡的草堆上站起來說，「你同這些人一起怎麼不感到討厭。我明白擺著紅葡萄酒的宴席是很愜意的，可難道你就不厭惡這種奢華的排場嗎？這些傢伙就像從前的酒類專賣商一樣，靠發橫財致富，大家都瞧不起他們，可是他們卻滿不在乎，後來，他們又用這筆不義之財來收買人心。」

「非常正確！」維斯洛夫斯基附和說，「非常正確！當然，奧布隆斯基是出於好意才這麼說的，但是別人會說：『哦，奧布隆斯基也去了……』」

「完全不正確！」列文聽到奧布隆斯基含著微笑說，「我根本不認為他比其他的富商或者貴族更壞。他們也是靠著勞動和智慧發財致富的。」

「是啊，可是些什麼樣的勞動呢？難道投機倒耙也叫勞動嗎？」

「當然是勞動！要是沒有他以及像他這樣的人，也就不會有鐵路了，如此說來，那也是勞動。」

「可是這種勞動並不像農民和學者的勞動。」

「就算你說得對，可他的勞動也獲得了結果——鐵路。這樣說來，那也是勞動。可你卻認為鐵路絲毫沒用。」

「不，那是另一回事，我承認它是有用的。可凡是和付出的勞力不對稱的盈利都是不義之財。」

「可是這種比例由誰來制定呢？」

「但凡用不正當的手段，巧取豪奪所得，」列文覺得無法劃清合理和不合理的界限，「譬如銀行的收益，」他繼續說，「就像銀行的盈利一樣，」他接著說下去，「大筆財產不勞而獲，這是罪惡，就像在酒類專賣那時候一樣，只不過方式改變了。正像法國俗話說的：『國王死了，國王萬歲！』專利權剛剛廢除，鐵路和銀行就出現了，這也是一種不勞而獲的手段。」

「是的，你說的這一切可能是正確而聰明的……躺下，克拉克！」奧布隆斯基對正在搔癢的、在草堆上轉來轉去的獵狗喝道，顯然深信自己的理論是正確的，因此鎮定自若，「但你沒有劃清正當勞動和不正當勞動的界限。我拿的薪金比我的科長拿得多，儘管他辦事比我高明得多，但這是不正當的嗎？」

「我不知道！」

「哦，那麼我告訴你吧，你從事農業勞動得到的利益，就說有五千盧布吧，可是我們這位種田的農民主人，不論他怎樣拚命幹活，收入決不會超過五十盧布，這事也像我比我的科長收入得多，或者瑪律圖斯比鐵路員工收入多一樣的不正當。反過來講，社會上對這些人懷有一種不可思議的敵視態度，我認為其中含著嫉妒的成分……」

「不，這話不公平，」維斯洛夫斯基說，「怎麼能扯到嫉妒上去，這種事確實有些不乾不淨。」

「不，聽我說！」列文插嘴說，「你說我獲得五千盧布，而農民才得到五十盧布，是不公平的不錯。這是不公平的，我也知道，可是……」

「確實如此。為什麼我們吃吃喝喝，打獵玩樂，什麼事也不幹，可是農民一年到頭都要勞動呢？」維斯洛夫斯基說，很明顯，他這一生破天荒頭一次想到了這個問題，所以說得十分誠懇。

「是的，你感覺到了，可你卻不肯把產業讓給他。」奧布隆斯基說，好像故意向列文挑釁。

在這兩位連襟之間近來似乎產生了暗暗的對立情緒：自從他們同兩姐妹結婚以後，他們之間就存在著較量，比誰更善於處理生活的敵對意識，現在這種意識就在他們辯論中所採取的攻擊個人的口氣上表現了出來。

「我沒給別人，因為沒有人向我要。即使我想讓，也不能讓，也沒有人可讓。」列文回答。

「給這個農民，他不會拒絕的。」

「好啊，可我如何給他呢？跟他簽訂讓與契約嗎？」

「我不知道。可要是你相信你沒有權利……」

「我一點也不相信。正好相反，我認為我沒權利讓出，我認為我得對我的土地和家庭負責任。」

「不，聽我說，假如你覺得這種不平等的現象是不公平的，那你怎麼不照著你所說的去做呢？」

「我就是這樣做的，不過是消極的，我只是竭力防止擴大我同他們之間的差別。」

「不，對不起！這是自相矛盾的話。」

「是的，這是強詞奪理的解釋。」維斯洛夫斯基插嘴說。「喂，當家的！」他對把門推得嘎吱發響走進草棚來的農民說，「怎麼，你怎麼還沒睡覺？」

「不，我怎麼能睡呢？我以為老爺們已經睡了，可是聽見你們還在談話。我要拿一把鉤鐮。牠不咬人吧？」他加了一句，赤著腳小心翼翼地走著。

「你到哪裡去睡覺呢？」

「我們今天夜裡要去放馬。」

「啊，多美的夜色呀！」維斯洛夫斯基邊說，邊從打開的草棚的門裡張望著蒼茫暮色下農舍的一角和卸掉馬的馬車，「聽聽，這是女人們唱歌的聲音，唱得還真不錯哩。是誰在唱，我們的主人？」

「周圍的丫頭們。」

「我們去散散步吧！反正我們也睡不著。奧布隆斯基，走吧！」

「如果能既躺著又出去就好了！」奧布隆斯基伸個懶腰說，「躺著不動真舒服啊。」

「哦，那我就一個人去，」維斯洛夫斯基說，一面穿靴子，「再見，先生們。如果有趣，我再來叫你們。你們邀請我來打獵，我忘不了你們。」

「真是個可愛的小夥子，是嗎？」當維斯洛夫斯基走出去，農民隨即跟著掩上房門後，奧布隆斯基說。

「是的，很可愛。」列文回答，還在思考著他們剛才討論的問題。他認為自己已經盡可能清楚地表達了自己的思想感情，可這兩位非常聰明、誠懇的人，竟然異口同聲地說他在用強詞奪理的話聊以自慰。這讓他覺得很難受。

「事情就是這樣的，我的朋友。你要麼斷定現存的社會制度合理，維護自己的權利；要麼就承認你在享受不公正的特權，像我一樣，盡情享受吧。」

「不，要是這是不公平的，那就不能盡情享受這種權利，至少我不能。對我而言，最重要的是要覺得問心無愧。」

「怎麼，我們真的不去嗎？」奧布隆斯基說，顯然厭惡了這種心理上的緊張，「你要知道，我們睡不著。真的，我們去吧！」

列文一言不發。他們剛才談話時談到他的公正行動是消極的，這個問題一直縈迴在他的心頭。「可是消極的就能算公正了嗎？」他問自己。

「新鮮乾草味真大啊！」奧布隆斯基說，坐起來，「我怎麼也睡不著。瓦先卡在那裡搞什麼花樣呢？你聽到他的笑聲了嗎？不去嗎？我們去吧！」

「不，我不去。」列文回答。

「難道你這也是按照原則辦事嗎？」奧布隆斯基臉上帶著微笑說，一邊在黑暗裡尋找自己的帽子。

「並不是按照原則辦事，可是我為什麼要去？」

「不過你知道嗎？你在自尋煩惱。」奧布隆斯基說，找著了他的帽子，便站起身來。

「何以見得？」

「難道我看不出，你同你太太是怎樣相處的嗎？我聽說你們談到你可不可以去打兩天獵，彷彿是什麼頭等大事。作為一個詩情畫意的插曲倒也不錯，可是不能這樣一輩子。男子漢應當獨立不羈——男人有男人的興趣。男人應該剛強果斷。」奧布隆斯基說著打開門。

「這是什麼意思？去和侍女調情嗎？」列文盤問說。

「要是有趣，為什麼不去？也不會有什麼影響。對我的妻子不會有什麼損害，而我則樂得快活快活。最要緊的是要維護家庭的神聖。可也用不著束手束腳啊。」

「可能如此吧！」列文冷淡地說，翻過身側臥著，「明天一早就動身，我誰也不打擾，天一亮就走。」

「先生們，快來呀！」傳來了瓦先卡的聲音。

「真迷人！這是我的大發現！真迷人！一個十全十美甘淚卿[18]型的人物，我已經和她認識了，真的，漂亮極了！」他說話時那副讚不絕口的神情，彷彿是因為他才特地把她創造得如此美麗動人，他很滿意為他準備好這種絕代美女的造物主。

列文假裝睡著了，而奧布隆斯基穿上鞋子，點上一支雪茄，就從倉庫裡出去了，他們的聲音一會兒就消失了。

列文好久都睡不著。他聽見他的馬在嚼乾草，接著房主人帶著他的大兒子出去放馬；接著又聽到那個兵士如何同他外甥——房東的小兒子——在倉庫另外一頭安頓下來睡覺；聽到那男孩如何用戰慄的聲音對他舅舅講他對獵狗的印象，男孩認為牠又龐大又可怕；然後男孩如何盤問這些狗要去捉什麼，兵士如何用沙啞的、睡意矇矓的聲音對他講，明天獵人們要去沼澤地打獵，接著為了不讓小男孩再往下問又說：

「睡吧，瓦夏，睡吧，否則你可要小心點！」不一會兒，他便打起鼾來，接著四周一片寂靜；只聽見馬群的嘶鳴和山鷸的啼聲。

「難道僅僅消極的就行了？」列文在心裡暗自重複這句話，「哎，到底怎麼回事？這不是我的

18. 甘淚卿是德國作家歌德名著《浮士德》裡的女主人公。

錯。」接著他開始想著明天。

「明天一大早我就出發，我一定不能發脾氣。有無數的山鷸，還有松雞哩。我回來的時候，基蒂的信就來了。斯季瓦也許是對的，我在她面前缺乏男子氣，優柔寡斷……可是有什麼辦法呢！又是消極的態度！」

睡意矇矓中他聽到了歡笑聲，還有維斯洛夫斯基同奧布隆斯基興致勃勃的談話聲。他突然睜開眼睛：月亮升起來了，他們兩人沐浴著溶溶月色，站在草棚門口說話。奧布隆斯基在講少女的美麗動人，把她比喻成新剝出殼的鮮核桃；而維斯洛夫斯基又發出他的富有感染力的笑聲，估計是在重複一個農民對他說的話：「你最好還是想法討個老婆吧！」

列文半睡半醒地喃喃道：「先生們，明天天一亮就出發！」說完就睡著了。

# chapter 12 獵物

黎明醒來，列文努力喚醒他的同伴們。維斯洛夫斯基俯臥著，一隻穿著襪子的腳伸出來了，睡得十分香甜，要讓他回答一聲是絕對不可能的。半睡半醒的奧布隆斯基一動也不肯動。就連那縮成一團，睡在乾草堆旁的拉斯卡，也是極不情願地爬起來，先懶洋洋地伸出一條後腿，然後再伸出一條後腿。列文穿上皮靴，拿了獵槍，十分小心地打開吱吱作聲的倉庫大門，走到大街上。馬車夫睡在車旁，馬群也在打瞌睡。只有一匹馬在沒有生氣地嚼燕麥，噴著鼻息，把燕麥弄得馬槽邊上都是。外面的天色還是陰暗的。

「你怎麼起得這樣早啊，親愛的朋友。」女主人從屋裡出來，就像對交情很深的老朋友那樣親熱地對他說。

「我要去打獵，大嬸。我從這兒走能到沼澤地去嗎？」

「順著後院一直走。親愛的，穿過我們家的打穀場，再越過一片大麻地，那兒有一條小道通往沼澤地。」女主人慢騰騰地邁著一雙曬得黝黑的光腳板，領著列文來到後院，給他打開了通往打穀場的柵欄門。

「一直順著走，你就走到沼澤地了。我們家的孩子們昨天夜裡把牲口趕到那裡去了。」

拉斯卡順著小路愉快地跑在前邊，列文邁著輕快的步子走在後面，不時察看天色。他希望在太陽升起之前能到達沼澤地。但是太陽並不磨蹭。他出門時還很明亮的那輪月亮，這會兒卻像一小窪水銀那樣白白的；剛才還很引人注目的啟明星，這會兒要仔細尋找才能看見；遙遠的田野上剛才還模糊不清的斑點，這時已經十分清晰了。那是一捆捆黑麥垛。大麻地中雄株已經被拔掉了，高高的而又散發著香氣的大麻葉上滿是露珠，還沒見到太陽，可列文的兩腿和大半截外套就濕透了。

在萬籟俱靜的早晨傳來了一個細微的聲音。一隻小蜜蜂像槍彈一般呼嘯著從列文耳邊飛過。小路一直通向沼澤。沼澤可以從瀰漫在上面的霧氣中辨認出來，霧氣有些地方濃，有些地方淡，苔草和柳樹叢像小島嶼似的在濛霧海中浮沉。沼澤地和大路旁邊躺著幾個夜裡放牧的小孩兒和農民，他們仍蓋著衣服在睡覺。

離他們不遠處有三匹腿被拴住的馬在來回徘徊，其中有一匹馬把腳鏈弄得叮噹作響。拉斯卡在主人旁邊走著，牠一直東張西望，彷彿懇求主人讓牠向前跑。列文從睡著的農民們身邊走過，走到第一個水塘邊。他檢查了一下彈筒帽，放了那條獵狗。一匹餵養得很肥壯的三歲栗色馬，一看見獵狗，嚇得往邊上一跳，揚起尾巴，打了個響鼻。其他的馬也嚇了一跳，拴在一起的馬腿踢踏著水，蹄子從黏糊糊的土裡往外拔的時候發出嘩嘩的響聲，牠們都從沼澤地裡往外跳。拉斯卡站住了，嘲笑似的盯著那幾匹馬，又帶著詢問般的神情看了看列文。列文拍了一下拉斯卡，吹了聲口哨，示意牠現在可以行動了。

拉斯卡愉快而又小心地踏著動盪不定的泥濘沼澤地跑過去。

跑進沼澤地以後，拉斯卡立馬就在牠所熟識的根莖、沼澤水草、爛泥的氣味和不熟悉的馬糞的氣味中，嗅到了鳥兒的氣息，這個地區隨處瀰漫著最讓牠喜歡的鳥兒的氣息。長苔蘚和沼澤牛蒡草的中間，這種氣息非常濃烈，不過不能判斷哪一邊更濃。要弄清楚方向，就得順著風再走遠一點兒。拉斯卡簡直察覺不到自己的腳在動，牠飛奔著，在必要的時候跳躍著停下來，牠遠遠地拋開從東面吹來的日出前的微風。牠張大鼻孔深深地吸了一口氣，立刻發覺這氣味不是鳥兒留的足跡，是牠們本身就在這裡，而且不止一隻，有許多隻。

拉斯卡放慢步子。牠們就在附近，可牠還不能確定到底在哪兒。為了找準這個地點，牠開始轉著圈子尋找，然而這時主人的聲音一下子轉移了牠的注意力。

「拉斯卡！在這裡呢！」他對牠指著另外一邊說。牠停了下來，好像在問，按牠原來打算的那樣做不是更好嗎？可他卻指著那處不會有什麼東西的、淹沒在水裡的、多草墩的地方，用很氣憤的聲音把這個命令重複了一遍。牠只好順從了他，為了惹他歡心，故意裝出一副搜尋的模樣，在那多草墩的地方繞了一圈，隨即又回到剛才的地方，牠馬上又聞到了牠們的氣息。這會兒，主人不再干涉牠，牠知道該怎麼辦。牠不看自己的腳下，懊惱地在隆起的草墩上絆著跤，掉到水裡，但立刻又用牠那矯健靈活的腿站穩，兜起圈子來，進行搜索。

牠開始兜起圈子，一兜圈子，牠應該就能瞭解所有的情況。牠們的腥味越來越濃烈，牠一下子徹底弄清楚了：其中的一隻就在這裡，在這個草墩後邊，離牠也就只有五步遠，所以牠站住不動了，整個身子僵硬了。由於腿短，牠看不見前面的東西，可是根據氣味牠聞得出來，這隻鳥兒就在不到五步遠處。牠站著不動，越來越清楚地意識到這隻鳥的存在，並樂滋滋地享受著期待發生的樂事。牠那條僵硬的尾巴翹得直挺挺的，只有尾巴尖在顫動。牠的嘴慢慢張開，耳朵早已豎得高高的。一隻耳朵還像奔跑時那樣轉向後邊。牠笨重而又小心翼翼地喘著氣，並且更加小心謹慎地回頭看著主人，與其說扭過頭去看，不如說是斜眼瞅著主人。列文帶著拉斯卡看慣了的臉色和可怕的眼神，磕磕絆絆，慢吞吞地在草墩上走著。拉斯卡覺得主人走得太慢，其實他已經在跑了。

列文注意到拉斯卡在搜尋獵物時的獨特姿勢。牠的整個身子貼在地上，彷彿只用後腿大步趴著地面，微微張開嘴。知道牠正漸漸地靠近山鷸，所以他一心希望成功，特別是第一隻鳥，隨即跑到牠身旁。他開始憑藉自己的高度向前面觀察起來，他的眼睛看到牠用鼻子所聞到的那個東西——在草墩間的空隙中有一隻山鷸。牠正扭著頭在仔細聽。

接著，牠微微張開翅膀，隨即又收攏起來，不靈活地搖了搖尾巴，躲在草叢的角落裡不見了。

「快追，快追。」列文從後面推了一下拉斯卡，大聲叫道。

「可我不能去呀，」拉斯卡心裡想道，「我去哪裡呢？我在這兒正好聞得到牠們的氣息，要是再向前去，我就根本不知道牠們在哪兒，牠們是些什麼東西。」正在這會兒，他又用膝蓋撞了牠一下，焦急地輕聲說：「快追，拉斯卡，抓住牠！」

在離原地十步遠的地方，帶著一陣粗壯的叫聲和山鷸特有的清脆的拍打翅膀聲，一隻山鷸飛了起來。緊跟著一聲槍響，牠就雪白的胸脯朝下、撲通一聲重重地掉進濕淋淋的爛泥地裡。另外一隻山鷸還沒等獵狗驚動，就在列文後面飛起來了。等列文轉過身去時，牠已經飛得很遠了，但子彈還是把牠打中了。大概飛出二十步光景之後，這隻山鷸先是尖喙斜著向空中飛，接著就像一隻被拋出去的皮球那樣翻著跟斗，撲通一聲落到一塊幹地上。

「這樣才有意思！」列文自言自語道，把還有暖氣的肥嘟嘟的山鷸放到了獵物袋裡，「我親愛的拉斯卡，有意思嗎？」

列文又給獵槍上好了子彈，接著向前走，儘管太陽遮在雲彩裡，可它已經升起來了。月亮失去了光輝，就像一小片白雲似的飄在天空；一顆星星也看不到了。水塘上那層鐵銹色的水面像一大塊琥珀。青翠沼澤地的小鳥兒在小溪邊那些因帶著露珠而閃耀、在地上投下長長影子的樹叢上鬧騰起來。一隻鷂鷹醒來了，停在一個乾草堆上，來回扭著頭，很不滿意地看著沼澤地。一群寒鴉飛到原野上，一個赤腳的男孩子趕著幾匹馬來到招呼列文一行人夜宿的老頭兒身邊，老人掀開蓋在身上的大衣坐起身來撓癢。獵槍放出的白色煙霧像牛奶般飄盪在翠綠的草地上。

有一個男孩子向列文跑過來「叔叔。昨天這兒有野鴨呢！」他朝列文大聲喊道，接著他遠遠地跟著列文往前走。

列文當著這孩子的面又接連打中三隻山鷸，孩子連聲喝彩，列文覺得十分開心。

# chapter 13 兩樁喜事

要是第一隻飛禽或者走獸沒被放過，那這一天都會萬事順利，獵人這種說法果然不錯。

列文走了大約三十里地，獵袋裡裝著十九隻血淋淋的野味，腰裡掛著一隻野鴨（因為獵袋裡已經沒有容納的餘地），就返回寄宿處去了。他的同伴們早就醒了，因為覺得饑餓已經吃過早餐了。

「等一下，等一下，我記得是十九隻。」列文一面說，又數了一遍那些山鷸和松雞，牠們早已沒有飛翔時神氣活現的姿態，縮作一團，乾蔫了，身上凝著血塊，腦袋歪到一邊。

數目是對的，奧布隆斯基的嫉妒讓列文覺得特別開心。他一回到寄宿處，就發現基蒂派來的信差已經送信來了，所以更加開心了。「我非常健康，很愉快。如果你為我擔心，那麼，現在可以放心了。我有個新的保鏢，就是瑪麗亞．弗拉西耶夫娜（這是一個接生婆，在列文的家庭生活中是一個新的重要人物）。她來探望我，覺得我非常健康，我們留她住到你回來的時候再走。大家都很愉快，也很健康，你千萬別太著急，要是打獵很順利，那麼再逗留一天也行。」打獵順利和妻子來信兩樁喜事實在了不起，使得列文對後來遇到的兩件不愉快的小事也不以為意了。一樁事情就是那隻栗色馬，因不吃草料，顯得無精打采，顯然是昨天勞累過度了。

「昨天馬已經筋疲力盡，康斯坦丁．德米特里奇，」馬夫說，「哎喲，毫不停歇地趕了十里路！」

另一件不愉快的事起初破壞了列文的好心情，後來又使他感到好笑，事情是這樣的：基蒂準備得那麼豐盛的，甚至一個星期也吃不完的食物，竟然一點不剩了。列文打完獵又累又餓地回來，滿腦子想著肉餡餅，甚至在他走近寄宿住處時彷彿已經聞到香味，嘗到了那種滋味──就像拉斯卡嗅到了野味一樣──馬上就吩咐菲力浦去拿來。誰知道不僅沒有肉餡餅，連燒雞也沒有了。

「他的胃口真大！」奧布隆斯基微笑著指了指維斯洛夫斯基說，「我並沒有食欲不振的毛病，可是他的胃口可真大得驚人……」

「嗯，沒辦法！」列文說著不高興地看了看維斯洛夫斯基，「菲力浦，那就給我拿點牛肉來吧！」

「牛肉都吃光了，我把骨頭餵了狗。」菲力浦回答。

列文氣得火冒三丈：「就算給我留下一點也好啊！」他彷彿要哭出來了。

「那麼就收拾點野味，放上點大麻，燒來吃吧，」列文聲音顫抖地對菲力浦說，竭力不去看維斯洛夫斯基，「起碼得給我要點牛奶。」

後來，他喝足了牛奶的時候，認為對生人生氣很不好意思，開始嘲笑自己餓時那副凶相。

傍晚他們又出去打獵，維斯洛夫斯基也打了好幾隻飛禽。夜裡他們就動身回家了。

歸途中他們也像來的時候那般興致勃勃。維斯洛夫斯基一會兒唱歌，一會兒津津有味地回憶他在農民家裡的趣事，他們請他喝伏特加，還對他說「請多包涵，請多包涵」；一會兒又想起昨夜的獵豔和那個農家女子，還有那個農民問他結過婚沒有，當他知道他還沒有妻子，就對他說：「不要羨慕別人的老婆，還是自己想辦法娶一個好。」這些話讓維斯洛夫斯基感覺非常有意思。

「總之，我對這趟旅行十分滿意。您呢，列文？」

「我也十分滿意。」列文誠心誠意地說，他特別高興的是他不像在家裡那樣，不僅對＠維斯洛夫斯基沒有敵意，反倒對他懷有很大的好感。

chapter 14

# 受罪

打獵回來後第二天上午十點，列文已巡查過一遍農場了，敲了敲維斯洛夫斯基住宿的那個寢室的門。

「請進。」維斯洛夫斯基大聲地說。「不好意思，我剛淋過浴。」他只穿了一件內衣站在列文跟前，笑瞇瞇地說。

「不必客氣，」列文在窗前坐了下來，「您睡得還好嗎？」

「睡得很香。今天的天氣如何，是打獵的好日子嗎？」

「您要喝什麼，茶還是咖啡？」

「都不要。我只要吃早飯。真不好意思。我想太太們該都起來了吧？現在出去散散步多好。讓我看看您的馬吧。」

列文和客人繞著花園走了走，到馬廄裡參觀了一下，甚至還一起做了會兒體操，然後才一起回到家裡，走進客廳。

「打獵真愜意，增長了不少見識！」維斯洛夫斯基邊說邊向正在茶炊旁邊的基蒂走去，「女士們難以享受這種快樂，真是可惜啊！」

「咳，這有什麼呢，他總得同女主人應酬幾句。」列文自言自語。他又察覺到了客人對基蒂講話時臉上所露出的那種微笑和沾沾自喜的神情好像有點兒不對頭。

公爵夫人和瑪麗亞．弗拉西耶夫娜還有奧布隆斯基圍坐在桌子的另一頭。她把列文叫到身邊，與他談論起基蒂搬到莫斯科去生產，以及怎樣預備住房的問題。

列文認為，正如同結婚時的種種庸俗低下的準備工作，只會破壞掉婚禮的莊嚴性，讓人感覺不痛快，為將要來臨的生產所去做的各種準備工作更是使人不痛快。他總是竭力避免聽他們談論未來嬰兒的襁褓式樣，避免看到多莉特別重視的神秘莫測的編織不完的帶子和麻布三角巾，以及諸如此類的事。將要生孩子了，別人一再對他提起，可他還是不能相信。這件事顯得那樣的離奇，他一面感覺它是一種極大的同時也是難以獲得的幸福；另一方面，既然這種事神秘莫測，可人們偏偏自作聰明，把它當作一種平凡的人、人為的事來迎接，這就使他感到氣憤和委屈。

公爵夫人不能理解他的這種心情，只好把他對這件事的不管不問解釋成一種粗心大意和不關心的表現，因此總是不許他清靜一下。她委派奧布隆斯基先去看房子，現在又把列文叫到自己跟前。

「我現在什麼都不知道，公爵夫人。您還是看著辦吧。」他說。

「我認為現在應該確定一下你們什麼時候搬家。」

「我的確不懂。我只知道不去莫斯科，不請醫生，千百萬孩子照樣生下來……所以何必……」

「如果這樣……」

「不，還是看基蒂的意思吧。」

「不能和基蒂談論此事！你為什麼非要叫我去嚇壞她呢？就比如說，今年春季的時候，娜塔麗婭・格里岑娜就是死在了一個很壞的產科醫生手裡。」

「那我覺得還是您說怎麼辦，我去怎麼辦吧。」他越發愁眉不展地說。

公爵夫人開始向他說，可他並沒有專心聽。雖然和公爵夫人的談話擾亂了他的心緒，但是他臉色陰沉卻並不是由於這次交談，而是因為他看到了茶炊旁的情況。

「不，這是無法容忍的。」他思索著，有時望一下朝基蒂彎曲著身子、滿臉笑容地與她談話的維斯洛夫斯基，有時望一眼滿臉通紅、神情激動的基蒂。

列文認為維斯洛夫斯基的姿態、眼神和笑意裡，有一種不純潔的東西。列文也發現甚至在基蒂的姿態和眼神裡，也有一種不純潔的東西。於是，他覺得自己眼睛裡的光彩立即又消失了。他突然又覺得像以前那樣，自己立馬從幸福、安靜、尊嚴的最高峰被扔進絕望、憤恨和侮辱的深淵。他又覺得所有的人和所有的事都十分令人厭惡。

「那您想怎麼做，就怎麼做吧，公爵夫人。」他說，同時又扭過頭去看了看。

「莫諾馬赫冠好重啊！」奧布隆斯基和列文開玩笑地說，顯然不僅影射公爵夫人的談話，而且挖苦他所發現的列文激動的原因。

「多莉，今天你來得真晚！」

人們都起身迎接達里婭。維斯洛夫斯基站了起來，他以現代青年所具有的那種對女士沒有禮貌的態度略微彎了一下腰，接著又繼續談笑起來。

「瑪莎把我折騰得真夠受。她沒睡好，今天十分淘氣。」多莉說。

維斯洛夫斯基又和基蒂說起了昨天的話題，牽涉安娜，談到愛情是否超脫於社會之外的問題。

基蒂不願意談這些事，因為談話的本身和談話時他所用的語調都讓她覺得心煩意亂，尤其是她已認識到這件事會對丈夫有什麼樣的影響。但是她實在太單純太天真了，不會打斷這樣的談話，甚至不會掩飾由於這位年輕人公然向她獻媚而產生的快樂。她想終結這場交談，卻又不知道該如何才好。她明白，不管她做什麼，都會被丈夫注意到，都會被往壞處想。

果不其然，她問多莉，瑪莎怎麼了，維斯洛夫斯基卻等待著這場他認為是乏味的交談儘快結束，開始漫不經心地看著多莉，列文認為基蒂問這個是裝腔作勢，是在令人噁心地要手段。

「我們今天去採蘑菇如何？」多莉問。

「去，我也要去，」基蒂說，臉漲得通紅。出於禮貌，她想問問維斯洛夫斯基是否也去，可又沒問。

「你到哪裡去，科斯佳？」當丈夫大步從她旁邊走過時，她露出歉疚的神色問道。她這種羞愧的神情正好證實了他的疑心。

「我不在家時，來了一位技師，我還沒見著他呢。」他說道，看也不看她一眼。

他走下樓去，但還沒有走出書房，就聽到妻子那急匆匆的、熟悉的腳步聲，她正小心麻利地邁著快步伐向他走來。

「你有什麼事？」他冷淡地對她說，「我們忙得很。」

「對不起，」她對那位德國技師說，「我要和丈夫說幾句話。」

德國人剛想走開，可列文對他說：「請放心。」

「火車是三點開嗎？」德國人問，「但願別誤了車。」

列文沒有再說話，和妻子一起走出去了。

「嗯，您想和我說什麼？」他用法語問道。

他沒有望她的臉，也不想看到她懷著孕、整個面部都在抽搐的那副極為傷心可憐的樣子。

「我……我想說，再也不能這樣活下去了，這簡直是受罪……」她小聲說道。

「小飯廳裡有人，」他氣呼呼地說，「別吵了。」

「那好，那我們就到這邊來吧！」

他們在過道裡停下了。基蒂想要走進旁邊那間房去。可是，英國女教師正在裡面教塔尼婭功課。

「那咱們就到花園裡去吧！」

在花園裡他們遇見一個掃地的農民。他們不顧那個農民會看見基蒂眼淚斑斑的臉和列文那激動不安的神色，也不理會讓人看到他們那副逃難似的樣子，只是飛似的向前走，他們覺得一定得痛痛快快地說說心裡話，一定得讓彼此把誤會都解釋清楚，別讓對方再這樣了，必須兩個人單獨在一塊兒待上一會兒，以借機擺脫兩個人都在遭受的痛苦。

「決不能再這樣活下去了！這簡直是在受罪！我和你都很痛苦。究竟為了什麼？」等他們終於到了椴樹林蔭路角落處的一條清靜的長凳旁的時候，她說道。

「你只要告訴我一點，他說話的口氣裡有沒有不成體統、不乾不淨、下流無恥的地方？」他又像那天晚上一樣，兩臂交叉在胸前，站在她面前說。

「是，」她用顫抖的聲音回答說，「可是，科斯佳，難道你不明白這不是我的過錯嗎？我從早晨起就想換一種態度，可是這些人……他到這兒來幹什麼？我們原來是多麼幸福啊！」她說著哭起來，哭得上氣不接下氣，整個凸起的身子都在顫抖著。

園丁驚詫地看見，沒什麼人追趕他們，他們用不著逃避，也不會在那條長凳上發生什麼了不起的事。最後，當他們走過他身邊回家去的時候，都變得鎮靜下來，臉上也已洋溢著快活的笑容。

chapter 15

# 逐客令

列文把妻子送上樓，自己走到多莉房裡。今天多莉也很苦惱。她在房間裡走來走去，怒氣沖沖地對站在屋角放聲大哭的小女孩說：「罰你今天在牆角站一天，自己一人吃午飯，一個洋娃娃也不給，新衣服也不給你做。」說到這兒，她幾乎不知道該如何懲罰這個小女孩。

「唉，這是個惹人厭的女孩兒！」她對列文說，「她身上這些壞毛病從哪裡學來的呀？」

「她到底做錯了什麼事啊？」列文非常冷漠地問。他原本是想和她商量一下自己的事情，卻發現他來得不是時候，因此覺得很不快。

「她跟格里沙一起跑到懸鉤子那裡，在那兒……我簡直都不好意思說出來，她在那裡做了什麼。你肯定會可憐愛里奧的。她什麼事也不管，簡直就像一架機器，您看，小女孩……」達里婭說了瑪莎的罪過。

「也算不了什麼，根本就不是什麼壞毛病，只不過是頑皮而已。」列文安慰她說。

「你大概有什麼不如意的事吧？你來幹什麼？」多莉問，「那邊有什麼事嗎？」

從她問話的語氣中列文知道，他可以暢所欲言地把他想要說的那些話說出來了：「那邊我沒有去過，我同基蒂兩人到花園裡去了。自從維斯洛夫斯基來了之後，我們發生了兩次爭吵。」

多莉用她一雙靈活的、善解人意的眼睛凝視著他。「喏，你憑良心說一句，在……不是在基蒂方面，而是在這位先生的腔調裡，有沒有什麼使做丈夫的感到不愉快，或者是感覺可怕的、帶侮辱性的地方？」

「這事我該如何對你說才好呢？站住，站在牆角裡！」多莉又對瑪莎說，這個小女孩一看見母親臉上流露出一絲若隱若現的笑意就想要扭過身去，「上流社會的人也許會說，他的舉止就和所有的青年人一樣。他向年輕美麗的女人獻殷勤，並且一個出入社交界的丈夫應該以此為榮。」她夾雜著法語說。

「是，是，」列文陰鬱地說，「那你也察覺了？」

「不僅僅是我，斯季瓦也察覺了。他一喝過茶就直截了當地對我說：你看維斯洛夫斯基。」

「噢，那好極啦，現在我心安理得了。我可以把他趕走。」列文說。

「你怎麼了，你發瘋了嗎？」多莉驚詫地大叫。「你怎麼了，科斯佳，冷靜點兒！」她微微一笑說。「好了，現在你可以到芳妮那去了。」她對瑪莎說。「不，要是你真打算這麼做的話，那我就和斯季瓦說說，可以對他說，你這裡還有客人要來。總之，他待在我們這裡不合適。」

「不，不，我自己去處理吧。」

「可你不會是要吵架吧？」

「絕對不會。我會高高興興去辦的。」列文眉飛色舞地說，「哦，多莉，饒恕她吧！她下次不會再犯了。」他說的是犯了過錯的瑪莎，她根本沒到芳妮那裡去，正猶豫不決地站在母親跟前，滿面愁容地等著並想迎住母親的眼神。

母親望了她一眼。小女孩哇的一聲大哭起來，把臉埋在母親的膝蓋中間。多莉把一隻柔弱纖細的手放在她頭上。

「我們和他之間有什麼相同的地方呢？」列文思索著，接著就去找維斯洛夫斯基。

走到前廳的時候，列文吩咐僕人套馬車，說要趕到車站。

「昨天轎式馬車的彈簧就斷了。」僕人回答說。

「那就準備輕便馬車，但一定要快。客人在哪兒呢？」

「他去自己房裡了。」

列文看到他的時候，維斯洛夫斯基已把行李從皮箱裡收拾出來，推開那些抒情歌譜，此刻正在打綁腿，準備去騎馬。

可能是列文臉色有點兒不同尋常，也可能是維斯洛夫斯基察覺到他對女主人略施殷勤在這個家庭不合適，反正看到列文進來，他就覺得有點兒不好意思。

「您打好皮質綁腿打算去騎馬嗎？」

「是的，這樣就利索多了。」維斯洛夫斯基把一條肉墩墩的胖腿搭在椅子上，一邊扣著下面的鉤子，一邊快活、親切地笑著說。

毋庸置疑，維斯洛夫斯基是一個和善的小夥子，列文發現他眼睛裡有一種羞怯的神色，不禁替他難過，並且因為自己是主人而過意不去。

桌上放著半截手杖，那是今天早晨他們一起試圖糾正傾斜的雙杠而折斷的。列文撿起這半截手杖，動手劈下參差不齊的杖端，不知道該如何開口。

「我打算……」他原本說不下去了，但一想到基蒂以及已經發生的種種糾紛，就異常堅定地正視著維斯洛夫斯基說，「我已經吩咐人給您套馬了。」

「這是怎麼回事兒？」維斯洛夫斯基驚詫地問，「到哪裡去呀？」

「把您送到火車站。」列文撕著手杖上的斷片，陰沉沉地說。

「是您要出門呢，還是發生了什麼事？」

「我家裡不巧有客人要來，」列文一面說，一面越來越迅速地用粗壯的手指撕著手杖上的斷片，「也不是有客人要來，也沒發生什麼事，可是我懇請您走。您願意怎麼理解我的不客氣就怎麼理解吧。」

維斯洛夫斯基挺直了身子。「我懇求您給我明白的解釋……」他嚴肅地說，終於恍然大悟了。

「我不能向您解釋，」列文小聲地、慢吞吞地說，竭力掩飾下頷的顫動，「您最好別問了。」

由於手杖上的碎片已經全部被撕扯完了，所以就用手指抓起粗的那頭，用力扯裂了木杖，麻利地抓住了馬上要掉下去的那一頭。

大概是列文那雙有力的手，今天早晨做體操時他摸到的肌肉，兩隻炯炯有神的眼睛，低沉的聲音和顫動的下頷，比語言更加有力地說服了維斯洛夫斯基。他聳了聳肩，輕蔑地冷笑著鞠了一個躬。

「我能否見一下奧布隆斯基？」

聳肩膀和冷笑並沒惹列文生氣。「他還能幹什麼呢？」他思索著。

「我馬上就派人去幫您把他叫到這裡來。」

「多麼荒誕的行為啊！」聽說維斯洛夫斯基要被攆走，奧布隆斯基就到花園裡找到正在散步等待客人離去的列文，並這樣對他說，「真可笑，是哪個蒼蠅咬了你一口，讓你發那麼大的火?簡直可笑到了極點!你怎麼如此驚訝呀，假如一個青年人……」

列文被蚊子叮過的地方顯然還很痛，奧布隆斯基剛想講道理，他臉色又變得蒼白，趕緊打斷他的話說:「別跟我講什麼道理!我也沒有其他的辦法!我在你和他面前感覺不好意思。可是我想，走對他來說並不是很難過的事，可他在這兒對我和我妻子來說都是很不愉快的。」

「可他會認為這是對他的侮辱!而且，再說，這太可笑了。」

「可是我覺得自己又委屈又痛苦!我沒有任何過錯，我不該忍受這種痛苦!」

「唉，真出乎我的意料!吃醋也沒什麼，但達到這種程度，簡直可笑至極!」

列文迅速轉過身去，離開他走進林蔭路深處，繼續獨自前後踱步。不一會兒，他就聽到了四輪馬車的轆轆聲，他透過樹木看見維斯洛夫斯基戴著那頂蘇格蘭帽子，坐在乾草堆上，身子一顛一簸，沿著林蔭路駛過去。

「又有什麼事?」列文看見僕人從屋裡跑出來，攔住馬車想。原來是那個德國技工，列文已完全把他忘了。技師行了一個禮，對維斯洛夫斯基問候了幾句什麼話，接著爬進四輪馬車裡，他們一起走了。

奧布隆斯基和公爵夫人對列文的做法很氣憤。他自己也覺得十分荒唐，而且罪孽深重，無臉見人;但是一想到他和妻子所受的罪，他自問下次要是又遇到這樣的事他將怎樣處理，結果卻還是採取同樣的措施。

儘管如此，在這天將近薄暮時，除了還不肯原諒列文這一做法的公爵夫人外，所有的人都已經興高采烈、十分快活了，就像受過懲罰後的孩子，或者結束了令人不舒服的官場應酬的成年人。當晚，當公爵夫人走了以後，他們已經像談一件陳年往事那樣談論維斯洛夫斯基被攆走的事。多莉從父親身上繼承了說笑話的才能，把瓦蓮卡笑得前仰後合。她一次又一次地講著，每次都添油加醋，增加些新的笑料。她說，她剛剛紮上那個對客人表示敬意的新的蝴蝶結，剛走到客廳，卻聽見了老式四輪馬車的轆轆聲。到底是什麼人坐在這輛老式四輪馬車上呢？

原來就是那位維斯洛夫斯基。他頭戴一頂蘇格蘭帽子，拿著情歌歌譜，打著皮質綁腿，坐在乾草堆上。

「你至少也該弄一輛轎式馬車讓他坐啊！沒有，後來我又聽見：『站住！』喲，我還以為是你們發慈悲了。原來是，人家讓那個又肥又胖的德國佬坐在他身邊，讓他們走了……我的蝴蝶結也就白紮了！……」

# chapter 16

# 幻想

達里婭實現了去探望安娜的願望。她感到抱歉，因為這事使妹妹傷心，妹夫不愉快。雖然她認為列文家不想和沃倫斯基有任何來往是理所當然的；可是她覺得拜訪安娜、表示雖然她的處境變了可自己對她的感情仍舊不變卻是她的責任。

這次旅行多莉不想依賴列文家，便自己派人到鄉下去租馬。可列文一聽說這事，就來責備她。

「你怎麼認為你去我會不高興呢？即使我不高興，如果你不用我的馬，我就會更不高興了，」他說，「你從未跟我說過你一定要去。至於到鄉下租馬，這事首先使我不高興，而主要的是他們會租給你，但不會把你送到目的地。馬，我有的是。如果你不想使我難堪，就用我的馬。」

達里婭只能答應了，在約定的日子裡，列文為姨姐準備好四匹馬，還有替換的馬，都是從耕馬和騎馬中湊起來的，外表不太好看，但當天能把她送到目的地。現在，準備動身離開的公爵夫人和接生婆都需要馬車，這對列文說來是件麻煩事，可由於他熱情好客，他不會允許住在他家的達里婭到外邊去租馬，何況，他知道她為了這趟旅行要花費二十個盧布，這對她來說是一筆不小的數目；列文關心達里婭拮据的經濟狀況，就像關心自己的事情那樣。

達里婭聽從了列文的勸告，天不亮就動身了。道路平坦，馬車舒服，馬也跑得歡快。馭座上除了車夫以外，還坐著賬房，達里婭在車上睡著了，直到抵達了換馬的小旅店才醒過來。

在那家蒸蒸日上的農家喝過茶——列文那次去斯維亞日斯基家時中途在此逗留過。和女人們聊了一會兒孩子，和老頭談了談他十分欽佩的沃倫斯基伯爵。十點，達里婭又繼續趕路了。她在家裡忙於照顧孩子，從來沒有時間思索。這會兒，在這四小時的旅途中，以前被壓在心裡的種種想法一下子都浮現出來了。她從各個不同的方面回顧自己的一生，這是從來沒有過的事。她的思想讓自己都感覺奇怪。開始她想到了孩子們，儘管公爵夫人，特別是基蒂（她更信賴她一些）答應了照顧他們，她還是放心不下。「希望瑪莎不要又淘氣，格里沙不要被馬踢了，莉莉不再鬧肚子就好了。」隨即眼前的問題突然又被將來的問題取代了。她開始沉思，今年冬天她得搬到莫斯科一幢新房子裡去，把客廳的傢俱更換一新，給最大的女孩做一件冬大衣。接著更遠的未來的問題——她如何把孩子們培養成人——也出現了。「女孩子們還好辦，」她沉思，「可是男孩子們呢？」

「現在還好，我可以自己管教格里沙，因為我現在沒有懷孕，有的是時間。自然什麼都不用指望著斯季瓦。靠著好心人的幫助，我會把他們培養成人；可萬一再生兒育女呢……」她忽然想起一句俗話：「生兒育女是對女人的詛咒。」她覺得這話沒有道理。「分娩倒無所謂，懷孕可真是件苦事。」她思索道，回想起她最近的一次懷孕和最小嬰兒的夭折。回想起剛才在歇腳地方和那位年輕女人談過的話。在回答她有沒有孩子這個問題時，那個年輕美貌的農婦愉快地答覆說：「我有過一個女孩，可老天爺解放了我。我去年四旬齋時把她埋了。」

「那麼，你很難過嗎？」達里婭問她。

「有什麼捨不得的？老頭兒的兒孫多得是。盡是煩心事，弄得你不能幹活，不過是累贅罷了。」

雖然這個年輕女人臉上帶著溫柔和藹的神情，這回答卻令達里婭產生了反感，但現在她不由自主地回想起這句話。這句豁達的話裡倒也有一部分道理。

「總之，」她思索道，回顧她這十五年的結婚生活，「懷孕，嘔吐，腦子遲鈍，對一切漠不關心，主要是模樣難看。基蒂，年輕美麗的基蒂，連她都變得那麼難看了，我懷孕的時候，也知道自己變醜了。生產時痛苦得不得了，最後的關頭……然後就是哺乳、整宿不睡，那些可怕的痛苦……」

一想到這種痛苦，她渾身打了個哆嗦。「然後是孩子生病，無窮無盡的擔驚受怕；再有教育，壞毛病（她回想起小瑪莎在覆盆子樹叢裡犯的過錯），學習，拉丁語……這一切是如此艱難和難以理解。最要命的是，孩子的夭折。」那種永遠讓慈母傷心的傷痛回憶又湧上心頭：她最小的嬰兒，一個患喉炎死去的小男孩；他的葬禮，大家對那淡紅色小棺材表示出的冷淡，以及那蓋上帶有金邊十字架的粉紅色棺材蓋蓋上的剎那，她面對生著鬈曲頭髮的蒼白的小腦門，真是感到撕心裂肺般的疼痛。

「這一切到底是為什麼？這一切到底會有怎樣的後果呢？後果是，我得不到片刻安寧，一會兒懷孕，一會兒餵奶，老是生氣，牢騷滿腹，苦了自己，也苦了別人，使丈夫討厭，就這樣過上一輩子，撫養出一批缺乏教養的不幸的小叫花子。就說現在，要是我們沒到列文家來避暑，我可真不知道該如何對付夏天了。當然，科斯佳和基蒂是那麼善解人意、體諒別人，儘量令我們不覺得尷尬；可也不能老這樣下去。他們會有自己的兒女，到時候就不能幫助我們了；其實，他們現在手頭也很緊。爸爸幾乎就沒給自己留下一點財產，又怎麼去管我們呢？如此下去，我連把孩子們撫養成人都辦不到，除非低三下四地求人幫忙。嗯，就往好處想，以後一個孩子也別夭折，我會勉強把他們撫養成人。他們最好也不要成為壞蛋。我所希望的不過如此。可就是為了這個，我得吃多少苦，花多少心血啊……我這輩子也就完了！」她又回想起那個年輕女人所說的話。這個回憶又令她產生反感，可她不得不承認這些話裡是有幾分粗淺的真理。

「還有多遠，米哈依爾？」達里婭問那個事務員，以驅散那種令她膽戰心寒的想法。

「聽說離村莊還有七里。」

馬車沿著村道駛到一座小橋上。橋上走著一群快樂的農婦，她們肩上掛著一圈圈草繩，談笑風生，十分熱鬧。看到馬車，農婦們都在橋上停下了，用好奇的眼神打量著這輛馬車。達里婭覺得，所有朝著她看的面孔都是愉快而高興的，以她們特有的生活樂趣刺激她。

「人人都在生活，人人都在享受生的歡樂。」多莉經過農婦們身邊，往小山上駛去，身子又在老式馬車柔軟的彈簧上愜意地搖晃，心裡這樣想：「而我，就像從監獄裡，從一個煩悶得要把我置於死地的世界裡解放出來，現在才安下心想了一會兒。人人都生活著：這些女人，我的妹妹們，瓦蓮卡和我要去探望的安娜——所有的人，唯獨沒有我！」

「他們都指責安娜。為什麼？難道我比她好嗎？我至少還有一個心愛的丈夫。雖說不上稱心如意，我還是愛他的，可是安娜不愛她的丈夫。她有什麼可批評的地方呢？她也得生活。上帝賦予我們靈魂，那我們就有做出自己選擇的權利，如果是我，也可能做出這樣的事。在那可怕的時刻她到莫斯科來看我，我聽了她的話，到現在我都不知道當時自己的想法對不對。當時我覺得應該放棄丈夫，重新開始生活。我也許真的愛上一個人，也會被人愛上。難道這樣好嗎？我並不敬重他，可我需要他，」她想到了她的丈夫，「於是我便容忍了他。這樣是不是好的？那時還會有人喜歡我，我還有幾分姿色。」多莉繼續想，很想照照鏡子。她的口袋裡有一面旅行用的小鏡子，她非常想取出來，可瞟了一眼車夫和坐在她旁邊晃來晃去的事務員的身影，她明白萬一他們當中有個人回過頭來，她可就不好意思了，所以她沒把鏡子掏出來。

雖然不照鏡子，她心裡還是在想，即便現在也為時不晚。接著她又回憶起那個對她特別熱情的謝爾蓋；那個在她的孩子們患猩紅熱期間曾和她一起照顧他們並且鍾情於她的、斯季瓦的朋友、熱心腸的圖羅夫岑。還有一個十分年輕的人──她丈夫開玩笑似的對她講的──覺得她在姐妹中是最漂亮的。接著最熱情的、想入非非的風流韻事湧現在達里婭的腦海裡。「安娜做得好極了，不管怎麼說我也不會責備她。她是幸福的，讓另外一個人也幸福，並且也不像我這樣身心俱疲，她也許還像以往那樣漂亮、聰明和真誠。」多莉同時幻想自己也有了這樣的風流韻事，一個她想像中的、集種種優點於一身的男子迷上了她。她像安娜那樣，把所有真相都向她丈夫供認了。奧布隆斯基聽了這場自白所流露出的驚詫、狼狽的神情讓她禁不住笑起來。

陶醉在這樣的幻想中，她到了大路上通往沃茲德維任斯科耶村轉彎的地方。

# chapter 17 探望安娜

車夫勒住了馬，朝右邊黑麥田望了一眼，看見那兒的一輛大車旁坐著幾個農民。帳房本想跳下車去，但後來改變了主意，向一個農民命令式地喊了一聲，招手叫他過來。車一停，馬車馳騁時所感受的小風也就平息了；大汗淋漓的馬背上落滿了馬蠅，馬兒生氣地驅趕馬蠅。大車旁邊敲擊鐮刀的、鏗鏘的叮噹聲停息了。有一個農民站起身來，朝著馬車走過來。「哎呀，看你那動作緩慢的樣兒！」帳房氣呼呼地向那個光腳跨過疙疙瘩瘩的乾路上的小土丘、漫不經心地走著的農民大聲喝道，「快點兒過來行不行！」

那個一頭鬈髮用樹皮繩纏著、彎著被汗水濕透的背的農民，加快步子走到馬車旁，伸出一隻黧黑的手扶住了馬車的擋泥板。

「去沃茲德維任斯科耶村老爺莊子嗎？去探望伯爵嗎？」他不斷地問道，「一直走到這條坡道的盡頭，接著往左拐。再沿著大路一直向前走，就是了。可你們要找誰？是伯爵本人嗎？」

「怎麼，他們在家嗎，老人家？」達里婭閃爍其詞地問道，因為她也不知該如何向農民打探安娜的事情。

「想必在家。」老農說。他兩隻光腳交替踩著泥地，清清楚楚留下五個腳趾印。「可能在家吧。」他又重複了一遍，顯然是想多說一陣，「昨天還有一群客人來過呢。客人真是太多了……你有什麼事嗎？」他轉過身對站在大車旁邊衝他喊的小夥子說道，「不錯！剛才他們騎馬路過這兒還來看收割莊稼。這會兒估計到家了。你們是誰家的人？……」

「我們是遠道來的，」車夫爬上馭座說，「那麼不遠了吧？」

「我不是說了嗎，就在那裡。只要過了路口……」他用一隻手不斷地摸索著擋泥板說。

一個身強體壯個子不高的小夥子也走了過來。

「喂，收割方面的活兒沒了嗎？」他問道。

「不知道，大爺。」

「你看，往左一拐，就到了。」農民說，很明顯他不想放走他們，還想聊一聊。

車夫趕車上路，剛要轉彎，那個農民就喊叫起來：「站住！咳，朋友！站住！」有兩個人在高聲呼喊。車夫勒住馬車。

「他們來了！瞧，那不是他們嘛！」老農叫喊道。「瞧，大隊人馬！」他用手指著沿著大路駛來的四個騎馬、兩個坐著馬車的人說。

那騎馬的是沃倫斯基、馬夫、維斯洛夫斯基和安娜，坐在馬車上的是瓦爾瓦拉公爵小姐和斯維亞日斯基。他們剛才是出去兜風了，剛回來正好來看看剛運來的收割機的情況。

馬車停住了，騎馬的人還是讓馬兒以散步的速度走著。安娜和維斯洛夫斯基在前頭並肩而行。安娜騎著一匹鬃毛剪過的短尾英國矮腳馬，慢悠悠地走著。她那戴著一頂高帽露出一綹烏黑頭髮的漂亮腦袋，她那豐滿的肩膀，穿著黑色長騎馬服裝的窈窕身材，還有整個雍容典雅的騎馬姿勢不禁讓多莉為之驚訝。

最初的一剎那，她覺得安娜騎馬有點不成體統。在多莉看來，女人騎馬是同年輕輕浮、賣弄風情分不開的，因此就安娜的處境來說，騎馬是不合適的。可當她在近處仔細端詳著安娜的時候，她立馬就覺得安娜的行為沒什麼不妥。安娜的風度、服飾和舉止不僅很優美，還顯得非常沉靜、高貴，顯得更自然了。

和安娜並肩而行的維斯洛夫斯基，還是戴著那頂裝飾著絲帶的蘇格蘭帽子，他騎著一匹烈性灰色軍馬，往前伸著兩條肥墩墩的腿，好像是在自我欣賞；一認出是他，達里婭不由得愉快地微笑起來。在他們身後騎著馬走的是沃倫斯基。他騎著一匹顯然已經馳騁得上了勁兒的深色棗紅純種馬。他正緊緊拽住轠繩勒住牠。

跟在他後邊的是一個穿馬夫衣服的小個子，也騎著馬。斯維亞日斯基和公爵小姐一起坐在那輛套著一匹大青馬的簇新的輕便二輪馬車上，正跟在騎馬的人們後面。

安娜一認出那輛舊馬車角落裡蜷縮著的瘦小的人是多莉，頓時笑逐顏開。她尖叫一聲，身子在馬鞍上抖動了一下，催馬奔馳起來。她跑到馬車前面，來不及等別人扶著就跳下馬來，接著提起長騎裝，朝著多莉跑過來。

「我一直這麼希望，又怕這是癡心妄想。嘿，我太高興了！你真無法想像我有多麼高興！」安娜一面說，一面把臉貼住多莉的臉，一會兒又離開一點兒距離，笑瞇瞇地打量著她。

「阿列克謝，真是件愉快的事呀！」她回過頭來看著已經下馬向他們走來的沃倫斯基說。

沃倫斯基摘下灰色的高禮帽，向多莉走過來。

「您可能想像不出您的到來令我們覺得多麼開心。」他露出兩排整齊的白牙笑著說，特別加重了語氣。

維斯洛夫斯基並沒下馬，只摘下帽子向客人致意，興高采烈地在頭上揮動帽子的飄帶。

「這位是瓦爾瓦拉公爵小姐。」等輕便二輪馬車來到旁邊，安娜看到多莉問詢的眼光回答說。

「噢！」達里婭說，禁不住露出不快的神情。

瓦爾瓦拉公爵小姐是她丈夫的姑媽，多莉早就認識她，但是看不起她。多莉知道，這位老小姐一輩子都在有錢的親戚家裡當食客；可現在她居然住在沃倫斯基家，住在和她毫不相干的陌生人家裡，這讓多莉為丈夫有這種親戚而感覺到莫大的恥辱。

安娜意識到多莉的面部表情，覺得很不好意思，她漲紅了臉，手裡提著的長騎裝滑落下去，而且還在長騎裝上絆了一跤。

達里婭走到已經停下來的輕便二輪馬車前面，淡淡地和瓦爾瓦拉公爵小姐打了個招呼，也認識了斯維亞日斯基。斯維亞日斯基迅速打量了一下那幾匹拼湊起來的雜牌馬和那輛擋泥板打過補丁的老爺馬車，就邀請太太們改坐他的敞篷馬車。

「我來坐這輛破爛馬車吧，」他說，「馬很老實，何況公爵小姐也駕駛得十分高明。」

「不，您還是坐在原處，」安娜走過來說，「我們去坐那輛舊的馬車。」說完她挽住多莉的一隻胳膊，把她拉走了。

達里婭看著從未見過的高雅輕便馬車，這幾匹雄赳赳的駿馬和周圍這些雅致而容光煥發的面孔，不禁眼花繚亂，但最使她驚奇的還是她熟悉而喜愛的安娜身上發生的變化。

要是別的女人，一個眼光不那麼敏銳、以前不認識安娜尤其是沒有思考過達里婭在路上所想的那些問題的女人，根本不會看出安娜身上有哪些不同的地方。現在有一種轉瞬即逝的美讓多莉覺得很吃驚，這種美只有在熱戀時期的女人身上才會有，可她卻在安娜的臉上看到了。一切都在她的臉上表現出來：雙頰和下巴上分明的酒窩，嘴唇的優美線條，蕩漾在整個臉部的笑意，眼睛裡閃爍的光芒，動作的優美和靈活，說話聲音的甜美圓潤，甚至她在嬌嗔地回答維斯洛夫斯基懇請時的姿態，都顯得十分令人神魂顛倒。看來她也知道這點，並因此覺得非常快樂。

兩個女人上了馬車後，突然都覺得很不自在。安娜不好意思，是因為多莉用專注疑問的目光打量著她；多莉卻是由於聽了斯維亞日斯基那句批評這輛破車的話後，不禁為安娜和她一起坐這輛又髒又破的馬車而覺得慚愧。

車夫菲力普和事務員也有類似的心情。為了掩飾自己的窘相，事務員急忙扶著女士們上車，可是車夫菲力浦仍悶悶不樂，決心不因別人的車子外表華麗而低聲下氣，決不在別人明顯優越的氣派跟前服輸。他瞟了一眼那匹青馬，心裡已經清楚，那匹套在輕便二輪馬車上的黑馬只能用來散步，在炎熱的天氣裡一下子是跑不了四十俄里路的。他嘲諷地冷笑了一聲。

農民們都從大車旁邊站起來，驚奇而又快活地看著迎接客人的情景，還在紛紛議論著。

「他們也很高興啊，很久沒見面了。」那個用樹皮繩纏頭髮的鬈髮老人說。

「喂，格拉西姆大叔，假如讓那匹大青馬來拉麥捆，幹起活兒來一定會很快！」

「咳，看哪！那個穿馬褲的是女人嗎？」他們中的一人指著騎在女用馬鞍上的維斯洛夫斯基說。

「不，是個男人。看，他上馬的動作多靈活啊！」

「唉，小夥子們，看來我們不能歇晌了吧？」

「還有什麼時間睡覺！」老人斜著眼瞅了一下太陽說，「看，晌午都已經過去了！拿起鉤鐮，去幹活兒吧！」

# chapter 18 本來面目

安娜望著多莉消瘦、憔悴、皺紋裡落滿灰塵的臉，本想照直說，多莉瘦了，但一想到她自己卻變得更美麗迷人，多莉的眼神好像也這麼對她說，她便歎了一口氣，說起了自己的事情。

「你在看著我，」她說，「一定在想，我現在這樣的處境，是否覺得幸福？怎麼說呢！說出來真有點不好意思，我……我實在太幸福了。我遇到了一件難以理解的奇事，就像做了一場大夢，夢中的情形讓人膽戰心驚，可一下子醒來了，覺得這些恐怖的事根本不存在。我夢醒了。我經歷了一件傷心恐懼的事，可現在，特別是我們到這兒以後，早就覺得幸福得不得了！」她臉上帶著害羞的微笑，詢問地注視著多莉說。

「我真是太高興了！」多莉笑著說，語氣不禁變得冷淡了些，「我真為你高興。你為什麼不給我寫信？」

「為什麼？……因為我不敢寫呀……你忘了我所處的境況……」

「給我寫信你不敢嗎？要是你知道我多麼……我認為……」

達里婭打算說說今天清晨的那些想法，可不知道為什麼，現在卻覺得這樣做彷彿不適宜。「哦，這是些什麼建築物？」多莉想改變話題，就指著刺槐和丁香構成的天然籬笆後面紅綠相間的屋頂問道，「簡直就像是一座小城市呀。」

可是安娜沒有回答她的問題。「不，不！你對我的境況有何看法，你是如何看的，如何想的？」她問。

「我覺得……」達里婭剛要張口說下去，可維斯洛夫斯基騎著學會先邁右腿奔馳的那匹矮腳馬，穿著短皮外套的胖大身軀砰砰地碰撞著女用馬鞍上的麂皮，從她們身旁疾馳而過。「行了，安娜．阿爾卡季耶夫娜！」他大聲叫喊。

安娜幾乎看都沒看他一眼，可是多莉覺得在馬車裡不便長談，便長話短說了。「我沒任何意見，」她說，「我一直喜歡你，**要是喜歡一個人，就喜歡他那保持本來面目的整個人，而不是喜歡脫離實際像我希望的那樣的人。**」

安娜不再看朋友的臉，她瞇著眼睛，沉思起來，想完全弄明白這話的意思。接著，顯然按照自己的想法領會了，她就瞥了多莉一眼。「即使你說得不對，」她說，「也會因為你的到來和說的這番話而得到原諒。」

多莉看到她眼裡湧滿了淚水。她默不作聲地握緊安娜的手。

「這些房屋到底用來幹什麼？怎麼這麼多！」沉默了一會兒之後，她又舊話重提。

「這是僕人的住房、養馬場和馬廄，」安娜回答，「從這裡開始是花園。原來全荒蕪了，現在阿列克謝把一切都修葺一新，又重新恢復起來了。他十分喜歡這座莊園，而且我怎麼也沒想到，他竟然十分陶醉於經營農業。確實，這是一種很高的天分！不管幹什麼事，他都能幹得很出色。他不僅不覺得無味，還幹得很帶勁兒。我理解他是個怎樣的人，他成了一位聰明能幹的好莊園主，他在農事方面確實很會精打細算。可也僅僅是在農業方面。遇到幾萬盧布進出的事，他倒不會打算盤了。」安娜說時臉上流露出得意而調皮的微笑，女人們談到只有她們才瞭解的自己愛人的特點時，往往會流露出這種表情。「你看到這幢大樓了嗎？這是一座新的醫院。我看這要值十萬多盧布。這是他的得意之作。你知道為什麼要建立這座醫院嗎？當時好像是農民們要他把牧場廉價賣給他們，他卻不肯答應，我就責怪他小氣。可是也不只是為這一件事，各方面的原因結合在一起，他就開始修建這座醫院，你要知道，這是為了證明他並不小氣。說實在的，這些都是小事；可我卻因此而更加愛他。啊，你馬上就會看見住宅了。這還是祖父手裡傳下來的房子，外表一點也沒有變。」

「真漂亮呀！」多莉望著聳立在花園中綠蔭蔽天的古樹叢中帶圓柱的美麗住宅，露出情不自禁的驚訝目光，讚歎道。

「它很漂亮，是不是？從房子裡往外看，從樓上往下看，景色更美不勝收。」

她們的馬車駛進了鋪滿石子、有百花環繞的院子，在蓋了頂的大門口停下。院子裡有兩個人正在用各種形狀的多孔石頭建造花壇，花壇裡的土已經翻新了。

「哦，他們早就到了！」安娜望著剛從台階旁牽走的坐騎說。「這匹馬很好，你說是嗎？這是匹矮腳馬。我挺喜歡。牽到這邊來吧，給我拿些糖塊來。伯爵在哪兒呢？」她問兩個從正門跑過來的衣著講究的僕人。「哦，他來了！」看到從房裡出來迎接她的沃倫斯基和維斯洛夫斯基，她說道。

「您把公爵夫人安排在哪兒？」沃倫斯基用法語問安娜，不等她回答，他又一次和達里婭打招呼，這次還吻了一下她的手，「我看就安排在能通往涼台的大房間裡吧？」

「噢，不，太遠了！還是住拐角的那間，我們倆見面方便些。哦，我們走吧。」安娜一邊說一邊把僕人拿來的糖餵給心愛的馬吃。

「您忘記您的責任了。」她對走到台階上的維斯洛夫斯基說。

「對不起，我的責任有滿滿幾口袋呢。」他把手伸到西裝背心的兜裡，笑瞇瞇地回答。

「可是您來得太遲了。」她說，用手絹擦拭餵馬吃糖時被馬舔過的手。

接著，安娜轉過身子對多莉說：「你多住段時間吧？只住一天那可不行！」

「我是那樣說好的，孩子們也……」多莉說，感覺很尷尬，她得到馬車上取手提包，而且她知道自己風塵僕僕。

「不，多莉，我的好多莉……那麼，咱們瞧著辦好了。咱們去吧，去吧。」安娜說著把多莉領到她的房裡。

這個房間並不是沃倫斯基說的那個講究的大房間，而是安娜說過的、叫多莉湊合著住的那個房間。但就連這個房間也十分豪華，多莉從來沒有住過這樣的房子，她覺得這如同國外最講究的旅館。

「哦，親愛的，我真高興啊！」安娜還穿著她那件長騎裝，挨著多莉坐了一會兒，接著說道，「和我說說你家裡人的情況吧。我的寶貝塔尼婭怎麼樣了？我想她已經長成個大女孩了吧？」

「是，很大了。」達里婭簡單地答道，並為自己竟然這麼冷淡地回答有關自己孩子事情的問題而覺得驚訝。「我們在列文家裡過得很愉快。」她補充了一句。

「哎喲，要是我知道你並沒有看不起我……」安娜說，「你們都到我們這兒來住吧。斯季瓦本來就是阿列克謝交情很好的老朋友。」她加了一句，立馬漲紅了臉。

「是啊，可是我們這樣過得也還好……」多莉不知所措地回答說。

「也是，我只是高興地瞎說說。總之，我的好多莉，見到你我太高興了！」安娜一面說，一面又吻她，「你還沒有告訴我，你對我有什麼想法，我什麼都想知道。我太高興了，你會看到我原本的面目是什麼樣子。我最不喜歡人家以為我想表明什麼。我什麼都不想表明，我只是想生活；誰也不想傷害誰，除了自己。我有權這樣做，是不是？可是，這事不是三言兩語就說得完的，我們以後再慢慢談吧。現在我要去換衣服，再派一個女僕來伺候你。」

chapter 19

# 藏在心裡的一切

只剩下達里婭一個人了，她就以主婦的眼光仔細打量這個房間。

她來到這座房子，從房子裡面走過，此刻又回到這個房間。她目睹的一切都給她留下富麗堂皇和充滿現代歐洲奢侈生活的印象。

這種氣派她只在英國小說中領略過，她在俄國和鄉村裡還從未見過。從新式的法國糊牆紙到整個房間滿鋪的地毯，一切都是高雅新穎的。床上有著彈簧床墊，擺著各式各樣的靠墊和套著綢緞枕套的小巧可愛的枕頭。大理石的臉盆架、梳粧檯、臥榻、寫字台、壁爐上的青銅鐘、羅紗窗帷和門簾，一切都是高雅而貴重的。

那個梳著新潮髮式、穿著比多莉還時髦的漂亮女傭，也像房裡的一切那樣豪華而氣派。多莉對她的彬彬有禮、整齊清潔和殷勤周到都很滿意，但同她在一起又覺得侷促不安，不好意思讓她看到她那件打過補丁的短襖。她在家裡曾以那些補丁和織補過的地方為豪，可現在卻十分羞愧。很顯然，在家裡縫製六件短上衣需要六十五戈比一俄尺的棉布，總計二十四俄尺，總共要花十五盧布以上，花邊和手工還不包括在內，所以她把這十五盧布都節省下來。也許她在女傭面前感覺的倒不一定是羞愧，而是不舒服。

達里婭看到以前就認識的安努什卡走進房裡，多莉覺得輕鬆多了。女主人把那個講究穿戴的侍女召回去，安努什卡就待在達里婭房裡。

顯然，安努什卡對這位夫人的到來感到十分高興，不停地跟她說話。多莉發現，她很想就女主人的處境，特別是伯爵對她的愛情和忠心發表意見，但她剛開口說這件事時，多莉就想方設法打斷了她。

「我是和安娜·阿爾卡季耶夫娜一起長大的，她是我最珍視的人。當然，這事不是我們能斷定的。可是，他們看起來好像確實愛得那麼……」

「要是可以的話，請你把這些東西拿去洗一洗吧。」達里婭打斷了她要說的話。

「是，夫人！我們這兒有兩個專門洗衣服的女工，不過被單那種大東西要用機器洗。伯爵親自過問一切事情。多好的丈夫呀！」

安娜進來看她了，所以安努什卡的嘮叨告一段落，這讓多莉感覺十分高興。

安娜換了一件十分簡單的細麻紗布連衣裙。多莉仔細看了看這件簡單的連衣裙。她知道這種簡單的韻味，也明白要花多大的代價才能達到這種效果。

「這是我的一個老朋友。」安娜指著安努什卡說。

這時安娜已不再覺得侷促不安了。她落落大方，鎮定自若。多莉看到，她現在已完全克服了由於她來臨而產生的激動，說話客客氣氣、從容不迫，讓人覺得通往她的感情和內心世界的大門彷彿已經封鎖了。

「哦，安娜，你的女兒怎樣啊？」多莉問。

「安妮嗎?(她這樣稱呼自己的女兒安娜)好了，完全復元了。你想看看她嗎?咱們去吧，我陪你去看她。為了保姆的事，真是傷透腦筋了。人倒不錯，就是笨得很!我們打算辭退她，可小孩子和她在一起習慣了，我們也不得不留下她。」

「你們到底是如何安排的?」多莉原本是想問小女孩跟誰姓的事，但發覺安娜突然皺起眉頭，就改變話題，「你們是怎樣……已經給她斷奶了嗎?」

可安娜卻已經理解了她的意思。「這個不是你想問的吧?你想問她的姓吧?不是嗎?這件事讓阿列克謝很傷腦筋。她沒有姓。也就是說她還是姓卡列寧。」安娜說，眼睛眯縫起來，只看得到合攏的睫毛。「但是，」猛然間她又容光煥發，「這事兒我們還是以後再說吧。來，我要帶你看看她。這孩子可愛極了。她已經會爬了。」

整個房子的窮奢極侈已使多莉驚異，而兒童室裡的豪華景象更令她咂舌。那兒有從英國定做的童車，有學步用的器械，有專門做得像彈子檯子那樣的、用來給嬰兒爬行的長沙發，有兒童搖籃，還有特意做的簇新的澡盆。這一切全都是英國貨，氣派講究，顯然非常貴重。房間寬敞、高大，並且十分亮堂。

她們走進房間裡，小女孩穿著一件襯衣，坐在桌旁的小扶手椅上，正在喝肉湯。她衣服的前襟全被湯濕透了。那個專門照顧孩子的俄國侍女，一面餵給她吃，一面顯然也在分享她的食物。奶媽和保姆都不在那裡，她們在隔壁的房間，從那裡傳來她們用奇腔怪調說話的聲音，只有用這種彆腳的法語她們才能表達彼此的意思。

聽到安娜的聲音，一個衣著時髦、個子很高、長得並不多漂亮的侍女急忙走進門來。她臉上現出不愉快的神色和放蕩的表情，立刻為自己辯解，雖然安娜根本沒有責怪她什麼。安娜每說一句話，英國女人就急忙地連聲說好幾次：「是，夫人。」

這個黑眉毛、黑頭髮的小女孩面色紅潤，健壯的、粉紅色的小身子上皮膚繃得緊緊的。儘管她看見陌生人時神情很冷峻，達里婭還是喜歡得不得了，甚至有點兒嫉妒小女孩健康的樣子。這個小女孩爬行的姿勢也令她很高興。她的孩子們中就沒有一個是這樣爬行的。當別人把這個小女孩放在地毯上，從後面把她的小衣服塞起來的時候，她更是可愛極了。她好像一隻小動物，用那雙烏黑發亮的眼睛打量著大人，顯然對人家欣賞她感到高興，笑瞇瞇地伸出兩隻腳，整個後身快速地一縱，兩手又向前面爬了一步。

可是達里婭有點兒不喜歡這裡的氣氛，特別是那個英國女人。為什麼像安娜這樣知人善用的人竟會雇用這樣一個不可愛不穩重的英國女人？此外，多莉從幾句話裡立刻聽出，安娜、奶媽、保姆和嬰兒彼此都很少在一起，母親也很少來兒童室。安娜想要給小女孩拿一件玩具，可沒有找到。最讓人吃驚的是，問她長了幾顆牙時，安娜居然答錯了，她竟不知道小女孩近來又長了兩顆牙。

「我有時心裡很難過，我在這裡好像一個多餘的人，」安娜一面說，一面走出兒童室，「和生第一個孩子完全不同。」

「我覺得恰恰相反。」達里婭怯生生地說。

「不！你要明白，我看到過他，看到過謝廖沙，」安娜一面說，一面瞇著眼睛，彷彿在凝視遠處什麼東西，「不過，這事我們以後再談。你真不會相信，我像個餓得要命的人，面前突然擺了一桌豐盛可口的飯菜，可一下子卻不知道該先吃哪一道菜好。這桌豐盛的飯菜就是你與我將要進行的那場談話，之前我不會和任何人進行這場談話；我真不知該先從哪兒說起才好。我決不會放過你的，我一定要把藏在心裡的一切都吐露出來。」

「對了，應該把你在我們這裡可能遇到的一些人的情況向你大體介紹一下，」她接著說道，「先從女士開始吧。瓦爾瓦拉公爵小姐，你認識她，我也明白你與斯季瓦是如何看她的。斯季瓦說，她整個人生的主要目標就是要證明自己比卡捷琳娜・帕夫洛夫娜姑媽高明；這說的確是實話；不過她心腸很好，我也對她十分感激。在彼得堡，我有過一段時間很需要一個女伴。就在這時，我遇見了她。說實在的，她心地很好。在當時的處境下，她使我大大減輕了痛苦。我看，你是不會理解我當時的處境有多麼痛苦……在彼得堡……」

她又說，「在這兒，我十分寧靜幸福。哦，這個回頭再說。還是再談談另外幾個人。接著是斯維亞日斯基，他是我們的首席貴族，也是非常不錯的人，但他有些地方有求於阿列克謝。你知道，現在當我們搬到農村居住以後，阿列克謝依靠他的家產會產生很大影響。再就是圖什克維奇，你認識他，他過去和貝特西形影不離。現在他被甩了，所以他就來我們家了。這人正如阿列克謝所講的，要是人家把他當成他們想裝成的那種人，他就顯得十分討人喜歡，何況，他很規矩，就像瓦爾瓦拉公爵小姐所說的那樣。然後就是維斯洛夫斯基……這個人你認識。一個很惹人喜愛的小夥子。」

她說，一個詭異的微笑讓她的嘴唇噘了起來，「列文做的什麼荒唐事？維斯洛夫斯基對阿列克謝說了一下，我們幾乎不敢相信，他這人倒是很天真可愛。」

她還是帶著詭異的微笑說，「男人需要消遣，阿列克謝也需要交遊，因此我很看重這幫人。我要把我們這兒變得既有意思又快活，免得阿列克謝見異思遷。再就是，你會看見我們的管家。他是德

chapter 20

# 明白

「公爵小姐，看，這就是您十分想見的多莉。」安娜領著達里婭來到石頭砌成的大涼台上說，瓦爾瓦拉公爵小姐正坐在涼台陰影裡的一張繡花架後面，在為阿列克謝・基里洛維奇伯爵繡沙發套。「她說在午飯之前不需要任何東西，請您吩咐人吃早飯吧，我去找一下阿列克謝，把他們全都帶到這兒來。」

瓦爾瓦拉公爵小姐以保護人的身分熱情地招待多莉，但多少有點長輩的架子。她一見面就向多莉解釋，她住在安娜這裡，是因為她一直比她那位撫養過安娜的姐姐卡捷琳娜・帕夫洛夫娜更喜歡安娜，並且現在，大家都不搭理安娜，她覺得自己有難以推脫的責任在這最煎熬的過渡時期幫助她。

「等她丈夫同意離婚了，我就回去過隱居生活，但現在我還有用，我要盡自己的責任，不管這事有多困難，我可不像別人。你真是惹人愛呀，你來看安娜，來得多是時候呀！他們過得簡直就像是一對十分美滿的夫妻；以後判決他們的是上帝，而不是我們。難道比留佐夫斯基和阿文耶娃……尼坎德羅夫，瓦西里耶夫和瑪莫諾娃，還有麗莎・涅普圖諾娃……難道就沒人說過他們的壞話嗎？結果大家還是好好對待他們。並且，這是一個幸福體面的家庭。完全按照英國生活方式，早飯在一起吃，吃完早飯各人做各人的事！午飯之前，每個人愛做什麼就做什麼。晚上七點開飯。斯季瓦讓你來，這事做得很正確。沃倫斯基很需要他們的支持。你知道，他通過他母親和哥哥什麼都能辦得到。並且他們正在做很多好事。他沒有告訴你他那座醫院的事嗎？真是太好了！所有設備都是從巴黎買來的。」

安娜在彈子房裡找到了那些男人，把他們帶到陽台上，這樣就把瓦爾瓦拉公爵小姐同多莉的談話打斷了。距離吃午飯還有好長時間，天氣晴朗，所以大家提了幾種不同的方法來消遣剩下的兩個鐘頭。在沃茲德維任斯科耶，娛樂的辦法很多，並且全都和波克羅夫斯克不同。

「我們來一場草地網球吧！」維斯洛夫斯基笑瞇瞇地提議說，「我再和您合夥，安娜．阿爾卡季耶夫娜。」

「不，天氣那麼熱；還不如到花園裡去散散步，划划船，讓多莉觀賞一下兩岸風光。」沃倫斯基建議說。

「隨便。」斯維亞日斯基說。

「我覺得，多莉最愛散步，是嗎？以後再去划船。」安娜說。

因此事情就這樣決定下來了。維斯洛夫斯基和圖什克維奇朝著浴場走去了，他們說好在那兒準備船隻等著他們。

安娜和斯維亞日斯基，多莉和沃倫斯基，這兩對人順著小徑向前走去。多莉身處一個陌生環境，多少有點拘束。理論上，她對安娜的行為不僅諒解，而且贊成。正如那幫對因循守舊的道德生活覺得厭煩而在美德方面無可指責的女人一樣，從遠方旁觀她的時候不僅會寬恕，甚至還會妒羨這種非法的愛情。更何況她是打心眼兒裡喜歡安娜的。但是在實際生活中，多莉看到安娜置身於這樣一群她感到格格不入的人中間，看到她自己感到新奇的那種時髦風尚，覺得很不是滋味。特別是她很不高興看見瓦爾瓦拉公爵小姐，因為這位老小姐居然為了過舒適的生活而饒恕他們的行為。

總之，遠離實際的時候，多莉贊成安娜的所作所為，可是看見安娜為此如此做人時，她就感覺不高興。何況，她向來都不喜歡沃倫斯基。她認為他高傲自大，除了財富，也看不到他有一點可以自豪的地方。然而，事與願違，他在這兒，在自己家裡的時候，要比過去更加令人望而生畏，所以她無法和他從容相處。和他在一起，她有一種像女僕看見她打著補丁的小掛子而感受到的那種心情。女僕看見補丁不僅令她覺得羞澀，還感到不安，同他在一起，她不但一直為自己感到羞愧，還覺得侷促不安。

多莉覺得很彆扭，竭力尋找話題。她認為他這樣高傲的人，未必愛聽人家對他的住宅和花園的讚揚。儘管這樣，由於找不出別的話題，她還是告訴他，她很喜歡他的房子。

「是的，這是一座十分漂亮的建築，式樣典雅氣派。」他說。

「我很喜歡台階前的那個庭院。以前就是這個樣子嗎？」

「不！」他非常興奮，臉上大放光彩，說，「要是您今年春季見過這個院落就好了！」

接著，他便越來越眉飛色舞地引她注意房子和花園裡的種種裝飾品。顯然他在裝飾美化住宅上花了不少心血，因此沃倫斯基覺得非得在來客面前誇耀一番，他對達里婭的稱讚從心坎裡覺得高興。

「如果您願意參觀一下醫院，而且又不累的話，路不遠，我們去看看吧。」他說，然後看了看她的臉色，以確定她確實不覺得厭煩。「你來不來，安娜？」他對安娜說。

「我們一起去。好不好？」她對斯維亞日斯基說，「但不能讓可憐的維斯洛夫斯基和圖什克維奇在船上等太久。應該派人通知他們。是的，這是他在這兒立的一塊紀念碑。」安娜對多莉說，臉上帶著她之前談到醫院時所流露出的那種滿足的、詭秘的微笑。

「噢，真是件了不起的大事！」斯維亞日斯基說。可為了讓人不覺得他是在恭維沃倫斯基，他馬上補充了一句稍微帶點兒批判意味的話。「可是我很奇怪，伯爵，」他說，「您在老百姓的衛生工作方面做了不少事情，可為什麼對學校如此不關心呢？」

「如今辦學校沒什麼稀奇了。」沃倫斯基用法語說，「您要明白，問題不在這裡，主要是我對辦醫院太感興趣了。上醫院從這兒走。」他指著林蔭路那邊的出口，對達里婭說。

女士們撐開遮陽傘，拐到小徑上。轉了幾個彎，穿過一道柵欄門，多莉看見前面高地上聳立著一座即將竣工的式樣別致的紅色大建築物。還未上漆的鐵皮房頂在燦爛陽光的照耀下放射著刺眼的光芒。大樓旁邊正在建另外一座樓，四周環繞著鷹架，身上繫著圍裙的工人們站在鷹架上砌著，用桶子舀灰漿，用抹灰刀抹灰。

「您這裡的工程進展得太快了！」斯維亞日斯基說，「我上次來，屋頂還沒有蓋好呢。」

「秋天到來之前將全部竣工。裡面基本上都裝修妥當了。」安娜說。

「這幢新建築物做什麼用呢？」

「那是醫生的診療室與藥房。」沃倫斯基答道，看到身穿短外套的建築師正向他走來，他便向女士們說了聲「失陪」，然後迎著建築師走過去。

繞過工人們正在攪拌灰漿的大坑，他和建築師同時停住了腳步，開始快活地談論著某事。

「山牆還是太低。」他如此回答向他詢問的安娜。

「我曾說過應該把地基打得高些。」安娜說。

「是啊，那麼做當然更好些，安娜・阿爾卡季耶夫娜，」建築師說，「可是已經沒有時間了。」

「是啊，我對此事很感興趣，」安娜對斯維亞日斯基說，他對安娜在建築方面的知識表示驚訝，「新建築必須合乎醫院的要求。它是事後想出來要建的，毫無準備就開工了。」

和建築師談完話以後，沃倫斯基返回女士們這邊，把她們領進醫院。

儘管外邊的簷板還沒做完，底層還在油漆地板，樓上差不多已完工了。他們沿著寬大的鐵樓梯上去，走進第一個大房間。牆壁用灰泥做成大理石花紋，高大的玻璃窗已裝好，只有鑲花地板還沒弄完。正在製作鑲花地板的細木工們停下手裡的工作，解下紮頭髮的髮帶，向老爺們鞠躬致敬。

「這裡是候診室，」沃倫斯基說，「這裡將擺一張寫字台、一張普通的桌子和一個立櫃，其他也就不放什麼了。」

「請來這邊吧，我們從這邊走過去吧。你別靠窗子太近。」安娜說，伸手摸摸油漆是否乾了。「阿列克謝，油漆已乾了。」她又說。

他們從候診室來到走廊。沃倫斯基在這兒指給他們看了看先進的新式通風系統。然後他領大家看大理石浴室和安有特種彈簧的病床。隨著又逐一參觀了病房、儲藏室、洗衣室，觀看了新式鍋爐，然後又看了運送物品的無聲手推車，以及其他許多東西。斯維亞日斯基像精通所有新式設備的內行人，對一切都讚歎不已。多莉看到這些從未見過的東西覺得非常驚奇，什麼都渴望知道，因此詳細地打聽一切，這倒讓沃倫斯基很得意。

「是啊，我覺得這將是俄國獨一無二的一座設備齊全的醫院。」斯維亞日斯基說。

「您這裡設婦產科嗎？」多莉問，「鄉村裡十分需要。我經常……」

沃倫斯基毫無顧忌地打斷了她的話。「這又不是產院，這是醫院呀！專門治療除了傳染病以外的各種疾病。」他說，「噢，您瞧瞧這個……」他把一張剛買到的為恢復期的病人用的輪椅拉到達里婭面前說。「您看看吧。」他坐到輪椅上，動手開動輪椅，「病人不能走路，身體還很弱，或者腿有毛病，但他需要呼吸清新空氣，坐著這種輪椅。他就可以出去轉轉……」

達里婭對這一切都非常感興趣，不管什麼她都非常喜歡，可是，她最喜歡的還是沃倫斯基本人，喜歡他這份單純、自然的熱情。「是的，這是一個挺好、挺可愛的人。」她有時沒有聽他說話，而是望著他，琢磨他的表情，設身處地替安娜考慮，同時心裡這樣想。她十分喜歡他現在這種興高采烈的模樣，她明白了安娜為什麼會愛上他。

chapter 21

# 沃倫斯基的痛苦

「不，我想公爵夫人一定很累了，她對馬也不會有興趣的。」沃倫斯基對安娜說，她建議去養馬場，斯維亞日斯基想到那裡觀賞一匹新的種馬。「你們去吧，我陪著公爵夫人回家去，我們聊一聊。」他說。「要是您願意的話。」他對多莉說。

「我十分願意，我對馬一竅不通呢。」達里婭說，覺得有些驚詫，她覺得他有什麼事要她幫忙。她沒有猜錯。他們剛一穿過柵門回到花園裡，他就朝安娜走的方向看了一眼，確定她聽不見也看不見他們，他才開口了。「您猜到我想跟您談什麼嗎？」他笑瞇瞇地望著多莉說，「我沒有猜錯，您是安娜的朋友。」他摘下帽子，用手帕拭了拭漸漸禿了頂的頭。

達里婭一言不發，只是怯生生地望了望他。當她跟他單獨在一起時，她忽然感到害怕：他的帶著笑意的眼睛和嚴峻的表情把她嚇慌了。

猜測他打算說什麼的各種各樣的想像劃過她的腦海：「他會要我帶著孩子到他們家來住一陣，那我只好謝絕了；也可能是要我在莫斯科為安娜搞一個社交圈子……要麼就是有關維斯洛夫斯基和他與安娜的關係？也可能是有關基蒂的事，他感覺問心有愧？」她猜想到的一切都是令人不快的，然而，她卻沒有猜中他實際上想要談的。

「您對安娜有那麼大的影響，她那麼喜歡您，」他說，「請您幫我個忙吧！」

達里婭帶著怯生生的、詢問的神情注視著他那容光煥發的面孔，這張臉時而被菩提樹瀉下的陽光全部照亮，時而部分照亮，時而又被陰影遮住。她等著他繼續說下去，可是他默不作聲地跟在她身邊走著，還邊走邊用手杖戳著沙石礫。

「既然您來看望我們，在安娜以前的朋友中只有您（我不把瓦爾瓦拉公爵小姐算在內），那我就明白，並不是因為您認為我們的處境正常，而是因為您明白這種處境的痛苦，您仍然那麼愛她，很想幫助她。我這樣理解您，對嗎？」他問，側過頭看了她一眼。

「噢，是的！」多莉答道，收攏了她的遮陽傘，「可是……」

「不，」他打斷她的話，沒意識到他把對方放到尷尬的境況，他忽然停住腳步，所以她也不得不停下來，「誰也沒有我對安娜處境的困難體會得深。只要您把我看成是有良心的人，您就會明白這點。她這種處境是我造成的，因此我深有體會。」

「我理解。」達里婭說，不禁歎賞起他說這話時那種真誠而堅定的態度。「可是正因為您認為是您造成的，不過，想必您是言過其實了。」她說，「她在社交界的地位是尷尬的，這我很明白。」

「在社交界簡直是地獄！」他愁眉緊鎖，脫口說出來，「她在彼得堡兩個星期，精神上所受的折磨，簡直難以想像……我請您相信我說的話。」

「是的，可在這裡，只要您……無論您，還是安娜，都不覺得需要社交界的話……」

「社交界！」他蔑視地說，「我要社交界幹什麼？」

「到現在為止——也許永久如此——你們是美滿寧靜的。我從安娜身上看得出來，她幸福，非常幸福，她已經對我說過了。」達里婭笑著說，情不自禁的，一邊說著這話，一邊又質疑安娜是不是真正幸福。

然而，沃倫斯基看上去，對此卻毫不懷疑。

「是的，是的，」他說，「我知道她飽經痛苦後又恢復平靜了。她是幸福的，真正幸福的。可是我呢？……我擔心我們的前途……對不起，您想走了嗎？」

「不，怎麼都行。」

「那麼，好吧，我們坐在這裡吧。」

達里婭坐在花園林蔭路拐彎處的椅子上。他站在她面前。「我知道她是幸福的，」他接著說，可達里婭懷疑安娜是否真正幸福的念頭越來越強烈了。

「這種狀況能不能持續下去？至於我們做得對不對，這是另外一個問題。不過如今木已成舟。」他說，從俄語改為了法語。「我們是一生的伴侶。我們是由我們認為最神聖的愛情結合起來的。我們有個孩子，我們以後可能還會有更多的孩子。然而法律和我們的處境是不相容的，以至於它們之間發生了無數的糾紛，可在目前，當她剛剛經歷過各種苦難恢復過來的時候，她沒有注意到，並且也不想去注意。這當然是可以理解的。但是我卻不能不注意，我的女兒，在法律上卻不是我的女兒，而是卡列寧的女兒。我受不了這樣的捉弄！」他說，做了一個十足的否定的手勢，帶著一副憂鬱的詢問神情注視著達里婭。

她沒有回答，只是看著他。他接著說下去：「有一天也許會生兒子，我的兒子，他既不能用我的姓，也不能繼承我的財產。不論我們在家裡多麼幸福，不論我們有多少孩子，我同他們都沒有關係。他們都是卡列寧的。您想想這種處境多令人苦惱，多可怕！我試著和安娜談過，可這惹得她生氣，她不明白我對這些問題的擔憂。反過來想想，我擁有她的愛情覺得很幸福，可我也需要事業。我找到了這種事業，我為它感到驕傲，並認為它比我之前的那些宮廷和軍隊裡的同僚所從事的事業崇高得多。無疑我不會拿我的事業去同他們的事業交換。我在家鄉安家，在這裡工作，我感到幸福，滿足；就幸福而言，我們已別無所需了。我熱愛我的工作。倒並非沒有更合適的事做，反之……」

達里婭察覺到，在這一點上他的解釋有些含糊其詞了，她不明白他為什麼把話岔開，但她感到，既然談起不能同安娜談的心事，他一定會把事情和盤托出。比如他在鄉村裡的工作問題，就如同他和安娜的關係一樣，都是屬於那一類的心事範疇的。

「哦，我接著說吧，」他說，定了定神，「主要的問題是，當我工作的時候，必須有一種信念，就是我的事業不會隨著我死去，我將有繼承人，可是現在我沒有。你就想想這個人的處境：他之前就知道他和他所熱愛的女人生的孩子不是他的，而是屬於別人的，屬於一個厭惡他們的、毫不關心他們的人的！這多可怕啊！」

他停了下來，顯然是太激動了。

「是的，當然，這個我理解。可是安娜有什麼辦法呢？」多莉問。

「是的，這就讓我談到正題上去了，」他接著說下去，竭力使自己鎮定下來，「安娜是有辦法的，這事先在她……就算請求皇上恩准我立嗣，也必須先辦理離婚手續。而這事全在安娜。她的丈夫本來同意離婚，您的丈夫當時也做了安排。我知道他現在也不會拒絕解決這個問題。只要給他寫封信就可以了。當時他回答得很俐落，說要是她表明了這種願望，他就照辦。當然囉，」他面帶愁容地說，「這種法利賽人的殘酷行為，只有無情的人才幹得出來。他知道，一想到他就會引起她很大的痛苦，他理解這一點，所以非要她寫一封信不可。我知道這對她來說是痛苦的，可是辦理離婚手續太重要了，因此非克服這樣的感情不可。這件事情關係到安娜和她孩子們的幸福。我不說我自己，儘管我也很苦，苦得很呢，」他臉上帶著一副怪異的神情，好像他正在威脅一個讓他痛苦的人，「因此，您看，公爵夫人，我不怕難為情，像抓住救生圈那樣把您抓住了。請您幫助我，叫她寫一封信給他，要求離婚！」

「是的，當然可以。」達里婭面帶沉思地說，清清楚楚地回想起她同卡列寧最後一次會見。「是的，當然可以。」她想起了安娜，堅定地重複道。

「憑藉您對她的影響，讓她寫一封信。我幾乎不能跟她提這事。」

「好的，我和她談談。可是她為什麼沒想到呢？」達里婭說，不明白為什麼她忽然回想起安娜瞇縫著眼的怪異的新習慣。她也想到，安娜總是在接觸到她的私生活問題時瞇縫起眼睛。「她瞇縫起眼睛，彷彿不願看到生活的全貌。」多莉心裡這樣想。

「肯定的，為了我自己和她，我也要和她談談。」達里婭為了答覆他所表示的感謝這麼說。

他們站起身來，朝著宅邸走去。

chapter 22

# 奢華場面

安娜看到已經回來的多莉，仔細看了看她的眼睛，好像是在詢問她和沃倫斯基談了些什麼，可又沒有開口問出來。

「估計該吃午飯了，」她說，「我們還沒好好談過呢。我希望晚上能談談。現在該去換衣服了。我想你也該換一換。在建築工地上，弄得身上髒兮兮的。」

多莉向自己的屋子走去，她覺得很好笑。她沒有要換的衣服，她已經把自己最漂亮的那套服裝穿在身上了，但為了表示她對去吃晚餐有所準備，她叫侍女把衣服刷乾淨，換了一副袖口和蝴蝶結，頭上繫了一條花邊帶子。

「我能做的僅此而已。」她笑瞇瞇地對換了第三套十分素雅的衣服進來看她的安娜說。

「是呀，我們這兒太講究禮節了，」她彷彿在為自己穿的一身盛裝表示抱歉，「阿列克謝因你的到來感到十分高興，這種事在他身上很難得。他確實很喜歡你。」她加了一句說，「你不累嗎？」

午餐前沒時間談論什麼了。她們走入客廳，瓦爾瓦拉公爵小姐和幾位穿起黑色長禮服的男人早就在那兒等著了。建築師身上穿的是一件燕尾服。沃倫斯基給女客人介紹了醫生和管家。他在醫院裡已經介紹過建築師了。

管事圓滾的臉刮得閃閃發亮，繫著漿得筆挺的雪白領帶，進來通報晚餐已準備好了，女士們都站起身來。沃倫斯基讓斯維亞日斯基挽住安娜一起進去，自己卻走到多莉的面前。維斯洛夫斯基搶在圖什克維奇前面把胳膊伸給了瓦爾瓦拉公爵小姐，因此，圖什克維奇只好和管家、醫生一起走。

午餐，包括飯廳、餐具、僕人、酒和飯菜和這所房子的整體現代豪華氣派非常相配，或者說似乎更奢侈、更時髦。達里婭看著這種她從未見過的奢華場面，儘管她不希望把所見所聞的所有排場都聯想到自己家裡，因為這種奢華的氣派遠遠超出了她的生活水準，但她作為一家之婦，還是禁不住想知道各種細節，她心裡覺得納悶，這一切到底是誰安排的，又是如何佈置的呢？維斯洛夫斯基、她的丈夫，以及斯維亞日斯基和她所認識的很多人，都從未想過這些事，他們只是粗淺地以為，凡是講究禮節的主人總是希望客人覺得，他家裡安排得如此完美，並沒費什麼力氣，而是本來就有的。但是多莉知道，即使孩子們當早餐吃的粥也不是天上掉下來的，因此像這樣複雜而排場的家庭生活，一定有某個人在苦心安排。從阿列克謝打量餐桌的神情、向管事點頭致意的動作，以及讓她挑選冷湯或者熱湯的姿態，她知道這一切都是這位男主人親自完成的。安娜在這上面花的心思遠不如沃倫斯基多。她和斯維亞日斯基、公爵小姐以及維斯洛夫斯基都是客人，都只愉快地享受所有準備好的一切。

只有在照顧聊天上，安娜才是女主人。這種人數不多的宴會，有男管家和建築師這樣身分不同的人參加，他們面對這種叫人眼花繚亂的豪華氣派竭力裝得大方，但在大家的談話中卻又插不上幾句嘴，照顧聊天對女主人而言是很不容易的。可是，就像達里婭所發現的那樣，安娜憑藉她慣常的隨機應變的聰明機智，靈活自如，甚至是其樂融融地勝任了這場困難的談話。話題轉到了圖什克維奇和維斯洛夫斯基兩個人去划船的那個問題上，於是圖什克維奇談論起彼得堡帆艇俱樂部新近舉行的一次划船比賽的情形。安娜等到談話一停頓下來，便立馬向建築師轉過頭去說起話來，以便把他從沉默中拉出來。

「尼古拉．伊萬諾維奇十分驚訝，」她談到的是斯維亞日斯基，「自從他上次來到這裡後，新的建築工程進展很快。我天天都到那裡去，對工程進展的速度總是感到吃驚。」

「和伯爵大人一起做事很順利，」建築師微笑著說，「這可不像與省政府裡的人打交道。在那些地方辦一件事要寫大堆大堆的公文，在這裡我只需要向伯爵請示，隻言片語就能商量好。」

「美國式。」斯維亞日斯基帶著微笑說。

「對，先生，那裡蓋房子都是合理化的……」

談話轉到美國濫用權力的問題，但安娜立刻又轉移話題，讓管家有機會說話。

「你見過收割機嗎？」她問達里婭，「遇到你時，我們剛去看過收割機了。我也是第一次見呢。」

「那收割機是如何收割的呢？」多莉問道。

「簡直就像把大剪刀。有一塊板帶著很多小剪刀。喏，就像這樣的。」

安娜用她那雙戴著戒指的纖纖玉指拿起了刀和叉，比畫起來。她顯然看出自己的講解誰也聽不懂，但知道她講得很動聽，她的手又美，因此繼續講下去。

「倒不如說像很多鉛筆刀呢。」維斯洛夫斯基一直注視著她，湊趣說道。

安娜微微地笑了笑，卻沒回答他。「卡爾．費多雷奇，是像剪刀一樣嗎？」她問管家。

「是的，」德國人答道，「這個簡單得很。」接著開始講解機器是如何構成的。

「可惜它無法打捆。我在維也納展覽會上見過一台機器能用鐵絲捆紮麥子，」斯維亞日斯基說，「那些機器用起來更便捷。」

「一切都要看……必須把鉛絲的價格計算一下。」剛才說話的那個德國人對沃倫斯基說，「這是算得出來的。」德國人已經把手伸進衣兜裡去掏計算用的筆記本和鉛筆，可突然想起自己正在餐桌上，並且又察覺到沃倫斯基那冷漠的眼神，所以就沒有掏。「太複雜了，一定會有許多麻煩的。」他歸結說。

「誰想要賺錢，就不要怕麻煩。」維斯洛夫斯基和那個德國人開玩笑說。「我真喜歡德國話。」他又面帶開玩笑的微笑對安娜說。

「得了吧。」她半開玩笑地對他說。

「我們還以為會在田野裡碰上您呢，瓦西里・謝苗內奇，」她對無精打采的醫生說，「您到過那兒嗎？」

「去過，但又溜了。」醫生用憂鬱的戲謔口吻回答。

「那麼，您做了一次很有意思的散步。」

「有意思得很！」

「哦，那位老太婆身體如何？但願不是傷寒吧？」

「不一定是傷寒，但病情惡化了。」

「太可憐了！」安娜說，她就這樣對客人做到了應盡的禮節，然後轉過身來和朋友們說話。

「安娜・阿爾卡季耶夫娜，照您所說的，機器可是難以製造的。」斯維亞日斯基開玩笑說。

「不會的，怎麼難了？」安娜說話時面帶微笑，表示她知道，自己在描繪機器的構造時，有一些可愛之處已經讓斯維亞日斯基發現了。她這種年輕人嬌裡嬌氣的語調讓多莉覺得很不舒服。

「不過，在建築這方面，安娜．阿爾卡季耶夫娜的見識確實很了不起。」圖什克維奇說。

「當然了，我昨天聽到安娜．阿爾卡季耶夫娜談到防潮層和護牆板呢，」維斯洛夫斯基說，「我說得對不對？」

「這根本沒什麼了不起的，只要見多了、聽多了就明白了，」安娜說，「您恐怕連房子是用什麼造的都不知道吧？」

達里婭注意到，自己對安娜說話時所用的那種調情的口吻很不喜歡，但她又不得不落到這種腔調中。

在這件事上，沃倫斯基的做法卻和列文的截然相反。顯然，他對維斯洛夫斯基的閒扯並不在意，甚至還在鼓勵他開這種玩笑。

「那您倒是說說看，維斯洛夫斯基，石頭是如何砌起來的？」

「不用說，是用水泥啊。」

「不錯！那水泥又是什麼呢？」

「那是一種很像稀泥……不對，是像灰泥的東西。」維斯洛夫斯基說，惹得眾人轟然大笑。

除了沉默寡言的醫生、建築師以及管家外，餐桌上其他的人都在滔滔不絕地說著話，時而天南地北，海闊天空；時而抓住一點，爭論不休；時而嘲弄揶揄，挖苦某人。達里婭的傷痛被觸及過一次，非常惱怒，事後甚至都記不得自己當時有沒有說過什麼傷和氣的不恰當的話。斯維亞日斯基說到了列文，講述了列文認為機器對俄國經濟有害的謬論。

「我還無緣認識這位列文先生，」沃倫斯基微微一笑說，「但是他恐怕從來也沒有見過他所斥責的那種機器吧。就算他見過，也試用過，那也一定是俄國造的蹩腳貨，那還算得上什麼見解呢？」

「總之，這是土耳其人的看法。」維斯洛夫斯基臉上帶著嘲諷的笑意對安娜說。

「我無法為他的看法辯解，」多莉氣得滿臉通紅說，「但我可以說，他是個很有學問的人。要是他在這兒，他一定知道怎樣回答你們，可是我說不出。」

「我很喜歡他，我們是好友，」斯維亞日斯基帶著溫和寬厚的微笑說，「不過恕我直言，他這個人多少有點奇怪。比如說，他堅決認為，地方自治局和調解法院都是不必要的，所以他不肯參與。」

「這就是我們俄國人的冷淡態度，」沃倫斯基邊說邊把玻璃瓶中的冷水向一個雅致的高腳玻璃杯裡倒去，「沒有感覺到我們的權力加在我們身上的義務，因此否定這些義務。」

「我不知道還有誰比他更盡職盡責。」達里婭說，她被沃倫斯基那種自以為是的口吻惹怒了。

「而我呢，恰恰相反，」沃倫斯基接著說，他顯然不知達里婭在這場談話的什麼地方被刺痛了，「我呢，恰恰相反，就像你們所看到的這樣，十分感激大家賦予我的那種榮幸，多虧有尼古拉・伊萬諾維奇，我才被選作名譽調解法官。我認為出席地方自治會和調解農民的馬匹糾紛，同我所擔任的其他工作同樣重要。要是選我正式當地方自治會議員，我會認為這是一種榮譽。我只有這樣來償還我這個地主所享受到的那些榮幸。不幸的是許多人並不理解大地主在國家裡所應有的作用。」

聽他這樣自以為是地在自家的餐桌上議論，達里婭感覺非常納悶。她回想起來，持有相反意見的列文在自家的餐桌上對自己的看法也是同樣過分自信的。但是，她很喜歡列文，所以就維護他。

「那麼，伯爵，我們盼望您光臨下一次大會。」斯維亞日斯基說，「可一定要早些動身，好在八點之前到達那裡。您能否賞個臉到我家歇宿呢？」

「我倒是有點同意你妹夫的看法，」安娜說，「只是不像他那樣激烈，」她笑瞇瞇地說下去，「恐怕，最近我們的公共義務很多。像以前那樣，有很多的官員，凡事都要有一位當官的在場，現在一切事情都得有社會活動家參與。阿列克謝在這兒才待了半年，好像就已經當上五或六個不同社會團體的委員了——監督官、調解法官、議員、陪審員，還擔任著照看馬的什麼委員。照這樣生活下去，所有時間都要耗在這上面。我覺得，這類事情非常繁多，也許是流於形式了。尼古拉．伊萬諾維奇，您擔任了多少職務？」她問斯維亞日斯基，「我猜得有二十多個吧？」

安娜用的是嘲諷的口吻，但從她那語氣裡辨別出她已經惱怒了。正在仔細觀察著安娜和沃倫斯基的達里婭立馬就意識到了這一點。她還察覺到，提到這些事的時候，沃倫斯基的臉上馬上就浮現出了嚴肅而又頑固的神情，還察覺到瓦爾瓦拉公爵小姐為了改變話題，慌忙談起彼得堡的熟人來，又想起了沃倫斯基在花園中不明確地談到自己的社會活動的情形，她頓時明白了，安娜同沃倫斯基私底下的一次爭執是和社會活動有關的。

飯菜、酒類、餐具，一切都很講究，但一切也同多莉在她已好久沒有參加的同類宴會和舞會上看到過的那樣，千篇一律，而且使人神經緊張。因此，在這個平常的場合中，在這個小小的圈子裡，這一切都給她留下了很不舒服的印象。

午餐之後，大家在陽台上坐了一會兒後開始打網球。球員分成兩組，分別站在壓得十分平整的槌球場上，中間的網掛在金色的柱子上。達里婭原本也想試著打一會兒，但是好長時間弄不懂應該怎樣打。而當她搞懂的時候，卻已經疲倦了，只好坐在瓦爾瓦拉公爵小姐身旁和她一起光看別人打球了。這時她的對手圖什克維奇也累得不行了，而其他的人卻又玩了很久。斯維亞日斯基和沃倫斯基兩人都打得非常出色，並且非常認真。他們很機警地盯著向他們打過來的球，並不心慌，只是麻利地跑上去，等球一跳起來就使用球拍恰到好處而又準確地把它打回去。這裡面維斯洛夫斯基打得最不好。他太急躁，但他的快樂心情卻鼓舞了所有打球的人。他的笑聲和叫聲沒有停過。他也像其他男人一樣，徵得了女士們的許可，脫去上裝。他那掩蓋在白襯衫下的魁偉而漂亮的身體，濕淋淋的、紅撲撲的臉膛以及急促的動作給人們留下了深刻的印象。

當天晚上，達里婭在上床就寢的時候，剛一閉上眼睛，腦海中就映現出在槌球場地上東奔西竄的維斯洛夫斯基的身影。

白天打網球時，達里婭就感覺到有些不高興。她非常厭惡維斯洛夫斯基與安娜之間在打球時仍然保持著那種一個勁兒調情的態度，也不喜歡孩子們不在時成年人玩孩子遊戲的那種彆扭勁兒。不過，為了不掃別人的興，消磨時間，她休息了一會兒，又參加打球，並且裝出興致勃勃的樣子。

在這一整天裡，她一直認為她是與一些比她高明的演員在同台演戲，可由於她那笨拙的表演敗壞了整場好戲。她原本還有個想法，假如習慣在這兒住的話，她就在這多住兩天。但到了當天傍晚，就是在打網球的時候，她已經拿定主意第二天就離開。她一路上曾經十分痛恨的那種折磨人的母親的掛念心情，可是現在，就在她剛剛清靜了一天之後，卻又以完全不同的情形展現在她的眼前，這讓她更加牽掛著家。

用過晚茶之後，在夜裡時他們又去划船。最後，達里婭獨自一人走進自己的房間，脫掉衣服，坐下來準備睡覺，梳著自己稀稀拉拉的頭髮，到這時她才感覺如釋重負。想到安娜一會兒要來看她，她甚至感到不愉快。她很想獨自想想心事。

chapter 23

# 遙遠的距離

當安娜穿著睡衣走進來的時候，多莉已經打算要躺下睡了。

一整天安娜幾次想談談自己的心事，但每次總是只談了幾句就不談了，只說：「等以後就只有我們兩個人的時候再說吧。我有許多的話要跟你說哩。」

這會兒就剩她們兩個人了，安娜卻不知道說什麼好。她坐在窗口，望著多莉，腦子裡拚命搜索著原以為傾吐不完的知心話，現在卻什麼都找不著了。這時感覺彷彿一切都談過了。

「哎，基蒂還好嗎？」她沉重地歎了口氣，用愧疚的神情望著多莉說，「請你跟我說實話，多莉，她還生我的氣嗎？」

「生氣？怎麼會呢。」達里婭笑了笑說。

「那她厭惡我，鄙視我嗎？」

「不會的！可你知道的，這種事幾乎是不可饒恕的。」

「是啊，是啊，」安娜轉過身去，望著敞開的窗子，說，「可是我沒有錯。那麼是誰的錯呢？錯在哪裡？難道有另外的情況出現嗎？難道會變樣嗎？哦，你會怎樣看呢？如果不讓你做斯季瓦的妻子可以嗎？」

「說心裡話，我並不知道應該怎樣對你說。可這就是我想讓你與我談……」

「是的，是的，但是，不過基蒂的事我們還沒有談完。她現在幸福嗎？聽說列文這人挺好的。」

「只是說他非常不錯是遠遠不夠的。我從來沒有遇到過比他還要好的人。」

「哦，那我覺得開心極了！真的，我太開心了！說他非常不錯是不夠的。」她又重複了一遍。

多莉微笑著：「那麼，你給我說說你自己吧。我要同你好好地談一談。我已經同……」多莉不知道應該怎樣稱呼沃倫斯基。她既不方便稱他為伯爵，也不能稱他為阿列克謝．基里洛維奇。

「我知道的，」安娜說，「你已經和阿列克謝談過話了。可是我想坦誠地問一下，你對於我、對於我現在所過的日子到底是怎樣看的？」

「冷不防的，你讓我怎麼能夠說得出來呢？我現在的確說不上來。」

「不，你還是對我說說……你現在看到我的生活了。不過，你不要忘記，你是在夏天來看望我們的。而你來這兒的時候，這裡並不止我們二人……但是，我們兩人是在開春的時候過來這邊的，當時是我們兩個人一起生活，今後也是只有兩個人，我實際上別無所求。但是，你想像一下，在沒有他的時候，我就是孤獨的一個人，這種情況將來一定會有的……我從各方面看得出，這種情況今後會常常發生，他會有一半時間不在家。」她說著站起身來，坐得更挨近多莉一些。

「當然，」多莉想勸勸安娜，可是安娜卻打斷她，說，「當然，我不會勉強把他留在家裡，我不會拖住他。如今賽馬，他的馬要參賽，他都可以去。當然我也很高興。但是，你替我考慮一下，思考一下我的處境……唉，和你談這個幹什麼！」她笑了一下，「那麼他到底與你談過什麼呢？」

「他和我談了我正想要問起的事，因此我很容易就成為他的辯護人。談的就是，是否可以，是否可以……」達里婭說話吞吞吐吐的，「補救、改善你的處境……你知道我是怎麼看的……不過，還是那句話，要是可能，你們應該結婚……」

「就是應該離婚？」安娜說，「你知道嗎，在彼得堡，唯一來看望過我的女人是貝特西・特威爾斯卡婭，當然你也是認識她的，其實她是一個最放蕩的女人，她與圖什克維奇有關係，用最卑鄙的方式欺騙丈夫。可是她居然對我說，要是我這不合法的地位不改變，她就不願理我。你千萬別認為我是拿她和你相比……我很瞭解你，我的親愛的。我是不由自主地就記起來了……好吧，他到底和你談的什麼？」她重複問道。

「他說，他因為你同時也因為自己非常痛苦。你也許會說，這是自私自利，但這樣的自私自利是合理合法的，是高尚的！他首先要使他的女兒合法化，他要你做他的妻子，並且要有愛你的合法權。」

「我是什麼妻子啊，不過是一個奴隸，也許像我這種狀況，只能做一個無條件的奴隸吧？」她滿面愁容地打斷了說話的多莉。

「重要的是他希望……希望你別痛苦。」

「不可能！還有嗎？」

「哦，最合情合理的一個希望就是，他希望你們的孩子有個合法的姓。」

「什麼孩子們啊？」安娜不看多莉，卻瞇縫著眼睛說。

「安妮，還有以後的孩子們。」

「這一點他可以放心，我再也不會有孩子了。」

「你怎麼說不要了呢？」

「不要了，我不想要。」儘管安娜十分激動，可看到多莉臉上流露出的驚詫、怪異和恐懼的純真神情後，她還是禁不住笑了。

「是醫生在我患病之後對我說的。」

「不會的！」多莉睜大眼睛說。

對她來說，這是一個十分重大的發現，最初一剎那，她只覺得無法完全理解，感覺這事需要反覆思索。

這個發現讓她忽然間明白了她之前一直不理解的事——就是為什麼有的家庭只生一兩個孩子。這個發現還引起她許多思想和感情上的矛盾，弄得她一句話也說不出，只是用瞪大了的眼睛驚詫地注視著安娜。這正是她剛才在路上所想過的事，可現在，知道這樣的事是可能的，她卻又感覺害怕了。她覺得，對於如此複雜的問題解決得真是太簡單了。

「這樣是不是不道德？」沉默了半晌，她勉強說出這一句。

「怎麼是不道德的呢？你想想，我只能二者擇一：或者懷孕，也就是害病；或者做我丈夫——事實上他等於丈夫——的朋友和伴侶。」安娜故意用放蕩的語調說。

「是啊，是啊。」達里婭說，聽著她自己也曾用過的那些理由，卻覺得不如過去有說服力。

「至於你，還有其他人，」安娜說，好像在琢磨她的心思，「也許還有懷疑，可是對我來說……你要知道，我不是他的妻子，他高興愛我多久就愛我多久。那麼，我如何把他的愛情留下來呢？就靠這種方法嗎？」她把兩隻白皙的手放在肚皮上面。

正如她一貫激動的時候那樣，達里婭的腦子裡猛然間快得出奇地湧上各種念頭。「我，」她心想，「無法吸引斯季瓦；他拋棄我去追求別人，讓他背叛我的第一個女人雖然一直嫵媚且風流，卻也沒能拴住他。他丟下了那個女人，又勾搭上另外一個。難道安娜靠這種方式真能把沃倫斯基伯爵拴住，把他抓牢嗎？如果他追求的是這個，那他總有一天會找到打扮更漂亮、風度更迷人的女人。不管她那雙裸露的手臂多白多美，她那豐滿的身段多麼好看，無論在她黑髮的襯托下紅潤的臉蛋兒多麼俏麗，他仍然會找到更好的女人，就像我那個可惡、可憐又可愛的丈夫。」

多莉一句話也沒說，只是歎了一口氣。安娜發覺這聲歎息是表示不同意，便繼續說下去。她心裡有不少論據，並且說服力大得令人無法辯駁。

「你覺得這麼做不好嗎？可必須得好好考慮，」她接著說，「你忘記我的處境了。我怎麼能希望再有孩子呢？我倒不是說痛苦，痛苦我不怕。請你想想，我的孩子將成為什麼樣的人呢？將會成為頂著外人姓氏的可憐孩子。他們會一生下來就因為母親、父親、自己的出身而覺得低人一等。」

「可正是因為這個，才更應該離婚啊！」

然而安娜並不聽她的話。安娜很希望把曾經不止一次地說服自己的那些理由和盤托出。

「如果我不運用我的智慧給世界少生幾個不幸的人，那麼上帝為何要賜予我頭腦呢？」她看看多莉，沒等她回答，又接著說，「我將永遠覺得有罪，如果沒有他們，也就不會有他們的不幸；假如他們不幸，那這只能怪我一個人。」

這也正是達里婭自己借用過的論證，然而現在她卻絲毫聽不懂。「怎麼能對根本不存在的生命愧疚呢？」她心想。現在她心裡突然產生一個想法：要是她的寶貝兒子格里沙沒有出生，那對他來說，情況是否會好一些呢？她覺得這個問題實在太荒唐、太怪誕了，就搖搖頭，想把這個叫人暈頭轉向的狂想驅除掉。「不，我說不好，這樣不對頭。」她帶著厭惡的神情說。

「是的，可是你別忘了，你是誰，我又是誰……此外，」儘管自己的理由很多，多莉的十分匱乏，可安娜還是覺得這麼做不對，所以她補充道，「你別忘了最重要的一點，那就是我現在的處境和你不同。至於你，問題只是，你是否想再要更多的孩子，至於我，那卻是我是否想要孩子。這可是天壤之別。要明白，我現在的處境是不會有這種希望的。」

達里婭默不作聲。她突然間覺得，她同安娜之間的距離是那麼遙遠，對有些問題的看法永遠不會統一，還是不談為好。

chapter 24

# 安娜的痛苦

「那麼，假如有可能的話，那就更需要使你的處境合法化了。」多莉說。

「是的，假如有可能的話。」安娜突然用一種截然不同的、溫和而淒愴的語氣說。

「難道離婚不行嗎？聽說你丈夫毫無異議。」

「多莉！我不想談論這件事。」

「那我們就別談了，」達里婭意識到安娜露出了痛苦的表情，慌忙說，「我只覺得你看問題太悲觀了。」

「我一點兒都不悲觀。我感覺很愉快、很滿意。你也見到了，還有人在追求我呢，維斯洛夫斯基……」

「是的，可說心裡話，我不喜歡維斯洛夫斯基的行為。」達里婭說，她想轉換一個話題。

「哦，根本就沒這回事！他是讓阿列克謝高興，沒有別的意思；其實他還是個孩子，完全掌握在我手裡。老實說，我可以隨意擺佈他。他等於你的格里沙……多莉！」她一下子離了題，「你說我看事情過於悲觀。你不懂，這太可怕了，我竭力不看。」

「可我覺得還是應該看，一定要盡力而為。」

「但是，到底有哪些事能做到呢？什麼都沒有。你說我應該嫁給阿列克謝，我不考慮這個問題？」安娜重複說，臉漲得通紅。她站起身來，挺起胸脯，長歎一聲，邁開輕盈的步子，在房間裡走來走去，偶爾停一下。「我不考慮嗎？我無時無刻不在考慮這件事，我還在為自己想這些事而責怪自己……因為一想這件事就會把人逼瘋。把人逼瘋呀，」她接著說道，「一想到這件事，我沒有嗎啡就睡不著覺。好了，咱們平心靜氣地談談。人們要我離婚。第一，他是不會同意我離的。他現在聽利季婭·伊萬諾夫娜伯爵夫人的話。」

達里婭挺直身板坐在椅子上，臉上帶著悲痛的憐憫神情，搖了搖頭，望著踱來踱去的安娜。

「可以試試呀。」她低聲說道。

「就算我去試一試，可這意味著什麼呢？」安娜說出了顯然反覆想過千百遍、可以背誦出來的想法。「這就說明了，雖然我恨他，可還是承認自己有愧於他，並且把他看作一個寬厚仁慈的人，所以我要低三下四地給他寫信……好，就算我硬著頭皮這樣辦了。那我可能會收到一封侮辱性的回信，也許收到一封答應離婚的回信。好吧，再假如我接到答應離婚的回信……」安娜此刻已經走到屋子的末端，停下來玩弄著窗帷，「我獲得了同意，可是兒……兒子呢？要知道他們是不肯把他給我的。要知道他將在被我拋棄的他的父親家裡長大，將來會看不起我。你要明白，我好像同時愛著他們倆，同時愛著謝廖沙和阿列克謝，並且超過對自己的愛。」

她來到屋子中間，兩手使勁地按住胸口，在多莉的面前停下來。她身上穿著潔白的睡衣，看起來顯得格外高大。她低下頭，皺著眉，用淚光閃閃的眼睛望著那激動得渾身哆嗦、穿著打過補丁的短襖、戴著睡帽的瘦小可憐的多莉。

「我愛的就只有這兩個人，可他們卻不能共存。我無法把他們聯結起來，但那一點卻正是我唯一的希望。要是這一點做不到，一切也就都無所謂了。反正隨便怎樣都會了結的，正因為這樣我不能也不喜歡談這件事。因此，你就別非難我了。心地善良的你無法理解我所遭受的所有痛苦。」她走了過去，靠著多莉的身邊坐下來，帶著歉疚的神情緊緊地盯著她的臉，拉著她的一隻手。

「你有什麼想法？你對我有什麼看法？你可別歧視我。我不該受到歧視。我真是一個不幸的人。要是有人覺得不幸，那這個人肯定是我了。」她說完這話就扭過頭去，背對多莉哭了。

屋裡只剩自己時，多莉向上帝做完祈禱，接著就躺在了床上。在和安娜交談的時候，她從心底裡同情安娜；然而此刻，她不管怎樣也無法去想安娜的事了。對家庭和孩子的思念，在她心上縈回，顯得特別迷人，特別清新、亮麗。這會兒，她覺得她的小天地是那麼寶貴，那麼可愛，使得她無論如何也不想再在外面多逗留一天，她決定明天一定要走。

這時安娜已經回到自己的書房，端著一只高腳玻璃酒杯，向裡面倒了幾滴主要成分是嗎啡的藥水。她喝完了之後，又默默地坐了一會兒，然後才懷著平靜、快樂的心情向寢室走去。

她走進寢室，沃倫斯基仔細地打量了她一番。他從她的臉上尋找談話的痕跡，因為他知道她在多莉房裡待了這麼久，她們一定談過話了。然而，她的表情既激動又矜持，彷彿是有所隱諱，所以他什麼也沒有找到，只看到他已經看慣了的仍然令他神魂顛倒的美貌，並且還覺得，她也知道自己的美貌，並希望它能打動他。他不打算問她，她們談過什麼，可期望她會說點兒什麼。但她只是說：「我很高興你喜歡多莉。不是嗎？」

「你知道，我早就認識她。她心腸好，但有點庸俗。我很歡迎她來這兒。」

他抓著安娜的一隻手，用探詢的眼光盯著她的眼睛。

她對他的眼神另有理解，便對他嫣然一笑。第二天早上，儘管主人竭力挽留，達里婭還是決定走。列文的車夫身穿一件舊外衣，頭戴一頂郵差式的車夫帽，駕馭著幾匹參差不齊、毛色不一的馬，悶悶不樂、動作堅決地來到了鋪滿沙子的、有門廊的門口。

多莉覺得同瓦爾瓦拉公爵小姐和那些男人告別很不愉快。待了一天，她也好，主人們也好，都覺得他們合不來，不如不見面的好。只有安娜一人感到很傷心。她知道，只要多莉一走，就再也不會有人來喚起這次見面在她心中所產生的翻騰不止的感情了。喚起這些感情對她來說是非常痛苦的，但她知道，這是她心裡最美好的成分，而這種成分將在她的生活中迅速地淹沒。

坐車來到田野上，達里婭馬上體驗到一種快活輕鬆的感覺，因此她打算問問僕人，他們是否喜歡沃倫斯基家。不料車夫菲力普突然說起來：「他們只給了我們三斗燕麥。天沒亮就被馬吃得精光。三斗燕麥頂什麼用？只能塞牙齒縫。現在的燕麥客棧老闆才賣四十五戈比一俄斗。在我們那裡肯定是馬願意吃多少就餵多少。」

「一位吝嗇的老爺。」事務員附和道。

「哦，你喜歡他們家的那些馬嗎？」多莉問。

「馬啊，那倒沒說的。伙食也不錯。可是我覺得怪悶氣的，我不知道您覺得怎麼樣。」他把他那俊秀溫和的面孔轉過來，問道。

「我也感覺如此。天黑之前能到家嗎？」

「肯定能趕到。」

回到家中看到所有的人都平平安安，特別可親，便有聲有色地給家裡人講起這次旅行的經過，他們怎樣熱情接待她，說沃倫斯基家的高雅和豪華的氣派，又說了他們的娛樂活動，誰都不說他們的一句壞話。

「應該多瞭解安娜和沃倫斯基，現在我對他瞭解得更深刻了，只有這樣才明白他們有多可愛，又有多感人。」她現在真心誠意地說，忘記了她在那兒所體會到的那種莫名的不滿和不自在。

# chapter 25 情網束縛

沃倫斯基和安娜的境況依然如故，也沒有採取任何措施來解決安娜的離婚問題，他們就這樣在鄉下住了一個夏天和部分秋天。他們決定哪兒也不去。可他們兩個越是孤獨地生活著——尤其是秋天沒有客人的時候——就越感覺受不了這種生活，必須有所改變才行。

他們的生活彷彿十分美滿了：有足夠的財產，有健康的身體，有孩子，各人都有自己的活動。沒有客人來，安娜照樣修飾打扮，並且大量閱讀圖書，都是流行的小說和論著。只要是他們收到的外國報紙雜誌所推薦的書籍，她都訂購了，並且以那種只有在孤寂時才會有的全神貫注來閱讀。她也研究與沃倫斯基所從事的事業有關的書籍和專業性書籍，所以他經常來向她請教有關農業、建築，有時甚至是關於養馬或者運動的問題。她的知識和記憶力令他大為震驚，開始他對她還持有懷疑，想要證實一下。於是她就在書裡翻出他所需要的那個段落，拿給他看。

她還對醫院的建築工程產生了莫大興趣。她不僅幫忙，甚至還親自安排和設計了好多事情。她生活的唯一目的就是不僅討他的歡心，而且為他效勞。沃倫斯基很欣賞她這一點，這變成了她唯一的生活目標——那就是不僅要博得他的歡心，還要曲意奉承他的那種願望；然而，他又很厭惡她想用來擒住他的情網。隨著時間的流逝，他越發經常地覺得自己為情網所束縛，也就越頻繁地渴望著，倒不一定是希望擺脫，而是希望試試這情網是否限制他的自由。要不是這種日漸增長的渴望自由的願望——不希望每次因為到城裡去開會或者去賽馬都要吵鬧一場——沃倫斯基肯定會十分滿意他的生活了。

他所選擇的角色，一個富裕地主的角色——俄羅斯貴族的核心應該由這個階級構成——不僅完全符合他的口味，現在他這樣度過的半年光景，給他帶來了無窮的樂趣。他的事業，逐漸佔有了他全部心思的事業，發展得非常好。雖然從瑞士引進的醫院裝備、機械、乳牛，還有其他很多項目，花費了他一大筆款項，可他仍相信他並沒有浪費，反倒增加了財富。只要關係到收入問題——木材、五穀和羊毛的銷售，或者土地的出租問題——沃倫斯基硬得像燧石一樣，絲毫不讓。不論在哪個田莊，凡是遇到數目較大的業務，他總是採用最穩當可靠的辦法，即使遇到進出不大的經濟問題，他也精打細算。儘管那個德國管理人用盡一切狡詐的手段，希望引誘他破費金錢，最初總把預算定得高於實際的需要，隨即又說經過一番深思熟慮覺得可以很容易使沃倫斯基相信的話，然而沃倫斯基卻從不聽從。他聽著管理人說，詳細問他，只有當訂購的或者建築的東西是最新式的，在俄國還是聞所未聞的，可以一鳴驚人的時候，他才同意。除此以外，只有當他手頭有餘款的時候，他才肯大筆支出，而在支出時更是精打細算，力爭一本萬利。因此從他經營業務上可以清楚地看出，他沒有浪費而是增加了財富。

十月，卡申省舉辦了貴族選舉大會，沃倫斯基、斯維亞日斯基、科茲內舍夫、奧布隆斯基和列文的一小部分田產都在這個省份。

由於各種原因，此次選舉大會也引起了社會上的關注。大家議論紛紛，積極籌備。莫斯科、彼得堡和國外的僑民，以前從未參加過選舉的，都聚集到這裡了。

沃倫斯基很早就答應過斯維亞日斯基，說他會出席的。

選舉之前，經常到沃茲德維任斯科耶來拜訪的斯維亞日斯基來邀請沃倫斯基了。

前一天，沃倫斯基和安娜因為這趟計畫中的旅行差點吵起來。這是秋天，是鄉下一年裡最煩悶無聊的時候，所以沃倫斯基做好了鬥爭的思想準備，用他從未有過的嚴厲、冷酷的語氣對安娜說他要走了。但是，使他感到驚奇的是，安娜聽到這個消息竟若無其事，只問他什麼時候回來。他仔細對她打量了一下，不明白她為什麼這樣泰然自若。她看到他的眼神只付之一笑。他知道她那套縮到內心深處不露聲色的本領，並且也知道她只有在暗中打定了什麼主意卻不告訴他的時候才會這樣。他恐懼起來，可他是如此渴望避免吵嘴，所以就裝出一副深信不疑的模樣，並且真有幾分信以為真，有點相信了他願意相信的事，也就是說，相信她明白道理。

「我想你不會感到無聊吧？」

「我認為不會的，」安娜答道，「我昨天收到戈蒂葉書店寄來的一箱書。不會的，我不會無聊的。」

「她能用這種口氣，那更好！」他暗自忖度，「否則，搞來搞去老是那套。」

所以，他沒有同她說個明白就分別了，這在他們同居以來還是第一次。這件事一方面打亂了他的心境，可另一方面又讓他覺得再好不過了。「剛開始，像現在這樣，是會有一些模模糊糊、遮遮掩掩的地方，可是久而久之她就習慣了。反正，我可以為她犧牲一切，可決不放棄我作為男子漢的獨立自主性。」他沉思。

chapter 26

# 選舉大會

九月裡，列文因為基蒂生產的事住到了莫斯科。在卡申省謝爾蓋有一片領地，因此也非常關心快要召開的選舉大會。當他打算去參加選舉時，列文已經在莫斯科待了一個月。他邀請在謝列茲涅夫縣享有選舉權的列文和他一起去。況且，列文原本要去卡申省處理重大事務——為他那位僑居國外的姐姐辦理一件有關託管領地以及收取押金的事情。

列文還是猶豫不決，但是基蒂看到他在莫斯科無聊，就勸他去，並且替他定做了一套價值八十盧布的貴族禮服。因此，買禮服花掉的八十盧布就成為迫使列文前去的主要原因。所以他動身前往卡申省。

列文在卡申省已經待了六天，每天去參加會議，還為姐姐那件不好辦的事情四處奔走。貴族領袖們都忙於選舉，連一件同託管有關的最簡單的事情也無法解決。另外一件事——收取土地押金，同樣遇到了困難。在經過好一陣折騰之後，禁令取消了，押金準備付了，但是，那個願意為人效勞的公證人卻無法簽發支票，因為上面一定得有主任的簽名蓋章，但主任沒有指定人代辦就忙著開會去了。四處奔走，和那些非常理解申請人的苦衷卻又無能為力的好心人交談，這一切全都白費力氣，這令列文覺得很難受，這種感覺彷彿在夢境之中，卻常產生無能為力的懊惱心情。當他在和自己那位心地善良的律師磋商時常常會產生這種感覺。這位律師彷彿已經用盡渾身解數，想讓列文從困境當中擺脫出來。「去試一試吧，」律師不斷說道，「到哪兒哪兒去試試吧。」接著，他就制訂出解決致命障礙的一個周全的計畫。但是，他隨即又會加上一句：「也許還會有人推三阻四，可還是去試試吧。」於是列文去試了，又是四處奔走。遇到的人個個和藹可親，可是避開的阻力最後又冒了出來，又妨礙了事情的解決。特別使人惱火的是，列文怎麼也不明白他在同誰衝突，他的事情遲遲得不到解決究竟對誰有利。這一點恐怕誰也不清楚，就連代理人都不知道。假如事情就像排隊去鐵路售票處買票那樣清楚，他也就不可能感到委屈和惱怒了。

然而，自從結婚以後，列文變化很大，現在他變得更有耐心了。每逢他不明白事情的原因時，就告誡自己，不瞭解情況不要隨便判斷，可能事情就是這樣，所以就竭力不動怒。

現在，在出席會議並參加大選時，他也竭力不指責、不爭辯，努力去理解他所尊敬的那些正直而高尚的人正在認真、熱情地從事的事情。結婚以後，列文發現許多重要的新事物，那些事物他以前由於態度輕率不加重視而忽略了。他目前感覺選舉這件事同樣如此，因而他在探尋它的重要意義。

謝爾蓋跟他解釋了在選舉中將會產生的改革的作用和重大意義。一個省的首席貴族按照法律要求掌握著那麼多異常重要的社會公共事業——託管（就是現在正跟列文為難的部門）、貴族的巨大基金、女子中學、男子中學、軍事學校、新實施的國民教育，最後一項是地方自治局。現在的首席貴族斯涅特科夫是一個十分保守的貴族氣質的人，揮霍完了自己豐厚的家產，但是論人品還是一個熱心腸的人，從某種角度來說也算是一個直率的人，可他對新時代的需求卻一竅不通。他事事堅持貴族立場，公然反對普及國民教育，並且使應該具有廣泛代表性的地方自治會受到階級局限。因此，必須選舉一位具有現代思想、精明能幹的新人來代替他，使事情辦得能從授予貴族的全部特權中取得可以獲得的自治利益。卡申省很富饒、先進，向來是各方面都走在其他省的前面，現在卡申省裡又聚集了一批頗為優秀的人物，因此這裡處理妥當的事就會作為各省甚至是全俄國的榜樣。因此，選舉這件事意義十分重大。大家猜測，在斯涅特科夫之後接任省首席貴族的要麼是斯維亞日斯基，要麼就是涅維多夫斯基，而後者要比前者更加有優勢，因為後者是一位退休了的教授，很是聰明，也是謝爾蓋非常好的朋友。

省長先是致辭宣佈開會，在講話中對貴族們說，選舉公職人員不能講情面，應該憑功績，憑為祖國造福的精神。希望卡申省的貴族能跟歷屆選舉一樣，忠實地完成自己的任務，不要辜負皇帝對他們的厚望與期待。

講完話後，省長就離開了大廳，貴族們鬧哄哄的、生氣勃勃的，有些人甚至歡天喜地地跟著他走出去。當他穿上外套同首席貴族親切交談的時候，團團圍在他的周圍。列文也想尋求究竟，什麼事情都不想錯過，所以也擠在人群裡。他聽見省長說：「請代我向瑪麗亞・伊萬諾夫娜轉告，我妻子需要去養老院，她今天不能前來，非常抱歉。」接著，貴族們都高高興興地穿起自己的大衣，紛紛坐車前往大教堂了。

在大教堂中，列文和大家一起舉起手來，跟著大祭司念濤詞，莊嚴地宣誓，願意執行省長的一切要求。宗教儀式對列文總是影響很大，所以就在他讀「我吻十字架」這句話，而且朝著也在說這句話的那老老少少的一群人環顧了一眼的時候，他覺得自己已經深深被感動了。

第二天和第三天討論貴族基金和女子中學的問題，這些事正像謝爾蓋說的，無關緊要。列文就四處奔走，去處理私事，沒有注意那些事。到第四天，稽查委員會在省會辦公桌旁審核省內公款。現在，新舊兩派第一次發生了衝突。受命審查公款的稽查委員會向大會報告說，公款一毫不少。省首席貴族站起身來，為貴族們的信任致謝，感動得落下淚來。貴族們大聲歡呼致敬，逐一和他握手。

可正在此時，謝爾蓋派的一個貴族說，他打探到消息說，稽查委員會並沒有審查帳目，他們把審查帳目視為傷害省首席貴族形象的行為。委員會裡有個成員魯莽地證實了這一點。然後，一個個子矮小、樣子年輕、說話尖刻的先生說，首席貴族本來很願意報告帳目，說明公款用途，可是由於委員會過分客氣，卻讓他失去了這種精神上的愉悅。所以，稽查委員會的委員們不承認自己的報告，於是謝爾蓋就有理有地證明說，他們必須承認：公款要麼是已審查過，要麼就沒有審查，並且繪聲繪色地為這兩個道理辯論一通。

反對派的一個很善言談的發言人站出來駁斥了謝爾蓋。接著是斯維亞日斯基講話，然後又是那位歹毒的先生發言。辯論了好久，也沒辯出個什麼結果。列文很震驚，這個問題他們居然還爭辯了那麼久，尤其是當他問謝爾蓋，他是否認為公款已經被私吞時，謝爾蓋竟然回答：「啊，不可能的！他是一個真誠正派的人。可是，這種掌管貴族事務的舊式家長制卻得改一改。」

第五天選舉各縣的首席貴族。這天有幾個縣裡特別熱鬧。在謝列茲涅夫縣，斯維亞日斯基被一致推選為首席貴族，所以當天晚上他家準備了酒席慶賀。

chapter 27

# 省級選舉

第六天舉行省級選舉。

大大小小的廳堂裡擠滿了穿著各式各樣制服的貴族。有許多人是為了這天的選舉特地趕來的。有的從克里米亞來，有的從彼得堡來，還有的從國外趕來，都在這些大廳裡見面了。省會辦公桌邊，皇帝的畫像下面，都在熱烈地討論著。

大小不一的廳堂裡的貴族們，三個一群，五個一夥，聚集在一起。人們一個個都面帶敵意和猜忌的神情，一有外人走近就緘口不言，更有甚者還跑到走廊的遠處去竊竊私語，種種跡象表明，各派都有各自的隱秘。從表面上來看，這些貴族明顯地分為兩類：老派和新派。老派絕大多數穿著鈕釦扣得很緊的老式貴族制服，腰佩寶劍，頭戴禮帽，或身著代表自己獨特身分的、獨具一格的海軍、騎兵或者步兵的制服。老派貴族制服式樣很老，帶有高聳的肩章，衣服又短又小，肩膀很窄，彷彿穿的人身體長高大了。新派貴族則穿著長腰身、寬肩膀的敞胸貴族制服，裡面襯著一條白背心，要麼就是穿著帶黑色領結、繡著司法部的桂樹枝[19]的制服。新派人群裡也零星分佈著身穿宮廷制服的人，他們給這些人群添加了無限光彩。

19. 司法部的標誌。

可是，僅僅憑年紀劃分派別並不合適。據列文觀察，有些年輕人屬於老派；反之，有些年紀很老的貴族卻在同斯維亞日斯基悄聲說話，他們顯然是新派的熱心支持者。

列文站在供大家吸煙、吃點心的那個小廳中，和同派的站在一邊，集中精力地聆聽他們說的話，竭力想明白一切，可徒勞無獲。謝爾蓋是個核心人物，那些人都圍著他。他此刻正在諦聽斯維亞日斯基和同派的另外一個縣裡的首席貴族赫柳斯托夫談話。赫柳斯托夫不打算和自己縣的人一起去推選斯涅特科夫當候選人，而斯維亞日斯基則正在勸他這麼做，謝爾蓋也贊同這種做法。列文不清楚，反對派怎麼要邀請他們願意落選的那個首席貴族去當候選人。奧布隆斯基剛吃了點東西，喝了點酒。用灑過香水的鑲邊麻紗手帕擦著嘴，走過來。

「我們已擺好了陣勢，」他摸著兩邊的絡腮鬍說道，「謝爾蓋！」

他仔細聽了一會兒談話後，表示贊同斯維亞日斯基的觀點。

「一個縣足夠了，而斯維亞日斯基很顯然已經成為反對派了。」他說了一句除列文以外大家都理解的話。

「怎麼了，科斯佳，你彷彿也很感興趣了？」他轉身對列文說，同時挽住他的手臂。列文也很想懂得其中奧妙，可是他不明白這究竟是怎麼一回事，所以就從人群裡走開，問了奧布隆斯基一個不清楚的問題：為什麼要去請省首席貴族？

「嘿，你太天真了！」奧布隆斯基說，接著就簡短地向列文說明了事情的本質。要是就像之前選舉那樣，每個縣都可以提名省首席貴族做候選人的話，那他就可能會因得到所有的白球而當選。這樣做是絕對不可能的。而現在呢，有八個縣要提名選他，但假如有兩個縣不願提名，那麼斯涅特科夫或許會不肯應選。要是這樣的話，老派就需要從自己這一派中另外選一個人，要不然他們的全盤計畫就會落空。假如就有斯維亞日斯基這僅有的一個縣不願提名，那斯涅特科夫還是可以當候選人的。他們甚至還要選舉他，設法使他增加票數，這樣就把反對派的計畫打亂。當人家提出我們一派的候選人時，他們就會投他的票。等他說完，列文好像明白了，不過又好像不是完全明白，還想著要再問一些問題，但此時大家突然開始說起話來，熙熙攘攘朝向大廳走去。

「出了什麼事啊？到底怎麼了？是誰啊？」「委託書？要委託誰啊？你說什麼啊？」「難道他們想否定嗎？」「竟然沒有委託書？」「他們不允許弗廖羅夫參加？」「就算受過指控又算什麼？」「這樣一來肯定就沒有人能參加了。簡直太卑鄙了。」「要講法律嘛！」列文聽到處處嚷嚷著這些話。他跟著慌慌張張唯恐錯過什麼的人群向大廳擠去。他夾在貴族中間，走近首席貴族的桌子。他看到省首席貴族、斯維亞日斯基和另外幾個領導人物正坐在桌邊神情激烈地辯論著什麼。

# chapter 28 老派與新派

由於列文站得稍微遠了一點，他旁邊有一個貴族在呼哧呼哧地喘粗氣，另一個貴族穿著厚底皮靴，發出嘎吱嘎吱的聲音，弄得列文聽不清楚。他只能遠遠聽到貴族長溫和的聲音，接著是那個狠毒的貴族的尖細語調，再下來就是斯維亞日斯基的聲音。他從所聽懂的話中知道，他們正在爭論對一條法律的解釋，以及對「在偵訊中」這個術語的理解。

人群散開，為謝爾蓋讓出了一條路，讓他走近主席台。而謝爾蓋等那位惡毒的貴族一講完，就開口說他以為最好的解決辦法就是翻閱一下法令條文。於是，他請書記把那一條找出來。原來法律條文規定，如果意見分歧，就必須投票表決。

謝爾蓋宣讀那法令，並且準備開始闡述它的含義，可是有一個高大肥胖、略微有點駝背、蓄著染色的鬍鬚、穿著一身高領子夾住後頸的狹窄禮服的地主打斷了他的話。這個地主走到桌子旁，用手上戴著的戒指敲敲桌子，就大聲叫喊說：「投票表決！不必多費口舌了！就讓我們投票表決！」

這時好多聲音也開始嚷叫起來，而那位戴戒指的高大肥胖的地主越來越怒不可遏，喊叫聲越來越大了。不過，已經聽不出他在說些什麼。

實際上，他所要求的正是謝爾蓋現在所提議的，但是很明顯他憎恨謝爾蓋和他所在的那個黨派，這種憤恨情緒影響了他一派的人，這樣也就引起了對方的反擊，雖然這種情緒表現得比較溫和。於是，四面八方都發出了叫囂聲，一時之間直接混亂到了不可收拾的地步，迫使貴族長不得不大聲疾呼請大家安靜。

「投票決定！投票決定！只要是貴族就會明白的！我們流血犧牲……沙皇的信任……不要清查貴族長；他不是店員！……可問題不在這裡！……請投票決定吧！……真可惡！」到處是這種暴亂、惱怒的聲音。眼神、臉色甚至比話語更狠毒、更激烈。他們表現出深惡痛絕的仇恨。列文根本搞不清楚這是怎麼回事，看到他們為弗列羅夫的問題該不該付諸表決討論得如此熱烈，他不禁大為驚奇。他忘記了謝爾蓋以前解釋給他聽的那種三段論法：為了公共福利，必須撤換省首席貴族；要撤換省首席貴族，必須獲得多數票；為了獲得多數票，必須讓弗列羅夫有選舉權；而要讓弗列羅夫有選舉資格就必須闡明法律條文。

「一票定勝負，所以要想為社會服務，就要鄭重其事，貫徹到底。」謝爾蓋總結說。

但是列文忘記了這一點。看到這些他所尊敬的好人情緒這樣激憤，他感到很難過。為了擺脫這種痛苦的心情，他不等辯論結束就來到大廳。那裡沒有一個人影，只有餐廳裡的幾個侍者。當他看到侍者們忙著揩拭瓷器，擺設盤子、碟子、玻璃酒杯，並看到他們那安靜但充滿生氣的臉時，他感到一種意外的輕鬆，彷彿從一間憋悶的房子裡走了出來，來到露天。他高興地走來走去，望著這些侍者。他特別高興的是，看到一個留灰白絡腮鬍子的侍者，對那些正在取笑他的年輕人露出鄙夷不屑的神氣，同時教他們怎樣折疊餐巾。列文正要和那位老侍者攀談，貴族監護會的秘書長，一個具有熟悉全省所有貴族的姓氏和父名的特長的人，吸引了他的注意力。「康斯坦丁・德米特里奇，請過來吧！」他說，「令兄正在找您，該投票了。」

列文走進大廳，拿到一個白球，就跟著哥哥謝爾蓋走近主席台，斯維亞日斯基正帶著難以捉摸的、嘲諷的神情站在那裡，他把鬍子集攏在手裡嗅著。謝爾蓋把手塞進票箱裡，然後，他把地方讓給列文，自己站到一旁。列文走了過去，但是張惶失措，不知所以，他轉過身去，趁著周圍的人們談話的時候壓低聲音問謝爾蓋：「我投到哪裡？」他本來希望人家聽不到，可人們的談話一下子停了下來，他的不成體統的問題大家都聽見了，謝爾蓋緊皺眉頭。

「那全看你個人的信念。」他疾言厲色地說。

好幾個人笑了起來。列文臉漲紅了，趕緊把手伸進蓋著票箱的罩布下面，因為那球在他的右手裡。等投好了票，他才記起左手也應伸進去，便伸了進去，但為時已晚，因此他就越發不知所措了，匆忙走到房間後面去。

「一百二十六票贊成！九十八票反對！」傳來秘書長含糊不清的聲音，然後傳來了一陣哄笑聲：原來票箱裡發現了兩個核桃和一個鈕釦。弗列羅夫取得了選舉資格，新派獲得了勝利。

然而，老派並不服輸。列文聽到有人請斯涅特科夫當候選人，看到一群貴族簇擁著正在說著什麼的貴族長。列文也湊上去。在致答詞中，斯涅特科夫談到承蒙貴族們信任和擁戴，感覺受之有愧，唯一值得告慰的是他對貴族的無限忠心，為他們效忠了十二年。他一再表示：「我鞠躬盡瘁，報效君王，承蒙各位信任，感激不盡。」他突然被眼淚哽住，說不下去，便走出了大廳。這些眼淚是因為他覺得自己遭受了不公平待遇而流出來的呢，還是因為對貴族滿腔熱愛，抑或是因為他所處的緊張境況，覺得四面受敵而流的呢？總之，他的激昂情緒同樣影響了大會的氣氛，大多數的貴族都被感動了，列文對斯涅特科夫感到更加親近了。

在門口，貴族長和列文撞了個正著。「實在對不起！請您原諒！」他說，就像是對一個陌生人。可當認出列文時，他害羞地微微一笑。列文覺得他想說什麼，但由於激動而說不出來。當他匆匆走過時，他臉上的神色以及穿著制服和鑲金邊白褲、掛著十字動章的姿態，使列文覺得他好像一頭被逼得走投無路的野獸，尤其是貴族長臉上的表情打動了列文的心，因為就在昨天他還為託管的事去過他家，那時候他還是一個神氣凜然的、慈祥的、有頭有臉的人。那幢擺設著古典傢俱的豪華房屋；那個雖然談不上衣著漂亮、整潔卻畢恭畢敬的老僕人——很顯然是留在主人家裡的以前的農奴；他那戴著飾有飄帶的帽子和披著土耳其披肩的、正撫摸著她的漂亮小外孫女的胖乎乎的、和藹的妻子；還有那剛放學回來、吻他父親的大手、表示敬意的在中學六年級讀書的小兒子；主人的語言和手勢，威嚴而又親切——這一切在昨天都使列文肅然起敬，頓生好感。此刻列文覺得這個老頭既讓人感動，又讓人可憐，所以很想對他說一些安慰話。

「想必您又要做我們的貴族長了。」他說。

「不一定吧！」貴族長答道，帶著驚詫的表情向周圍張望了一下，「我累了，也老了。有很多人比我年輕、比我有本事，讓他們來幹這差事吧。」

接著貴族長穿過一扇小門消失了蹤影。

最莊嚴的時刻到來了。馬上就要開始選舉了。各派的頭頭們都在掐著指頭計算白球和黑球的數目。有關弗列羅夫那件事進行的爭辯不僅讓新派獲得了弗列羅夫那張選票，並且也贏得了時間，所以他們又有機會領來了三個因為老派的陰謀而未能參加選舉的貴族。兩個貴族，都有嗜酒如命的毛病，讓斯涅特科夫的黨羽灌得爛醉如泥，而第三個的制服居然不見了。新派一聽到這消息，就趁爭辯弗列羅夫事件的空子，派人乘馬車給那個貴族送去一套制服，又把兩個被灌醉的人中的一個接來投票。

「我領來了一個，給他澆了一盆冷水，」帶他的那個地主走到斯維亞日斯基跟前說，「沒關係，他還能行。」

「醉得厲害嗎？他不會摔倒吧？」斯維亞日斯基說，搖了搖頭。

「不要緊，他行的。只要不再給他喝酒就是了……我對侍者領班說過，不管怎麼樣也不能讓他喝了！」

chapter 29

# 沒落的制度

供人吸煙、吃點心的小廳裡擠滿了貴族。大家的情緒越來越激動，每個人的臉色都顯得焦慮不安。特別激動不安的還是兩派的頭頭，他們知道全部底細，算得出票數。他們是即將來臨的那場戰爭的指揮員。其他的人就像面臨交戰的士兵，雖然已經做好了戰鬥的準備，可目前仍在尋歡作樂。有的人站在或坐在桌前吃點心；有的人吸著香煙，在狹長的小廳裡踱來踱去，和久別重逢的朋友們交談。

列文沒有吃點心，也不會吸煙；他也不想和自己那群人，也就是和謝爾蓋、奧布隆斯基、斯維亞日斯基等人站在一起，因為身穿三等文官制服的沃倫斯基正和他們站在一塊兒起勁兒地談論著。列文昨天在選舉大會上看見了他，就竭力避開他，不願同他見面。

列文走到窗子跟前坐下來，打量著周圍的人群，聽他們在談些什麼。他感到特別難過，因為在他看來，人們激動、焦躁，並且奔走著，只有他和坐在他身邊的那個穿著海軍制服、喃喃地嘀咕著什麼、老得沒有牙齒的老人對選舉漠不關心，並且無所事事。

「這是個十足的大騙子！我對他說過，那樣不行。可不是嘛！他收了三年都收不齊。」一個矮小、佝僂著腰、油亮的頭髮貼在制服的繡花領上的地主，使勁地踏著那雙顯然是為這種場合才穿上的新皮靴的腳後跟，起勁地說。同時，他用不滿的眼光掃了列文一眼，接著一下子轉過身去。

「是的，這事可不體面，沒的說！」一個矮矮的地主用刺耳的聲音說。

一群地主簇擁著一位胖墩墩的將軍，匆忙地尾隨著這兩個人，朝著列文這邊走來。顯然，他們是在找一個別人聽不到的說話的地方。

「他竟然敢說是我指使人偷走了他的褲子！我看他是把褲子賣了買酒喝了。我才不管他是什麼公爵不公爵呢！他不該說這種話，簡直卑鄙無恥！」

「可是請聽我說！他們是用條文做依據的，」另外一群中有人說，「那妻子就應該被登記為女貴族。」

「我才不管什麼條文！我就是說實話。這樣的人才算是高尚的貴族。聽我的一定沒錯兒。」

「大人，來吧，喝杯奶香檳。」

另外有一群人跟著一個大聲嚷嚷的貴族，就是那三個被別人灌醉的人之一。

「我一直勸瑪麗亞·謝苗諾夫娜把地租出去，因為不租出去沒有好處。」一個留灰白小鬍子、穿舊參謀部上校軍服的地主聲音悅耳地說。這就是列文在斯維亞日斯基家裡見到過的那個地主。列文一眼就認出他來。

那個地主端詳了一下列文，他們相互寒暄了幾句。「很高興見到您。當然了！我記得很清楚。去年在首席貴族尼古拉·伊萬諾維奇家裡遇到過。」

「喂，產業的事您處理得如何了？」列文問。

「還是老樣子，虧損。」那地主露出聽天由命的苦笑和無可奈何的冷靜神氣回答，在列文旁邊站住。「您怎麼會到我們省來的？」他問。「是來參加我們的政變嗎？」他說，後面這個法語說得雖然很堅決，但發音不清。「所有的俄國人都聚集到這裡來了，宮廷高級侍從，好像還有大臣。」他指著正在同一位將軍並肩走過、穿著白褲子和宮廷高級侍從制服、儀表堂堂的奧布隆斯基。

「我該向您坦誠，說實在的，我不太明白貴族大選有什麼意義。」列文說。

那個地主看了他一眼：「這有什麼值得明白的？沒有絲毫意義。這只是一種沒落的制度，只是仍舊在憑慣性運作。您只要看看這些制服就會明白，這是調解法官、終身官僚以及諸如此類的人的會議，而不是貴族的會議。」

「那麼您怎麼還要來啊？」列文問。

「照習慣做事，這是其一。其二，不得不維持一些交情，並且還要盡到道義上的責任。再有呢，說實話，也有個人的利害關係。我女婿想弄個終生官職。他們這些人不富裕，應當提拔提拔他。可是這些先生跑來做什麼呢？」他指著那個在省會辦公桌前講話的歹毒的先生說。

「他們是新一代貴族。」

「新的確是很新，可不是貴族。他們充其量只是土地佔有者，而我們才是領地的地主。他們就像貴族在自取滅亡。」

「可您不是說過這是一個沒落的機構嗎？」

「沒落倒是真的，可是對他們還得有點兒禮貌。比如說斯涅特科夫吧，我們好也罷歹也罷，總歸生存了一千年。譬如說，我們要在房子前面造個花園，要設計一下，可是這地方長著一株百年老樹，它儘管長得節節疤疤，彎彎曲曲，老態龍鍾，但我們可不會因為造花壇而把老樹砍掉，而是要重新設計那個花壇，以便很好地把那棵老樹利用起來。樹木可不是一年就能長起來的，」他小心翼翼地說，並且馬上轉換了話題，「哦，對了，您的產業那件事處理得如何了？」

「也不咋樣。收益才剛剛百分之五。」

「是呀，可您還沒把自己包括在內。您不是也有一點兒價值嗎？我是在說我自己。我沒經營農業以前拿到的年俸是三千盧布。現在我出的力氣比當官時多得多，並且也和您一樣，只取得百分之五的收益，那還算是幸運的，可自己的努力全白費了。」

「那您怎麼要這麼幹呢？既然是純粹的虧本，那怎麼還要幹這種事呢？」

「只能這麼幹啊！要不怎麼辦呢？成習慣了，要知道，非這麼幹不可。我還得和您多說兩句，」那個地主把胳膊肘擱在窗口，滔滔不絕地說下去，「我兒子對農業毫無興趣。看來，他想成為一個有學問的人。因此，可能沒有人繼承下去了。可還是要幹啊。今年我又開闢了一個果園。」

「是呀，是呀，」列文說，「此話千真萬確。我一直覺得我的農場沒有實惠可得，可還是覺得要幹下去……總是覺得對土地有義務。」

「我和您說，」那個地主繼續說，「我的一個鄰居，他是一個商人。我們在農場和在果園裡走了一圈。他說：『不行，奧布隆斯基·瓦西里奇，您這兒什麼都不錯，可就是果園荒蕪了。』其實我的果園也搞得不錯。他還說：『要是換了我，我早把這菩提樹砍了。但要到長得最旺盛的時候才能砍掉。這裡不是有上千棵椴樹嗎？每一棵樹可製成兩塊好的夾板。現在夾板價格很高，何況我還可以把它們伐倒當蓋房子用的木材。』

「他用這筆款項可以買家畜，或購置一小塊低價的土地，再把它分租給農民去種，」列文微笑著替他把話說完，看來不止一次遇見過打這種如意算盤的人，「他就會大發其財，可是您和我，我們只能靠上帝的保佑才保得住自己所有的財產，把它們留給子孫。」

「我聽說您成家了，是嗎？」那個地主問道。

「是的，」列文揚揚得意地答道，「說起來也真有點怪，」他繼續說，「我們就是這樣毫無計畫地過日子，我們彷彿是古時候維斯塔女神的女祭司，被派遣來守著聖火。」

那個地主在花白小鬍子的遮掩下隱隱地苦笑了。「我們當中也有那樣的人，譬如我們的朋友也就是最近已經在鄉下定居下來的沃倫斯基伯爵，他們都希望經營工業化農業，可到目前為止，除了蝕本以外，一無所獲。」

「可是，我們為什麼不像商人那樣去幹呢？為什麼不伐倒果園裡的樹木去做夾板呢？」列文把話題又拉回了那個讓他感到吃驚的問題上。

「就像您所說的，為了守著聖火啊。那不是貴族從事的工作。我們貴族的事不是在這兒的選舉大會上辦的，而是在各自的地盤上。什麼該做，什麼不該做，全憑我們的階級本能。農民身上也有自己的本性，遲早有一天我會看到的，一個出色的農民總是竭力地多搞點兒土地。無論土地有多壞，他還是要耕種。同樣沒有收益。總是無損的買賣。」

「那我們也是一樣的啊。」列文說。「能見到您真是太高興了。」看到向他走來的斯維亞日斯基，他又補充了一句。

「自從上次在府上見面以來，我們這還是第一次碰面，」地主說，「所以就只顧談話了。」

「怎麼，是在罵新制度吧？」斯維亞日斯基帶著微笑說。

# chapter 30 省首席貴族

斯維亞日斯基挽著列文的胳膊，同他一起向自己那群人走去。此刻已經不可能躲避沃倫斯基了。他和奧布隆斯基、謝爾蓋站在一塊兒，並且正盯著走來的列文。

「幸會。以前我們好像有緣在公爵夫人謝爾巴茨基家裡見過。」他向列文伸出手，說道。

「是的，上次會面的情形還歷歷在目。」列文說著漲紅了臉，立刻轉過身去同哥哥談話。

沃倫斯基微微地笑了笑，便和斯維亞日斯基說話，很顯然也不想和列文談話；但是，列文在和哥哥說話時不時地轉過頭去看看沃倫斯基，好像在想著該和他談點什麼才能沖淡自己的唐突。

「現在，到底為什麼還要拖延呢？」列文回過頭來端詳著斯維亞日斯基與沃倫斯基問。

「因為要看看斯涅特科夫。他要麼放棄，要麼同意。」斯維亞日斯基回答說。

「怎麼樣，他同意還是不同意？」

「關鍵就是他既沒有說放棄，也沒說同意。」沃倫斯基說。

「要是他放棄了，那麼誰當候選人呢？」列文問道，還是看著沃倫斯基。

「誰都可以。」斯維亞日斯基回答說。

「您願意當嗎？」列文問。

「只有我不行，」斯維亞日斯基很不自在，侷促不安地向站在謝爾蓋身旁的那個說話尖銳的先生瞥了一眼說。

「那麼到底是誰呢？是涅維多夫斯基嗎？」列文問，他覺得自己暈頭轉向了。

這一問可就更糟糕了。涅維多夫斯基和斯維亞日斯基原本都是很有希望的候選人。「無論如何我是不會參加的。」那個聲音尖刻的先生回答。

這人原來就是涅維多夫斯基。斯維亞日斯基把他介紹給了列文。

「怎麼樣，你的心也癢癢了？」奧布隆斯基說著對沃倫斯基擠擠眼睛，「這好比是一場賽馬。可以賭個輸贏。」

「的確，這事確實會讓人心癢，」沃倫斯基說，「既然動了手，就想把它幹到底。那是一場戰爭啊！」他皺著眉頭，咬緊牙關說。

「斯維亞日斯基的確是一個精明能幹的人！他什麼事都幹得乾淨利索。」

「是的。」沃倫斯基心不在焉地隨口說。

沉默一陣子。此刻，沃倫斯基覺得總要說點什麼，因此就朝列文看了看，望望他的腳和他的制服，又望望他的臉，發現他眼神憂鬱地望著自己，就敷衍說：「您這位長年累月地住在農村的居民怎麼可能不是調解法官呢？您怎麼沒穿調解法官的制服。」

「因為我認為調解法院是一個混帳制度。」列文陰鬱地回答說，他一直希望有機會和沃倫斯基談話，好彌補自己在剛見面時候的唐突。

「正好相反，我並不這樣認為。」雖然沃倫斯基覺得驚異，但還是心平氣和地說。

「這簡直是捉弄人，」列文打斷了他的話，「我們不需要調解法官。八年來我沒有遇到過一件糾紛。即使有了事情，往往判得黑白顛倒。調解法官住得離開我有四十里路遠。為一件兩盧布的事情我還必須得花費十五盧布請一名律師。」

接著他就談起一件事來，一個農民怎樣偷了磨坊主的麵粉，磨坊主向他提出，那農民反而控告他誹謗。列文突然意識到，說這幾句話既不是地方又很愚蠢。

「噢，這個傢伙真古怪！」奧布隆斯基帶著十分溫和的微笑說，「可是，我們最好還是走吧，選舉馬上就開始了。」

接著他們分開了。

「我不明白，」謝爾蓋說，他察覺到弟弟的舉動實在拙劣，「我真不明白，一個人怎麼會缺乏政治手腕到如此程度。對，我們俄國人就是缺乏政治手腕。省首席貴族反對我們，你居然和他那麼熱絡，還請他當候選人。沃倫斯基伯爵呢……我不想和他成為朋友，他想請我吃飯，我也決不會去的，但他是我們這邊的人，你為什麼要把他當作敵人呢？還有，你竟然追問涅維多夫斯基是否參加競選。這種事是不該問的。」

「哎呀，我幾乎是一點兒也不懂！這一切全都算不了什麼。」列文陰鬱地回答說。

「看，你說這些全都算不了什麼，可你一沾手去幹，就會把什麼都搞得一團亂。」

列文一言不發，他們一起走到大廳。

現任省首席貴族雖然感覺到有一種反對他的陰謀氣氛，也不是人人都要求他當候選人，他還是決定參加競選。大廳裡很安靜，秘書聲音洪亮地宣佈，近衛軍騎兵大尉米哈依爾・奧布隆斯基諾維奇·斯涅特科夫被推為省首席貴族競選人。

各縣首席貴族帶著盛有小球的盤子，從自己的席位向省會辦公桌走去。接著選舉就開始了。

「投到右邊去。」當列文同哥哥一道跟在一位縣首席貴族之後走近主席台時，奧布隆斯基小聲對列文說。可是，列文此時已經把別人對他說過的那個計畫忘記了，他怕奧布隆斯基說「右邊」是說錯了。顯然，斯涅特科夫是對頭呀。他右手拿著球走近票箱，可是想了想，以為錯了，在投入票箱前一瞬，他把球換到了左手，這樣自然就投到左邊去了。站在投票箱跟前的那個行家不高興地皺皺眉頭，他只要憑投票人的臂肘動作就清楚他要往哪裡投。但他沒有東西可試驗他那明察秋毫的好眼力。

一片寂靜，只聽得數球的聲音。接著有一個人宣佈贊成和反對的票數。省首席貴族因得到相當多的贊成票而做候選人。會場裡立刻沸騰起來，大家都急匆匆地向門口衝去。斯涅特科夫走了進來，貴族們團團圍住他，都向他道賀。

「怎麼樣，現在完了沒有？」列文問謝爾蓋。

「剛剛開始，」斯維亞日斯基微笑著為謝爾蓋回答說，「另外那個候選人可能獲得更多的票。」

這點列文又忘得乾乾淨淨了。他現在只記得其中有點奧妙之處，但他不願去回想究竟奧妙在何處。他感到十分沮喪，竭力想儘快離開這夥人。

沒有人注意他，他覺得好像誰也用不著他，因此，他便悄無聲息地朝小廳走去，看到那些僕人，渾身又覺得輕鬆極了。那個老侍者建議他吃點東西，他同意了。列文吃了一塊青豆牛肉餅，同那位老侍者聊聊他以前的主人。列文不願意回那個意趣不相投的大廳，所以就到大廳的走廊裡走走。走廊上擁擠著打扮得花枝招展的女士，她們個個趴在欄杆上，竭力不放過下邊說的一言一語。

貴婦人旁邊坐著或站著一些風度翩翩的律師、戴眼鏡的中學教師以及軍官。到處都在議論選舉，議論省首席貴族如何心灰意冷，以及爭辯進行得多麼有趣；列文聽到人群中有人讚賞他哥哥。一位女士對一位律師說：

「聽科茲內舍夫演說，我覺得非常開心呀！就是挨餓也值了。真是精彩！什麼都說得清楚明白！我看你們的法庭裡沒人能講得這麼好。只有邁德爾還可以，但就是他的口才也不是那麼雄辯。」

列文在欄杆旁邊找了一個空位子，把身體俯在欄杆上面，開始觀看、傾聽下邊的情況和動靜。所有的貴族都坐在按著縣劃分的欄杆裡。一個穿著制服的人站在大廳的中間，用振聾發聵的聲音高亢地宣佈：「現在表決騎兵上尉葉夫根尼・伊萬諾維奇・阿普赫京當省首席貴族的候選人問題！」然後是一片寂靜，接著聽到一個老人軟弱無力的聲音：「我放棄！」

「表決七等文官彼得・彼得羅維奇・博利參加競選的候選人問題。」那個聲音洪亮的人又說。

「我放棄！」響起了一個青年人的尖嗓門兒。

名單重新宣佈，又是「沒有人同意」。這樣過了一小時光景。列文伏在欄杆上，一面觀察，一面傾聽。開頭他覺得奇怪，想弄明白這是怎麼回事，後來，他覺自己無法理解，所以覺得茫然了。隨即又回憶起他在所有人的臉上所看見的那種慷慨激昂和狠毒的神情，他感覺到悲哀。他決定離開這個地方，便向樓下走去。在旁聽席外的走廊裡，他遇見一個垂頭喪氣、眼睛紅腫的中學生在來回踱步；在樓梯上他又遇見了一對男女：一個穿著高跟鞋急忙往上跑的女士和步履輕快的副檢察官。

「我跟您說過不會晚的。」檢察官在列文閃到一旁給女士讓道時說。

列文走在通向外邊的樓梯上，正在背心的口袋裡掏著外套的號牌。

「請快些吧，康斯坦丁．德米特里奇，大家正在選舉呢。」

正在投票表決的是那位一口拒絕參加競選的涅維多夫斯基。列文走回大廳，門已鎖上了。秘書敲了敲門，門開了。迎面衝出兩個滿臉通紅的地主。

「我受不了了。」一個面色通紅的地主說。

省首席貴族的臉緊跟著這個地主從門裡探出來。這張面孔因疲倦、慌亂而顯得很嚇人。

「我告訴過你，別放人出去！」他對看門人高聲喊道。

「我是放人進來呀，大人！」

「天哪！」省首席貴族沉重地歎息了一聲，耷拉著腦袋，拖著穿白褲子的兩條腿，無精打采地沿著大廳中央的通道向那張大桌子走去。

涅維多夫斯基現在成了省首席貴族，不少人喜笑顏開，不少人心滿意足，不少人興高采烈，但也有不少人垂頭喪氣，悶悶不樂。省首席貴族覺得灰心喪氣，無法掩飾失望的神色。涅維多夫斯基離開大廳，人群團團圍住他，興高采烈地跟著他，就像選舉第一天尾隨致開幕詞的省長那樣。

chapter 31

# 強烈反差

新選出來的省貴族長和獲得勝利的新派裡的很多人當晚就在沃倫斯基家聚餐。

沃倫斯基來參加選舉，是因為待在鄉下感到無聊，同時要在安娜面前表示他仍有行動自由的權利，另一方面也是為了幫助斯維亞日斯基競選，以報答他在地方自治會選舉會上為沃倫斯基所花費的那番苦心，更主要的是為了嚴格地履行他所承擔的作為貴族和地主的全部義務。可他一點也沒有料到選舉這件事會引起他如此大的興趣，令他如此動心，或者他居然能做得如此好。

他是貴族圈子裡一位嶄新的人物，顯然已經獲得成功，並且自信在貴族中間已具有一定的影響力，這也是事實。但這種影響力是因為他的財富、爵位，因為他的老朋友希爾科夫——一個在財政部供職而且在卡申省創辦了一家生意興隆的銀行的金融家——借給他的城裡那幢豪華氣派的宅邸；因為沃倫斯基從鄉下帶來的手藝高明的廚師；因為他和省長的交情——他們以前是同窗好友，並且沃倫斯基甚至還庇護過他；而更主要是因為他待人接物不厚此薄彼的那種單純的風度，迅速就令大多數貴族改變了認為他傲慢無禮的成見。他自己認為，除了娶了基蒂的那個狂妄傢伙，懷著偏激的惡意對他講了一大堆不知所云的蠢話外，他所結識的每個貴族都變成了他的擁護者。他看得很清楚，並且別的人也都公認，涅維多夫斯基的成功他確實出了很大的力。此刻在自己的宴席上慶祝涅維多夫斯基當選，沃倫斯基因為他的候選人成功當選而覺得很得意。他對選舉這件事大感興趣，竟想到三年後下屆選舉前他要是結了婚，就要參加競選，好像一個騎師為他贏了一筆賭注以後，就想親自參加賽馬一樣。

此刻他在慶祝他的賽馬師的勝利。沃倫斯基坐在首席上，他的右邊坐著年輕的省長——侍從將軍。對大家來說，他是一省之主，他在選舉大會上鄭重其事地致了開幕詞，並且正如沃倫斯基看出來的那樣，在好多出席會議的人身上產生了肅然起敬和自感卑微的情緒；可對沃倫斯基說來，他是小「馬斯洛夫．卡特卡」——這是他在貴冑軍官學校裡的綽號——在他面前覺得很不自然，而沃倫斯基想方設法鼓勵他的人。在沃倫斯基的左邊坐著年輕氣盛、個性偏執、相貌陰險的涅維多夫斯基。沃倫斯基對他是坦率、彬彬有禮的。

雖然斯維亞日斯基接受了他的失敗，但還是覺得很高興。對他來說這根本算不上失敗，正如他舉著酒杯親口對涅維多夫斯基說恭喜時所說的那樣：再也找不到比他更能代表貴族所應遵循的新方向的合適人選了。因此，他說，凡是正直的人都擁護今天的勝利，都在慶祝今天的勝利。

奧布隆斯基也十分高興，因為這幾天過得很愉快。大家都感到滿意。在豐盛的宴席上，大家又提到選舉中的種種插曲。斯維亞日斯基繪聲繪色地轉述了省首席貴族淚眼婆娑地發表的講話，引得人們一陣大笑。他還對涅維多夫斯基說，他這位大人應該採取一種比流眼淚更複雜的方式審核帳目。另外一位愛說俏皮話的貴族說，前任首席貴族為了舉行舞會，特地招聘了一批穿長襪的僕人，如今新任首席貴族如果不舉行由穿長襪的僕人侍候的舞會，現在就必須打發他們回家去了。

宴會期間不斷有人對涅維多夫斯基說「我們的省首席貴族」，還稱他為「大人」。

這兩種稱呼讓人聽了十分痛快，就像少婦聽到人家用丈夫的姓加上「夫人」稱呼她那樣。涅維多夫斯基有意裝得很冷淡，好像根本不在乎這個官銜，不過顯然很得意。他竭力克制感情，免得流露出在座全體自由主義新派人物所不欣賞的輕狂態度。

用餐過程中還給好幾個關注選舉結果的人發了電報。興致勃勃的奧布隆斯基發了一封電報給達里婭，內容如下：「涅維多夫斯基以十二票的優勢當選。特此報喜。並請轉告別人。」他說：「要讓大家高興一下。」接著口述電文。多莉收到這份電報後，只是歎息又浪費了一個盧布的電報費，並且明白這又是宴會結束時的餘興節目。她明白斯季瓦有每逢宴會即將結束時「亂發電報」的壞毛病。

宴席上所有的一切，那上等豐盛的筵席，那直接從國外買進的葡萄美酒，一切都顯得很高貴典雅、純正可口，讓人覺得非常高興。這一圈裡的二十個人都是斯維亞日斯基精心挑選的，從想法一致、精明正派的自由主義新型活動分子中選出來的。個個都舉止文雅，談吐風趣。大家都半戲謔半認真地為當選的首席貴族、為省長、為銀行行長、為「我們殷勤好客的主人」的健康乾杯。

沃倫斯基覺得十分滿意。他從未想到，外省也會有如此有意思的事。宴會即將結束時，氣氛變得更歡暢了。省長邀請沃倫斯基光臨為教士們捐款而舉行的義演音樂會，這次音樂會是他妻子舉辦的，她很想結識沃倫斯基。

「那裡還要舉辦舞會，你可以看到我們的美人，那的確是很出色的。」

「我是個門外漢。」沃倫斯基回答說，他喜歡用這句短語，說完又笑了笑，應允去了。

大家已經離開餐桌，開始抽煙。沃倫斯基的貼身侍僕舉著一個托盤送來一封信。

「沃茲德維任斯科耶送來的急信。」他嚴肅地說。

「真怪，他多像副檢察官斯文季茨基呀。」一位客人在沃倫斯基皺著眉頭讀信時用法語評論這個貼身侍僕。

信是安娜寄來的。他沒有看信，就知道內容。他原以為選舉五天可以結束，便答應星期五回家。今天已經是星期六，因此他知道信的內容是責怪他沒有按時回家去。也許他昨晚發出的那封信還未送到。

信的內容確實如他所料，但形式卻完全出乎意料，讓他覺得十分不高興。「安妮病得很厲害，醫生說，可能是肺炎。我一個人六神無主。瓦爾瓦拉公爵小姐不會幫忙，反而礙事。我前天、昨天一直等你來，現在派人探問：你在哪裡？你怎麼啦？我本想親自跑來，但後來改變了想法，我知道這麼做你會不高興。總之給我一點兒回信吧，好讓我知道應該如何做。」

孩子生病了，她卻還想親自來一趟。

這場選舉帶來的純粹的快活，而迫使他非回去不可的愛情是那麼沉重難受，兩者形成強烈反差，著實令沃倫斯基覺得驚異。但非回去不可，於是他坐第一班火車於當天晚上趕回家去了。

# chapter 32 請求離婚

沃倫斯基準備參加選舉之前，他倆總是要發生爭吵，這樣只會使他對她冷淡下來，而不能繫住他的心。可是，在他來向她道別時，他用冷漠而嚴肅的眼光瞟了她一眼，這種眼神傷了她的心，因此他還沒走，她寧靜的心境就被破壞了。

後來只剩下一個人獨守空房時，她反覆琢磨他那種表示享有自由行動權利的目光，她照例感到屈辱。「他有權利什麼時候走，就什麼時候走；想去哪裡，就去哪裡。不但可以走，而且可以把我丟下。他控制著一切權利，而我卻什麼權利也沒有。可是，他既然知道這一點，就不該這麼做呀。然而，他到底做了什麼事呢？……他帶著一副冷漠嚴肅的神情向我望了望。當然這種事是不明確的，也是捉摸不透的，但這種事以前從未有過，並且這種眼神大有含義，」她暗自思忖著，「這種眼神就表明他的感情已經開始冷淡了。」

儘管她確定他的感情已開始冷淡，但她還是無可奈何，說什麼也不能改變同他的關係。她一如既往，只能用愛情和魅力來籠絡他。也一如既往，她白天用工作，夜晚用嗎啡來擺脫那種可能失寵的憂慮。的確，還有另一個辦法：不是拴住他——除了他的愛，她別的什麼也不需要——而是和他親近，讓他們的境況變得讓他難以遺棄她。這種辦法就是離婚和結婚。因此，安娜開始渴望這樣了，並且下定決心，只要他或者斯季瓦再和她提起這件事，她就馬上答應。

她就一直想著這些度過了沒他陪伴的孤寂的五天。

去散步、和瓦爾瓦拉公爵小姐聊天、到醫院去看看，最主要是看書，一本接一本地看，就這樣來打發她的時間。但到了第六天，當馬車夫空車回來時，她覺得再也無法擺脫對他的思念，急於想知道他在那邊做些什麼。就在這時，她的女兒病了。安娜開始親自照料她，可這件事也無法分散她的注意力，尤其是女兒的病並沒什麼危險。無論怎麼努力，她都無法去愛這個小女孩，連假裝愛她都辦不到。這天傍晚，剩下安娜孤零零一個人的時候，她心裡突然生出了一種為他擔憂的恐懼，所以她決定親自去城裡找他，可仔細一想，又變了主意，最終就寫了沃倫斯基已經收到的那封前後矛盾的信，寫完後看也沒看就派信差送去了。

第二天早晨，安娜接到他的信，後悔自己不該寫那封信。她擔心又會看到他臨走時向她投來的那種嚴厲目光，特別是當他知道女孩病情並不嚴重的時候。然而，她還是為自己給他寫了那封信而高興。這時，安娜在心裡已經承認，她已經讓他覺得厭倦了，為了回家來看她，他只能懷著惋惜的心情拋棄了自己的自由；儘管這樣，她還是覺得十分高興，因為她知道他快回來了。儘管他覺得厭倦，可還是要讓他在這兒和她生活在一起，以便她可以看見他，知道他的一舉一動。

她坐在客廳裡，點著一盞燈，手中拿著泰納的一部新著作，邊讀邊傾聽著外面的風聲，隨時等待著馬車到來。有好幾次，她似乎聽到了轆轆的車輪聲，但每次都錯了；最後她不僅聽到了車輪聲，而且聽到了車夫的吆喝聲和門廊下的聲音。就連獨自一個人在玩紙牌卦的瓦爾瓦拉公爵小姐也聽到了，所以安娜猛然漲紅了臉站起身來，但她並沒有像前兩次那樣走下樓去，只是站住不動了。

她突然為自己所設的騙局而羞愧起來，更令她擔心的是，不知道他將如何對待她。受傷的心情沒有了，她現在擔心看到他那不快的神情。她剛發出信，女兒的病就好了，她簡直生起女兒的氣來。然而她想起了他，想起了他的手、他的眼睛、他整個的人。她聽見了他說話的聲音。接著，她忘乎所以，興高采烈地跑下去迎接他。

「噢，安妮怎樣了？」他從下邊仰望著向他跑來的安娜，擔憂地問道。

他正坐在椅子裡，一個僕人在給他脫保暖靴子。

「沒事，她現在好些了。」

「那你呢？」他一邊拍打著身上的塵土，一邊說。

她用兩隻手拉著他的一隻手，把它拉到自己的腰間，目不轉睛地盯著他。

「噢，我十分高興。」他說，冷冷地望著她的髮式和服裝。

他知道她是特地為他而打扮的。這些都令他神魂顛倒，可這種令他神魂顛倒的次數太多了！這時他臉上又出現了她十分害怕的那種冷若冰霜的神情。

「嗯，我十分高興。那你身體還好嗎？」他拿手帕拭了拭潮濕的鬍子，吻了吻她的手說。

「一切都無關緊要，」她暗自想，「只要他在這兒就行，只要他在這兒，他就不可能不愛我，也不能不愛我。」

這天傍晚過得高興而又暢快，瓦爾瓦拉公爵小姐也在，她抱怨他說，安娜是因為他沒在家才服用嗎啡的。

「我有什麼辦法呢？我難以入睡……胡思亂想。他在家的時候，我從不服用嗎啡。」

他談了談選舉的事情，安娜善於提問引他談到他最高興的事——他的成功。她對他說了最令他感興趣的家務事，而她所說的一切都讓人十分快活。

可到了深夜，等到只有他們兩個人的時候，安娜知道自己又完全把他掌握住了，便打算消除那封信給他帶來的那種令人不爽的感覺。於是她開口說：「老實坦白吧，收到我的信以後，你生氣了沒有？你是不是不相信我了？」

剛一說完這些話，她就立馬明白了，無論他現在多麼愛她，他也不會原諒她這一點。「是的，」他說，「那封信寫得真是太怪異了。時而是安妮生病了，時而又是你要親自趕來。」

「這全是實情。」

「可我並沒有懷疑啊。」

「不，你確實懷疑了。我能看出來，你很不高興。」

「絲毫沒有懷疑。我承認我不高興，但那只不過是因為你彷彿不願承認我還有一些不得不盡的義務……」

「去參加音樂會的義務……」

「算了，我們別說這個了。」他說。

「為什麼不說這個？」她說。

「我不過是想說，有時候會遇到一些非辦不可的事。譬如說，現在我為了房產的事要到莫斯科去一次……咳，安娜，你為什麼那麼愛生氣呀？難道你還不知道，離開你，我就沒法活下去了嗎？」

「要是這樣，」安娜突然變了一種口氣說，「你會對這樣的生活覺得厭倦嗎？是的，你會回來住上一天，然後又走了，就跟那些……」

「安娜，你說得過分了。我願意獻出我的整個生命……」

可她卻不想聽他說下去了：「要是你去莫斯科，那我也要一起去。我決不一個人待在這裡。我們要麼各奔東西，要麼生活在一塊兒。」

「你要知道，這是我唯一的願望。但為了這個……」

「就要離婚，不是嗎？我會給他寫信。我知道我不能再這樣過下去了……可是，我要和你一起去莫斯科。」

「你這相當於威脅我。其實，我要同你永不分離，我沒有比這更大的願望了。」沃倫斯基面帶微笑地說。

然而，他說這些溫柔的話時，眼睛裡不僅閃耀著冷漠的神情，還彷彿是被逼上絕路而變得不顧一切似的狠毒。

她察覺到了這種眼神，也猜到了它的含義。「假如真是這樣，那就太倒楣了！」他的目光似乎在這麼說。這只是一瞬間的印象，但她卻永遠不會忘記。

安娜寫信給丈夫，請求他同意離婚。十一月末，她和要去彼得堡的瓦爾瓦拉公爵小姐分別後，就和沃倫斯基一起遷居到莫斯科了。現在，他們像正式夫妻那樣定居下來，天天都在等待卡列寧的來信，準備馬上著手辦理離婚手續。

# 第七部

chapter 1

# 意外的相遇

轉眼間，列文夫婦在莫斯科住了已經有兩個多月。根據有經驗的人的可靠計算，基蒂的預產期早已過了，她應該生產了，可是還沒有，而且不管從哪方面看也看不出此時的象徵要比兩個月以前更接近產期。

無論是醫生、接生婆、多莉還是母親，尤其是一想起她臨近分娩就有些擔心的列文，所有的人都擔憂不已，唯獨基蒂自己覺得十分平靜和幸福。她現在清楚地意識到，內心萌發了一種新的對未來的愛，對她而言，部分已是現實的對嬰兒的愛，並常常幸福地體驗著這種從來沒有過的感情。

這個還沒降生的嬰兒現在已經不完全是她身體的一部分了，而是已經可以不依靠母親而獨立生活的個體了。有時她常常因為這個感到煩惱，然而這時，卻又因為這種奇怪的新的歡快心情，而忍不住想大笑。基蒂所愛的人都和她在一起，大家都對她很好，每個人都對她照顧得那樣細緻入微，讓她覺得她的一切都特別快樂。要是她知道這一切不久都將結束，她也不會想往更美好的生活了。使她感到美中不足的是，丈夫不像她以前所愛的那樣，不像在鄉下那樣了。基蒂喜歡他在鄉下時的那種從容、親切和熱情好客的風度。在城裡，他一直顯得惶惶不安、有所戒備，好像擔心別人欺負他，特別是擔心別人欺負基蒂。在鄉下列文做事從來都很有分寸，顯得遊刃有餘，從來不著急去做什麼，但沒有閑著的時候。在城裡，他總是很忙碌，好像害怕錯過什麼事一樣，卻碌碌無為。她知道，在別人眼裡，他並不可憐，正好相反，在交際場上，基蒂觀察他，就像一般女人觀察心愛的人那樣，故意冷眼旁觀，以便看出他給人什麼印象，結果她甚至有些害怕和嫉妒地發現，她丈夫不但不可憐，而且特別有魅力，他高雅的舉止，和婦女交往時那種古板、靦腆而又文雅的態度，他有健壯有力的體格，尤其是有一張表情豐富的臉。但是，她不是通過他的外表，而是通過他的內心發現的。她看到他在這兒不是原先的他，她說不明白他的這種心情。有時她在心裡暗暗責備他不知道如何在城裡生活，有時她也必須承認，要把這裡的生活安排得使她心滿意足的確是讓他為難了。

實際上，他到底忙些什麼呢？他不愛玩牌，也不去俱樂部。和奧布隆斯基那樣一些花天酒地的人待在一起，她現在終於清楚那是怎麼一回事兒了，那就是在一起瘋狂地喝酒，喝過酒以後到那些不三不四的地方去尋歡作樂。

她一想到在這種情況下男人們會到什麼地方，就感到不寒而慄。去交際場所嗎？她知道，那裡只有同年輕女人接近才有樂趣，可她又不願他這樣做。讓他留在家裡，和她、母親和姐妹在一起嗎？但是，無論那種「嘮家常」的談話——老公爵這樣說她們姐妹之間的那些話兒——她感到多麼有趣，但是他終究會感到無聊乏味。這樣，他還有什麼事可做呢？繼續寫他的書嗎？他也這樣試過，開頭還為寫作到圖書館去收集過資料，但正如他所說的那樣，越沒有事做，時間就越少。他還埋怨，他對他的書在這兒談得太多了，所以他有關這本書的思考已亂成了一團麻，並且使他失去了興趣。這種城市生活給他們帶來的唯一好處是，他們倆一次也沒有吵過嘴。不知是由於城市生活環境不同呢，還是他們在這方面都變得更謹慎更理智了。不管說什麼，反正他們在莫斯科從來沒有因為不信任而發生過口角，而他們剛來到城市裡來的時候非常擔心發生這方面的爭吵。在這一點上甚至還發生過一件對他倆來說都非常重要的事，那就是基蒂和沃倫斯基的見面。

基蒂的教母、年老的瑪麗亞・鮑里索夫娜公爵夫人，一向很疼愛基蒂，一定要看看她。基蒂由於有孕哪兒也不去，這次也只得隨著父親去拜訪這位德高望重的老人，出乎預料，就在那兒遇到了沃倫斯基。

對這次意外的相遇，基蒂只有一點是可以責備自己的，當她一認出原來很熟悉的穿便服的人時，頓時呼吸急促，血往心臟裡直湧，還感覺到臉漲得通紅。然而這樣的情形只在一瞬間。當時父親故意和沃倫斯基大聲寒暄，他還沒有說完話她就有了充分的心理準備，能夠面對沃倫斯基，如果有機會的話可以和他聊聊天，就像她和瑪麗亞・鮑里索夫娜公爵夫人說話一樣。然而，不過，最重要的是她的一舉一動，包括最細微的語氣和笑容都能得到丈夫的讚許——她彷彿覺得丈夫此刻就在身邊。

基蒂和沃倫斯基只說了幾句話，還聽到他取笑選舉大會，稱為「我們的國會」，所以基蒂甚至沉靜地笑了笑。（她非得笑一笑，為了表示她懂得那句玩笑話。）但是她馬上朝瑪麗亞・鮑里索夫娜公爵夫人轉過身去，沒再看他，直到他站起來告別的時候。這時，她才對他望了望，但顯然是因為人家向她鞠躬告別，不瞧瞧他是失禮的。

之後她非常感激父親，因為父親在她面前從來沒提這次和沃倫斯基的見面。自此以後，在日常散步時，她根據父親對她特親切的態度看出，父親對她是滿意的。她對自己也非常滿意。她萬萬沒有想到，她竟然能把自己對沃倫斯基的舊情完全隱藏在內心深處，不露絲毫痕跡，在他面前仍顯得非常淡漠，泰然自若。

她把在瑪麗亞・鮑里索夫娜公爵夫人那裡遇到沃倫斯基的事跟列文說時，列文臉漲得比她更紅。要把這件事告訴他，她覺得很難啟齒；要講述這次見面的細節，那就更加困難，因為列文聽了並沒有問什麼，只是皺著眉看著她。

「可惜呀，你那時沒在場，」基蒂說，「不是說你不在房間裡……要是你在場，我就不會那麼自然了……我現在的臉比那時要紅得多了。」說這話時，她滿臉緋紅，馬上就要流淚了。「只可惜你沒從門縫裡偷看。」

列文從基蒂那雙真誠的眼睛裡發現，她對自己的舉止感到非常滿意，所以雖然他看到她這時滿面羞容，但他馬上就心安了，就開始像她希望的那樣詳細詢問起來。等列文聽到整個過程，甚至連細枝末葉都知道得一清二楚，知道她在開始時不自覺地臉紅起來，然而後來就像一個第一次見面的人那樣泰然自若，他就高興了。這件事使他非常高興，今後他不會再像上次在選舉大會上那樣魯莽了，下次再遇到沃倫斯基，要盡可能地親近他。

「以前我一想到世界上我還有一個不願與之相見的對頭，心裡就覺得難受，」列文說，「現在我很高興，高興極了。」

chapter 2

# 經濟問題

「那麼你就順便去拜訪博利夫婦吧。」十一點時列文出門前來看基蒂，基蒂對他說。「我知道你要在俱樂部吃晚飯，那你早晨打算幹些什麼？」

「我僅僅是去看看卡塔瓦索夫。」列文說。

「為什麼這麼早？」

「他想把我介紹給梅特羅夫。我想和他談談我的著作，他是彼得堡聲望很高的學者。」列文回答道。

「沒錯，你上次反覆稱讚的就是他的文章吧？那麼，之後呢？」基蒂又問。

「可能因為我姐姐那件事，我還得去一趟法院。」

「那麼去聽音樂會嗎？」基蒂又問道。

「我一個人去沒什麼意思。」

「不，還是去吧，那兒要演奏些新曲子……這是你很喜歡的。如果是我，我一定去。」

「啊，無論如何，吃飯以前我就會回家。」列文說，一邊看著錶。

「那你一定要穿上長禮服，這樣你能夠直接去拜訪博利伯爵夫人。」

「必須得去嗎？」

「她來拜訪過我們。那又費得了你什麼事？你拐過去坐一坐，談上五分鐘天氣什麼的，然後起身告辭好了。」

「嗯，說起來你大概不信，這種應酬我已經不習慣了，這樣做總覺得為難。這算什麼？一個人跑到一個陌生人的家裡，無緣無故地坐上一會兒，既打擾人家，又挺不自在。」

基蒂哈哈大笑起來。

「你結婚以前不是也去拜訪過人家嗎？」

「如今已完全不習慣了。說實在的，我寧可兩天不吃飯，也不願去做這樣的訪問。真彆扭！我總覺得人家會惱火，對你說：『你沒有事兒跑來做什麼？』」

「不，他們不會生氣的。我可以向你保證。」基蒂滿臉微笑地注視著他的臉說。她牽著他的手說：「就這樣吧，再見。請你務必去一下。」

他吻了吻妻子的手，正打算走，這時候她又攔住了他。

「科斯佳，我知道，我手裡只有五十盧布了。」

「好吧，那有什麼，待會兒順便去銀行裡取。你要多少？」列文問，帶著那種她十分熟悉的、不滿意的神色。

「不，你等等，」基蒂抓住他的手說，「我們來談一談，這事使我發愁。我好像並沒有什麼浪費，可是錢就像水一樣流走了。我們的開支總是有錯誤。」

「一點兒也不。」列文咳嗽了一下，皺著眉頭盯著她。她明白這種咳嗽的意思。這表示他非常不高興，不是對她，是對他自己。他確實很不高興，倒不是因為錢花得太多，而是因為這件事使他想到一件他明知做錯了，卻希望遺忘的事情。

「我已經跟索科洛夫說把小麥賣掉，再把磨坊租出去，先提前收一些錢回來。無論如何我們會有錢的。」

「不，我還是擔心花得太多……」

「不多，一點兒也不多，」他重複說道，「好吧，再見，親愛的！」

「不，說實話，我有的時候很後悔那時聽了媽媽的話。我們如果還待在鄉間該多麼好啊！現在在這裡我把你們都拖累了，花錢又多……」

「沒事，沒事。自從成了家，我從沒說過要過得比現在這樣更好的話……」

「真的嗎？」基蒂盯著他的眼睛說。

列文說這話根本沒有經過考慮，只是隨口安慰安慰她罷了。但當他對她望了望，看到她那雙誠實而又漂亮的眼睛懷疑地緊盯著他時，他就發自內心地又說了一遍。「我幾乎徹底忘記了她。」他思索著。於是他想起他們馬上面臨的事。

「怎麼樣，快了吧？你自己感覺怎麼樣？」列文握住她的雙手，低聲問。

「我以前想了很多，所以現在我不想其他的了，也不知道什麼情況。」

「你也不害怕嗎？」

基蒂很不屑地微微笑著答道：「一點兒都不害怕。」

「如果有什麼事，就叫人去卡塔瓦索夫家找我，我在那兒。」

「不，不會有什麼事情的，你別亂想了。我同爸爸到林蔭道上去散一會兒步。我們要到多莉家去看看。晚飯前等你回來。哦，對啦，你知道嗎，多莉的情況簡直糟透了。幾乎活不下去了！她負債累累，手裡又沒什麼錢。昨天媽媽和我跟阿爾謝尼（她這樣稱呼她的姐夫利沃夫）商量過了，決定派你和他一起去訓教訓教斯季瓦。再繼續下去，是絕對不可以的。這事兒無論如何不能對爸爸說……但是，如果你和他……」

「唉，我們又有什麼辦法呢？」列文說道。「反正你要去找阿爾謝尼和他商量商量，他會告訴你我們的決定的。」

「那好吧，反正阿爾謝尼說的我都可以照做。那我現在就去拜訪他。另外，如果我去聽音樂會，那我就和娜塔莉一起去。就這樣吧，再見。」

在台階上，到現在還單身的老僕人庫茲馬攔住了他。庫茲馬現在管理著城裡的產業。

「小美人（這是由鄉間帶來的那匹左轅馬）新換了馬掌，然而走起路來還是一瘸一拐的，」他說，「您看有什麼辦法呢？」

剛來莫斯科的時候，列文很關心從鄉下帶來的幾匹馬。他想把這事盡可能安排得好些，錢花得少些。哪裡知道用自己的馬比租馬更貴，結果他們還是得雇馬車。

「派人去請一位獸醫，應該是馬蹄挫傷了。」

「好的，如果卡捷琳娜．亞歷山德洛夫娜用車怎麼辦？」庫茲馬又問道。

剛來莫斯科時，聽說雇一輛雙套四輪轎車式大馬車，從沃茲德維任卡大街到西夫采夫弗拉熱克大街，在融雪的爛泥路上走四分之一俄里的路，接著到那裡再讓馬車待四小時，每次就得付五盧布的車費，列文不禁大吃一驚。現在聽起來，他再也不那麼吃驚了。他現在覺得這是很自然的。「讓車夫去租兩匹馬，套上我們自己的馬車。」列文說道。

「好的，老爺。」

幸虧城市生活條件好，列文在鄉下不知要花多少精力的困難事情，就這樣輕而易舉地解決了。他走到大門口，喊了一輛馬車，就往尼基塔大街駛去。路上他沒有再考慮錢的事了，而是想著如何和彼得堡的一位研究社會學的學者見面，和他談談自己的作品。

只有剛來莫斯科時，使鄉里人無法理解的種種開支，既是非生產性的，又是不可避免的，從四面八方向列文伸出手來，使他大為驚奇，現在他已習以為常了。

他在花銷上，就像酒鬼貪杯似的，俗話說：「**頭一次如芒刺在喉嚨，第二次喝酒就像蒼鷹一樣一掠而過，第三次過後就像小鳥兒那樣暢行無阻了。**」

列文為給僕人和門房買了有金銀邊飾的制服而破開第一張一百盧布鈔票的時候，心裡不禁盤算了一下。這筆花銷相當於兩個人幹一個夏天的工錢，也就相當於從復活節到四旬齋之間大概三百個工作日，而且是每天從早到晚地幹重活。因此，花這一百盧布鈔票，就同喝第一杯酒時一樣難受。

但是兌開第二張一百盧布的鈔票，情況有所不同了。為了請親友們吃飯，要花去二十八盧布買酒菜，需要換開第二張一百盧布的鈔票的時候，儘管說這讓列文不禁想到，這二十八盧布就是農民辛苦收割、捆綁、脫粒、除去皮、過篩和裝口袋的九俄石燕麥的價錢，然而就像喝第二杯酒一樣，不那麼難受了。

如今要換開幾張鈔票，他再也不會精打細算了，卻像喝第三杯酒那樣，就像小鳥兒那樣暢行無阻了。花錢買來的樂趣不知是否抵得上掙錢所付出的勞動力，也早已不去理會了。某種穀物賣出去時不能低於某種價格，這樣的經濟核算也被置於腦後。長期以來他咬定一個價格的黑麥，每擔也比一個月以前少賣了五十戈比。算了算照這樣開銷，用不了一年就得欠債，這種盤算現在也沒有意義了。只要銀行裡還有錢，也沒必要管錢是哪兒來的，那樣明天買牛肉的錢就有了。他直到現在還有這樣一種概念：他在銀行裡一直有存款，如今銀行裡的錢用光了，他又不知道到哪裡去弄錢。因此，當基蒂提到錢的時候，他一下子感到很煩惱，但他沒有工夫考慮這個問題。他上車，一路上想的是和卡塔瓦索夫與梅特羅夫的會面。

chapter 3

# 標新立異的觀點

列文這次莫斯科之旅，和大學裡的好朋友、自從結婚以後就沒有見過面的卡塔瓦索夫教授又親近了。卡塔瓦索夫以他開朗而又單純的世界觀讓列文對他有了好感。列文認為，卡塔瓦索夫的世界觀開朗是由於他天性貧乏，卡塔瓦索夫則認為列文思想不連貫是由於他的頭腦缺乏邏輯訓練；列文很喜歡卡塔瓦索夫的那種開朗，同時卡塔瓦索夫也特別喜歡列文豐富而又缺乏條理化的觀點。因此，他們都很喜歡經常見見面，爭論一番。

列文把自己的著作隨便讀了幾段給卡塔瓦索夫聽，卡塔瓦索夫非常滿意。前一天卡塔瓦索夫在演講會上和列文不期而遇，並告訴他大名鼎鼎的梅特羅夫——列文非常喜歡讀他的文章——現在就在莫斯科，卡塔瓦索夫同他談起過列文的著作，他很感興趣。梅特羅夫明天十一點去他家，卡塔瓦索夫很願意替列文介紹一下。

「您確實進步很大，老弟，看到這一點我很高興，」卡塔瓦索夫在小客廳裡接見列文說，「我一聽到鈴聲，心想：他肯定不會準時到的……對了，您對黑山人[20]有什麼觀點？他們生性好鬥。」

20. 黑山人即門的內哥羅人，是南斯拉夫西南地方的人。黑山國於一八六二年與土耳其作戰失敗後，一直受蘇丹王的統治，但黑山人反對異國統治的鬥爭並未停止。一八七六年黑山國奮起抵抗。起義者聯合組成部隊，在山上進行遊擊戰。

「您這是什麼意思？」列文問道。

卡塔瓦索夫大概向列文闡述了這條新消息，一邊帶他到書房，把他引薦給一個身材矮小、體格健壯、和藹可親的人——梅特羅夫。他們的談話暫時牽涉時事政治，談論了彼得堡上流社會人士對最近發生的一些事情的觀點。梅特羅夫轉述來源可靠的資訊，據說那是沙皇和某位大臣的話。卡塔瓦索夫也從可靠的方面聽到沙皇的意見，但說法截然不同。卡列文極力想像，兩種不同情況哪一種可能性更大。這個話題談到這裡就擱到一邊了。

「啊，他幾乎已經寫成了一部關於勞動者和土地關係的自然條件的著作，」卡塔瓦索夫說，「我不是內行，然而作為一名自然科學家，讓我高興的是，他沒有把人類看成超脫於動物學法以外的東西，而恰恰相反，他看出人類得依賴於環境，而且從這種依賴關係中尋找發展規律。」

「這有趣極了。」梅特羅夫說。

「坦誠地說，我原先開始寫的是一部論農業的著作，然而觀察了農業的主要因素——勞動者以後，突然間得出了一個完全出乎意料的結果。」列文紅著臉說道。

於是，列文像摸索道路一樣，小心翼翼地闡述他的觀點。他知道梅特羅夫寫了一篇文章反對流行的政治經濟學，但列文不知道梅特羅夫對自己標新立異的觀點可以使他贊同到什麼程度，而且他沒有辦法從這位學者聰明、深沉的表情上發現。

「然而您究竟從哪些方面看出俄國勞動者的特殊性呢？」梅特羅夫問，「比如，從動物的特性還是從勞動者所在的環境呢？」

列文感覺到，他問這個問題就已經包含著一種他反對的觀點了，然而還是接著闡述他的見解，說俄國勞動者對土地的觀點和其他民族截然不同。為了說明這個論點，他連忙補充說，俄國人這種觀點是由於他們認識到他們有義務移居到地廣人稀的東方去。

「要對人民所有的義務下什麼結論，是很容易誤入歧途的，」梅特羅夫插話道，「勞動者的情況一直取決於他與土地和資本的關係。」

梅特羅夫等不到列文闡述完自己的觀點，就開始向他闡述自己學說與眾不同的特點。列文並不懂，也沒有用心去思考。他認為梅特羅夫也像其他學者一樣，雖然在文章中批駁一般經濟學理論，但還是從資本、工資和地租的觀點來看俄國勞動者的狀況。儘管他必須得承認，在俄國廣闊無垠的東部地租制基本為零，而工資，對八千萬俄國人口中的十分之九來說，剛剛可以養活自己，而資本，除去一些最原始的用具，就沒有其他的了。但他卻只是用這種觀點來看待一切的勞動者，雖然說他在好多論點上也反對經濟學家的見解，有他自己的新的工資理論，即他正在向列文闡述的這一套理論。

列文耐著性子聽著，開始還經常提出異議。他很想打斷梅特羅夫的話，談談自己的看法，認為對方這樣進一步闡述實在是畫蛇添足。後來，他覺得他們的意見太分歧，不可能互相瞭解，就不再反駁，只是聽聽罷了。儘管他對梅特羅夫的觀點毫無興趣，但仍帶著幾分高興的心情聽著。因為看見這麼一位學識淵博的人，竟然這樣樂意地向他陳述自己的觀點，而且對他在這個論題方面的知識特別賞識，以致有時只要稍加暗示他就能看清事情的整個情況，這滿足了列文的自尊心。他把這些都當成是人家看得起他，事實上，這個話題梅特羅夫和他朋友們談論過好多次，因此他非常喜歡和每個陌生人聊天，並且他對任何人都很願意談他的研究，但還沒有搞清楚這個題目。

「我們好像要遲到了。」梅特羅夫的論述剛結束，卡塔瓦索夫馬上就看了看錶說。「是啊，今天業餘愛好者協會舉行斯溫基奇學術活動五十周年紀念會，」卡塔瓦索夫繼續說道，「我計畫和彼得·伊萬諾維奇一起去參加。我答應宣讀一篇論文來介紹他的動物學著作。您同我們一起去吧，挺有意思的。」

「是的，確實該走了，」梅特羅夫說，「同我們一道去吧，要是方便的話，從那兒到舍下坐坐，我很想聽您談談您的大作呢。」

「哦，不，現在還不可以。那還沒完成呢。然而紀念會我還是很樂意去參加的。」

「喂，老兄，你聽說過嗎？我獨自提出一個意見交了上去。」卡塔瓦索夫一邊在另外一間房裡穿禮服，一邊說著。

於是他們又談到了大學裡兩派之爭的問題。是今冬莫斯科的一件大事。委員會裡三位老教授不接受青年教授的意見，青年教授就單獨提出了一份建議。這份意見書的內容，有些人覺得是荒謬的，而有些人覺得是最簡單、最現實的，所以教授們分成了兩派。

卡塔瓦索夫這一派說，對方在玩弄卑劣的洩密和欺詐的手段；另一派卻說，對方是幼稚無知，不尊重權威。列文雖不在大學工作，但來莫斯科以後有幾次都聽見並且談論過這件事，因此有他自己的思解；他們三個人走在大街上，列文也參與了談話。直到他們來到古老大學的那幢大樓前，才不談論這件事了。

紀念會已經開始了。在卡塔瓦索夫和梅特羅夫坐的一張鋪了桌布的桌子周圍，坐了六個人，其中有一人俯身湊近手稿，正在讀著什麼。列文在主席台旁的空位子上坐下來，低聲問旁邊一個大學生，那人在念什麼。大學生有些生氣地看著他，說道：「是傳記。」

儘管列文對這位科學家的傳記沒有一點興趣，可是他不禁傾聽著，而且也得知，這位著名的科學家一生中一些有趣的事。

傳記讀完之後，主席向宣讀者道了謝，又朗誦了詩人孟特專門寄來的賀詩，又加了一兩句向那位詩人表示感謝的話。隨後卡塔瓦索夫聲音洪亮而又尖細地誦讀了自己評價那位科學家的科學成就的文章。卡塔瓦索夫把文章讀完後，列文看了看錶，才知道馬上就兩點了，心想在去赴音樂會以前不可能把自己的作品念給梅特羅夫聽了，而且他這會兒也沒心情讀了。他在聽朗誦論文的時候，還在想著剛才的那場談話。他現在明白，就算梅特羅夫的想法有意義，那麼他自己的想法也有道理。這兩種思想只有分頭進行研究，才能弄個明白，得出結論。如果把這兩種意見混合起來，那是得不出什麼結論的。

列文決定拒絕梅特羅夫的邀請，所以朗誦一結束，他就馬上來到梅特羅夫面前。梅特羅夫正在同主席談論時事，就把列文介紹給他。梅特羅夫順便對主席說了他對列文說過的話，列文也說了說他今天早上說的那些見解，然而為了翻新，他又表示了一點他剛想到的新見解。然後，他們又提及了大學裡的這場爭論。因為這些列文已經聽過了，所以他就急忙對梅特羅夫說，他為不能接受他的邀請而感到非常抱歉，於是向他們一一鞠躬告辭，乘車到利沃夫家去了。

# chapter 4 教育

利沃夫同基蒂的姐姐娜塔莉結婚以後絕大部分時間住在國外，可以說他一生都是在各國的首都度過的，他在那兒接受教育並在那兒做外交官。去年他辭去了外交官職務，到莫斯科御前侍從部裡工作，並不是由於發生了不高興的事（他從來沒有和任何人鬧過不愉快的事情），而是為了讓兩個男孩受到最好的教育。

雖然他們的習慣差別很大，見解截然不同，而且利沃夫要比列文大幾歲，然而在這個冬天他們卻親近起來，而且非常密切。

利沃夫在家的時候，列文沒有通報就走了進去。腳穿一雙半筒鹿皮靴，戴一副藍玻璃夾鼻眼鏡，坐在安樂椅上讀著一本擺在前面讀書台上的書。他一隻纖美的手小心翼翼地夾著一支還剩半截的雪茄，放在離身子很遠的位置。他有一副清秀、細嫩，顯得年輕的臉龐，閃閃發光的銀白色鬈髮又賦予他一種雍容華貴的儀表，當他看見列文時，臉上綻開了一個粲然的微笑。

「太好了！我正要派人到您那裡去呢。哦，基蒂怎麼樣？往這兒來坐，舒服一些……」利沃夫站起來，拿過一把搖椅，「您看過最近一期《聖彼得堡雜誌》嗎？我覺得非常有趣。」他說話略帶些法語音調。

列文談了些他從卡塔瓦索夫那裡聽到的彼得堡的消息，又談了些時事，還講了他同梅特羅夫的認識和出席會議的情況。這使利沃夫產生了濃厚的興趣。

「我真羨慕您，您有機會進入這種有趣的學術界。」利沃夫說。說到這裡，他像往常一樣馬上換上他說起來更為流利的法語：「我沒有空，這是事實。處理公務和教育孩子占掉了我全部的時間，再有，說出來我也不怕難為情，就是我的知識太膚淺了。」

「我並不這樣看。」列文帶著微笑說道，和往常一樣，對他這種絕對不是故意裝出來的謙虛，這種真誠的內心表白非常感動。

「哦，就是這樣！我現在感覺以前受的教育太少了！為了要教育兩個孩子，我甚至必須重新溫習以前所學的許多功課，好多東西都是從頭開始，因為不僅需要教師，還需要督學，就像您搞農業既需要勞動者又需要監工一樣。您看我這個，」利沃夫指著擺在斜面書桌上的一本書——布斯拉耶夫編寫的語法讀本，讓列文看，「他們希望米沙學會語法，這非常困難。麻煩您給我解釋解釋好嗎？這兒是說……」

列文很耐心地給他解釋，這種語法現象是不可能理解的，而只能死記硬背。然而利沃夫卻反對他的觀點。

「唉，您是在笑話我！」

「相反，您難以想像，當我看到您的時候，就會想到學習即將面臨的問題，也就是如何來教育孩子。」

「哦，行了吧！這沒什麼值得學習的。」利沃夫說。

「我只是清楚，」列文說，「我從來沒有發現過比您的孩子更有教養的了，而且也不可能奢望我有比您的孩子更好的孩子。」

看得出來利沃夫極力抑制著自己的高興心情，然而臉上還是禁不住露出了笑容。

「但願他們比我強，我的心願不過如此。您簡直不知道，」利沃夫說，「教育我兩個在國外過那種生活變野了的孩子特別費力。」

「這些都可以彌補。他們都是很有天分的孩子。最重要的就是品德教育。看到您的孩子時，想到的就是這一問題。」

「您說到品德教育，真是難以想像，這事有多難呀！您剛剛克服了他這種毛病，那種毛病又露頭，又得鬥。所以又得花大量精力去重新鬥爭。如果不依靠宗教這個支柱。您記得我以前跟您說過的吧——任何一個當父親的僅僅依靠自己的力量是不會教育好孩子的。」

這個列文一直很感興趣的話題，突然被打扮時尚、正準備出門的美女娜塔莉走進來打斷了。

「哦，我不知道您在這兒。」她說，打斷了這種她早就熟悉並且覺得乏味的談話，不僅不道歉，反而高興。「啊，基蒂怎麼樣了？我今天要去你們家吃飯。哎，阿爾謝尼，」她對丈夫說，「你雇一輛馬車去吧。」

於是，夫妻倆開始討論如何安排他們這一天要做的事：丈夫因公事要去接見一個什麼人；妻子去赴音樂會，還得去參加東南委員會的大會，總之，他們有許多事情要商量並做出決定。列文既是自己人，也應該參加商議。最後商定，列文和娜塔莉一起坐車去赴音樂會，接著再參加大會，他們再從那兒派馬車到辦公室去接阿爾謝尼，然後再乘車去接他的妻子，並送她去基蒂家；如果那時阿爾謝尼有公事脫不開身，那就派馬車回來，讓列文陪她去。

「看，他簡直把我說得過於好了，」利沃夫指著列文對妻子說，「他非說我們的孩子好極了，可我清楚，他們身上還有許多缺點。」

「阿爾謝尼總愛走極端，我一向這麼說，」妻子說，「要是追求十全十美，那就永遠也不會滿意。爸爸說得對，他們教育我們的時候走了極端，讓我們住閣樓，而他們自己住在二樓的好房間。現在卻反過來了，父母住在儲藏室，而孩子住在二樓的好房間。現在當父母的確實沒辦法活下去了，一切都為了孩子。」

「如果我們心甘情願這樣，那又為什麼不呢？」利沃夫微笑著說，同時拍了拍她的手。「你這樣說，不瞭解你的人一定會認為你不是親媽，而是後媽呢。」

「沒錯，走極端不管哪一方面都不好。」娜塔莉一邊沉靜地說，一邊把他那把裁紙刀放到原來的位置。

「啊，過來吧，純潔的孩子們。」利沃夫對走進來的兩個漂亮男孩說。他們向列文行了個禮，走到父親跟前，顯然有事情想問他。

列文那時很想和他們說話，聽聽他們和父親說些什麼，但是娜塔莉插進來和他們談起話來，這時候利沃夫的同僚、身穿御前侍從制服的馬霍京走了進來，要和利沃夫一起去會見什麼人。他們一見面，又高談闊論起黑塞哥維那[21]、科爾津斯卡婭公爵小姐，說起杜馬[22]以及阿普拉克辛娜的突然死亡。

21. 黑塞哥維那，南斯拉夫的南部地區。即波士尼亞—黑塞哥維那。
22. 杜馬，帝俄時代的國會。

列文忘了自己接受的一個任務。走到前廳時，他才想起來。「噢，基蒂叫我和您談談有關奧布隆斯基的事情。」當利沃夫送妻子和列文出門，停在樓梯上的時候，列文說道。

「沒錯，沒錯，媽媽希望我們這兩個連襟，去教訓教訓他，」利沃夫紅著臉笑道，「然而為什麼必須得我去呢？」

「好的，那我去教訓教訓他。」

娜塔莉披上一件雪白的狗皮斗篷，等他們結束談話，微微一笑說：「好，我們走啦。」

chapter 5

# 音樂會

上午的音樂會演奏了兩個非常有趣的節目。第一個節目是《荒野裡的李爾王》幻想曲[23]，另外一個節目是紀念巴赫[24]的四重奏。這兩個節目都是新製作的，具有新的風格，列文很想對它們評價一番。他把姨姐送到她的座位上，自己就站在一根圓柱旁，聚精會神，側耳傾聽。他抬眼望去，總是看著繫白領帶的樂隊指揮揮舞著雙臂——這總是打擾人們對音樂的注意力——總是看到那些為了來聽音樂會戴上帽子、把帽帶緊緊地紮在耳朵上的太太；總是看著那些要麼對什麼都沒有興致，或者是對什麼都感興趣，唯獨對音樂沒有興趣的人。他望著這些，盡力不分散自己的注意力，不破壞音樂給他的印象。同時竭力避開音樂行家和饒舌的人，只站在那兒朝下面的舞台看，用心傾聽著。

他越往下聽《李爾王幻想曲》，越覺得難以形成明確的概念。樂曲不斷重複開頭部分，彷彿在積累某種感情，用音樂來表現，但接著又分裂開來，分散成隻言片語的新樂句，有時甚至變成作曲者隨意遐想創作的、非常錯綜複雜的聲音。這些彼此沒有關係的樂段本身，雖然有時聽上去很悅耳，

23.在瓦拉基列夫的音樂組曲《李爾王》（一八六〇年以新的方式寫的）裡，有一支表現荒野裡的李爾王和傻子的插曲，也有表現考狄利婭的主題。

24.巴赫（一六八五至一七五〇年），德國著名作曲家。

但是使人很不愉快，因為都是出人意料的。快樂也好，悲傷也好，失望也好，溫柔也好，得意也好，都是沒原因出現的，就像瘋子的情緒，並且這些情緒的消失也像瘋子那樣突然。

在整個演奏過程中，列文一直覺得自己像聾子一樣在看跳舞。樂曲演奏完畢，他感到簡直莫名其妙，由於注意力過分集中，反而毫無所獲，只感到特別疲勞。掌聲齊鳴，大家都站起來，開始走動、侃侃而談。列文想聽聽別人對音樂會的看法，以解開自己心中的疑團，所以就去找一些音樂專家。他恰恰看到一位很著名的音樂家正在和他的熟人佩斯佐夫說話，他感覺非常高興。

「太美妙了！」佩斯佐夫用深沉的粗嗓音說，「很高興見到您，康斯坦丁．德米特里奇。表現考狄利婭[25]到來，表現這個女性，這個永恆的女性，開始和命運做鬥爭的那個地方，音樂的節奏鮮明生動，音色也很豐富。您說我說得正確嗎？」

「這裡面怎麼會有考狄利婭呢？」列文怯生生地問。完全忘記了幻想曲是描寫荒原上的李爾王的。「有考狄利婭，看！」佩斯佐夫一面說著，一面用手指輕輕彈了彈拿在他另一隻手中的、如緞子一樣光滑的節目單，把它交給列文。

這時候列文才突然想起幻想曲的標題，於是忙忙流覽了一下節目單後面譯成俄語的莎士比亞的幾句詩。「不看這個節目單，你就沒有辦法聽懂了。」佩斯佐夫轉身對列文說道，因為剛才和他談話的那個人已經離開，沒有其他人和他交談了。

休息時，列文和佩斯佐夫談論起瓦格納[26]樂派的長處和不足來。列文說，瓦格納和他的所有門生

25. 考狄利婭是莎士比亞劇本《李爾王》中的女主人公。
26. 瓦格納（一八一三至一八八三年），德國著名作曲家。

犯的錯誤在於，他們妄圖讓音樂跨越其他藝術領域，就像詩歌創作所犯的錯誤那樣，它不應該去描寫原本應該由美術來表現的容貌，為了舉例說明這類錯誤，他引證了一位雕塑家。這位雕塑家企圖在詩人塑像的大理石台座上雕刻出詩的形象的陰影。

「雕塑家手下的陰影，簡直不像陰影，它彷彿纏繞在梯子上。」[27]列文說。他很喜歡這句話，然而他忘了過去有沒有對佩斯佐夫說過這句話。所以他一說完，就感到有些為難了。

佩斯佐夫卻反駁說，藝術是渾然一體的，只有把各種藝術糅合在一起，才能達到最完美的境界。

音樂會的第二支樂曲列文就聽不下去了。佩斯佐夫站在他旁邊，幾乎一直在和他談天說地，指責這支樂曲有些虛假的樸實，並把它和拉斐爾前派繪畫中的這種「素實」進行比較。離開音樂會的時候，列文又遇見了許多熟人。他同他們談政治、談音樂也談論共同的朋友；他也碰到了博利伯爵，然而他把要去拜訪他的事徹底忘了。

「噢，那麼馬上走吧，」娜塔莉聽說列文忘了去拜訪博利伯爵，就這樣跟他說，「如果他們不接見客人，那麼您就到會場上找我。」

27. 作者在這裡指的是雕刻家安托考里斯基於一八七五年交給藝術學院的普希金紀念碑的設計。他表現普希金坐在一塊岩壁上，普希金作品中的人物：鮑利斯・戈東諾夫、吝嗇的騎士、塔季揚娜、普加喬夫等，順著梯子攀登到他身邊。根據雕刻家的設想，這個紀念碑可作為普希金兩句詩的插圖，這兩句詩是：「向我走來一群看不見的客人，久已相識的人，我的幻想的果實。」

# chapter 6 克雷洛夫寓言

「他們今天接見客人嗎？」列文來到博利伯爵夫人家的大門口問。

「接見，請進來吧。」門房一面說著，一面俐落地幫他脫掉外套。

「真倒楣！」列文歎了一口氣脫掉一隻手套，抻了抻帽子，心裡說，「嗯，我來幹嗎？我和他們有什麼可聊的？」

列文走進客廳，在門口遇見了博利伯爵夫人。她正繃著面孔，心事重重地對女僕吩咐著什麼。她看見列文，便露出了笑容，請他到隔壁那間小客廳裡坐著，那兒傳來了嘈雜的說話聲。小客廳內，伯爵夫人的兩個女兒以及列文認識的莫斯科的一位上校坐在扶手椅上。列文過去一一和他們打招呼，然後就在長沙發旁邊的一把椅子上坐下，把帽子放在膝蓋上。

「尊夫人身體好嗎？您去音樂會了吧？我們沒去。媽媽得去參加追悼會。」

「是啊，我知道，真沒想到她死得那麼突然。」列文說。

伯爵夫人走過來，坐到沙發上，也問了問他妻子的健康和音樂會的情況。

列文一一回答了這些問題之後，又重複問起阿普拉克辛娜突然死亡的事情。

「她的身體向來很不好。」

「昨晚您去聽歌劇了嗎？」

「聽了。」

「露卡[28]唱得特別棒。」

「嗯，非常好。」列文重複大家對這位歌星才華的讚譽，根本不考慮人家對他會有什麼想法。博利伯爵夫人假裝在很認真地聽。後來等到他的話結束了，不再說的時候，一直沒說話的上校才開始說了起來。他說的也是關於歌劇和舞台燈光一類的問題。到最後，上校提出要在秋林家舉行一場狂歡節舞會，之後笑了起來，上校站起來離開了時，列文也站了起來，然而從伯爵夫人的表情上來看，她還沒有要走的意思，還要待兩分鐘，所以他又坐了下來。

可是他覺得特別無聊，但又找不到其他話題，所以只好沉默不語了。

「您去會場嗎？聽說非常有趣。」伯爵夫人說道。

「不去，我說好要去接我的姨姐。」列文回答說。

接著又是沉默。母女倆又一次互相交流了一下眼色。

「啊，我想現在能走了。」列文想道，就站了起來，女士們和他握了手，並請他代向夫人致意。門房一面侍奉他穿好外套，一面問道：「請問老爺下榻哪裡？」接著就把他的住址登記到一個裝幀精美的大本子裡。

28. 保玲・露卡（一八四一至一九〇八年），生在維也納的義大利家庭，是一位著名的女高音歌手和具有高度天才的演員，在柏林被聘為宮廷歌手，她辭了職，在倫敦、美國、全歐特別是十九世紀七〇年代俄國的義大利歌劇裡演唱得很成功。

「當然，我怎樣都無所謂，不過總是很為難，實在太無聊了。」列文暗自思忖著，只好用每個人都這樣做的想法來安慰自己。然後他坐上車直接到會場去了，到那兒找到妻姐，然後帶她一起回家。

有很多人參加了委員會的公開大會，幾乎整個上流社會人士都來了。列文到的時候，正好趕上了聽大家都說特別有趣的時事評論。時事評論念完後，人們三五成群聚成一團，這時候列文看到了斯維亞日斯基，後者邀請他今晚去參加農業協會的會議，會上要宣讀一篇特別精彩的報告。接著他又碰到了剛從賽馬場回來的奧布隆斯基，還有其他很多熟人。列文又和他們聊了一會兒，而且聽他們談了對於大會、新的樂曲和訴訟程式的各種觀點。列文又同人談到大會、新的樂曲和公審等事，聽到各種意見。大概由於他精神上過分疲勞，在談到公審時說錯了話，事後想起一直很懊悔。大家還談到一個外國人在俄國犯了罪並被處罰的事情，都認為把他逐出境的做法有些不合適，這時候列文就把自己昨天從一個朋友那兒聽來的話重複了一遍。

「我覺得把他驅逐出境，就像處分梭魚，把牠放到河裡去一樣。」列文說出口以後才想到，他當時把這些話當作從一位朋友那裡聽來的，而實際上這句話是出自克雷洛夫寓言，那位朋友僅僅是重複了報上小品文欄的一句話。

把妻姐送回家後，看見基蒂身體健康，心情愉快，他就到俱樂部去了。

# chapter 7 俱樂部

列文到達俱樂部正是時候，來賓和會員跟他同時到達。列文很久沒有到俱樂部來了，自從他離開大學，住在莫斯科，進入社交界以來一直沒有來過。他對俱樂部還有記憶，還記得俱樂部在結構上的一些裝飾，然而以前俱樂部留給他的種種感受現在已經徹底忘記了。

馬車駛進半圓形的、寬敞的庭院，他走下馬車，走到台階上，佩著肩帶的門房快速走過來，默默地給他開了門，向他行禮時，他看到了過道裡那些脫下來的套鞋和大衣。到這兒來的人都覺得，在樓下脫下套鞋比穿著上樓要方便。他一聽到那通知他上樓的神秘鈴聲，立馬踏上鋪有地毯的緩斜樓梯，看到了樓梯口那尊雕像，又在樓上房門口看見第三個熟識的看門人，穿著俱樂部制服，老態龍鍾，不急不慢地打開門，打量著他這位客人時——直到這時，以前俱樂部給他留下的印象——那充滿了寧靜、恬靜舒適、體面豪華的印象重現在他的腦海裡。

「請把帽子交給我。」門房對列文說，因為列文徹底忘了把衣帽放在過道裡的老規矩。

「您好久沒來了。老公爵昨天就已經登記了您的名字。奧布隆斯基還沒有來。」這個看門人不僅認得列文，還知道他的親友，所以一見面就提起了他的幾位很要好的朋友。

列文穿過第一個有大量屏風的大廳，接著又往右拐走過一個坐著水果商人的隔間，經過一位悠鬧地踱著方步的老人身邊，最後就來到了一間擠滿了人、聲音嘈雜的餐廳。

他從一張張幾乎已經坐滿了人的桌子旁經過，注視著一個個來賓。這裡，那裡，到處都看見形形色色的人，有年老的，有年輕的，有面熟的，有不認識的，沒有一個臉上有憤怒和憂慮的神色。大家好像都把煩悶的事和帽子一起放到了過道裡，準備瀟瀟灑灑地享受這裡的物質快樂，享受一番人生的快樂。這裡的人有斯維亞日斯基、謝爾巴茨基、涅維多夫斯基、老公爵、沃倫斯基和謝爾蓋。

「喂，你為什麼來得這麼晚？」老公爵微笑著問，同時把手從肩膀上伸給他。「基蒂怎麼樣了？」他展開塞在背心扣眼裡的餐巾問道。

「她挺好的。她們三人一起在家裡吃飯呢。」

「啊，又開始『嘮家常』了。我們這張桌滿座了。你去旁邊那張桌上吧，趕緊找個位子。」老公爵話音剛落，就轉身小心翼翼地接過一盤江鱈魚湯。

「列文，這兒有座！」從稍微遠些的地方傳來一個親切的聲音，原來是圖羅夫岑。他和一個年輕軍人坐在一起，他們旁邊翻倒著兩把椅子。列文高興地來到他們身邊。他向來特別喜歡這個愛喝酒娛樂，但很善良的圖羅夫岑。一看到他，就會回憶起當時他向基蒂求婚的事。而今天，經過緊張的談話以後，他覺得圖羅夫岑那忠厚的模樣格外可愛。

「這兩個座位是給您和奧布隆斯基留的，他馬上就到。」

這位腰板筆挺、長著一雙永遠含著微笑的眼睛的軍人來自彼得堡，他叫哈金。圖羅夫岑分別介紹了他們。

「奧布隆斯基每次都遲到。」

「噢，那兒，來啦。」

「你剛剛來嗎？」奧布隆斯基問道，快步向他們走來。

「太好啦。你喝過伏特加嗎？好啦，來吧。」

列文站起來，跟他走到擺著種種伏特加和各色冷盤的大桌子旁。

從二三十種冷盤裡照理總可以挑到合乎口味的東西，然而奧布隆斯基另外點了一份。一個站在旁邊、穿制服的侍從立即端來他點的東西。他們每個人都喝了一杯伏特加，然後就回到了座位上。

在他們喝魚湯的時候，哈金要了一瓶香檳，並叫侍從斟滿四個酒杯。列文沒有拒絕別人請他喝的酒，自己又要了一瓶。他肚子餓了，津津有味地又吃又喝，同時非常有興趣地參與了同伴們之間快活而又妙趣橫生的交談。哈金低聲講了彼得堡最近的一件趣事，儘管這件趣事說起來很不雅而且很荒唐。所以列文聽後，不禁放聲大笑，惹得鄰座的人都回頭看他。

「這件事有點像：『這我可實在受不了啦！』你聽說過嗎？」奧布隆斯基問道。「真是妙不可言！再拿一瓶來！」他對侍者說道，接著就講起了那個故事。

「彼得・伊里奇・維諾夫斯基過來向你們兩位敬酒。」一個老侍者用托盤端著兩杯盛在精美玻璃杯中、泡沫豐富的香檳酒，打斷奧布隆斯基的話，對他和列文說道。奧布隆斯基接過一杯酒，和坐在桌子另一邊的那個留火紅色鬍鬚的禿頂男人交流了一個眼神，微笑著對他點了點頭。

「誰呀？」列文打聽道。

「你在我那兒見過他，還記得嗎？一個老好人！」

列文也模仿奧布隆斯基的做法笑著點了點頭，端過酒杯。

奧布隆斯基講的笑話也特別有趣。列文也講了一個有趣的事，大家也很欣賞。然後大家談到了馬匹，談到今天的賽馬，說現在的賽馬和沃倫斯基那匹「緞子」如何勇猛直前地獲得了冠軍。說著說著，列文幾乎都沒有發覺午餐時間是怎樣度過的。

「哦！看，他們到了！」在快吃完午餐的時候奧布隆斯基說，同時越過椅背向伴著一個身材很高的近衛軍上校朝他走過來的沃倫斯基伸過手去。沃倫斯基臉上也流露出俱樂部裡那種普遍的愉快而又和悅的神色。他快樂地把胳膊肘倚在奧布隆斯基的肩膀上，在他耳邊悄悄地說了些什麼，又帶著同樣快樂的微笑把手伸給列文。

「很高興見到您，」沃倫斯基說，「那天我還在選舉大會上找過您，可我聽說您已經離開了。」

「是的，我當天就離開了。我們剛才談到您的馬。恭喜您啦，」列文說，「那匹馬跑得快極了。」

「按道理，您也養著一些快馬。」

「沒有，我父親以前養過，只是我現在還記得，也懂一點兒。」

「你在哪裡吃飯？」奧布隆斯基問，「我們在圓柱那邊的第二號桌上吃的。」

「大家都在祝賀您呢，」那個身材高大的上校說，「他這是第二次得到皇帝的獎賞了。如果我玩牌也能像他賽馬這樣幸運多好啊！」

「啊，為什麼浪費寶貴的時間呢？我得去『地獄』了。」上校說著就走了。

「他叫亞什溫。」沃倫斯基回答圖羅夫岑說，列文興致勃勃地同沃倫斯基談著良種牲口，在他們旁邊的空位子上坐下。他喝乾了敬他的一杯酒，又叫了一瓶。不知是受俱樂部氣氛的影響，還是喝了幾杯酒，並且為自己對對方不再懷有絲毫的敵意而感到非常高興。他甚至還說到，他妻子告訴他說，她曾經在瑪麗亞・鮑里索夫娜公爵夫人那裡遇見過他。

「啊，瑪麗亞・鮑里索夫娜公爵夫人，一個美女！」奧布隆斯基說，接著講了有關她的一個笑話，讓大家笑了好久。沃倫斯基笑得最開心，列文不禁認為他們兩個已經完全和解了。

「哎，結束了沒有？」奧布隆斯基站起來，微笑地說，「那就走吧！」

# chapter 8 廢蛋

列文一離開餐桌，覺得走起路來兩手擺動得特別輕鬆有力。他同哈金一起穿過一間間高大的房間，向彈子房走去。經過大廳時，列文遇到了岳父。

「哎，感覺如何？你喜歡我們這個娛樂場所嗎？」老公爵挽著他的一隻胳膊說，「走，我們一起去散散步。」

「我正想出去散散步，看看風景呢，這兒太有趣了！」

「是的，你認為有趣，可是我的興趣與你不同。你瞧瞧這些老頭兒，」老公爵指著一個腳穿軟靴、蹣跚地向他們走來的駝背癟嘴老頭兒說，「你認為他們天生就是這種『廢蛋』嗎？」

「什麼是『廢蛋』？」

「看，你連這種稱呼都不明白，這是我們俱樂部裡的行話。你應該知道滾蛋這個遊戲吧，這就像一個雞蛋到處亂滾，滾的次數多了，就成了『廢蛋』。我們這些人也是這樣，我們天天到俱樂部來，來的次數多了，最後就成了毫無用處的『廢蛋』。哈，你笑了，可我們只能眼睜睜地瞧著自己變成老渾蛋。你認識切琴斯基公爵吧？」老公爵問。列文從他的臉色看出，他想說點兒好笑的事。

「不，我不認識。」

「啊，為什麼不認識呢？非常有名的切琴斯基公爵呀。哦，不過沒關係。你知道，他向來喜歡打彈子。三年以前還不能稱他為一個老廢蛋，而且還特別神氣呢。他還經常叫別人老廢蛋呢。然而最近一天，他到俱樂部來，我們的門房……你認識瓦西里嗎？看，就是那個胖子。他是個講俏皮話的好手。切琴斯基公爵問他：『喂，瓦西里，有哪些人來了？有沒有老渾蛋？』瓦西里回答說：『您是第三名了。』是的，老弟，他就是這樣對他說的！」

列文和老公爵一邊閒聊著，一邊向遇到的熟人打著招呼，在所有的房間裡走了一遍：一個大房間裡已經擺好了幾張牌桌，一些老牌迷正在玩小牌；休息室裡有人正在下棋，謝爾蓋坐在那裡的沙發上和別人聊天；彈子房角落裡的長沙發旁有幾個人，正在喝香檳，邊說邊笑，哈金也在其中。他們也到「地獄」裡去看了看，在一張桌子周圍擠滿了賭徒，亞什溫已經坐在那兒了。他們走進光線很暗的閱覽室，儘量不弄出聲響來，看見一個青年坐在有燈罩的燈下，怒氣沖沖地翻閱著一本又一本雜誌，另外有個禿頭將軍在埋頭看書。然後他們又來到一個被老公爵稱為「智囊室」的房間，那兒有三位先生正興致勃勃地談論著最近發生的時事新聞。

「公爵，您請過來，都準備好了。」老公爵的一位老搭檔找到他說。因此老公爵就離開了。列文坐下聽了片刻，可是一回憶起今天上午所聽到的談話，他突然感到特別煩。他趕緊站起來，去找奧布隆斯基和圖羅夫岑，和他們在一起才感到愉快。

圖羅夫岑端了一大杯酒，在彈子房的高高的長沙發上坐著。奧布隆斯基和沃倫斯基在房間遠處角落裡的門旁聊天。

「她倒不一定是憂愁，不過這種不確定的關係，懸而未決的狀況……」列文無意中聽見這些話，想快點離開，可是奧布隆斯基喊了他一聲。

「列文！」奧布隆斯基叫道。列文發現，他的眼裡雖然沒有淚水，卻是潤濕的。他喝了點酒，或者動了感情後總是這樣。這會兒，他既喝了酒，又動了點感情。「列文，別走。」邊說著，他邊緊緊地抓住他的胳膊，顯然無論如何也不肯讓他走。

「這是我忠實的朋友，簡直可以說是最最知心的朋友，」奧布隆斯基對沃倫斯基說，「而你也是我最親密、最可貴的朋友，所以我想你們彼此肯定也會很親睦，很親近，因為你們都是好人。」

「噢，那我們非接吻不可。」沃倫斯基和藹地打趣說，一面伸過手去。列文趕緊握住向他伸出來的手，緊緊地握著。

「我特別特別高興。」列文緊緊握住他的手說。

「喂，侍從，拿一瓶香檳酒來。」奧布隆斯基叫道。

「我也很高興。」沃倫斯基說。

不過雖然奧布隆斯基懷著這樣的希望，他倆彼此也都有這樣的願望，可是他們彼此之間卻沒有共同語言，他們都有這樣的感覺。

「知道嗎，他還不認識安娜呢。」奧布隆斯基對沃倫斯基說，「我務必帶他去看看她。我們走吧，列文！」

「真要去嗎？」沃倫斯基說。「她一定會非常高興的。我非常想馬上回去，」他又補充了一句，「不過我真不放心亞什溫，所以我想等他玩完後再走。」

「哎，他賭起來情況不好嗎？」

「他總是輸，現在只有我能管得住他。」

「我們來打三角怎麼樣？列文，你打嗎？嗯，好極了。」奧布隆斯基說。

「把三角擺好。」他吩咐記分員道。

「已經準備好啦。」記分員說道，他早已把彈子擺成三角形了，正滾著紅色彈子玩呢。

「那好，走吧。」

一局結束後，沃倫斯基和列文來到哈金那張桌子旁邊，然後列文依照奧布隆斯基的建議玩起紙牌來。沃倫斯基有時在桌子旁坐下，被川流不息地向他走來的熟人包圍著，有時就去「地獄」那看看亞什溫輸了多少錢。列文感到這種小憩已經讓他徹底擺脫了上午的那種精神上的疲倦，令人心曠神怡。結束和沃倫斯基的敵對關係讓他非常高興，他心中一直有一種安靜、溫文爾雅和快樂的感受。

牌局結束後，奧布隆斯基就挽起列文的胳膊。

「啊，我們去看看安娜吧。現在去好嗎？呃？她現在在家。我早就答應她帶你去了。你今晚本來計畫去哪兒？」

「嗯，沒有什麼必須去的地方。我答應過斯維亞日斯基到農業協會去。那好的，咱們走吧，」列文回答說。

「太好啦，咱們走吧！去看看我的馬車來了沒。」奧布隆斯基吩咐僕人說。

列文來到牌桌旁，付清了他輸掉的四十盧布，又把在俱樂部的全部花銷付給那個不知憑什麼秘法知道帳目的老侍者。然後就大搖大擺地走過幾個房間向大門口走去。

# chapter 9 躍躍欲出的肖像

「奧布隆斯基老爺的馬車過來！」門房用氣呼呼的男低音喊道。「馬車過來，奧布隆斯基和列文坐上了馬車。馬車駛出俱樂部大門的一剎那，列文頭腦裡還充滿了俱樂部裡那種悠閒、舒適和人人彬彬有禮的印象，但一到街上，他就感覺到馬車在高低不平的道路上顛簸，聽到迎面駛來的馬車夫氣沖沖的吆喝聲，看到光線朦朧的燈光下一家小酒館和一間小鋪的紅色招牌，俱樂部裡的那種感覺立刻沒有了。他開始回憶自己的行為，並且不禁問自己：去看安娜合適不合適。基蒂會怎麼想？然而這時奧布隆斯基容不得他考慮，好像已經猜透了他的心思，極力想消除他的疑慮。

「你能和她認識，我很高興，」奧布隆斯基說，「你要知道，多莉早就有這個願望了。利沃夫也常去她家。她雖然是我的妹妹，」他繼續往下說，「但我可以毫不誇耀地說她是一個非常完美的女人，很快你就會看到的。她的處境很困難，尤其是現在。」

「為什麼尤其是現在呢？」

「我們正在和她丈夫商量離婚的事。她丈夫也同意了，可是在兒子的問題上卡住了。這件事早該解決，卻拖了三個月。只要可以離婚，她就能和沃倫斯基結婚了。這種陳舊的儀式多無聊啊！那一套本來誰都不信，但是它卻妨礙著別人的幸福！」奧布隆斯基又補充了一句，「噢，到那時安娜和沃倫斯基的狀況就和你我一樣正常了。」

「究竟有什麼困難呢？」列文問。

「嗯，這件事情得從長計議，也實在無聊！我們這裡什麼事都莫名其妙。問題是她在這裡，在莫斯科，等待離婚已經有三個月，這裡人人都認識他，也認識她；她哪兒都不去，女客除多莉外誰也不接見，因為，你知道，她不希望別人因為憐憫去看她；甚至連那個愚蠢的瓦爾瓦拉公爵小姐待在她家裡也感覺丟面子，丟下她離開了。所以在這種境況下，如果換了別的女人，早就不能活下去了。然而她，你馬上就會發現，她仍舊井井有條地安排自己的生活，仍舊舉止文雅，仍舊值得敬重。車夫，向左拐，就在教堂對面的那條小胡同裡！」奧布隆斯基彎著腰從車窗裡伸出頭去對車夫喊了一聲。「譃，好熱呀！」他說，雖然氣溫已經零下十二攝氏度，他卻把解開鈕釦的皮大衣敞得更開些。

「不過她還有一個女兒，可能她天天忙著照顧女兒吧？」列文說。

「看來，你好像把所有女人都看成是圍著小家庭轉的人，看作抱窩的母雞了，」奧布隆斯基說，「女人忙，就一定是忙孩子。她撫養女兒大概挺好的，不過沒聽到她提起。她首先忙著寫作。我已經看到，你在冷笑，但是你沒必要笑。她寫的是一部兒童作品，這事她對任何人都沒有說過，她唯讀給我聽過，我已經把這部原稿拿給沃爾庫耶夫看過了。你也認識，他是個出版商，他自己好像也是一個作家。他是內行人。聽他說，這是一部寫得很好的作品。你以為她是位女作家嗎？根本不是。她首先是個感情豐富的女人，你會看到的。她收養了一個英國小女孩，還得照顧所有的家人。」

「噢，她這樣做倒有些像慈善事業。」

「看你，總是往壞處想。並不是什麼慈善事業，而是出於同情心。他們，我說的是沃倫斯基，有個專門馴馬的英國人，是一個馴馬高手。可是他特別愛喝酒，得了酒精中毒症。拋下家人沒人照管。安娜看到了，幫助他們，對他們十分關心，如今一家人都由她負擔。她不是高高在上，光施捨些錢。她親自教兩個男孩學習俄語，並且把那個小女孩收養在家裡。一會兒，你會親眼看到這個小女孩的。」

馬車駛進院子，奧布隆斯基下車，在放著一輛雪橇的門前用力按了按門鈴。

他沒問開門的僕人安娜在不在家，逕自走進門廳。列文跟著他進去，但越來越懷疑，他這樣做好像不太好。

列文看了看鏡子中自己的形象，發現自己的臉漲得通紅，但他自信並沒有喝醉，於是就跟奧布隆斯基踏上鋪了地毯的樓梯。上了樓，一名僕人向奧布隆斯基行了個禮——就像對一個老朋友似的。他問僕人，安娜·阿爾卡季耶夫娜那兒是不是有客人在，僕人說沃爾庫耶夫先生來了。

「在哪兒？」

「在書房。」

奧布隆斯基和列文穿過鑲著深色護壁板的小餐廳，踏著柔軟的地毯，走進光線暗淡的書房。房裡點著一盞有深色大燈罩的燈。壁上還有一盞反光燈，照亮了一幅巨大的女人全身像，不由得吸引了列文的注意。這是米哈伊洛夫在義大利時給安娜畫的一幅肖像。當奧布隆斯基朝花牆後走時，那個正在談話的男人沒有說話，這時候列文正聚精會神地看著閃耀燈光下好像躍躍欲出的肖像，眼睛怎麼也不捨得離開它。他甚至忘記了自己在哪兒，也沒有聽別人說話的內容，只是聚精會神地注視著這幅美妙得驚人的肖像畫。在他眼中，這並不是一張畫像，而是一個鮮活的、美麗動人的女人。她有一頭烏黑彎曲的頭髮，肩膀和手臂露在外面，長滿柔軟汗毛的嘴唇上泛著沉思得出神的、難以察覺的笑容，並且用那雙使人銷魂的眼睛揚揚得意而又脈脈含情地望著他。如果說她不是活的，那只是因為任何活著的女人都不及她美麗迷人。

「我太高興啦。」他突然聽到身旁有一個很明顯是跟他說話的聲音，原來就是他十分欣賞的畫中那個女人的聲音。安娜從屏風後面走出來迎接他。於是列文在書房裡那朦朧光線的燈光中見到了畫上所畫的女人，她穿著一件花色斑斕的深藍連衣裙，姿勢不同，表情兩樣，但也像畫家在畫中表現的那樣，達到了美的頂峰。現實中，她並不那麼豔麗，身上卻帶著畫上所沒有的、新鮮的迷人魅力。

chapter 10 打破堅冰

安娜站起來接待列文，並不掩飾看見他的愉悅心情。她大方而自然地向列文伸出有力而纖巧的手，把他介紹給沃爾庫耶夫，接著又指了指那個長著一頭紅髮的美麗小女孩，說這個在做女紅的小女孩是她的養女。她的這些言行舉止具有列文所熟悉和喜愛的上流社會婦女的氣派：端莊穩重，落落大方。

「我真高興，真高興！」她重複說道，這句特別普通的話從她口中說出，不知為什麼讓列文覺得好像含有特殊的意義。「我很早就認識您，並且很欣賞您，不僅因為您和斯季瓦是特別好的朋友，以及您太太的關係……我認識她時間不久，可是她留給我的印象簡直像一朵美麗的鮮花。聽說，她很快就要當母親了！」

她從容不迫、很隨便地說著，偶爾把目光從列文身上轉移到哥哥身上。此刻列文覺得自己給她留下的印象很好，同她在一起也就變得輕鬆愉快，無拘無束，彷彿他從小就認識她一樣。

「我和伊萬·彼得羅維奇之所以去書房，」奧布隆斯基問安娜是否可以吸煙時，她這樣回答，「就是為了好抽抽煙。」接著瞟了列文一眼，意思是問：你抽不抽煙？她把玳瑁煙盒拿過來，抽出一根煙來。

「你今天身體好嗎？」哥哥問她。

「挺好的。和往常一樣，思想有點兒錯亂。」

「畫得太好了，是嗎？」奧布隆斯基看到列文盯著那幅畫像，說道，「我從未看過這麼好的畫像。」

「太逼真了，不是嗎？」沃爾庫耶夫說。

列文的視線從畫像移到本人身上。當安娜感覺到他的目光落到自己身上時，臉上立刻浮現出一種異樣的神采。列文臉紅了，為了掩飾自己的窘態，他剛想問她是不是好久沒有看見多莉了，可就在這時，安娜自己說話了：「我剛剛和伊萬・彼得羅維奇在談論瓦先科夫最近創作的一些繪畫。您看見過這些畫嗎？」

「我看見過了。」列文回答。

「不過很抱歉，剛才我打斷了您的話，您剛剛想說……」安娜問。

於是列文就問她最近有沒有見過多莉。

「昨天她來過這裡，她為了格里沙的事情對學校很生氣。拉丁文教師對待他好像很不公平。」

「是的，我見過那些畫了。然而我不怎麼喜歡。」列文又回頭去談她一開始談到的話題。

列文現在說話一點兒也不像今天上午那樣無趣了，同她說話一字一句都有特殊意義。安娜說話不但一點兒也不做作，而且又很聰明，並不認為自己的見解有什麼了不起，而非常尊重對方的見解。

接著話題轉移到藝術的新流派，談論起法國一個畫家給《聖經》作的新插圖。沃爾庫耶夫責備那個畫家把現實主義發展到不能容忍的地步。

列文說：「法國人在藝術上最墨守成規，因此他們認為回到現實主義就是做了特殊貢獻。他們把誠實看作詩歌。」

列文從來沒有說過一句讓他這樣滿意的機智言語。安娜突然很讚賞這種說法，臉上立刻放出光來，她笑了笑。

「我笑，」她說，「就像人家看見一幅維妙維肖的畫像一樣，高興極了。」她說，「您的話一針見血，道破了今天法國藝術的特點，例如左拉、都德等許多作家的特點。不過，大概事情總是這樣，從虛構形象裡產生概念，接著安排佈局，就覺得虛構的形象讓人討厭了，於是就開始構思出一些更真實、更自然的形象來。」

「這話說得很正確！」沃爾庫耶夫說。

「那麼說，您去俱樂部了？」安娜問哥哥。

「是的，是的，竟然有這樣的女性！」列文一面想，一面出神地緊盯著她那表情豐富的美麗臉蛋，這臉蛋此刻突然一下子就變了樣。列文沒有聽到安娜跟她哥哥說了些什麼，不過她臉上的表情變化讓他驚訝。原來那張悠閒文靜的臉突然流露出一種讓人捉摸不透的氣憤和驕矜的神情，但是僅僅持續了片刻。然後她又瞇起兩眼，似乎在回憶什麼。

「唉，但是這種事情沒人感興趣。」她說。於是轉身對那個英國小女孩說：「請吩咐他們在客廳裡擺茶。」

小女孩站起身來出去了。

「怎麼樣，她考試及格了嗎？」奧布隆斯基追問道。

「考得很好。這小女孩很有才能，性格溫柔又可愛。」

「那你愛她一定勝過愛你自己的孩子。」

「看，男人才會說這樣的話。我對孩子的愛都一樣。我對自己的女兒是一種愛，對她又是另外一種愛。」

「我剛剛還跟安娜說，」沃爾庫耶夫說，「要是她能把花在這個英國小女孩身上的精力的百分之一，用到教育俄國兒童的共同事業上，她就會做出重大有益的貢獻。」

「是的，無論您怎麼說，我就是做不到。阿列克謝・基里洛維奇伯爵一再激勵我在鄉村辦學校。我去過幾次，孩子們都很可愛，可是我對這項工作不感興趣。至於您說的精力，精力是由愛產生的。愛不能強求，也是勉強不來的。看，我喜歡這個小女孩，但是自己都不清楚愛她的原因。」

說完後，安娜又看了看列文。她的微笑和眼神都告訴他，她這番話是說給他聽的。她尊重他的意見，並且預先知道他們是能夠互相理解的。

「我完全明白，」列文說，「一個人決不會把心血都用到置辦學校這樣的慈善機構上，所以我覺得，就因為這個，慈善機構一直都很少有成效。」

她沉默了片刻，然後笑了笑。「對，對，」她證實地說道，「無論什麼時候我都辦不到。我可沒有那樣寬廣的胸懷，無法愛護孤兒院裡那些讓人感到齷齪的小女孩。有很多女人曾經就是靠這種手段博得社會地位。現在這種風氣越來越嚴重。」她帶著憂鬱和信任的神氣說，表面上是對哥哥說的，其實顯然是講給列文聽的。「現在非常需要做點什麼事情，然而卻做不成。」說著，她猛然間緊緊地皺著眉頭，可是，她很快就換了話題，對列文說，「我清楚大家對您的看法，認為您是一個道德敗壞的公民，我聽後，總是盡力想為您辯解。」

「您怎麼樣為我辯解呢？」

「那要看人家怎樣攻擊您了。來，大家喝點茶好嗎？」安娜站起來，拿起一本皮面精裝的書。

「給我吧，安娜．阿爾卡季耶夫娜，」沃爾庫耶夫用手指著那本書說，「這本書價值很高。」

「哦，不，這僅僅是一部非常粗糙的草稿而已。」

「我已經跟他說過了。」奧布隆斯基用手指著列文對妹妹說。

「你這樣做沒有道理。我的著作就好像是麗莎．梅爾察洛娃有時向我推銷的那些在監獄裡拿出來的雕刻小花籃。她在主持慈善會的監獄部，」她對列文說，「那些不幸的人在耐心上創造了奇蹟。」

列文又在這個他特別喜歡的女人身上發現了另一個新的特性，除去智慧、文雅和漂亮以外，她還具有非常誠實的品質。她不想在他面前掩飾自己處境的艱難痛苦。她說完這話，歎了一口氣，面部表情像石頭一樣呆板冷峻。這樣也就顯得更加美麗動人，但這是一種新的表情，完全不是畫家畫上表現的那種閃爍著幸福的光彩，而且把幸福洋溢著給別人看的表情。列文又看了看那幅畫像和她的姿影，那時她和她的哥哥臂挽著臂，穿過高大的門，列文不禁對她產生了一種連他自己都沒想到的情感和愛戀。

安娜請列文和沃爾庫耶夫到客廳去，自己要和哥哥單獨聊會兒。

「他們是談論離婚，談論沃倫斯基，談論他在俱樂部裡的事，還是在談論我？」列文想。安娜同哥哥談些什麼，這個問題使他忐忑不安，以致他幾乎沒有聽見沃爾庫耶夫在對他說安娜寫的那部兒童小說的優點。

喝茶時，人們依然進行著那種非常有趣的、歡快的談話。不但不用花時間去尋找話題，恰恰相反，大家都覺得沒有時間把想說的話表達完整，也因為要聽別人說說，所以甘願抑制住不說。這次談話因為安娜的注意和時常穿插的評價，無論談什麼，大家都覺得特別有意義。列文一面仔細聽著這場有趣的交談，一面不斷地欣賞她，欣賞她的美麗、聰明和教養，欣賞她的淳樸和誠摯。他邊聽邊說，又不斷地思索，思索她的精神生活，竭力揣測她的感情。他過去曾經那樣苛刻地責備過她，現在卻依照一種奇怪的推理為她辯解，並且禁不住替她難過，而且害怕沃倫斯基不太瞭解她。十點多時，奧布隆斯基站起來想走的時候，（沃爾庫耶夫在早一些時候已經告辭走了）列文卻好像覺得自己剛來一會兒。在沒有辦法的情況下，他只好戀戀不捨地站起來離開了。

「再見，」安娜握著他的手，用迷人的目光盯住他的眼睛說，「我真的很高興，堅冰已經打破了。」她放開他的手，瞇著眼睛說。

「請轉告您的夫人，要是她不能饒恕我現在的處境，那就希望她永遠不要饒恕我。要饒恕，就得經歷我經歷過的這種生活，但願上帝保佑她別再受這種苦難了。」

「一定，我一定會告訴她……」列文漲紅了臉說道。

# chapter 11 妻子的擔心

「一個多麼出色、可愛而又值得同情的女人呀！」列文跟隨奧布隆斯基來到寒冷的戶外時，心裡這樣想著。

「哎，沒錯吧？我不是跟你說過嗎。」奧布隆斯基覺得列文已經被徹底征服了，於是就這樣說。

「是的，」列文沉思地說道，「非同尋常的女人！不但聰明，而且極其誠摯。我真替她難過！」

「希望上帝保佑，現在的一切都能儘快地過去。哦，凡事不能太早下結論，」奧布隆斯基說，一面打開馬車的車門，「再會吧，我們就要分別了。」

安娜的模樣一直浮現在列文的腦海裡，他思索著和她談過的所有非常坦率的話，回想她臉上流露出的所有細微的表情，越想越設身處地為她的處境難過。他就這樣回家了。

回到家裡，庫茲馬向列文匯報說，卡捷琳娜·亞歷山德洛夫娜很平安，她的兩位姐姐剛剛離開，並且遞給他兩封信。列文就在前廳拆開看了，為了以後不再分心。有一封是管家索科洛夫寄來的。他在信裡說，小麥賣不出去，因為人家每擔只肯出五個半盧布，可是錢又沒有別的來路。另一封信是他姐姐寄來的。她怪他至今沒有把她的事情辦好。

「好吧，既然不肯多出錢，那就五個半盧布賣掉吧。」列文立刻果斷地就第一件事做了決定，這在以前他會覺得很棘手。「太奇怪了，在這裡怎麼會忙碌到這種程度呢？」他開始考慮第二封信。他認為對他姐姐有些慚愧，因為她託付他辦的事情到現在還沒有辦好。「今天我又沒有去法院，不過今天確實沒時間。」他下定決心明天一定去法院，就去妻子的房間了。他一面走一面快速地回憶了一下這一整天發生的事情。這一天的所有大事都是談話：聽人家談，自己也參加談。他們談的事情，在鄉下是決不會談到的，可是在這裡，卻談得很有趣。他的談吐優雅，然而有兩點不太好。一點是他談起了狗魚的事情，另一點就是對安娜的同情有些不太合情理。

走進房裡，列文發現妻子正惆悵和煩悶。三姐妹一起吃飯本來很開心，但是左等右等都不見列文回來，大家都覺得掃興，兩位姐姐便先走了，只留下基蒂單獨一人了。

「喂，你在外邊都忙什麼了？」她凝視著他那雙形跡可疑的眼睛問。但為了不妨礙他講出全部真相，她藏起關注的神色，故意帶著一種讚賞的微笑，聽他說這天晚上他是如何度過的。

「噢，我遇見了沃倫斯基，和他在一起我感覺非常隨便和自然。你知道，以後我必須得想辦法不再跟他會面了，但是以前那種彆扭已經沒有了，」他一邊說，一邊想到自己剛剛說要設法不再跟他相見，但是緊接著就去看安娜了，不由得滿臉通紅，「你瞧，我們常說老百姓愛喝酒，我不知道誰喝得多些，是普通老百姓還是我們這個階層的人？老百姓只有節日裡才喝酒，但是我們……」

然而基蒂對於談論老百姓縱酒的問題一點兒也不感興趣。她看見列文滿臉通紅，因此非常想弄明白這究竟是什麼原因。

「噢，以後你又去什麼地方了？」

「斯季瓦一定要我去拜訪安娜·阿爾卡季耶夫娜。」說到這裡，列文臉更紅了，他去探望安娜這件事情做得合適不合適，這個疑團總算解決了。他現在才明白，他本來不應該去探望她。

一聽到安娜的名字，基蒂的眼睛就睜得特別大，眼裡閃閃發光，然而她極力控制著自己的感情，隱藏著自己的憤怒，而且用假像瞞過了他。

「哦！」她只這樣叫了一下。

「我去過那兒，我想你大概不會生氣吧。斯季瓦讓我去的，多莉也希望我去。」列文繼續說。

「噢，不。」基蒂嘴上這麼說，但從她的眼神裡可以看出，她在盡力克制自己的感情。這情況使他感覺不是什麼好事。

「她是個非常可愛，非常非常可憐的好女人。」列文講到安娜，講到她的活動，也說了安娜讓他轉告的話。

「是的，不用說，她當然非常讓人同情。」等他說完後基蒂這麼說。

「你收到了什麼人的信？」

列文對她說是什麼人的信後，從她那心平氣和的聲調中他沒有發覺她有什麼不滿，於是就去脫衣服了。

他返回房間時，看到基蒂依舊坐在那把扶手椅上。他來到她跟前時，她看了他一眼，突然大哭起來。

「怎麼回事？怎麼回事？」列文這麼問，心裡已明白是怎麼一回事了。

「你一定是愛上那個討厭的女人了，她把你吸引住了。我從你的眼神裡就可以看出來。是的，是的！這又能有什麼後果呢？你在俱樂部裡喝酒，拚命喝酒，還賭錢，然後又到……到誰那裡去了？不，我們走吧……我們明天就走。」

列文花了很長時間都沒有把妻子勸慰好。最後他承認，憐憫的感情加上酒，就使他忘乎所以，因而受到安娜狡猾的誘惑，今後他一定迴避她，這才讓她平靜下來。接著他真心誠意地承認，來莫斯科這麼久，除了吃喝玩樂，聊聊天，他竟然變得得過且過了。他們的談話一直持續到凌晨三點。那時夫妻兩個才完全和好，可以安心入睡了。

chapter 12

# 敵對的魔鬼

安娜把客人送走後，並沒有坐下來，而是在屋子裡來回踱步。儘管她整個晚上沒有意識地（就像她近來對待所有的年輕人的做法一樣）展示出全部的魅力，想誘惑列文迷戀她，雖然她知道，她使一個已婚的正派男人在一個晚上對她傾倒的程度達到了頂峰，並且她也的確喜歡列文，（儘管由男人的觀點看來，沃倫斯基和列文有著顯著的不同，而她，作為一個女人，卻在他們身上看出使得基蒂愛上了他們兩個的那種共同特點）然而，列文一離開那間屋子，她就已經把他的形象拋到九霄雲外了。

只有一個念頭以各種形式執拗地糾纏著她。「既然我對別人，對那個結過婚並且熱愛妻子的人，都那麼具有魅力，那他為什麼會對我如此冷淡呢？冷淡倒也不確定，他是愛我的，這點我清楚。可是現在有一種新的東西讓我們彼此間有了隔閡。他為什麼整整一個晚上都不回家？他讓斯季瓦捎信說，他不可以把亞什溫一個人丟在那兒，他要監視他賭錢。亞什溫是個小孩兒嗎？即使這是實話，不過那實話後面也別有用心。他趁機向我說明，他還有別的事情要做。實際上這個我知道，而且對於這個我並不反對。不過他又為什麼向我證明呢？他是想向我說明，他對我的愛不該妨礙他的自由。然而我並不需要這樣的證明，我希望得到愛情。他應當瞭解，我在這兒，在莫斯科生活是多麼痛苦。難道這也算是生活嗎？我這不是生活，是在等待著一拖再拖的結局。回信還是沒有！斯季瓦說了，他不會去卡列寧那兒。我也不會再寫信了。我不知道該怎麼辦，又不能動手做什麼，我只能抑制住自己，耐心等候，並且想辦法自己去尋找快樂——像英國人的家庭那樣生活，創作些東西，讀讀書，等等。不過所有這些僅僅是自欺欺人而已，只是一種嗎啡罷了。他應該同情我呀！」她自言自語，同時感覺自憐自愛的眼淚奪眶而出。

這個時候安娜聽見沃倫斯基一陣用力的按鈴聲，急忙擦去眼淚，不僅擦去眼淚，而且坐到燈下，翻開一本書，裝作若無其事的樣子。要讓他明白，他沒有如期回來，她很不滿意，但只是不滿意，她決不可以露出悲傷的神色，最重要的是，不能叫他感覺她憐憫自己。她可以自憐自惜，但是不能讓他可憐自己。她不想夫妻間吵架，而且還曾埋怨過他想吵嘴，可是現在她自己都無意中擺出了鬥爭的姿態。

「啊，你沒有感覺孤獨吧？」沃倫斯基又快活又精神很好地來到她面前說，「賭博實在是一種恐怖的壞毛病！」

「沒有，我沒有感覺孤獨，我早已經學會這樣的孤獨了。斯季瓦來過，列文也來過。」

「是的，他們想來看看你。那麼，你認為列文好嗎？」他說，一面坐到她身旁。

「非常好。他們剛走。亞什溫還好嗎？」

「他剛開始贏了，贏了一萬七盧布。我叫他走。他剛打算走，可是又回去，現在輸光了。」

「那麼你又為什麼留在那兒呢？」她突然抬起眼睛看著他問，她臉上的神情冷漠而又沒有好意，「你告訴斯季瓦，你留下來是要把亞什溫帶走，可你還是讓他給留下來了。」

他的臉上也流露出要吵嘴的冷漠表情。

「首先，我並沒有讓他給你帶過什麼口信；其次，我從來不撒謊。主要是我想留下就留下了。」他皺著眉頭說。「安娜，何必這樣呢？」沃倫斯基停了片刻又追問說，一面把身體靠近她，並且伸出手來，期望她會把手放到他手裡去。

這種柔情蜜意的表示讓她很高興。但是一種古怪的邪惡力量卻不讓她屈服於情愛的誘惑，好像在鬥爭的情況下不允許她就這樣投降一樣。

「當然，你願意留下來就留下來吧，你愛怎麼樣就怎麼樣。但是你為什麼要告訴我這些呢？為什麼呢？」她說道，情緒越來越激動了，「難道有人會反對你的這種權利嗎？不過你希望證實自己有理由，所以就算你有理吧。」

沃倫斯基那雙手攥成了拳頭，縮回去，轉過身子，臉上的神情比原來更倔強。

「你實在是固執，」她對他凝視了一會兒，突然想出適當的字眼，來說明使她惱火的神情，「的確是頑固不化。對你來說，這只是能不能在我面前保持勝利者的姿態問題，可是對我來說……」她又一次憐憫起自己來，幾乎要流淚了。「希望你能體味我心裡是什麼滋味兒！我覺得你現在對我有敵意，的確有敵意，希望你知道，這對我來說是什麼意思就好了！你真不能體味，現在我內心是多麼的灰心絕望，我真擔心，很擔心我自己！」說完後，她轉過身去，強忍著淚水。

「啊，我們這是怎麼了啊？」他看到她那種絕望的神色，大吃一驚，又探過身去，拉住她的手吻了吻，說，「這是怎麼啦？難道我在外邊拈花惹草了嗎？難道我平常不是儘量避免和女人交往嗎？」

「希望不是！」她說道。

「那好吧，你說我怎樣做你才能安心呢？只要能讓你快樂，我做什麼都行。」他說。他被她的悲觀失望的神情打動了：「安娜，只要你不像現在這樣難過，我什麼都可以去做！」

「沒什麼，沒什麼！」安娜說。「我自己都不知道，究竟是因為生活的孤寂呢，還是神經……哦，我們不說這些了。賽馬怎麼樣？你還沒有講給我聽呢。」她問，竭力掩飾得意的神色，因為在這場吵嘴中她勝利了。

沃倫斯基讓僕人拿來晚餐後，就開始詳細地對她說起賽馬的情況。但從他變得越來越冷淡的語氣和眼神裡，她看出他沒有原諒她的勝利，她反對過的那種頑固不化的情緒又在他身上出現。他現在對她比以前更加冷淡了，好像後悔不應該向她屈服一樣。此時她回想起使她取得這場吵嘴勝利的言語：「現在我內心是多麼的灰心絕望，我真擔心我自己。」她馬上就明白了，這種武器有危險，不能重複利用。她覺得，不考慮使他們結合的愛情，他們之間還出現了敵對的魔鬼，她無法把它從他身上趕走，更不能把它從自己心裡驅除。

# chapter 13 產兆

一個人沒有適應不了的生活環境，特別是他看到周圍的人都這樣生活。

列文絕不會相信，要是在三個月以前，他能在今天這樣的環境裡高枕無憂；可以沒有目標、毫無意義地生活，並且還是一種入不敷出，在酗酒以後，他和妻子以前愛過的那個男人建立不適當的友誼之後，又更不恰當地去拜訪那個只能稱得上墮落的女人，並且受到這個女人的迷惑，使得妻子十分悲傷以後，在這種生活境況下，他竟然還能高枕無憂。然而，疲勞、通宵未睡再加上酒精的影響，他睡得很香、很安穩。

清晨五點，吱吱的開門聲把他驚醒了。他猛然跳了起來，朝四下裡打量了一下。基蒂沒在他身邊躺著，已經離開了床。不過隔壁後邊有搖曳的燈光，他聽到了她的腳步聲。

「發生什麼事啦？……發生什麼事啦？」他睡意矇矓地問道，「基蒂！發生什麼事啦？」

「沒什麼事，」基蒂拿著蠟燭從屏風後邊走過來說，「我覺得有點不舒服。」她說時露出一種特別可愛而意味深長的微笑。

「什麼？開始動了嗎？開始動了嗎？」列文慌張地說道，「一定得去找人……」說完，他急急忙忙地開始穿衣服。

「不，不，」她微微一笑，用手攔住他說，「我想沒什麼。我只是覺得稍微有點兒難受。不過現在已經沒事了。」

接著她又回到床上，把蠟燭吹滅了，躺下，安靜下來。雖然她的屏息靜氣，尤其是當她從隔壁房間裡過來對他說「沒什麼」時那種溫柔而興奮的神色使他覺得奇怪，可是他睡意正濃，立刻又呼呼睡著了。到後來他才明白了她那種屏著氣似的安靜，明白了她躺在他身旁，一動不動地等候著一個女人一輩子中最大事件的到來時，她那溫柔高貴的心中經歷著怎麼樣的變化。七點的時候，她用手輕輕地捅了捅他的肩膀，輕聲喚醒了他。她彷彿很矛盾，既想和他交談，又後悔把他喚醒。

「科斯佳，不要擔心。沒有事。可是我感覺……需要吩咐人去請麗莎韋塔・彼得洛夫娜。」

蠟燭再次點亮了。基蒂坐了起來，手裡拿起她這幾天來一直編織的毛衣。

「你千萬不要緊張，不要緊的。我一點兒也不怕。」基蒂看到他那驚慌失措的臉色說，她把他的一隻手放到自己胸前，接著又把它緊貼在自己雙唇上。

列文急忙跳了起來，幾乎是六神無主，眼睛眨也不眨地望著她的眼睛。他應該走出去，可是他無法離開她的視線。難道他還不喜歡她的臉，不熟悉她的表情和眼神嗎？可是他從沒有看到過她現在這種模樣。回想起昨天她那副痛不欲生的模樣，他覺得自己現在面對她，在她面前是何等的卑劣，何等的糟糕！那張紅暈的面孔，在睡帽裡彈出的那綹柔軟鬈髮的襯托下，閃耀著更加快活和堅定的光彩。

雖然以基蒂的個性，一般很少有矯揉造作和虛情假意的地方，然而列文覺得，她的心靈突然間揭掉了所有的掩飾，在她的眼中閃耀著刺眼光芒，這一切都袒露在他面前，令他驚詫不已。他熱愛的這個女人竟然這樣單純真摯，越發顯出她的本色。基蒂微笑著望著他，突然他的雙眉抖動了一下，她抬起頭來，迅速走到他面前，抓住他的手，整個身子依偎著他，火熱的氣息傳遍了他的全身。她十分痛苦，彷彿在向他訴苦。剛開始一瞬間，也許是習慣成自然，列文覺得這又是自己的過錯。可她的眼睛裡充滿了溫柔的神情，彷彿在說她不僅沒有因為受這種痛苦而責怪他，反倒更愛他。

「如果這並不是我的過錯，又是什麼人的過錯呢？」列文情不自禁地想著，搜尋著造成這痛苦的罪人，好去懲罰他，但是沒有找到。她覺得痛苦，訴著苦，但又為這痛得意、高興，甚至喜愛這種痛苦。他看出，她內心正進行著一種崇高的變化。可究竟是什麼呢？他無法理解。那已經超越了他的理解力。

「我已經派人接媽媽去了。你馬上去接麗莎韋塔・彼得洛夫娜……科斯佳！……沒什麼事，現在過去了。」

基蒂從他身旁走過去，按了按鈴：「好了，你現在去吧，帕沙馬上要到了。我很好。」

此刻列文驚訝地發現，她又拿起了夜間拿過來的毛衣，動手織了起來。

列文從這道門裡走出去時，剛好看到一個侍女從另外一道門走進來。於是他便在門外停了下來。他聽到基蒂在向侍女仔細地指揮著什麼，還親自幫著她挪動床鋪。

他穿上衣服，趁僕人套馬的時候——因為還沒有出租馬車——又跑回臥室，可不是踮起腳尖，而是插上翅膀。兩個侍女正在臥室裡小心翼翼地搬動東西。

基蒂一邊踱來踱去，一邊敏捷地抽動著針線，還不時地指揮侍女幹活。

「我馬上就去請醫生。已經派人去接麗莎韋塔・彼得洛夫娜了，可我還得再去一下。還需要別的什麼嗎？是的，再到多莉家看看，對嗎？」

基蒂看了他一眼，很顯然並沒有聽懂他在說什麼。

「是的，是的。你去吧，你去吧。」她雙眉緊皺，朝他擺了一下手，急促地說。

他已經到客廳了，突然聽見臥室裡傳出一聲淒慘的呻吟，接著便靜止了。他站住了，好一陣不明白是怎麼回事。

「是的，這是她發出的聲音。」他喃喃自語道，接著雙手抱住頭朝樓下跑去。

「噢，上帝保佑！饒恕我們吧，救救我們吧！」他翻來覆去地說著這些意想不到的湧到嘴邊的話語。他是一個不信教的人，可現在不僅嘴裡重複著這些話，心裡也不斷地呼籲著上帝。他明白，別說他心裡的種種懷疑，就是他理性根本無法相信的東西，也絲毫不妨礙他向上帝求救。一切懷疑和理性此刻都從他心靈裡消失了。此時他不向掌握著自己生命、靈魂和他的愛情的上帝呼籲，又能向誰求救呢？

馬還沒有套完。一下子要應付眼前的所有事務，列文覺得自己體力不支，連精神都十分緊張。為了不耽誤一分鐘，他還沒有把馬車準備好，就先徒步出發了，告訴庫茲馬來追他。

在拐彎的地方，他遇上一輛飛馳而來的出租雪橇。麗莎韋塔・彼得洛夫娜穿著天鵝絨外套，頭上紮著頭巾，坐在輕便的雪橇上。「感謝上帝，感謝上帝！」列文認出她那張帶有淡黃頭髮、此刻顯得特別嚴肅認真的瘦臉，高興得不斷地叨念著。他沒有讓雪橇停住，而是在一邊和它並排往回跑。

「已經有兩個鐘頭了吧？不可能再多吧？」麗莎韋塔・彼得洛夫娜問道。「您應該把彼得・德米特里奇接過來，不過別催促他。然後去藥房買點兒鴉片回來。」

「您看會平安順利嗎？啊，上帝，饒恕我們，救救我們吧！」看到自家的馬從大門裡駛出來，列文立馬說道。他跳到雪橇上，坐在庫茲馬旁邊，吩咐把車駛到醫生那兒去。

chapter 14 分娩

醫生還沒起床，僕人說他「睡得很晚，吩咐過不要叫醒他，自己很快會起來的」。僕人正在擦燈罩，看上去十分專心。僕人擦燈罩那麼認真，而對列文家的事卻那麼冷淡，讓列文覺得很驚訝，可反過來仔細一想，也就明白了，其他人誰都不知道也沒有人應該知道他的心情，所以他做事情應該更加謹慎、沉著、堅決，以便採取措施打破這堵冷漠的牆壁，實現自己的目標。

「別慌張，可也不能放過任何機會。」列文自言自語道，覺得自己的體力越來越旺盛，注意力越來越集中，足以對付現在所有的事情了。

列文一聽醫生還沒起來，就從他所設想的各種行動計畫中，選定了下面這一種：讓庫茲馬拿著一張字條去請另一個醫生，而自己則去藥房買鴉片，要是等他回來醫生還沒有起床，那就賄賂僕人，要是對方再不答應，那就強迫他把醫生叫醒。

來到藥房，一個瘦骨嶙峋的藥劑師正在給等在那兒的馬車夫包藥粉，神情同那個擦拭燈罩的僕人一樣默然，不肯把鴉片賣給列文。列文竭力不動聲色，不發脾氣，說出醫生和接生婆的名字，講明鴉片的用途，竭力說服藥劑師賣給他一些。藥劑師用德語問了問間壁後邊的店主，那個人在後面表示同意後，他才慢騰騰取出一隻藥瓶和一個漏斗，從大瓶裡往小瓶裡倒了一點兒，然後貼好商標，封好瓶口，儘管列文在一旁請求他不用那樣。他還是打算包起來，這時列文再也忍不住了，堅定地從他手裡奪過那只玻璃藥瓶，從玻璃大門向外衝去。返回醫生家，醫生還是沒有起來，僕人此刻正忙著鋪地毯，仍舊不想去喚醒他。列文不慌不忙地掏出十盧布鈔票，慢悠悠的但又不浪費時間，一面把鈔票遞給他，一面解釋說，彼得．德米特里奇曾答應過他隨時都可以出診，因此這會兒去喚醒他，他肯定不會發火的。

那個僕人滿口答應了，走上樓去，讓列文在候診室等候。

列文聽到了門那邊醫生的咳嗽聲、腳步聲、洗漱聲與談話聲，就這樣約莫過了三分鐘，列文覺得彷彿過了一個多鐘頭了。他感覺不能再等待下去了。

「彼得．德米特里奇，彼得．德米特里奇！」他用懇求的語調對著敞開的門叫喊，「看在上帝的面上，請您饒恕我吧。懇請您接見我吧。我已經等了兩個多鐘頭了。」

「馬上就來，馬上就來！」醫生回答，列文聽出他一邊說著一邊微笑，感到大為驚奇。

「再等一會兒……」

「馬上就來。」

醫生光穿靴子就用了兩分鐘，然後穿衣服和梳理頭髮又用了兩分鐘。

「彼得．德米特里奇！」列文又可憐巴巴地喊起來，這時醫生穿好衣服，梳好頭髮，走了出來。

「這種人真沒良心，」列文想，「人家就要沒命了，他竟然還在這裡梳理頭髮！」

「早上好！」醫生一邊向他伸出手來，與他握了握手，一邊神態自若地告訴他，彷彿有意取笑他一樣，「不用急。有什麼好著急的呢？」

列文立即把妻子的情形講得盡可能絲毫不差，差不多還講述了一切沒有用的詳細情況，並且一再哀求醫生馬上就跟他去。

「您不用著急，您對這方面是不懂的。恐怕我根本就不用去，不過我既然答應過您，那我是會去的。可是不用著急。請您坐下，要不要來杯咖啡？」

列文望了望醫生，目光彷彿在詢問，他是不是在拿他開玩笑。事實上醫生並無意取笑他。

「這一點我清楚，我也瞭解，」醫生微笑著說，「我也是有家室的人，不過我們男人在這種時刻是最可憐的人。我以前有個女患者，她丈夫在這種場合總是跑進馬廄裡。」

「但是您覺得怎樣，彼得・德米特里奇？您認為會很順利嗎？」

「從種種症狀來看，應該會是順產的。」

「可您不現在就走嗎？」列文冒著怒火看著那個端著咖啡走進來的僕人，說道。

「請您再等一個鐘頭吧。」

「不，請您看在上帝的面上，請不要再耽擱了！」

「哦，那好吧，但讓我把咖啡喝完。」

於是醫生端起咖啡喝了起來。兩個人都保持了沉默。

「這一下子把土耳其人打得是落花流水。您有沒有看昨天的電訊？」醫生一邊說，一邊嚼著麵包。

「不行，我不能繼續在這裡等了！」列文猛地站起身來說，「那麼再過十五分鐘您是肯定會來的吧？」

「嗯，再過半個鐘頭。」

「您說話算數？」

列文急速地返回家裡，正好與公爵夫人同時到達。他們一起走到臥室門口。公爵夫人眼含淚水，手打哆嗦，一見列文，就撲上去抱住他哭出聲來。「她還好嗎，親愛的麗莎韋塔·彼得洛夫娜？」她連忙拉住向他們走過來的麗莎韋塔·彼得洛夫娜的手問道。那個接生婆的臉色顯得既欣喜無比，又有些焦慮不安。

「現在的情況很好，」她回答道，「您還是去勸她先躺下來吧，躺下來會舒服點兒。」

列文自從早晨醒來明白是怎麼回事後，就打算不胡思亂想，不瞎猜測，堅決克制思想感情，免得擾亂妻子的心緒。除此之外，他還需要安慰她，鼓勵她，而自己必須也要想出辦法來對付眼下他所面臨的事。列文諮詢過這種事情一般都會持續五個鐘頭左右，就已經事先在心裡準備好，準備忍耐這難以忍受的五個鐘頭，他感覺自己還是可以做到這一點的，列文甚至都不允許自己去思考將要發生什麼事，事情將會進展到什麼地步。不過等他從醫生那裡回來，再一次看到基蒂那痛不欲生的樣子時，他越來越頻繁地抬起頭，不住地歎著氣，一遍又一遍地說著：「哦，我的上帝呀！請饒恕我們，請救救我們吧！」他感覺到害怕，害怕自己會承受不住，最後會淚流滿面，或會跑掉。他已經覺得痛苦得不行了，可是才過了一個鐘頭。

接著又過了一個鐘頭，兩小時、三小時，直到他預定的忍耐極限——五小時，情況依然如故。他一直忍耐著，因為除了忍耐別無他法，而且每時每刻他都好像感覺已經達到了忍受的極限，他的心馬上就會因為極其痛苦而爆裂開了。

可是時間還是一分鐘一分鐘、一個鐘頭又一個鐘頭地流過去了，而他心裡面的痛苦與恐懼也越發增長，變得越來越緊張了。

現在在列文眼裡，生活裡的一切常規——沒有它們就什麼都無法想像——再也不存在了。他失卻了時間意識。當基蒂把他叫到身邊時，他抓住她汗淋淋的小手，那手忽而異常使勁地握緊他的手，忽而又把他推開，這時他覺得幾分鐘簡直像幾小時那麼長，而有時幾小時卻又像只有幾分鐘那麼短。

麗莎韋塔・彼得洛夫娜吩咐列文到屏風後邊點上一根蠟燭，他覺得很奇怪，直到此時他才意識到已是傍晚五點了。假如這會兒有人對他說是上午十點，他肯定也不會感到如此驚奇的。他現在在哪裡他自己都不清楚，就像他此時不知道時間一樣。

他看到她那張熱得紅紅的臉時而精神恍惚、痛苦萬分，時而又掛著微笑，盡力讓他欣慰。他看到公爵夫人那張臉緊張得紅紅的，一頭灰白的鬃髮披散著，她咬著嘴唇，竭力忍住眼淚；他看到多莉，看到吸著劣質煙捲的醫生；他還看到臉上帶著毅然神情、讓人鎮靜的麗莎韋塔・彼得洛夫娜，還看到眉頭緊皺、在大廳中來回走動的老公爵。他們從哪裡來又到哪裡去，他在什麼地方，他一概不知道。公爵夫人時而同醫生一起在臥室裡，時而在擺好飯桌的書房裡；時而又不是公爵夫人，而是多莉。

後來列文又想起了，好像有人派他去哪裡做什麼事。一會兒叫他去搬桌子，一會兒搬沙發。他很熱心，認為這是為基蒂做的，可後來才知道，這是給他自己準備睡覺的地方。一會兒讓他去書房裡問醫生什麼事情，醫生告訴他之後，就開始談論杜馬里的混亂情狀。隨後又派他到公爵夫人寢室裡去拿一個有銀衣飾的鍍金聖像。他和公爵夫人的一個老女僕爬到小櫃上去拿，他竟然把一盞長明燈打破了，女僕寬慰他別為妻子擔心，別因為打破那盞燈而自責。他把聖像拿來放在基蒂的頭前，小心翼翼地塞進她的枕頭下面。但這一切都是在什麼地方，什麼時候，為什麼做的，他都不知道。他也不明白為什麼公爵夫人拉著他的手，憐憫地望著他，請他放心；多莉為何也勸他吃些東西，還將他從房間裡引出去；更不明白為何連醫生也嚴峻而又極其憐憫地望著他，要他喝點藥水。

列文只知道和感覺到，現在的情形和一年前省城醫院裡尼古拉哥哥臨死的情景很相似。所不同的只是，那次是喪事，這次是喜事。但是那次喪事和這次喜事同樣都越出了生活的常軌，彷彿是生活裡的窟窿，通過這些窟窿看到了一種崇高的境界。現在正在發生的一切都令人難過，令人備受煎熬，在直觀這種至高無上的東西的時候，我們的心靈同樣不可思議地到達了從未有過的高度，這種高度是我們的心靈以前從來也沒有理解過，而且是理性所難以達到的極限。

「啊，上帝呀！饒恕我們，幫幫我們吧！」他不斷地念叨著，雖然長期疏遠宗教，此刻卻像兒童時代和青年時代一樣虔誠單純地祈求著上帝。

在這段時間中，他處於兩種完全不同的情緒中：一種是，他不在基蒂跟前，和那位一根接一根地吸著劣質煙捲並把煙捲在盛滿煙灰的煙缸旁熄滅的醫生，還有多莉、公爵在一起，聊著午餐，談論政治，談論瑪麗亞．彼得洛夫娜的疾病，在這種時候，列文暫時忘掉了所發生的一切，覺得如好夢初醒。

另一種情緒就是，當他在她面前，在她床頭時，他的心就痛苦得幾乎要裂開來，他就不停地禱告上帝。但是，每一次從寢室裡傳出的叫聲，都令他從精神恍惚中清醒過來，接著又重新進入剛才那種怪異的迷離狀態。每當聽見她的叫聲，他就一下子站起來，跑去為自己的罪行辯護，可在途中又想起他並沒有什麼罪過，這個時候他真期望能保護她，幫幫她。可一看見她，他又馬上明白，他有心無力，便又覺得害怕，嘴裡祈禱起來：「啊，上帝呀！饒恕我們，幫幫我們吧！」處在這種情況，時間拖得越久，這兩種心境就愈加分明：不在她面前時，他就把她完全忘了，心裡就越來越平靜；在她面前時，她的痛苦和他那種愛莫能助的心情也越來越沉重。他又一次跳了起來，想逃掉，可最後還是跑到了她那裡。

有時她三番五次地呼喚他，他就不禁責怪她。可一看到她那張滿是柔情的、笑盈盈的臉孔，聽她說：「我把你折騰死了。」他就又責怪上帝，可一想到上帝，他馬上又乞求上帝寬恕，希望他大發慈悲。

# chapter 15 痛苦已經過去

列文弄不清時間是早是晚。蠟燭已經燒盡。多莉剛才來到書房，請醫生躺一會兒。列文坐著聽醫生講一個會催眠術的江湖騙子的故事，眼睛望著他煙捲上的灰燼。這是一段休息的時間，他立馬變得迷糊了，徹底忘記了剛才的事情。他聽著醫生講述故事，並且也能聽明白。忽然一聲喊叫，這喊聲不像人間的任何聲音，令人毛骨悚然，列文嚇得都沒有勇氣跳起來。他屏住呼吸，用驚詫、疑惑的眼神看了看醫生。醫生歪著頭仔細聆聽著，接著贊同地笑了笑。這一切都太不可思議了，列文竟然一點兒也沒覺得大驚小怪。

「也許，就應該這樣。」他自言自語道，還是坐在那兒一動不動。可到底是什麼人在尖叫呢？他猛地跳了起來，踮著腳尖衝進寢室，從麗莎韋塔·彼得洛夫娜和公爵夫人身旁經過，返回床頭自己待過的老位子上。尖叫聲已經停止了，可現在發生了一點兒變化。究竟是什麼變化呢，他卻沒有見到，即使看見了，也不會明白，而且他也不想看見，不想搞明白。然而，這一切他卻從麗莎韋塔·彼得洛夫娜的臉上看出來了：她臉色慘白，神態嚴峻，儘管她的下頷多少有點兒戰慄，可她還是像剛才那樣堅毅，她那雙眼睛一眨不眨地盯著基蒂。基蒂的臉發燒，顯得很痛苦，汗津津的額頭上黏著一綹頭髮。她向他轉過臉來，尋找他的目光。她伸出雙手要抓住他的手。她那雙汗淋淋的手用力地握住他冰涼的手，把它們貼到她的臉上。

「別離開，別離開！我並不怕，我並不怕！」基蒂迅速地說道，「媽媽，把我的耳環摘掉，戴著它很礙事。你不會怕吧？馬上，馬上，麗莎韋塔．彼得洛夫娜……」

她說得十分急促，甚至還想笑一下。然而她那張臉一下子變了模樣，她把他猛地推開。

「哎呀，真可怕呀！我要死了，我要死了！快去，快去！」基蒂叫起來。接著又聽到那種不像人間任何聲音的哀叫。

列文雙手抱著頭，跑出臥室。

「沒什麼事情，沒什麼事情，一切都很順利！」多莉在後面對他喊道。

然而，不管他們怎麼說，列文認為這一下子全都完了。他站在隔壁屋子裡，頭靠在門框上，聽著從來沒有聽到過的慘叫和哀號。他知道這些聲音還是基蒂發出來的。他早已不想要什麼小孩了。現在他甚至憤恨這個孩子，甚至都不希望妻子活著，只希望能消除這種可怕的忍受苦難的情況。

「醫生！到底怎麼回事？我的上帝呀！」他抓著剛剛進來的醫生的手，問道。

「快完了。」醫生說。他說這句話時臉色是那麼嚴肅，因此列文認為快完了就是指她快要死了。

他神情錯亂地又衝進寢室。首先看到的是麗莎韋塔．彼得洛夫娜的面孔，那張臉越發愁眉不展和嚴肅了。在原來是她的臉的地方，有一個樣子緊張得嚇人、有慘叫聲發出的東西。他把頭靠在床欄杆上，覺得心都快碎了。可怕的尖叫聲並沒有停止，它變得更加恐怖了，彷彿在達到了恐怖極限後又一下子停了下來。列文幾乎不敢相信自己的耳朵，可又沒有懷疑的餘地：尖叫聲確實平息了，只聽到輕悄的走動聲，衣服的沙沙聲，快速的喘息聲和她那若隱若現的、生氣勃勃的、溫柔而幸福的聲音：「總算完事了。」

列文抬起頭。她的雙臂軟綿綿地落在被子上，她的模樣異常嫵媚嫻靜，默默地望著他，想笑又笑不出來。

列文突然覺得，自己又從度過了二十二個鐘頭的恐怖而又奇妙的、詭異的世界一下子回到了原來的日常世界裡，可如今這個世界閃耀著令他難以習慣的新的幸福光輝。繃得很緊的弦全斷了。他號啕大哭，喜悅的淚水湧上心頭，來勢如此凶猛，以至於他的身體劇烈地打哆嗦，老半天都講不出話來。

他跪在床邊，緊握著妻子的那隻手擱在嘴唇邊吻著，她無力地動了動手，算是回答了他的吻。同時在床腳處，在麗莎韋塔·彼得洛夫娜靈活的手裡，像燈上的火光一樣跳動著一個生命，那是以前沒有的，但從今以後他就有權利活下去，並且展現自身的價值，而且也要養兒育女。

「太可愛了！太可愛了！還是一個小男孩呢！請大家別擔心了！」列文聽見麗莎韋塔·彼得洛夫娜的說話聲，她正用顫抖的手輕輕地拍著嬰兒的後脊樑。

「媽媽，這是真的嗎？」基蒂問道。

回答她的只是公爵夫人的低泣聲。四周一片寂靜，這聲音同屋裡所有壓抑的說話聲截然不同，像是對做母親的問題發出毋庸置疑的回答。這是一個不知來自何方的新人大膽、潑辣而肆無忌憚的啼哭。

以前要是有誰告訴列文，基蒂死了，他也隨她一起死了，他們的孩子就是天使，上帝就在他們面前，他一點兒也不會覺得驚奇。現在呢，他回到了現實世界，他費了好大力氣思索才明白她平安無事，那放肆地叫喊著的小生命就是他的兒子。基蒂平安無事，痛苦已經過去。而他的幸福是無法形容的。這個他明白，所以他感到快樂無比。可是嬰兒是怎麼回事？他是從哪裡來的？為什麼而來的？他又是誰？……這些他無論如何難以理解，思想上怎麼都不能習慣。他彷彿感到這是一種多餘的、無必要的東西，他將久久不能習慣。

# chapter 16 小生命

上午九點多時，老公爵、謝爾蓋還有奧布隆斯基三個人圍坐在列文的家裡，先是談論產婦的事，後來就談到其他的事上了。列文一邊聽他們談話，一邊不由自主地回顧往事。他回想今天上午以前的事，還有昨天這事發生以前自己的情況，簡直像過了一百年。他似乎感覺自己現在置身於一座沒辦法攀登的高峰上，他需要竭盡全力從那上面往下落，免得讓面前一起聊天的那三個人感覺不快。他雖然嘴上是同他們聊著，可是心裡卻不住地想著妻子，想著她目前的情況以及他的兒子，他竭力促使自己的思想形成他已經有個兒子的想法。自從結婚以後，整個婦女世界對他來說，增加了許多意料不到的新意義。到現在這意義在他的心裡已達到了他無法理解的高度。他聽他們說起俱樂部裡昨天的宴會，心裡卻在暗自思忖道：「這會兒她在幹什麼呢？睡了沒有？她感覺好嗎？她在想什麼？兒子德米特里是否在哭泣？」正談著話，他猛然站起身來，從房裡向外走去。

「要是能去看她了，你們就差人跟我說一聲。」老公爵說。

「好的，馬上就叫人來。」列文邊回答邊朝她房間走去。

基蒂沒睡覺，她正輕聲地和母親商量著以後給孩子施洗的計畫。

她已經梳好頭髮，收拾得乾乾淨淨了，頭戴一頂漂亮的藍邊睡帽，雙手放在被子外面。她用目光迎接他，她的目光本來就炯炯有神，他走得越近，就更加明亮。她臉上顯示著一種如同死人要脫離塵世時經常有的表情，但那是永訣，而現在在這兒卻表示再相會。類似他聽到嬰兒降生那一瞬間所感受到的一樣，又是一陣激動湧上了他的心頭。基蒂握住他那雙手，詢問他是否睡過覺了。他忽然一時間答不上來，自知性情脆弱，於是轉過身子去。

「我哪會有片刻瞌睡，科斯佳！」她對列文說，「我現在覺得還是很舒服的。」

基蒂注視著他，但突然她的臉色變了。

「讓我來抱孩子吧，」她是聽見了嬰兒的哭叫聲，然後急忙說，「來吧，把孩子給我，麗莎韋塔，一塊兒讓他瞧瞧。」

「好的，那就讓爸爸來看看你，」麗莎韋塔說，一邊抱著一個樣子很奇特的、顏色紅紅的、慢慢動著的小東西走過來，「請您稍等一下，讓我們先把他打扮一下。」說完，麗莎韋塔就把這個慢慢活動著的、紅紅的小傢伙放到床上，先是打開襁褓，然後用一隻手指把嬰兒托了起來，把他翻過去，在背上搽了些粉，又再次包裹起來。

列文看著這個不幸的小東西，竭盡全力想要在心裡找到一點兒作為父親對兒子的愛的跡象，可是卻怎麼都找不到。他感到對兒子只有反感。但是當把襁褓打開時，列文看見番紅花色的小手和小腿，上面也長著手指和腳趾，大拇指同其他手指也顯然不同，當他看到麗莎韋塔好像按住柔軟的彈簧般把那雙微微張開的小胳膊收攏起來，再用亞麻布襁褓裹住，他又忽然可憐起這個小生命了，並且那樣害怕接生婆會弄傷了他，因此急忙地拉住了她的胳膊。

麗莎韋塔看著列文微微笑了笑。

「不用怕，不要怕！」

當她把那嬰兒打扮好了，變成一個結實的「洋娃娃」時，麗莎韋塔再次把他抱起來搖晃了一下，彷彿在賣弄自己的手藝，接著身子閃到一旁，讓列文看到兒子的整個俊俏模樣。

這時基蒂也同樣目不轉睛地看著嬰兒。「把他給我，給我抱！」她說著，甚至還想爬起來。

「您這是怎麼回事兒，卡捷琳娜・亞歷山德洛夫娜，您是不可以這樣來回活動的呀！請稍等一下，我馬上就給您抱來。不過，先讓孩子的爸爸看一眼，看他長得多麼漂亮！」

說完這話，麗莎韋塔就用一隻手托著這個把頭藏在襁褓裡的、奇怪的紅紅的小東西，另一隻手用幾個指頭捉住晃動的腦袋，把他送到列文面前。這個粉紅色的小東西也有鼻子，還斜著眼睛看人。

「這是一個多麼可愛的嬰兒呀！」麗莎韋塔說道。

列文有些悲傷地歎了口聲。這個漂亮的小娃娃只能引起他的厭惡和憐憫。這可完全不是他預期的感情。

當麗莎韋塔將嬰兒放在他還不習慣的媽媽的胸前時，列文馬上轉過臉去。忽然一聲大笑讓他不由得抬起頭。笑聲是基蒂發出的，因為嬰兒開始吃奶了。

「哦，好了，可以了！」麗莎韋塔說著，可是基蒂不捨得放開他。一會兒，孩子就在她的懷裡睡著了。

「這會兒你再看一下他吧。」基蒂說完把嬰兒掉轉過來，讓他能看清楚。那張皮膚鬆得像小老頭兒似的臉皺得更厲害了，並且在這個時候他又打了一個噴嚏。

列文終於微笑起來，努力才控制住感動的淚水，親吻了一下妻子，接著就離開了這件被遮暗了的屋子。這種感情絲毫沒有歡樂的成分，相反，只有一種新的令人難受的恐懼。這是因為意識到自己另一方面的軟弱無能。並且這種感覺剛開始使他那麼痛苦，只怕這個可憐的小傢伙有朝一日會遭受到傷害。現在這種害怕的心情是那麼強烈，以至於嬰兒在打噴嚏的時候他所產生的那種莫可名狀的自豪和驕傲心情竟然都沒有引起他的注意。

# chapter 17 高薪職位

現在奧布隆斯基的境況很是糟糕。

他已經把售賣樹林所得三分之二的錢揮霍了，其餘三分之一以九折向商人預支現款，幾乎預支光了。商人再不肯多付一文錢，去年冬天多莉又曾公開聲明，她自己享有產權，所以不肯在領取售賣森林剩餘的三分之一的款項合同上簽下名字。奧布隆斯基的薪水已經全部用在家庭日常花銷和償還不能拖欠的零散債務上，眼下他真是身無分文了。

這是一種讓人非常不快活的、非常為難的境況，依照奧布隆斯基的意思，不能再這樣下去了。他認為造成這種局面的原因是他的年薪太低。他的官職在五年前還算不錯，如今卻不足道，他目前所任職的官位在五年前的進項顯然還是非常不錯的，但是時過境遷，現在早就不算什麼了。

在銀行任職的行長彼得羅夫的年俸是一萬兩千盧布，銀行裡的董事斯文季茨基年薪是一萬七千盧布，而創辦了一家銀行任董事長的米京每年進項則可以達到五萬盧布。

「很明顯，是我自己睡著了，而人家把我給忘了。」奧布隆斯基開始在心裡自怨自艾地想。於是他開始留神注意打聽，認認真真地觀察，他通過親戚朋友先從莫斯科發動進攻，到春天時機成熟後，又親自出馬，直奔彼得堡。有一類差事，年薪多少不一，從一千到五萬盧布，既安閒舒適，油水又足。這個職位是「南方鐵路銀行信貸聯合公司」理事。實際上這種職務也如同類的其他職務，要求具有淵博的知識和非常強的活動能力，但是很難找到一個二者具備的人。所以既然找不到一個兼備這些條件的人，那麼就找一個正直的人來充任這個職位，總好比找一個不倫不類的人強得多。奧布隆斯基不僅僅是一個普通的正直人（如一般人隨便稱呼的），更是一個奇特的正直人。在這裡所謂正派，也就是當時莫斯科上層流行的說法：正派的事業家啦，正派的作家啦，正派的雜誌啦，正派的機關啦，正派的流派啦，特指的是這部分人或機關不僅僅是正直，並且一有機會還能夠去挖苦當局。

奧布隆斯基時常在應用這些字眼的莫斯科交際場上露面，並且還被圈子裡的人公認是一個正直的人，因此，他要充任這一職位是比其他人更具有資格的。

現在這個職務，每年都可以拿到至少七千到一萬盧布，並且奧布隆斯基不需要辭掉過去的官職而是可以兼任這一職務。謀得這個差事的關鍵在於兩位部長、一位貴婦人和兩個猶太人。這些人都已疏通了，可是奧布隆斯基仍然感覺需要到彼得堡拜見一下。而且，他還答應過妹妹安娜必須從卡列寧那裡得到一個關於離婚的明確答覆。因此他就向多莉討了五十盧布，動身去彼得堡那兒了。

現在奧布隆斯基就在卡列寧的書房裡面坐著，聽他講述一份《關於俄國財政滑坡之原因》的報告。他在心中期盼著他能夠趕緊念完，然後就可以和他談一談他與安娜的正經事情。

「不錯，這個意見說得很對，」在卡列寧取下那副缺了它就不可以閱讀看報的夾鼻眼鏡，帶著尋求意見的神情注視著原來的內兄時，奧布隆斯基說道，「這個意見在細節上說得是非常對的，但是我們現在的準則依舊是自由。」

「不錯，但我要提出另一個要旨，包括自由在內。」卡列寧說著，並且著重強調了「包含」這個詞，接著又戴上了夾鼻眼鏡，計畫再為奧布隆斯基講一遍剛才提到這一點的那一段落。於是，卡列寧打開寫著雋秀字跡、旁邊留有寬寬的空白的草稿，再一次把那段讓人心悅誠服的內容念了一遍。

「我並不是不贊成為了得到個人好處不去倡議實行關稅保護政策，倒不是為了少數人私利，而是為了集體福祉——對下層階級和上層階段一視同仁，」他說，他一邊說，一邊透過夾鼻眼鏡望著奧布隆斯基，「再說他們並不清楚這一層，他們只是注意到個人的得失，而且只會說空洞的大話。」

奧布隆斯基心裡很清楚，當卡列寧談論到他們時，也就是那些不同意接受他的方案，致使俄國這樣的罪魁禍首的想法與做法。他的話就快結束了，因此情願放棄自由的重要性，表示完全同意他的意見。卡列寧住口了，若有所思地翻閱著手稿。

「噢，我只是順便說一聲，」奧布隆斯基說，「我是想懇求你，如果有機會碰到波莫爾斯基時，替我說幾句好話，嗯，就說我非常想得到南方鐵路銀行信貸聯合公司理事的空缺。」因為奧布隆斯基對這個職位已經垂涎很久，所以他毫無錯誤地就脫口而出。

卡列寧先是向他認真打聽了這個新近成立的理事會是幹什麼的，然後就若有所思起來。他在考慮這個理事會的業務同他的計畫有沒有抵觸。但是，由於這個新機構的業務十分繁雜，他的計畫涉及面又廣，所以他不能一時間就做出判斷，接著他一邊取下夾鼻眼鏡，一邊說：「當然，我可以跟他提一下，可是，說實話，你是為了什麼偏偏想要得到那個職位呢？」

「就是因為年薪豐厚，有差不多九千盧布，而我現在的進項……」

「有九千盧布？」卡列寧重複了一遍，就緊皺起雙眉。這麼高的薪水情不自禁地使他想到了奧布隆斯基現在所渴望得到的官位，就這個方面來說，就與他的方案中提倡精簡節約的宗旨相違背。

「我認為，而且也寫過有關這方面的論文。就像我們現在實施的這種高薪制度，實際上是我們政府財政不健全的表現。」

「那麼讓你說應該怎麼做呢？」奧布隆斯基問，「假定一位銀行行長年薪一萬盧布，那是因為他值這麼多；或者說一位工程師年薪兩萬盧布，不管你怎麼想，這都是具有現實意義的事業！」

「我認為薪俸只應是一種商品報酬，所以一樣應當受到供求法則的支配。如果規定薪俸時違背這個法則，譬如說有兩位同一學院畢業的工程師，學問和能力不相上下，一個年薪四萬，一個只要兩千就心滿意足了；再或者，高薪聘請無專長的律師或驃騎兵充任銀行行長一職，那麼我可以斷定，這種薪水是沒有根據供求法則制定的，而差不多就是憑借著私人交情得來的。這本身就是一種徇私舞弊的行為，性質非常惡劣，會給政府事業帶來極壞的影響。我認為……」

奧布隆斯基聽到這兒，趕緊把他妹夫的話打斷了。

「不錯，但是你一定要認可，現在開辦的是一種無疑對國家有益的新機構。不論怎麼說，這可是一項前途遠大的事業！而且現在最為重要的是，需要把這項工作做得正直。」奧布隆斯基說著，同時加重了最後那個詞的語氣。

可是正直這個字眼兒在莫斯科的含義，卡列寧是不瞭解的。

「我認為，正直不過是一種非常消極的條件而已。」他說。

「不過，你依然需要幫我一個大忙，遇到波莫爾斯基時，替我向他美言幾句，」奧布隆斯基說道，「假如他願意……」

「但是依我看，這件事情關鍵還在於博爾加里諾夫的意思。」卡列寧說。

「博爾加里諾夫是一定沒有問題的，」奧布隆斯基漲紅了臉說道。奧布隆斯基一提及博爾加里諾夫就漲紅了臉，那是因為今天早晨他到這個猶太人家裡去過，拜訪給他留下的印象不愉快。

奧布隆斯基確信，他所渴望從事的那個職務是一個具有現實意義並且正直的嶄新事業。但是那天上午，博爾加里諾夫很明顯是故意讓他在接待室裡和別的拜訪者一起等了兩個鐘頭。那個時候他確實非常為難。

他感覺很難為情，或是由於他奧布隆斯基公爵，一位留里柯王朝家族的後代，竟然在一個猶太佬家的接待室裡苦苦等候了兩個鐘頭，也許是因為他有史以來第一次不遵照先人的榜樣為政府效忠，卻自己另找出路。總之，他感覺很是難為情。奧布隆斯基在博爾加里諾夫家等候的這兩個鐘頭內，非常無奈地在等待室裡踱來踱去，不時地撫摸著鬍髭，跟別的拜訪者交談，並且琢磨出了一個笑話來講述自己在猶太佬家裡等待被接見的情景，竭力隱藏自己所體會到的苦惱心情，不讓其他人甚至不讓自己察覺。

但是他一直都感到非常難為情和懊惱，究竟是為了什麼他自己都不清楚，是由於那句「找猶太佬討差事，翹首企盼真是一件苦差事。」這個雙關語說得沒有押韻，還是因為有別的什麼事？最終，雖然博爾加里諾夫接見他時顯得彬彬有禮，但很明顯，他在為讓他遭受到了一場侮辱而暗自得意，並且差不多拒絕了他。所以，奧布隆斯基竭力想盡可能快地忘了這事。因此現在一想起來，他就漲紅了臉。

chapter 18

# 關乎生死的大事

「現在我還有一件事，這你是知道的，關於安娜的事。」奧布隆斯基沉默了一會兒，忘掉了剛才那種不愉快的印象之後才說道。

聽到奧布隆斯基提到安娜的名字，卡列寧的面色立刻就變了，之前那種非常帶勁兒的樣子消失了，而是露出一副厭惡和僵死的神色。

「您到底想讓我做什麼？」他在扶手椅裡扭動著身子，接著吧嗒一聲將夾鼻眼鏡合起來，問道。

「請你拿個主意，不論是怎樣的主意都行，卡列寧。我現在跟你談論這件事，並不是把你看成一位國務活動家，我只是把你當作一個人，一個心地非常善良的好心人，一個基督教徒，你應當可憐她。」奧布隆斯基說。

「那你到底想怎麼樣呀？」卡列寧小聲問道。

「是，應當憐憫她。你要是像我這樣看見她——我同她一起過了一冬——你就會可憐她了。她的處境實在糟，糟得很呢。」

「但在我看來，」卡列寧使用一種更尖細、幾乎是刺耳的聲音反駁說，「安娜・阿爾卡季耶夫娜應該是如願以償了，而且萬事都如意了。」

「不，卡列寧，請看在上帝的面上，讓我們不要算老賬了！之前的事情早就過去了，你也清楚她在等待什麼——是離婚。」

「但是我認為，假如我請求把兒子留給我當作條件，那麼安娜是不會同意離婚的。我原來就是這樣答覆的，並且認為這事已經結束了。」卡列寧差不多喊叫起來。

「但請看在上帝的面上，請一定不要動怒，」奧布隆斯基輕輕拍了拍妹夫的膝頭說，「事情並沒有結束。請你讓我再把事情的經過扼要說一說：當你們分開的時候，你很了不起，真是再寬宏大量也沒有了；你什麼都答應她了——她的人身自由，甚至是答應離婚。她一直在為這個感激你。是的，我說的都是真話。她的確是非常感激你，以至於在剛開始時她感覺非常對不起你，她幾乎什麼也沒有想，她丟棄了一切。可是事實和時間可以證明，她現在的狀況非常痛苦，簡直是不能忍受的。」

「現在安娜的生活狀況對我來說是毫無興趣的。」卡列寧揚著雙眉，插嘴說道。

「非常抱歉，我不是很相信這一點，」奧布隆斯基用溫和的口氣反駁說，「她的處境使她自己覺得很痛苦，對其他任何人也沒有絲毫好處。你說她自作自受，這一點她明白，她向我說，她並沒有任何勇氣跟你要求什麼。但是我，還有我們這些她的親戚，以及所有愛著她的人都想要求你，懇求你。她為什麼需要忍耐這種折磨？什麼人能從中得到好處呢？」

「非常抱歉，您好像是把我放在被告的位置上了。」卡列寧說道。

「噢，不是的，一點兒都沒有，請你一定要明白我的意思，」奧布隆斯基連忙說，一邊又拍了一下他的手，好像這種接觸會使得妹夫軟化下來，「我只說一點，她的處境很痛苦，只有你能減輕她的痛苦，這對你毫無損失。一切都由我來替你安排，不用你費心。並且，你原本也是答應過的。」

「雖然之前我是同意過。我原本是想，有關兒子的問題解決也可以使這件事情結束了。我只是希望安娜可以豁達……」卡列寧臉色煞白，嘴唇止不住地哆嗦著，好不容易才說出來。

「一切全看你的寬宏大量了。她只有一件事請求你，懇求你——幫她擺脫當前難堪的處境。兒子，她不再要了。卡列寧，你是一個非常善良的人，請多多少少站在她的角度好好思考一下吧。以她目前這種狀況，離婚這件事情對她來說是一件關乎生死的大事。假如不是你之前答應過她，她也就會聽天由命地在鄉下繼續過下去了。但是你曾同意過，為此她也給你寫過信，所以她到了莫斯科。你看，在莫斯科時她每遇到一個人，就好像心被刀割了一樣。她已等了半年的光景，天天渴望你拿出主意。這真像是一個被判了死刑的人，脖子上被掛上絞索關了幾個月，說不準哪天會被處以死刑，又或者會被赦免。請可憐可憐她吧，一切事情就讓我來負責……你這人挺認真……」

「我現在談論的並不是這件事，」卡列寧感到反感地插嘴說，「或許我是同意過那些我並沒有權利同意的事。」

「你的意思是說，你答應了又反悔了？」

「只要是能辦到的事，我就從來都不會反悔，但我需要一些時間考慮考慮，我之前答應過的事到底可以做到什麼程度。」

「你不能這樣，卡列寧！」奧布隆斯基猛地站起來說，「我不願意相信你這話！即使在女人中間也沒有比她更可憐的了，你不能拒絕這樣一個……」

「我只是說，那要看我所同意的事可以做到什麼程度。你是以自由思想出名的。可是我作為一個虔誠的信徒，現在去解決這麼重大的事，我的所有作為是決不能違背教規的。」

「可據我所瞭解，基督教會裡是允許離婚的，」奧布隆斯基說，「我們的教會同樣也是准許離婚的。你不妨看一下……」

「准許是准許，但要看是不是在這種意義上。」

「卡列寧，我從來沒有想到你竟然會這樣，」奧布隆斯基沉默了片刻說，「你不是出於基督的精神饒恕一切並且不惜犧牲一切嗎？我們大家不是都十分欽佩你這種精神嗎？你自己也說過，如果有人拿了你的外衣，那你就會把內衣也一塊兒給他。然而現在……」

「我請求您，」卡列寧一下子站起身來，下頷發抖，聲音尖得刺耳地說，「我請求您不要……不要再說了。」

「噢，好吧。假如說我讓你感到難過了，那麼就請你饒恕我，」奧布隆斯基不好意思地笑著說，一邊又把手伸了出來，「我僅僅只是替傳話的人帶個口信罷了。」

卡列寧同樣伸出手來握了握他的手，思考了一會兒說：「我要好好考慮一下，並且需要向其他人請教一番。後天，我再給您明確的答覆吧。」

# chapter 19 想念和記憶

奧布隆斯基準備離開了，這時科爾涅伊就走進來通報說：「謝爾蓋・阿列克謝伊奇來到！」

「謝爾蓋・阿列克謝伊奇會是什麼人呢？」奧布隆斯基正準備張嘴問，但轉眼就明白了。

「哦，是謝廖沙啊！」他心裡面說道。「謝爾蓋・阿列克謝伊奇，我還差點認為是一個廳長呢。」這時他才記起來，「安娜告訴我也要我看望一下他呢。」

他又想到臨別時，安娜帶著一種害羞、膽怯又有點淒惻的神情告訴他：「你總會見到他的。你詳細打聽一下，他在哪裡，誰在照料他。還有，斯季瓦……假如能做到的話！你說能做到嗎？」奧布隆斯基心裡清楚，她說「如果能做到的話」那意思就是，假如能辦理離婚手續，最終她可以得到兒子的話……但是現在奧布隆斯基看得出來，眼下這件事是連想都別想了，不過可以看到外甥還是覺得非常高興。

這時，卡列寧提醒內兄，當著他兒子的面，千萬不要提起他母親。

「上次同他母親見面後，他大病一場，這是我們沒有料到的，」卡列寧說，「我們甚至擔心他會送命。可是，最後經過科學的醫治和洗了一整個夏天的海水浴，才使他的身體康復過來。目前我嚴格遵循醫生的意見，把他送進學校裡去了。果然，那些同學的影響對他起到了非常好的作用。現在他的身體非常健康，並且學習也非常優秀。」

「嘿，真是一個神氣的年輕人！確實不是過去的那個謝廖沙了，而是成為一個真正的謝爾蓋・阿列克謝伊奇了！」奧布隆斯基看見一個身穿藍色外衣和長褲、肩寬體闊的漂亮大男孩大大方方地、非常瀟灑地走進來，這男孩看上去又健壯又快活。他像對一般客人那樣，對舅舅鞠了個躬，但一認出是舅舅就臉紅了，接著趕忙轉過身子，好像是有什麼觸犯了他讓他惱怒了一般。然後這個少年走到父親跟前，將學校發給他的考試成績單遞給他。

「哦，非常不錯，」他父親說著，「你現在可以出去啦。」

「他瘦了，長高了，不再是娃娃，而是大孩子了。我很高興。」奧布隆斯基說完又打量著謝廖沙問道，「你還記得我嗎？」

男孩快速地看了一眼父親。

「記得，舅舅。」他看了看舅舅，答道，接著又垂下了眼皮。

舅舅喊他靠近了一點兒，拉起他的一隻手。

「喂，你現在還好嗎？」奧布隆斯基說，想著要和他說說話，但是又不知聊什麼才好。

這個男孩的臉紅撲撲的只是不作聲，然後輕輕地從舅舅手裡抽出自己的手。奧布隆斯基也鬆開了手，他像徵求意見一樣瞥了父親一下之後，就跟一隻獲釋的鳥兒一樣飛速地從房裡跑出去了。

從謝廖沙上回見到母親算起，已經過了一年。打那以後，他再也沒有聽到過她的消息。就在這一年當中，他被送進了學校，結識了許多同學，並且很喜歡他們。在上次與母親見面以後，謝廖沙得了一場大病，他對母親的想念和記憶，現在已經漸漸冷淡了。每當這種種思緒襲上心頭時，他總是竭力把它驅散，認為這是丟臉的，只有女孩子才會動感情，對一個男孩來說就有失體統了。實際上他知道父母是因為口角而分居了，也清楚他註定是要和父親在一起，因此他就竭盡全力使自己習慣於現在這種思想。

今天見到面貌與母親十分相像的舅舅，謝廖沙心裡覺得非常不愉快，使他更不愉快的是，當他在書房門外等候時聽見了幾句話，尤其是看到父親和舅舅的臉色，他猜到他們談到了母親。為了不責怪與之住在一起並賴以生活的父親，也是為了不屈服於他認為是有失體統的那種感情，謝廖沙竭力不看這位跑來破壞了他安寧心情的舅舅，盡力控制住因為看見他而想起的事。

但是，當奧布隆斯基跟著謝廖沙走出來，看見他站在樓梯上時，就喊他過來，詢問他在學校裡是怎麼消磨剩餘時間的。謝廖沙看見父親並沒有在面前，於是就跟舅舅很帶勁兒地談論起來。

「我們現在在那兒常常玩開火車，」他回答舅舅的問題說，「您知道怎麼玩嗎？就是這樣的：兩個人一塊坐在一個板凳上，他們就是乘客。還有一個要站在這個板凳上面。其他的人都一道來拉火車。可以用手拉，也可以用皮帶套著拉車，之後就在一間間屋子裡面亂竄。我們把所有的房門都提前打開了。但是，火車列車員是非常不容易當的！」

「就是站著的那個人嗎？」奧布隆斯基微笑著問道。

「沒錯，要做這件事的人需要有膽量而且還要麻利，尤其是當火車突然剎車或有人摔倒時。」

「是的，這可不是一件鬧著玩的事。」奧布隆斯基說，神情憂鬱地望著這雙與他的母親極為相像的可眼下變得已沒有什麼孩子氣的眼睛了。儘管他同意卡列寧不跟這孩子說起安娜，但他還是情不自禁地提起她來。

「你還記得你媽媽嗎？」他突然問道。

「不，我記不起來了。」謝廖沙趕忙說，並且臉馬上漲得通紅，低垂下眼睛。這時舅舅從他嘴裡再也聽不到其他的話了。半個鐘頭之後，那個斯拉夫家庭教師看見自己的學生站在樓梯上，他好一陣也弄不明白，他的學生是在發脾氣還是在哭泣。

「哎，你是怎麼回事？你大概是跌倒摔傷了吧，是嗎？」家庭教師問道，「我不止一次對你說過，這是一種非常危險的遊戲。我這次一定要去告訴你們校長。」

「假如我真是摔倒了，那還真是沒有人會發現呢。這絕對是真的。」

「那麼你到底發生了什麼事？」

「別管我！我記得不記得……這與他有什麼相干？我為什麼要記得？讓我安靜些吧！」這時他已不是在對他的家庭教師說了，而是在對整個人世說話了。

chapter 20

# 大名鼎鼎的朗多

奧布隆斯基在彼得堡就跟以往一樣並沒有閑著。現在在彼得堡，除了妹妹的離婚問題與自己謀職的事，如同平常一樣，他需要時常換換清新空氣，提一下精神，就跟他所說的，在莫斯科度過了一陣非常發黴的生活。

莫斯科儘管有音樂、雜耍、咖啡館和公共馬車，可是他感覺那裡的生活依舊像一潭死水。在莫斯科逗留了一段時間，尤其總是與家人在一起，因而感到特別萎靡不振。在莫斯科一連住了好久以後，他就會變成這個樣子。

長期蟄居位於莫斯科的家裡，由於妻子心情惡劣和責難埋怨，孩子們的健康和教育，以及工作上的種種瑣事，甚至債務困擾，使得他心煩意亂，不得安寧。但是只要到彼得堡，他只需要到經常出入的社交圈子裡過上一陣子，看到那兒人人都在忙著生活，並且是過著那種真真正正的生活，而不像那些莫斯科人一樣只是死板地熬日子，之後所有的煩悶和苦惱就會消失殆盡了。

妻子嗎？這件事他在今天還與切琴斯基公爵談論過。切琴斯基原本已經有了家庭，他的孩子們都已長大成人，成了貴族軍官學校的學生，但是他還有一個並不合法的家庭，而且生了幾個孩子。儘管在第一個家庭非常幸福，但是切琴斯基公爵覺得在第二個家庭會更愉快。他時常把和前妻所生的長子帶到第二個家庭去。他曾經對奧布隆斯基說，他認為這樣對兒子更有好處，更能增長他的見識。要是在莫斯科人家對這種情況會怎麼說呢？孩子嗎？在彼得堡，孩子們並不妨礙父親的生活。孩子們都在學校念書，這裡也沒有莫斯科流行的——例如利沃夫家——那種謬論，認為應該讓孩子們過奢侈的生活，而當父母的就是要辛苦、憂慮和費心勞神。但在這兒大家都清楚，一個人應當為自己而活，一切富有教養的人都應該如此。公務呢？在這裡工作也不像在莫斯科那樣只是一味地幹那些沒有前途的苦累活兒。在這裡當差很有意思，可以見到各種權貴，抓住機會為他們效勞，說些投其所好的話，對不同的人施展不同的手腕。這樣一個人轉眼間就會飛黃騰達。就如同奧布隆斯基在昨天碰見的、現在已變成第一號紅人的布良采夫。他感覺能夠像這樣當差才是最有趣呢。

特別是彼得堡的人們對金錢問題的看法，讓奧布隆斯基覺得非常寬慰。巴爾特尼央斯基在昨天時就與他闡述過這個問題，說了一番妙語。他說按他的那種生活方式，每年起碼需要花掉五萬盧布。

午飯之前，奧布隆斯基覺得談上了勁兒，於是他就對巴爾特尼央斯基說：

「你好像與莫爾德溫斯基很有交情，你能不能幫我個忙，替我向他說句話。有一個職位我很想要，就是南方鐵路銀行……」

「好了，你就別提了，就算你說了我也記不住……你又何必為了鐵路這差事去和猶太佬打交道呢？……不論怎麼看，這總歸都是齷齪事！」

奧布隆斯基並沒對他說起這其實是前途光明的事，當然，即使他說了巴爾特尼央斯基也不能夠理解這一點。

「我現在需要錢，要不然我就沒辦法生活。」

「可你眼下這不是活著嗎？」

「當然是活著，但我是負債累累啊。」

「你說的是真的嗎？到底欠了多少債呢？」巴爾特尼央斯基用十分同情的語調問道。

「哎，多得很呢，大概有兩萬盧布吧。」

聽完，巴爾特尼央斯基就快活地哈哈大笑起來。

「噢，你真是一個幸運的傢伙！」他說，「我欠了一百五十萬盧布的債，手頭一無所有，可是你看，我不照樣活著！」

奧布隆斯基清楚這是實情。以前是耳聞為虛，現在則是親眼看到了事實。日瓦霍夫所欠的債務也有三十萬盧布，他手頭上也沒有錢，可是他依舊活著，並且過著十分闊氣的生活！那個克里夫佐夫伯爵早已被大家看成窮光蛋，然而他依然包養著兩個情婦。彼得羅夫斯基揮霍掉了五百萬家業，不過現在依然每天過著原來那樣揮金如土的生活，甚至他還總攬著財政部的大權，光年薪就有兩萬盧布呢。彼得堡使他變得更年輕了。在莫斯科，他有時發現有幾根白髮，午飯後要打瞌睡，伸懶腰，上樓梯氣喘吁吁，對年輕女人不感興趣，舞會上不愛跳舞。只要在彼得堡，他就會感到年輕了十歲。

他在彼得堡所體會到的感覺，就跟剛從外國回來的年過六十的老公爵彼得・奧布隆斯基昨天給他描繪的一樣。

「我現在才發現，我們在這裡並不知道該怎樣生活，」彼得・奧布隆斯基興奮地說，「不瞞你說，我在巴登避暑，呵，覺得自己完全像個年輕人。一看見年輕女人就想入非非……稍微喝點，就覺得精力充沛，渾身是勁。而我回到俄國，就要陪伴著妻子，而且還得住到鄉下去。哦，說起來你可能都不會相信，過上兩個星期之後，每天吃飯時連衣服都不想換，居然只是穿著睡衣。你想，這樣一來，還能有什麼心思去想那些年輕女人啊！於是，我又變成了一個十足的老頭兒，只想著如何拯救靈魂了。但是當我去一趟巴黎，一切就又復原了。」

奧布隆斯基現在的體會與彼得．奧布隆斯基所感受到的完全一致。在莫斯科時，他頹廢不堪，萎靡不振，說實話，如果長此下去，說不定就會到想拯救靈魂的地步了。但是只要在彼得堡，他就又感到自己是一個像模像樣的瀟灑人物了。

實際上，在貝特西．特威爾斯卡婭公爵夫人和奧布隆斯基兩人之間，早就存在著一種非常奇特的關係。奧布隆斯基經常戲謔性地向她獻殷勤，並且會開玩笑地說一些非常過分的話，因為他非常清楚公爵夫人最喜歡聽這些話。在跟卡列寧談過的第二天，奧布隆斯基就過去看望她，覺得自己青春煥發，調情撒謊簡直到了肆無忌憚的地步，但其實他並不喜歡她，甚至討厭她。他們之間的這種談話腔調無法改變了，因為她很喜歡他。因此奧布隆斯基對米亞赫卡婭公爵夫人忽然出現從而打斷他們兩個人的談話感到非常高興。

「哦，原來您也在這呢。」米亞赫卡婭公爵夫人一看到奧布隆斯基就說起來。「哦，請問您那個可憐的妹妹現在怎樣了？請您不要用這種眼光看著我，」她接著說道，「自從所有的人，所有比她壞千百倍的人，紛紛攻擊她的時候，我就認為她做得很漂亮。但是我不會寬恕沃倫斯基，在安娜上次到彼得堡來的時候，他並沒有告訴我。要不然，我肯定會去拜訪她，或是陪著她四處走走。所以，請一定代我向她問好。好了，現在您可以對我談論一下她的情況嗎？」

「哎，她現在日子過得非常苦……」奧布隆斯基心地過於單純，把米亞赫卡婭公爵夫人所說的「談一下您妹妹的情況」當成了她的真心話，於是就跟她提起安娜的情形來。米亞赫卡婭公爵夫人向來喜歡我行我素，立刻打斷了他的話，而自己滔滔不絕地講了起來。

「她做的同所有的人——除我以外——做的都一樣，不過人家偷偷摸摸，她不願欺騙，她做得漂亮極了。她拋棄了您那位性情乖張的妹夫，真是再好也沒有了。不過，我這樣說還請您原諒。雖然人們都說他是這樣的聰明、那樣的聰明，但是我就說他愚昧。眼下他和伊萬諾夫娜，同朗多打成一片，人們都在說他暈頭暈腦的，我非常不情願與他們意見一致，然而這一次卻不得不和大家保持一致。」

「我一直有件事弄不明白，今天想請您解釋一下，」奧布隆斯基說，「這到底是什麼意思啊？昨天我為妹妹的事找他，要求他給我一個明確的答覆。他沒有答覆我，說是要想一想。到今天早上，我還沒接到他的任何回信，反倒是收到了一張請我今天晚上去伊萬諾夫娜公爵夫人家赴宴的請柬。」

「哦，是啊，是啊！」米亞赫卡婭公爵夫人聽完之後，眉開眼笑地說起來，「我想他們一定是要去向朗多請教一番，想聽聽他怎麼說。」

「您說是去請教朗多？朗多是誰？為什麼他們要請教他？」

「怎麼，您現在竟然還不知道秋利・朗多，大名鼎鼎的秋利・朗多！雖然他也是暈頭暈腦的，不過你妹妹的命運要完全看他的了。您呢，主要是一直住在外地，因為生活封閉，所以什麼都不知道。您有所不知，朗多曾經是巴黎一家商店裡的店員，他有一次去看病，在候診室裡睡著了，卻在睡眠狀態中給每個病人治病，他的治病方法簡直是奇怪極了。後來尤里・梅列金斯基——您知道這個生病的人嗎？他的妻子聽說了這件事，於是就去找他來為她的丈夫看病。在我看來，她丈夫的病雖然是治了，但沒有起到任何效果，因為他還是同之前那樣衰弱。不過他們依然信任他，還將他帶在身邊。後來還帶著他來到了俄國。現在在這兒，大家都去找他，他又開始為人們看病了。他竟然治好了別祖博夫伯爵夫人的病，因此伯爵夫人十分寵愛他，還認他做乾兒子。」

「啊，什麼？認他做乾兒子！」

「沒錯，是認他做乾兒子。眼下他再也不是以前的那個朗多，而是變成別祖博夫伯爵了。但是，問題並不是出在這兒，雖然利季婭——她這人我很喜歡，可是她的頭腦有毛病——就拜倒在他腳下。現在要是少了他，不管是利季婭，還是卡列寧，任何事情都解決不了啦。因此，這樣看來，你妹妹的命運如今一定是被這位朗多掌握住了，也就是說，一定是被現在的別祖博夫伯爵完全掌握在手心裡了。」

chapter 21

# 內心發生的變化

奧布隆斯基先是在巴爾特尼央斯基家飽飽地吃了一頓，喝了不少白蘭地後才走進伊萬諾夫娜伯爵夫人家，時間比約定好的稍微遲了點。

「還有誰在伯爵夫人那裡呀？那個法國人在嗎？」奧布隆斯基向看門人問道，一邊注視著卡列寧那件非常眼熟的大衣和另外一件樣式奇特而又非常簡潔的、綴著鈕釦的大衣。

「現在阿列克謝・亞歷山德羅維奇和別祖博夫伯爵都在這裡。」門房臉色十分威嚴地回答道。

「果然讓米亞赫卡婭公爵夫人猜對了，」奧布隆斯基一邊想著，一邊走上樓去，「真怪！不過同她接近倒也不錯。她很有點影響力呢。假如她可以在波莫爾斯基面前幫我說幾句好話，那差事就能到手了。」

雖然現在還是大白天，不過伊萬諾夫娜伯爵夫人的小客廳已經拉下了窗幔，屋內燈火輝煌了。就在一盞掛燈下面的圓桌旁，伯爵夫人正和卡列寧坐在那兒，他們低聲交談。一個個子不高的瘦削男人，臀部像女人一樣寬，羅圈腿，臉色雖蒼白，倒也漂亮，一雙好看的眼睛炯炯有神，長頭髮直垂到禮服領子上。他站在另一頭，觀看牆壁上的畫像。奧布隆斯基先與女主人和卡列寧寒暄了幾句，接著不由自主地又瞥了一眼這個陌生人。

「朗多先生。」伯爵夫人喊他，她那溫和的語氣小心得讓奧布隆斯基感到吃驚。接下來，她向他們推薦了一下。

朗多匆匆回頭望了一眼，隨後走了過來，只是微笑著將一隻動也不動的、濕潤的手放到奧布隆斯基伸出的手中，旋即又走了，繼續望著牆壁上的那些畫像。伯爵夫人與卡列寧頗為意味深長地交換了一個眼神。

「見到您真是高興，尤其在今天。」伊萬諾夫娜伯爵夫人將奧布隆斯基安排在卡列寧身旁的座位上說道。

「我剛才向您推薦的那位朗多，」她先是看了看那個法國人，然後又望望卡列寧，非常小聲說道，「其實是別祖博夫伯爵，您一定也知道了。只是他不喜歡這個稱號。」

「沒錯，我聽說過了，」奧布隆斯基回答道，「聽說，是他把別祖博夫伯爵夫人的病給治好了。」

「別祖博夫伯爵夫人今天還到我家來拜訪過，她的樣子簡直太讓人傷心了！」伊萬諾夫娜伯爵夫人轉過身去向卡列寧說道，「這次分離對她來說是極其可怕的。這對她的打擊簡直是太大了！」

「他非得要離開嗎？」卡列寧繼續追問道。

「沒錯，他需要回巴黎。他昨天聽見了一種呼聲。」伊萬諾夫娜伯爵夫人有些神秘地望著奧布隆斯基說。

「噢，一種呼聲？」奧布隆斯基重複一遍說，心裡想著在這幫人中間一定正發生或就要發生他還沒能理出頭緒的神奇事兒，他一定要儘量地小心謹慎些。

大家沉默了片刻，隨後，伊萬諾夫娜伯爵夫人好像想談到正題上似的，帶著精明的微笑對奧布隆斯基說：「我早就知道您了，今天能夠見面，真是十分榮幸。俗話說：『我的朋友的朋友，也就是我的朋友。』不過要想結交一個朋友，就必須體諒朋友的心情。我擔心，這對卡列寧現在的心情來說恐怕是不能理解的。我現在所說的話，想必您也是明白的。」她用她那動人的、若有所思的眼睛看著他說。

「我也是明白點兒，伯爵夫人，我很瞭解卡列寧目前的狀況……」奧布隆斯基其實不大明白她到底指的是什麼事，於是馬馬虎虎地說道。

「這種變化並不是外在的，」伊萬諾夫娜伯爵夫人面色嚴肅地說，同時一邊含情脈脈地凝望著站起身來走向朗多跟前的卡列寧，「他的心變了，他獲得了一顆新的心，您不見得能完全理解他內心發生的變化。」

「我大體上可以理解這種變化。我們一直以來都非常要好，當然現在也……」奧布隆斯基說，也用溫柔目光回應伯爵夫人的目光，同時心裡琢磨著兩位部長中她同誰更接近，他請她向誰說說情。

「他現在心中的這種變化並不會削減他對左鄰右舍的愛，正好相反，只會增加他對親人的愛。不過我想您未必能瞭解我。您不喝點茶嗎？」她用眼睛指指端著一盤茶走過來的僕人說。

「我有些不太明白，伯爵夫人。當然，不用說，他的不幸……」

「是的，正是如此，他心裡起了變化，只要他那顆新的心完成了變化，眼下的不幸就變成了無比的幸福。」她用飽含感情的眼神看著奧布隆斯基說。

「我認為，可以請她與兩位部長疏通一下。」奧布隆斯基心裡面想。

「是的，當然，伯爵夫人，」他說，「不過我認為，這種變化應該是非常隱秘的，所以沒有一個人，即使是最要好的朋友都不想說出來。」

「恰恰相反！我們應該說出來，並且還應該彼此幫助。」

「是的，這毫無問題，不過人的信仰千差萬別，何況……」奧布隆斯基臉上一直帶著溫柔的笑容說。

「只要是有關神聖的真理方面，都是不會有所不同的。」

「哼，對，這當然啦，可是……」奧布隆斯基感到困窘地沉默了。他這時才明白，他們的話題已經轉移到宗教問題上來了。

「我感覺朗多一會兒就會睡著了。」卡列寧走到伊萬諾夫娜伯爵夫人身邊，用一種低低的但含義深長的耳語說道。

奧布隆斯基聽到後回轉過頭來看了一眼。朗多正坐在窗子前的一把扶手椅上，身子倚靠在扶手和椅背上，低垂著頭。他一發覺大家都在望他，便抬起頭來，像孩子般天真地微微一笑。

「不要注意他，」伊萬諾夫娜伯爵夫人說完就動作輕盈地為卡列寧拿過一把椅子。「我發覺……」

「她剛開口，就有個僕人拿著一封信走進房間裡來。伯爵夫人看了信，道了一聲歉，便飛快地寫了一封回信交給僕人，隨後又回到桌子旁邊。「我發覺，」她又接上剛才的話繼續說，「莫斯科人，尤其是莫斯科男人，對宗教問題是最冷漠的。」

「噢，我認為不是，伯爵夫人，我認為莫斯科人是最堅定的信徒。」奧布隆斯基說。

「沒錯，據我所知，您，就是一個對宗教冷漠的人。」卡列寧有些疲倦地笑了笑對他說。

「怎麼可以漠不關心呢？」伊萬諾夫娜伯爵夫人說。

「在這方面我不是不關心，而是在等待時機，」奧布隆斯基的臉上表現他最能撫慰人心的笑說，「我只是覺得，對我來說，還沒有到思考這些問題的時候呢。」

聽他說完，卡列寧與伊萬諾夫娜又交換了一下眼神。

「可是我們或許永遠也不能知道，我們是否到時候了，」卡列寧非常鄭重其事地說，「我們不應該考慮我們有沒有準備，因為上帝的恩惠不受人的支配，有時它並不降臨到苦苦追求的人身上，卻降臨到毫無準備的人身上，就好像降臨到掃羅身上那樣。[29]」

「不對，我以為，現在確實還沒到時候。」伊萬諾夫娜伯爵夫人說著，她此刻正注視著那個法國人的一舉一動。朗多站起身來，走到他們身邊。

「你們的談話可以讓我聽一下嗎？」他問道。

「噢，當然沒問題，我本來是不願意打擾您的，」伊萬諾夫娜伯爵夫人非常溫柔地凝視著他說，「那您和我們一起兒坐坐吧。」

「但是千萬不要閉上眼睛，免得錯失掉上帝的靈光呀。」卡列寧緊接著說。

「哎喲，真希望您可以體會到我們所感受到的那種幸福，在自己心中感到幸福永駐，那該多好！」伯爵夫人恰然自得地微笑著說。

「但是一個人有時會以為自己不可能達到那麼高的境界呀。」奧布隆斯基雖然表面是這樣說，心裡卻覺得他是昧著良心承認宗教的崇高，不過這個時候，當他面對一個只要對波莫爾斯基說上一句話就可以讓他獲得那個垂涎已久的位置的人，他並沒有膽量表露自己的自由思想。

29. 見《聖經．舊約．撒母耳記上》第九至十章。

「您的意思是說，一個人一旦有了罪惡就不可以了嗎？」伊萬諾夫娜伯爵夫人說。「但這是個荒謬的說法。對信徒來說，罪惡是不存在的，他們已經贖了罪，對不起！」她看見僕人又拿了一封信來，說。她讀完信之後，簡單地回答了一句：「您就這樣說好了，我們明天在王妃那兒。」隨後又繼續說：「我認為對信徒而言，是沒有罪惡可言的。」

「是的，『如果沒有實際行動信心就是無用的』。」奧布隆斯基想起了《教義問答》裡的這句話笑了笑說，表示出獨立不羈，不依附於他人的神情。

「哦，這句話實際上出自《雅各書》，」卡列寧謝略帶一點譴責的口吻對伊萬諾夫娜伯爵夫人說道，看來這個問題他們已經談論過很多次了，「曲解這句話真是危害不淺！再沒有比這種曲解更使人喪失信心的了。『我沒有行動，我就不能有信心』，哪裡也找不到這樣的話。有的則正好相反。」

「為了上帝而含辛茹苦，用齋戒來拯救靈魂，」伊萬諾夫娜伯爵夫人用毫不在乎的蔑視語氣說，「這可是我們修士的可笑見解……其實這種話哪裡也沒有說過。他們那一套倒是簡單容易多了。」她看著奧布隆斯基又加了一句，臉上流露出的笑容就如同她在宮廷裡用來鼓勵被新環境弄得慌裡慌張的新宮女的笑。

「我們靠為我們受難的基督得救，我們靠信心得救。」卡列寧用堅定的語氣說道，目光中透露出對她的一番話表示讚賞的神色。

「我們靠我們受難的基督得救？」伊萬諾夫娜伯爵夫人問道，在得到肯定的答覆後，她站起來，走到書架前去找尋一本書。

「我現在讀一段《平安和幸福》，或者《庇護》好嗎？」她用詢問的目光看了一下卡列寧問道。

她拿到書，又坐下來，打開了書：「這一段很短，是描寫獲得信心的途徑，以及因此充滿心靈的超越塵世一切的幸福。一個信徒不會不幸福，因為他並不孤單。哼，您以後會知道這些的。」她開始想要念下去，那個僕人又走了進來。「是博羅茲季娜嗎？你告訴她在明天兩點。對，」她用一隻手指著書裡面要念的那一段，先是歎息了一聲，接著用沉思而明亮的眼睛注視著前方說，「看，實實在在的信仰就是這樣產生效果的。您認識薩尼娜·瑪麗嗎？您知道她的不幸嗎？她失去了獨生子。她絕望了。嗯，那又怎麼樣呢？她找到了這位朋友，如今她為孩子的夭折感謝上帝呢。看，這就是信仰所賜予的幸福！」

「噢，對，這非常……」奧布隆斯基說，心裡暗暗歡喜的是她又要接著往下念了，這樣多多少少能夠讓他定定神。「是啊，很明顯，今天最好是什麼都不要提，」他心裡默默地想著，「只要不壞事，能從這裡脫身就好了。」

「您肯定會感到枯燥無味的，」伊萬諾夫娜伯爵夫人轉過身子對著朗多說道，「您不懂英文，但這段很短。」

「哦，我是理解的。」朗多仍然帶著那樣的笑容回答道，接著又閉上眼睛。卡列寧與伊萬諾夫娜伯爵夫人會意地相視一笑，然後她又讀起來。

# chapter 22 拒絕

奧布隆斯基聽了那些一直以來從沒有聽過的奇特古怪的言論，覺得自己簡直如墮五里霧中，不知所云。

五光十色的彼得堡生活把他從莫斯科的一潭死水中拯救出來，使他精神為之一振。但是，他只有在非常親近的、熟人的圈子裡才可以欣賞和瞭解這些五光十色的繁雜情況。現在他處在這個陌生的環境裡，感覺眼花繚亂，茫然若失，甚至有些手足無措了。

奧布隆斯基這邊聽著伊萬諾夫娜伯爵夫人在朗讀那本書，另一邊感到朗多那雙不知道是純真還是狡猾的美麗眼睛一直在盯著他，於是開始覺得頭昏腦漲了。

形形色色的想法在他腦子裡亂成一團。

「薩尼娜．瑪麗死了孩子反倒覺得高興……要是這會兒可以抽支煙該有多好……如果想拯救靈魂，就一定要信教，但修士們現在並不知道該怎麼辦，可是伊萬諾夫娜伯爵夫人反倒是知道……我的腦袋怎麼這樣沉哪？是白蘭地喝多了，還是因為這一切太奇怪了？直到此刻，看來我還沒有幹出什麼不體面的事情來。不過現在請她幫忙總不是時候。據說，他們強迫人家做禱告。真希望他們不要強迫到我頭上。那可真是太沒意思了。現在她正在胡言亂語些什麼呀，但聲調倒是不錯。朗多就是別祖博夫。為什麼他叫別祖博夫呢？」

奧布隆斯基忽然感到嘴唇控制不住想要張開打哈欠了。他摸摸絡腮鬍子，不讓人家看見他在打哈欠，身子晃了一下。緊接著他覺得自己睡著了，要打鼾了。

就在這個時候他突然聽到伊萬諾夫娜伯爵夫人說：「看，他已經睡著了。」他猛地驚醒過來。

奧布隆斯基感到非常惶恐地驚醒過來，就如同感覺自己做了什麼錯事讓人發現了一樣。但他馬上發現伯爵夫人說的這句「他已經睡著了」並不是指他，而是說朗多，旋即又放下心來。

那個法國人也和奧布隆斯基一樣進入睡鄉了。但正如奧布隆斯基所想的那樣，他睡覺就會得罪他們，而朗多睡覺卻讓他們高興得不得了，尤其是伊萬諾夫娜伯爵夫人表現得最明顯。

「我的朋友，」伊萬諾夫娜伯爵夫人說，同時非常小心地提起絲綢連衣裙的皺褶，以免發出窸窸窣窣的聲響。她在興奮當中，沒有稱呼卡列寧為「阿列克謝・亞歷山德羅維奇」，而是稱他為「我的朋友。」

「把手給他。您看見了嗎？……噓！」她對又走進來的僕人發出噓聲，「我現在不接見。」

那個法國人頭靠在扶手椅背上睡著了，但或許是假裝睡著了。他那隻擱在膝蓋上的汗濕的手微微顫動著，彷彿在抓什麼東西。卡列寧趕忙站起身來，盡力想慢慢地，可還是撞了一下桌子，走到法國人面前，把自己的手放進他的手中。奧布隆斯基也同時站起身來，想要驅走睡意，把眼睛睜得大大圓圓的，一會兒看看這個，一會兒看看那個。這完全不是在夢裡。這個時候，奧布隆斯基又開始感到他的頭腦中亂成一團了。

「叫最後那個人，那個有企求的人滾出去！滾出去！」法國人並沒有睜開眼睛，只是用法語說。

「對不起！您看……您十點再來吧，最好是明天來。」

「叫他滾出去！」法國人非常沒有耐心地又說了一次。

「他是不是指我呀？」

奧布隆斯基在得到肯定的回答之後，一時間就把想請求伊萬諾夫娜伯爵夫人幫忙說話以及妹妹的事情全都忘了，一心想儘快離開這個地方，就踮起腳走出去，然後像逃離傳染病病房那樣，一口氣跑到街上。他跟馬車夫談笑了老半天，就是希望快點讓自己的心情平復下來。

奧布隆斯基之後來到法國戲院看戲，正好趕上看最後一場戲。再後來他又去韃靼飯店喝了些香檳。在這種熟悉的氣氛中稍微定下心來。不過，這天晚上他還是覺得很不自在。

奧布隆斯基返回到他在彼得堡下榻的彼得．奧布隆斯基的家中時，看到貝特西送來的一封信。她在信上說，她非常希望可以把那場已經開始的談話說完，請他明天到她家裡去一趟。他剛剛看完信，正在愁眉苦臉地想著這事，就聽到樓下發出彷彿有人背著重物的非常重的腳步聲。

奧布隆斯基走出去看了一眼，就看到了返老還童的彼得．奧布隆斯基。他喝得簡直是醉爛如泥，以至於怎麼也爬不到樓梯上面。當他看到奧布隆斯基的時候，就立即叫人來把他扶著站起來，於是就緊緊摟著奧布隆斯基，同他一起走進房裡，在那兒向他講述他是怎樣度過這個黃昏的，說著說著就睡著了。

奧布隆斯基非常懊惱，這在他是很少有的情況，他久久難以成眠。他回想的一切都是叫人討厭的，但最討厭的，簡直可以說是丟臉的，就是他在伊萬諾夫娜伯爵夫人家中度過的那個晚上。

第二天他接到卡列寧果斷拒絕與安娜離婚的信，這才明白，這一決定就是以那個法國人昨晚在睡夢中或在裝睡中說的夢話為根據的。

# chapter 23 夫妻關係

要是在一個家庭生活中採取什麼行動，要麼因為夫妻感情破裂，要麼因為夫妻恩愛和諧。如果既不屬前者，也不屬後者，夫妻關係不好也不壞，那就不可以採取任何行動。

很多家庭常年以來都保持著那副老樣子，夫妻二人都已經感到非常厭煩，就是由於他們的感情並沒有完全破裂，但也不是非常和諧。

沃倫斯基和安娜一樣都覺得莫斯科的夏天酷暑逼人，灰塵飛揚。當時的太陽已不是帶著溫和的春意，已經是變成盛夏如火的驕陽。林蔭道旁的樹木已綠葉成蔭，可樹葉上落滿了灰塵。無論是沃倫斯基還是安娜，都感到莫斯科這種塵土飛揚的炎夏生活簡直難以忍受。不過，他們沒有像以前決定的那樣，回到沃茲德維任斯科耶，而是仍然留在他們兩個人都感到討厭的莫斯科。因為近一段時間以來，他們之間的關係已經不是那麼和睦了。

那些引起他們夫妻不和睦的憤怒情緒，一切解釋的嘗試不僅不能消除隔閡，反而使之加劇。這種惱恨情緒從各自的心裡滋生，就她來說，是因為他的愛情日益衰退；對沃倫斯基來說，他後悔為了她而把自己置身於難堪的境地，而她不僅不想方設法減輕他的苦惱，反倒是更增添了他的痛苦。他們兩人都不提及自己生氣的原因，都認為錯在對方，而且一有藉口就竭盡全力地相互埋怨。

對於安娜來說，他整個人，包括他的習慣、思想、願望，以及他的全部心理和生理特點，可以歸結為一點，那就是愛女人，而這種愛她認為應該全部集中在她一個人身上。但是目前這種愛情逐漸淡薄。所以，按照她的推斷，他肯定把一部分愛情轉移給別的女人或某一個女人了，因此她就產生了很大的嫉妒。實際上她並不是嫉妒某個女人，而僅僅是因為他的愛情在不斷減退。她一時間還沒有可以嫉妒的目標，往往憑蛛絲馬跡，從嫉妒一個女人轉為嫉妒另一個女人。有時她嫉妒他過獨身生活時結交的下流女人，他很容易同她們重溫舊夢；有時又嫉恨他可能會碰上的那些上流社會的女人；有時她又嫉恨一個完全是憑空想像出來的女子，感覺他想與她一刀兩斷然後去娶那個女子。到最後這些嫉恨讓她苦不堪言，尤其那一次，沃倫斯基在開誠佈公中無意談起，過去他母親還不瞭解他的情況，曾勸說他與索羅金娜公爵小姐結婚。

安娜對他發生猜疑，生他的氣，找尋種種理由來生氣。她處境的一切痛苦，她都怪罪到他頭上。她在莫斯科生活，上不著天，下不沾地，在期盼中忍受著痛苦；卡列寧做事拖拖拉拉、猶豫不決使她過著非常寂寞的日子——這所有一切她都算到沃倫斯基的頭上。假如他是愛她的，他就應該完全理解她的處境的各種艱難困苦，應該幫助她脫離這種處境，現在讓她住在莫斯科，而不是留在鄉下，這也都是他的錯。他不能如同她希望的那樣埋頭在田園裡生活。他需要交流，因此使她落到了這種可怕的田地，可他又不願去理解她在這種境況裡有多難受。她與兒子的分別，同樣也是他的錯。

甚至就連他們夫妻之間那種難得的片刻溫存也不可能撫慰她的心。因為她在他的溫存中看到他心安理得的神氣，這是以前沒有的，因此引起她的惱怒。

天色已經完全暗下來了。安娜獨自等待著他從單身漢們的宴會上回來。她在他的書房裡踱來踱去（那裡很少聽到街上的喧鬧），仔細回想昨天吵嘴的那些話。她沿著思路一直回想，先是想起爭吵中讓人不痛快的話，又倒回去想著這場吵架的原因，最後又想起那場交談是如何開頭的。她很久也不能相信，那場糾紛竟然起源於這樣毫無惡意、根本無關緊要的話上，但事情也確實是這樣。起因就是他嘲笑女子中學，認為辦這種中學沒有必要，而她卻為女子中學辯護。他根本不尊重女子教育，說安娜照料的那個英國小女孩漢娜根本沒有必要理解物理學。

這話惹得安娜非常惱火。她認為這是對她的活動蔑視的暗示。她就反唇相譏，並加以報復。「我不希望您可以像情人一樣瞭解和清楚我的感情，但是我只希望您不要把話說得太過極端了。」她說。

他當時就氣得紅了臉，說出一些難聽的話來。她不記得她用什麼話回答他，只記得他馬上很明顯故意要傷害她說：「您對那個英國小女孩的疼愛我並不感興趣，這是實情，因為我認為，這是真心話。」

她千辛萬苦為自己開闢出一個小小的天地，以度過她的痛苦生涯，卻被他殘酷地摧毀了；他還無理地責怪她裝腔作勢，不自然。他的這種不公平的責難使她怒火沖天。

「真是可惜，您是否認為只有那些庸俗、實在的東西才可以理解，才算是自然的？」她說完，立刻就從房間裡走出去了。

昨天晚上他來到安娜的房間裡，他們並沒有提及那場爭吵，但雙方都感覺，吵嘴雖然已經過去了，不過存在的問題仍然沒有解決。

今天他整整一天都沒有在家，她覺得很孤寂，一想到同他爭吵就很難受，她情願忘記一切，饒恕他，同他言歸於好，情願責備自己，讓自己承認他沒錯。

「是我不對，我性情太暴躁，又加上毫無道理地吃醋。我一定要與他和解，之後一起去鄉下，在那兒我就能夠安靜一些了。」她心裡想著。

「裝腔作勢」，她突然又想起最讓她不快的這幾個字，實際上她心裡受到的傷害與其說是因為這幾個字，倒不如說是由於他故意這樣去做。「我清楚他要說些什麼話，他是想說，不愛自己的女兒，卻愛人家的孩子，這不自然。他怎麼懂得我對孩子們的愛，又怎麼會理解我為了他而犧牲掉對謝廖沙的愛呢？然而他還故意刺傷我的心！對，他一定是愛上了別的女人，肯定就是這麼回事。」

一想到這兒，她發現自己原本想安慰自己，思想上不知已兜過多少次的圈子，現在又兜了一次，到頭來還是那樣惱怒，她不禁對自己感到害怕。「難道我真的不能控制自己嗎？真的不能嗎？」她心裡想著，又重新開始轉圈子，「他人很憨厚、非常真摯，他是愛我的。我也同樣愛他，兩三天內離婚手續就可以辦好了。除此之外，我還要怎麼樣呢？要寧靜，要信任，我還要擔負職責。等他回來以後，我立即就說，這些都是我的錯，雖然事實並不是這樣。我們要趕緊離開這個地方。」

為了讓自己不再胡思亂想，不再沒有緣由地惱火，她按了按鈴，吩咐僕人把箱子搬進來，以便收拾回鄉下的行李。

沃倫斯基到了晚上十點才回到家裡。

# chapter 24 疑心

「感覺怎麼樣，還愉快嗎？」安娜問道，臉上帶著愧疚和親熱的神色走出來迎接他。

「還是平常那副老樣子。」他回答，只一眼就看出她今天的心情非常愉快。他對她的喜怒無常早已習慣了，但今天他特別高興，因為他自己的情緒也很好。

「行李都已經收拾好了？看，棒極了！」他指了指前廳裡的那些箱子說。

「是的，我們應該走了。我今天乘車兜了兜風，天氣是這麼的美好，我非常渴望回到鄉下去呢。沒有什麼事可以阻礙你吧？」

「我同樣盼望著呢。我現在去換件衣服，馬上就過來，我們等一會兒再談。你先去叫人端茶來。」於是，他就回到書房裡去了。

沃倫斯基說那句「看，棒極了」的時候，好像大人讚揚小孩不再淘氣。特別叫人難受的是，她歉疚的語氣同他那趾高氣揚的音調正好形成強烈的反差。一時間，她感到自己的火氣又湧上了心頭，但她儘量壓制著自己，就像剛才一樣愉快地迎接他。

沃倫斯基換完衣服回來的時候，安娜就和他談起今天是怎樣消磨時間以及思考要走的打算，其中多半是她早已在心裡準備好的。

「說實話，我差不多是靈機一動才想到這樣做的，」她說，「何必坐在這裡等離婚呢？在鄉下還不是一樣？我再也等不下去了。我對離婚已不抱任何希望，再也不願聽人家提到這件事。我也不想聽別人再說什麼有關離婚的話了。我已經決定了，再也不會讓這件事情來影響我的生活。你贊同我這麼做嗎？」

「噢，非常贊同！」沃倫斯基有些揣揣不安地注視著她那張情緒激動的臉，說道。

「您今天在那兒都做些什麼呀？都是些什麼樣的人？」安娜先是沉默了一會兒問道。

於是沃倫斯基就說了一遍客人的姓名：「今天酒席非常豐盛，而且還有划船比賽，所有的節目都讓人很滿意。但是在莫斯科做什麼都不能鬧笑話。那兒出現了一位女士，我聽別人說她是瑞典皇后的游泳教師。她當場表演了一下她的技藝。」

「什麼？她當場就游泳啦？」安娜皺起雙眉問。

「是的，她身上穿著一件紅色的游泳衣，真是又老又醜。你說我們到底什麼時候出發呀？」

「真是太無聊了！怎麼樣，她游泳有什麼特別之處嗎？」安娜有些答非所問地問道。

「根本就沒任何特別的地方。讓我說，簡直是無聊透了。你到底想什麼時候出發呀？」

安娜使勁搖了搖頭，好像要驅散什麼不快的想法。

「哦，什麼時間出發？當然是越快越好。明天恐怕是來不及了，那就後天吧。」

「那好吧……不，請等一等。後天是星期天，我需要到媽媽那裡去。」沃倫斯基顯得慌慌張張地說。因為他一說到母親，就發覺安娜那狐疑的目光緊緊盯住他。他的窘態證實了她的猜疑。她頓時臉色飛紅，竭力躲開不望他。現在安娜眼前浮現的已不再是瑞典皇后的教師，而是那個與沃倫斯卡婭伯爵夫人一起住在莫斯科近郊的索羅金娜公爵小姐了。

「明天你不可以去一趟嗎？」她問。

「不行的！我要辦的那件事的委託書和錢，明天都還拿不到。」他說。

「要是這樣的話，那我們索性就不去了吧。」

「那是為什麼？」

「再晚我就不想走了。要想走就星期一，要不就索性不去了！」

「這到底是為什麼呀？」沃倫斯基問道，感到莫名其妙，「這樣子是沒有道理的！」

「對於你來說是沒有道理，因為你根本就不把我放在心上。你不想瞭解我的生活。我在這裡就只有一件事可以做——照顧漢娜。你昨天還說，我不愛女兒，卻假裝愛這個英國女孩，說什麼這是不自然的；我倒很想知道，我在這裡怎麼生活才可以算是不裝腔作勢！」

等她說完，她一下子猛醒過神來，為自己不知不覺改變了本意而感到害怕。她十分清楚，照這樣繼續下去一定會毀掉自己，但她仍然控制不住激憤，不能不向他指出，他是多麼錯誤，她不能向他屈服。

「我從來沒有說過這樣的話。我只不過是說，我並不贊成你這種突如其來的愛罷了。」

「你一直自誇坦率，那麼為什麼現在不說實話呢？」

「我從來沒有這樣自誇，也從不撒謊。」他竭力壓制冒上心頭的怒火，低聲說，「我想這就太掃興了，如果你不敬重……」

「要是說到敬重，只不過是用來遮蓋沒有愛情的空虛地位罷了。如果你永遠都不愛我了，那最好還是現在坦白說吧。」

「唉，這簡直讓人難以忍受！」沃倫斯基從桌子旁邊站起來，大聲喊道。他站在她面前，慢吞吞地說：「你為什麼要考驗我的耐性呢？」他說話的神氣彷彿有許多話要說，但是克制著：「我的耐性也是有限的。」

「您這話是什麼意思？」她高聲喊叫起來，令人害怕地看著他的整張臉，尤其是那雙可怕、嚇人的眼中透出的非常明顯的痛恨神色。

「我是想說……」他剛剛開口，但又停了下來，「我倒是想問，您到底想讓我怎樣？」

「我又可以讓您怎麼樣呢？我只不過是求您不要像您想的那樣，拋棄我而已，」她說，完全明白了他沒說出口的所有話語，「但這並不是我想要的，這並不重要。我想得到的只是愛情，如果沒有愛情就什麼都完了！」

說完，安娜走向門口。

「等一下！請等一下！」沃倫斯基沒有舒展開緊皺的眉頭，但拉住她的手說，「這是怎麼回事？我說要推遲三天動身，你說這是胡說，說我不誠實。」

「對，我再說一次，一個人為了我犧牲了一切，可卻時常責備我，」她回想起上一次吵架時的話說，「他實際上比一個不誠實的人還要可惡——這就是一類無情的人。」

「哼，人的忍耐都是有限度的！」他大聲高叫起來，很快地把她的手鬆開了。

「他是這樣的痛恨我，這是十分明確的。」她心裡想著，然後默然無語地轉過頭踉踉蹌蹌地離開了房間。「他一定是愛上了其他的女人，這一點越來越明顯了。」她自言自語，走進自己房裡。「我需要愛情，可是沒有愛情，因此一切全完了，」她又說了一遍自己剛剛說過的話，「也該完了。」

「但是現在怎麼辦才好呢？」她問自己，然後坐在鏡子前的扶手椅上。

她想著：現在她可以上哪兒去呢？去把她撫養成人的姑媽家呢，還是到多莉家去，或者獨自出國？他此刻一個人在書房裡幹什麼？這場爭吵是決裂呢，還是又會言歸於好？現在在彼得堡的熟人會怎麼議論她呢？卡列寧又是怎樣對待這件事情的呢？現在當他們的關係真正決裂之後，她又會落到什麼樣的下場呢？很多個想法掠過她的心頭，但是她並沒有完全陷入這種種的思慮當中。她還有著一種模模糊糊的想法讓她非常感興趣，但究竟是什麼她卻弄不清楚。

她又想起卡列寧，想到她產後的那場病，以及當時盤踞在頭腦裡的念頭。「我為什麼不死掉？」——她忽然想到她當時說過的話和當時的心情。的確，就是那個能夠了結一切的想法。「是的，就是死！這樣一來，卡列寧的愧疚和丟人，謝廖沙的慚愧和丟人以及我的奇恥大辱，都將會因此而一了百了，煙消雲散。我一死，他就會後悔，就會可憐我，就會愛我，就會為我而悲傷。」她嘴角掛著一絲自憐自愛的慘笑，坐在安樂椅上，將左手上的戒指捋下來又戴上去，然後從各個角度真切地想像著她死去後他的心情。

直到傳出越來越近的腳步聲——那是沃倫斯基走路的聲音——慢慢分散了她的注意力。她只是假裝在玩弄著戒指，並沒有抬頭去看他。

沃倫斯基走到她的面前，拉起她的一隻手，小聲說道：

「安娜，如果你願意的話，我們後天就離開這裡。我一切都答應你。」

她只是一句話都不說。

「你怎麼了？」他問。

「你心裡很明白。」她說完，就再也抑制不住放聲大哭起來。

「拋棄我，拋棄我吧！」她邊哭邊說，「我明天就走……我還要做出更多的事來。我是誰呢？我只是個墮落的女人，我是你的包袱。我不想再折騰你，我不想！我要讓你重獲自由。你已經不再愛我了，你已經愛上了其他的女人！」

沃倫斯基懇求她鎮靜下來，向她保證她的妒忌毫無根據，他對她的愛情從未消失，而且以後也不會間斷對她的愛，說他現在比任何時候都要愛她。

「安娜，你為什麼要這樣折騰自己、折騰我呢？」他吻著她的雙手說道。這時他的臉上流露出的全是柔情。她聽出他的聲音裡摻和著眼淚，她手裡也感到潤濕。安娜那種不顧死活的妒意頓時變成不顧死活的狂戀；她摟住他，在他頭上、脖子上和手上拚命地親吻起來。

# chapter 25

# 風暴

第二天一大早，安娜覺得他們已言歸於好了，於是就非常起勁地準備著動身的事情。他們到底是星期一出發，還是星期二出發，現在並沒有最後定下來，但因為昨天兩人互相謙讓，安娜還是積極準備動身，她覺得早一天還是晚一天，現在都無所謂。沃倫斯基穿戴整齊，比平日裡早些來到她的房間，這個時候她正從一只打開的大箱子裡挑選著衣物用品。

「我現在就要去媽媽那兒，好讓她把錢交給葉戈羅夫之後再轉交給我。我們明天就可以出發了。」他說。

儘管今天她的心情很不錯，可一聽到他要上別墅去看望他媽媽，她的身上就又像是被針扎了一下似的。

「不，我自己也來不及。」她嘴上這樣說，心裡卻想：「這樣看來，可以按我的意圖辦了。」接著又說：「不，隨你的便好了。你先去餐室，我過一會兒就來，我先把這些不用的東西都拿出去。」她說著，同時把幾件衣服交給了手上已經有一大堆衣服的安努什卡。

安娜走入餐室時，沃倫斯基正在吃著牛排。

「說起來你也不會相信，這些房間使我厭煩透了，」她在旁邊坐下來喝咖啡，說，「現在沒有什麼比這種有擺設的房間更能讓人感到討厭了。所有的東西既毫無表情又沒有靈魂。這鐘錶，這窗帷，尤其是這樣的糊壁紙，看起來簡直像夢魘一樣。我現在非常思念沃茲德維任斯科耶，就彷彿是思念人間天堂。你還沒有把馬群趕走吧？」

「沒有呢，馬匹要等到我們走後才可以動身。你今天要去哪兒？」

「我打算去威爾遜那兒，我要給她送些衣服去。那麼，肯定明天走嗎？」她喜氣洋洋地說，但忽然又變了臉色。

她看到沃倫斯基的貼身侍從走進來要領取彼得堡打來的電報收據。沃倫斯基收到了一份電報，本來是沒什麼稀奇的，但他彷彿有什麼事要瞞住她，說到書房裡去拿收據，接著就慌慌張張地對她說：「明天我需要把一切都辦好。」

「是誰發來的電報？」她沒有聽他說的話，只是追問道。

「是斯季瓦發來的。」他非常不情願地說。

「那為什麼你不讓我看呀？難道斯季瓦的事情需要對我保密嗎？」

沃倫斯基叫回來那個貼身侍從，吩咐他取來那份電報。

「我之所以不願意讓你看，是因為斯季瓦動不動就喜歡發電報。事情還沒有眉目，何必來電報呢？」

「是與離婚相關的事嗎？」

「沒錯，但他說還沒得到什麼結果。不過答應一兩天內就會有肯定的答覆。你拿去看看吧！」

安娜用顫抖的手拿過電報來，看到的就是沃倫斯基剛才說的那些內容。末了還附了一筆：「雖然希望渺茫，但我一定會盡力。」

「實際上，我昨天就已經說過，什麼時候離婚，甚至離得成離不成，我都不在乎了，」她漲紅了臉說，「完全沒有必要瞞著我。」但接著她就在心裡想：「要照這樣看來，他與女人們有書信往來也一定會瞞著我了。」

「亞什溫和沃伊托夫今天上午過來，」沃倫斯基說，「看起來，他應該是贏了，佩斯佐夫則是輸完了，甚至已經無力償還了。我想大概有六萬盧布。」

「不，」安娜說，不由得又變得憤怒起來，他這麼明顯地改變話題，表示他看出她在發脾氣，「你怎麼認為我對這消息會感興趣，非得瞞過我不可呢？我說過，這事情我目前根本不願意去想，並且希望你也和我一樣別那麼關心了。」

「我之所以關心這件事情，那是因為我喜歡把關係弄得清清楚楚的。」他說。

「弄清楚並不僅僅在於形式，關鍵還是愛情，」她說，感到愈來愈激動。倒不是因為他的話，而是因為他說話的語氣那麼冷靜。「你為什麼希望這樣呢？」

「我的天哪，她又談論到愛情了。」他緊皺雙眉心裡暗暗想著。

「其實你是知道為什麼的，就是為了你，也是為了將來的孩子們。」他說。

「以後我們不會再有孩子了。」

「那真是太可惜了。」他說。

「你可以為孩子這樣，可為什麼不為我考慮考慮呢？」她說著，好像把他方才說的「為你，也為孩子」這句話給徹底忘掉了，又或者根本就沒有聽到。

能不能再有孩子的問題早就成了他們爭論並使她惱怒的問題。她認為，他希望再有孩子，他想要孩子就是不再看重她的容貌了。

「哎喲，我剛才說過是為你，而且最主要的就是為了你嘛，」他好像疼痛得皺起了雙眉，又接著重複了一遍，「因為我相信你經常心情煩躁就是由於你對身分覺得不明不白。」

「看看他，現在已經不偽裝了，他對我冷淡的仇恨已經變得很明顯了。」她暗自思忖道，不聽他說話，卻戰戰兢兢地注視著他那彷彿法官般無情而又挑戰般的眼神。

「那不能算是理由，我甚至不明白，既然我現在完全聽你擺佈，怎麼還會成為你心情煩躁的原因呢？我覺得事實恰恰相反。」

「我覺得這很掃興，你並沒有弄明白我的意思，」沃倫斯基打斷了她的話，一心想著要表達自己的看法，「處境不明確是由於你認為我是自由的。」

「這一點你倒是大可不必擔心。」她說完，馬上扭過身去，開始喝起她的咖啡來。

她蹺著小手指端起咖啡杯舉到嘴邊。她喝了幾小口，瞧了他一眼，從他臉上的表情來看，她清楚地明白，他討厭她的手、姿勢以及嘴巴發出的聲音。

「你的母親是怎麼想的，她希望你娶誰為妻？當然這事我根本不在乎。」她哆嗦著把咖啡杯放下說道。

「可是我們現在並不是說這件事。」

「不，就是說這事。老實對你說，一個沒有心肝的女人，不管她年老還是年輕，也不管她是你母親還是別人，我都毫無興趣，我也不想與她交往。」

「安娜，我希望你不要無禮地誹謗她。」

「如果一個女人沒有顧及兒子的幸福與聲譽，那她就是沒心沒肺。」

「安娜，談到我所尊敬的母親時要尊重她。」他提高嗓門，同時神色嚴峻地看著她。

她並沒有作答，只是聚精會神地凝望著他，看著他的臉、他的手，回想起昨天他們和好的種種情景，回想起他那如同烈火般的愛撫。「他在別的女人身上一定也這樣熱烈地愛撫過，今後也還會這樣的！」她暗暗想著。

「其實你不愛你的母親。你只是在嘴上說說而已！」她怨恨地看著他說。

「既然是這樣，那麼就應該……」

「是的，就應該做出一個決定，因為我已經決定了。」她說完正想走開，可這時亞什溫走進了房間。安娜與他寒暄了幾句，就停住了。

此時，她的心裡起了一陣風暴，感到可能會有可怕的結局，為什麼她要在一個遲早會知道一切的陌生人面前裝模作樣呢？她說不上來，但她立刻克制內心的激動，與客人攀談起來。

「哦，你最近怎樣？贏的那些錢都收回來了嗎？」她問亞什溫。

「情況還算不錯。要是全部收回我看恐怕還不行，星期三我就要走了。你們準備什麼時候出發？」亞什溫瞇縫起眼睛看著沃倫斯基問道，顯然想到他們剛剛吵過嘴。

「大概在後天。」沃倫斯基說。

「其實你們早就準備好了。」

「目前已經定下來了。」安娜直勾勾地盯著沃倫斯基的眼睛說，她的眼神向他表明，他不要再幻象可以跟她言歸於好了。

「怎麼，您不可憐可憐那個不幸的佩斯佐夫嗎？」她繼續和亞什溫閑聊著。

「我一直以來就從沒問過自己要不要可憐別人。瞧，我的全部財產都在這裡了，」他指指身上側面的口袋，「現在我是個有錢人，我今晚上俱樂部去，也許出來的時候我就變成叫花子了。不管是誰坐下來和我一起賭錢，都想著讓我輸個精光，而我同樣也想讓他這樣。所以，你看，我們就是像這樣不要命地賭錢，而樂趣也就正是在這兒。」

「哦，如果您結婚了，」安娜說，「那您的夫人會有什麼看法呢？」

亞什溫聽完放聲大笑起來。

「很明顯，這就是我為什麼沒結婚，並且打算一輩子不這樣的原因。」

「那麼你赫爾辛基的事怎麼樣了？」沃倫斯基插了一句嘴，同時望了一眼面帶笑容的安娜。一遇到他的目光，安娜的臉上立刻浮現冷酷嚴厲的神情，好像在對他說：「現在什麼都沒忘呢。而且事情沒有變。」

「難道您真的談過戀愛？」她問亞什溫。

「哦，我的天哪！我談過那麼多次了！但是你得知道，有的人能夠坐下打打牌，只要等約會的時間一到，站起來拔腿就跑。談情說愛我也行，但不肯耽誤晚上的牌局。我就是這樣安排時間的。」

「不，我問的並不是這種事，我問的是真正意義上的戀愛。」她原本是想說說赫爾辛基的事，可又不想說沃倫斯基已經說過的字眼。

那個向沃倫斯基購買馬駒的沃伊托夫來了，安娜於是站起身來，走出了房間。

出門之前，沃倫斯基又來到她的房間。她想假裝在桌上找什麼東西，但覺得假裝是可恥的，就對著他的臉冷冷地瞧了一眼。

「您現在想要什麼？」安娜用法語詢問他。

「我想要甘必塔畜種的證件，我要把牠賣出去了。」他說話的聲調清楚地表示：「我現在沒有時間交談，而且就算交談也得不出什麼結果。」

「我又有什麼對不起她的地方呢？」沃倫斯基暗暗思忖著，「假如她要自尋煩惱，那就是自作自受。」不過，當他出去的時候，他彷彿覺得她說了一句什麼話，他的心突然因為憐憫她而揪緊了。

「怎麼了，安娜？」他問。

「我沒有事。」她還是那樣冷漠、鎮靜地說。

「如果沒事，那就更倒楣去吧。」他暗想，又冷了心，轉身走了。出門的時候，他從鏡子裡看到她臉色蒼白，嘴唇發抖。他想站住，說句話安慰安慰她，但他還沒有想好應該說什麼話，雙腳就已經邁出了房門。之後整整的一天他都沒在家，到深夜時才回來。女僕向他稟報，安娜．阿爾卡季耶夫娜說她頭疼，請他不要進她房間裡去。

# chapter 26 破天荒第一回

一直以來他們還沒有出現過鬧彆扭後整整一天不和解的情況，今天是破天荒第一回。其實也不是鬧什麼彆扭，而是公開承認感情冷淡了。他到房裡拿證書，冷冰冰地瞟了她一眼。他怎能用那種眼光看她呢？而且明明已經看到她灰心失望得連心都要碎了，怎麼可以裝作看不見，只是一聲不響，問心無愧地走開呢？他不僅對她冷淡了，而且還有些怨恨她，所以他迷戀上了其他女人是再也明顯不過的事實了。

安娜回想著他對她說過的許多冷漠無情的話，同時還憑空設想著他原本想說但又沒有說出口的尖酸刻薄的話，不禁愈想愈感到氣憤。

「我並不想挽留您，」他會這樣說，「您要去哪兒就去哪兒。您不願意同您丈夫離婚，大概是想再回到他身邊去。您回去得了。如果您需要錢，我可以奉送給您一筆。那您想要多少盧布呢？」

在她的想像裡，沃倫斯基對她說了，只有粗魯的人才會說出許多最無情的話，她不想原諒他，彷彿他當真說過這樣的話。

「他這個誠實而憨厚的人在昨天不是還對天起誓要愛我的嗎？之前我好幾次陷入灰心絕望裡，到最後不都是自己多慮了嗎？」接著她又喃喃自語道。

除了到威爾遜那裡花費的兩個鐘頭之外，安娜整天都沉浸在疑慮之中：是一切都完了，還是有希望言歸於好？是馬上就走，還是再見他一面？她等了他一整天又一個黃昏，最後吩咐侍女轉告她頭痛，她是頭疼。現在她又在心裡嘀咕起來：「如果他沒有聽侍女轉告的話，依然來看我，那就說明他還是愛我的。如果他沒有來，那也就意味著一切全都完了，那個時候我就要決定應該怎樣去做才好！……」

晚上，她聽見他的四輪馬車停住的響聲、他打鈴的聲音、他走路的聲音以及他與侍女的講話聲。他只是聽信了侍女告訴她的話，不想再向下問，就回到自己的房間裡了。這樣看來，真的什麼都完了。

現在只有死才能重新喚起他的愛，處罰他，使得她心目中的魔鬼在跟他進行的戰鬥中取得勝利，各種死的情形鮮明而又生動地浮現在她的腦海。

究竟去不去沃茲德維任斯科耶以及丈夫離不離婚眼下都已經無關緊要了。只有一件事非做不可，那就是懲罰他。安娜倒出平日裡服用的那點劑量的鴉片。這個時候她又想到，她只需要把一整瓶鴉片一飲而盡，馬上就可以死掉。她認為那是輕而易舉的，於是她又想到，他將滿是痛苦、悔恨並一直回憶對她的愛情，可是後悔已經遠遠遲了。她睜著眼睛躺在床上，在一支殘蠟的微光中望著天花板的雕花牆冠和屏風上投去的一小片陰影，腦子裡生動地想像著，當她不在人世，對他只是一個回憶的時候，他會有什麼感觸呢？

「我怎麼能對她說出那麼冷酷的話來呢？」他會不斷地這樣問自己。「我怎麼可以什麼話都不說就離開了她的房間呢？可是現在她已經不存在了。她已經永久地離開了我們。她就在那兒……」

忽然間，屏風的陰影開始劇烈晃動起來，掩蓋住了所有的修飾以及整個天花板。這個時候又有一些陰影從另一邊朝她湧過來，又一眨眼的工夫陰影全部散開了，但是緊接著又飛快地、融成一片地壓過來，晃晃悠悠，再接著四周變得一片黑暗。「死！」她想。於是死亡的恐懼攫住了她，她好久也弄不明白她在哪裡，那雙發抖的手好久也找不到火柴來點亮一支新燭以代替那支熄滅的殘燭。「不，什麼都不要緊，只要活下去就行！這事現在已經過去了，而一切都會成為過去的。」她說，同時感覺慶幸復活的喜悅的淚水在臉上嘩嘩地流淌。為了擺脫恐懼不安的心情，她急匆匆地朝他的書房走去。

他在書房裡面睡得很順暢。她走到他跟前，舉起蠟燭照著他的臉，久久地望著他。此刻，他睡著了，她實在愛他，一看見他的模樣，就忍不住流出愛的熱淚。但是她知道，他只要醒來，還是會用冷漠的、自以為是的眼神看她。這時她要想對他訴說愛情，就必須先向他說明，是他對不起她。她並沒有喚醒他，而是又回到自己的房間裡了。她又吃了同樣劑量的鴉片，一直到天亮時才迷迷糊糊睡著，但是可怕的夢接連不斷，時常被驚醒，她一直都覺得好像在睡覺但又覺得不安穩。

清晨，她又做了與沃倫斯基結合之前做過好幾次的那種噩夢，並且被嚇醒了。一個鬍子蓬亂的小老頭，彎腰擺弄一種鐵器，嘴裡喃喃地說著莫名其妙的法國話。與之前每次做的那種噩夢一樣，她覺得這個鄉巴佬並沒有注意到她，卻用這鐵器對她幹著什麼可怕的事。她再次被驚醒了，嚇出了一身的汗。

當她起床時，回想起昨天的事情，就彷彿掉進了霧中一樣。

「吵過嘴，這種事發生過多次。我說我頭痛，他沒有進來。明天我們就動身，我得去看看他，做好動身的準備。」她自言自語。她知道他在書房，就過去找他。經過客廳的時候，她聽到有輛馬車在門口停下的聲音。她朝窗外望了望，看到一位戴著淡紫色帽子的年輕女子從車窗裡探出頭，正在吩咐拉鈴繩的僕人什麼話。隨後有人到前廳裡說了幾句之後，就走上樓去，旋即客廳外邊傳過來沃倫斯基的腳步聲。他快步走下樓去。安娜又走到窗前。她看見他沒有戴帽子，走到台階上，向馬車走去。那個戴紫色帽子的女子交給他一包東西，沃倫斯基滿臉帶笑地對她說了句什麼話。馬車就走開了，他又快速地跑到樓上。

籠罩她全部心靈的迷霧突然散開了。昨天的種種感覺重又刺痛著她那顆受傷的心。她現在無法理解，她怎麼會不顧屈辱，在他房裡待上一整天。她走進他的書房，想要向他坦白。

「是索羅金娜和她女兒坐車路過這裡，帶來她的媽媽讓她轉交的錢與證件，但是我昨天並沒收到。你的頭疼怎麼樣了？好些了嗎？」他非常鎮定地說，不想看到也不想瞭解她臉色這樣陰鬱而又氣鼓鼓的原因。

安娜只是站在屋子的正中間，沉默不語地看著他。沃倫斯基又看了看她，突然皺起眉頭，繼續看信。她轉過身子，慢吞吞地走出房去。他還來得及把她叫回來，但當她走到門口時，他還是沒吭聲。只聽到翻看證明文件的沙沙作響聲。

「喂，我說，」她已經走到了門口，他這才說道，「我們明天一定能走嗎？是真的嗎？」

「您自己走吧，我不走了。」她回過身子來對著他說。

「安娜，這樣過下去是不行的……」

「您走吧，我真的不走了。」她又說了一遍。

「這真叫人無法忍受！」

「您……您一定會因為這而後悔的。」說完，她就走開了。

當沃倫斯基看到安娜說這幾句話的絕望表情時，跳起來想去追她，但定了定神，又坐下，咬緊牙關，皺起眉頭。他認為這是一種無理的威脅，使他十分惱火。「我把一切的辦法都嘗試過了，」他想道，「現在就只有一個辦法，那就是置之不理。」於是他又準備去城裡，再去看望母親，並請她在委託書上面簽上名字。

安娜聽到他在書房和餐室來回踱步的聲音。他在客廳門口站住了。但他沒有轉到她這兒來，他只吩咐僕人，他不在的時候可以讓沃伊托夫把馬駒帶走。隨後她聽見馬車駛過來，車門被打開，他就走了出去。可是他又一次回到門廊裡，然後有什麼人快速跑到樓上。這是他的貼身侍從跑到樓上去拿主人忘記的手套。她又走到窗口，看見他看也不看侍從就取過手套，輕輕敲了敲車夫的背，對他說了句什麼話。隨後他並沒有抬頭望窗口看一眼，就如同以往那樣自命不凡地坐在馬車裡，蹺著二郎腿，戴上手套，迅速地在角落裡不見了。

# chapter 27 無邊的恐懼感

「他走了！現在一切都完了！」安娜站在窗前自言自語。回答她的只有蠟燭熄滅後的黑暗同噩夢融成一片留下的印象，它充斥心頭，這讓她不寒而慄。

「不，一定不會的！」她放聲大喊起來。於是她穿過房間，使勁地打了鈴。現在她確實非常害怕孤單一人，還沒等僕人來到，她就走下去迎上他了。

「去問一下，伯爵剛才到什麼地方去了。」她說。

那僕人回答道，伯爵上馬廄去了。

「他讓我轉告您，要是您想出門，馬車就會回來。」

「那好吧。等一等，我這就寫張字條給他，你叫米哈依爾把字條送到馬廄去。一定要快點。」

她坐了下來，快速地寫道：「我錯了。回家吧，有話面談。看在上帝的份上快回來，快回來，我很擔心。」

她把字條封好，交給了僕人。

她現在很怕一個人待在房間，於是就跟在僕人後邊離開了房間，接著走向兒童室了。

「哎，這是怎麼了？這個人不是他！他那雙藍眼睛以及可愛而又害羞的微笑去哪兒了？」她感到心煩意亂，不知所措。原本以為在兒童室裡可以看到謝廖沙的，她卻並沒有看到，而是看到胖墩墩的、紅紅的臉蛋兒，長著一頭烏黑鬈髮的小女孩，這就是在她的腦中產生的第一個念頭。小女孩坐在桌旁，拿著一個瓶塞子在桌上使勁亂敲，一雙烏溜溜的眼睛茫然地瞪著母親。安娜回答英國保姆說，她身體很好，明天下鄉去，接著就在女孩旁邊坐下，拿瓶塞子在她面前旋轉著。孩子銀鈴般的、響亮的笑聲以及眉眼的動作使得她想到了沃倫斯基。她好不容易控制住嗚咽，急匆匆地站起身來，走了出去。「難道一切真的都完了嗎？不，不會的，」她心裡想著，「他一定會回來的。但是他如何和我解釋，他與她談過話之後那種笑以及那種興奮勁兒呢？可即使他不解釋，我還是會相信他。假如我不信他，那我就只剩下一條出路了，可我並不想那樣。」

安娜望了一眼座鐘，看到時間剛過了十二分鐘。「現在他該接到條子了，正往回走。要不了多久，再過十分鐘……萬一他不回來怎麼辦？不，不會的。可不能讓他看見我哭過。我需要去洗臉。哎呀，對了，今早我的頭髮梳過了嗎？」她自問道，但是無論如何也想不起來。她用手撫摸了一下頭。「是的，梳理過了，可是是什麼時候梳的根本想不起來了。」她甚至有些不相信自己的手，乾脆來到鏡子前面照照，是否梳過了。頭髮是梳過了，但她記不起來是什麼時候梳的。「這是誰呀？」她望著鏡子裡那個臉上發燒、兩隻異樣的閃閃發亮的眼睛盯住她的女人，想。「是的，那就是我啊。」她從頭到尾打量了一遍自己，猛然驚醒過來。她突然感覺到他彷彿在親她的身子，不禁渾身顫抖著，然後聳了一下肩。之後她又把手放在嘴邊，親了親。

「怎麼了，難道我發瘋了嗎？」說完，她走進臥室，這時安努什卡正在那裡收拾房間。

「安努什卡。」她喊了侍女一聲，只是站在她跟前，眼睛看著她，卻不知道應該對她說什麼。

「您是要去看望達里婭嗎？」侍女問道，彷彿懂得她的想法一樣。

「去看望達里婭？是的，我肯定會去的。」

「過去一刻鐘了。他已經動身回來了，馬上就要到了。」她摸出錶看了看。「他怎麼可以這樣撇下我自己跑掉呢？他不同我和好怎麼能過日子呢？」她走到窗口，張望著大街。計算著時間，他也應該回來了。但是也不確定先前計算得並不準確，於是她重新思考著他是什麼時候坐車走的，以便於計算他來回需要多長時間。

她正想著要去大座鐘前對對錶，有人乘車回來了。她往窗外一看，看見他的馬車。但沒有人上樓來，只聽得樓下有說話的聲音。這是派去的僕人坐馬車回來了。於是，她就下樓去迎接他。

「我沒有見到伯爵。他應該去下城車站了。」紅光滿面、十分快活的米哈依爾說完就把字條還給了她。

「哦，原來他並沒有接到。」她心裡想。

「那你帶這封信去鄉下的沃倫斯卡婭伯爵夫人那兒，你知道嗎？立刻帶回信來。」她對送信人說。

「可是我自己可以幹什麼好呢？」她暗暗思忖著，「是的，我這就去看看多莉，是的，否則我一定會瘋了的。喚，我再拍一封電報給他。」接著她就擬出電文：「我有話要說請速回。」找人送出電報後，她就開始換衣裳。等她換完衣服，戴上帽子，看了一眼身體胖墩墩、沉靜的安努什卡的眼睛。她這雙善良的灰色的小眼睛透露出很明顯的憐憫神氣。

「安努什卡，親愛的，叫我怎麼辦呢？」安娜邊哭邊說，頹喪無力地坐在了扶手椅上。

「您不要這樣難過，安娜・阿爾卡季耶夫娜！像這種事兒並不稀罕。您還是去外面走走，解解悶吧。」那侍女回話道。

「是的，我馬上就去，」安娜打起精神，站起來說，「要是我不在家有電報來，你就送到達里婭那兒……不，我肯定會回來的。」

「對，不要再胡思亂想了，一定需要幹點兒什麼，到外面走走，最重要的是——離開這幢房子。」她喃喃自語地說，恐懼地聆聽著自己心裡可怕的劇烈跳動聲，匆匆忙忙地走出門去，坐在了馬車裡。

「您去什麼地方，夫人？」彼得還沒有坐上駕駛座，就開始詢問。

「到茲納緬卡街奧布隆斯基家去。」

# chapter 28 安娜與基蒂之間

天氣非常明朗。下了一整個早上的小雨，這會兒剛剛放晴。鐵皮屋頂、人行道石板、馬路上的鵝卵石、馬車上的車輪、皮件、銅器和白鐵，這所有的一切現在都光彩奪目地在五月的陽光下放著光彩。下午三點，是街上最為喧嘩的時候。

安娜坐在一輛由兩匹灰馬拉著的、車廂在跑動中輕輕顫動的非常舒服的鋼板彈簧馬車的角落裡，在不斷地發出的軋軋聲中，看向窗外瞬息萬變的事物，又仔細地回想最近幾天出現的事情，對自己境況的看法和獨自一人在家裡所感覺的完全不同了。目前死的念頭在她看來已經不是那樣恐怖，那樣鮮明了，死亡彷彿也不再是難以避免的了。她又開始責備自己竟然對他這樣低三下四。「我竟然請求他原諒。我竟然被他征服了，去承認自己不對。這是幹什麼呢？難道離了他，我就不可以活了嗎？」

她並沒回答離了他如何活下去的問題，就打量起各種各樣的招牌來。「公司、倉庫、牙醫。沒錯，我要把一切都告訴多莉。她厭惡沃倫斯基。雖然很丟人而且很痛苦，可是我要把所有的一切通通告訴她。她愛我，我願意聽她的話。我對他不再讓步，我不許他教訓我……菲里波夫，白麵包。據說他們是把發好的麵團送到彼得堡來的。莫斯科的水真好呀。噢，解梅季希的泉水還有些發麵煎餅。」

於是她又開始回想起很久以前的事。她十七歲那年，同姑媽一起朝拜三聖修道院。「當時還是坐馬車去的。難道那雙手凍得紅紅的女孩就是我嗎？有多少東西當時覺得美好絕倫，高不可攀，如今卻變得一文不值；逝去的東西，再也無法挽回了。那個時候我是毫無顧慮的，怎會料到自己有朝一日會落到如此低下的地步？那麼等他收到我的信時，一定會感到得意揚揚的！不過我會給他點顏色瞧瞧的……這裡的油漆味兒太刺鼻了。他們為什麼要一個勁兒地修建房屋、塗刷油漆？時裝店和飾品店。」

她讀著店家招牌。這時有一個男子朝她鞠了個躬。這人就是安努什卡的丈夫。「我們的寄生蟲。」她想起過去沃倫斯基曾經說過這樣的話。「我們的？為什麼是我們的？最讓人恐怖的是無法把過去的事情全部忘記。雖然不能忘記，不過可以掩蓋起來。我一定要把它們掩蓋起來。」

這時候她又回想起與卡列寧過去的事，想起她是如何把它們從回憶中除去的。「多莉肯定會認為，我現在是要離開第二個丈夫，因此一定會覺得我錯了。可是難道我還想要別人說我做的都是正確的嗎？我是不會那樣去做的！」她喃喃自語，感到傷心得恨不得大哭一場。但是她馬上奇怪地想起那兩個女子是因為什麼事這樣笑呵呵的。「也許是想到了愛情？她們還不懂得這種事是多麼讓人不開心，多麼的卑下……林蔭路和孩子們。有三個男孩在飛跑著，他們在玩賽馬的遊戲。謝廖沙！我現在什麼都沒有了，我找不回兒子了。是的，要是他不回來，我就會失去一切了。說不定他趕不上火車，這會兒已經回家了。我又要低三下四了！」她責備自己。

「不，我要去找多莉，向她坦白：我不幸，我自作自受，全是我不對，可我確實很不幸，你幫幫我吧……就幫幫我吧。這兩匹馬還有這輛馬車——乘坐這輛馬車使我非常生厭——這些都歸他所有，不過我以後再也看不見這些東西了。」

重新又記著她要對多莉傾訴衷腸的那些話，有意刺痛自己的心，安娜走上樓去。

「現在有沒有客人？」她在前廳裡問道。

「卡捷琳娜・亞歷山德洛夫娜・列文在呢。」僕人回答說。

「是基蒂！也就是沃倫斯基曾經愛慕過的那個基蒂，」安娜想，「他對她總是念念不忘，舊情難捨。他後悔沒有同她結婚。可是他一想到我，總懷恨在心，悔恨和我結合在一起。」

就在安娜來訪時，多莉姐妹倆正在商談著哺育嬰兒的事情。多莉單獨出來迎接正好在這時候打斷她們談話的客人。

「哦，你現在還沒走呢？我剛想著要去看望你呢，」多莉說，「今天我收到了斯季瓦的信。」

「我們同樣也接到他的一份電報。」安娜一邊答話，一邊四下張望著，想要找到基蒂。

「他在信裡說，還不確定卡列寧究竟想怎樣，不過他非得接到答覆不可。」

「我還以為，你這兒會有什麼客人哩。你可以讓我看看那封信嗎？」

「當然可以，基蒂現在在我這，」多莉窘迫地說，「她在兒童室裡。她生了一場大病。」

「我已經聽說過了，你可以讓我看一下那封信嗎？」

「我馬上就去拿。不過卡列寧並沒有說不答應。正好相反，斯季瓦感覺還挺有希望呢。」多莉一邊說，一邊在門口停住。

「我感到失望了，我也沒有這個要求。」安娜說。

「到底是怎麼回事兒？難道基蒂認為和我見面就會降低她的身分？」當只剩下一個人的時候，安娜又尋思起來，「也許，她沒有錯。但是她，這個曾和沃倫斯基相愛過的人，也不應該這樣有意表現給我看，雖然這麼做也有理。我知道，凡是正派的女人都因我這種身分而不願接見我。我知道，自從我為他犧牲一切的最初一刻起，情況就是這樣！這是報應！唉，我真恨死他了！我到底來這裡幹什麼呢？弄得我心情非常不愉快，而且很難受。」她聽見姐妹倆在隔壁房間裡面商議。「眼下我應該對多莉說些什麼呢？還是說我非常不幸，請她保護，好讓基蒂聽到這番話聊以自慰嗎？不，多莉一定也不會明白。我現在對她無話可說。只要讓我看一眼基蒂，好讓她清楚我對所有的人都不放在眼中，對一切的事都滿不在乎，那樣的話我就沒有白來。」

多莉拿著信走過來。安娜接過信沉默地念完，又默默無言地還給她。

「這我都是知道的，」她說，「現在我對這件事沒有一丁點兒的興趣。」

「那是為什麼呀？我倒抱著希望呢。」多莉好奇地瞧著安娜說。一邊非常不解地注視著安娜。她從未見過安娜這麼煩躁。「你準備什麼時候出發？」多莉問道。

安娜只是瞇縫起眼睛，注視著前方，並沒有回答她。

「基蒂為什麼要選擇躲避我呢？」她看著門口，漲紅了臉問道。

「噢，不要瞎說！她在餵奶，她弄不來，我在教她……她聽說你來很高興呢。她馬上就來，」多莉不會說謊，有些心神不定地說，「你看，她過來了。」

基蒂聽到安娜來訪，本來打算不出來的，可是多莉說通了她。基蒂總算是鼓足勇氣，走了過來。她的臉上泛著紅暈，走到安娜跟前，並把手伸過來。

「我很高興——」她聲音有些發顫地說。

實際上，基蒂心裡一直都對這個墮落的女人懷有敵意，可又被想對她表達寬容的矛盾心情弄得不知所措，但一看到安娜美麗可愛的面貌，對她的全部敵意立刻煙消雲散。

「假如您不想和我見面，我也不會感到驚訝。我對這些事早就習慣了。您是病了嗎？對了，您的樣子現在都變了。」安娜說。

基蒂發覺安娜正用帶有敵意的目光打量著她。她認為這是由於安娜以前庇護過她，如今自己落到這個境地，因而感到難堪。所以基蒂又不免替她難過了。

她們接著談起基蒂的病，談起孩子，談起斯季瓦，可是，安娜顯然對什麼都沒有一點興趣。

「我來實際上是向你告別的。」安娜站了起來，對著多莉說道。

「您準備什麼時候走呢？」

可是安娜並沒有回答，轉身又和基蒂說起話來。

「是啊，看見您我也很高興，」安娜笑盈盈地說，「我從各方面都聽說了您的情況，甚至從您丈夫嘴裡聽到過。他到我那裡去過，我很喜歡他。」

安娜說這句話時明顯懷著惡意，「他在哪？」

「他現在去鄉下了。」基蒂漲紅了臉，回答道。

「那請替我向他問候一聲，千萬記得要向他問候。」

「一定會的！」基蒂非常天真地又說了一遍，還是用滿懷同情的目光望著她的眼睛。

「那我們就再見了，多莉！」說完安娜親了親多莉，又握了一下基蒂的手，就急匆匆走出去了。

「還是像以前的那個樣子，還是那麼富有魅力，真美！」只剩下姐妹倆時，基蒂說道，「但是她總是讓人感到可憐巴巴的！實在是非常可憐！」

「是啊，不過今天她的樣子有些怪，」多莉說，「我把她送到前廳時，我感覺她彷彿要哭了。」

# chapter 29 無名的怒火

安娜坐上了來時的馬車，情緒比離家時更壞。除了原來的痛苦，如今又加上被侮辱被唾棄的感覺，這種感覺在她看到基蒂的時候十分明顯。

「現在到哪兒去，夫人？要回家嗎？」彼得問道。

「是的，回家。」她說，現在她也不想去任何地方了。

「他們看著我，就如同看一樣不可思議的、稀奇古怪的東西。他這個人這麼起勁地同那個人談些什麼呀？」她望著兩個步行的人想，「難道人能把自己的感受講給別人聽嗎？我原來也想講給多莉聽，幸虧沒有講。讓她看到我的不幸，她會非常得意的！她會掩飾起她的心情，不過知道我為了她所羨慕的各種歡樂而遭受到報應，她一定會高興死的。我可真是看透她了！她清楚，我對她的丈夫有著異乎尋常的吸引力。她肯定會妒忌我、憎恨我，更加看不起我。她認為，我是一個道德極其敗壞的女人。我如果真是個道德敗壞的女人，只要我高興，我就能夠把她的丈夫迷住……我的確有這種念頭……瞧這傢伙好神氣。」

這時一個紅光滿面的胖子迎面而來，把她當作熟人，掀了掀他那亮光光禿頭上的大禮帽，接著發覺認錯了人。「他還以為認得我呢。實際上，他根本就不認得我，並且這世界上的人誰都不認識我。甚至連我自己都不認識我自己。就如同法國人說的那樣，我只是瞭解自己的品味。看，他們就只想吃那種髒兮兮的冰淇淋。」

這個時候路邊有兩個男孩攔住了一個賣冰淇淋的小販。販子立刻從頭上放下大木桶，然後用毛巾的角兒擦拭著濕漉漉的臉龐。她看著他們，心裡想道：「每個人都想吃甘甜可口的食物。如果沒糖果，就去吃不乾淨的冰淇淋。基蒂當然也不例外：既然無法得到沃倫斯基，那麼就要列文。她還妒忌我，仇視我。我們就要互相仇恨。我恨基蒂，基蒂也痛恨我。這是事實。理髮師秋季金……我總是請秋季金幫我梳頭的，他回來了，我就要把這話告訴他。」她暗暗想道，隨後又輕輕地笑了笑。但立刻想到如今可沒有人同她說笑話了。

「其實也沒有什麼可笑的和好玩的。一切都令人討厭。晚禱的鐘聲響了，那個商人多麼一本正經地畫著十字！彷彿怕失掉什麼。這座教堂、這些鐘聲還有這些欺詐都有什麼意思呢？只不過是用來掩蓋我們大家相互的仇視，就彷彿這些彼此罵得很厲害的車夫一樣。亞什溫說，別人希望讓我輸個精光，而我也同樣希望讓別人輸得一文不剩。看，這就是事實！」

她已經完全沉溺在這種異想天開之中了，以至於不再去想自己的境況，就這樣彼得駕駛馬車把她送到了自己家門口的台階前。當看見出來迎接她的門房時，安娜才想起自己今天發的一封信和電報。

「現在有回信嗎？」她問。

「我這就找找看。」門房答道，他向桌子上看了一眼，用手拿起一個方形的、非常薄的電報交給她。「十點之前不能回來，沃倫斯基。」她念著電文。

「那麼，送信的人回來了嗎？」

「還沒呢。」門房說。

「哼，要是這樣，那我知道了，我知道應該怎麼做了。」她自言自語，心頭升起一股無名的怒火和復仇的欲望，她跑上樓去。「我親自去找他。同他永別以前，我要把話同他講個明白。我從來沒有像恨他這樣恨過別人！」她心裡想著。她一看到掛在衣帽架上他的帽子，就討厭得全身顫抖起來。她並沒有想到，這封電報是他收到她的電報之後的回電，她同樣沒有想到，他當時並沒有接到她的信。她就這樣想著，現在他正心安理得地與母親還有那個索羅金娜說著話，說不定正因她的痛苦感到高興呢。

「是的，得趕快走。」她對自己說，還不知道何去何從。她想儘快擺脫她在這座可怕的房子裡所產生的情緒。僕人、牆壁和這座房子裡的各種擺設——件件都能勾起她厭惡和氣憤的情緒，件件都異常沉重地壓在她的身上。

「是的，我必須去火車站，假如在那兒看不到他，我就去那裡，去揭穿他的把戲兒。」安娜查看了報上的火車時間表。晚上八點零二分有一班車。「是的，我趕得上。」她吩咐換上兩匹馬，自己動手把需用的東西收拾到行李袋裡。她知道，她這一走以後就再也不會回來了。

她現在只是從想到的各種打算中模模糊糊地選用了一種，就是在火車站或者是伯爵夫人的莊園裡大鬧一場後，乘坐下城的火車坐到第一座停站的城市，就在那裡住下來。

現在午飯已經擺到桌子上了，她走到桌旁，聞了聞麵包和乳酪，覺得樣樣食品的氣味都令她噁心，就吩咐僕人套好車，走出門去。房子已在整條街上投下陰影。這個晴朗的傍晚在夕陽中還是暖洋洋的。不管是搬著東西送她的安努什卡，或往馬車上裝行李的彼得，還是很明顯不怎麼開心的車夫，現在每個人都讓她感到厭惡，他們所有的言行舉止都讓她非常生氣。

「你不用跟著去了，彼得。」

「那火車票怎麼辦呢？」

「好吧，隨你的便吧，反正都一樣。」她不耐煩地回答。

彼得靈敏地跳到馭手座位上，就那麼兩手叉在腰間，告訴車夫駛往火車站。

# chapter 30 人生的意義

「看，又是她！我徹底明白了。」馬車剛走動，安娜就自言自語。馬車在碎石路上搖搖晃晃，發出轆轆的聲音，此刻，另一種不同的印象又逐一交替地縈繞在她的腦海中。

「哦，我剛才那麼天真地想到一樁什麼美事呢？」她竭力回想著，「想到理髮師秋季金嗎？不，不對。對，對，就是亞什溫所說的那句話：生存競爭與仇恨是人與人之間的唯一因素。你們出去兜風也沒有意思，」她在心裡對一群乘馬車到城外遊玩的人說，「你們帶著狗出去也沒用。你們逃避不了自己的良心。」

她隨著彼得轉身的方向望去，只見一個喝得爛醉如泥的工人四下搖晃著頭，被一個員警帶走。「哼，他這樣倒是找到了一條捷徑，」她暗自想，「我和沃倫斯基伯爵還沒找到過這樣的樂趣，雖然我們很希望過這種生活。」接著，安娜第一次一目了然地看清了她和沃倫斯基之間的關係，而這是她過去不願去想的。

「他想在我身上尋找什麼呢？與其說是愛，倒不如說是虛榮心的滿足。」

她回想起他們結合初期他說過的話和他那副很像馴服的獵狗似的神態。現在的一切都證實了她的看法。「是的，他流露出虛榮心獲得滿足的自豪。當然也有愛情，但多半是取得勝利時的得意。

他以前因為我而驕傲。現在這已經過去了。沒什麼可以值得自豪的了。沒神氣了，剩下的只是羞愧了。他從我身上得到了能夠得到的一切，現在他用不著我了。他把我視為累贅，卻又竭力裝出對我顯得不是那麼無情無義。然而昨天他說漏嘴了，他要我先離婚，接著再結婚，他是為了不走回頭路。他愛我，可這愛的結果如何呢？熱情冷卻了！這個人想一鳴驚人，顯得那麼神氣，」她望著那個面色紅潤、騎一匹賽跑馬的店員想，「唉，我已經沒有吸引他的風韻了。我要是離開他，他會打心眼兒裡高興的。」

這不是她的憑空猜想，而是她依靠明亮的眼光明白地看到的事實。這種眼光現在讓她忽然間看透了人生的意義和人與人的關係。

「我的愛情越來越熱烈，越來越自私，而他卻越來越冷淡，這正是我們分別的最終原因，」她繼續想，「真是無可奈何。我把一切都寄託在他身上，因此我也要求他更多地為我獻身。他卻越來越疏遠我。我們結合前苦苦追求，心心相印；結合後離心離德，各奔東西。這種結果是無法改變的。他說我經常沒有理由地嫉妒。但這不是事實。我沒有嫉妒，只是覺得不滿足。可是……」

忽然間冒出了一個念頭，令她激動得張大了嘴，身體在馬車裡顫動了一下。「我真不該做他的情婦，癡心迷戀他的撫愛，但是我又不能自制，捨此別無他法。我對他的熱情使他反感。他卻弄得我生氣。這也是毫無辦法的事。難道我不知道他不會欺騙我，不會愛索羅金娜，不會愛基蒂，不會對我不忠誠嗎？這些我通通知道，可我並不因為知道就釋然於心。我也明白他不愛我，只是出於責任才對我好，才背叛自己的良心對我表達溫情，不存在我所渴求的那種情感。可那比仇恨我還要糟糕千萬倍！這簡直就是地獄！這也是事實。他很早以前就不愛我了。**愛情一旦終止，仇恨隨即而來。**

這些街道我幾乎不認識了。還有這一座座小山，一幢幢房子，房子裡都是人，都是人……多得難以計算，都在彼此仇恨。哦，讓我想一下，我如何才能得到幸福呢？哦，只要離了婚，卡列寧把謝廖沙給我，我就和沃倫斯基結合。」

一想到卡列寧，他的身影，他那雙溫柔而無生氣的、呆板的眼睛，那雙青筋暴突、白皙的手，他的語調和扳手指的聲音馬上栩栩如生地浮現在她眼前；一想到他們之間也稱作愛情的那種情感，她禁不住厭煩得顫抖起來。

「哼，如果我能離婚，做了沃倫斯基的妻子，那後果又如何呢？難道基蒂不再用現在這種眼神看我了嗎？不會。難道謝廖沙不會追問，或不會奇怪我怎會有兩個丈夫嗎？我和沃倫斯基之間會出現什麼樣的新的感情呢？且不說幸福，只要不痛苦，這就足夠了嗎？不行，不行！」她毫不猶豫地回答自己，「絕對不可能！生活迫使我們分手，我使他不幸，他使我不幸；他不能改變，我也不能改變。一切辦法都試過了，螺絲壞了，擰不緊了……啊，那個抱著嬰兒的女叫花子，她以為人家會可憐她。難道我們這些人被拋到世界上不都是為了彼此仇恨，折騰自己的同時也折騰別人嗎？那裡有幾個中學生走過來，他們笑容滿面的。謝廖沙現在如何呢？」

她不由自主地想，「我之前以為我愛他，並被自己的這種愛而深深感動。然而離開他我還是活著，我用拋棄他來換取另一種愛，並且在滿足於這種愛時，對這種交換並沒有羞愧。」

這時她帶著厭惡的心情回想著過去的愛情。現在她把自己的生活和一切人的生活都看透了，這令她非常高興。

「我是這樣的，彼得是這樣的，車夫費奧多爾也是這樣的，那個商人還有那些被通告號召到伏爾加河居住下來的人也是這樣的，到處都是這樣，永遠都是這樣。」當她的馬車駛近下城車站的低矮建築物時，有幾個搬運工從那兒跑來迎住她。

「買到奧比拉洛夫卡的火車票嗎？」彼得問。

她徹底忘了她要到什麼地方，去幹什麼，好不容易才明白他的這個問題。

「對。」她說完把錢包交給了他，隨後拿起一個紅色小提袋，走下馬車。

當她穿梭在人群中向頭等車廂候車室走去時，漸漸地想起了她處境的細節和她那猶豫不決的決定。於是，忽而希望，忽而絕望，輪番刺痛她那顆飽經折磨又撲通亂跳的心。她坐在星狀的沙發上等著火車，帶著厭惡的心情注視著熙來攘往的人群，一會兒想像她到達了那個車站，馬上給他寫信以及信的內容，一會兒又想像他此刻正向母親訴說自己的煩惱，她走進屋子，對他說些什麼話。忽而她想，生活還是會幸福的，她是多麼愛他，心怦怦跳得厲害。

# chapter 31 擺脫一切

鈴響起來了。接著從一邊走過幾個年輕男人，他們相貌難看，態度橫蠻，卻裝出一副匆匆忙忙，像煞有其事的樣子。

彼得穿著制服和半筒皮靴，他那張牲口般的臉上現出呆笨的神情，也穿過候車室，走到她跟前，準備送她上車。

她穿過月台，從幾個亂嚷嚷的漢子身旁經過，他們立馬靜了下來，其中的一個小聲議論著她，一定說的是下流的話。她登上車廂的高踏板，鑽進車廂，坐在原本潔白、現在卻弄得髒兮兮的軟座上。手提包在彈簧上晃了晃，不動了。

彼得露出一副傻笑，在車窗外掀了掀鑲金線的制帽，向她告別。一個態度粗暴的列車員砰的一聲關上車門，上了門。一個身穿長裙、身體畸形的女人（安娜心想，這女人如果不穿這條裙子，一定很難看）和一個堆著假笑的小女孩，從車上跑了下去。

「卡捷琳娜．亞歷山德耶夫娜什麼東西都有，她什麼都不缺啊，真好！」

「如此的小女孩都變得虛偽、裝腔作勢了。」安娜想。為了避免看見人，她迅速站起來，坐到對面空車廂的窗口旁。一個骯髒難看的、帽子下露出蓬亂頭髮的鄉下人在窗外走過。「這個醜陋的鄉巴佬看起來彷彿有點兒面熟。」安娜自言自語道。

這時她又回憶起自己做的那個噩夢，嚇得渾身戰慄起來，急忙走到對面的門口。列車員拉開車門，放進來一對夫婦。

「夫人，您要下去嗎？」

安娜沒有回答。列車員和上來的夫婦沒有發覺她面紗下面驚惶的神色。她回到原來的角落裡坐下來。那對夫婦從對面偷偷地仔細打量著她的衣著。

安娜對這對夫妻十分反感。那個做丈夫的問妻子是否可以抽煙，目的顯然不是為了抽煙，而是想和她說話。得到妻子的同意後，他就用法語和妻子閒聊起來，其實他想說的事情比抽煙更沒必要。他們故弄玄虛地胡亂說著，說些沒有任何意義的話，只不過是為了讓安娜聽見。安娜看得出來，他們彼此間有多討厭，有多痛恨。看到這樣一對可憐的怪人，實在令人覺得痛恨。

第二次傳來鈴聲，接著傳來搬動行李的聲音、喧鬧聲、叫喊聲、笑聲。安娜明白誰也沒有什麼值得高興的事，因此這笑聲使她噁心，她真想把耳朵堵起。終於，第三遍鈴聲響了，隨即傳來汽笛的聲音，蒸汽機車刺耳的放氣聲，掛鉤忽然一牽動，那位做丈夫的急忙畫了一個十字。

「真想問問他為什麼要這樣，這倒是很有意思的。」安娜惡狠狠地瞪了他一眼，暗自想道。她從那位太太身旁的車窗眺望過去，月台上送客的人們都不約而同地向後退。

安娜坐的那節車廂，遇到鐵軌接合處便有節奏地振動著，在月台、石牆、信號塔和其他車廂旁邊開過；車輪在鐵軌上越滾越平穩，越滾越流暢；燦爛的夕陽從車窗上照射下來，和風吹拂著窗簾。安娜在列車輕微的振動搖晃中呼吸著清新的空氣，忘記了鄰座，又開始胡思亂想起來。

「哦，方才我是想到什麼地方了？對了，我想到，生活中沒有哪種處境沒有痛苦。人人生下來都免不了吃苦受難。這一點我們大家都知道，可是大家又在千方百計哄騙自己。然而，一旦看清了事實真相，又會如何呢？」

「造物主之所以賜予人理智，就是為了讓人擺脫苦難。」那位太太故意賣弄口才、擠眉弄眼地用法語說，顯然對自己的這句話十分滿意。

這話好像就是對安娜沉思做出的回答。「讓人擺脫苦難。」安娜在心裡又重複了一遍。接著，她看了看那個面色紅潤的丈夫和身體瘦削的妻子，她突然間覺得，這個病懨懨的妻子自以為是個謎一樣的女人，丈夫對她不忠實，使她生了這種念頭。安娜打量著他們，彷彿看穿了他們的關係和他們內心的全部秘密，然而這一點意思也沒有，所以她又接著思索起來。

「對，我現在煩惱得很，但天賦理智就是為了擺脫煩惱；因此一定要擺脫。既然再沒有什麼可看，既然什麼都使人討厭，為什麼不把蠟燭熄滅掉呢？可是怎麼滅掉？這個列車員怎麼跑過了欄杆？那節車廂裡的年輕人怎麼在大聲嚷嚷？他們怎麼會有說有笑？這全都是假的，全是虛偽的，都是欺騙，都是罪過！」

火車進站了，安娜夾在旅客中間下車，又像避開麻風病人一樣避開他們。她站在月台上，竭力思索她為什麼上這兒來，打算幹什麼。她感覺以前什麼都可以做到的一切，現在卻突然變得難以設想，特別是在這群喧鬧得讓她無法安靜的、厭惡的人群中。一會兒有搬運工來到她面前，表示願意幫助她，一會兒有些年輕人靴子的後跟踩在月台的石板上發出咯噔的響聲，邊大聲說笑邊回轉過頭來注視著她；一會兒迎面來的人左閃右閃地給她讓錯了路。此刻她想，如果還沒有回信，她就打算再坐車接著向前走。她叫了一個搬運工，向他打聽這裡有沒有從沃倫斯基伯爵那兒送信來的馬車夫。

「沃倫斯基伯爵？剛剛還有人從他那兒來。他們是接索羅金娜伯爵夫人和她的女兒來的。馬車夫長得什麼樣兒？」

正當她和搬運工說話時，身穿流行的藍外套，脖子掛著錶鏈的車夫米哈依爾就來到她身邊，遞給她一封信函。米哈依爾臉紅紅的，興高采烈的，顯然是因為他完成了使命，十分得意。她把信打開，還沒開始讀，心就已經絞痛起來。

「對不起，信我沒收到。我十點回來。」沃倫斯基馬馬虎虎地這樣寫道。

「確實如此！我早就料到是這一套了！」她滿懷惡意地在心裡冷笑道。

「好了，你回家吧。」她對米哈依爾慢慢地說。她說話時聲音很低是因為劇烈的心跳使她喘不過氣來。「不，我不能讓你再折磨我了。」她心裡想，既不是威脅他，也不是恐嚇自己，而是責怪那個讓她痛苦的人。接著她走過月台，穿過車站棧房走向前方。

有兩個在月台上走著的侍女回過頭來端詳著她，高聲地評論著她的服裝：「真貨。」她們用手指著她身上的花邊。幾個年輕人不讓她安寧。他們又盯住她的臉，怪聲怪氣地又笑又叫從她旁邊走過。站長走過來，問她乘不乘車。一個賣克瓦斯的男孩全神貫注地注視著她。「天哪，我該去什麼地方呢？」她一邊想著，一邊沿著月台慢慢走遠了。她在月台盡頭停下了。幾位太太和幾個孩子來接一個戴著眼鏡的老爺，他們大聲談論著，當安娜從他們旁邊走過時，他們住口了，回過頭來打量她。她加快腳步，離開他們，走到月台邊上。一輛貨車駛近了，月台被震得搖晃起來，她彷彿覺得又坐在車上了。

忽然，她回想起她和沃倫斯基初次見面那天被火車軋死的那個人，她明白了她該怎麼辦。她敏捷地從水塔那兒沿著台階走到鐵軌邊，在擦身而過的火車旁站住了。

她注視著車廂的底部，注視著螺栓和鏈條，注視著第一節車廂緩慢開來的大鐵輪子，全神貫注地用眼睛嘗試著衡量前後輪之間的中心點，確定中心點將駛到她面前的那一刻。

「在那兒！」她盯著車廂投射下的影子，望望撒在枕木上的沙土和煤渣，「那裡，倒在正中心，**我要懲罰他，我要擺脫一切人，同時也擺脫我自己。**」

她想躺在第一節車廂下面的前後輪中間的那個地方。可等她從胳膊上取下紅色手提袋，耽誤了一下，前後輪中間的那個地方已經開過去了。她只好等待下一節車廂。

現在，就像游泳沐浴以前感受到的那種感覺爬上她的心頭，接著她畫了一個十字。這種畫十字的習慣動作，在她心裡喚起了一系列少女時代和童年時代的回憶，周圍籠罩著的一片黑暗突然被打破了，生命帶著它種種燦爛歡欣的往事剎那間又呈現在她面前，但她的目光沒有離開第二節車廂滾滾臨近的車輪。

剛好在前後輪之間的中心點來到她面前的那一瞬間，她扔掉紅色的手提袋，脖子縮進肩膀裡，雙手著地撲在車廂下邊。她微微動了動，彷彿打算立刻站起身來，可又撲通一下跪下了。就在這一刻，她被自己的做法嚇得毛骨悚然。

「我在什麼地方？我這是在幹什麼呢？怎麼會這樣呢？」

她想站起身來，把身子往後躲。然而一個巨大無情的東西撞到她頭上，從脊背上碾過去。

「上帝呀，饒恕我的一切吧！」她說，覺得無力掙扎。

一個矮小的鄉下人嘴裡嘟囔著什麼，在鐵軌上幹活。接著她點起曾經用來閱讀那本滿是苦難、欺騙、悲哀以及罪惡的人生之書的蠟燭，閃現出以前從未有過的耀眼光芒，替她把以前罩在一片漆黑中的所有一切都照得亮堂堂的，接著蠟燭就劈啪地響起來，逐漸暗了下去，永遠地滅了。

# 第八部

chapter 1

# 六年的心血

大概過了兩個月，已經到盛夏時令的時候，謝爾蓋才準備離開莫斯科。

在這期間，謝爾蓋的生活中發生了一些大事。他花了六年心血寫成的《試論歐洲和俄國國家基礎與形式》一書，一年前已經完稿，其中一些章節和引言已在期刊上發表過，還有一些章節謝爾蓋也曾念給同行朋友們聽過，所以這本書的主旨思想對於公眾而言可能已經不是很新鮮了。可是謝爾蓋還是希望這本書的問世能在社會上引起一些不同的凡響，即便不能引起一場學術上的革命，起碼也會在學術界引起一陣轟動。

這本書經過認真修訂以後已經在去年正式出版，並且分發到了書商手裡。

儘管謝爾蓋沒有跟人打聽這本書的發行情況，別人問起，他都回答得很淡漠，他也不向書商打聽書的銷路，其實他十分關注這本書給社會和學術界最初的印象。

但是，一個星期，兩個星期，三個星期都過去了，社會上沒有任何反應。他的朋友、專家和學者有時出於禮貌才提到一下。他那些對學術著作不感興趣的熟人根本沒有提到過它。社會上，特別是眼前這個社會，只關注一些別的事情，對它也完全是冷淡的。因此，整整一個月，學術刊物對這本書壓根兒沒提過。

謝爾蓋大體估計了一下寫書評需要的時間，可是一個月又一個月過去了，還是照樣的沉默。只有在《北方甲蟲》雜誌上一篇諷刺小品文裡，插入了幾句對謝爾蓋這本書的評語，而且指出這本書已經受到公眾的指責和嘲諷了。

第三個月，終於在一本嚴肅的雜誌上刊登出一篇批評性的文章，謝爾蓋認識寫這篇文章的那個人，在戈盧布佐夫家和他有過一面之緣。

文章作者是個有病的年輕小品文作家，文筆潑辣，但教養極差，在私人關係上很膽小怕事。謝爾蓋雖然從心裡看不起這個作者，可還是很認真地讀了這篇文章。這篇文章太可怕了。

顯然，小品文作家對這本書是完全不理解的。但是他卻如此巧妙地堆砌了一些引文，以至於令沒有看過原書的人（顯然幾乎沒有人看過這部書）還以為是作者知識匱乏，整本書只是華麗辭藻的堆砌，並且用詞不準確（並且用問號把這些詞標了出來）。這一切做得非常巧妙，就連謝爾蓋都不得不承認。

儘管謝爾蓋態度十分誠懇地認真分析這位評論者的論據是否有道理，但他從不重視人家所指責的缺點錯誤，認為別人顯然有意挑剔。他立刻不由自主地聯想起他和文章作者面對面交談的情形。

「我是不是什麼地方得罪過他？」謝爾蓋問自己。

他回想起那次見面的時候，他曾給這個年輕人糾正，說他說的話愚昧無知。因此，對方寫這篇文章的動機就一目了然了。

這篇文章刊登以後，對這部書仍然沒有任何反應，不論是文字的還是口頭的。就這樣，謝爾蓋發現，六年來他花了那麼大的熱情和心血寫成的作品卻一無所獲。

現在謝爾蓋越來越痛苦了，因為這本書完成以後，他再也沒有像以前那種曾花費他大部分時間的寫書著述的工作可做了。

他天資聰明，很有教養，身體健康，精力充沛，簡直不知道把自己的全部精力往哪兒使。交際場所的談話，各種會議上的發言，凡是能講話的地方所講的話，可是，他作為一個住慣城市的居民，他不允許自己像他那位沒有經驗的弟弟在莫斯科做的那樣，把全部精力完全花費在談話上，因此他還有許多閒暇和腦力活動。幸虧在作品失敗以後這段最艱難的日子裡，原來不引起人們注意的斯拉夫問題逐漸開始代替異教徒、我們的美國朋友、薩馬拉災荒、展覽會和招魂術等問題，而謝爾蓋本來就是這個話題的發起者之一，他把整個身心就用到這上面去了。

在謝爾蓋所屬的那個圈子裡的人，這段期間談的都是斯拉夫問題和塞爾維亞戰爭，別的一概不提。過去一直無所事事、閑得無聊的那些人現在的事情就是為斯拉夫人效力以消磨時間。舞蹈會、音樂會、宴會、演講、婦女服裝、啤酒、小飯館，一切都證明大家是支持斯拉夫人的。

關於這個問題的很多言論和文章的一些細節，謝爾蓋並不贊同。他看出來談論斯拉夫問題已經漸漸成了一個流行的消遣，這種流行的消遣通常就是整個社會談論的話題，而且還時不時地翻新花樣；他還覺得，很多人是懷著自私和虛榮的心態來參與這件事的。他認為報刊大量刊登誇大其詞的東西，目的只是嘩眾取寵，壓倒別人。他看到在這波瀾壯闊的社會浪潮中，衝得最前叫得最響的都是一些飽受挫折、鬱鬱不得志的人：沒有軍隊的司令，沒有實權的部長，沒有刊物的記者，沒有黨羽的黨派頭目，等等。他從這裡看出很多輕浮可笑的東西，但他也看出並且承認這種把社會各個階級聯合在一起，不得不讓人同情的、毋庸置疑的、日漸增長的熱情。屠殺同教教友和斯拉夫兄弟，

# chapter 2 送行

那天，庫爾斯克火車站人山人海、非常熱鬧。謝爾蓋和卡塔瓦索夫剛到火車站下了馬車，回頭看看押送行李的僕人，就看見一批批志願兵[30]乘駟馬車駛來。眾多婦女手裡捧著鮮花來歡送他們，謝爾蓋和卡塔瓦索夫在跟隨志願兵一塊兒來的人群的擁擠下進了車站。

有個來歡送志願兵的太太從候車室裡走出來，她同謝爾蓋打了個招呼。「您也是來送行的嗎？」她用法語問道。

「不，公爵夫人，我自己出門，到弟弟家去休息。您總是給別人送行嗎？」謝爾蓋笑著說。

「是啊，怎能不送呢！」公爵夫人說，「我們這裡都送走了八百人，是不是？馬利溫斯基還不相信我的話呢。」

「已經八百多了啊，要是把那些不是直接從莫斯科開走的也算在一起的話，都超過一千了。」謝爾蓋說。

「是啊，可不是嘛。我就說嘛！」公爵夫人快活地接過話，「聽說現在已經捐助了大約一百萬盧

30. 這一段時期指的是一八七六年七月，那時，在保加利亞人起義以後，塞爾維亞人、黑山人和黑塞哥維那人起義反抗土耳其人。許多俄國志願兵參加了起義。一八七七年四月，俄國為了土耳其的基督教地區獲得獨立和自主權終於宣戰。

布，真的嗎？」

「還不止這些呢，公爵夫人。」

「今天的電訊消息怎麼說？聽說又把土耳其人打得狼狽而逃了。」

「對，我看了。」謝爾蓋說。他們談著新近的電訊消息，證實連續三天土耳其軍在各個據點被擊潰，四下逃跑，估計明天還會有一場決戰。

「啊，順便問一下。有個很好的年輕人要求參軍，不知怎麼卻遭到困難。我想請您給他寫張條子。我認識他，這個人是利季婭．伊萬諾夫娜伯爵夫人派來的。」

謝爾蓋向公爵夫人詢問了那個年輕人的詳細情況以後，就走入頭等車廂候車室裡，給有權決定此事的人寫了張條子，打算給公爵夫人。

「您知道，沃倫斯基伯爵，大名鼎鼎的……也乘坐這趟火車走。」在謝爾蓋又一次看見她，把條子交給她時，公爵夫人帶著得意揚揚、意味深長的笑容說。「我聽說他要離開，可不確定什麼時間離開。是坐這趟火車嗎？」

「我看到過他。他就在這裡，只有他母親一人來為他送行。他還是走了好。」

「噢，是啊，那當然啦！」

他們正交談著，人群從他們旁邊向餐室擁去。他們也向那邊移動，看到一位先生手端酒杯，聲音洪亮地向志願兵講話。「為信仰、為人類和同胞效勞，」他越說越響，「母親莫斯科祝願你們去創造豐功偉績！萬歲！」他飽含深情地高聲演講。

大家齊聲高呼：「萬歲！」又有一大群人向候車室擁來，差點兒把公爵夫人擠倒。

「哎喲！公爵夫人，感覺如何！」奧布隆斯基忽然從人群中冒出來，興高采烈地說。「說得很動聽，還充滿激情，不是嗎？簡直太漂亮了！謝爾蓋！您最好也講幾句鼓勵鼓勵。您是行家。」他加上一句，露出親切、尊敬和謹慎的微笑，還輕輕地碰了碰謝爾蓋的胳膊。

「不，我這就走。」

「去哪兒？」

「鄉下弟弟那裡。」謝爾蓋說。

「那麼，您會見到我妻子的。我給她寫過信，但您要比我早點見到她。請您告訴她，您見過我了，一切都好。她會明白的。不過，還有一件事勞駕您轉告她一聲，我已經當上理事會理事了……哦，對，她一定會明白的！您也知道，這是人生的小苦惱，」他好像在道歉似的對公爵夫人說，「米亞赫卡婭公爵夫人，不是麗莎，而是比比什，一千支步槍和十二名護士竟然是她送的。我跟您說了嗎？」

「對，我已經聽說了。」謝爾蓋不情願地說。

「不過很遺憾，您要走了，」奧布隆斯基說，「明天我們要為兩位參戰的志願兵——彼得堡的季梅爾・巴爾特尼央斯基和我們的韋謝洛夫斯基・格里沙送行。他們兩個人都要走了。韋謝洛夫斯基最近結婚了。看，真偉大啊！您說是嗎，公爵夫人？」他對那位太太說。

公爵夫人沒有回答他的話，而是看了看謝爾蓋。雖然謝爾蓋和公爵夫人努力想擺脫他，但這並沒有使他感到難堪。他笑嘻嘻地一會兒望望公爵夫人帽上的羽毛，一會兒左顧右盼，彷彿在回想什麼事。看到一個手捧捐款箱的太太從身邊經過，他把她叫過來，塞進去一張五盧布的鈔票。「只要我口袋裡有些錢，看到捐款箱就不能無動於衷，」奧布隆斯基說，「今天的電訊消息怎樣？黑山人太棒了！」

「是嗎？」當公爵夫人告訴他，沃倫斯基也乘這班車走時，他驚詫得叫出聲來。奧布隆斯基立馬露出了悲痛的神情。然而片刻之後，當他慢慢地搖晃著雙腿，撫摸著絡腮鬍走進沃倫斯基所在的那節車廂時，他已經把當時伏在妹妹的屍體上失聲痛哭的場景拋到腦後了，而把沃倫斯基看成一個英雄和老朋友。

「儘管他有許多缺點，也不能不為他講句公道話。」等奧布隆斯基剛從他們身旁走開，公爵夫人便對謝爾蓋說。「看，這就是真正的俄羅斯人的性格，斯拉夫人的性格！不過我擔心，沃倫斯基看見他會傷心的。不管怎樣，此人的遭遇令我深受感動。在路上您和他聊聊吧。」公爵夫人說。

「好吧，如果有機會的話。」

「我一向不喜歡他，但這事改變了大家對他的看法。他不僅自己去，還自己花錢帶去一個騎兵連。」

「對，我早就聽說了。」

響起了鈴聲，人們都擁向門口。「就是他！」公爵夫人指著那個穿長外套、戴寬邊簷帽的沃倫斯基說，他正挽著母親的胳膊走過來。奧布隆斯基走在他身邊，激動地說著話。

沃倫斯基緊皺眉頭，眼睛直勾勾地盯著前面，彷彿並沒聽到奧布隆斯基說的是什麼話。

也許，是因為奧布隆斯基的指點，他朝公爵夫人和謝爾蓋站著的方向望了望，默默地掀了掀帽子。此刻他那張表情痛苦而又衰老的臉看上去就像石頭一樣。

走上月台，沃倫斯基一言不發地讓母親先過去，接著他也消失在單間車廂裡。

月台上奏起了國歌《上帝保佑沙皇》，然後是一片「萬歲」的喊聲。有一個個頭高高的，胸脯塌陷的年輕志願兵，在頭頂揮舞著氈帽和鮮花，十分顯眼地鞠了個躬。接著兩個軍官和一個留著大鬍鬚、頭戴一頂油漬制帽的、年邁的人從他身後探出頭來，行了個禮。

# chapter 3 志願兵

與公爵夫人告別後，謝爾蓋和走過來的卡塔瓦索夫一起走進圍得水泄不通的車廂，火車開動了。

到察里津車站時，列車受到了一群整齊地唱著《頌歌》的青年的歡迎。志願兵又伸出頭來行禮，但謝爾蓋對他們毫不在意，他同志願兵打交道打得多了，很瞭解這班人，對他們有了大致的瞭解，也就沒有什麼特別的興趣。然而平時忙於科學工作而沒機會觀察志願兵的卡塔瓦索夫卻對他們有濃厚的興趣，時不時地向謝爾蓋打探有關他們的事情。

謝爾蓋建議他去二等車廂親自和他們聊聊。等到下一個車站，卡塔瓦索夫果真這樣做了。車剛到站，他就到了二等車廂，與那些志願兵見了面，同志願兵攀談起來。志願兵坐在車廂角落裡，高談闊論，顯然他們知道乘客們和進來的卡塔瓦索夫都在注意他們。說話聲最響亮的是那個胸脯塌陷的大高個兒的小夥子。他明顯已經醉了，正在講述他們學校裡出現過的一件事。坐在他對面的是一個身穿奧地利近衛軍軍服的中年軍官。他笑呵呵地聽那個小夥子講述，還時不時地勸他別講了。第三個身穿炮兵軍服，坐在他們身邊的一個手提箱上。第四個已經酣然入睡了。

卡塔瓦索夫和那小夥子攀談，知道他原是莫斯科富商，不到二十二歲就把一大筆家產揮霍一空。卡塔瓦索夫不喜歡他，因為他嬌生慣養，身體虛弱，還極其自信，尤其是現在喝了酒之後，覺得自己正在完成一項崇高的事業，而且他以一種令人最不愉快的姿態自吹自擂起來。

第二個，是那個退伍軍官，也給卡塔瓦索夫留下不愉快的印象。此人看來閱歷豐富，曾在鐵路上幹過，當過經理，辦過工廠，可現在卻空話連篇，還時不時地使用一些不準確的名詞術語。

第三個，是那個炮兵。卡塔瓦索夫對他倒是很感興趣。他是個謙虛、穩重的人，很顯然，他對那位退伍軍官的豐富經驗，對那個商人忘我的英雄精神佩服得五體投地，可絲毫不談自己的事。卡塔瓦索夫問他是什麼激發他去塞爾維亞，他很謙遜地說：「每個人都去嘛。也應該幫助塞爾維亞人。真替他們難過。」

「對，那兒最需要像您這樣的炮兵。」卡塔瓦索夫說。

「我在炮兵裡幹了還沒多久，說不定會把我派到步兵或騎兵裡去。」

「現在非常需要炮兵，怎麼會把您派到步兵裡去呢？」卡塔瓦索夫從這位炮兵的年齡推測，他的官階一定很高。

「其實我在炮兵連沒幹多久，我是一個退了伍的士官生。」他說，接著就解釋為什麼軍官考試他沒過關。

所有這些結合在一起留給卡塔瓦索夫不愉快的印象，當志願兵下車到站上去喝酒時，卡塔瓦索夫想找誰談談，來證實自己得到的不良印象。一個穿大衣的老年旅客，剛才一直在聽卡塔瓦索夫和志願兵們攀談。當只剩下他們兩人的時候，卡塔瓦索夫便和他閒談起來。

「是啊，去那裡的所有人，情況千差萬別。」卡塔瓦索夫含糊其詞地說，他想發表己見。

老人是一個經歷過兩次戰役的軍人。他明白軍人應當是什麼樣的，從這些人的外表和言談中，從他們一路上抱著酒瓶不放的那股放蕩神態來看，他認為他們都是些兵痞。此外，他是縣城居民，想講講他們那裡有個退伍軍人，又是酒鬼，又是小偷，因為長時間生活沒有著落，就去參軍了。然而，他憑經驗知道，在現在這種情緒下，要發表與眾不同的意見是很危險的，尤其是那些埋怨這些志願兵的話。因此，他看了看卡塔瓦索夫的臉色。

「是啊，那邊缺人啊。」他眼含笑意說，他們談到最新的戰爭消息，但兩人都互向對方掩飾自己的疑慮：據最新消息，土耳其軍已在各據點被擊潰，就這樣，他們兩人誰也沒有發表自己的觀點就走開了。

卡塔瓦索夫走回自己的車廂，不由自主地、問心有愧地對謝爾蓋說了自己對志願兵們的看法，從各方面可以看出，他們都是最傑出的士兵。

在一座大城市的車站上，又是一片歌聲和歡呼聲來歡迎志願兵，又是拿著募捐箱的男男女女，省城的女士們向志願兵獻花，陪他們走進餐廳，但這些和莫斯科相比差多了。

chapter 4

# 不幸的事之後

當列車在省城車站停下時，謝爾蓋沒有去餐廳，而是在月台上踱來踱去。

第一次經過沃倫斯基的包廂時，他看到窗戶有窗簾遮著；可第二次經過的時候，他見到了車窗口坐著老伯爵夫人。她招手叫謝爾蓋過來。

「看，我也要去，把他送往庫爾斯克。」她說。

「是的，我已經聽說了。」謝爾蓋說，站在她的窗口往裡張望。「他這次的行為真是太出色了！」他發現沃倫斯基沒在包廂裡，就補充了一句。

「遭到那件不幸的事之後，他還能有什麼辦法？」

「多可怕的事啊！」謝爾蓋說。

「唉，這算什麼生活啊！嗯，您請進來吧……唉，這算什麼生活啊！」

謝爾蓋走進車廂，坐在她旁邊的軟座上，她重複說。「簡直無法想像！六個星期他跟誰也不說一句話，要不是我求他，他才只吃那麼一點兒。幾乎一分鐘都不敢讓他一個人待著。凡是能用來自殺的東西我們全都拿走了。我們都在樓下住，不過世事難料啊。您知道，因為她，他已經用槍自殺過一回了，」她說，想到這事老人家的眉頭皺得更厲害了，「對啊，她的這種下場，是那種女人該遭到的報應。甚至連死法都是卑劣可恥的。」

「審判不關我們的事，伯爵夫人，」謝爾蓋歎了口氣說道，「可我知道，這件事給您帶來多麼大的痛苦。」

「唉，別再說了！當時我正住在自己的莊園裡，他也在我那兒。有人捎來封信。他寫了一封回信，讓那個人帶走。我們根本不知道當時她就在火車站。傍晚，我剛剛走回自己的房間，我的梅麗就對我說，車站有一位夫人臥軌自殺了。我聽後，簡直就像當頭挨了一棒！我知道這個人就是她。我首先就關照不要對他說。可是他們已經告訴他了。他的車夫在場，什麼都看見了。我跑到他房裡，看見他已經精神失常，他那樣子可真嚇人！他一言不發，乘馬車直奔那兒。我不知道他在那兒出了什麼事，可他被送回來的時候簡直像個死人。我根本認不出他了。醫生認為，他『完全虛脫』。後來他簡直就像瘋了一樣。」

「唉，還說這些話幹什麼呀！」伯爵夫人搖了搖手說，「那段日子太可怕了！哼，不管怎麼說，她也是個壞女人。哎，這種不要命的熱情算什麼呀！無非是顯示與眾不同罷了。事實就是如此。她毀了自己的一生，也坑害了兩個好人：她的丈夫和我那不幸的兒子。」

「她丈夫怎麼樣？」謝爾蓋問。

「他把她的女兒帶走了。阿列克謝開始什麼都同意了。如今他後悔將自己的女兒給了人家，心裡非常痛苦。可是話已出口，又不好收回。卡列寧來參加了葬禮。我們想方設法不讓他和阿列克謝見面。這樣對他和對做丈夫的都好點兒。她讓他得到了自由。可我那倒楣的兒子卻徹底毀在她手上了。他拋棄了一切：他的前程和我，可是她還不肯放過他，存心把他給徹底毀掉。唉，不管怎麼說，她這種死法就是一個墮落的不信教的女人的死法。哼，上帝饒恕了我吧！看到兒子被毀，我就不能不痛恨她。」

「那他現在好嗎？」

「是上帝拯救了我們，發生了塞爾維亞戰爭。我老了，對這種事一竅不通，但這確實是上帝對他的恩賜。當然，我這個做母親的有點擔心。特別是聽說彼得堡對這事也另有看法。可有什麼辦法呢！只有這樣做才能讓他振作起精神來。他的朋友亞什溫把錢輸得精光，也打算去塞爾維亞。亞什溫來看他，勸他一塊兒去。現在他只對這件事感興趣。您去和他談談，我很希望他能擺脫心頭的煩悶。他很傷心。而且不幸的是，他的牙又開始疼了。他看見您一定會高興的。請您去同他談談，他就在那邊散步。」

謝爾蓋說，他很高興和他談談，就走向列車另一邊的月台了。

chapter 5

# 內心極其痛苦的愧疚

在月台上，在夕陽照射下堆積的貨物所投下的影子中，沃倫斯基正走來走去。帽子壓得很低，雙手插在口袋裡，像隻籠中的野獸，每走二十步就猛然轉個身。謝爾蓋走上前去，彷彿覺得這時沃倫斯基已經看到他了，卻故意假裝沒看到。謝爾蓋對此毫不在乎。他把和沃倫斯基來往的個人恩怨置之度外。現在在謝爾蓋看來，沃倫斯基是一個正在從事於一項偉大事業的重要人物，他覺得有責任鼓勵他，讚揚他。於是他就走到他面前。

沃倫斯基停下了腳步，仔細看了看他，很快認出是謝爾蓋，就向前走了幾步，用力地握了握他的手。

「您也許沒想到會和我見面，」謝爾蓋說，「可我是否能為您幹點什麼？」

「我同您見面比同任何人見面都少些不愉快，」沃倫斯基說，「很抱歉，對我來說，今生今世再沒有什麼高興的事了。」

「這我可以理解，因此我願意為您做點兒什麼，」謝爾蓋看著沃倫斯基掛著明顯痛苦的臉說，

「您是否需要給里斯提奇[31]或者米蘭[32]寫一封信？」

「噢，不必了！」沃倫斯基說，彷彿好不容易才聽明白他的話，「要是您不介意，那我們就一起去散步吧。車廂裡太悶了。寫一封信？不，多謝；去送死，是不用推薦的。只有給土耳其人……」他嘴角帶著一絲笑意說。從眼神中可以看出他內心憤恨的痛苦神情。

「是的，不過您同有地位的人建立一些關係還是需要的，這樣可以方便些。不過，還是隨您的便了。我很願意知道您的決定，像您這樣的人去能夠提高他們的聲望。」

「我這樣的人，」沃倫斯基說，「好就好在對生命毫不吝惜。衝鋒也好，砍殺也好，倒下也好，我的力氣都是足夠的——這一點我知道。我高興的是有機會獻出生命，這生命對別人或許有些用處。」他的顴骨因為難以忍受的牙齒的劇痛而不停地抽搐著，甚至影響了他講話的神情。

「我敢斷定，您會重新振作起來的。」謝爾蓋十分感動地說。「為了把同胞兄弟從桎梏下解救出來，出生入死都是值得的。但願上帝賜予您事事勝利，心裡平靜。」他加了一句，把手伸給他。沃倫斯基用力握了握謝爾蓋的手。

「對，作為一種工具，我也許還有些用。可作為一個人，我已是個廢物了。」他逐字逐句地說。

他那顆堅固的牙齒的隱隱劇疼妨礙他說話。他不作聲，注視著那沿鐵軌緩慢而平穩地滾過來的煤水車的車輪。

31. 里斯提奇（一八三一至一八九九年），塞爾維亞的政治家和歷史學家。在一八七六年塞爾維亞與土耳其戰爭時他任外交部長，採取親俄政策。

32. 米蘭・奥布廉諾維奇（一八五四至一九〇一年），於一八七二年統治塞爾維亞。一八七六年，社會輿論迫使他對土耳其宣戰，以支持波士尼亞人民的起義。經過長期戰爭，塞爾維亞獲得獨立，米蘭於一八八二年宣佈為國王。

忽然，一種和剛才截然不同的痛苦，並不是痛楚，而是內心極其痛苦的愧疚使他頓時忘記了牙痛。一看到煤水車和鐵軌，再加上那次事件以後和沒有見過面的朋友一談話，他立刻想起了她，想起了那天他就像個瘋子一樣跑到車站棧房所見到她的那個場面：在一張桌上，毫不羞愧地躺著一具不久前還充滿活力的、血跡斑斑的身體，周圍圍著一群陌生人；那個完整的、長著濃厚的頭髮、兩邊鬢角留著幾綹鬈髮的頭向後仰著；在那張漂亮的臉上，紅紅的嘴唇半張著，嘴唇悲愴淒涼，那雙沒有閉上的木然不動的眼睛動人心魄，彷彿在說他們吵嘴時她對他說的那句可怕的話：你會後悔的。

接著他又回想起初次碰到她的那個樣子，那也是在車站上。那時的她看上去那麼神秘、美麗，她含情脈脈，尋求幸福，也賜給別人幸福，不像她最後一次留給他的冷酷的復仇神氣。他竭力回憶同她在一起時的幸福時刻，但這些時刻永遠被糟蹋了。他只記得，她當時沾沾自喜地威脅他，他會抱恨終身的。這會兒他也不再覺得牙痛了，禁不住的嗚咽讓他的臉變了形。

他一言不發地在貨物旁來回地走了兩圈，努力克制住自己以後，鎮靜地對謝爾蓋說：「您今天看到電訊了嗎？聽說，土耳其人第三次被打得落花流水，明天估計會有一場決戰。」

接著，他們又談了一會兒米蘭國王的宣言以及宣言可能產生的重大影響，聽見鈴響第二遍，便分手各自回車廂去。

chapter 6

# 精神上的聯繫

由於謝爾蓋不知道自己什麼時間才能離開莫斯科，所以沒有打電報叫弟弟去接。當卡塔瓦索夫和謝爾蓋坐著在車站雇的四輪馬車，像阿拉伯人一樣風塵僕僕趕到地方時，列文沒在家。基蒂和父親、姐姐坐在陽台上，聽說大伯子來了，就趕忙跑到樓下去迎接。

「怎麼也不事先通知我們一聲，您還覺得難為情？」她邊說邊把手伸給謝爾蓋，還湊過去讓他吻了吻額角。

「我們平安到達，沒有驚動你們。」謝爾蓋回答。「我渾身是灰塵，不敢碰你了。我都快忙死了，之前不知什麼時候才能離開。你們還是老樣子，」他笑著說，「待在恬靜的地方，避開外來浪潮的衝擊，在安靜的港灣裡享受恬靜的人生。看，我們的朋友費奧多爾・瓦西里伊奇可算是來了。」

「不過，只要洗一洗，又會像個人的。」卡塔瓦索夫以慣用的戲謔口吻說，邊伸出一隻手，還微微地笑了笑，露出一嘴因為臉黑而顯得特別白的牙齒。

「看到你們科斯佳肯定會十分開心的。他去田莊上了，也該回來了。」

「他還在忙著經營農業。看，這兒真是一片幽靜的港灣啊！」卡塔瓦索夫說，「我們住在城裡，除了塞爾維亞戰爭外，對什麼都不關心。我們這位朋友對這場戰爭有什麼看法呢？當然，和別人的想法不一樣吧？」

「噢，他啊，沒什麼特別的，同大家一樣。」基蒂顯得有點窘迫，轉身望望謝爾蓋，回答說，「我這就派人去找他，爸爸住在我們這裡。他最近剛從國外回來。」

接著她就派人去找列文，然後又叫僕人帶兩位風塵僕僕的客人去洗臉——一個帶進書房，另一個帶進多莉的大屋子裡——還要為客人備飯，基蒂充分運用她在懷孕期間被剝奪了的動作敏捷的權利，跑上涼台。

「謝爾蓋和卡塔瓦索夫教授到了。」她說。

「噢，這麼熱的天真難為他了！」老公爵說。

「不，爸爸，他這人挺和藹可親的，科斯佳很喜歡他。」基蒂發現父親臉上現出嘲諷的表情，微笑著說，彷彿懇請他的意味。

「我倒沒什麼。」

「你去接待他們吧，好姐姐，」基蒂對姐姐說，「他們在車站上遇到斯季瓦了，他身體很好。我要去看看米佳。真糟糕，自從吃茶點起還沒有餵過他呢。這會兒他該醒了，一定在哭了。」說完她覺得兩乳脹脹的，邁著麻利的步伐朝兒童室走去。

確實，就像她預料的那樣，她憑自己乳汁的外溢就能確信，他一定餓了。她知道，不等她走到兒童室，嬰兒已在哭了。她聽見他的聲音，加快腳步，但她走得越快，他哭的聲音就越大。聲音動聽、正常，彷彿是餓急了，生氣了。

「保姆，哭了很久了吧？」基蒂慌張地問，接著就坐在椅子上打算餵奶，「趕緊把他抱給我。

哎，保姆，您真囉唆啊，哦，包髮帽子待會兒再戴吧！」

此時嬰兒哭得上氣不接下氣的。

「可不能粗心大意，少夫人，」幾乎一直待在兒童室裡的阿加菲婭說。「總得把孩子收拾得乾乾淨淨的。噢，噢！」她哄著嬰兒，卻不理睬當母親的。保姆把嬰兒抱過來給母親。阿加菲婭跟著走過去，臉上帶著慈祥的笑。

「他會認人了，他會認人了。一點兒也不假，卡捷琳娜・亞歷山德洛夫娜少夫人，他認出我來了！」阿加菲婭的大聲叫喊壓住了嬰兒的哭鬧聲。

然而基蒂沒有聽到她說什麼。她越來越焦躁不安，而且嬰兒也越來越焦急了。因為著急，很久都沒能餵上奶。嬰兒想含著乳頭卻含不著，便生氣了。

一陣大哭和空吮幾口後，就好多了，母子都定下心來，不再作聲。

「哎呀，他，這個可憐的小寶貝，身上汗涔涔的。」基蒂摸著嬰兒，輕聲說道。

「您怎麼覺得他會認人了？」基蒂摸著嬰兒的身子，低聲說。「為什麼你說他會認人了呢？」她重複道，斜睨著她覺得調皮地從小帽子底下望著她的嬰兒的眼睛，又瞧瞧他那有節奏地一起一伏的小腮幫，以及他那在空中畫著圓圈的粉紅色小手。「不可能！要是他會認人，那認的也該是我啊。」

基蒂接著阿加菲婭剛才的話這樣說，微笑著。

她高興地笑著，儘管嘴上說他不會認人，可心中卻堅信：他不僅認識阿加菲婭，並且什麼都認識，什麼都明白，他還知道和瞭解很多其他人都不知道的事，連她這個當母親的也是因為他才知道和瞭解的那些事。對阿加菲婭，對保姆，對外祖父，對父親來說，米佳只是一個需要物質照顧的生物；但對母親來說，他早就是個有精神生活的人，她和他一直維持著這種精神上的聯繫。

「等他醒過來，您會看見的。願上帝保佑！看，我這麼逗他一下，他就會高興得笑起來，真是惹人喜愛的小寶貝兒。那笑容就像晴天的太陽。」阿加菲婭說道。

「哦，那好，那好，等會兒我們看看吧，」基蒂小聲說，「現在您走開吧，他已經睡著了。」

阿加菲婭踮著腳尖出去了；保姆放下窗簾，從小床紗帳裡趕走蒼蠅和一隻在玻璃窗上亂撞的大胡蜂，這才坐下來，用樺樹笤帚在母子兩人的上方輕輕搖晃著。

「真熱啊，真熱啊！老天爺哪怕下毛毛雨也好啊。」她說。

「對啊，對啊，噓——噓！」基蒂這樣回答，微微搖晃身子，親熱地握住米佳那隻胖得手腕上好像有一根線束著的小手。米佳那雙眼睛忽而閉上，忽而睜開，他那隻小手卻一直在輕輕揮動。一時間這隻小手竟然惹得基蒂心神不寧：她好想親親它，可又怕驚醒他。終於，小手不動了，眼睛也閉上了。嬰兒只是一會兒吮吸幾口奶，一會兒向上揚起兩道彎彎的長睫毛，用那雙在昏暗的光線中看起來烏黑而又亮晶晶的眼睛望著母親。保姆也停止了搖晃樺樹笤帚，開始打瞌睡。樓上時不時地傳來老公爵低沉的講話聲和卡塔瓦索夫哈哈大笑的聲音。

「我不在，他們一定談得挺起勁的，」基蒂暗暗想，「可科斯佳不在，總是讓人覺得掃興。他一定又到養蜂場去了。他常去那裡，雖然叫人寂寞，可我還是高興的，可以讓他散散心。比起春天來，他現在的心情快活多了，精神也旺盛多了。要不然，他一直那樣悶悶不樂，很煩惱，我真替他擔心。他這個人真可笑啊！」她笑瞇瞇地低聲說道。

她明白是什麼樣的事情讓她丈夫煩惱，就是他不信教。要是有人問她，是不是認為他不信教來世就要滅亡，她準會同意他將滅亡。雖然如此，他不信教並沒使她覺得不幸。她不否認不信教的人靈魂無法得到拯救，可世界上她最愛自己丈夫的靈魂，一想到他沒有信仰宗教，總是露出笑容，暗自說他這人很可笑。

「他一年到頭讀些哲學書幹什麼？」她想。「要是這一切都寫在書裡，他會懂得的。要是書上的話都是胡扯，還讀它做什麼？他自己也說希望有信仰。那他為什麼不信教呢？一定是因為他想得太多了？他之所以想得太多，是因為孤寂。他總是一個人，他和我們又談不來。我認為這兩位客人會讓他高興的，特別是卡塔瓦索夫。他愛和卡塔瓦索夫爭論。」她心裡想，馬上又轉念想到如何安頓卡塔瓦索夫——讓他一個人住一個房間，還是和謝爾蓋睡在一起呢？這時，她突然想到一件事，激動得渾身打了個哆嗦，把米佳都驚醒了。他睜開眼睛，不樂意地望了她一眼。「洗衣婦好像還沒把洗好的床單送回來。給客人鋪床用的乾淨的床單都用完了。假如我不去照料一下，阿加菲婭肯定會拿已經用過的床單給謝爾蓋用的。」一想到這件事，基蒂急得血往臉上湧。

「是的，我得去照料照料。」她決定了，然後又回到剛才的想法上，回憶一個靈魂獲救的要緊事情還沒有想好，便又重新開始考慮什麼問題。「對，科斯佳是一個沒有信仰的人。」她又笑了笑暗自想。

「是的，他這人不信教！那就讓他像施塔爾夫人那樣，或者像我在國外時希望做的那種人，倒不如讓他永遠都這樣的好。對，他決不會弄虛作假。」

這個時候，新近那件證明他心腸好的事情又清晰地浮現在她的心頭。兩星期以前，多莉收到奧布隆斯基一封悔過自新的信。他懇求她挽救他的名譽，賣掉她的地產來替他還債。多莉絕望了，恨透了丈夫，又蔑視他，又可憐他，決定同他離婚，拒絕他的要求，但臨了還是同意賣掉一部分產業。接著，基蒂不由自主地露出了善意的笑，回想起當時丈夫的羞澀樣，回想起他幾次三番地想用恰當的辦法來處理他關注的這件事情。

最終，終於想出了一種既可以幫助多莉而又不傷她自尊心的辦法，那就是讓基蒂把她的一部分地產送給多莉，這是她以前從未想到過的。

「怎麼能說他是不信教的人呢？他生著這樣一副好心腸，總是生怕別人難受，連小孩也不例外！總是替別人著想，就是不想到自己。謝爾蓋一直以為，當他的管家，是科斯佳應該的義務，姐姐也是這麼想的。現在多莉和她的幾個孩子都受到了他的保護。那些鄉下人也每天來找他，彷彿他應該幫他們一樣。」

「是啊，但願以後你也能像你父親一樣，做這樣的人。」基蒂說著，親了親米佳的臉蛋，接著把他交給保姆。

# chapter 8 所謂的信仰

從看到奄奄一息的哥哥的那一瞬間開始，列文第一次用所謂新的信仰——在他二十到三十四歲期間逐漸形成，代替他童年和少年時代的信仰——來看待生死的問題。

從那時開始，他覺得最讓他驚心動魄的與其說是死，毋寧說是生，他根本不知道生從哪裡來，生的目的是什麼以及生到底是什麼。

有機體和毀滅、物質不滅、能量守恆的定律、進化，這些術語都取代了他昔日的信念。這些術語和相關的定義對求知識大有裨益，可對生命自身卻沒有一點價值。

列文忽然覺得自己好像脫去暖和的皮襖，換上薄紗衣服，一到冰天雪地，不是憑理論而是憑切身感受，覺得自己像赤身裸體一樣，不可避免地在痛苦中死掉。

從那個時候開始，列文雖然對那個問題還沒有很多的思索，還是像以前那樣生活，可他卻經常因為自己的無知而感到十分恐懼。

除此之外，他還隱隱約約地覺得，他所謂的信仰不僅是無知，而是一種缺乏知識的胡思亂想。

婚後初期，他體驗到的新的快樂和義務徹底把這種思想淹沒了；可是後來，在妻子生產後，列文在莫斯科無所事事，到處遊逛。他就越來越經常、越來越執拗地要求解決這樣一個問題：「我要是不接受基督教對生命問題的解答，那我接受什麼樣的解答呢？」在他所有的信仰中，不僅找不到什麼回答，甚至連近似的解答也找不出來。

他此刻的心情就像一個人在玩具店或軍械店鋪中找物品一樣。他現在在每本書籍中，在每次的交談中，在碰見的每個人身上，都不由自主地、下意識地探求對這些問題的態度和回答。

最讓列文感到驚訝和迷惑的是，多數同他地位和年齡相仿的人，都接受新的信仰來代替舊的信仰，卻看不見任何不幸，而是心安理得，十分滿足。所以，除了這個主要問題之外，還有另外一些問題讓他覺得苦惱：這些人誠實嗎？他們會弄虛作假嗎？抑或是他們比他更透徹地理解了他所關心的那些問題的科學解答？於是他努力鑽研這些人的意見以及解答這種問題的各種書籍。

他探討這些問題時，發現了一件事：他少年時代和大學時代認為宗教已經過時的想法是錯誤的。凡是同他親近的正派人都信教。老公爵也好，他那麼喜愛的利沃夫、謝爾蓋還有婦女們，所有的人都有信仰；他的妻子就像他幼年時候那樣，是一個忠誠的信徒；並且百分之九十九的俄國人，凡是他尊重的人，也都有信仰。

還有一件事就是，他讀過很多書以後覺得，他深信和他持同樣觀點的人並沒有什麼真知灼見，也沒有做過任何解釋，只是否定他覺得不解決就活不下去的那些問題，卻拚命去解決一些他毫無興趣的問題，譬如有機體的發展、機械性地闡述靈魂等。

此外，在妻子分娩時發生了一件對他來說是異乎尋常的事。他這個不信教的人開始祈禱，在祈禱時信起教來。但過了那一陣之後，他現在再也體驗不到當時那種心情了。

他否認他那時感悟到了真諦，他當時認識了真理，而現在卻犯了錯誤，因為只要他平心靜氣地想一下，一切便都不能成立；他也不能承認當時錯了，因為他珍惜當時的心情，可他覺得認同當時就是還就自己的懦弱，他就會侮辱那樣的時刻。他陷於痛苦的自相矛盾中，並且竭力想從這樣的狀況中脫離出來。

這些想法煩擾著他，苦惱著他，時而輕微，時而激烈，但從不消失。他讀書，思索，讀得越多，想得越多，可還是覺得自己距離嚮往的目標更遠了。

最近一段時間，在莫斯科、在鄉間，他覺得在唯物主義者那兒得不到解答，於是他又重新閱讀起柏拉圖、斯賓諾莎、康得、謝林、黑格爾和叔本華等並非用唯物主義的觀點來闡釋人生的哲學家的作品。

當他閱讀到或是自己想法駁倒其他學說，特別是唯物主義理論時又覺得他們都言之有理；但當他一讀到或者自己思索問題的答案時，就會兜來兜去說不出一個所以然來。當他在精神、意念、自由、本質這些模模糊糊的名詞概念上繞圈子，刻意陷進哲學家或者他自己佈置的這種文字羅網時，他彷佛有所感悟。可是只要拋棄人為的思想，從現實生活出發，回到他一向感到滿意的習慣和思路上來時，這種空中樓閣立刻像紙屋一樣崩塌下去。很顯然，這座大廈是用那些顛來倒去、模模糊糊的名詞構成的，與生命中比理智更重要的現實生活沒有絲毫關係。

在他閱讀叔本華作品那段時期，他用「愛」這個字取代意志這個術語，因此在閱讀的時候，這種新奇的哲學曾帶給他一兩天的安慰，但當他從實際生活出發加以觀察時，它也就站不住腳了，成了一件不能禦寒的薄紗衣。

哥哥謝爾蓋勸他閱讀一些霍米亞科夫[33]的神學著作。列文也已經讀了霍米亞科夫作品的第二卷，儘管開頭討厭他那咄咄逼人、辭藻華麗和機智俏皮的風格，後來卻深為他有關教會的論述所感動。最感動他的思想是，上帝的真理不是個人所能領悟的，只有在愛的基礎上結合起來的團體——教會才可以。令他興奮的說法是，相信一個聚集了所有人的信念、以上帝為首的神聖的、絕對正確的現存教會，從而篤信上帝，篤信創世，篤信墮落，篤信贖罪，那要比直接篤信上帝——神秘莫測而又遙不可及的上帝，篤信創世等要簡單得多。後來他閱讀天主教作家寫的教會史和東正教作家寫的教會史，發現這兩個本質上絕對正確的教會卻互相排斥，於是他就對霍米亞科夫的宗教學說感到大失所望，因此這幢大廈也像哲學大廈一樣，轟然倒塌了。

整個春天，他都覺得茫然若失，生活得很痛苦。

「不明白我是怎麼回事，我活著是為了什麼，就無法繼續活下去。可是我確實不能知道這點，因此也無法活下去了，」列文心裡暗自說，「在無限的物質裡，在無限的空間裡，分離出一個水泡似的生物體，這個水泡只持續了一剎那就破滅了，我就是這個水泡。」

這是一個令人痛苦的理解，可這也是人類若干世紀以來在這一方面苦苦追求的、唯一的最終結果。

這是一個全新的信念，人類思想在各領域的探索幾乎都是奠定在它的基礎上的。這是當前占主

33. 霍米亞科夫（一八〇四至一八六〇年），詩人，政論家，斯拉夫主義最大的代表人物。他的神學著作於一八六七年在布拉格發表。

導地位的信仰，在各種不同的闡釋中，列文不由自主地、不經意地、自然而然地挑選了這一信仰，確信這就是一種非常明晰的信仰。

然而這不僅是一種曲解，甚至是一種邪惡力量的無情嘲弄，一種人們不應當屈服的邪惡、凶惡勢力的無情嘲諷。

一定要脫離這種邪惡勢力，而擺脫的方法就操縱在每個人手裡。一定要擺脫對這股惡勢力的依附。可方法只有一個——死亡。

列文，一個身體健康、擁有幸福家庭的人竟幾次想到自殺，他不得不把繩子藏起來免得上吊，隨身不帶手槍，免得開槍自戕。

然而，列文沒有用槍自殺，也沒去上吊，而是繼續活下去了。

chapter 10 人生之路

列文思索著，他是什麼和他活著為了什麼，可是找不到答案時，他悲觀失望了。但當他不再向自己提這類問題時，他彷彿知道他是什麼，他活著為了什麼，因此他就堅決而理直氣壯地做事、生活。最近，他甚至比以前活得更加堅定和明確。

六月初旬，他返回鄉間，重新忙活他以前的事情。農活、同農民和鄰居交往、家務、姐姐和哥哥委託他代管的家產、同妻子和親屬的關係、照料嬰兒、從今春開始他產生了養蜂的新愛好，這些事兒耗費了他的所有時間。

他做這些事情，並不像以前那樣，根據什麼公認的原理才認為它是正確的；正好相反，現在他一方面因為窮於思索和應付從四面八方壓到他身上的種種事務，根本不再考慮公共福利。他關心這些事，只是因為他覺得應當做，並且一定要做。過去，（這差不多從童年就開始了，到他完全成人）他努力做些對大家、對人類、對俄國、對全村有益的事兒時，覺得這些想法讓人十分愉快，然而真正做起來卻並不令人滿意，何況對做這種事是否有必要也不很相信。再有，活動本身總是初看很有意義，越幹到後來就越覺得無足輕重，最後就覺得毫無意義了。現在，結婚以後，他變得越來越滿足於為自己而生活，雖然想到自己的活動沒什麼興奮感。卻完全覺得這種活動是必不可少的，並覺得它比以前進展得更順利了，規模變得更大了。

現在，他好像一張犁，不可避免地在土裡越扎越深，要是不耕出一道犁溝來，是難以拔出來的。像先輩一樣過家庭生活，就是說達到他們那樣的文化教養，以同樣的方式教育孩子，這是天經地義的，這好比肚子餓了要吃飯，要吃飯就得做飯一樣，所以，必須把波克羅夫斯克這架農業機器使用起來，一定要有充分的收入才成。就像欠債就得還錢那樣，祖傳的基業也必須經營好，讓他的兒子在繼承這份遺產時，向父親說幾句感激的話語，正如列文開始接受祖父辛辛苦苦經營的家業那樣。要想做到這種地步，就不能把土地租出去，必須親自經管農業，飼養家畜，往地裡施肥，還有培育林木。

對於謝爾蓋、姐姐和習慣於向他請教的一切鄉下人的事務，他都應當去管，不能袖手不管，就像不能把懷抱裡的嬰兒拋棄一樣。不能不關心請來做客的姨姐和她及其孩子們的舒適，每天也得花費一點時間來陪陪他們。

這些，再加上狩獵和養蜂，使得列文的生活十分充實。這種生活，換個角度一想，確實沒什麼意思。

列文不僅十分清楚自己應該幹什麼，也知道這一切他應該如何去幹，以及事情的輕重緩急。

他明白雇人幹活兒要儘量廉價；但預付低於實際工錢、用低廉的價格雇用工人卻是不應該的，儘管這樣很佔便宜。青黃不接的時候，可以向農民出售乾草，雖然他很憐憫他們。砍伐林木應當嚴厲禁止，可農民把牲畜趕到他的莊稼田裡時卻不該罰錢，也不能扣住放到莊稼地裡的牲畜，儘管這樣會讓看守人非常惱怒，讓農民更加無所畏懼。

應該借給每個月要付給高利貸者百分之十利潤的彼得一筆款子，好讓他擺脫高利貸的盤剝；但對拖欠地租的農戶卻不准賴租或者宕賬。草地不割，草都浪費了，不能原諒管家；然而，已經種上小樹的八十俄畝地上卻不能割草。一個長工在農忙季節回家料理父親的喪事，雖然可憐，卻不能原諒，在這種寶貴的時候曠工，工資必須照扣。對那些什麼事情也做不了的老僕人，必須按月發放口糧。列文也知道，只要回家就必須先去看身體不舒服的妻子，可那些已經等待了他三個鐘頭的農民卻還可以讓他們再稍等一下。他也知道收集蜂群是一大樂事，但是既然有農民到養蜂場來找他談話，他只得放棄這種樂趣，讓老頭兒獨自一人去侍弄蜂群。

他也不知道他的所作所為是否正確，現在他不僅不打算弄明白，甚至還儘量避免談論、避免考慮這事。

顛來倒去想多了只會把他引入疑惑之中，看不清什麼該做，什麼不該做。當他渾渾噩噩地過日子的時候，他常覺得心裡有個英明的法官，能辨別是非，分清好歹。一旦做了不該做的事，他立刻就會意識到。

他就這樣消磨時間，不知道，而且也無法知道，活在世界上的目的，甚至因為這種虛度光陰而痛苦到自戕的程度。然而，他還是在堅定地走著他自己特殊的確定的人生之路。

chapter 11

# 怎樣活著才算是為了靈魂

謝爾蓋抵達波克羅夫斯克的當天，剛好是列文最為煩惱的一天。

眼下正是農活兒最忙碌的時候，勞動時所有人都表現出一種超乎尋常的忘我精神。

這種精神在任何生活條件下是從沒有表現過的。要是表現這種品質的人自己珍視這種品質，要是這種情況也不是年年如此，要是這種精神的成果不那麼平凡，那麼，這種精神就應該獲得極高的評價。

收割黑麥、燕麥，運送一個個麥捆子，割草，耕耘休耕地，脫粒和播種越冬作物，這些事情看起來彷彿都是很簡單的，也都很平常，但要及時完成，就得全村男女老少不停地勞動三四個星期，每天比平時多幹兩倍工作，可是吃的就只有克瓦斯、洋蔥以及黑麵包，夜晚時還要打穀和裝運，每天夜裡睡覺都不會超過兩三個鐘頭。每年整個俄國都是如此。

列文大半生都是在鄉下度過的，同老百姓的關係十分密切，在勞動中他總覺得老百姓昂揚的勞動熱情經常感染著他。

每天一大早，他就騎馬去地裡查看播種黑麥，之後又去看正在運送的堆成大垛兒的燕麥，然後在妻子和姨姐起床的時候回到家，與她們一起喝過咖啡，接著就又走著到院子去，在那兒新組裝的脫粒機，馬上就要開始脫粒並準備留種子了。

一整天，列文不管是和管家、農民聊天，還是在家裡和妻子、多莉以及她的孩子們或者他的岳父說話，心裡老是想著近來除了農活一直盤旋在他腦袋裡的問題，並且到處尋求答案：「**我是什麼？我現在在什麼地方？我現在又在這裡幹什麼呢？**」

列文站立在剛剛建好房頂的穀倉蔭涼裡。這個草頂穀倉用一根根剝掉皮的鮮嫩白楊樹當桁條，用一根根還沒有落光樹葉、散發出香味兒的榛樹枝作為板條。

他時而透過周圍飛舞的、乾燥刺鼻的穀糠，從敞開的大門向外注視打穀場上那些在驕陽照耀下異常新鮮的嫩草以及剛剛從乾草棚子裡搬出來的新鮮麥秸；時而望望花斑頭和白胸脯的燕子，牠們啁啾地叫著飛到屋簷下，又鼓動翅膀棲在門口光亮的地方，時而望望在塵土飛揚的陰暗穀倉裡忙碌的人們，頭腦裡閃現著種種古怪的念頭。

「我現在做這些到底是為了什麼呀？」他心裡面想著，「到底是為什麼我站在這裡強迫他們幹活兒呢？他們又是為什麼都在不停地忙活兒，拚命想在我面前顯得非常勤勞呢？我所熟悉的老太婆瑪特列娜到底是為什麼（失火的時候一根大樑打中了她，我曾為她醫治過）幹得這麼起勁兒呢？」

他望著那個瘦削的老婆子，在高低不平的堅硬的打穀場上緊張地挪動她那雙曬黑的雙腳，使勁耙著穀子。

「當時她的傷好了，但不是今天就是明天，或者再過十年，人家就會把她埋葬，她身上什麼也不會留下。那個用靈活的動作揚麥子的、身穿紅呢裙子的年輕婦女，將來一樣不會留下什麼。人們同樣也會把她埋掉，而那匹花斑騸馬也很快就要完了。」

他又注視到那匹鼻孔脹大、呼吸急促的馬，在拉著碾滾子繞著打穀場轉圈兒，「牠最後也是會被埋掉的，當然還有那個長著卷曲的大鬍鬚——現在沾滿穀糠、身上穿一件裸露著白肩膀的破襯衣、正解麥捆的費奧多爾，他同樣會被埋掉的。但是他現在依舊在解開麥捆子，在吩咐事情，對著婆娘們高聲喊叫著，動作快速地整理著傳動輪上的皮帶。最重要的是，不僅他會被埋葬，連我也會被埋葬，我什麼也不會留下。這都是為什麼呢？」

他這樣思考著，一面看著錶，好計算出一小時能打多少麥子。他需要知道這個，以便於依此來制定出每天的工作定額。

「馬上就過去一個鐘頭了，現在才開始打第三堆，」列文心裡面想著，一邊走到送料脫粒的那個農民跟前，用可以壓倒機器轟鳴聲的大嗓門兒告訴他，每次往上少放一些，「你放得太多了，費奧多爾！你看，這裡已經堵塞住了，所以打得不通暢。記得要放得均勻一些！」

費奧多爾濕淋淋的臉上沾滿了塵土，使人看上去彷彿漆黑一片，他只是高聲回答了一句，依舊堅持己見，並沒有照著列文要求的那樣去做。

於是列文就來到脫粒機滾筒前面，把費奧多爾推到一邊去，親自把麥捆子放進機器裡幹起來。他幾乎一直幹到農民們快要吃午飯時，這才與脫粒的農民費奧多爾一起走出穀倉。他們停在了一個碼得整整齊齊的、留種子用的、金光燦燦的黑麥堆邊，又開始起勁兒地談論起來。

列文現在才知道這個脫粒的農民是從遙遠的農村來的，也就是列文出租土地給農民搞合作經營的地方。那塊地現在租給原來看院子的人了。

後來列文和費奧多爾就聊起這片土地來，並向他打聽，同村的那個富有和善良的莊稼漢普拉東在明年的時候是否會租那塊土地。

「我覺得地租費太貴了，恐怕普拉東支付不起，康斯坦丁．德米特里奇。」農民費奧多爾一邊回答，一邊從被汗水浸透的懷裡往外掏一個麥穗。

「哼，那麼基里洛夫又是怎能繳得起的呢？」

「你說米秋哈（費奧多爾這樣輕蔑地稱呼那個管理院子的人）那小子，康斯坦丁．德米特里奇，他為什麼繳不起！那傢伙就會剝削人，自己佔便宜。他連同教的兄弟都不憐憫。而福卡內奇大叔（他這樣稱呼普拉東老頭）難道會處心積慮壓榨他人嗎？只要是他借給別人的錢，他也不催要，往往不能全部收回。人和人不一樣。」

「但是他為什麼不收回欠債呢？」

「哦，這個世上什麼樣的人都有：有些人活著只是為了能夠滿足自己的欲望，米秋哈就是屬於這種人，他只是為了可以填滿肚皮。而福卡內奇確實是個實實在在的老頭兒。他之所以活著就是為了他的靈魂，他無時無刻不記得上帝。」

「怎樣去記得上帝？怎樣活著才能算是為了靈魂呢？」列文幾乎大聲叫喊起來。

「您要知道，服從真理，服從上帝的意志。要知道人是各個不同的。就拿您來說吧，您也不會欺負人……」

「是的，是的，再見了！」

列文說著，情緒激動不斷喘著粗氣，他轉過身去，撿起他的手杖，快速地走回家了。

剛才一聽那個農民說福卡內奇之所以活著就是為了靈魂而活，並且服從真理，服從上帝的意志，一些模糊不清但意義重大的思想一齊湧上他的心頭，好像衝破閘門，奔向一個目標，搞得他頭昏目眩，神情恍恍惚惚。

# chapter 12 找尋答案

列文大步走在路上，他關心的與其說是自己的思想（他還理不清頭緒），還不如說是自己從未體驗過的一種心情。

那個農民的一席話在他心裡起了像電花一樣的作用，把那些一直縈繞在他腦子裡，雜亂無章、斷斷續續又極為模糊的思想匯合到一起了，這些思想在他談論出租土地的時候，就已經不由自主地出現在他腦子裡了。

他覺得自己心裡產生了某種新東西，並且十分願意去研究它，雖然還不知道它到底是什麼。

「活著不是為了欲望，是為了上帝。為了什麼樣的上帝？還有什麼比他的話更荒謬的？他說一個人不應為自己的欲望而活著，也就是不該為我們所瞭解、所傾心、所希冀的東西活著，而應該為一種沒法兒理解的東西，為一個誰都不瞭解、誰都不能確定的上帝活著，這算是什麼意思？是我不明白費奧多爾說的那番荒唐的話嗎？理解了，我會懷疑這席話的真實性嗎？我覺得他的話愚蠢、模模糊糊、意思不明確嗎？不，我就像他那樣完全理解他的話語，甚至比我理解的人生中的所有事情都更全面、更徹底。我一生從未懷疑過，因此也不會對他的話有所懷疑。不僅我一個人，全世界所有的人都理解，沒有人對此懷疑，大家都同意他的話。」

「費奧多爾說，那看院子的基里洛夫是為了填飽肚皮活著。這是很正常的。我們每個人，作為有理智的生物，就不得不為自己的肚子考慮。然而費奧多爾說，為吃飽肚子活著是不對的，應該為真理活著，為上帝活著。經他一提示，我才恍然大悟！我和千百萬古人和今人，心靈貧乏的農民和思想豐富、著作等身的賢人，都言辭模糊不清地談論過此事，我們對應該為誰而生存，什麼是善都有相同的看法。我和所有的人都有一個十分清楚、確定不移、毋庸置疑的信仰，這個信仰無法用理智來解釋，它超乎理智，不可能有什麼原因，也不可能有什麼結果。」

「假如善有緣由，那就稱不上是善了；假如善有結果——報酬，那更稱不上是善了。因此，善是不存在什麼因果關係的。」

「這點我明白，我們每個人也都明白。而我卻一直在尋找奇蹟，並因為看不見能使我信服的奇蹟而感到遺憾。啊，原來奇蹟就在這裡，這是我周圍唯一永存的奇蹟，而我卻沒察覺到！世界上還有什麼比這更偉大的奇蹟呢？」

「難道我所有的問題都找到答案了嗎？難道我的痛苦就這樣結束了嗎？」列文一邊暗自想，一邊從塵土飛揚的大路上邁開大步向前走，忘卻了天氣的炎熱，也忘卻了身體的疲倦，相反，覺得自己已經擺脫了長久以來的痛苦。這種感覺太痛快了，簡直叫人難以置信。他興奮得喘不過氣來，再也走不動了，就離開大路來到樹林裡，在山楊樹蔭下面一塊沒有割過的草地上坐了下來。他從汗涔涔的頭上摘掉帽子，支起一隻胳膊，在樹林中那片肥壯的寬葉青草上躺下。」

「對，必須仔細想想，把這理出個所以然來。」他心想，凝視著眼前那片沒有被踐踏過的青草。剛好看到一隻青色的小甲蟲正沿著茅草的莖往上爬，但被茅草葉子擋住了。

「一切得從頭開始。」他自言自語，拉開茅草葉子，不讓它擋住甲蟲的路，又彎下另一片葉子，讓甲蟲爬過去，「究竟是什麼令我如此開心呢？我悟出什麼來了嗎？」

「過去我曾說過，在我的體內，在這棵青草和這隻甲蟲（你看，牠不願意到那株草上去，張開翅膀飛走了）的身上，正發生一種實質性的變化，它是遵循物理、化學和生理的規律變化的。我們人類，山楊樹，還有白雲和這些模糊不清的斑點也不例外，都在進化。從什麼進化而來？進化成什麼？進化和鬥爭是永無止境的嗎？……彷彿在無窮無盡之中會有什麼方向和鬥爭！我感到奇怪的是，儘管我沿著這條路冥思苦想，卻還是搞不清人生有什麼意義，弄不清我有什麼動機以及欲望有什麼意義。然而，我的動機在我心中那麼明顯，我經常受它支配，當那個農民對我說『活著是為了上帝，是為了拯救靈魂』時，我覺得既驚訝又高興。」

「事實上，我什麼也沒弄懂。我只知道我所知道的事。我明白了，以前曾賦予我、現在依舊賦予我的生命力。我擺脫了欺騙，結識了主。」

因此，他大致地在心裡回想了自己最近兩年冥思苦想的整個思路，從他看到親愛的哥哥沒有希望痊癒而產生的清晰的關於死的念頭開始。

那時他第一次清晰明確地覺得，在任何人面前，除了痛苦、死亡和永遠被遺忘以外，別無他物。他決定再也不能這樣生活下去，而應該或者是把自己的生命詮釋得清清楚楚，明明白白，不至於讓它受到魔鬼的惡意譏諷，抑或是用槍打死自己。

可他既沒解釋清楚，也沒用槍打死自己，而是照原來那樣生活，思想和感受，並且在這期間結了婚，體驗到許多快樂，在他不去思考自己的人生意義的時候，甚至還覺得十分幸福。

這代表著什麼?這代表著雖然他生活得很美好,可情緒卻很低落。

他依靠那種連同母乳一起吸進去的精神的真諦而生活,可想問題的時候不僅否認,甚至費盡心思地避開了這些真理。

如今他知道了,他只能靠在他身上所形成的信仰繼續生活。

「如果不存在這些信仰,要是我不知道應該為上帝而不是為個人的欲望而生活,那我會成為一個什麼樣的人呢?我將會怎樣度過我的一生呢?我會搶劫,會欺騙,會殺人。如果那樣組成我生活的大部分快樂的東西,我感覺,也就是不可能有了。」

如果他不知道是為了上帝而活著,那不管他怎樣使出最大的想像力,也依舊想像不出他將會變成一個怎樣的野性動物。

「我一直在找尋這一問題的答案。可是我的思想不能為我找到答案,因為它還達不到這個水準。答案是生活本身給我的,是由於我知道什麼是善,什麼是惡。那種認識並不是使用什麼方法得到的,而是與所有的人一樣是上天賜給我的,之所以說是天賜的,是因為我從哪兒都不可能得到它。」

「我是從哪裡得到的呢?憑著理性我可以做到只愛他人而不去傷害他們嗎?像這種話很小的時候別人就跟我這麼說過,我當時高興地相信了,因為人家跟我說的道理我心裡已經有了。是誰發現的呢?不是理智。理智發現了生存競爭,發現了凡是妨礙滿足我欲望的一切人應該被消滅的法則。這就是理智所做出的結論。而且要求愛人如己的法則單靠理智是認識不到的,因為那是無理的。是的,是驕傲。」他對自己說,翻身趴在草地上並開始把草梗打成結,儘量不把它們弄斷。

chapter 13

# 虔誠的信仰

於是列文想起了不久前多莉和她的孩子們發生的那些事：孩子們當大人不在場時在蠟燭上煮草莓，用注射器把牛奶射到嘴裡。做母親的發現他們搗蛋，便當著列文的面教訓他們說，大人們花了多少力氣收穫的東西，居然被他們隨意糟蹋；大人們的勞動都是為了他們，如果他們打碎了茶杯，就沒法喝茶，如果灑了牛奶，就沒東西可吃，那樣他們會被餓死的。

孩子們聽母親訓斥時表現出一種平靜的、沮喪的不信任神氣，這使列文感到驚奇。孩子們不開心的只是，他們有趣的遊戲被打斷了，他們一點兒也不相信母親的話，他們沒辦法相信，因為他們想像不到他們所糟蹋的東西需要用多少勞動才能換來，想像不到他們破壞的就是他們賴以活著的東西。

「這些是本來就有的，」他們想，「沒有什麼了不起，因為一向如此，將來也會是這樣。永遠都是老一套。這都是現成的，用不著我們操心，但我們卻要特別想出一些新奇別致的花樣來。所以我們把馬林漿果放在杯子裡，放在蠟燭上燒，用注射器把牛奶噴射到對方的嘴巴裡。這很新奇也很好玩，一點兒也不比用杯子差勁。」

「在借助理性探求自然力和人生意義的時候，難道我們不都是這麼做的嗎？」他依然在想。

「一切哲理用人們覺得新奇而不習慣的思路，指導人們去認識已經知道的事物和確實知道生活必不可少的道理的時候，不都是這樣的嗎？一切哲學家在發揮個人的理論時，開始就如農民費奧多爾那樣，但為了發揮他的理論，卻用靠不住的推理方式回到盡人皆知的道理上來，這一點難道還不明顯嗎？」

「如果丟下孩子們不管，讓他們自己去取或者去做碗碟、擠牛奶等活，那他們還會不會淘氣？不，他們都會餓死的。好吧，如果聽任我們放縱欲望和思想，拋棄上帝和造物主的概念，那將會怎麼樣！或者不懂得什麼是善，那又會怎麼樣呢？」

「要是脫離開這些概念，那你們去創造東西試試！」

「我們只懂得破壞，因為這樣能得到精神上的滿足，跟那些孩子一樣！」

「能令我心靈得到安寧、與那個農民共有的、令人興奮的知識是怎麼得來的？我這些知識是從哪兒得來的？」

「從小受的教育要求我信奉上帝，做一個基督徒，我的全部生活充滿了基督教賜給我的精神財富，我的整個身心都賴其生存。可是，我卻像孩子一樣，對這些精神財富一無所知，而且還去破壞它，也就是想摧毀賴以生活的東西。每在生活的重要時刻，我就會像饑寒交迫的孩子似的去請求他，甚至我還比不上那些因為淘氣受到母親責備的孩子，我一直認為，我這種充滿孩子氣的胡作非為和瞎鬧不會給我帶來什麼煩惱。」

「對，我懂事理不是憑理智，而是憑藉造物主的賞賜，是憑藉我的心靈對教堂所宣揚的精神信仰而弄懂的。」

「是不是教堂？是教堂！」列文自言自語地轉過身來，用另一隻胳膊肘支撐著身子，眺望遠處緩緩走向河邊的一群牲畜。

「可我是不是真能相信教堂中的佈道呢？」他想，試圖用各種可能破壞他現在平靜心境的事來考驗自己。他故意回想一向使他迷惑不解的那種教義。

「能不能相信創世呢？那我該怎樣解釋生存呢？難道生存就只是生存嗎？都沒有什麼能解釋嗎？還有魔鬼和罪孽呢？我用什麼來解釋罪惡？……那麼救世主呢……」

「可是我什麼都不知道，也沒辦法知道，只知道大家也一樣知道那些事。」

但是現在他認為，哪一條教義都沒有違反宗教的主要精神——對於上帝、對於善的信仰是人類的唯一天職。

任何一條教義都是為真理服務，不是為滿足個人的欲望的，而且是創造世上種種奇蹟所不可或缺的。創造這種奇蹟，就是為了使每個人——千百萬形形色色的人，聖賢和白癡，兒童和老人，同時還有那個農民、利沃夫、基蒂、乞丐和國王，都懂同一個道理，而且構成那種唯一值得為之生活的和我們唯一看重的精神生活。

此時他仰面躺在地上，凝視著晴空萬里、深邃遼遠的天空。

「難道我不知道這是無邊無際的空間而不是圓圓的蒼穹嗎？但不管我怎樣瞇細眼睛極目遠望，我無法看到它不是圓的和不是有限的。儘管我知道這是無限的空間，可當我看到堅固的蔚藍色的穹隆的時候，我肯定就是圓的，而且比我舉目遠眺的時候更正確。」

列文不再想了，好像傾聽著幾個快樂而又熱切地攀談著什麼的隱秘的聲音。

「難道這就是虔誠的信仰嗎？」他心中思忖，幾乎無法相信自己的幸福。「我的上帝啊，我真的謝謝你！」他自言自語，同時控制住湧上心頭的哽咽，雙手擦掉那噙在眼裡的淚水。

## chapter 14

# 精神的力量

列文眺望遠方，看見一群牲口，接著看見了他那輛套著「烏鴉」的馬車，還有那個駕車到牲口旁邊同牧人說話的車夫，然後聽見近處的車輪聲和他那匹駿馬的噴鼻聲，可是他全身心地沉湎於自己的思考裡，沒有想車夫為什麼趕著馬車來他這兒。

車夫把車趕到他面前，跟他打了個招呼，他才緩過神來。「是太太派我來接您的。您的哥哥和一位老爺來了。」

列文鑽進馬車，拿過韁繩，像是如夢初醒，好一陣還沒有完全清醒。他打量著胯股間和被韁繩擦傷的脖子上汗水淋漓的駿馬，又望望身邊坐著的馬車夫，才回想起他一直盼望著哥哥來訪。想到妻子應該為他好半天還沒回去而不放心了，接著又猜想和哥哥一起來的客人是誰。現在哥哥也好，妻子也好，還不知道姓名的那位客人也好，在他心中，都和以前截然不同了。他覺得，現在他和周圍一切人的關係都發生了改變。「今後我同哥哥不會像以前那樣疏遠，不會再爭吵了；我同基蒂再不會吵嘴了；不管那位來客是誰，我都要對他親親熱熱的；對僕人、對伊萬的態度也要不一樣。」

列文勒緊粗硬的韁繩，看看噴著鼻息、迫不及待地想快跑的馬，又回過頭來看看身旁的伊萬。伊萬空著兩手，不知道幹什麼好，正不停地玩弄著自己襯衫的衣角。列文想找個藉口和他說說話，本想說，伊萬把馬肚帶綁得太緊啦，可這話聽起來似乎又有責備的意思，他真希望說些親熱話，可是現在他想不出別的什麼話可說。

「請您靠右點兒，那邊有半截樹樁子。」車夫說。扯了一下列文手裡右側的韁繩。

「請不要管我，別教訓我！」因為車夫干涉而有點惱火的列文說。這情形就像以前一樣，人家干涉他的行動往往使他惱火，但他憂鬱地感到，只要一接觸現實，能馬上讓他改變態度的那種推論是錯誤的。

離家還有四分之一俄里的時候，列文就看到了格里沙和塔尼婭正迎面跑來迎接他。

「科斯佳姨父，媽媽、外公、謝爾蓋都來了，而且還來了一個人。」他們一邊說，一邊往馬車上爬。

「到底還有誰呀？」

「那人的樣子很嚇人！看，兩隻胳膊總是這樣搖晃著。」塔尼婭在馬車中站起身來，學著卡塔瓦索夫的樣子說。

「嗯，年輕的還是年長的？」列文微笑著問，塔尼婭學的樣子不由得使他想起了一個人。

「嗯，只要不是一個讓人討厭的人就行！」列文心想。

剛轉過路口，列文看見迎面走過來一群人，同時認出那個頭戴草帽、走路的時候兩條胳膊揮動得就像塔尼婭剛剛學的那樣的人，正是卡塔瓦索夫。卡塔瓦索夫愛談哲學，是他從那些對哲學一竅不通的自然科學家那裡聽來的一些哲學見解。最近列文在莫斯科同他爭論過好多次。

列文一認出卡塔瓦索夫，立刻就回想起其中的一次爭辯，那一次卡塔瓦索夫顯然認為自己獲勝了。

「不，不管怎樣我也不和他爭辯了，不再輕易地說自己的看法了。」列文心想。

下了馬車，問候完哥哥與卡塔瓦索夫以後，列文就問妻子在哪兒。

「她抱著米佳到科洛克樹林了，她想讓他在那裡待會兒，家裡太悶熱了。」多莉說。列文總是勸妻子不要把嬰兒帶進樹林裡，覺得那樣很危險，所以聽到這個消息他有些不高興。

「她總是抱著孩子跑這兒跑那兒，」老公爵笑呵呵地說，「我還勸她把孩子放在冰窖裡試試。」

「她本來打算去養蜂場，她以為你在那邊。我們正往那裡走呢。」多莉說。

「那你現在幹什麼呢？」謝爾蓋落到別人後邊，和弟弟並肩一起走時問。

「沒什麼大事。和平常一樣，管理農活兒，」列文說，「你怎麼樣，來了能多待一段時間嗎？我們早就盼著你來了。」

「大概可以待兩個星期。莫斯科還有一大堆事情等著處理呢。」說這話的時候，兄弟倆的目光相遇了。列文望著哥哥，感到有些侷促不安，儘管他一向希望，現在特別強烈地希望同哥哥友好，特別是能同他開誠佈公地談談，可此刻他卻有些不好意思。他垂下眼睛，不知該說些什麼。

列文試圖找些可以使謝爾蓋愉快的話題，免得他談塞爾維亞戰爭和斯拉夫問題——他說到在莫斯科有許多事情，所以說起謝爾蓋的那部作品。

「喂，對你的那部作品有什麼反響嗎？」他問道。

謝爾蓋對他有意提出這個問題微微笑了一下。

「這個問題沒人會感興趣的，我更不感興趣，」他說，「您看，達里婭，馬上要下雨了。」他用雨傘指了指山楊樹梢上空的一團團雨雲，說了一句。

這些話也足以使兩兄弟之間那種稱不上互相作對但冷漠的關係又出現了，這是列文一直想避免的。

列文走到卡塔瓦索夫跟前。

「您能來，太好了。」列文對他說。

「早就想來拜訪了。現在讓我們好好談一談，交換交換看法。您讀過斯賓塞[34]的作品嗎？」

「沒，沒看完，」列文說，「不過，我現在不需要讀了。」

「為什麼不需要？真有意思，怎麼不需要呀？」

「因為，從他和他那類人的作品中，我根本找不到我感興趣的那些問題的答案。現在……」

卡塔瓦索夫那平靜又帶點興奮的神情一瞬間讓他覺得驚訝，這場談話顯然破壞了他的情緒，這使他感到惋惜，但一想起自己的決心，就不再談下去了。

「以後再談吧。」列文補充了一句。「要去養蜂場，就從這裡，順著這條小道兒走。」他對大家說。

他們順著狹窄的小路一直走到一塊沒有割過的林中草地，草地的一邊長著一片色彩鮮豔的紫羅蘭，夾雜著一叢叢高高的暗綠色藜蘆。列文請客人們來到小白楊樹濃密的樹蔭裡，讓他們坐在特地為想觀賞養蜂場可又害怕蜜蜂的人準備的長凳和木墩子上，自己則到茅屋去給小孩和大人們拿麵

34. 斯賓塞（一八二〇至一九〇三年），反動的英國資產階級哲學家和社會學家。這裡卡塔瓦索夫是指斯賓塞的文章《我們的教育是正確理解社會現象的障礙》。

包、黃瓜和鮮蜂蜜。

他盡可能輕手輕腳，仔細傾聽著蜂群從他身邊嗡嗡地飛過，沿著小路躡手躡腳走到木屋裡。在入口處，一隻蜜蜂鑽進他的鬍子裡，嗡嗡叫著。他小心翼翼地把牠趕走了。走入蔭涼的過道裡，他把從牆上掛衣帽的小木橛子上摘下的面罩戴好，雙手插在口袋裡，就往圍了籬笆的養蜂場走去。在那片草被處理乾淨了的空地中間，有他熟悉的老蜂箱，它們被樹皮繩索綁在木樁子上，整齊地排列著，上面還有它們各自的歷史記錄。靠著籬笆牆排列的那些是今年剛剛入箱的新蜂箱。在蜂房出口處，一群群工蜂和雄蜂麇集在一起盤旋遊戲，弄得人眼花繚亂；其中工蜂總是朝一個方向飛到鮮花盛開的菩提樹、樺樹林裡採蜜，接著又飛回蜂房生產蜂蜜，就這樣不停地來回奔跑。

耳邊蜜蜂的嗡嗡聲不停地響，忽而是急急忙忙飛過的工蜂，忽而是東遊西蕩的閒散的雄蜂，忽而是保護財產不受敵人侵犯、隨時準備蜇人的守衛蜂。籬笆牆那兒有位正忙著做水桶把柄的老人，他沒注意到列文。列文也沒跟他打招呼，只是一個人站在養蜂場中間。

他很開心有機會可以一個人待在這裡，這樣可以擺脫使他心情低落的現實生活。他想起，自己又對伊萬怒氣沖沖，對哥哥的態度冷漠，對卡塔瓦索夫語氣輕慢。

「難道這只是剎那間的心緒，一會兒就會消失嗎？」他想。可這時，他又突然平靜下來，愉快地感覺到，他身上發生了一種新的、重大的變化。現實生活只是暫時攪亂了他內心的平靜，他的心情其實還是很安寧的。

自打他坐在馬車裡的那一刻，各種各樣的煩心事就一齊湧上來，使他喪失了心靈的自由，就像現在圍繞著他飛舞、吸引他和分散他注意力的群蜂，使他渾身緊張、畏畏縮縮，想使勁兒躲著牠

chapter 15

# 人民的命運

「科斯佳，你知道謝爾蓋來的時候和誰坐同一班火車嗎？」多莉把黃瓜和蜂蜜分給孩子們之後說，「和沃倫斯基！他去了塞爾維亞。」

「還不是一個人去，是自己花錢帶了一個騎兵連！」卡塔瓦索夫說。

「這倒像他的個性。」列文說。「難道還有志願兵去那嗎？」他看了看謝爾蓋，補充了一句。

謝爾蓋沒回答，他用刀尖小心翼翼地從盛著楔形白蜂巢的碗裡，把一隻落在流淌著的蜂蜜裡還有生命的蜜蜂撿出來。

「是啊！您真沒看見昨天車站上的情景！」卡塔瓦索夫說，一邊嘎吱嘎吱地吃著黃瓜。

「那到底是怎麼回事？謝爾蓋，您給我講講，這些志願兵都到哪兒去？他們同誰打仗啊？」老公爵問，顯然是繼續剛才列文不在時開了頭的談話。

「和土耳其人打仗呀。」謝爾蓋用刀尖把那隻在蜂蜜裡絕望掙扎的蜜蜂放在一張結實的白楊樹葉上，這才定下心來，微笑著回答。

「究竟是誰向土耳其人開戰的？是伊萬・伊萬諾維奇・拉戈佐夫、伊萬諾夫娜伯爵夫人和施塔爾夫人嗎？」

「沒人宣戰，可是大家同情受苦受難的同胞兄弟，希望能支援他們。」謝爾蓋說。

「公爵沒有說支援，」站在岳父一旁的列文說，「談的是打仗。公爵說，個人沒有得到政府的允許是無權去參加戰爭的。」

「科斯佳，小心點兒，有隻蜜蜂在我們身邊飛來飛去！要是不小心，我們會被牠叮上的！」多莉一邊說，一邊揮手趕走了那隻蜜蜂。

「哦，這可不是蜜蜂，是黃蜂。」列文說。

「哦，那您又有哪些高明的理論呢？」卡塔瓦索夫笑著問列文，顯然是想挑起他的談論，「為什麼個人就沒有權力呢？」

「我的看法是這樣的：其一，戰爭是滅絕人性的殘酷行為，任何個人，更不用說一個基督徒了，不能承擔發動戰爭的責任，只有政府才能擔負這種責任，但它也無法避免捲入戰爭。其二，依據科學和常理，在國家大事上，特別是在戰爭這種事上，公民必須放棄自己的意願。」

謝爾蓋和卡塔瓦索夫都準備好了，反駁他的話。

「問題的關鍵就在這兒，老弟，通常政府不按公民意願做的時候，社會就要宣告自己的意願。」卡塔瓦索夫說。

但是，謝爾蓋顯然也不贊成這個觀點，聽了這番話，不禁皺起眉頭，接著說了一些不同的見解：「你不能這麼說，這裡談不上什麼宣戰不宣戰，只不過是表現人情，表現基督徒的感情罷了。骨肉同胞和同教兄弟遭屠殺。唉，即使不是骨肉同胞和同教兄弟，而只是一些普通的兒童、婦女和老人，人們也不會坐視不理。會群情激昂起來，俄羅斯人也會趕去制止這種可怕的行為。你想想，要是你走在大街上，看到幾個酒鬼打一個婦女或小孩，我覺得，不論你是不是宣戰了，都會馬上衝過去，保護被欺負的人。」

「不過，我不會打死那人的。」列文說。

「不，你一定會打死他。」

「我不敢保證。要是看到這種情景，我可能感情用事，但事先我可不敢說。但是斯拉夫人遭受壓迫，我的感情不會衝動，也不可能衝動。」

「也許你不會衝動，別人可是有的。」謝爾蓋不滿意地皺著眉頭說，「人們中現在還流傳著東正教徒曾在『褻瀆神靈的阿加爾人』的欺壓下遭受苦難的傳說。人民聽說自己的同胞兄弟受欺負，就大膽發言了。」

「也許是這麼回事，」列文含含糊糊地回答，「但是我看不出來，我自己就是一個老百姓，卻沒有發現這點。」

「我也是，」公爵說，「我住在國外時，看看報紙，老實說，在保加利亞慘案發生以前，我怎麼也不明白，為什麼俄羅斯人突然都那麼熱愛起他們的斯拉夫兄弟來，那時我覺得很傷心，覺得自己是個可恥的小人，或許是卡爾斯巴德鉀鹽在我身上發生了影響。可一回這兒，我就放心了——看得出來，只關心俄羅斯而不關心斯拉夫兄弟的，不止我一個，還有其他人。看，康斯坦丁就是其中的一個。」

「個人意見在這裡也沒多大意義，」謝爾蓋說，「當全俄羅斯——全體人民表示出自己的意願時，個人的看法就無足輕重了。」

「哦，請原諒，這點我沒有發現。人民也不知道是怎麼了。」老公爵說。

「不是，爸爸……怎麼不知道呢？禮拜天教堂裡不是講過嗎？」多莉聽著他們談話，插嘴說。

「遞給我一塊毛巾，」她對笑瞇瞇地看著孩子們的老人說，「實際上也不可能每個人都……」

「禮拜天在大教堂裡到底幹什麼呢？神父領命宣讀，他就讀了。他們什麼也不明白，只是歎氣，就像平時傳道一樣。」老公爵又說，「後來有人對他們說，教堂要為挽救靈魂而募捐，於是他們每人拿出一戈比來交上去了。要幹什麼用，他們就不知道了。」

「人民肯定知道，人民總能對自己的命運有所認識，現在這個時候，這種認識就顯現出來了。」謝爾蓋看了看那位養蜂的老人，堅定地說。

這位老人面目和善，長著花白大鬍子和一頭銀髮，手裡拿著一杯蜂蜜，一動也不動地站著，親切而安詳地俯視著老爺們，顯而易見，他什麼都不懂，而且也不願意懂。

「事情確實是這樣。」他聽了謝爾蓋的話，似懂非懂地搖了搖頭。

「對，那您就問一下他好啦。他什麼也不知道，什麼也不想。」列文說。「米哈伊內奇，你聽說打仗的事了嗎？」列文問他，「你說說，教堂裡念過什麼了？你有什麼看法？我們應該為基督徒打仗嗎？」

「我們還用想什麼？亞歷山大．尼古拉耶維奇皇帝已經替我們想好了，任何事情他都幫我們考慮得好好的了，他足智多謀，看得再清楚明白不過了。還要不要拿些麵包呢？再給這個小男孩點兒嗎？」他指了指剛吃完一塊硬梆梆麵包的格里沙，向多莉問道。

「我不用問，」謝爾蓋說，「我們看到過，現在我們也看到成千上萬的人犧牲一切，為正義事業出力。他們來自俄國的四面八方，既直接又鮮明地表示他們的思想和目的。他們或者拿出錢來，或者親自上前線，爽快地表現了他們這麼做是為了什麼。這到底說的是什麼意思？」

「依我看，意思就是，」列文有點兒上火，「在八千萬人口的國家裡總有幾萬個——或許不只像現在的這幾百個，沒有社會地位，會不顧一切的亡命徒，這些人隨時準備投靠普加喬夫[35]那夥人，或去希瓦，或去塞爾維亞……」

「跟你說吧，他們可不是幾百個不顧一切的亡命徒，而是人民中最優秀的代表！」謝爾蓋氣憤地說，就像在保護自己的最後一點家產，「還有捐款呢？這可是全體人民直接表達自己的意志啊。」

「『人民』這個詞太不確切了，」列文說，「鄉村文書、學校教師再加上千分之一的農民，也許知道是怎麼回事。至於其餘八千萬人就好像米哈伊內奇，不但沒有表示自己的心意，而且根本也不瞭解，他們到底是為了什麼事情表明自己的心意。所以，我們有什麼權利說，這表明了人民的心意？」

35. 普加喬夫（約一七四二至一七七五年），卡捷琳娜二世時農民起義的領袖。

# chapter 16 知識界的意見

能言善辯的謝爾蓋並沒有反駁，而是立刻把這個話題轉到了另外一個方面。

「哦，假如你想用算術來測驗國民的精神，那當然是非常難辦到的。而我們這裡又不採用投票方式，事實上也不能採用，因為它不能反映民意。不過要達到目的還有別的辦法。且不說人民這個表面上平靜的海洋中流動著的那些洪流——是每個沒有成見的人都能見到的洪流，你就不妨先看看社會上實實在在的東西，知識界中各種不同的團體，以前勢不兩立的，現在都融合在一起了。所有的分歧都消除了，所有團體的言論都一致，大家都感覺到有一股自發的力量緊緊捆住了他們，帶著他們向同一個方向跑去。」

「是的，所有的報刊對這件事的報導都是一致的，」老公爵說，「這是事實。千篇一律，簡直像大雷雨的青蛙鼓噪。牠們叫得你什麼也聽不見。」

「是否像青蛙叫和我沒關係——我沒辦什麼報，也無法替它們辯護。但我要說的是，知識界的意見是一致的。」謝爾蓋對弟弟說。列文想回應，可是老公爵沒等他說話就插了一句。

「對，有關意見一致我還有話要說，」老公爵說，「看，我的另外一個女婿，奧布隆斯基，你們都認識他。現在他弄到一個什麼委員會理事的差事，還有什麼，我記不清了。可是那邊無事可幹——

哎，多莉，這又不是什麼秘密！——年薪卻有八千盧布。你們試試去問他一下，他的這職務是否有益處——他肯定會告訴你們，這個職務是頂重要的。他為人誠實，可是也應當相信這八千盧布所起的作用。」

「是，他請我告訴達里婭，他已經得到那個職位了。」謝爾蓋覺得老公爵這話插得不是時候，不高興地說。

「報刊的意見一致也是這麼回事。他們向我解釋，只要打起仗來，他們的收入就會增加一倍。他們為什麼不為人民和斯拉夫人的命運考慮考慮……還有別的什麼呢？」

「很多報刊我也一點兒不喜歡，但是這麼說也未免不公平。」謝爾蓋說。

「我唯一想提的條件是，」老公爵說下去，「阿爾方斯・卡爾在同普魯士開戰前說的那幾句很有技巧的話：『你們認為戰爭是不可避免的嗎？好極了。誰鼓吹戰爭，就讓誰參加特種先鋒隊，帶頭去衝鋒陷陣吧！』」

「這樣的話，那幫編輯可有得看了。」卡塔瓦索夫想像著跟他熟稔的那些編輯加入這個先鋒軍團後的情景，不禁哈哈大笑起來。

「不用說，他們一定會臨陣脫逃的，」多莉說，「只會礙事。」

「如果他們逃跑的話，那就用霰彈或叫手執鞭子的哥薩克在後邊助陣。」老公爵說。

「這真是開玩笑，公爵，恕我不客氣地說一句，還是個不體面的笑話呢。」謝爾蓋說。

「我並不覺得這是個玩笑，這……」列文剛開口，謝爾蓋就插了一句。

「所有的社會成員都應做自己分內的事，」他說，「腦力勞動者的責任就是反映輿論。思想一致和充分反映輿論是報刊的功勞，也是一種可喜的現象。這事要是在二十年以前，我們可能會沉默不語，但現在聽到了俄國人民發出的呼聲，他們團結起來，準備戰鬥，準備為受壓迫的兄弟忘我犧牲。這是一種高尚的舉動，是力量的保證。」

「但是要知道，這不只是忘我犧牲，還要殺死土耳其人。」列文怯生生地說。「人民犧牲或者準備付出犧牲，是為了自己的靈魂，而不是為了殺人。」他又補充了一句，不知不覺地把這場談話同一直纏繞著他的那些思想聯繫在一起。

「怎麼是為拯救靈魂呢？要知道，這個說法對自然科學家來說是不能理解的。拯救靈魂到底是怎麼一回事呀？」卡塔瓦索夫笑著追問。

「哎呀，這您知道！」

「哼哼，我根本不知道！」卡塔瓦索夫響亮地笑起來。

「耶穌說：『我來並不是叫地上太平，乃是叫地上動刀兵。』」謝爾蓋隨便引用了《福音書》裡的一句最易理解的話來反駁，使列文很難堪。

「這話說得沒錯。」站在他們旁邊的老頭兒重複說，以回答偶爾向他投來的目光。

「對，老弟，你被打垮了，打垮了，徹底打垮了！」卡塔瓦索夫高興地叫著。

列文氣憤得漲紅了臉，這不是因為他敗了，而是他控制不住，又想要開始爭論。

「對，我不能同他們爭執，」他心裡想，「他們個個穿著刀槍不入的鎧甲，我卻赤著胳膊。」

列文認識到自己爭論不過哥哥和卡塔瓦索夫，而要他同意他們的觀點則更不可能。他們宣揚的就是那種險些兒把他毀滅的智力上的妄自尊大。他不能同意，根據幾百名開到京城裡來誇誇其談的志願兵的高調，包括他哥哥在內的幾十個人就有權說他們和報刊一起表達了人民的意志和想法，並且是一種報復和屠殺的想法。他不能認同他們，還因為他覺得同他生活在一起的人民沒有體現這種想法，而在自己身上也沒有發現這類想法（他不能夠把自己當作俄羅斯人民中的一分子）。關鍵是雖然他和人民根本不知道，也無法知道公共福利的概念，但他清楚地知道，只有一絲不苟地遵守展現在人人面前的善的法則，才能得到這種公共福利，所以不管為了什麼共同的目標都不能期望發生戰爭和鼓吹戰爭。他和米哈伊內奇就像民間傳說中的人民請求瓦蘭人來管制一樣，說：「您來做王，來統治我們吧。我們甘願唯命是從。一切勞役，一切屈辱，一切犧牲都由我們承擔；我們不做判斷，不做決定。」但是現在，按照謝爾蓋的話來說，人民已經放棄了用這種昂貴的代價換取來的特權。

他本來還想說，假如說輿論是一個公正無私的法官，那為什麼革命、公社就不能像援助斯拉夫人運動一樣合法呢？但這一切只是些不能解決任何實際問題的空想而已。有一點無疑可以看到：當前這場爭論激怒了謝爾蓋，因此爭論下去是不好的。於是列文默不作聲了。他讓客人們注意天上的烏雲已經慢慢聚攏過來，最好馬上回家去，要不然會挨雨淋。

# chapter 17 雷雨交加

老公爵和謝爾蓋一同鑽進馬車裡走了，剩下的人也加快了腳步往家趕。烏雲時而白茫茫一片，時而發黑，迅速地飄過來。還得加快步子，才能趕在下雨前到家。前面的烏雲沉甸甸地低垂著，黑得像煤煙，迅速地在天空中奔馳著。離家還有兩百來步，已經刮起大風了，瓢潑大雨隨時都會下起來。

孩子們害怕而又歡快地叫喊著，跑在前邊。達里婭目不轉睛地看著孩子們，吃力地與緊裹住兩腿的裙子搏鬥，幾乎不是在走，而是在跑。男人都按住帽簷，邁著大步往前走。他們剛剛走到台階跟前，大滴的雨點就落下來，劈哩啪啦地敲打在鐵皮水槽的邊上。孩子們和跟在後邊的大人快活地說笑著跑到房簷下。

「卡捷琳娜．亞歷山德洛夫娜在哪兒？」列文問阿加菲婭，她手裡拿著頭巾和厚厚的毛披肩在前廳裡迎接跑過來的人。

「我們都以為，她和你們在一塊兒呢。」她說。

「那米佳在哪兒？」

「肯定在科洛克樹林裡，保姆和他們一起去的。」

列文奪過一件披肩，就向科洛克樹林的方向衝去。

瞬間，烏雲密佈，天空昏暗下來，天黑得像日食一樣。狂風肆無忌憚地刮著，擋住列文的去路，吹落菩提樹上的葉子和花朵，把白樺樹枝上的樹皮剝得不成樣子，金合歡、牛蒡、青草和樹梢都朝一個方向彎下腰去。在花園裡幹活兒的女子們尖叫著，不約而同地跑到僕人的房間裡。整座樹林和附近的田野已經全被白茫茫的雨簾罩住。而雨簾還是迅速地向科洛克樹林推進。空氣中充滿了砸在地上的碎裂雨點散發出來的潮濕氣味。

列文彎著身子，同那要刮去他手中頭巾的狂風搏鬥著，快跑到科洛克樹林了。這時，他看見一棵麻櫟樹後面有個白晃晃的東西，突然火光一閃，整個大地燃燒起來，頭頂上的天幕似乎炸裂了。列文睜開眼睛，透過把他和科洛克樹林分隔開來的令他眼花繚亂的密密的雨簾，猛然心驚地看見，林子中間他熟悉的那棵橡樹的蔥綠的樹梢不可思議地改變了姿勢。「難道真的被雷劈了？」列文剛一想到，那棵麻櫟樹的梢頭越來越快地倒下來，隱沒在其他樹木後面，接著他又聽到一棵大樹倒在其他樹上發出的咔嚓聲。

閃電、雷鳴和一瞬間身上掠過的一陣寒意，使列文產生了可怕的感覺。

「我的上帝啊！我的上帝啊，可一定不要砸著他們！」他自言自語道。

雖然他立刻想到，祈求那棵已經倒下的麻櫟樹不要砸著他們，是多麼可笑，但他還是重複了一遍，現在沒有什麼比做祈禱更好的辦法了，雖然它毫無意義。

他跑到他們平時經常去的地方，可是沒有看見他們的影子。

他們正待在樹林裡另一棵老椴樹下面，大聲地叫喊他。列文看見兩個穿深色連衣裙（她們出門的時候本來穿的是淺色衣服）的人彎下腰擋住了什麼東西，這是基蒂和保姆。雨已停了。列文跑到他們跟前時，天亮起來了。保姆的下半截衣服是乾的，可是基蒂的衣服全濕透了，貼在身上。儘管雨已經停了，但她們倆仍然保持著雷雨交加時的姿勢——兩個人都彎身擋住有綠色遮陽布的童車。

「都還好嗎？都平安無事嗎？謝天謝地！」他喃喃地說，踩著一隻灌滿了水快要脫落的靴子。

頭上戴著一頂被雨淋得走了樣的帽子的基蒂，轉過她那張紅彤彤、濕淋淋的臉，露出膽怯的微笑。

「哦，你怎麼不覺得愧疚！我真弄不明白，你怎麼能這樣粗心大意啊！」他惱怒地責備妻子。

「說實話，這不能怨我，我們剛要走，他就哭起來。我們只得給他換尿布。我們剛要……」基蒂開始為自己辯解。

米佳平安無事，而且一直在安靜地睡覺。

「哦，真是謝天謝地！我實在不知道，我在說什麼！」

他們拾掇好濕尿布，保姆把嬰兒抱了起來。列文走在妻子旁邊，為自己的發火感到悔恨，悄悄地拉住了妻子的手。

chapter 18

# 透徹思想

列文一整天都心事重重地參與各種各樣的談話。雖然他對自己心裡應該有變化而未變化感到失望，但他一直為內心的充實感到高興。

大雨過後，地面很濕滑，沒法兒出去散步。況且雷雨雲還沒有完全散去，一會兒飄向這兒，一會兒飄到那兒。天空又黑沉沉的了，還不時地發出轟隆隆的雷聲。大家只好在屋裡消磨剩下的光陰。

大家不再有爭執，相反，午飯以後，大家的心情都很愉快。

卡塔瓦索夫開頭，用他別出心裁的笑話把太太們逗得前仰後合，一般初次聽他這個笑話的人都會喜歡，後來，應謝爾蓋的要求，講了他對雌雄蒼蠅性格和外貌的差異以及對牠們生活習性的有趣觀察。謝爾蓋的興致也很好，一邊喝著茶，一邊應弟弟的要求，闡述起自己對東方問題的一些見解，講得通俗易懂，大家都聽得入了神。

只有基蒂沒能聽完他的講話，因為她被叫去給米佳洗澡了。

基蒂剛走一會兒，列文也被喚到兒童室裡。

列文放下茶水，為被打斷傾聽這番有意思的講話而感到惋惜，同時又擔心不知道發生了什麼事情，因為一般只有很重要的事情才會叫他。

列文對解放了的四千萬斯拉夫人該怎樣和俄國同心協力開創曆史新紀元的問題有一番新理論，但是未能聽完，儘管他被叫出去究竟有什麼事也使他感到奇怪和不安，但當他一走出客廳，只剩下獨自一人時，早晨所想的事又立刻浮上心頭。他覺得，相比他心裡所起的變化，有關斯拉夫人在世界史上的重要性的各種理論設想是那樣無足輕重，他瞬間把這一切忘得乾乾淨淨，重新恢復了清晨時候的那種心情。

他現在不像往常那樣經常去回顧思想的整個過程（這個他已經不再需要）。他立刻又產生了曾經支配著他並和那些思想密不可分的情緒，並且覺得內心的這種情感比以往更強烈，更明顯。現在他不像以前那樣為了獲得這種心情必須自我安慰並回顧思想的全過程，正好相反，是思想通常跟不上情緒的變化。

他走過涼台，仰望已經逐漸暗下來的天空上懸著的兩顆星星，突然回憶起：「是的，以前我仰望天空的時候，我看到的蒼穹並不是幻影，但有些事我沒有想透徹，有些東西我又不敢正視。不管怎樣，我都沒有理由反對。只要好好想一想，一切都會清楚的！」

走進兒童室的時候，他才想起來，他逃避不敢面對的是什麼。也就是假如說上帝啟示了善的概念，就是上帝存在的重要證據，那為什麼這樣的啟示只限於基督教一個教派的範圍？同樣諄諄勸人們為善、自己也為善的佛教徒和伊斯蘭教徒的信仰同這種啟示有什麼聯繫呢？

他覺得，自己似乎已經得出了這個問題的答案。但是還沒來得及跟自己明確說明，腿就邁進了兒童室。

基蒂挽著袖子，站在嬰兒正在裡面玩水的澡盆旁邊，一聽見丈夫的腳步聲，就轉過臉來，笑盈盈地示意他走過去。她一隻手托著仰天浮在水面上、兩隻小腳亂踢的胖娃娃的頭，另一隻手用海綿洗澡巾擦了擦小嬰兒的身子，胳膊上的肌肉有節奏地跳動著。

「哦，你來看，快來看看！」丈夫走近她身邊的時候，她說，「阿加菲婭・米哈伊洛夫娜說得沒錯，他會認人了。」

確實，米佳從今天起能認識所有的親人了。

列文剛走到澡盆子旁邊，她們立刻試給他看，那娃娃果然認得他了。她們又特地把廚娘叫來試驗。廚娘彎下腰，娃娃卻皺起眉頭，不高興地搖搖頭。基蒂彎下身子去瞅他，他就笑了，兩隻小手握著海綿洗澡巾，吧嗒著小嘴，發出心滿意足的、古里古怪的聲音，不但基蒂、保姆，就連列文見了都哈哈大笑。

保姆一手把嬰兒從澡盆子抱出來，又用清水給他沖洗了一下，然後把他包在浴巾裡擦乾，看他尖聲啼哭以後，就把他抱給母親了。

「哦，我真開心，你開始喜歡他了，」基蒂安靜地在坐慣的位置上餵孩子吃奶的時候，對丈夫說，「我真高興。否則，今天這種情況我又會傷心了，你曾經說過，你對他沒有一點感情。」

「沒有，難道我說過，我對他沒有一點感情嗎？我只不過是說，我有點兒失望罷了。」

「什麼，對他有點失望？」

「不是對他失望，而是對自己的感情感到失望。過去我希望的還要多呢。我本來希望，一些事情會讓我喜出望外，可是突然變了，我感受到的只有厭惡、憐憫……」

基蒂抱著嬰兒，傾聽著他的話，一面往細細的手指上套上給米佳洗澡的時候摘下來的戒指。

「更嚴重的是，憂慮和憐憫的感覺超過快樂。可是今天經過了這場驚心動魄的大雷雨，我發現我是多麼愛他。」

基蒂臉上露出了一絲笑意。「你當時嚇壞了吧？」她說，「我也是，但我現在比當時更害怕。我要去看看那棵麻櫟樹。卡塔瓦索夫這人真有意思！總地來說，今天過得很開心。你有這個心思，對謝爾蓋也將會很好……好，我們去他們那裡吧。這兒剛剛洗過澡，又悶熱又潮濕的……」

chapter 19

# 善的意義

列文從兒童室裡出來，剩下一個人的時候，立刻又想起了那個還沒完全搞明白的想法。他沒有回到人聲和笑語聲不斷的客廳，卻留在了涼台上，胳膊肘倚著欄杆，眺望著天空。

天已經黑了，在他眺望的南方沒有烏雲。烏雲停留在另一方，那裡電光閃閃，遠處傳來隆隆雷聲。列文傾聽著花園裡菩提樹上均勻的滴水聲，一邊遠望著他熟悉的、呈三角狀的群星和在星群中心穿過的銀河和支流。每次電光一閃，不光是銀河，就連最明亮燦爛的星星也立刻消失了蹤影，但只要閃電一滅，那些星星好像又被魔手拋出來了一樣，在原來的地方出現了。

「嗯，到底是什麼讓我困惑？」列文暗暗地想，他預感到心裡已經有解開各種疑問的答案了，儘管知道得還不十分明確。

「是啊，上帝十分明確地要顯現的，就是要通過啟示向人類展示善的準則。這些準則就在我的心裡，只要認可這些準則，我就會同其他人結成一個信教的團體，稱作教會，不管我是自願還是被逼無奈。那麼，猶太人、伊斯蘭教徒、儒教徒、佛教徒，他們究竟是什麼人呢？」他向自己提出了這個自認為是危險的問題。

「難道這幾億人就被剝奪了生活中少了它就毫無意義的至高無上的幸福嗎？」他開始若有所思，

但是又立刻糾正自己。

「但是我到底在思索什麼？」他低聲自言自語，「我在探求人類各種各樣的信仰和神力之間的關係。我在探索上帝對這充滿星雲的整個宇宙所做的普遍啟示。我究竟在幹什麼？對我個人，對我的心，無疑已顯示了人的智慧所無法達到的認識，然而我總是固執地想用理智和語句來表達這種認識。」

「難道我不知道星辰是不會移動的嗎？」他仰望著一顆移動到白樺樹梢上的明亮行星，自言自語，「可是我望著星體的運動，卻不能想像地球的旋轉。所以我說是星星在移動也是沒錯的。」

「如果天文學家沒有把地球上各種各樣複雜的運動都考慮在內，那他們能知道和計算出什麼來？他們對於天體的距離、重量、運動和干擾等不可思議的推論，都是依據所看到的天體環繞著固定不動的地球的運轉，其依據是現在出現在我眼前的、幾十個世紀以來就這樣出現在千百萬人眼前的這種運動，它過去是將來也一樣，總能得到證明。就像天文學家不根據子午線和地平線對看得見的天體進行觀察，所得的結論將是虛妄和不可靠一樣，我要是不以對人人都同樣永恆不變、基督教向我顯示並且在我心中永遠可以得到證實的善惡觀為基礎，那樣得到的結論同樣空洞而沒有說服力。要說關於其他教派和對於神的關係問題，我沒資格也沒能力來解答。」

「哦，你還沒有走？」基蒂正要走進客廳，就碰到了他。

「怎麼樣，你沒什麼不開心的事吧？」她在星光下細細地打量著他的臉問道。

如果不是又一道令繁星也失去光輝的閃電照亮了他的臉，她還是無法看清他的臉。憑著閃電的光亮，她看清了他的臉，看到他平靜而快樂，情不自禁地對他微微笑了一下。

「她懂得，」他暗想，「她知道我在想什麼。那要告訴她嗎？好，跟她說吧。」可正當他要開口，她又說起話來。

「哦，聽我說，科斯佳！幫我個忙，」她說，「去拐角的那個房間看一下，是否都為謝爾蓋安排好了？我去不太方便。看看新的臉盆拿來沒有。」

「好，我馬上就去。」列文說，同時站起來親了親她。

「不，不能告訴她，」當她走到他跟前時，他想，「這是一個秘密，只有我一個人知道的、無法用語言表達的重要秘密。」

「新感情並沒有使我產生變化，沒讓我感到幸福，也沒讓我覺得像之前想像的那樣大徹大悟，只是像我對我的兒子那種感情。沒什麼讓人意外的地方。無論是有信仰，還是沒有信仰，我都不知道自己到底是怎麼了，可是這種感情歷經痛苦，已經不經意間深入我心中，並且牢固地在我心中扎下了根。」

「我還會對車夫伊萬發脾氣，依舊會同別人爭吵，依舊會發表不得體的意見，依舊會在我心靈最隱秘的地方同別人隔著一道鴻溝，甚至同我的妻子亦是如此，依舊會因自己的恐懼而責備她，並因此感到後悔，雖然理智上還是不能理解我為什麼而祈禱，可是我仍然會祈禱。不過，現在我的生活——所有的生活——**無論發生怎樣的變化，每分鐘都不會像以前那樣毫無意義，而且我有責任使它具有毋庸置疑的善的意義！**」

經典新版世界名著：21

# 安娜・卡列尼娜(下)【全新譯校】

作者：L・托爾斯泰
譯者：邢琳琳
發行人：陳曉林
出版所：風雲時代出版股份有限公司
地址：10576台北市民生東路五段178號7樓之3
電話：(02) 2756-0949
傳真：(02) 2765-3799
執行主編：劉宇青
美術設計：吳宗潔
行銷企劃：林安莉
業務總監：張瑋鳳

初版日期：2021年9月
ISBN：978-986-352-955-2

風雲書網：http://www.eastbooks.com.tw
官方部落格：http://eastbooks.pixnet.net/blog
Facebook：http://www.facebook.com/h7560949
E-mail：h7560949@ms15.hinet.net
劃撥帳號：12043291
戶名：風雲時代出版股份有限公司

風雲發行所：33373桃園市龜山區公西村2鄰復興街304巷96號
電話：(03) 318-1378
傳真：(03) 318-1378
法律顧問：永然法律事務所 李永然律師
北辰著作權事務所 蕭雄淋律師

行政院新聞局局版台業字第3595號 營利事業統一編號22759935


定價：490元 

國家圖書館出版品預行編目資料

安娜.卡列尼娜 / L.托爾斯泰著；邢琳琳譯. -- 臺北市：
風雲時代出版股份有限公司, 2021.02 冊; 公分
譯自：Анна Каренина
ISBN 978-986-352-955-2 (下冊：平裝)

880.57 109021686